Manfred Elberfeld
281279

Diogenes Taschenbuch 130/VIII

de
te
be

Die Menschliche Komödie

Honoré de Balzac

Beatrix

Roman

Deutsch von Viktor von Koczian

Diogenes

TITEL DER FRANZÖSISCHEN ORIGINALAUSGABE:
›BÉATRIX‹

MIT FREUNDLICHER GENEHMIGUNG DER
ROWOHLT VERLAG GMBH, REINBEK BEI HAMBURG
VERÖFFENTLICHT ALS DIOGENES TASCHENBUCH, 1977

100/77/E/I
ISBN 3 257 20448 5

Beatrix

ERSTER TEIL

✩

EINIGE STÄDTE FRANKREICHS, NAMENTLICH in der Bretagne, stehen auch heute noch völlig abseits der sozialen Bewegung, die dem neunzehnten Jahrhundert das Gepräge gibt. Sie ermangeln eines regen, wohlgepflegten Verkehrs mit Paris – kaum, daß sie ein schlechter Fahrweg mit dem Sitz der zuständigen Unterpräfektur verbindet – und lassen die moderne Zivilisation an sich vorbeiziehen wie ein Schauspiel: Sie staunen darüber, ohne Beifall zu klatschen. Sie fürchten oder verspotten sie – gleichviel, sie hängen treu an ihren althergebrachten Bräuchen. Wer als Sittenarchäologe hier umherzieht, dem könnten die Steine gar viel erzählen, und ihm erstünde in mancher Ortschaft der Provence aus Ludwigs des Fünfzehnten, im innern Poitou aus Ludwigs des Vierzehnten Zeiten und im Herzen der Bretagne aus noch weiter zurückliegenden Epochen ein getreuliches Bild.

Die meisten dieser Städte sanken später aus größerem oder geringerem Glanze herab, doch die Historiker, die sich lieber mit nüchternen Daten und Tatsachen als mit Sittenschilderungen befassen, erwähnen nichts davon. Nur in der Bretagne, wo der Volkscharakter kaum zuläßt, daß in Vergessenheit gerät, was die Heimat betrifft, lebt die Erinnerung daran im Gedächtnis fort. Vielfach waren es ehedem Hauptstädte kleiner Lehensstaaten, von Grafschaften oder Herzogtümern, die mangels eines männlichen Sprossen von der Krone eingezogen oder unter die Erben verteilt wurden. Ihrer Tatkraft beraubt, sind die Häupter zu Gliedern geworden, und da ihnen die Nahrung fehlt, verkümmern sie und vegetieren nur noch.

Seit dreißig Jahren indes verblassen allmählich diese Bilder der alten Zeit und werden seltener. Die moderne Industrie mit ihrer Massenarbeit zerstört die Schöpfungen antiker Kunst, denen für den Erzeuger sowohl als auch für den Verbraucher etwas Persönliches anhaftete. Wir haben „Produkte", wir haben keine „Werke" mehr.

Auch die Denkmäler gehören teilweise zu diesen Erscheinungen rückschauender Betrachtung. Nun, die Denkmäler der Industrie sind Steinbrüche, Salpeterbergwerke, Baumwollager. Einige Jahre noch, und diese eigentümlichen Ortschaften werden gänzlich verwandelt und nirgends zu finden sein als in den Bildersammlungen der Literatur.

Eine der Städte, worin sich die Physiognomie des feudalen Zeitalters am deutlichsten ausprägt, ist Guérande. Schon der Name allein erweckt zahllose Erinnerungen im Geiste all der Maler, Dichter und Denker, die ihre Schritte nach dem Strande lenkten, wo dies prächtige Kleinod der Lehensherrschaft versandet. Stolz ragt es aus den Dünen und Anschwemmungen des Meeres hervor und ist wie die Spitze eines Dreiecks, an dessen beiden andern Ecken sich zwei nicht minder seltene Edelsteine befinden: Le Croisic und der Marktflecken Batz.

Nächst Guérande haben nur Vitré, im Zentrum der Bretagne, und das im Süden liegende Avignon ihre mittelalterliche Eigenart bewahrt. Noch heute ist

Guérande von mächtigen Mauern umgürtet. Wasser füllt die breiten Gräben, wohlerhalten sind die Zinnen. Kein Strauchwerk überwuchert die Schießscharten, kein Efeumantel hüllt die viereckigen und die runden Türme ein. An den drei Toren sind noch die Ringe für die Fallgatter zu sehen, und man muß, will man die Stadt betreten, über eine hölzerne eisenbeschlagene Zugbrücke schreiten, die sich zwar nicht mehr hebt, die aber gehoben werden kann. Es wurde dem Bürgermeisteramt sehr verübelt, im Jahre 1820 längs der Gräben Pappeln gepflanzt zu haben, um diesen Spazierweg zu beschatten. Er gab zur Antwort, daß das schöne, breite Glacis der den Dünen gegenüberliegenden Festungswerke, die aussehen, als seien sie erst tags zuvor erbaut, schon vor hundert Jahren in eine Ulmenallee umgewandelt worden sei, und daß die Bevölkerung dort gerne im Schatten der Bäume lustwandle.
Die Häuser haben hier keinerlei Veränderung erlitten, es sind ihrer weder mehr noch weniger geworden. Nicht eine ihrer Fassaden fühlte jemals den Hammer des Architekten, den Pinsel des Anstreichers, noch stöhnen sie unter der Last eines aufgesetzten Stockwerks. Sie alle haben ihren ursprünglichen Charakter bewahrt. Einige ruhen auf Holzpfählen, wodurch Galerien entstehen, unter deren tiefdurchbogenem Deckengebälk die Bevölkerung spazierengeht. Die schmalen, niedrigen Häuser der Krämer sind mit Schiefern gedeckt. Die Verzierung der Fensterrahmen besteht zum größten Teile aus Holz, das heute ganz morsch ist. Von der Brüstung ziehen groteske Fratzen über die Pfeiler bis hinauf in die Ecken. Phantastische

Tiere sind es, belebt durch den erhabenen Gedanken der damaligen Kunst, die der toten Natur beseeltes Leben verlieh. Welche Freude für den Maler, diesen alten, unverwüstlichen Hausrat mit seinen verwischten Formen, mit seinen goldbraunen Tönen im Bilde festzuhalten!

Die Straßen sehen genau so aus wie vor vierhundert Jahren. Da aber die Einwohnerzahl infolge des Verkehrsrückgangs nicht mehr zunimmt, empfände ein Neugieriger, der diese, einer schönen Ritterrüstung gleichende Stadt besichtigt, sicherlich etwas wie Melancholie, wenn er einer verödeten Straße folgte, wo die steinernen Fensterkreuze, um Steuern zu sparen, mit Stampferde verkleidet sind. Diese Straße mündet in ein Ausfalltor, das mit Backstein zugemauert ist. Darüber setzte die bretonische Natur, verschwenderisch und üppig wie keine andere in Frankreich, eine prächtige Baumgruppe. Maler, Dichter, die hier rasten, schlürfen beglückt das tiefe Schweigen unter dem noch frischen Bogen jenes Tores. Aus dem friedlichen Treiben der Stadt dringt kein Laut bis hierher. Zwischen den Schießscharten, wo ehemals Bogen- und Armbrustschützen herabblickten, und die den Guckfenstern eines Aussichtsturmes ähneln, lugt die ganze Pracht der bretonischen Landschaft hervor. Unmöglich, dort zu lustwandeln, ohne bei Schritt und Tritt an Brauch und Sitten längstvergangner Zeiten zu denken. Jeder Stein gemahnt an den abergläubischen Geist des Mittelalters. Verirrte sich zufällig ein Gendarm mit betreßtem Hute hierher, es wäre wahrhaftig ein Anachronismus, gegen den sich die Vernunft empört. Indes, nichts ist hier seltener anzutreffen als ein Ding der

Gegenwart. Sogar moderne Kleidung sieht man kaum: Was die Bewohner tragen, ist gewissermaßen ihren starren Sitten, ihrem unwandelbaren Aussehen angepaßt. Auf dem Marktplatz drängen sich die Trachten der Bretagne, die bei Künstlern unerhörtes Ansehen genießen. Das weiße Linnen der Paludiers – dies der Name der Arbeiter, die aus den Salzteichen Meersalz gewinnen – wetteifert siegreich mit den braunen und blauen Trachten der Bauern und dem eigenartigen, altehrwürdigen Kopfputz der Bäuerinnen. Zwischen diesen beiden Klassen und den Matrosen mit der kurzen Jacke und dem lackierten Lederhütchen besteht ein nicht geringerer Unterschied als zwischen den indischen Kasten oder dem, der Bürgertum, Adel und Geistlichkeit scheidet. Hier ist alles noch deutlich voneinander getrennt. Die Fluten der Revolution sahen sich hier einer Masse gegenüber, die zu rauh, zu widerstandsfähig war, um überschwemmt zu werden. Sie wären daran zerschellt, mindestens aber hätten sie einen beträchtlichen Teil ihrer Kraft eingebüßt.

Der Charakter der Unwandelbarkeit, den die Natur den Arten der Tierwelt verlieh, findet sich hier auch beim Menschen vor. Und selbst nach der Revolution des Jahres 1830 blieb Guérande eine Stadt für sich – eine durchaus bretonische, streng katholische, ernste und stille Stadt, die sich neuen Ideen verschließt.

Diese merkwürdige Erscheinung erklärt sich aus der geographischen Lage. Der freundliche Ort beherrscht die Teiche, deren Salz in der ganzen Bretagne als „Guérander Salz" bekannt ist und dem die Bretonen die Güte ihrer Butter, ihrer Sardinen zuschreiben. Nur zwei Straßen verbinden ihn mit dem modernen Frankreich. Die eine führt nach Savenay, dem Sitz der Unterpräfektur, und von dort weiter nach Saint-Nazaire; die andre führt über Vannes nach Morbihan. Die Straße des Arrondissements stellt den Landweg, Saint-Nazaire den Seeweg nach Nantes dar. Der Landweg wird nur von den Verwaltungsbehörden benützt. Die schnellste und meistbenützte Verbindung ist die über Saint-Nazaire. Zwischen diesem Marktflecken und Guérande liegt eine Strecke von mindestens sechs Meilen, wo die Post nicht hält. Und dies mit Recht: Zählt man doch dort kaum drei Reisende im Jahr.

Saint-Nazaire ist von Paimbœuf durch die vier Meilen breite Mündung der Loire getrennt, deren Sandbänke für die Dampfschiffahrt recht unerquicklich sind. Zu allem Überfluß gab es, wenigstens bis zum Jahre 1829, auf der Höhe von Saint-Nazaire keinen Landungssteg. Felsen, Riffe und gewaltige Granitblöcke, die der malerisch gelegenen Kirche als natürliche Befestigungen dienten, zwangen die Reisenden, sich und ihr Gepäck bei hohem Seegang in kleinen Barken auszuschiffen oder, bei ruhiger See, durch die Klippen bis an den Damm zu waten, der vom Militärbauamt errichtet worden war. Diese Schwierigkeiten, die wenig dazu angetan sind, Liebhaber zu ermutigen, bestehen vielleicht auch heute noch. Fürs erste ist die Behörde in ihren Taten und Werken überaus langsam. Dann aber passen sich die Bewohner dieses von Saint-Nazaire, Le Croisic und Batz umschlossenen Landstrichs, der auf der Landkarte wie ein Zahn aussieht, all den Schwierigkeiten recht gut an

und schützen auf diese Weise ihr Gebiet vor Eindringlingen. Am äußersten Ende des Erdteils gelegen, führt Guérande nirgendhin, und niemand sucht es auf. Glücklich, daß man es nicht kennt, kümmert es sich nur um sich selbst. Der Markt für die unermeßlichen Schätze der Salzteiche, die dem Fiskus Millionen tragen, ist Le Croisic. Den Verkehr dieser Halbinselstadt mit Guérande vermitteln einerseits auf Flugsand erbaute Wege, deren unter Tags entstehende Spuren die Nacht immer wieder verwischt, und andrerseits zahllose Barken, in denen die Schiffer den Meeresarm durchqueren, der in den Schwemmsand eingedrungen ist und Le Croisic als Hafen dient.
Das entzückende Städtchen ist demnach ein mittelalterliches Herculanum, jedoch ohne das Bahrtuch der Lava. Es hat ein Dasein ohne Leben und keinen andern Daseinsgrund als den, daß es nicht zerstört wurde. Kommt man von Le Croisic über das Gebiet der Salzteiche nach Guérande, so bietet der Anblick der gewaltigen, noch wie neu aussehenden Festungswerke einen ganz außerordentlichen Eindruck. Und für den, der sich von Saint-Nazaire her nähert, ist das Malerische der Lage, die unberührte Anmut der Umgebung nicht minder bestrickend. Das Auge schweift mit Entzücken ringsumher. Die Hecken tragen ganze Büsche von Geißblatt, Buchsbaum, Rosen und andern schönen Blumen. Wie ein Englischer Garten ist es, den ein großer Künstler entwarf. Diese so reiche, so stille, so weltenferne Natur hat den Reiz eines mitten im Waldesdickicht blühenden Veilchen- oder Maiglöckchenbeetes. Ihr Rahmen aber ist eine vom Ozean umspülte Wüste, eine Wüste ohne Baum

und Strauch, ohne Grashalm, ohne Vogel, wo an Sonnentagen die weißgekleideten Paludiers an Araber im Burnus erinnern. Darum ist Guérande und seine malerische Landschaft, seine Wüste mit nichts vergleichbar, was sonst der Reisende in Frankreich sieht.

Die beiden, durch das letzte Bild mittelalterlichen Lebens verbundenen Gegensätze der Natur haben etwas unsagbar Ergreifendes. Die Stadt wirkt auf die Seele des Menschen wie ein schmerzstillendes Mittel auf seinen Leib. Sie ist so still wie Venedig. Das einzige öffentliche Fuhrwerk ist die Landkutsche eines Fuhrhalters, der Reisende, Waren und mitunter auch Briefe von Saint-Nazaire nach Guérande und in umgekehrter Richtung befördert. Im Jahre 1829 war Bernus, der Fuhrmann, das Faktotum des großen Gemeinwesens. Er tut, was er will, alle Welt kennt ihn, er übernimmt jeden Auftrag. Die Ankunft eines Wagens ist stets ein außerordentliches Ereignis, ob nun eine Frau darin sitzt, die auf dem Landweg nach Guérande kommt, um nach Le Croisic zu gelangen, oder ein kranker Greis, der in dem Felsgeklüft dieser Halbinsel Genesung sucht und weiß, daß ihre Seebäder jene von Boulogne, Dieppe und Sables an Güte weit übertreffen. Die Bauern kommen zu Pferde, die meisten bringen in ihren Säcken Lebensmittel herbei. Wie die Paludiers treibt auch sie das Verlangen, blinkendes Linnen und bunten Stoff für ihre Trachten und den ihrer Kaste eigentümlichen Schmuck zu erstehen, den alle bretonischen Brautleute einander schenken. Zehn Meilen in der Runde ist Guérande die berühmte Stadt Guérande, wo der aus der Geschichte bekannte Vertrag unterzeichnet wurde – der Schlüssel zur Küste, dessen einstiger Glanz, gleich dem von Batz, in die Nacht der Ewigkeit versank. Schmucksachen, Stoffe, Linnen, Bänder, Hüte werden zwar anderwärts hergestellt. Für jene aber, die sie kaufen, stammen sie alle aus Guérande. Jeden Künstler, selbst den Bürgersmann, der Guérande berührt und sich bei schönem Wetter zwischen den seewärts gelegenen Stadttoren ergeht, befällt die nur allzubald wieder vergessene Sehnsucht, hier sein Leben in Ruhe und Frieden zu beschließen. Zuweilen dringt das Bild der schönen Stadt wieder in den Tempel der Erinnerung ein: mit ihren Türmen bekrönt, mit ihren Wällen umgürtet, entfaltet sie ihr blumenbesäetes Gewand, schüttelt den Goldmantel ihrer Dünen und atmet den berauschenden Duft ihrer wie zufällig hingestreuten Schlehdornwege. Sie ruft die Seele wach und beschäftigt sie, gleich einem göttlichen Weibe, dem man einst in der Fremde begegnet ist und das seither in einem Winkel des Herzens nistet.

Nächst der Kirche steht ein Haus, das für die Stadt bedeutet, was die Stadt für das Land ist: ein treuliches Abbild der Vergangenheit, ein Wahrzeichen einstiger Größe, ein Ideal. Dieses Haus gehört der edelsten Familie des Landes, den du Guaisnic, die der Familie du Guesclin in ihrer Blütezeit an Reichtum und Alter ebenso überlegen waren wie die Trojaner den Römern. Die „Guaisqlain“ oder auch „Gaicqulin“, woraus späterhin „Guesclin“ wurde, sind Sprossen der Familie du Guaisnic. Alt wie die Granitfelsen der Bretagne, sind die du Guaisnic weder Franken noch Gallier, sondern Bretonen oder, um genauer zu sein, Kelten. Sie dürften in alten Zeiten Druiden gewesen sein und haben vielleicht in heiligen Hainen Misteln gesammelt und auf keltischen Altären Menschenopfer dargebracht. Es ist müßig, zu sagen, was sie waren. Heute ist dies Geschlecht, das schon große Macht besaß, bevor die Frage nach den Ahnen von Hugo Capet aufgeworfen ward, den Rohans ebenbürtig, wenn es sich auch nie herabließ, wie diese um den Fürstenhut zu betteln. Kein Tropfen unedlen Bluts fließt in den Adern dieser Familie, die neben einer Rente von ungefähr zweitausend Franken nur noch das kleine Schloß Du Guaisnic besitzt. Alle zu dieser vornehmsten Baronie des Landes gehörenden Liegenschaften sind verpachtet und tragen, trotz den Mängeln der Bebauung, fast sechzigtausend Franken im Jahr. Da aber die Herren du Guaisnic, die übrigens zu allen Zeiten Eigentümer ihrer Güter geblieben sind, das Kapital nicht zurückzahlen können, das die jeweiligen Pächter seit zweihundert Jahren bei ihnen hinterlegten, gelangen die Einkünfte gar nicht in ihre Hand. Sie sind demnach in der gleichen Lage wie die Krone Frankreichs vor dem Jahre 1789 den Domänenpächtern gegenüber. Wann und wo sollten sie jemals die Million finden, die ihnen ihre Pächter einstens anvertraut hatten? Vor dem Jahre 1789 hatte die Lehnsfolge der dem Schloß Du Guaisnic unterstehenden Lehen einen Wert von fünfzigtausend Franken. Durch einen Beschluß der Nationalversammlung wurden jedoch diese von den adligen Territorialherren erhobenen Gebühren abgeschafft.

In einer solchen Lage wäre die Familie du Guaisnic in Paris nur ein Gegenstand des Spottes. Doch mag sie in Frankreich nichts mehr gelten, in Guérande gilt sie soviel wie die ganze Bretagne. Hier ist der Baron du Guaisnic einer der Großen Frankreichs, einer der Aristokraten, über denen nur einer steht: der König von Frankreich, den sie einst selbst zu ihrem Oberhaupt erkürt hatten. Im Lauf der Zeiten erfuhr der Name du Guaisnic Wandlungen, ähnlich denen, die den Namen du Guaisqlain entstellten, und wie jedermann, schreibt auch der Steuereinnehmer heute einfach „Guénic".

Am Ende eines stillen, feuchten, dunklen, von den Giebelmauern der Nachbarhäuser gebildeten Gäßchens sieht man einen Torbogen, der nur gerade so breit und hoch ist, einen Reiter durchzulassen – ein Beweis, daß es zur Zeit, da dieses Bauwerk entstand, noch keine Wagen gab. Dieser auf zwei Pfeilern ruhende Bogen ist ganz aus Granit, während das Tor, abgesehen von den großen, in Form geometrischer Figuren angeordneten Nägeln, aus Holz gezimmert und rissig ist wie die Rinde der Eichen, die das Material dazu abgaben. In einer Vertiefung des Torbogens ist das Wappen der du Guaisnic eingemeißelt, so sauber und klar, als hätte es der Bildhauer eben erst fertiggestellt. Die Einfachheit dieses Wappens ist ein untrüglicher Beweis für das hohe Alter und Ansehen der Familie und versetzt jeden Liebhaber der Wappenkunde in helle Begeisterung. Seit dem Tage, da die Kreuzfahrer, um einander zu erkennen, diese Symbole erdachten, ward es nie verändert. Kein du Guaisnic hat seinen Wappenschild geviertelt. Und ungeteilt, gleich dem Wappen des französischen Königshauses, das der Kenner mehr oder minder deutlich in den Wappen der ältesten Familien wiederfindet, ist es in Guérande auch heute noch zu sehen: „Eine naturgetreue, hermelinverbrämte Hand, mit einem nach abwärts gerichteten, silbernen Schwert, das den roten Wappenschild in zwei Hälften teilt." Darunter, als Devise des von einer Freiherrnkrone überragten Wappens das schöne, erhabene Wort: „Schaffe!" Noch heute schimmern in dem Wappen die senkrechten Schraffen, die in der Bildhauerkunst das heraldische Rot vertreten.

Der Künstler hat jener Hand eine unsagbar stolze, ritterliche Haltung gegeben. Mit welcher Kraft umspannt sie dies Schwert, dessen sich die Familie noch vor kurzem bediente! Wer ihre Geschichte kennt, erschauert beim Anblick dieses Wappens, und selbst der entschiedenste Republikaner steht gerührt vor dem Adel, der Treue und Größe, die sich im Schoß jenes Gäßchens birgt. In der Tat, die Familie du Guaisnic schaffte gestern gut und ist bereit, morgen wieder gut zu schaffen. „Schaffen", das ist das große Wort des Rittertums. „Du hast gut geschafft – in der Schlacht!" – so pflegte der große du Guesclin zu sagen, jenes Ideal eines Feldherrn, der den Engländer für eine Zeitlang aus Frankreich verjagt hat. Wahrlich, die räumliche Tiefe des gemeißelten Wappens, das die breite Auskragung des Torbogens vor Wind und Wetter schützt, steht mit der sittlichen Tiefe des Wahlspruchs, dem dies Geschlecht lebt, in innigster Harmonie.

Durch das offene Tor erblickt man einen ziemlich geräumigen Hof, darin zur Linken die Küche, zur Rechten die Stallungen liegen. Das Gebäude ist vom Keller bis zum Speicher aus Steinquadern erbaut. Die Hoffassade ziert eine Doppelrampe, die auf eine Terrasse führt. Von den zahlreichen Skulpturen ließ die Zeit nur kümmerliche Reste übrig.

Ein kunstgeübtes Auge erkennt allerdings in der Mitte der Terrasse immer noch den größeren Teil einer Hand, die ein nach abwärts gerichtetes Schwert umspannt. Unter dieser Terrasse, deren Balustrade stellenweise zerbrochen ist und infolge der Abnützung anderwärts wie lackiert aussieht, befindet sich ein kleiner Verschlag für den Wachhund. Das Steinwerk der Rampen ist vielfach aus den Fugen. Hier und zwischen den Treppenstufen, die sich unter der Einwirkung der Jahrhunderte wohl verlagert, die aber nichts von ihrer ursprünglichen Festigkeit eingebüßt haben, sprießen Gräser, Mauerflechten, armselige Blümchen hervor.

Die Türe muß einmal sehr schön gewesen sein. Soweit die spärlichen Reste der Ornamentik ein Urteil erlauben, gehörte ihr Schöpfer der berühmten venezianischen Schule des dreizehnten Jahrhunderts an. Sie zeigt ein merkwürdiges Gemisch von byzantinischem und maurischem Stil und wird von einem vorspringenden Kreisbogen gekrönt, der je nach der Jahreszeit mit roten, gelben, braunen oder blauen Blumen beladen ist. Durch die beschlagene Eichentüre gelangt man in einen großen Saal, an dessen Ende wiederum eine Türe und eine gleiche Freitreppe in den Garten führt.

Dieser Saal ist wunderbar erhalten. Eine bis zur Brusthöhe reichende Verkleidung aus Kastanienholz und weiter oben prächtiges spanisches Leder mit Relieffiguren bedecken die Wände. Die einstige Vergoldung der Reliefs ist allerdings abgebröckelt oder nur noch als rötlicher Schimmer wahrnehmbar. Die Decke besteht aus kunstvoll zusammengesetzten, bemalten und vergoldeten Balken. Ihr Zustand gleicht dem des korduanischen

Leders, trotzdem lassen sich noch ein paar rote Blumen und grüne Blätter erkennen. Wahrscheinlich kämen nach einer sorgfältigen Reinigung Malereien zum Vorschein, die denen auf dem Gebälk des Tristanhauses in Tours ähneln. Damit wäre bewiesen, daß sie unter der Herrschaft Louis des Elften erneuert oder restauriert worden sind. Der Kamin ist aus behauenem Stein und hat Raum für eine ganze Fuhre Holz. Seine riesigen Feuerböcke sind kostbare Schmiedearbeit. Die Stühle tragen auf der Rücklehne das Familienwappen. Drei englische Flinten, die gleicherweise der Jagd und dem Kriege dienen, drei Säbel, zwei Jagdtaschen und andre Jagd- und Angelgeräte hängen an der Wand.

Daneben befindet sich ein Speisezimmer, das durch eine in das Ecktürmchen eingebaute Türe mit der Küche verbunden ist. Diesem Türmchen entspricht auf der Gegenseite der Hoffassade ein gleichartiges, in dessen Innern eine Wendeltreppe nach den zwei oberen Geschossen führt. Die Gobelins des Speisezimmers stammen aus dem vierzehnten Jahrhundert. Dies geht aus dem Stil und der Orthographie all der Inschriften hervor, die in den Banderolen unter die verschiedenen Personen eingestickt sind. Indes, sie sind in der naiven Sprache der „Fabliaux" abgefaßt und daher kaum übersetzbar. Diese Gobelins, deren schöngeschnitzte Eichenrahmen schwarz sind wie Ebenholz, haben sich dort, wo sie dem Lichte weniger ausgesetzt waren, recht gut erhalten. Die Decke besteht aus vorspringenden Balken, deren Schnitzerei auf jedem einzelnen ein andres Blattwerk darstellt. Der Raum zwischen je zwei Balken ist mit blaugestrichenen Bohlen bedeckt, auf denen sich eine vergoldete Blumengirlande hinzieht. Zwei alte Anrichtetische stehen einander gegenüber. Auf ihren, von der Köchin Mariotte mit echt bretonischer Beharrlichkeit gescheuerten Brettern stehen – wie zur Zeit um 1200, da die Könige ebenso arm waren wie die du Guaisnic im Jahre 1830 – vier alte Trinkbecher, eine verbeulte Suppenschüssel und zwei Salzfäßchen aus Silber, ferner zahlreiche Zinnteller und verschiedene blaue und graue Steinguttöpfe, die mit Arabesken und dem Familienwappen geschmückt und mit zinnernen Klappdeckeln versehen sind. Der Kamin wurde dem Geschmack der Zeit entsprechend umgebaut. Sein Zustand läßt erkennen, daß sich die Familie in den letzten hundert Jahren ständig in diesem Raume aufhält. Er ist im Stil Louis XV. aus Stein gemeißelt, während sein Spiegel mit vergoldeten Perlenstäbchen umrahmt ist. Dieser Gegensatz, der jedem Kunstfreund unsäglich leidtäte, läßt die Familie vollständig gleichgültig. Auf der mit rotem Samt belegten Kaminplatte steht zwischen zwei seltsam geformten Silberleuchtern eine Standuhr aus getriebenem Kupfer. Ein großer quadratischer Tisch mit gedrehten Beinen nimmt die Mitte des Zimmers ein. Die gedrechselten Stühle sind mit Gobelins bespannt. Vor dem nach dem Garten gehenden Fenster befindet sich ein runder Tisch, dessen einziges Bein einen Rebstock darstellt. Darauf steht eine merkwürdige Lampe: Eine einfache Glaskugel, etwas kleiner als ein Entenei, ist mit ihrem gläsernen Fortsatz in einen Halter geklemmt, und aus der darüber befindlichen Öffnung eines Kupferröhrchens schiebt sich ein flacher Docht, dessen Gewebe aussieht wie ein in Spiritus konservierter Bandwurm, und saugt das Nußöl ein, das die Glaskugel füllt. Die beiden einander gegenüberliegenden Fenster, von denen das eine nach dem Hof, das andere nach dem Garten geht, haben steinerne Kreuze und sechseckige, in Blei gefaßte Scheiben. Darüber hängen Baldachinvorhänge mit großen Quasten aus einem alten, rötlich-gelben Seidenstoff, den man früher Brokatelle nannte.

In jedem der beiden Stockwerke des Hauses befinden sich nur diese zwei Räume. Das erste Geschoß ist die Wohnung des Familienoberhaupts, das zweite war ehemals für die Kinder bestimmt. Die Gäste wohnten unter dem Dach. Die Dienerschaft ist oberhalb der Küche und der Stallungen untergebracht. Das spitze, mit Blei umsäumte Giebeldach wird auf der Hof- und auf der Gartenseite durch ein prächtiges Spitzbogenfenster unterbrochen, dessen schmale, schlanke Kragsteine fast bis an den First heranreichen. Die Skulpturen dieses Fensters sind leider von der salzhaltigen Atmosphäre stark zerfressen. Über der zierlichen Füllung des Giebelfeldes knarrt noch die alte, rostige Wetterfahne.

Keines Archäologen Auge ließe sich eine köstliche, für jeden andern geringfügige Einzelheit entgehen: Das Türmchen mit der Wendeltreppe ziert die Ecke einer großen, fensterlosen Giebelmauer. Diese Treppe endet unten an einer spitzbogenförmigen Tür, die auf einen besandeten Platz führt. An die hohe Umfriedungsmauer jenseits des Platzes lehnen sich die Stallgebäude an. Diesem Türmchen entspricht auf der Hofseite ein zweites. Während aber jenes kreisrund ist und in einem einfachen Kegeldache endigt, hat dieses einen fünfeckigen

Grundriß und trägt auf einer vorspringenden Plattform einen kleinen Glockenturm. Welche Anmut beseelte die Architekten jener Zeit und wie verstanden sie es, symmetrische Starrheit in bewegtes Leben umzuwandeln!
Diese beiden Türmchen sind nur auf der Höhe des ersten Stockwerks miteinander verbunden. Der steinerne Verbindungsgang ruht auf einer Art von Schiffsschnäbeln, die an der Spitze in ein Menschenantlitz übergehen. Das Geländer, das ihn ziert, ist mit auserlesener Feinheit und Eleganz gearbeitet. Die Höhe des Giebels endlich, unter dem sich nur einziges schmales Fenster befindet, wird von einem reich verzierten Steinbaldachin bekrönt, ähnlich jenen, die am Portal einer Kirche die Heiligenstatuen schützen. Dies war der Nutzen, den die Baukunst des dreizehnten Jahrhunderts aus der nüchternen Fläche einer kalten, nackten Giebelmauer zog! Lustwandelt dort, den Morgen zu begrüßen, nicht eine schöne Frau und blickt hinaus, weit über die Stadt, wo die Sonne den Dünensand vergoldet und sich in der ruhigen Flut des Ozeans spiegelt? Steht sie nicht, von Blumen dicht umrankt, auf jener Galerie, inmitten der beiden Türmchen, deren eines kühn zum Schwalbennest sich rundet, während des andern schmales, schlankes Tor das Silberschwert, die Hand des stolzen Wappens krönt?
Die zweite Giebelmauer grenzt an das Nachbarhaus. Die Harmonie, nach der die Baumeister jener Zeiten rastlos strebten, zeigt sich auch in der Gestaltung der Hoffassade. Dem Türmchen, in dessen Innern sich die „Schnecke" – dies der Name einer solchen Wendeltreppe – emporwindet, ent-

spricht jenseits der Terrasse dasjenige, das der Verbindung des Speisezimmers mit der Küche dient. Dieses reicht aber nur bis zur Höhe des ersten Stockwerks, und seine Bekrönung ist eine kleine, durchbrochene Kuppel, darunter die Statue des heiligen Calixtus steht.

Der üppige Garten, an dessen alten Mauern sich Spaliere ranken, hat ungefähr die Größe eines Morgens. Die Gemüsebeete, mit Holzleisten sauber eingefaßt, pflegt Gasselin, der Knecht, der auch die Pferde striegelt. Am Ende des Gartens steht eine Laube mit einer Bank, in der Mitte eine Sonnenuhr. Die Wege sind besandet. Auf dieser Seite des Hauses fehlt das Türmchen, dem auf der Hofseite jenes mit der Heiligenstatue entspräche. Doch wird dieser Mangel durch eine kleine, von unten bis oben schraubenförmig gewundene Säule ausgeglichen, die einst das Familienbanner getragen haben mochte. Denn sie endigt in eine mächtige, verrostete Zapfenpfanne, darin das Unkraut wuchert. Diese Einzelheit steht mit den kargen Resten der Skulpturen im Einklang und beweist, daß das Haus von einem venezianischen Architekten erbaut ist. Der elegante Fahnenschaft wirkt wie ein Wahrzeichen Venedigs, seines Kunstsinns, seiner Ritterzeit. Bestünde in dieser Hinsicht noch ein letzter Zweifel, die Eigenart der Ornamentik müßte ihn zerstreuen: Der Klee in den Ornamenten des Hauses du Guaisnic hat v i e r Blätter, anstatt drei. Dieser Unterschied ist ein untrüglicher Beweis für die venezianische Schule. Ihre maurischen oder halbmaurischen Architekten kümmerten sich nur wenig um die erhabenen Gedanken der katholischen Kirche und stellten, vom Orient beeinflußt, den

Klee vierblättrig dar. In diesem Punkte war die venezianische Phantasie entschieden ketzerisch, während die christlichen Baukünstler dem Glaubenssatz der Dreieinigkeit treu geblieben sind.
Angesichts des stilvollen Bauwerks fragt man sich vielleicht, warum die gegenwärtige Epoche solche Wunder an Kunst nicht mehr hervorbringt. Heutzutage werden die schönen, alten Häuser verkauft und niedergerissen, um neuen Straßen Platz zu machen. Kein Mensch weiß, ob seine Nachkommen das Vaterhaus behalten werden. Jeder geht dort aus und ein wie in einer Herberge. Wer früher ein Haus baute, war überzeugt, für sein nie aussterbendes Geschlecht zu arbeiten. Er glaubte es wenigstens. Und daher kommt die Schönheit alter Häuser. Der Glaube an sich schuf ebensolche Wunder wie der Glaube an Gott.
Einteilung und Einrichtung der oberen Stockwerke lassen sich aus der Beschreibung des Erdgeschosses sowie aus Art und Sitten seiner Bewohner leicht erraten. Seit fünfzig Jahren wurden Besuche nie anderswo empfangen als in jenen beiden Räumen, darin der Geist, die Anmut, die edle Einfalt altbretonischer Ritterlichkeit lebten. Ohne Schilderung der Gegend und des Städtchens, ohne eine bis ins kleinste gehende Beschreibung des Hauses blieben die absonderlichen Gestalten der Familie du Guaisnic vielleicht unverstanden. Deshalb mußte der Rahmen dem Bildnis vorangehen. Jedermann sollte bedenken, daß der Mensch von den Dingen beherrscht wird, die ihn umgeben. Es gibt Denkmäler, deren Einfluß auf die in ihrer Nähe lebenden Personen unverkennbar ist. Wie wäre es möglich, im Schatten einer Kathedrale, gleich jener

von Bourges, nicht fromm zu sein? Wo Heiligenbilder die Seele allerorts an ihre Bestimmung mahnen, ist es schwer, zu sündigen. Dies war die Meinung unserer Vorfahren, ist aber nicht die des heutigen Geschlechts, das weder Gemeingefühl noch Standesunterschiede kennt und seine Anschauungen alle zehn Jahre wechselt. Mache sich denn jedermann darauf gefaßt, den Baron du Guaisnic mit dem Schwert in der Faust zu finden! Wäre sonst nicht alles, alles Lug und Trug?

✩

IN DEN ERSTEN AUGUSTTAGEN DES JAHRES 1836, da diese Erzählung beginnt, bestand die Familie du Guénic nur noch aus dem Baron Gaudebert-Calyste-Charles du Guénic, seiner Gemahlin, seiner älteren Schwester und seinem einundzwanzigjährigen Sohne namens Gaudebert-Calyste-Louis. Einem alten Familienbrauch folgend, änderte sich immer nur der letzte Schutzpatron. Die Heiligen Gaudebert und Calixtus mußten aber jeden Sprossen des Hauses in ihre Hut nehmen.

Kaum hatten die Vendée und die Bretagne die Waffen ergriffen, da war Baron du Guénic von Guérande fortgezogen, um Charette, Catelineau, Larochejaquelein, d'Elbée, Bonchamps und den Fürsten Laudon zu bekriegen. Vor seiner Abreise hatte er all sein Hab und Gut an Zéphirine du Guénic, seine ältere Schwester, verkauft – ein Akt der Vorsicht, der in den Annalen der Revolutionsgeschichte einzig dasteht. Selbst als alle die Helden aus dem Westen gefallen waren, hatte sich der

Baron, den nur ein Wunder vor dem gleichen Geschick bewahrte, Napoleon nicht unterworfen. Er führte weiter Krieg, bis er im Jahre 1802 beinahe in Gefangenschaft geraten wäre. Da erst kam er nach Guérande zurück, eilte von dort nach Le Croisic und floh – dem alten Bretonenhaß gegen England getreu – nach Irland. Die Bewohner von Guérande taten, als wüßten sie nicht, ob der Baron noch lebte: Zwanzig Jahre lang fiel kein unbedachtes Wort, das ihn verraten hätte. Fräulein du Guénic nahm die Einkünfte in Empfang und stellte sie ihrem Bruder durch Vermittlung von Fischern zu. Und als der Baron im Jahre 1813 wieder in Guérande erschien, konnte man glauben, er habe den letzten Sommer in Nantes verbracht und sei nun wieder heimgekehrt.

Während seines Aufenthalts in Dublin hatte sich der Baron, seinen fünfzig Jahren zum Trotz, in eine entzückende Irländerin verliebt. Miß O'Brien, die Tochter einer der edelsten und ärmsten Familien jenes unglücklichen Königreichs, war damals einundzwanzig Jahre alt. Baron du Guénic holte schnell die zur Vermählung erforderlichen Dokumente aus Guérande, heiratete und kehrte zehn Monate später, im Anfang des Jahres 1814, in seine Heimat zurück. Just an dem Tage, da Louis der Achtzehnte in Calais einzog, schenkte ihm seine Gemahlin einen Sohn, der aus diesem Grunde den Vornamen Louis erhielt.

Baron du Guénic zählte dreiundsiebzig Jahre. Allein der Bandenkrieg gegen die Republik, die fünfmalige Überfahrt nach Irland auf armseligen Fischerbooten, das leidvolle Leben in Dublin hatten sein Haupt gebeugt, und er schien mehr als hundert Jahre alt zu sein. Zu keiner Zeit hat ein Baron du Guénic besser zu diesem Hause gepaßt, das erbaut worden war, als man in Guérande noch Hof hielt.

Baron du Guénic war ein hochgewachsener Greis, nervig, vertrocknet und mager. Das ovale Gesicht durchfurchten zahllose Falten, die sich über den Augenbrauen und Backenknochen ganz dicht aneinanderdrängten und ihm eine Ähnlichkeit mit den von Rembrandt, Van Ostade, Miéris, Gerard Dou so gerne gemalten Greisenbildern verlieh, die man erst richtig schätzen und bewundern lernt, wenn man sie unter der Lupe betrachtet. Seine Gesichtszüge lagen förmlich vergraben unter all den Runzeln, die er seiner Gewohnheit verdankte, von Sonnenaufgang bis Sonnenuntergang, bei Wind und Wetter, durch die Felder zu streifen. Der feinere Beobachter erkennt trotzdem immer die unvergänglichen Formen des menschlichen Antlitzes, die der Seele selbst dann noch etwas sagen, wenn das Auge nur mehr einen Totenkopf sieht. Das festumrissene Gesicht, die offene Stirn, die scharfgeschnittene Nase, selbst der Knochenbau, den nur schwere Verletzungen beeinträchtigen können, zeugte von rückhaltloser Unerschrockenheit, blindem Gehorsam, grenzenlosem Glauben und unwandelbarer Treue und Liebe. In ihm war bretonischer Granit zum Menschen geworden.

Der Baron hatte keine Zähne mehr. Dies bereitete ihm beim Essen mancherlei Ärgernis, und die Baronin hüllte das Brot für ihn, um es zu erweichen, sorglich in ein feuchtes Tuch. Da seine ehemals roten, nun aber blaßvioletten Lippen nur am Zahnfleisch eine Stütze fanden, fielen sie in den Mund zurück, ohne dabei ihren stolzen, fast drohenden Ausdruck einzubüßen. Sein Kinn schien sich mit der Nase treffen zu wollen – einer Höckernase, der man die bretonische Hartnäckigkeit und Energie von weitem ansah. Die rotgesprenkelte Gesichtshaut verriet ein heftiges, aufbrausendes Temperament, das wie geschaffen war, große Anstrengungen zu ertragen und ihn sicherlich vor manchem Schlaganfall bewahrt hatte. Sein silberweißes Haar fiel in Locken auf die Schultern herab. Das fast totenstarre Antlitz lebte nur durch das Feuer der schwarzen Augen, die aus ihren braunen Höhlen die letzten Flammen einer großmütigen, gesinnungstreuen Seele schleuderten. Brauen und Wimpern waren ausgefallen. Die Runzeln hatten sich so tief in die spröde Gesichtshaut eingegraben, daß sich der alte Edelmann nur schwer rasieren konnte. Er war daher gezwungen, einen Vollbart zu tragen.

Ein Maler hätte an diesem breitschultrigen bretonischen Löwen vor allem die prachtvollen Hände bewundert, echte Duguesclin-Hände, sehnig, breit, behaart; Soldatenhände gleich jenen der Jeanne d'Arc, die den Säbelgriff, den ihre Faust umspannt, nicht loslassen, bevor die Königsstandarte in der Kathedrale von Reims flattert; Hände, die sich am Dornengestrüpp der normannischen Wälder blutig gerissen, die sich beim Rudern Schwielen geholt hatten, als es galt, auf hoher See die Ankunft Georgs zu begünstigen, oder die „Blauen“ der Republik auf den Salzteichen zu überfallen; Hände des gehorsamen Soldaten, des befehlenden Führers; saubere Hände, trotzdem damals der ältere Zweig der Bourbonen verbannt war. Indes, wer diese Hände genauer betrachtete, dem verrieten einige frische Wunden, daß der Baron erst kürzlich mit Madame in der Vendée zusammengekommen war. Diese Hände bildeten einen lebendigen Kommentar des Wahlspruchs „Schaffe!", dem noch kein du Guénic untreu geworden war. Die harte, von Natur aus schmale Stirn, die an den Schläfen in goldig-braunem Tone schimmerte, hatte der Haarausfall mit den Jahren verbreitert, was der schönen Ruine noch mehr Majestät verlieh. Die Gesichtszüge waren im übrigen nicht besonders geistvoll. Wie konnte es bei dieser bretonischen Umgebung auch anders sein? Etwas Wildes, Rohes, ja beinahe Stumpfsinniges lag in jenem Antlitz, etwas von dem absoluten Ruhebedürfnis des Wilden, das sich nach übermäßigen Anstrengungen einstellt und dann das Tierische seines Wesens hervortreten läßt. Gedanken waren selten darin zu lesen. Es schien, als strengten sie zu sehr an, als sei ihr Sitz nicht das Hirn, sondern eher das Herz. Nicht nach Gedanken, nach Taten rief diese Stirn. Wenn man jedoch diesen schönen alten Mann aufmerksam prüfte, begriff man den offenbaren Gegensatz zu dem Geist seiner Epoche. Religion, Gesinnungen waren ihm sozusagen angeboren, was ihn des Nachdenkens darüber enthob. Pflichtgefühl hatte das Leben selbst ihn gelehrt. Kirche und Staat dachten für ihn. Er und die Seinigen durften demnach den Geist für die Tat aufsparen und brauchten ihn nicht auf Dinge abzulenken, womit sich andere befaßten oder die als unnütz erkannt worden waren. Sein Geist flog aus dem Herzen wie aus der Scheide das Schwert – blank und strahlend wie

die hermelinverbrämte Hand seines Wappens. Damit erklärte sich alles andere von selbst. Man verstand die Tiefe der Entschlüsse, die solch klaren, edlen, makellosen Gedanken entsprangen. Man verstand, warum er der Schwester vor dem Kriege seine Liegenschaften verkaufte – dieser Schwester, die um des Bruders willen Gefahr lief, Konfiskation ihrer Güter, ja sogar Verbannung und Tod zu erleiden. Der schöne Charakter des greisen Geschwisterpaares – denn die Schwester lebte nur durch und für ihren Bruder – kann aus den egoistischen, der Unbeständigkeit und Unzuverlässigkeit unseres Zeitalters entspringenden Sitten gar nicht in seinem ganzen Umfange begriffen werden. Wäre ein Erzengel vom Himmel herabgestiegen, um in ihren Herzen zu lesen, er hätte auch nicht e i n e n Zug der Selbstsucht darin gefunden.
Als der Pfarrer von Guérande im Jahre 1814 dem Baron nahelegte, nach Paris zu reisen und um seine Belohnung einzukommen, rief die alte, sonst so geizige Schwester stolz:
„Soll mein Bruder die Hand ausstrecken wie ein Bettler?"
„Man würde glauben," ergänzte der Greis, „ich hätte dem König aus Eigennutz gedient. Übrigens ist es seine Sache, sich meiner zu erinnern! Und dann – der arme König! Alle die Quälgeister bringen ihn wohl sehr in Verlegenheit. Und wenn er ganz Frankreich in Stücke teilte, sie würden immer noch mehr von ihm fordern."
Dieser treuergebene Diener Ludwigs des Achtzehnten erhielt eines Tages den Titel eines Obersten, das Ludwigskreuz und zweitausend Franken Gnadengehalt.

„Der König hat sich erinnert!" bemerkte er schlicht, als er seine Diplome erhielt.
Niemand zerstreute seinen Irrtum. Der Herzog von Feltre, dem diese Angelegenheiten oblagen, hatte sich einfach die Standesliste der Vendéearmee vorlegen lassen und neben andern auf ic endenden bretonischen Offiziersnamen auch den Baron du Guénic gefunden. Gleichsam als Dank dafür unterstützte der Baron den König von Frankreich im Jahre 1815 gelegentlich einer Belagerung der Stadt Guérande durch die Bataillone des Generals Travot. Er wollte die Festung um keinen Preis übergeben. Und als er sie endlich dennoch räumen mußte, floh er mit einer Schar von Königstreuen in die Wälder und hielt sie bis zur zweiten Wiederkehr der Bourbonen unter den Waffen. Noch heute bewahrt Guérande das Andenken an diese letzte Belagerung. Wären die alten bretonischen Banden herbeigeeilt, so hätte der durch solchen heldenmütigen Widerstand erwachte Krieg die ganze Vendée entflammt.
Es soll nicht verschwiegen werden, daß der Baron gänzlich ungebildet war – ungebildet wie ein Bauer: Er konnte lesen, schreiben und ein wenig rechnen. Er verstand sich auf Kriegführung und Wappenkunde, aber außer seinem Gebetbuch hatte er, so lang er lebte, keine drei Bücher gelesen. Seine Kleidung war stets die gleiche und bestand aus derben Stiefeln, Wollstrümpfen, grünen Samthosen, einer Tuchweste und einem altväterisch langen Rock, an dem das Ludwigskreuz befestigt war. Ein wunderbarer Frieden lag auf diesem Antlitz, das der Schlaf, der Vorläufer des Todes, auf die ewige Ruhe vorzubereiten schien. Weder seine Ge-

mahlin noch die blinde Schwester, noch auch die Freunde des Hauses ließen sich durch diese täglich wachsende Schlafsucht beunruhigen. Ihre medizinischen Kenntnisse waren nicht eben groß, und sie erklärten sich diese erhabenen Ruhepausen einer makellosen, aber ermatteten Seele auf ganz natürliche Weise: Der Baron hatte seine Pflicht getan. In diesem Worte lag alles.

Das Hauptinteresse der freiherrlichen Familie richtete sich auf das Geschick des entthronten Königshauses. Die Zukunft der verbannten Bourbonen, die Zukunft der katholischen Religion und der Einfluß der politischen Neuerungen auf die Bretagne beschäftigten sie fast ausschließlich. Nichts schränkte dieses Interesse ein als die Hingebung aller für Calyste, den einzigen Sohn und Erben, die einzige Hoffnung des ruhmreichen Namens du Guénic.

Wenige Jahre vorher hatte der alte Kämpe eine Art Rückfall in seine Jugend gehabt, um diesen Sohn beizeiten an das rauhe Kriegshandwerk zu gewöhnen, wie es einem jungen Edelmann geziemt, der früher oder später zu den Waffen greifen muß. Der Vater begleitete den kaum Sechzehnjährigen hinaus in die Wälder, führte ihn auf die Salzteiche und lehrte ihn die Freuden der Jagd und des Krieges. Unermüdlich, sattelfest, auf Hetze und Beize seiner Kugel gleich sicher, furchtlos in der Bewältigung von Hindernissen, ging er Calysten mit gutem Beispiel überall voran und lockte ihn immerfort in Gefahren, als hätte er z e h n Söhne aufs Spiel zu setzen. Und als sich die Herzogin von Berry zur Eroberung Frankreichs anschickte, nahm der Vater den Sohn mit, um ihn die Devise seines Wappens praktisch zu lehren. Eines Nachts zog er fort, ohne von seiner Gemahlin, die ihn vielleicht umgestimmt hätte, Abschied zu nehmen, und führte sein einziges Kind ins feindliche Feuer wie zu einem Freudenfest. Nur Gasselin, der Knappe, ging tatenfroh mit ihnen. Ein halbes Jahr blieben die drei Männer des Hauses abwesend, ohne den Angehörigen auch nur ein Lebenszeichen zu geben. Wenn auch die Baronin bei jeder Zeile ihrer „Quotidienne" heftig erbebte, die blinde Schwester hörte hocherhobenen Hauptes zu, was jene ihr vorlas, und verzog keine Miene.

Die drei Flinten, die im großen Saal an der Wand hingen, hatten also erst kürzlich gute Dienste geleistet. Und dennoch: Hätte der Baron, das Fruchtlose jener Waffenerhebung erkennend, den Kriegsschauplatz nicht vor dem Gefecht bei La Pénissière verlassen, so wäre das Haus du Guénic wohl schon erloschen...

Vater, Sohn und Knappe kehrten in einer schauerlichen Nacht heim, um ihre Angehörigen und Freunde zu überraschen. Mit der dem Blinden eigentümlichen Sinnesschärfe hatte das alte Fräulein du Guénic die drei Männer schon nach dem Tritt im Gäßchen erkannt. Als dann der Baron, von den besorgten Freunden umringt, an dem von der antiken Lampe erhellten Tische stand, sprach er mit meckernder Stimme den aus feudaler Einfalt quellenden Satz: „Nicht alle Barone haben ihre Pflicht getan!" – Und während Gasselin Säbel und Flinten wieder an die Wand hängte, umarmte der Baron seine Frau und die Schwester, setzte sich in den alten Lehnstuhl und befahl, daß man für ihn, seinen Sohn und den Knappen das Abendessen bereite. Gasselin hatte den Junker in der Schlacht mit seinem eigenen Leib gedeckt und dabei einen Säbelstich in die Schulter davongetragen. Man fand dies so natürlich und selbstverständlich, daß ihm die beiden Damen kaum dafür dankten.

Weder der Baron noch seine Freunde verwünschten oder beschimpften die Sieger. Sie hatten eben ihre Pflicht getan, wie er die seinige. Vierzig Jahre lang war niemand imstande, aus seinem Munde auch nur ein Wort der Geringschätzung über sie zu erhaschen. Dieses unverbrüchliche Schweigen ist ein Charakterzug der Bretonen und das Merkmal ihres unveränderlichen Willens.

Jene jüngste Anstrengung, jenes Aufflackern einer letzten Energie war die Ursache einer nie mehr schwindenden Ermattung. Überdies erfüllte ihn die neuerliche Verbannung der Bourbonen, die nur ein Wunder vertrieben und wiedereingesetzt hatte, mit bitterer Schwermut.

✩

AN DEM TAGE, DA DIESE ERZÄHLUNG BEginnt, hatte der Baron um vier Uhr sein Mittagsmahl eingenommen und sich dann aus alter Gewohnheit in den Lehnstuhl niedergelassen, der nach dem Garten hin an der Kaminecke stand. Gegen sechs Uhr abends, während des Vorlesens der „Quotidienne", schlief er ein, und sein Haupt sank auf die Rücklehne.

Neben diesem alten knorrigen Baumstrunk saß die Baronin. Sie stellte den Typus jener wunderbaren Geschöpfe dar, die man nur in England, Schottland und Irland antrifft. Nur dort werden die

Töchter mit solcher Milchhaut, mit solchem Blondhaar geboren. Engelshände müssen es sein, die diese Lockenpracht schufen; rieselt doch des Himmels goldenes Licht hindurch, wenn der Wind damit spielt! Fanny O'Brien war wie eine Sylphide: stark in der Liebe, unbezwinglich im Unglück, sanft wie die Musik ihrer Stimme, rein wie das Blau ihrer Augen. Weder Pinsel noch Worte könnten ihre seidenweiche Haut, den ganzen Zauber ihrer Schönheit malen. Noch mit zweiundvierzig Jahren war sie schön, wie ein herrlich-warmer, blumen- und früchtereicher Spätsommertag, den himmlischer Tau erfrischt, und gar manche Männer hätten es für ein unsagbares Glück gehalten, sie zu heiraten.

Die Baronin hielt noch immer die Zeitung in der Grübchenhand, deren Fingernägel viereckig geschnitten waren, wie man es an antiken Statuen sieht. Ohne Geziertheit saß sie in ihrem Stuhl und streckte mit lässiger Anmut die Füße aus, um sie zu wärmen; denn durch den Sturmwind, der seit einigen Tagen herrschte, war es recht kühl geworden. In dem hochgeschlossenen schwarzen Samtkleid kam der Umriß ihrer Schultern und der vollen Büste, die das Nähren des einzigen Kindes nicht zu entstellen vermocht hatte, prächtig zur Geltung. Das Haar war nur von einem Schildpattkamm gehalten und fiel nach englischer Mode an den Seiten in Ringellocken herab. Dieses Haar hatte durchaus keine unbestimmte Farbe, sondern schimmerte wie brüniertes Goldfiligran. Die Baronin ließ die Flaumhaare, die ihren Nacken umkosten, und die ein Zeichen von Rasse sind, sorgsam einflechten. Diese winzigkleine Flechte verlor sich in der Fülle des glatt zurückgestrichenen Haars und erlaubte dem Blick, mit Freuden der sanften Wellenlinie zu folgen, die den Hals mit den herrlichen Schultern verband. So nebensächlich diese Einzelheit ist, sie beweist, welche Sorgfalt die Baronin stets auf ihre Toilette verwandte. Es lag ihr daran, den Greis zu erfreuen – welch reizende Aufmerksamkeit!

Wenn eine Frau in ihrem Familienleben die Koketterie entfaltet, die andere Frauen aus einem einzigen Gefühle schöpfen, dann ist sie fürwahr eine ebenso gute Mutter wie Gattin, dann ist sie eine duftende Blume, eine unaufhörliche Wonne ihres Heims. Dann, ja dann erst hat sie die Pflichten des Weibes voll erfaßt. In ihrer Seele und in ihrer Liebe liegt die Eleganz ihres Äußeren, sie tut insgeheim Gutes, sie bewundert ohne Hintergedanken, sie liebt ihren Nächsten, wie sie Gott liebt: um seiner selbst willen. Es schien, als hätte die heilige Jungfrau, unter deren Schutz sie lebte, die keusche Jugend dieser Frau, ihr sittenreines Leben an der Seite jenes adligen Greises belohnt und sie mit einer Art Aureole umgeben, die sie vor den Verheerungen der Zeit bewahrte. Plato hätte die Wandlungen ihrer Schönheit vielleicht als neue Formen der Anmut gepriesen. Ihr einst so weißer Teint hatte allmählich den warmen Perlmutterton angenommen, den die Maler so außerordentlich schätzen. Die edle, hochgewölbte Stirn empfing mit Liebe das Licht, das in schimmerndem Atlasglanz darauf spielte. Die türkisblauen Augen erstrahlten unter den hellen, sammetweichen Brauen in unendlicher Sanftmut. Die Zartheit der Lider und Schläfen verriet unsagbar tiefe

Melancholie. Die leichten Schatten unter den Augen waren bis an die Nasenwurzel mit blauen Fäserchen besäet. Die schmale Adlernase hatte etwas Königliches und gemahnte an die Abstammung der Aristokratin. Den reinen, feingeschnittenen Mund verschönte ein ungezwungenes, außerordentlich anmutiges Lächeln. Die Zähne waren klein und blendend weiß. Sie war in den letzten Jahren etwas voller geworden, doch hatte die schlanke Gestalt darunter nicht gelitten.
So bot der Herbst ihrer Schönheit neben den üppigen Schätzen des Sommers noch mancherlei vergessene, leuchtende Frühlingsblüten. Die Arme waren runder, die Haut straffer und glatter geworden, ihr Umriß war zur Vollendung gediehen. Ihr offenes, heiteres, rosiges Antlitz und die blauen Augen, deren Reinheit jeder aufdringliche Blick verletzt hätte, sprachen von unwandelbarer Sanftmut, von grenzenloser Engelsgüte.
An der andern Kaminecke saß die achtzigjährige Schwester, die in jeder Beziehung, von der Kleidung abgesehen, ihrem Bruder glich. Während die Zeitung vorgelesen wurde, hörte sie zu und strickte dabei an ihren Strümpfen weiter – eine Arbeit, wozu man die Augen nicht braucht. Die Hornhaut der beiden Augen war mit weißen Flecken bedeckt, doch lehnte sie, trotz den inständigsten Bitten ihrer Schwägerin, immer wieder ab, sich operieren zu lassen. Sie allein wußte um das Geheimnis dieser Weigerung: Sie schob die Schuld auf ihren Mangel an Mut, in Wirklichkeit aber scheute sie die Ausgabe von fünfundzwanzig Louisdor, die nachher für den Haushalt gefehlt hätten. Freilich, den Bruder hätte sie gern gesehen.

Das Greisentum des Geschwisterpaares hob die Schönheit der Baronin nur noch mehr hervor. Welche Frau wäre zwischen den beiden nicht jung und schön erschienen? Des Augenlichts beraubt, wußte Fräulein Zéphirine nichts von den Veränderungen, die ihr Antlitz im Laufe des Lebens erlitten hatte. Die bleichen, hohlen Wangen, die tiefen, rötlichblau umringten Augenhöhlen mit den starren, blicklosen Augen liehen dem Antlitz etwas Leichenhaftes. Zwischen den blutleeren Lippen drangen, fast drohend, drei oder vier Zähne hervor, während um Kinn und Mund einige, längst weißgewordene Barthaare sproßten. Dieses kalte, regungslose Antlitz umrahmte ein braunes, mit einer Perkalrüsche besetztes Kattunhäubchen, das wie eine Bettdecke gesteppt und unter dem Kinn fast stets mit den gleichen fuchsroten Bändern festgehalten war. Sie trug einen Baumwollrock, eine wahre Matratze, darin sie ihr Kleingeld barg, und darüber eine derbe Tuchschürze und einen Gürtel mit angenähten Taschen, den sie jeden Abend ablegte und jeden Morgen wieder umschnallte wie ein Kleidungsstück. Der Oberkörper steckte in der volkstümlichen Schoßjacke der Bretagne. Diese Schoßjacke, aus dem gleichen Stoff wie die Schürze, schmückte eine gefältelte Halskrause, die als einziges Streitobjekt zwischen ihr und ihrer Schwägerin stand: Die Blinde wollte sie nur alle acht Tage wechseln! Aus den weiten, wattierten Ärmeln kamen zwei dürre, aber sehnige Arme heraus, die im Vergleich mit den ziemlich roten Händen weiß erschienen wie Pappelholz. Ihre Hände waren infolge der Haltung, zu der sie das andauernde Stricken zwang, allmählich krumm geworden und erweckten den Eindruck eines ständig betriebenen Webstuhls: Es wäre ein unerhörtes Ereignis gewesen, sie müßig zu sehen. Von Zeit zu Zeit zog Zéphirine eine am Busen steckende Stricknadel heraus und stocherte durch das Häubchen in ihren Haaren, ohne sich je zu verletzen. Die Sorglosigkeit, mit der dies geschah, hätte wohl jeden Unbeteiligten zum Lachen gereizt. Sie hielt sich aufrecht wie ein Glockenturm. Diese kerzengerade Haltung ist bei Greisen vielleicht eine Koketterie, die beweisen soll, daß der Stolz zu den Lebensnotwendigkeiten gehört. Immer umspielte das Antlitz der Blinden ein frohes Lächeln: Auch sie hatte ihre Pflicht getan. –

Als Fanny sah, daß der Baron eingeschlafen war, hörte sie auf, weiter vorzulesen. Ein Sonnenstrahl glitt von einem Fenster zum andern, zerschnitt wie ein goldglitzerndes Schwert den alten Saal in zwei Teile, umsäumte das Schnitzwerk des Gebälks, huschte über die Truhen, breitete eine schimmernde Decke über den Eichentisch und goß über all die nachgedunkelten Möbel der Reihe nach seinen freundlichen Schimmer. So sanft, so heiter, so leuchtend drang dieser Strahl in den traulichen Raum wie Fannys Stimme in die Seele der achtzigjährigen Blinden. Allmählich rötete er sich, bis er, kaum daß man dessen gewahr wurde, bei dem melancholischen Düster der Dämmerung anlangte.

Die Baronin versank in ernstes Sinnen, in das gleiche tiefe Schweigen, das ihre Schwägerin schon seit vierzehn Tagen an ihr beobachtete. Obwohl Zéphirine keinerlei Fragen stellte, dachte sie über die Ursachen dieses merkwürdigen Schweigens nicht wenig nach. Sie studierte es förmlich, nach Art der Blinden, in deren Seele jeder Ton mit prophetischem Echo widerhallt und die immer in einem Buche zu lesen scheinen, darin auf schwarzen Blättern weiße Buchstaben gedruckt sind. Auf die alte Blinde übte die Dämmerung keinen Einfluß aus. Sie strickte weiter, und nur das leise Klirren ihrer Stahlnadeln unterbrach die tiefe Stille.

„Du hast eben die Zeitung fallen lassen, Fanny – und dabei schläfst du gar nicht!" sagte sie plötzlich mit feinem Lächeln.

Es war dunkel geworden. Mariotte kam herein, zündete die Lampe an und stellte sie auf einen viereckigen Tisch vor dem Kamin. Dann holte sie ihren Spinnrocken, den Garnknäuel und einen Schemel, setzte sich an das Hoffenster und begann zu spinnen wie an jedem Abend. Gasselin machte inzwischen noch den gewohnten Rundgang durch die Wirtschaftsgebäude und Stallungen, striegelte die zwei Pferde, sah überall nach dem Rechten und gab den beiden schönen Jagdhunden das abendliche Futter. Ihr freudiges Gebell war das letzte Geräusch, das an den dunklen Mauern des alten Hauses widerhallte. Hunde und Pferde waren die letzten Reste aus glanzvoller Ritterzeit. Ein phantasiebegabter Mensch, der sich, auf den Stufen der Terrasse sitzend, dem Zauber dieses noch immer nach Leben drängenden Hauses hingegeben hätte, wäre bei dem Gebell der Hunde und dem Stampfen der wiehernden Pferde erschauert ...

Gasselin war einer jener kleinen, stämmigen Bretonen mit sonnverbranntem Gesicht und schwarzem Haar, die schweigsam, bedächtig und halsstarrig sind wie ein Maultier und von dem ihnen vorgezeichneten Wege niemals abweichen. Er zählte zweiundvierzig Jahre und war seit fünfundzwanzig Jahren im Hause. Fräulein Zéphirine hatte ihn aufgenommen, als sie von der Vermählung und bevorstehenden Heimkehr ihres Bruders erfuhr. Der Knecht betrachtete sich als Familienmitglied: Er hatte mit Calyste gespielt, er liebte des Hauses Pferde und Hunde, er sprach mit ihnen und streichelte sie, als gehörten sie ihm. Er trug ein blaues Leinenwams mit kleinen Taschen, das an den Hüften viel zu weit war, eine Weste und Hosen aus dem gleichen Zeug für alle Jahreszeiten, blaue Strümpfe und derbe, eisenbeschlagene Stiefel. Wenn es regnete oder kalt war, so zog er das in seiner Heimat übliche Ziegenfell über.

Mariotte, die gleichfalls die Vierzig überschritten hatte, war als Weib, was Gasselin als Mann war. Kein Gespann paßte jemals besser zueinander: die gleiche Gestalt, das gleiche Gesicht, dieselben kleinen, lebhaften, schwarzen Augen. Man begriff nicht, warum die beiden einander nicht geheiratet hatten. Mag sein, daß es Blutschande gewesen wäre – schienen sie doch beinahe Geschwister zu sein!

Mariotte hatte dreißig Taler, Gasselin hundert Franken Lohn. Aber selbst ein Verdienst von tausend Talern hätte sie nicht bewogen, ihren Posten aufzugeben. Beide unterstanden den Befehlen der alten Blinden, die das Haus seit dem Beginn des Vendéekriegs regierte. Als sie dann erfuhr, daß ihr Bruder beabsichtige, dem Hause eine neue Herrin zuzuführen, war sie in höchster Aufregung; denn

sie fürchtete, auf des Hauses Zepter nunmehr verzichten zu müssen und der jungen Baronin du Guénic erste Untertanin zu werden.
Fräulein Zéphirine fand jedoch zu ihrer angenehmsten Überraschung in Miß Fanny O'Brien eine zu hohen Zielen berufene Dame, die den kleinlichen Sorgen eines armseligen Haushalts nur mit Widerwillen gegenüberstand. Wie alle schönen Seelen zog sie das trockene Brot des Bäckers dem üppigsten Mahle vor, das sie selbst zubereiten mußte. Sie war fähig, die heikelsten Pflichten der Mutterschaft zu erfüllen und ertrug mannhaft jedwede Entbehrung, Alltagssorgen aber entmutigten sie.
Als der Baron die Schwester bald darauf in seinem und im Namen seiner schüchternen Frau bat, den Haushalt weiter zu leiten, umarmte Zéphirine die Baronin, nannte sie Schwester, machte sie zu ihrem Kinde und betete sie an. Sie war überglücklich, die Herrschaft des Hauses behalten zu dürfen. Von der Strenge und unglaublichen Sparsamkeit ihrer Wirtschaftsführung wich sie nur bei ganz besonderen Gelegenheiten ab. So bei der Niederkunft ihrer Schwägerin und bei allem, was den abgöttisch geliebten Sohn des Hauses betraf.
Obwohl die beiden Dienstleute das strenge Regiment gewohnt waren und man ihnen nicht erst einzuschärfen brauchte, daß sie mehr für die Interessen ihrer Herrschaft zu sorgen hatten als für sich, überwachte Zéphirine stets alles. Ihrer Aufmerksamkeit entging nichts. Sie wußte genau, welche Menge an Nüssen auf dem Speicher lagerte, ohne erst hinaufklettern zu müssen. Sie wußte genau, wieviel Hafer in der Futterkiste war, wenn sie die nervigen Arme auch nicht hineintauchte. An dem

Gürtel ihrer Schoßjacke hing eine Signalpfeife, mit der sie Mariotte durch einen Pfiff und Gasselin durch zwei Pfiffe herbeizurufen pflegte. Gasselins größte Freude bestand in der Pflege des Gartens und in der Aufzucht schöner Früchte und guter Gemüse. Es war ja so wenig zu arbeiten, daß er sich ohne diese Beschäftigung gelangweilt hätte. Wenn er des Morgens seine Pferde gestriegelt hatte, rieb er die Dielen ab und kehrte die zwei Zimmer im Erdgeschoß. Nach den Herrschaften war wenig aufzuräumen. Daher war im Garten weder Unkraut noch Ungeziefer zu sehen. Oft konnte man Gasselin überraschen, wie er, den Schädel der prallen Sonne ausgesetzt, reglos einer Feldmaus oder der schädlichen Maikäferlarve auflauerte. Dann lief er mit kindlicher Freude zu seinen Herren, um ihnen das Tier zu zeigen, das ihn wochenlang verdrossen hatte. Wie freute er sich, wenn er an Fasttagen nach Le Croisic zog, um den Fisch einzukaufen, der dort wohlfeiler war als in Guérande! Nirgend waren Herr und Diener inniger vereint, nirgend verstanden sie einander besser als in diesem edlen, gottesfürchtigen Hause. Es schien, als seien sie füreinander geschaffen. Seit fünfundzwanzig Jahren gab es keinen Mißton, nicht die leiseste Trübung. Den einzigen Kummer verursachten die, übrigens recht geringfügigen Erkrankungen des Kindes, die einzigen Schrecken brachten die Ereignisse der Jahre 1814 und 1830. Unveränderlich wie die Natur in ihrem ewigen Wechsel von Tag und Nacht, von Regen und Sonnenschein, fand in dem stillen Hause jeder Handgriff tagein, tagaus die unverrückbar gleiche Stunde. Selbst die Mahlzeiten unterlagen ausschließlich dem Kreislauf der Jahreszeiten. Diese Einförmigkeit war von einem Gefühl der Anhänglichkeit getragen, das alle Herzen beherrschte und um so wohltuender, fruchtbarer wirkte, als es aus Naturgesetzen hervorquoll. – Nach einer Weile trat Gasselin in den Saal und fragte bescheiden, ob man seiner noch bedürfe.

„Du kannst nach dem Abendgebet ausgehen oder zu Bett gehen," sagte der Baron erwachend, „vorausgesetzt, daß die Frau Baronin oder meine Schwester..."

Die beiden Damen gaben ein Zeichen des Einverständnisses. Dann knieten alle nieder, und Fräulein du Guénic sprach mit lauter Stimme den Abendsegen. Kaum hatte sie geendet, da klopfte es an dem Tore des Gäßchens, und Gasselin eilte davon, um zu öffnen.

„Das ist gewiß der Herr Pfarrer!" bemerkte Mariotte. „Er kommt fast immer als erster."

In der Tat, jedermann erkannte den Pfarrer von Guérande an den festen Schritten, die von den Stufen der Terrasse widerhallten. Ehrerbietig grüßte er den Baron und die Damen und richtete an sie allerhand salbungsvolle Redensarten, wie sie ein Geistlicher stets zu finden weiß. Das zerstreute „Guten Abend!" der Herrin des Hauses beantwortete er mit einem inquisitorischen Blick und fragte:

„Drückt Sie ein Kummer oder fehlt Ihnen etwas, Frau Baronin?"

„Nein", entgegnete sie kurz.

Abbé Grimont war ein mittelgroßer Mann von fünfzig Jahren. Aus der Soutane, in der er steckte, sahen zwei derbe Schuhe mit Silberschnallen, ein Paar fleischige Hände und über dem Beffchen ein feistes weißes, dabei goldgetöntes Antlitz hervor. Dieses Abtsgesicht hatte durch den zarten Teint etwas von einem holländischen Bürgermeister und durch das glatte, schwarze Haar, die lebhaften, braunen Augen gleichzeitig etwas von einem bretonischen Bauern; dennoch verlor es niemals den Ausdruck priesterlicher Schicklichkeit. Wie alle Leute, die ein ruhiges, reines Gewissen haben, war er einem gelegentlichen Scherze nicht abgeneigt. Seiner heiteren Miene fehlte das Unfreundliche, Barsche des armen Pfarrers, der von seinen Pfarrkindern erhalten und wie ein Feind behandelt wird, anstatt nach dem erhabenen Wort Napoleons der sittliche Führer der Bevölkerung und ihr natürlicher Friedensrichter zu sein. Selbst der ungläubigste Fremde hätte in Abbé Grimont, wenn er ihn durch die Straßen von Guérande schreiten sah, das Oberhaupt des katholischen Städtchens erkannt. Allein dieser Herrscher demütigte seine geistige vor der feudalen Überlegenheit der du Guénic. In ihrem Hause war er wie ein Schloßkaplan, der dem Schloßherrn seine Aufwartung macht. Erteilte er in der Kirche den Segen, so wandte sich seine Hand stets zuerst nach jener Kapelle, wo die bewaffnete Hand und der Wahlspruch des Hauses du Guénic in den Schlußstein des Bogens eingemeißelt war.

„Ich dachte, Fräulein de Pen-Hoël sei schon hier“, sagte er und ließ sich nieder, nachdem er der Baronin die Hand geküßt hatte. „Sie fängt an, unordentlich zu werden. Sollte das Leben in Saus und Braus, das jetzt Mode ist, ansteckend wirken? Denn wie ich sehe, ist der junge Herr heute abend noch in Les Touches.“

„Erwähnen Sie vor Fräulein de Pen-Hoël nichts von seinen Besuchen!“ versetzte die Blinde sanft.
„Ach, gnädiges Fräulein,“ warf Mariotte ein, „können Sie die ganze Stadt abhalten, darüber zu schwätzen?“
„Was erzählt man denn?“ fragte die Baronin.
„Die jungen und die alten Klatschweiber, kurz jedermann glaubt, daß der junge Herr in Fräulein des Touches verliebt ist.“
„Ein junger Mann, der so aussieht wie Calyste, tut nur seine Pflicht, wenn er sich lieben läßt“, bemerkte der Baron.
„Da kommt Fräulein de Pen-Hoël!“ rief Mariotte.
Tatsächlich knirschte der Kies unter den vorsichtigen Schritten dieser Dame. Ihr kleiner Diener leuchtete ihr mit einer Laterne voran, Mariotte verlegte nunmehr ihre Werkstatt in den großen Saal und plauderte mit ihrem jungen Freunde bei dem Schein der armseligen Talgkerze, die auf Kosten seiner ebenso reichen wie geizigen Herrin brannte. Ersparte sie doch auf diese Weise ihrer eigenen Herrschaft für die Beleuchtung aufzukommen.
Fräulein de Pen-Hoël war eine vertrocknete alte Jungfer, gelb wie altes Pergament, verrunzelt wie ein vom Wind gekräuselter See, mit grauen Augen, großen, hervorspringenden Zähnen und Männerhänden. Sie war ziemlich klein und ein bißchen verwachsen, vielleicht sogar bucklig. Indes, niemand war neugierig, ihre Vorzüge und Schwächen kennenzulernen. Im Geschmack Zéphirinens gekleidet, brachte sie eine Unmenge von Wäschestücken und Röcken in Bewegung, wenn sie einen der beiden Schlitze finden wollte, durch die sie zu ihren Taschen gelangte. Dabei ließ sich ein lau-

tes Geklapper von Schlüsseln und Geldstücken vernehmen. Auf der einen Seite hatte sie stets den ganzen Eisenkram guter Hausfrauen, auf der andern ihre silberne Tabakdose, einen Fingerhut, die Strickerei und anderes klingendes Gerät. Anstatt Zéphirinens gestepptem Häubchen trug sie einen Hut, der mit der Zeit, wie ihre Melonen, vom anfänglichen Grün ins Gelbliche übergegangen war. Was seine Form anbelangt, so brachte ihn die Mode, zwanzig Jahre später, unter der Bezeichnung „Bibi" nach Paris. Dieser Hut wurde unter ihrer Aufsicht von ihren Nichten hergestellt. Der erforderliche grüne Seidentaffet stammte aus Guérande und die Form aus Nantes. Sie wurde alle fünf Jahre erneuert, denn die alte Jungfer gönnte ihm die Dauer einer Legislaturperiode. Ihre Nichten nähten ihr ebenso die Kleider nach unabänderlichen Schnittmustern. Sie trug noch den kleinschnabligen Spazierstock, dessen sich die Damen zu Marie Antoinettens Zeiten bedient hatten. Sie gehörte zum höchsten Adel der Bretagne. Ihr Wappen zierte der Hermelin der alten Herzogsgeschlechter. Mit ihr und ihrer jüngeren Schwester erlosch das erlauchte bretonische Haus de Pen-Hoël. Diese Schwester hatte sich mit einem Kergarouët vermählt, der seinem Namen, trotz der Mißbilligung des Landes, den Namen seiner Gemahlin hinzufügte und sich Vicomte de Kergarouët-Pen-Hoël nennen ließ.

„Der Himmel hat ihn bestraft!" pflegte die alte Jungfer zu sagen, „er hat nur Töchter, und der Name Kergarouët-Pen-Hoël wird aussterben."

Jacqueline de Pen-Hoël zog aus ihrem Grundbesitz eine Jahresrente von etwa siebentausend Franken.

Seit sechsunddreißig Jahren großjährig, verwaltete sie ihre Güter selbst, inspizierte sie zu Pferde und entfaltete in allen Dingen eine Energie, wie man sie bei Buckligen meistens beobachtet. Sie war von einem Geiz, den man durchaus nicht tadelte, sondern auf zehn Meilen in der Runde ehrlich bewunderte. Neben dem kleinen Diener hatte sie nur eine einzige Frau bei sich. Ihre gesamten Ausgaben erreichten, von den Steuern abgesehen, keine tausend Franken im Jahr. Kein Wunder, daß sie im Hause Kergarouët-Pen-Hoël den Gegenstand schmeichelhafter Aufmerksamkeiten bildete. Ihre Verwandten verbrachten die Wintermonate stets in Nantes und den Sommer an den Ufern der Loire, unterhalb von l'Indret, auf den Gütern der Erbtante. Man wußte, daß sich Jacqueline mit dem Gedanken trug, ihr Vermögen und ihre Ersparnisse derjenigen ihrer vier Nichten zu schenken, die ihr am besten gefiele. Alle drei Monate kam eine von ihnen – die Jüngste zählte zwölf, die Älteste zwanzig Jahre – für einige Tage zu ihr. Als Freundin Zéphirinens und in der Bewunderung für die Größe des Hauses du Guénic aufgewachsen, faßte sie nach der Geburt Calystes den Plan, ihm ihr Vermögen zuzuwenden, wenn er sich mit einer der Nichten vermählte, die sie aus der Ehe ihrer Schwester zu erlangen hoffte. Sie beabsichtigte, eines der schönsten Güter des Hauses du Guénic durch Anzahlung der alten Domänenpächter an sich zu bringen. Wenn sich der Geiz ein Ziel setzt, dann hört er auf, ein Laster zu sein und wird ein Mittel der Tugend. Seine maßlosen Entbehrungen werden zu fortgesetzten Opfern, seine Niedrigkeit verbirgt sich am Ende unter der Größe dieses Zieles.

Vielleicht war Zéphirine in das Geheimnis ihrer Freundin eingeweiht. Vielleicht auch ahnte die Baronin, die in der Liebe für ihren Sohn und dessen Vater aufging, derlei Absichten. Sah sie doch, mit welcher Beharrlichkeit Fräulein de Pen-Hoël ihre Lieblingsnichte, die fünfzehnjährige Charlotte, täglich mitbrachte! Abbé Grimont war zweifellos ins Vertrauen gezogen; er half der alten Jungfer, ihr Geld gut anzulegen. Aber selbst wenn sie dreihunderttausend Franken in Gold – so hoch schätzte man ihre Ersparnisse – und zehnmal so viel Güter besessen hätte, als sie besaß: Nie hätte sich die Familie du Guénic erlaubt, in Jacqueline den Glauben zu erwecken, daß man an ihr Vermögen denke. Mit dem wunderbaren Stolz der Bretonin war sie glücklich über die hoheitsvolle Art des ganzen Hauses du Guénic und fühlte sich stets hochgeehrt, wenn ihr die irländische Königstochter und ihre alte Freundin einen Besuch abzustatten geruhten. Mit großer Sorgfalt verheimlichte sie sogar das Opfer, das sie den du Guénic allabendlich brachte, und das darin bestand, daß sie ihren Diener einen „Oribus“ brennen ließ – dies der Name jener lebkuchenfarbigen Kerzen, die in manchen Gegenden des Westens im Gebrauch stehen.
So war das alte, reiche Fräulein de Pen-Hoël der Stolz, der Adel, die Größe in Person. An dem Abend, da der Baron, sein Sohn und Gasselin, mit Säbel und Entenflinten bewaffnet, zum Entsetzen Fannys und zur Freude aller Bretonen plötzlich aufbrachen, um in der Vendée zu Madame zu stoßen – an jenem Abende hatte ihm Jacqueline einen Betrag von zehntausend Franken in Gold eingehändigt und den ehemaligen Lehnsherrn beauf-

tragt, diesen Betrag, der sich übrigens durch den Erlös einer Sammlung des Abbé Grimont um weitere zehntausend Franken erhöhte, der Mutter Henris V. im Namen des Fräuleins Jacqueline de Pen-Hoël und im Namen der Pfarre von Guérande ehrfurchtsvoll zu überreichen. Erst kürzlich war dieses unermeßliche Opfer der alten Jungfer durch die Unbedachtsamkeit des geschwätzigen Pfarrers bekanntgeworden.

Allein Jacqueline behandelte Calysten, als hätte sie ein gewisses Anrecht auf ihn. Ihre Pläne ermächtigten sie, ihn zu überwachen. Nicht etwa, daß sie in Angelegenheiten der Galanterie engherzig gewesen wäre. Sie besaß die Nachsichtigkeit alter Damen des Ancien Régime. Aber sie verabscheute revolutionäre Sitten. Calyste hätte in ihren Augen durch irgendwelche Abenteuer mit Bretoninnen vielleicht sogar gewonnen; er hätte jedoch sicher beträchtlich verloren, wenn er auf das verfallen wäre, was sie als „Neuheiten" bezeichnete. Fräulein de Pen-Hoël wäre imstande gewesen, gar manches ihrer glänzenden Goldstücke zu lockern, um ein verführtes Mädchen zu beschwichtigen, aber sie hätte Calysten für einen Verschwender gehalten, wenn sie gehört hätte, daß er einen Tilbury fahre oder nur davon spreche, nach Paris zu reisen. Weiß Gott, zu was allem sie fähig gewesen wäre, wenn sie ihn bei der Lektüre von Revuen oder gottlosen Zeitungen ertappt hätte! Für sie waren neue Ideen der Umsturz bewährter Wirtschaftsformen, der Ruin unter dem Namen „Verbesserungen" und „Methoden" – kurz, die Notwendigkeit, seine Güter infolge kostspieliger Versuche früher oder später mit Hypotheken zu belasten. Für sie war weise

Mäßigung das wahre Mittel, reich zu werden. Für sie bestand die schönste Verwaltung darin, in seinen Speichern Roggen, Hanf und Korn aufzuhäufen; auf die Teuerung zu warten, selbst auf die Gefahr hin, für einen Kornwucherer gehalten zu werden; mit hartnäckiger Ausdauer auf seinem Geldsack zu sitzen. Ein seltsamer Zufall wollte es, daß sie zu wiederholten Malen glückliche Geschäfte abgeschlossen hatte, die sie in ihren Grundsätzen nur noch bestärkten. Sie galt für boshaft und war nicht ohne Geist. Dabei verfügte sie über eine Katzenklugheit und jesuitische Zähigkeit, die in einem Lande, wo jedermann an alten Gewohnheiten festhält, den tiefsten Gedanken aufwiegt.

„Kommt Herr du Halga heute abend?" begann sie nach den üblichen Begrüßungsphrasen, während sie die fingerlosen Waschhandschuhe abstreifte.

„Ja, gnädiges Fräulein," antwortete der Pfarrer, „ich sah ihn, als er auf der Promenade seine Hündin spazierenführte."

„Dann wird unsere ‚Mouche' heute lustiger sein," versetzte sie; „gestern waren wir nur vier."

Bei dem Worte „Mouche" erhob sich der Pfarrer, ging an die Truhe und entnahm ihr ein aus Weidenruten zierlich geflochtenes Körbchen, zahlreiche Spielmarken aus Elfenbein, die durch zwanzigjährigen Gebrauch gelbbraun geworden waren wie türkischer Tabak, und ein ebensolches Spiel Karten, das speckig war wie das der Zollwächter von Saint-Nazaire, die nur alle vierzehn Tage ein neues nehmen. Der Pfarrer verteilte die für die einzelnen Spieler erforderlichen Spielmarken auf dem Tisch und stellte dann, mit dem kindlichen Eifer eines Mannes, der gewohnt ist, derlei kleine Dienste zu leisten, das Körbchen neben die Lampe in die Mitte des Tisches.

Da unterbrach starkes, soldatisches Pochen die abendliche Stille des alten Herrensitzes. Jacquelinens Diener ging mit würdevollen Schritten an die Eingangstür und öffnete. Unmittelbar darauf zeichnete sich die lange, dürre und streng nach der Mode gekleidete Gestalt des Chevaliers du Halga, ehemaligen Kapitäns des Admirals de Kergarouët, ganz schwarz von dem Halbdunkel ab, das noch draußen auf der Terrasse herrschte.

„Nur herein, Chevalier!" rief Fräulein de Pen-Hoël.

„Der Altar ist errichtet!" scherzte der Pfarrer.

Der Chevalier war ein Mann von schwächlicher Gesundheit, der gegen seinen Rheumatismus eine Flanellunterjacke trug; eine schwarze Seidenmütze schützte ihn vor dem Nebel, ein Spenzer vor den heftigen Windstößen, die Guérande oft ganz unvermittelt abkühlen. Ein Spazierstock mit goldenem Griffe diente ihm stets als Waffe, um die Hunde zu verscheuchen, die seiner Thisbé zur Unzeit den Hof machten. Dieser Mann, der umständlich war wie ein Putzdämchen, der bei den geringfügigsten Anlässen in Aufregung geriet, der nur noch flüsterte, um den Rest seiner Stimme zu schonen, war ehmals einer der klügsten, unerschrockensten Männer der alten Marine gewesen. Der französische Vizeadmiral Pierre de Suffren de Saint-Tropez hatte ihn mit seiner Wertschätzung, der Graf von Portenduère mit seiner Freundschaft ausgezeichnet. Sein wackeres Verhalten als Kapitän des Flaggschiffs seines Admirals stand in sichtbaren Zeichen auf seinem mit Wundnarben besäeten Antlitz geschrieben. Wer ihn sah, hätte weder die Stimme, die den Sturm beherrschte, noch das Auge, das in stolzer Ruhe über die See schweifte, noch den unbezähmbaren Mut des bretonischen Seemannes wiedererkannt. Er rauchte nicht mehr, fluchte nicht mehr, sondern war ruhig und sanft wie ein junges Mädchen und sorgte mit der Inbrunst einer alten Jungfer für seine Hündin Thisbé und die Befriedigung ihrer kleinen Launen. Damit gab er die einzige Möglichkeit, auf seine längst entschwundene Galanterie zu schließen. Nie sprach er von seinen Heldentaten, die den Grafen d'Estaing in Erstaunen versetzt hatten. Obwohl er sich wie ein Invalide hielt und den Anschein erweckte, als fürchte er bei jedem Schritt auf Eier zu treten; obwohl er gleicherweise über die Frische des Windes, die Feuchtigkeit des Nebels und die Glut der Sonne jammerte, hatte er weiße, kerngesunde Zähne und ein rosiges Zahnfleisch, was über seine, nebenbei bemerkt, ein wenig kostspieligen Leiden beruhigte. Denn sie bestanden ausschließlich in der Gewohnheit, täglich vier Mahlzeiten von geradezu klösterlichem Umfange einzunehmen. Sein Knochengerüst, gleich dem des Barons von unzerstörbarer Stärke, war mit Pergament überzogen, das sich an die Knochen anschmiegte wie das glänzende Fell eines Araberpferdes an die Muskeln. Von seinen Indienfahrten hatte er weder einen Gedanken noch eine Geschichte heimgebracht. Nur die dunkelbraune Gesichtsfarbe war ihm verblieben.

Nach dem Ausbruch der Revolution war er ausgewandert und hatte deshalb sein Vermögen verloren. Nach seiner Rückkehr erhielt er das Saint-Louis-

Kreuz und eine wohlverdiente Pension von zweitausend Franken, die ihm durch die Marine-Invalidenkasse ausgezahlt wurden. Die leichte Hypochondrie, die ihn zahllose Krankheiten erfinden ließ, erklärte sich ohne weiteres aus den Leiden seiner Emigrationszeit. Er hatte zuerst in der russischen Marine gedient. An dem Tage jedoch, da ihn Zar Alexander gegen Frankreich verwenden wollte, nahm er seine Entlassung und lebte dann in Odessa bei dem Herzog von Richelieu. Gemeinsam kehrten sie nach Frankreich zurück, und der Herzog veranlaßte, daß dem glorreichen Wrack der bretonischen Marine eine gebührende Pension zuerkannt werde. Um die Zeit, da Ludwig der Achtzehnte starb, wurde Chevalier du Halga Bürgermeister von Guérande.

Seit nunmehr fünfzehn Jahren pflegten der Pfarrer, der Chevalier und Jacqueline die Abende im Hause du Guénic zu verbringen, wo sich mitunter auch einige Adlige aus der Stadt und Umgebung von Guérande einfanden. Es war wie ein kleines Faubourg Saint-Germain, und begreiflicherweise blieb es jedem verschlossen, den die neue Regierung zu der Verwaltung des Arrondissements dorthin versetzte. Sechs Jahre schon räusperte sich der Pfarrer jedesmal, wenn er an die kritische Stelle „Domine, salvum fac regem“ kam. In Guérande war eben alles mit Politik verbunden.

Die „Mouche“ ist ein Spiel mit fünf Karten. Eine Karte wird aufgeschlagen und bestimmt den Trumpf. Bei jedem Spiel steht es den Spielern frei, mitzugehen oder nicht. Wer nicht mitgeht, verliert nur seinen Einsatz – jenen geringen Betrag, den die Spieler einzahlen müssen, solange an

das „Körbchen“ noch nichts verlorenging. Wer mitgeht, muß mindestens einen Stich machen, der im Verhältnis des Einsatzes bezahlt wird. Sind fünf Sous im Körbchen, so gilt jeder Stich einen Sou. Ein Spieler, der keinen Stich macht, ist „gefallen“ und verliert an das Körbchen den ganzen Betrag, den es enthält, wodurch sich der Einsatz des folgenden Spiels erhöht. Die Verluste werden vorgemerkt und dem Körbchen der Reihe nach zugeführt, derart, daß die großen den kleinen vorangehen. Wer auf das Mitgehen verzichtet, spielt zwar mit, seine Stiche gelten jedoch nicht. Der Talon enthält zehn Karten, die nach der Reihe der Vorhand getauscht werden können. Jeder kann, wie bei dem Ecartéspiel, soviel Karten tauschen, als er will, so daß die beiden ersten Spieler den ganzen Talon für sich aufbrauchen können. Der aufgeschlagene Trumpf gehört dem Geber, der als letzter in der Runde das Recht hat, diese Karte gegen eine andere seines Spiels umzutauschen. Eine furchtbare Karte ist der Kreuzbube: Er wird „Mistrigis“ genannt und sticht alle andern.
So außerordentlich einfach dieses Spiel auch ist, es ist nicht uninteressant. Die angeborne Habsucht des Menschen tritt dabei ebenso unverhüllt zutage wie seine Schlauheit und sein Mienenspiel. Im Hause du Guénic wurden jedem Spieler zwanzig Spielmarken zugeteilt, deren jede dem Wert eines Liard, also einem Viertelsou, entsprach. Jeder Mitspieler war demnach für den in diesem Kreise sehr ansehnlichen Betrag von fünf Sous verantwortlich. Man mußte schon sehr viel Glück haben, um an einem Abend fünfzig Sous zu gewinnen – ein Kapital, das in Guérande niemand an einem Tage aus-

gab. Daher brachte Fräulein de Pen-Hoël diesem Spiel, dessen Harmlosigkeit nach dem Wörterverzeichnis der Académie nur noch von dem Spiele „Bataille“ übertroffen wird, eine Leidenschaft entgegen, wie sie ein Jägersmann für große Hetzjagden empfindet. Einen Liard zu riskieren, um fünf zu gewinnen, das bedeutete für den alten Geizkragen eine ganz gewaltige Finanzoperation, und Jacqueline nahm mit der gleichen innerlichen Spannung daran teil wie ein gieriger Spekulant zur Börsenzeit an Hausse und Baisse.

Nach einem feierlichen Übereinkommen vom soundsovielten September des Jahres 1825, an welchem Abende Fräulein de Pen-Hoël siebenunddreißig Sous verloren hatte, wurde das Spiel vorzeitig abgebrochen, wenn einer der Mitspieler nach einem Verlust von zehn Sous einen dahingehenden Wunsch äußerte. Denn die Höflichkeit verbot, einem Spieler, der an der „Mouche“ nicht mehr teilnehmen wollte, den schweren Kummer des Zusehens zu bereiten. Aber jede Leidenschaft hat ihren Jesuitismus. Baron du Guénic und Chevalier du Halga hatten ein Mittel gefunden, besagten Staatsvertrag hinterlistig zu umgehen. Hatten Jacqueline oder Zéphirine oder alle beide ihre fünf Sous verloren, und sehnten sich alle Spieler nach Verlängerung der aufregenden Partie, dann trug ihnen der reiche und freigebige Chevalier, der sonst keinen Aufwand trieb, zehn von seinen Spielmarken an, unter der Bedingung, daß sein Darlehen, falls sie gewönnen, zurückerstattet werde. Ein alter Junggeselle durfte sich solche Galanterie Damen gegenüber wohl erlauben. Auch der Baron gab ihnen mitunter, unter dem Vorwand, das Spiel nicht aufzuhalten, zehn Spielmarken. Die beiden Geizkragen nahmen immer an, ließen sich aber nach Mädchenbrauch stets eine Zeitlang bitten. Um solcher Verschwendungssucht frönen zu können, mußten jedoch die Herren zuvor gewonnen haben, weil sonst ihr Anerbieten den Charakter einer Beleidigung angenommen hätte.

Besonders glänzend verlief die „Mouche“, wenn ein Fräulein de Kergarouët vorübergehend bei ihrer Tante wohnte; denn dort durften sie sich niemals und von niemandem Kergarouët-Pen-Hoël nennen lassen – nicht einmal von der Dienerschaft, die nach dieser Richtung hin in aller Form genaue Weisungen erhalten hatte. Jacqueline stellte ihrer Nichte die „Mouche“ im Hause du Guénic als unerhörtes Vergnügen dar. Die Kleine hatte den Auftrag, sehr liebenswürdig zu sein – was ihr nicht schwer fiel, wenn sie Calyste sah. Waren doch alle vier Nichten in ihren Vetter vernarrt. Vollkommen modern erzogen, lag ihnen wenig an den fünf Sous, und sie spielten ungemein verwegen. Dann gab es wohl „Mouche“-Partien, bei denen die vorgemerkten Verluste zwischen zweieinhalb und zehn Sous schwankten und eine Gesamtsumme von hundert Sous erreichten. Solche Abende waren für die arme Blinde sehr aufregend. Fanny pflegte ihrer Schwägerin jeden Stich, auf den sie nach ihrem Blatte sicher zählen konnte, durch einen leichten Druck auf den Fuß anzuzeigen. Mitgehen oder nicht – diese gewichtige Frage führte im Innern der Mitspieler zu langwierigen Kämpfen zwischen Habgier und Furcht. Man fragte einander: „Gehen Sie mit?“ – und beneidete jene, deren Karten gut genug waren, das Glück zu versuchen, und man

war verzweifelt, wenn man sich selbst des Mitspiels enthalten mußte.
Zuweilen hatte Charlotte de Kergarouët, die man ganz allgemein für verrückt hielt, erstaunliches Glück mit ihrem leichtsinnigen Spiel. Gewann sie trotzdem nichts, dann war ihre Tante auf dem Heimweg sehr kühl zu ihr und machte ihr allerhand Vorwürfe: Sie zeige in ihrem Charakter zuviel Entschlossenheit; ein so junges Geschöpf wie sie dürfe gegen alte Leute niemals die Ehrfurcht vergessen; sie habe eine unverschämte Art und Weise, mitzugehen und den Gewinn einzustreichen; die Sitte erheische von einem jungen Mädchen Zurückhaltung und Bescheidenheit; man lache nicht über das Unglück der andern – und so weiter.
Ewig scherzte man über die Frage, welchen „Vorspann" man dem Körbchen geben müsse, sobald es zu stark belastet sei. Man sprach davon, Ochsen, Elefanten, Pferde, Esel, Hunde vorzuspannen. Mochten sich diese Scherze auch tausendmal im Jahre wiederholen, der Vorschlag wirkte stets wie neu und erweckte immer wieder schallendes Gelächter. Noch nach zwanzig Jahren wurde niemand dieses albernen Geschwätzes inne. Ähnliche Redensarten betrafen den Schmerz jener, die das Körbchen bereichert hatten und zusehen mußten, wie die andern einheimsten, was sie verloren.
Die Karten wurden mit automatischer Langsamkeit ausgeteilt. Dabei plauderte man mit flüsternder Stimme. Diese würdevollen, edlen Persönlichkeiten waren kleinlich genug, einander beim Spiel zu mißtrauen. Wenn der Pfarrer seinen Gewinn aus dem Körbchen nahm, beschuldigte ihn Fräulein de Pen-Hoël fast jedesmal des Betrugs.

„Es ist ganz merkwürdig," pflegte er dann zu erwidern, „allein ich schwindle nie, wenn ich ‚Mouche' spiele."

Niemand legte seine Karte auf den Tisch, ohne eingehende Berechnungen anzustellen, die sich auf verstohlene Blicke und auf hinterhältige, zur Täuschung der Mitspieler bestimmte Bemerkungen gründeten. Zwischen den einzelnen Stichen sprach man über die Tagesereignisse des Städtchens oder stritt über politische Angelegenheiten. Mitunter währten derartige Gespräche über eine Viertelstunde, und die Spieler legten dabei zur Sicherheit ihre Karten fächerförmig auf den Magen. Wenn sich infolge solcher Unterbrechungen eine Spielmarke zu wenig im Körbchen vorfand, dann behauptete jeder ganz entschieden, seinen Einsatz bereits vorher geleistet zu haben. Zumeist ergänzte der Chevalier den Einsatz, weil alle ihm vorwarfen, daß er an sein Ohrensausen, an seinen Kopf, an alles andere, nur nicht an seinen Einsatz denke. Und legte du Halga endlich eine seiner Spielmarken ins Körbchen, dann wurden die alte Zéphirine und die boshafte Bucklige von Gewissensbissen gepackt: Vielleicht hatten sie selbst nicht gesetzt – sie überlegten, sie glaubten, sie zweifelten. Aber schließlich war der Chevalier reich genug, um solch kleines Unglück zu ertragen. Oft wußte der Baron nicht mehr, wie das Spiel stehe, besonders dann, wenn über das grausame Geschick des Königshauses gesprochen wurde. Manchmal kam es wohl auch zu einem immer wieder überraschenden Ergebnis. Nach einer gewissen Anzahl von Partien hatte jeder Mitspieler seine eigenen Spielmarken zurückgewonnen, und man ging ohne

Verlust und Gewinn, allein nicht ohne Aufregung, zu recht vorgerückter Stunde auseinander.
An solchen Schmerzensabenden erhoben sich laute Klagen wider die „Mouche“: Das Spiel sei reizlos gewesen. Die Spieler beschwerten sich über die „Mouche“, wie die Neger auf das Spiegelbild des Mondes im Wasser einschlagen, wenn das Wetter ihnen nicht günstig ist. Der Abend galt als farblos und matt. Man hatte fleißig gearbeitet und nichts geschafft. Als der Vicomte und die Vicomtesse de Kergarouët bei ihrem ersten Besuche erwähnten, daß „Whist“ und „Boston“ weit interessanter seien, und die Baronin, die das „Mouche“-spiel außerordentlich langweilig fand, die Besucher ermutigte, jene Spiele zu erklären, da machte die Gesellschaft des Hauses du Guénic nur unter starkem Widerspruch gegen derlei Neuerungen mit. Allein es war unmöglich, ihnen diese Spiele begreiflich zu machen, und kaum waren die Kergarouët abgereist, da waren sie auch schon als „Kopfzerbrecher“, als „algebraische Probleme von unerhörter Schwierigkeit“ abgetan. Ein jeder zog seine liebe, seine kleine, seine angenehme „Mouche“ vor. Die alte „Mouche“ triumphierte über die modernen Spiele, wie in der Bretagne das Alte immer über das Neue triumphiert. –
Während der Pfarrer die Karten austeilte, richtete Fanny an den Chevalier die gleichen Fragen über dessen Befinden wie tags vorher. Herr du Halga hielt es für ehrenhaft, stets mit neuen Leiden aufzuwarten. Wenn sonach die Fragen einander glichen, so war der alte Flaggoffizier bei seinen Antworten im Vorteil. Heute zum Beispiel beunruhigten ihn seine falschen Rippen. Merkwür-

dig, der stolze Edelmann klagte niemals über seine alten Wunden. Alles Ernsthafte kannte er und war darauf gefaßt. Phantastische Dinge jedoch, Schmerzen in den Schädelknochen, Bestien, die an seinem Magen fraßen, Glocken, die in seinen Ohren summten, und allerlei Kobolde quälten ihn schrecklich. Er tat, als sei er unheilbar – und dies mit um so größerer Berechtigung, als die Ärzte kein Heilmittel gegen eine Krankheit kennen, die nicht vorhanden ist.

„Mir scheint, gestern hatten Sie es in den Beinen?" bemerkte der Pfarrer mit der ernstesten Miene.

„Das springt!" erklärte der Chevalier.

„Von den Beinen in die Rippen?" fragte Zéphirine erstaunt.

„Ist es unterwegs nicht stehengeblieben?" scherzte Fräulein de Pen-Hoël.

Der Chevalier verneigte sich würdevoll und machte dabei eine verneinende, einigermaßen drollige Kopfbewegung, die einem Beobachter bewiesen hätte, daß der Seeoffizier in seiner Jugend ganz geistreich gewesen sein mußte, daß er viel geliebt hatte und viel geliebt worden war. Hinter seinem gegenwärtigen fossilen Dasein mochte sich mancherlei Erinnerung verbergen. Vielleicht lebte er, wenn er auf seinen beiden Reiherbeinen stumpfsinnig in der Sonne stand und vor sich hinbrütete, oder wenn er auf seinem Spaziergang das Meer und das ausgelassene Umherspringen Thisbés beobachtete, wieder in dem irdischen Paradies einer ereignisreichen Vergangenheit.

„Da ist nun auch der alte Herzog von Lenoncourt gestorben!" sagte der Baron, der sich gerade des ihm zuletzt vorgelesenen Absatzes aus der „Quotidienne" erinnerte. „Weiß Gott, der erste Kammerjunker des Königs hat nicht lange gefackelt, wieder zu seinem Herrn zu kommen. Ich werde wohl auch bald nachfolgen!"

„Alterchen, Alterchen!" unterbrach ihn die Baronin und tätschelte dabei begütigend die rauhe, knochige Hand ihres Gatten.

„Laß ihn reden, Schwägerin!" versetzte Zéphirine, „solange ich oben bleibe, wird er nicht unten sein; er ist jünger als ich!"

Ein heiteres Lächeln umspielte die Lippen der alten Jungfer. Wenn sich der Baron eine derartige Bemerkung entschlüpfen ließ, dann sahen Spieler und gelegentliche Besucher einander mit innerer Rührung an und sagten auf dem Heimweg: „Der Baron war heute recht trübsinnig. Habt ihr gesehen, wie oft er einschläft?" Und tags darauf sprach ganz Guérande von diesem Ereignis. „Mit dem Baron du Guénic geht's bergab!" – so begannen alle Familiengespräche.

„Und Thisbé ist gesund?" fragte Jacqueline den Chevalier, als die Karten ausgeteilt waren.

„Der armen Kleinen geht es wie mir!" gab dieser zur Antwort. „Sie hat Nervenschmerzen. Sie hebt beim Laufen andauernd eine Pfote; sehen Sie, so!"

Um die Haltung seines Hündchens zu veranschaulichen, hob er den Arm und zog ihn ein und – ließ seine Nachbarin, die bloß wissen wollte, wieviel Trümpfe er hatte, in sein Blatt sehen. Dieser Kriegslist der Buckligen erlag er jedesmal.

„Oho!" rief da die Baronin aus, „die Nasenspitze des Herrn Pfarrers wird weiß, er hat Mistigris!"

Mistigris im Blatte zu haben, dies bedeutete für den Pfarrer wie für alle andern Mitspieler eine so große Freude, daß man sie kaum verbergen konnte. In jedem menschlichen Angesicht gibt es irgendeine Stelle, wo sich die geheimsten Herzensregungen verraten. Nun waren die fünf Personen durch die Gewohnheit, einander zu beobachten, nach einigen Jahren dahin gelangt, diese schwache Stelle auch bei dem armen Geistlichen zu entdecken: Hatte er Mistigris, so erblaßte seine Nasenspitze, und jeder hütete sich, „mitzugehen".

„Sie hatten heute Besuch?" sagte du Halga, zu Fräulein Jacqueline gewendet.

„Ja, ein Vetter meines Schwagers überraschte mich mit der Vermählungsanzeige der Gräfin de Kergarouët, einer geborenen de Fontaine..."

„Sie ist ein Kind von ‚Grand-Jacques'!" unterbrach sie der Chevalier, der seinen Admiral während der Pariser Dienstzeit nie verlassen hatte.

„Die Gräfin ist seine Erbin, sie heiratete einen ehemaligen Gesandten. Bei dieser Gelegenheit erzählte mir der Vetter über Fräulein des Touches, unsere Nachbarin, die sonderbarsten Dinge; aber so sonderbar, daß ich sie nicht glauben will. Calyste würde sonst nicht so häufig zu ihr gehen. Er ist zu vernünftig, um solche Ungeheuerlichkeiten nicht zu merken."

„Ungeheuerlichkeiten?" wiederholte der Baron, den dieser Ausdruck aus dem Schlummer weckte.

Die Baronin und der Pfarrer wechselten einen verständnisvollen Blick. Die Karten waren ausgeteilt, die alte Jungfer hatte Mistrigis und war glücklich, unter dem Schutz der allgemeinen Be-

stürzung, die ihre Bemerkung hervorrief, ihre Freude darüber verbergen zu können.
„Sie spielen aus, Herr Baron!“ sagte sie, um dem Gespräch eine andere Wendung zu geben.
„Mein Neffe gehört nicht zu den jungen Leuten, die an Ungeheuerlichkeiten Gefallen finden!“ bemerkte Zéphirine und stocherte auf ihrem Kopfe herum.
„Mistigris!“ rief die alte Jungfer schnell und gab ihrer Freundin keine Antwort.
Der Pfarrer, der in die zwischen Calyste und Fräulein des Touches bestehenden Beziehungen eingeweiht zu sein schien, sah diesem Wortgefechte schweigend zu.
„Was tut denn Fräulein des Touches so Außergewöhnliches?“ fragte der Baron.
„Sie raucht!“ gab Jacqueline zur Antwort.
„Das ist sehr gesund“, bemerkte du Halga.
„Sie muß wohl sehr reich sein?“ sagte der Baron.
„Ihren Reichtum verpraßt sie“, versetzte Jacqueline.
„Alles ist mitgegangen,“ unterbrach die Baronin; „alle sind gefallen! Ich habe König, Dame, Bube in Trumpf, Mistrigis und einen König – das Körbchen ist unser, Schwägerin!“
Das Spiel war gewonnen, bevor es begonnen hatte. Dies war für Jacqueline de Pen-Hoël ein so harter Schlag, daß sie aufhörte, sich mit Calyste und Fräulein des Touches zu befassen. –
Um neun Uhr blieben nur noch die Baronin und der Pfarrer in dem Saale zurück. Die andern waren schlafengegangen. Der Chevalier begleitete Fräulein de Pen-Hoël bis an ihr Haus, das auf dem Marktplatz lag. Sie sprachen zuerst über das letzte

Spiel, über ihr größeres oder geringeres Glück und über Zéphirinens ewig-junge Freude, den Spielgewinn in die Tasche zu vergraben. Denn die alte Blinde hatte es längst schon aufgegeben, dem Ausdruck ihrer Gefühle einen Zwang aufzuerlegen. Der weitaus größere Teil der Unterhaltung war jedoch der Baronin du Guénic gewidmet. Herr du Halga hatte die Zerstreutheit der entzückenden Irländerin wohl bemerkt. Und als er sich an der Türschwelle des Hauses – Jacquelinens Diener war inzwischen schon hinaufgegangen – in Mutmaßungen über das seltsame Gebaren der Baronin erging, antwortete die alte Jungfer teilnehmend:

„Ich kenne die Ursache. Calyste geht zugrunde, wenn wir ihn nicht geschwind verheiraten. Er liebt Fräulein des Touches, eine Komödiantin!"

„Wenn es so steht, lassen Sie Charlotte kommen!"

„Meine Schwester erhält morgen einen Brief von mir", antwortete Fräulein de Pen-Hoël und verabschiedete sich.

Nach den Ereignissen dieses normalen Abends läßt sich ermessen, welches Aufsehen die Ankunft, der Aufenthalt, die Abreise, ja selbst die Durchreise eines Fremden in jedem Hause von Guérande hervorrief. –

Als aus den Zimmern des Barons und seiner Schwester kein Laut mehr drang, sah Baronin Fanny den Pfarrer an, der nachdenklich mit den Spielmarken spielte.

„Ich vermute, daß Sie endlich meine Sorgen um Calyste teilen", begann sie.

„Haben Sie bemerkt, wie bissig Fräulein de Pen-Hoël heute abend war?" entgegnete er.

„Ja", antwortete die Baronin.

„Ich weiß, sie hegt für unsern lieben Calyste die besten Absichten. Sie liebt ihn, als wäre er ihr eigenes Kind. Sein Verhalten in der Vendée, das Lob von Madame für seine treue Ergebenheit hat diese Zuneigung noch vermehrt. Sie will diejenige ihrer Nichten, die Calyste heiratet, noch bei Lebzeiten durch Schenkung ihres gesamten Vermögens sicherstellen. Ich weiß, Frau Baronin, daß Sie für Ihren lieben Sohn in Irland eine viel reichere Partie in Aussicht nehmen; allein es ist besser, man hat zwei Pfeile im Köcher. Für den Fall, daß sich Ihre Familie um Calystens Verheiratung nicht kümmern sollte, wäre das Vermögen von Fräulein de Pen-Hoël durchaus nicht zu verachten. Eine Partie mit siebentausend Franken werden Sie für Ihren Jungen immer finden; niemals jedoch Ersparnisse von vierzig Jahren und so vortrefflich verwaltete und instand gehaltene Güter. Fräulein des Touches, dieses gottlose Weib, hat gar viel zerstört, seitdem sie hier ist. Am Ende erfährt man ja doch, was sie treibt."

„Was denn?" fragte die Mutter.

„Oh, ein Frauenzimmer ist sie, eine Dirne," rief der Pfarrer erregt, „ein Weib mit fragwürdigen Sitten, die sich mit dem Theater befaßt, mit Schauspielern und Schauspielerinnen umgeht und ihr Vermögen mit Zeitungsschmierern, Malern, Musikern – kurz, mit einer wahren Teufelsbrut verpraßt! Bücher schreibt sie auch, und hat zu diesem Zweck einen falschen Namen angenommen, unter dem sie angeblich bekannter sein soll als unter ihrem wahren Namen: Félicité des Touches. Diese Nichtstuerin, die seit ihrer ersten Kommunion nur noch in die Kirche geht, um sich dort

Statuen und Gemälde anzusehen! Sie hat ihr ganzes Vermögen vergeudet, um ihr Heim auf die unpassendste Art und Weise auszustatten. Les Touches ist ein Paradies Mohammeds geworden, dessen Houris durchaus unweiblich sind. Während der kurzen Zeit ihres Aufenthalts wird dort an erlesenen Weinen mehr getrunken, als ganz Guérande im Laufe eines Jahres verbraucht. Bei den Damen Bougniol wohnten im Vorjahre Männer mit Ziegenbärten, die in Les Touches verkehrten. Sie standen unter dem Verdachte, ‚Blaue' zu sein, und sangen so ruchlose Lieder, daß jene tugendhaften Mädchen vor Scham erröteten und weinten. Dies ist die Frau, die gegenwärtig unser Herr Junker anbetet! Verlangte diesem Frauenzimmer heute abend nach einem jener Schandbücher, darin die modernen Atheisten Gott und Welt verhöhnen, der Herr Junker sattelte selbst sein Pferd und ritte im Galopp nach Nantes, um es zu holen. Ich weiß nicht, ob er dergleichen für die Kirche täte. Fräulein des Touches – jetzt erinnere ich mich, sie nennt sich Camille Maupin – Fräulein des Touches oder, wenn man will, Herr Camille Maupin ist endlich alles eher denn royalistisch gesinnt. Käme es darauf an, für die gute Sache einen Flintenschuß abzugeben, sie wäre imstande, Calyste zurückzuhalten und seinen alten Vater allein fortziehen zu lassen!"

„Unmöglich!" entgegnete die Baronin.

„Ich möchte ihn nicht auf die Probe stellen, Frau Baronin! Es könnte Ihnen unsäglich leidtun. Ganz Guérande empört sich über die Leidenschaft des Junkers für diese Person. Dieses Amphybium, das nicht Mann, nicht Weib ist, raucht wie ein Husar, schreibt wie ein Journalist und beherbergt augenblicklich den giftigsten aller Schriftsteller. Dies ist wenigstens die Ansicht unseres Postdirektors, der als Anhänger der Mittelpartei die Zeitungen liest. Sogar in Nantes redet man schon darüber. Der Vetter, der Fräulein de Pen-Hoël heute besuchte, weil er Charlotte an einen Mann mit einem Jahreseinkommen von sechzigtausend Franken verheiraten will – dieser Vetter hat ihr mit seinem siebenstündigen Geschwätz über Camille Maupin völlig den Kopf verdreht. Da schlägt es dreiviertel zehn, und Calyste ist noch nicht zu Hause! Er ist wieder in Les Touches und kommt vielleicht erst morgen früh zurück."

Die Baronin hörte dem Pfarrer zu, und es fiel ihm gar nicht auf, daß aus dem Zwiegespräch ein Monolog geworden war. Er las auf dem Antlitz seines Beichtkindes die Zeichen einer tiefen Unruhe. Die Baronin errötete und bebte. Als er plötzlich den schönen Augen der fassungslosen Mutter Tränen entströmen sah, ergriff ihn innigstes Mitgefühl.

„Ich gehe morgen zu Fräulein de Pen-Hoël, beruhigen Sie sich nur, Frau Baronin!" tröstete er. „Vielleicht ist das Unheil gar nicht so groß, wie man denkt. Ich erfahre, was wahr daran ist. Im übrigen hat Fräulein Jacqueline Vertrauen zu mir. Calyste war ja mein Schüler und wird sich daher nicht von der Hölle umgarnen lassen. Er wird den Frieden der Familie und die Pläne, die wir für seine Zukunft hegen, doch nicht zerstören wollen? Also, nicht weinen, Frau Baronin! Noch ist nicht alles verloren. Ein Vergehen ist nicht das Laster!"

„Sie sprechen nur von Einzelheiten", versetzte die Baronin. „War nicht ich die erste, die Calystens

Wandlung wahrnahm? Eine Mutter fühlt nur zu gut den Schmerz, wenn sie im Herzen ihres Sohnes nicht mehr allein oder erst an zweiter Stelle steht! Diese Phase im Leben des Mannes gehört zu den Leiden der Mutterschaft. Ich war also darauf gefaßt. Aber ich erwartete sie nicht so bald. Zum mindesten hätte ich gewünscht, daß sein Herz ein edles, schönes Wesen erwähle, nicht eine Komödiantin, eine nichtsnutzige Person, die Romane schreibt und daher schon aus Gewohnheit Gefühle heuchelt, ein Theaterweib, das ihn betrügen und unglücklich machen wird. Hatte sie schon ein Liebesabenteuer?"

„Sogar mehrere!" antwortete Abbé Grimont. „Und dabei ist das gottlose Weib in der Bretagne geboren. Sie entehrt ihre Heimat. Ich will am Sonntag über diesen Gegenstand predigen."

„Tun Sie das nicht! Die Bauern und Arbeiter wären imstande, sich von ihrem Zorn gegen Les Touches fortreißen zu lassen. Calyste ist Bretone und ein würdiger Sproß seines Namens; es gäbe ein Unglück, wenn er gerade dort wäre, denn er würde sie verteidigen, als sei sie die heilige Jungfrau."

„Da schlägt es zehn! Ich wünsche Ihnen eine geruhsame Nacht, Frau Baronin!" sagte der Pfarrer. Er nahm die Handlaterne, deren blanke Glasscheiben, deren glänzendes Metall die peinliche Sorgfalt seiner Haushälterin offenbarte, und zündete den Oribus an. „Wer hätte gedacht," hub er wieder an, „daß ein junger Mann, den Sie genährt haben, und den ich in christlichen Ideen erzog, daß ein eifriger Katholik, ein Kind, das bisher wie ein makelloses Lamm gelebt hat, in einem solchen Sündenpfuhl versinken würde?"

„Ist denn das so gewiß?“ wandte die Mutter ein. „Aber wie sollte auch eine Frau unsern Calyste nicht lieben!“

„Es bedarf gar keines andern Beweises als die Tatsache, daß diese Hexe in Les Touches ist. Obwohl sie schon vierundzwanzig Jahre mündig ist, hielt sie sich nie so lange auf wie diesmal. Zu unserm Glück dauerte ihr Aufenthalt sonst nur ein paar Tage.“

„Eine Frau von vierzig Jahren!“ rief die Baronin aus. „In Irland sagt man, daß dies für einen Jüngling die gefährlichste Geliebte sei.“

„Davon verstehe ich nichts und hoffe, in dieser Unwissenheit zu sterben.“

„Ach ja, ich auch“, seufzte die Baronin. „Ich wollte, ich hätte mit wirklicher Leidenschaft geliebt. Wenigstens könnte ich jetzt Calysten beobachten, ihm raten, ihn trösten.“

Abbé Grimont ging nicht allein über den schmucken Hof; in der Hoffnung, Calystens Schritte in der Stadt widerhallen zu hören begleitete ihn die Baronin bis ans Tor. Allein sie vernahm nur den plumpen Tritt des mit ängstlicher Vorsicht heimkehrenden Pfarrers, der mit der Entfernung schwächer wurde und sich endlich ganz verlor, als im Schweigen des Städtchens die Eingangstüre des Pfarrhauses geräuschvoll ins Schloß fiel.

Die arme Mutter kehrte langsam in den Saal zurück. Der Gedanke, daß der ganzen Stadt bekannt war, was sie allein zu wissen wähnte, brachte sie in Verzweiflung. Sie setzte sich nieder, schnitt mit einer alten Schere den Docht der Lampe zurecht und nahm ihre Stickerei zur Hand, um ihren Sohn zu erwarten. Sie hoffte, auf diese Art seine Wiederkehr zu beschleunigen, ihn gewissermaßen zu einem schnelleren Aufbruch von Les Touches zu zwingen. Diese Rechenweise mütterlicher Eifersucht erwies sich jedoch als nutzlos. Von Tag zu Tag wurden Calystens Besuche bei Fräulein des Touches häufiger, und er kehrte immer später zurück. Tags vorher war er sogar erst um Mitternacht heimgekommen. In mütterlichen Betrachtungen verloren, reihte sie emsig Stich an Stich. Welch ein entzückendes, erhabenes Bild unter dem vier Jahrhunderte alten Deckengebälk dieses Saales, von Lampenschein mild umflossen, Fannys Antlitz über die Stickerei gebeugt zu sehen! Ihre Haut war so zart, so durchsichtig, daß man ihr die Gedanken von der Stirn ablesen konnte. Von einer Neugier ergriffen, die zuweilen auch das keuscheste Weib befällt, fragte sie sich, welch teuflische Geheimnisse jene Baalstöchter wohl besäßen, um die Männer so zu behexen, daß sie Mutter, Familie, Heimat, alles vergessen? Dann wünschte sie sogar, Félicité zu begegnen, um ein unbefangenes Urteil über sie zu gewinnen. Sie ermaß den Umfang der Verheerungen, die der neuerungssüchtige Geist des Jahrhunderts in der Seele ihres einzigen Kindes anrichten mußte. Hatte nicht vorhin der Pfarrer jenen Geist als eine besondere Gefahr und gerade für junge Seelen geschildert? Und war nicht ihr Sohn bisher so kindlich und rein gewesen wie ein jugendschönes, keusches Mädchen?

✩

CALYSTE, DER PRÄCHTIGE SPRÖSSLING DES ältesten Geschlechts der Bretagne und des edelsten Blutes von Irland, war von seiner Mutter sehr sorgfältig erzogen worden. Bis zu dem Augenblick, da sie ihn dem Pfarrer von Guérande überantwortete, war sie gewiß, daß kein unsauberes Wort, kein häßlicher Gedanke den Geist ihres Sohnes besudelt hatte. Sie hatte ihn selbst genährt, ihm also zweimal von ihrem Blute gegeben und konnte ihn dem Pfarrer in jungfräulicher Reinheit zuführen. Aus Ehrfurcht vor ihrer Familie hatte Abbé Grimont feierlich gelobt, dem Kinde eine gründliche christliche Erziehung angedeihen zu lassen. Calyste genoß den Unterricht des Seminars, an dem auch der Pfarrer studiert hatte. Seine Mutter lehrte ihn Englisch. Nicht ohne Mühe fand man unter den Beamten von Saint-Nazaire einen Lehrer für Mathematik. Von moderner Literatur, von den Fortschritten und dem gegenwärtigen Stande der Wissenschaften erfuhr er natürlich gar nichts. Sein Unterricht beschränkte sich auf Geographie und Geschichte, die mit der gleichen Vorsicht behandelt wurde wie in Mädchenpensionaten, ferner auf das Latein und Griechisch der Seminare, auf die Literatur der toten Sprachen und auf eine beschränkte Auswahl französischer Schriftsteller. Als er mit sechzehn Jahren zu lernen begann, was Abbé Grimont seine Philosophie nannte, war er noch immer so rein wie damals, da ihn Fanny dem Pfarrer anvertraut hatte. Die Kirche betreute ihn ebenso mütterlich wie die leibliche Mutter. Ohne ein Frömmler zu sein oder sich lächerlich zu machen, war der abgöttisch geliebte Jüngling ein eifriger Katholik. Diesem schönen, so keuschen Sohne wollte die Mutter ein stilles, glückliches Leben bereiten. Sie hatte von einer alten Tante einiges Vermögen zu erwarten, etwa zwei- bis dreitausend Pfund Sterling. Zusammen mit dem gegenwärtigen Vermögen der du Guénic ermöglichte ihr dieser Betrag, für Calyste eine Frau mit einer Mitgift von zwölf- bis fünfzehntausend Franken Jahresrente zu finden. Ob nun die Wahl dieser Frau auf Charlotte de Kergarouët – mit dem Vermögen ihrer Tante –, auf eine reiche Irländerin oder auf irgendeine andere Erbin fiel, schien der Baronin völlig gleichgültig zu sein. Sie kannte ja die Liebe nicht. Wie ihre Umgebung, so sah auch sie in der Ehe nur ein Mittel, reich zu werden. Leidenschaft war diesen katholischen Seelen unbekannt. Die alten Leute ringsum beschäftigten sich ausschließlich mit ihrem Seelenheil, mit Gott, dem König und ihren Vermögensangelegenheiten. So wird denn niemand über den Ernst und die Nachdenklichkeit der in ihren Gefühlen schwer verwundeten Mutter staunen, die allein in den Interessen und in der Liebe ihres Sohnes lebte. Wenn das junge Ehepaar vernünftig war, wenn es sich Entbehrungen auferlegte und sparte, so sparte, wie man nur in der Provinz zu sparen weiß, dann konnten die du Guénic in der zweiten Generation ihre Güter zurückkaufen und den alten Glanz des Reichtums wieder erringen. Die Baronin wünschte sich ein langes Leben, um die Morgenröte des Wohlstandes anbrechen zu sehen. Ihre Schwägerin hatte diesen Plan, den Fräulein des Touches nunmehr bedrohte, vollkommen begriffen und gebilligt.

Die Baronin hörte mit Schrecken Mitternacht schlagen. Eine Stunde lang wurde sie von namenloser

Angst gequält; denn vom Kirchturm schlug es eins, und Calyste war noch immer nicht heimgekehrt. ‚Sollte er über Nacht dort bleiben?' dachte sie. ‚Es wäre zum erstenmal! – Mein armes Kind!'
Da widerhallte das Gäßchen von seinen Schritten. Die arme Mutter, deren Besorgnis in jähe Freude umschlug, eilte an die Tür und öffnete.
„Oh," rief Calyste bekümmert aus, „warum wartetest du auf mich, liebste Mutter? Ich habe doch Schlüssel und Feuerzeug!"
„Du weißt ja, mein Kind, daß ich unmöglich schlafen kann, wenn du nicht zu Hause bist!" entgegnete sie ihn umarmend.
Als die Baronin wieder im Saale war, betrachtete sie ihren Sohn, um aus seinem Gesichtsausdrucke die Ereignisse des Abends zu erraten. Wieder empfand sie – wie alle liebenden Mütter bei dem Anblick des lebenden Meisterwerks, das sie geschaffen haben – jene tiefinnere Freude, die selbst lange Gewohnheit nicht abstumpft.
Mit Ausnahme der dunklen, energischen und glühenden Augen seines Vaters hatte Calyste das schöne Blondhaar, die Adlernase, den wunderbaren Mund, die schlanken Finger, den zarten, weißen Teint seiner Mutter. Obwohl er beinahe aussah wie ein als Mann verkleidetes Mädchen, besaß er eine herkulische Kraft. Seine Sehnen waren stark und geschmeidig wie Stahlfedern, und die eigenartig dunklen Augen waren nicht ohne Reiz. Noch sproßte sein Bart nicht – eine Verspätung der Reife, die für eine lange Lebensdauer spricht. Der Junker trug einen kurzen, schwarzen Samtrock mit Silberknöpfen, ein blauseidenes Halstuch, hübsche Gamaschen und ein Beinkleid aus grauem

Zwillich. Seine schneeweiße Stirne schien wohl die Spuren großer Ermattung zu tragen, sie verriet jedoch nur die schwere Bürde trüber Gedanken. Außerstande, das Leid zu ahnen, das an seinem Herzen nagte, schrieb die Baronin diese flüchtige Entstellung dem Glücke zu. Trotzdem war Calyste schön wie ein griechischer Gott, aber schön, ohne eitel zu sein. Vor allem war er gewohnt, seine Mutter zu sehen, dann aber machte er sich herzlich wenig aus einer Schönheit, die er für unnütz hielt.

‚Diese schönen, reinen Wangen‘, dachte sie, ‚mit dem jungen, frischen Blut, das in dem tausendfältigen Netz ihrer Adern quillt, gehören also einer andern Frau. Noch eine andere liebt diese Mädchenstirn? Nun wird die Leidenschaft all dies zerstören und die schönen Augen umschatten, die feucht sind wie Kinderaugen!‘

Dieser bittere Gedanke schnürte ihr Mutterherz zusammen und beeinträchtigte ihre Freude.

Es mag denjenigen, die rechnen können, absonderlich vorkommen, daß in einer Familie von sechs Köpfen, die ihr Dasein mit dreitausend Franken Rente fristeten, Mutter und Sohn in Samt gekleidet gingen. Indes, Fanny O'Brien hatte in London reiche Verwandte, die sich ihr durch gelegentliche Geschenke in Erinnerung zu bringen pflegten. Ihre reich verheirateten Schwestern interessierten sich lebhaft für Calysten und suchten eine Erbin für ihn, denn sie wußten, daß er schön und edel war wie Fanny, ihr ferner Liebling.

„Du warst heute länger in Les Touches als gestern!“ begann sie endlich mit bewegter Stimme.

„Ja, Mutter!“ antwortete er, ohne eine weitere Erklärung zu geben.

Diese trockene Antwort umwölkte die Stirn der Baronin, und sie verschob die beabsichtigte Auseinandersetzung auf den nächsten Tag. Wenn Mütter Besorgnisse hegen wie die Baronin in diesem Augenblick, so zittern sie beinahe vor ihren Söhnen. Sie fühlen instinktiv die befreiende Wirkung der Liebe und begreifen, was alles ihnen dieses Gefühl rauben wird. Gleichzeitig aber empfinden sie eine gewisse Freude, ihren Sohn glücklich zu wissen: Es ist wie ein Kampf in ihrem Herzen. Dieser stillschweigende Verzicht auf den erwachsenen, selbständig gewordenen Sohn bereitet wahren Müttern einiges Unbehagen. Es wäre ihnen lieber, ihre Kinder blieben immer klein und schutzbedürftig. Vielleicht liegt hier das Geheimnis der Vorliebe jeder Mutter für ihre schwachen, häßlichen oder unglücklichen Kinder.

„Du bist müde, mein Kind," bemerkte sie, ihre Tränen zurückhaltend, „gehe schlafen!" –

Eine Mutter, die nicht alles weiß, was ihr Sohn tut, hält alles verloren. Konnte nicht Fannys zwanzigjährige Geduld nutzlos vertan, und ihr Sohn, dieses lebende Meisterwerk edler, kluger und frommer Erziehung, durch eine fremde Frau zerstört, das wohlvorbereitete Glück seines Lebens für immer vernichtet sein? –

Am nächsten Tage schlief Calyste bis Mittag, denn seine Mutter hatte verboten, ihn zu wecken. Mariotte brachte dem Schoßkind das Frühstück ans Bett. Die unbeugsamen, fast klösterlichen Regeln, nach denen sich die Mahlzeiten richteten, wurden nur durchbrochen, wenn es sich um eine Laune Calystens handelte. Wenn man daher der alten Zéphirine den Schlüsselbund einmal entlocken wollte, weil außerhalb der Mahlzeiten etwas gebraucht wurde, so half kein anderes Mittel, endlosen Erörterungen zu entgehen, als irgendeine Laune des Junkers vorzuschützen.

Um ein Uhr saß der Baron mit seiner Frau und seiner Schwester wieder im Saal. Um drei Uhr sollte gegessen werden. Fanny hatte die Zeitung zur Hand genommen und ihrem Gatten, der vor den Mahlzeiten gewöhnlich etwas munterer war, weiter vorgelesen. Gerade als sie aufhören wollte, vernahm sie im zweiten Stockwerk die Schritte ihres Sohnes. Sie ließ die Zeitung sinken und sagte:

„Offenbar geht Calyste nach Les Touches zum Essen, er hat sich eben angezogen."

„Wenn er daran Vergnügen findet!" versetzte die Blinde, nahm ihr silbernes Pfeifchen und pfiff.

Nach einer kurzen Weile trat Mariotte hinter dem Seidenvorhang hervor, der die Verbindungstür des Turmes verbarg.

„Bitte, Euer Gnaden?" sagte sie artig.

„Der junge Herr ißt in Les Touches," erklärte Zéphirine, „lassen Sie den Fisch für morgen!"

„Aber das ist ja noch gar nicht sicher!" warf die Irländerin ein.

„Du scheinst dich darüber zu ärgern, Schwägerin, ich höre es aus deinem Ton!" entgegnete die Blinde.

„Endlich brachte der Pfarrer sehr ernste Dinge über Fräulein des Touches in Erfahrung. Sie ist die Ursache, daß sich unser Calyste in einem Jahre erheblich verändert hat."

„In welcher Beziehung?" fragte der Baron.

„Er liest allerlei Bücher."

„So, so!" versetzte er, „darum also kümmert er sich nicht um sein Pferd und die Jagd!"

„Sie huldigt tadelnswerten Sitten und trägt einen Männernamen!" fuhr die Baronin fort.

„Sie hat wohl einen Spitznamen?" meinte der Baron. „Man nannte mich ja auch ‚l'Intimé', den Grafen de Fontaine ‚Grand-Jacques', den Marquis de Montauran ‚le Gars'. Mein Freund Ferdinand unterwarf sich nicht rascher als ich. Ja, das waren schöne Zeiten! Man schoß auf den andern und hielt trotzdem mit ihm zusammen, wo und wie es ging."

Diese Kriegserinnerung verscheuchte für eine Weile die väterlichen Sorgen. Fanny aber war recht betrübt. Die vertraulichen Mitteilungen des Pfarrers und das mangelnde Vertrauen ihres Sohnes hatten sie nicht schlafen lassen.

„Wäre es denn ein Unglück, wenn der junge Herr das Fräulein liebte?" sagte Mariotte. „Sie hat dreißigtausend Taler Rente und ist dabei schön!"

„Was faselst du da, Mariotte?" rief der Alte. „Ein du Guénic wird eine des Touches heiraten! Zu einer Zeit, da die Familie du Guesclin eine Ehe mit uns als besondere Auszeichnung betrachtete, waren die des Touches noch nicht einmal unsere Schildknappen!"

„Ein Mädchen, das einen Männernamen trägt!" entrüstete sich die Baronin. „Sie nennt sich Camille Maupin!"

„Die Maupins sind ein altes Geschlecht!" versetzte er, „sie stammen aus der Normandie und führen im Wappen auf rotem Schild drei..." (Er hielt inne.) „Aber sie kann doch nicht eine des Touches und gleichzeitig eine Maupin sein?"

„Maupin heißt sie am Theater."

„Eine des Touches kann nie eine Komödiantin

sein", behauptete der Baron. „Wenn ich dich nicht kennte, Fanny, ich dächte, du seist von Sinnen!"

„Sie schreibt Theaterstücke, Bücher..." erklärte die Baronin.

„Bücher?" wiederholte der Alte und sah seine Frau so erstaunt an, als hätte sie ihm von einem Wunder berichtet. „Ich hörte wohl, daß Fräulein Scudéri und Madame de Sévigné geschrieben haben. Nun, es war nicht das beste, was sie taten. Zu solchen Wundern bedurfte es jedoch eines Louis XIV. und seines Hofes!"

„Sie speisen in Les Touches, nicht wahr?" fragte Mariotte den eben eintretenden Junker.

„Wahrscheinlich", antwortete dieser.

Mariotte war nicht neugierig, sie gehörte zur Familie. Es kam ihr gar nicht darauf an, zu hören, was die Baronin ihrem Sohne sagen wollte, und sie ging hinaus.

„Du gehst wieder nach Les Touches, mein Calyste?" begann die Mutter, mit dem Ton auf dem Wort „mein". „Glaube mir, das ist kein anständiges Haus. Seine Herrin führt ein tolles Leben und wird unsern Calyste verderben. Camille Maupin hatte allerhand Abenteuer und gibt dir allerhand Bücher zu lesen. Und von alledem hast du deinen alten Freunden nichts gesagt!"

„Der junge Herr ist diskret!" bemerkte der Vater, „eine Tugend aus alten Zeiten."

„Zu diskret!" ereiferte sich die Irländerin, als sie sah, daß ihr Sohn bis an die Stirn errötete.

„Liebe Mutter," entgegnete Calyste zu ihren Füßen, „ich halte es nicht für notwendig, meine Niederlagen vor aller Welt zu bekennen. Fräulein des Touches oder, wenn du willst, Camille Maupin hat bei ihrem letzten Besuch, vor anderthalb Jahren, meine Liebe zurückgewiesen. Dabei machte sie sich ein wenig über mich lustig. Sie sagte mir, sie könnte meine Mutter sein. Eine Frau von vierzig Jahren, die einen Minderjährigen liebt, begehe gewissermaßen Blutschande, und solcher Verderbtheit sei sie unfähig. Kurz, sie entmutigte mich durch eine Unzahl von Scherzreden. Denn sie ist außerordentlich geistreich. Doch als sie mich bitterlich weinen sah, tröstete sie mich und bot mir auf die edelste Art und Weise ihre Freundschaft an. Sie hat noch mehr Herz als Geist. Sie ist edel wie du. Jetzt bin ich wie ihr Kind. Und als ich nach ihrer Wiederkehr erfuhr, daß sie einen andern liebe, ergab ich mich darein. Wiederhole nicht all die Verleumdungen, die ihretwegen umlaufen! Camille ist Künstlerin, sie hat Genie und führt ein Ausnahmeleben, das man nicht nach gewöhnlichen Regeln beurteilen darf."

„Mein Kind," antwortete die fromme Baronin, „nichts kann eine Frau davon entbinden, sich so zu betragen, wie die Kirche es fordert. Die Frau verabsäumt ihre Pflichten gegen Gott und Welt, wenn sie den Zartsinn ihres Geschlechts verleugnet. Sie sündigt schon, wenn sie ins Theater geht. Aber Schändlichkeiten niederschreiben, damit sie von Schauspielern wiederholt werden können; mit einem Gegner des Papstes oder mit einem Musiker in der Welt herumstreichen – nein, Calyste, du würdest umsonst versuchen, mich zu überzeugen, daß dies Werke des Glaubens, der Liebe und der Hoffnung seien! Gott gab ihr Reichtum, um Gutes zu tun. Was aber tut sie damit?"

Calyste erhob sich rasch und sah seiner Mutter ruhig in die Augen.
„Camille ist meine Freundin, Mutter! Ich kann nicht hören, daß man in dieser Art von ihr spricht, denn ich würde mein Leben für sie hingeben!"
„Dein Leben?" rief die Baronin bestürzt, „mein Kind, dein Leben ist unser aller Leben!"
„Mein schöner Neffe sagt da mancherlei, was ich nicht verstehe", setzte die Blinde hinzu, indem sie sich ihm zuwandte.
„Und wo lernt er das?" entgegnete Fanny, „in Les Touches!"
„Aber liebste, beste Mutter, sie meint, ich wisse ebensowenig wie ein Karpfen!"
„Du weißt, was wichtig ist. Denn du lerntest, was die Kirche vorschreibt", gab sie zur Antwort. „Oh, diese Frau wird deinen edlen, frommen Glauben noch zerstören!"
Zéphirine erhob sich und streckte gegen ihren Bruder, der inzwischen wieder eingeschlummert war, feierlich die Hand aus.
„Calyste," begann sie mit einer aus dem Herzen dringenden Stimme, „dein Vater hat niemals ein Buch aufgeschlagen, er spricht nur bretonisch und hat sich dennoch, wenn Gefahr drohte, für Gott und König geschlagen. Die Gebildeten dagegen stifteten Unheil, und die gelehrten Edelleute verließen ihr Vaterland. Lerne daraus, wenn du willst!"
Sie setzte sich wieder und strickte mit dem Eifer weiter, den ihr die innere Erregung verlieh.
Calyste war über diese Worte aufs höchste betroffen.
„Ach, mein Engel, ich ahne, daß dir dort irgend-

ein Unglück zustößt!" sagte die Mutter, in Tränen ausbrechend.
„Wer bringt Fanny zum Weinen?" rief der Greis, der bei diesem Schmerzensschrei aus dem Schlafe auffuhr.
Er betrachtete Calyste, Zéphirine und Fanny.
„Was gibt's?"
„Nichts, Alterchen!" erwiderte die Baronin.
„Mutter," flüsterte ihr Calyste ins Ohr, „ich kann dir augenblicklich nicht alles erklären. Aber heute abend wollen wir uns darüber unterhalten. Weißt du erst alles, dann wirst du Camille noch segnen!"
„Mütter fluchen nicht gern!" gab sie zur Antwort; „Einer Frau, die meinen Calyste wirklich liebt, werde ich niemals fluchen."
Der Junker nahm Abschied und ging fort. Seine Eltern erhoben sich, um noch zu sehen, wie er über den Hof ging, das Tor öffnete und dann verschwand. Fanny nahm die Zeitung nicht wieder zur Hand, sie war zu aufgeregt. In diesem so ruhigen, so innigen Familienleben bedeutete eine solche kurze Auseinandersetzung ebensoviel wie in andern Häusern ein heftiger Streit. Obwohl sich die Baronin ein wenig beruhigt hatte, waren ihre Sorgen keineswegs entschwunden. Wohin sollte diese Freundschaft führen, die Calysten für sich allein in Anspruch nahm und sein Leben allerlei Gefahren aussetzte? Wofür sollte die Baronin Fräulein des Touches segnen? Diese beiden Fragen waren für Fannys einfache Seele nicht weniger schwierig als für einen Diplomaten die wildeste Revolution. Camille Maupin war in diesem sanften, stillen Hause eine Revolution.
„Ich bin recht besorgt, daß diese Frau ihn ver-

dirbt!“ fing sie an, als sie die Zeitung endlich wieder zur Hand nahm.
„Liebe Fanny,“ entgegnete der Baron ausgelassen, „du bist ein Engel; und ein Engel kann derartige Dinge nicht begreifen. Fräulein des Touches ist angeblich schwarz wie ein Rabe, stark wie ein Türke und überdies vierzig Jahre alt. Da mußte sich unser Junge an sie wenden. Nun erfindet er einige harmlose, ehrenvolle Notlügen, um sein Glück zu verbergen. Gönne ihm doch seine erste Liebesenttäuschung!“
„Wenn es eine andere wäre ...“
„Aber, liebe Fanny, wäre sie eine Heilige, dann empfinge sie deinen Sohn nicht!“
Die Baronin fing wieder an, die Zeitung zu lesen.
„Ich selbst will sie besuchen und dir darüber berichten!“ schloß der Alte.
Diese Bemerkung gewinnt erst nachträglich ihren Reiz; dann nämlich, wenn man die Biographie von Camille Maupin kennt und sich den Baron in einem Kampf mit geistigen Waffen der berühmten Frau gegenüberstehend vorstellen kann.
Die Stadt Guérande, die Calysten, ihren Glanz und Stolz, seit zwei Monaten täglich, morgens oder abends, oft auch morgens und abends, nach Les Touches gehen sah, dachte nicht anders, als daß Félicité in das schöne Menschenkind verliebt sei und den Junker bezaubert habe. Gar manch ein junges Mädchen und manche junge Frauen fragten sich vergeblich, welche Vorzüge solche alten Frauen wohl besäßen, um einen Engel so unbeschränkt zu beherrschen. Und mancher Blick heftete sich an ihn, wenn er durch die Haupt-

straße ging und die Stadt durch das Croisic-Tor verließ.

Kein Wunder, daß über die Person, die der Junker so häufig besuchte, allerlei Gerüchte umherschwirrten. Diese Gerüchte waren, durch bretonische Klatschsucht aufgebauscht und durch allgemeine Unwissenheit vergiftet, bis zum Pfarrer gedrungen. Der Steuereinnehmer, der Friedensrichter, der Vorsteher des Zollamts in Saint-Nazaire und andere gebildete Leute des Kreises hatten ihn keineswegs beruhigt, wenn sie ihm das absonderliche Leben der unter dem Namen Camille Maupin verborgenen Künstlerin schilderten. Sie fraß zwar keine kleinen Kinder, sie tötete keine Sklaven wie Kleopatra, sie ließ auch keinen Mann in den Strom werfen, welcher Untat die Heldin des Tour de Nesle fälschlich bezichtigt wird; aber für Abbé Grimont bildete dieses ungeheuerliche Geschöpf – halb Sirene, halb Atheistin – ein unsittliches Gemisch aus Weib und Philosoph, das die sozialen Gesetze außer acht ließ und sich über alles hinwegsetzte, was erdacht wurde, um die Schwächen des schönen Geschlechts zu zügeln oder der Allgemeinheit dienstbar zu machen.

Gleichwie Clara Gazul das weibliche Pseudonym eines geistreichen Mannes und George Sand das männliche Pseudonym einer genialen Frau ist, so war Camille Maupin die Maske, hinter der sich lange ein entzückendes Mädchen aus bester Familie verbarg. Félicité des Touches, eine Bretonin war es, die der Baronin du Guénic und dem biederen Pfarrer von Guérande so lebhafte Aufregungen verursachte. Die Familie des Touches steht in keinem Verwandtschaftsverhältnis zu dem Hause des Touches de Touraine, aus dem der, weniger seiner diplomatischen als seiner literarischen Begabung wegen, hochangesehene Gesandte des Reichsverwesers Philipp von Orléans hervorging.

Camille Maupin, eine der berühmtesten Frauen des neunzehnten Jahrhunderts, wurde im Hinblick auf das Mannhafte ihres ersten Werkes eine lange Zeit hindurch tatsächlich für einen Mann gehalten. Jedermann kennt heute die zwei Bände ihrer Theaterstücke, die in der Art Shakespeares oder Lope de Vegas geschrieben, jedoch zur Aufführung nicht geeignet sind. Sie erschienen im Jahre 1822 und riefen eine kleine literarische Revolution hervor, als in der Académie, in den Zeitungen und Klubs der Kampf zwischen Romantikern und Klassikern tobte. Später schrieb Camille Maupin noch einige Theaterstücke und einen Roman, die den Erfolg ihres ein wenig in Vergessenheit geratenen Erstlingswerkes durchaus rechtfertigten.

Durch welche Verkettung von Umständen sich in einem jungen Mädchen die Inkarnation eines Mannes vollzog, wie Félicité des Touches zum Mann und Schriftsteller wurde, warum sie, glücklicher als Madame de Staël, unvermählt blieb und ihre Berühmtheit aus diesem Grunde eher entschuldbar ist – dies zu erklären, hieße nur die Neugier befriedigen und eine jener Ungeheuerlichkeiten rechtfertigen, die gleich Denkmälern aus der Menschheit emporragen und deren Ruhm durch ihre Seltenheit begünstigt wird. Denn in zwanzig Jahrhunderten zählt man kaum zwanzig wahrhaft große Frauen. Niemand wird daher bedauern, vor dieser Gestalt, die in der Literaturgeschichte unserer Zeit eine Rolle spielt, ein wenig länger zu verweilen.

✩

FÉLICITÉ DES TOUCHES WAR IM JAHRE 1795 Waise geworden. Dadurch entging ihr Vermögen der Beschlagnahme, der ihr Vater und ihr Bruder unstreitig ausgesetzt gewesen wären. Ihr Vater fiel als Major der königlichen Torwache am 10. August mit den tapferen Verteidigern des Residenzschlosses; ihr Bruder, ein junger Gardist, wurde in Les Carmes massakriert. Félicité zählte zwei Jahre, als ihre Mutter, wenige Tage nach dieser zweiten Katastrophe, vor Kummer starb. In ihrer Todesstunde vertraute sie ihr Kind der Obhut ihrer Schwester an, die als Nonne in Chelles lebte. Diese brachte die kleine Waise nach Faucombe, einem ansehnlichen, in der Nähe von Nantes gelegenen Besitz der Verstorbenen, und richtete sich dort mit drei Schwestern ihres Klosters häuslich ein.

In den letzten Tagen der Schreckensherrschaft stürmte die Bevölkerung von Nantes das Schloß und warf die Nonnen und Félicité ins Gefängnis. Verleumderische Gerüchte klagten sie an, Emissäre von Pitt und Koburg empfangen zu haben. Der neunte Thermidor gab ihnen wieder die Freiheit. Félicités Tante starb jedoch an den Folgen des ausgestandenen Schreckens.

Die beiden jüngeren Nonnen verließen Frankreich

sofort. Die dritte übergab Félicité dem nächsten ihrer Anverwandten, Herrn de Faucombe, einem Großonkel mütterlicherseits, der in Nantes wohnte, und folgte ihren Gefährtinnen alsbald in die Verbannung nach. Herr de Faucombe, ein sechzigjähriger Greis, hatte eine junge Frau geheiratet, der er die Regelung aller seiner Angelegenheiten überließ. Er beschäftigte sich nur noch mit Archäologie, einer Leidenschaft, oder besser gesagt einer Manie, die allen Greisen zu dem Glauben verhilft, daß sie noch leben.

Die Erziehung seines Mündels wurde völlig dem Zufall überlassen. Die junge Frau, die sich den seichten Vergnügungen der Kaiserzeit hingab, überwachte das Kind nur wenig. Félicité erzog sich allein und wuchs auf wie ein Knabe. Sie leistete Herrn de Faucombe in seiner Bibliothek Gesellschaft und las, was ihr gefiel. Sie kannte also das Leben in der Theorie und war, wenn sie auch Jungfrau blieb, in ihrem Geiste keineswegs unschuldig. Ihr Verstand trieb auf dem schlammigen Meere der Wissenschaften umher, ihr Herz aber blieb rein. Sie las mit einer wahren Gier, und ihr Wissen, unterstützt durch ein glänzendes Gedächtnis, überraschte allgemein. Daher war sie schon mit achtzehn Jahren so gebildet, wie es heutzutage junge Schriftsteller sein sollten, bevor sie zu schreiben beginnen. Das andauernde Lesen zügelte ihre Leidenschaften weitaus besser als das Klosterleben, an dem sich die Phantasie junger Mädchen entflammt. Das mit unverdauten, ungeordneten Kenntnissen vollgepfropfte Hirn beherrschte ein Kinderherz. Diese Verderbtheit des Geistes, die auf die Keuschheit des Leibes keinerlei

Wirkung übte, hätte Philosophen und Forscher in Erstaunen versetzt – wenn überhaupt jemand in Nantes imstande gewesen wäre, den Wert Félicités zu durchschauen. Das Ergebnis stand im umgekehrten Verhältnis zur Ursache: Fräulein des Touches hatte keinerlei Hang zum Bösen, sie erfaßte alles im Gedanken und enthielt sich der Tat; sie entzückte den alten Großonkel und half ihm bei seinen Arbeiten. Sie schrieb drei Werke für ihn, die der biedere Edelmann für seine eigenen hielt; denn auch in seiner geistigen Vaterschaft war er blind.
Solcher Schaffensdrang stand im Widerspruch zu der Entwicklung des jungen Mädchens und blieb daher nicht ohne Folgen: Félicité wurde krank. Sie fieberte, ihre Lunge schien von schwerer Entzündung bedroht. Die Ärzte verordneten Zerstreuung und Bewegung in frischer Luft. Félicité erholte sich denn auch binnen wenigen Monaten und wurde zugleich eine gediegene Reiterin. Mit achtzehn Jahren erschien sie in der Gesellschaft, wo sie unerhörtes Aufsehen erweckte. In Nantes wurde sie nicht anders genannt als „das schöne Fräulein des Touches". Allein die Bewunderung, die sie einflößte, ließ sie kalt. Nur jenes unvergängliche Gefühl des Weibes, dem auch die überlegenste Frau erliegt, lockte sie hin. Die Tante und die Kusinen machten sich über ihre Arbeiten lustig und verhöhnten ihren Widerwillen gegen Gesellschaften, weil sie annahmen, daß sie nicht gefallen würde. Dadurch verletzt, hatte sie sich kokett, leichtfertig – mit einem Worte, als Weib erweisen wollen. Sie hatte den Austausch irgendwelcher Gedanken, reizvolle Anregungen erwartet, die dem Umfang ihres

Wissens, der Größe ihres Verstandes entsprachen. Die Gemeinplätze, die sie anhören mußte, die Albernheiten der Galanterie ekelten sie an. Namentlich mißfiel ihr die Vorherrschaft des Offiziersadels, dem damals alles weichen mußte. Selbstverständlich hatte sie die Kunst zu gefallen vernachlässigt. Als sie sah, daß sie Puppen nachstand, die sich durch ihr Klavierspiel und den Gesang von Romanzen beliebt zu machen wußten, wollte sie Musikerin werden: Sie kehrte in ihre frühere Abgeschiedenheit zurück und ergab sich unter der Anleitung des besten Lehrers der Stadt beharrlich dem Studium.

Félicité war sehr reich und ließ, um sich zu vervollkommnen, zum größten Erstaunen der Stadt Steibelt kommen. Heute noch spricht man von diesem wahrhaft fürstlichen Verhalten. Der Aufenthalt dieses Meisters kostete sie zwölftausend Franken. Aber sie wurde eine vollendete Künstlerin. Später, in Paris, ließ sie sich in Harmonielehre und Kontrapunkt unterrichten und komponierte zwei Opern, die mit größtem Erfolg aufgeführt wurden, ohne daß das Publikum jemals erfuhr, wer sie geschaffen hatte. Für die Öffentlichkeit stammten diese Werke von Conti, einem der trefflichsten Künstler unseres Zeitalters. Indes, dieser Umstand hängt mit dem Roman seines Herzens zusammen und wird erst späterhin eine Erklärung finden.

Die Mittelmäßigkeit der kleinstädtischen Gesellschaft langweilte Félicité so sehr, sie lebte in einer so großartigen Gedankenwelt, daß sie allen Salons endgültig den Rücken wandte, nachdem sie zum zweitenmal in der Gesellschaft erschienen war, um die Frauen durch den Glanz ihrer Schönheit zu verfinstern, ihren Triumph als Musikerin zu genießen und sich von geistreichen Leuten anbeten zu lassen. Kaum aber hatte sie den beiden Kusinen ihre Macht gezeigt und zwei Verehrer in Verzweiflung gestürzt, da kehrte sie wieder zurück zu ihren Büchern, zu ihrem Klavier, zu den Werken Beethovens und zu dem alten de Faucombe.

Als Félicité im Jahre 1812 ihr einundzwanzigstes Lebensjahr vollendete, legte ihr der Archäologe genaue Rechnung über seine Vormundschaft, und sie nahm von diesem Zeitpunkte an die Verwaltung ihres Vermögens selbst in die Hand. Dieses bestand aus Les Touches, ihrem väterlichen Erbe, mit einem jährlichen Erträgnis von fünfzehntausend Franken; ferner aus ihren Gütern in Faucombe, die damals zwar nur zwölftausend Franken abwarfen, deren Einkünfte sich aber bei der Pachterneuerung um ein Drittel vermehrten; und endlich aus einem Kapital von dreihunderttausend Franken, die ihr Vormund für sie erspart hatte. Aus ihrem Leben in der Provinz nahm Félicité nichts anderes mit als das richtige Verständnis für die Bedeutung des Reichtums und den Hang, ihn vernünftig zu verwalten, der auf dem Lande vielleicht das Gleichgewicht zu der aufsteigenden Bewegung des Kapitals in Paris wiederherstellt. Sie kündigte die dreihunderttausend Franken, die der Archäologe als Hypothek auf ein Haus festgelegt hatte, und kaufte im Augenblick des unglücklichen Rückzugs von Moskau Staatsschuldverschreibungen, wodurch sich ihr Einkommen um dreißigtausend Franken vermehrte. Nach Begleichung aller ihrer Ausgaben blieben ihr jährlich fünfzigtausend Franken übrig.

Ein Mädchen solcher Willensstärke war mit einundzwanzig Jahren einem dreißigjährigen Manne ebenbürtig. Ihr Verstand hatte einen enormen Umfang erreicht, und die Gewohnheit kritischer Überlegung ermöglichte ihr, Menschen, Künste, Mißhelligkeiten, politische Angelegenheiten ganz nüchtern zu beurteilen.

Als sie sich entschloß, Nantes zu verlassen, erkrankte der alte de Faucombe und starb an den Folgen seiner Krankheit. Sie tat, als sei sie die Gattin des Greises, pflegte ihn achtzehn Monate lang mit engelhafter Hingebung und schloß ihm in dem Zeitpunkt die Augen, da Napoleon auf Frankreichs Leichnam mit Europa rang. Sie verschob daher ihre Abreise nach Paris bis ans Ende dieses furchtbaren Ringens. Als überzeugte Royalistin eilte sie herbei, um der Rückkehr der Bourbonen nach Paris beizuwohnen. Sie wurde in der Familie Grandlieu aufgenommen, mit der sie verwandtschaftliche Bande verknüpften. Da kam die Katastrophe des zwanzigsten März und alles geriet ins Wanken. Sie konnte aus unmittelbarer Nähe das letzte Bild der Kaiserzeit ansehen, konnte die große Armee bewundern, die auf das Marsfeld kam wie in einen Zirkus, um ihren Cäsar zu grüßen, bevor sie bei Waterloo in den Tod ging. Félicités große, edle Seele wurde durch dieses feenhafte Schauspiel tief ergriffen. Die politischen Erschütterungen und der dreimonatige Zauberschwank, den die Geschichte die Herrschaft der Hundert Tage nennt, beschäftigten sie vollauf und bewahrten sie so, inmitten eines Umsturzes, der die royalistische Gesellschaft zersprengte, vor jeder Leidenschaft.

Die Familie Grandlieu war den Bourbonen nach

Gent gefolgt und hatte Fräulein des Touches ihr Palais überlassen. Félicité wollte jedoch in der Gesellschaft keine untergeordnete Stellung einnehmen und erwarb für hundertdreißigtausend Franken eines der schönsten Häuser der Rue du Montblanc, dessen Garten allein heute zwei Millionen wert ist. Dort zog sie ein, als die Bourbonen im Jahre 1815 zurückkehrten. Gewohnt, auf eigenen Füßen zu stehen, beseelte sie ein Tatendrang, wie er im allgemeinen nur Männern eigentümlich ist.
Im Jahre 1816 zählte sie fünfundzwanzig Jahre. Sie kannte die Ehe nicht, beurteilte sie nach ihren Ursachen, anstatt sie in ihren Wirkungen zu erkennen, und begriff nur ihre Nachteile. Ihr überlegener Geist lehnte sich auf gegen den stummen Verzicht, mit dem das Weib in die Ehe tritt. Sie fühlte den Wert der Unabhängigkeit und dachte nur mit Schaudern an die Pflichten der Mutterschaft. Die Kenntnis dieser Einzelheiten ist notwendig, weil sie allein imstande sind, Félicités Anomalien zu rechtfertigen. Sie hatte weder Vater noch Mutter gekannt und war von Kindheit an ihr eigener Herr. Ihr Vormund war ein alter Archäolog, und der Zufall trieb sie in das Reich der Wissenschaft und Phantasie, lockte sie in die weite Welt der Literatur, anstatt sie in den engen Kreis zu zwingen, der eines Mädchens oberflächliche Erziehung und die mütterlichen Belehrungen über Toiletteangelegenheiten, heuchlerischen Anstand und die Anmut der Männerjagd in sich schließt. Daher sah man Félicité schon lange, bevor sie berühmt wurde, auf den ersten Blick an, daß sie niemals mit Puppen gespielt hatte.
Gegen Ende des Jahres 1817 machte Fräulein des

Touches die Wahrnehmung, daß sie, wenn auch nicht verwelke, so doch verblühe. Sie erkannte, daß ihre Schönheit unter ihrem andauernden Zölibat leiden müsse. Allein sie wollte schön bleiben, denn sie hielt damals auf ihre Schönheit. Die Wissenschaft lehrte sie, welch grausames Urteil die Natur über jedes Geschöpf verhängt, das seine ewigen Gesetze verleugnet oder mißbraucht. Ihr schauderte, wenn sie an das lederne Gesicht ihrer Tante dachte. Zwischen Ehe und Leidenschaft gestellt, wollte sie sich nicht binden. Allein sie blieb künftighin Huldigungen gegenüber nicht mehr gleichgültig. Seit dem Jahre 1817 hatte sie sich kaum verändert. Achtzehn Jahre waren schonungsvoll und fast spurlos über sie hinweggegangen. Mit vierzig Jahren durfte sie behaupten, nicht mehr als fünfundzwanzig zu zählen. Wenn man weiß, unter welch außerordentlichen Bedingungen des Weibes Schönheit und Temperament den Stürmen der Zeit widersteht, so begreift man, daß eine solche Frau zu den seltensten Ausnahmeerscheinungen gehört und daß ihr Bild den reichsten Rahmen und die leuchtendsten Farben der Palette rechtfertigt.

Die Bretagne stellt mit den vorherrschend brünetten Merkmalen, den dunklen Haaren und Augen und dem gebräunten Teint ihrer Bewohner ein Problem dar, das um so merkwürdiger ist, als sich dieser Landstrich in seinen klimatischen Verhältnissen von dem benachbarten England kaum unterscheidet. Hängt dieses Problem mit Rassenfragen, mit unmerkbaren physischen Einflüssen zusammen? Mögen die Gelehrten eines Tages den Ursachen dieser, schon an den Grenzen der Normandie verschwindenden Merkwürdigkeit nachgehen. Bis dahin liegt nur die Tatsache an sich klar vor unsern Augen: Unter den Bretonen sind die Blonden ziemlich selten. Fast alle haben das lebhafte Auge des Südländers und sind – abgesehen von den Sprossen aristokratischer Ehen – klein und stark, gut gewachsen.

Fräulein des Touches ist ihrer Rasse nach eine echte Bretonin. Sie ist keine fünf Fuß groß, aber man hält sie für größer. Dieser Irrtum ist auf die Eigenart ihres Gesichts zurückzuführen, das sie größer erscheinen läßt, als sie ist. Sie hat den olivenfarbigen, jedoch bei Licht ganz weiß wirkenden Teint schöner Italienerinnen, den man „lebendiges Elfenbein" nennen könnte. Das Tageslicht gleitet über diese Haut und erschimmert, als sei sie poliert. Es bedarf schon einer sehr heftigen Gemütserregung, um die Wangen für einen Augenblick leicht zu röten. Diese Eigentümlichkeit verleiht dem Antlitz die starre Ruhe eines Wilden. Das eher lange als ovale Gesicht gleicht dem einer schönen Isis auf einem äginetischen Basrelief und ist ohne Fehl wie das Haupt einer vom Wüstensand geschliffenen, von dem Flammenmeer der ägyptischen Sonne umbrandeten Sphinx. Ihr Teint steht demnach mit der künstlerischen Reinheit des Angesichts in schönster Harmonie. Das schwarze, üppige Haar fällt in Flechten über den Hals wie die gestreiften Kopfbänder an den Statuen in Memphis und setzt so die allgemeine Formstrenge wunderbar fort. Die Stirn ist voll, breit, an den Schläfen geschwellt, scharf geschnitten wie die Stirn der jagenden Diana: eine mächtige, willensstarke, ruhige und schweigsame Stirn. Die kräftig geschwungenen Brauen wölben sich über zwei Augen, die mitunter funkeln wie Fixsterne. Die Hornhaut ist weder bläulich noch rotgeädert, noch ist sie rein weiß; aber sie hat einen warmen Ton. Die Pupille ist orange umringt. Sie ist wie Bronze von Gold umsäumt – aber lebendige Bronze, beseeltes Gold! Dieses Auge hat Tiefe, die Tiefe der Unendlichkeit. Es ist nicht, wie manche andere, mit einer Art Stanniol ausgelegt, das den Lichtstrahl zurückwirft und ihm dadurch etwas Tiger- oder Katzenähnliches verleiht. Daher fehlt ihm jene furchtbare Starrheit, die empfindsamen Menschen einen Schauder verursacht. Der Blick des Beobachters durchdringt diese Samtaugen und verliert sich in Félicités Seele, die ebenso unvermutet zurückweichen wie hervorschnellen kann. Im Augenblick der Leidenschaft sind diese Augen herrlich anzusehen: An dem Gold des Blicks entzündet sich das weiße Gelb, und alles flammt. In der Ruhe ist der Blick matt, nachdenkliches Starren verleiht ihm gelegentlich sogar etwas Ausdrucksloses. Fehlt das Licht der Seele, so werden auch die Gesichtszüge düster und traurig. Die Wimpern sind kurz, aber dicht und schwarz wie ein Hermelinschwänzchen. Die bräunlichen, mit roten Fasern durchzogenen Lider zeigen Kraft und Anmut zugleich – zwei Eigenschaften, die sich bei Frauen nur selten vereint finden. Rund um die Augen keine Spur eines Welkens, nicht das kleinste Fältchen – auch hier wieder die Ähnlichkeit mit dem von der Zeit geglätteten Granit ägyptischer Statuen. Nur das wenn auch sanfte Hervortreten der Backenknochen ist stärker betont als bei andern Frauen und vervollständigt das Bild der Kraft, das sich in diesem Antlitz kundgibt. Die Nase ist schmal und gerade, die

Nasenflügel sind schräg geschnitten und ziemlich stark gebläht, so daß die zarte, hellrot schimmernde Innenwandung sichtbar wird. Diese Nase bildet eine gute Fortsetzung der Stirn, mit der sie sich in einer ungemein lieblichen Linie verbindet. Sie ist bis an die Wurzel vollkommen weiß. Die Nasenspitze ist von seltsamer Beweglichkeit und wirkt in Augenblicken der Erregung wahre Wunder. Gerade dort aber zeigt sich, wie schon Talma bemerkte, Zorn und Ironie großer Seelen. Die Unbeweglichkeit der Nasenspitze verrät eine gewisse Trockenheit. Niemals regt sich die Nase eines Geizigen, sie und der zusammengekniffene Mund – alles in seinem Gesicht ist fest verschlossen wie in seinem Haus. Die an den Mundwinkeln geschweiften Lippen sind reichlich von Blut durchströmt. Ihr Mennigrot hat etwas Lebendiges, Denkendes und gibt dem Munde einen Zauber, der den Liebenden schnell besänftigt, wenn ihn der majestätische Ernst des Antlitzes erschrecken sollte. Die Oberlippe ist schmal, und die Furche, die sie mit der Nase verbindet, reicht recht tief herab wie in einem Bogen, was ihrer Verachtung einen seltsamen Ausdruck gibt. Félicité hat wenig zu tun, um ihren Zorn auszudrücken. An diese schöne Oberlippe schmiegt sich das tiefe Rot der Unterlippe, die voll Güte und Liebe ist. Phidias selbst scheint sie gleich dem Saum eines offenen Granatapfels dort hingesetzt zu haben. Das Kinn tritt kräftig hervor. Es ist ein wenig dick, zeugt aber von Entschlossenheit und gibt diesem königlichen, wenn nicht göttlichen Profil den rechten Abschluß. Es muß noch erwähnt werden, daß unterhalb der Nase ein leichter Flaum schimmert. Die Natur beginge einen Fehler, wenn sie unterlassen hätte, diese Stelle duftig zu überhauchen. Das Ohr hat sanfte Windungen, ein Zeichen verborgenen Zartsinns. Die Brust ist breit, der Leib verengt sich allmählich bis zu den nur wenig hervortretenden, aber anmutigen Hüften. Die Lendenlinie ist prachtvoll und erinnert eher an Bacchus als an die „Venus Callipyga". Hierin erkennt man den feinen Unterschied, der fast alle berühmten Frauen von ihrem Geschlechte trennt: Sie haben eine entfernte Ähnlichkeit mit dem Manne, und es fehlt ihnen die Biegsamkeit und Lässigkeit des Weibes, das von der Natur zur Mutterschaft ausersehen ist. Ihr Gang ist kein sanftes, gleichmäßiges, anmutiges Wiegen. Diese Wahrnehmung findet übrigens beim Manne ihr Gegenstück: Zarte, verschlagene, falsche, feige Männer haben häufig Frauenhüften. – Anstatt im Nacken hohl zu werden, führt die Rückenlinie ohne jede Krümmung von den Schultern an den Kopf – das auffälligste Merkmal der Kraft – und der Hals bietet für Augenblicke Bewegungen von athletischer Pracht. Der Ansatz der Arme scheint in seinem stolzen Umriß einem Kolossalweibe anzugehören. Die Arme selbst sind stark modelliert und enden in Handgelenken von englischer Zierlichkeit. Die winzig kleinen Grübchenhände schmücken rosige, mandelförmig geschnittene Nägel und sind so weiß, daß dieser volle, feste, wohlgestaltete Körper anders getönt sein muß als das Gesicht.

Die entschiedene, kühle Haltung des Kopfes wird durch den wechselnden Ausdruck der beweglichen Lippen und die bebenden Nasenflügel erheblich gemildert. Aber trotz diesen verheißenden Ansätzen, die den Uneingeweihten nur irreführen, wenn sie ihm nicht ganz entgehen, hat der ruhige Gesichtsausdruck etwas Aufreizendes. Dieses eher melancholische und ernste als anmutige Antlitz leidet unter der Trauer beständiger Nachdenklichkeit. Fräulein des Touches hört deshalb auch lieber zu, als daß sie spricht. Sie erschreckt durch ihr Schweigen und ihren tiefen, unbeirrbar steten Blick. Kein wahrhaft Gebildeter sieht sie, ohne nicht sofort an die echte Kleopatra zu denken, an die kleine Brünette, die beinahe das Angesicht der Welt verändert hätte. Allein bei Félicité ist das Animalische so vollendet, so gesammelt und von so löwenhafter Natur, daß jeder ein wenig sinnlich veranlagte Mann die Vereinigung eines so großen Geistes mit einem solchen Körper nur bedauert und lieber ein ganzes Weib in ihr sehen möchte.

Jedermann schaudert vor den seltsamen Entartungen einer diabolischen Seele. Findet ihre Verderbtheit nicht in der Nüchternheit der Analyse, in der Entschlossenheit der Denkweise ihre Erklärung? Urteilt Félicité nicht, statt zu empfinden? Oder – noch schrecklicheres Phänomen – empfindet und urteilt sie nicht gleichzeitig? Darf sie, deren Hirn alles erfaßt, dort stehen bleiben, wo andere Frauen es müssen? Schwächt ihr starker Geist das Herz? Ist sie anmutig? Läßt sie sich zu all den rührenden Nichtigkeiten herab, mit denen andere Frauen den Geliebten ergötzen? Zerbricht sie nicht seinen Stolz, wenn sie allein sich aufschwingt in die Unendlichkeit der Gedankenwelt? Wer könnte die Abgrundtiefe ihrer Augen füllen? Muß man nicht fürchten, etwas Jungfräulich-Ungezähmtes in ihr zu finden? Das „starke Weib“ darf nur ein Symbol sein – man erschrickt, wenn man es in Wirklichkeit sieht. Félicité gleicht ein wenig Schillers Isis, die verschleiert im Tempel stand und zu deren Füßen der kühne Jüngling, der sie um Rat befragen wollte, sein Leben verhauchte.

Die Abenteuer, die alle Welt für wahr hält, weil Camille Maupin sie nicht leugnet, bestärken noch die Fragen, die ihr Anblick nahelegt. Aber vielleicht ist ihr diese Verleumdung recht? Die Art ihrer Schönheit blieb auf ihren Ruf nicht ohne Einfluß: Sie diente ihr in der Gesellschaft ebenso wie ihr Vermögen und ihre Stellung. Und wollte ein Bildhauer eine schöne Statue der Bretagne herstellen, er könnte Fräulein des Touches modellieren. Nur solches sanguinische, gallische Temperament vermag die zerstörenden Wirkungen der Zeit abzuwehren. In der stetigen, reichlichen Blutzufuhr dieser wie glasierten Haut gibt die Natur dem Weibe die einzige Waffe, sich vor Runzeln zu schützen, deren Entstehung bei Félicité übrigens schon die Bewegungslosigkeit ihres Angesichts verhütet.

Im Jahre 1817 öffnete diese entzückende junge Dame allen Künstlern und Schriftstellern, Gelehrten und Journalisten, zu denen sie sich hingezogen fühlte, ihr Haus. Ihr Salon glich dem des Barons Gérard; zahlreiche Aristokraten, berühmte Persönlichkeiten und die Elite der Pariserinnen suchten ihn auf. Verwandtschaftliche Beziehungen und ein Vermögen, das durch das Erbe ihrer Tante, der Nonne, inzwischen noch gewachsen war, halfen ihr bei dem in Paris so ungemein schwierigen Unternehmen, sich einen Kreis zu schaffen. Ihre Unabhängigkeit wurde eine Ursache ihres Erfolges. Viele ehrgeizige Mütter, deren Vermögen mit der

Schönheit ihres Wappens schlecht harmonierte, hegten die Hoffnung, Fräulein des Touches mit ihrem Sohne zu vermählen. Angelockt durch achtzigtausend Franken Rente und bezaubert von dem Glanze des Hauses, führten einige Pairs von Frankreich ihre sprödesten und heikelsten Verwandten bei ihr ein. Die diplomatische Welt, die geistige Unterhaltung suchte, kam gleichfalls, und allen gefiel es bei ihr.

Von so vielseitigen Interessen umringt, konnte Fräulein des Touches die verschiedenen Komödien studieren, zu denen Leidenschaft, Habgier, Ehrgeiz alle Menschen, und selbst die besterzogenen, verführt. Schon frühzeitig sah sie die Welt, wie sie ist, und sie hatte das Glück, nicht sofort jene große Liebe zu erfahren, die den Geist, die Fähigkeiten des Weibes lähmt und sein gesundes Urteil trübt. Gewöhnlich empfindet, genießt, urteilt das Weib hintereinander: Daher die drei deutlich unterschiedenen Altersstufen, deren letzte mit dem traurigen Matronentum zusammenfällt. Für Fräulein des Touches war diese Reihenfolge umgestoßen. Ihre Jugend deckten die Schneemassen der Wissenschaft, das Eis kalter Überlegung. Diese Umstellung erklärt auch die Absonderlichkeit ihres Daseins und das Wesen ihrer Begabung. Sie beobachtete die Männer schon in einem Alter, da andere Frauen nur einen einzigen sehen. Sie verachtete, was die andern bewundern, sie erspähte die Lüge hinter den Schmeicheleien, die andere für Wahrheit halten, sie verlachte, was andere ernstnehmen. Dieser Widersinn dauerte lange, aber er nahm ein schreckliches Ende: Jugendfrisch erblühte ihre erste Liebe in einem Augen-

blick, da andere Frauen von der Natur gemahnt werden, ihr für immer zu entsagen.
Ihr erstes Liebesverhältnis blieb so geheim, daß niemand darum wußte. Wie alle Frauen, die der Stimme des Herzens folgen, ließ sie sich verleiten, von der Schönheit des Körpers auf die Schönheit der Seele zu schließen. Sie verliebte sich in ein Gesicht und lernte so die ganze Albernheit eines Herzensbrechers kennen, der nur das Weib in ihr sah. Es bedurfte einiger Zeit, ehe sie sich von ihrem Ekel, von dieser törichten Verbindung erholte.
Ein anderer ahnte ihr Leid. Er tröstete sie ohne Hintergedanken oder verstand wenigstens seine Absichten zu verbergen. Félicité glaubte endlich, den Adel des Herzens und des Geistes gefunden zu haben, der dem Dandy fehlte.
Dieser Mann gehört zu den merkwürdigsten Erscheinungen seiner Zeit. Er schrieb unter einem Pseudonym, und seine ersten Schriften verrieten einen Anbeter Italiens. Félicité mußte reisen, wollte sie die einzige Unwissenheit, die ihr verblieben war, nicht ins Endlose fortsetzen. Der spöttische, skeptische Mann nahm sie mit sich, um ihr die Heimat der Künste zu zeigen. Dieser berühmte Unbekannte darf als Meister und Schöpfer Camille Maupins gelten. Er brachte Ordnung in Félicités immense Kenntnisse, vervollkommnete sie durch das Studium der herrlichen Kunstwerke Italiens, gab ihr den geistvollen und feinen, epigrammatischen und tiefen Ton, der die ein wenig seltsame Eigenart seiner Begabung bildet und den Camille Maupin mit Zartgefühl und dem angeborenen Geschick des Weibes kunstvoll umgestal-

tete. Er schärfte ihr den Geschmack für die Werke der englischen und deutschen Literatur und lehrte sie auf ihren Reisen beide Sprachen. Im Jahre 1820 wurde Fräulein des Touches um einer Italienerin willen verlassen. Ohne dieses Mißgeschick wäre sie vielleicht niemals berühmt geworden. Mit Recht nannte Napoleon das Unglück „die Hebamme des Genies“.

Dieses Ereignis flößte ihr für immer jene Menschenverachtung ein, die sie so stark machte. Félicité starb, und Camille wurde geboren. Sie kam mit Conti, dem großen Musiker, für den sie zwei Opernlibretti schrieb, nach Paris zurück. Aber sie hatte keine Illusionen mehr und wurde, ohne daß die Welt darum wußte, eine Art weiblicher Don Juan ohne Schulden und Eroberungen. Durch ihren ersten Erfolg ermutigt, veröffentlichte sie zwei Bände Theaterstücke, die Camille Maupin mit einem Schlage zum berühmten Anonymus machten. Ihre Liebesenttäuschung erzählte sie in einem kleinen, entzückenden Roman, der zu den Meisterwerken ihrer Epoche zählt. Dieses Buch stellte man dem „Adolphe“ an die Seite, einem entsetzlichen Klageliede, dessen Gegenstück in ihrem Werke zu finden ist. Die Feinheit ihrer literarischen Metamorphose ist noch nicht begriffen worden. Einzelne schlaue Köpfe sehen darin nur jene Großherzigkeit, die den Mann der Kritik ausliefert, dem Weibe hingegen erlaubt, unbekannt zu bleiben, und sich dadurch vor dem Ruhm zu retten.

Durch den Einfluß ihres Salons und ihre treffenden Entgegnungen, durch ihr gediegenes Wissen und die Folgerichtigkeit ihres Urteils wuchs ihre

Berühmtheit, trotz ihrem Wunsche, mit jedem Tage. Sie galt als Autorität, ihre Aussprüche wurden weitererzählt, und sie konnte sich den ehrenden Pflichten, die ihr die Pariser Gesellschaft auferlegte, nicht mehr entziehen. Sie wurde eine anerkannte Ausnahme. Die Gesellschaft erstarb vor der Begabung und dem Vermögen dieser seltsamen Frau. Man billigte ihre Unabhängigkeit, die Frauen bewunderten ihren Geist und die Männer ihre Schönheit. Übrigens unterwarf sie sich willig allen Geboten der Schicklichkeit, des gesellschaftlichen Herkommens. Ihre Freundschaften erschienen rein platonisch. Sie hatte nichts von einer Schriftstellerin an sich. Nein, sie war reizend wie eine Weltdame, gelegentlich ein wenig müßig, kokett, mit Toilettefragen beschäftigt und von Nichtigkeiten entzückt, an denen sich Frauen und Dichter berauschen. Sie begriff nur zu gut, daß nach Madame de Staël in diesem Jahrhundert kein Platz mehr sei für eine Sappho und daß Ninon ohne die Ausschweifungen der Grandseigneurs und des Hofes nicht bestehen könne. Sie ist die Ninon der Intelligenz, sie verehrt Kunst und Künstler, sie geht vom Dichter zum Musiker und vom Bildhauer zum Schriftsteller. Sie ist edel und großmütig bis zum Betrug – so weit reicht ihr Mitleid für unglückliche, ihre Verachtung für glückliche Menschen. Sie lebt seit dem Jahre 1830 in einem auserlesenen Kreis bewährter Freunde, die einander herzlich lieben und schätzen. Dem lärmvollen Gebaren der Madame de Staël genau so fern wie politischen Kämpfen, spottet sie selbst über Camille Maupin als den jüngeren Bruder von George Sand und nennt ihn ihren Bruder Kain, weil vor ihrem frischen Ruhm der seinige in Vergessenheit geriet. Fräulein des Touches bewundert ihre glückliche Rivalin mit engelhaftem Gleichmut, ohne jeden Hintergedanken, ohne jede Eifersucht.

Bis zu dem Augenblick, da diese Geschichte beginnt, führte sie das glücklichste Leben, das einer Frau beschieden ist, die stark genug ist, sich selbst zu beschützen. In den Jahren 1817 bis 1834 war sie fünf- bis sechsmal nach Les Touches gekommen.

Ihre erste Reise unternahm sie nach ihrer ersten Enttäuschung im Jahre 1818. Ihr Haus Les Touches erwies sich als unbewohnbar. Sie schickte ihren Sachwalter nach Guérande zurück und bezog seine Wohnung. Damals ahnte sie noch nichts von ihrem künftigen Ruhm, sie war traurig, sie sah niemanden und wollte sich nach ihrem schweren Mißgeschick gewissermaßen nur selbst betrachten. Sie schrieb an eine ihrer Freundinnen nach Paris und bat, sie bei der Beschaffung der für Les Touches erforderlichen Einrichtung zu unterstützen. Die Möbel kamen zu Schiff nach Nantes, wurden in einem kleinen Boote nach Le Croisic und von dort, nicht ohne Schwierigkeiten, durch die Dünen endlich nach Les Touches geschafft. Dann kamen Arbeiter aus Paris, und Félicité ließ sich in Les Touches, wo es ihr außerordentlich gefiel, häuslich nieder. Sie wollte hier wie in einer einsamen Klause über die Ereignisse ihres Lebens nachsinnen. Zu Beginn des Winters reiste sie abermals nach Paris. Des Städtchens Guérande bemächtigte sich damals eine höllische Neugier. Allerlei Gerüchte über den orientalischen

Luxus des Fräuleins Les Touches gingen um. Der Notar, ihr Sachwalter, gab Erlaubnis, Les Touches zu besichtigen. Aus Batz, Le Croisic, Savenay strömte die Bevölkerung in ganzen Scharen nach Les Touches. Solche Neugier brachte der Familie des Pförtners und des Gärtners in zwei Jahren eine ganz enorme Summe ein: siebzehn Franken.
Fräulein Félicité kam erst nach zwei Jahren, im Anschluß an ihre italienische Reise, wieder nach Les Touches. Eine Zeitlang wußte niemand in Guérande, daß sie mit dem Komponisten Conti über Le Croisic auf ihrem Gute eingetroffen sei. Tauchte sie gelegentlich in dem Städtchen auf, so erregte sie kein sonderliches Aufsehen. Nur ihr Sachwalter, vor allem aber der Notar, war in das Geheimnis der Berühmtheit Camille Maupins eingeweiht.

Erst in jüngster Zeit war die Seuche moderner Gedanken bis nach Guérande vorgedrungen, und mehr als einer wußte um das Doppelleben der Herrin von Les Touches. Der Postmeister empfing Briefe, die an „Camille Maupin in Les Touches" adressiert waren. Mit einem Worte, die Schleier lüfteten sich. In einer überwiegend katholischen, rückständigen, vorurteilsvollen Gegend mußte das merkwürdige Leben der berühmt gewordenen Dame Gerüchte hervorrufen, die den Abbé Grimont so sehr erschreckt hatten. Da man dieses Leben nicht begreifen konnte, erschien es allen ungeheuerlich.

Félicité war in Les Touches nicht allein, sie hatte einen Gast. Dieser Gast war Claude Vignon, der stolze, hochmütige Schriftsteller, der zwar nur Kritiken schrieb, dem Publikum und der Literatur aber trotzdem eine hohe Meinung von seiner Überlegenheit einzuflößen verstand. Félicité empfing ihn seit sieben Jahren, wie sie hundert andere Schriftsteller, Journalisten, Künstler und Weltleute auch empfing. Sie kannte seinen Charakter, den Mangel an Schwungkraft, seine Faulheit, sein Elend, seine Haltlosigkeit und seinen Widerwillen vor allen Dingen, und schien ihn, nach der Art, wie sie sich ihm gegenüber benahm, zu ihrem Gatten machen zu wollen. Sie erklärte dieses, ihren Freunden völlig unbegreifliche Verhalten mit ihrem Ehrgeize und dem Grausen vor ihrem Altern; sie wollte den Rest ihres Lebens einem Manne anvertrauen, der ihr Vermögen als Sprungbrett benutzen und ihre Bedeutung für die Dichtkunst auch künftighin aufrechterhalten sollte. Und so hatte sie Claude Vignon von Paris mitgenommen, wie der Adler in seinen Fängen ein Reh entführt. Sie beabsichtigte, ihn zu studieren und dann zu einem gewaltsamen Entschluß zu kommen. Indes, sie täuschte Claude und Calysten zugleich. Sie dachte gar nicht an die Ehe, ihre starke Seele wand sich in heftigsten Krämpfen. Sie sah sich von ihrem Geiste betrogen, denn zu spät erstrahlte ihr Dasein in der Sonne der Liebe, wenn sie auch leuchtete wie in einem zwanzigjährigen Mädchenherzen. –

Einige hundert Schritte von Guérande entfernt ist der Boden der Bretagne zu Ende, und es beginnen die Salzteiche und Dünen. Auf einem von Gießbächen ausgewaschenen Wege, der noch keinen Wagen gesehen hat, steigt man in die Sandwüste hinab, die wie ein breites Band zwischen Meer und Festland liegt. Diese Wüste enthält unfruchtbaren

Sand, unregelmäßig geformte, mit schlammigen Dämmen umsäumte Wasserlachen, aus denen das Salz gewonnen wird, und den kleinen Meeresarm, der die Insel Le Croisic von dem Festland trennt. Obwohl Le Croisic geographisch als Halbinsel bezeichnet wird, könnte sie als Insel gelten; denn sie hängt nur durch den seichten und leicht beweglichen Strand von Batz mit der Bretagne zusammen.

Dort, wo sich der Weg von Le Croisic nach Guérande mit der Festlandsstraße kreuzt, steht ein Landhaus inmitten eines großen Gartens. Verkrüppelte Kiefern mit flachen, kümmerlichen Kronen zeigen überall, wo sich die Rinde löste, ihren rötlichbraunen Stamm. Sie alle sind Opfer der verheerenden Orkane und bereiten die Seele auf das seltsam-traurige Schauspiel der Salzteiche und der Dünen vor, die aussehen wie ein erstarrtes Meer.

Das auf einem Granitfundament ruhende, aus Schieferstein und Mörtel recht gut gebaute Haus ermangelt jeglicher Architektur. Es bietet dem Auge nichts als nüchterne, durch die Fensteröffnungen regelmäßig unterbrochene Mauern. Im ersten Stockwerk haben die Fenster große, im Erdgeschoß kleine, quadratische Fensterscheiben. Über dem ersten Stockwerk liegen die Speicher und darüber ein enormes Dach mit spitzigen Giebeln, die je zwei große Dachluken haben. Unter dem Dreieck eines jeden Giebels öffnet ein Fenster sein Zyklopenauge – das eine nach Westen auf das Meer, das andere nach Osten auf Guérande. Eine Fassade des Hauses sieht auf den Weg nach Guérande, die andere auf die Einöde, hinter

der sich Le Croisic erhebt. Und jenseits des Städtchens liegt das offene Meer.
Aus einer kleinen Öffnung der Parkmauer sprudelt ein Quell hervor, der zunächst längs der nach Le Croisic führenden Straße fließt, diesen dann kreuzt und endlich im Sande der Dünen oder in einem der kleinen Salzteiche verläuft. Ein kurzer Weg führt von der Straße zu diesem Hause. Man tritt durch ein großes Tor ein. Der Hof ist von ziemlich bescheidenen Baulichkeiten umgeben, einer Stallung, einer Wagenremise und einem Gärtnerhäuschen. Daran schließt sich ein Wirtschaftshof mit seinem Zubehör, das mehr dem Gebrauch des Pförtners als dem der Herrschaft dient. Der graue Ton des Hauses harmoniert wunderbar mit der Landschaft, die es beherrscht. Sein Park ist die Oase dieser Wüste, an deren Eingang der Reisende eine elende Zollwächterhütte findet. Dieses Haus liegt auf dem Territorium der Stadt Guérande und bezieht aus den Salzteichen eine Rente von zehntausend Franken, den Rest aus einigen kleinen, auf dem Festland verstreuten Pachthöfen. Dies ist das Lehen Les Touches, dem die Revolution seine feudalen Einkünfte entzogen hat. Heute ist Les Touches ein gewöhnliches Gut; aber die Paludiers sagen immer noch „das Schloß".
Als Félicité daran ging, Les Touches zu restaurieren, hütete sie sich als große Kunstkennerin gar wohl, an seinem kläglichen Äußern, das dem einsamen Gebäude das Aussehen eines Gefängnisses gibt, auch nur das geringste zu ändern. Nur das Eingangstor wurde verschönert. Es erhielt zwei Säulen aus Backstein, die eine Galerie tragen, dar-

unter ein Wagen hindurchfahren kann. Auch wurde der Hof bepflanzt.

Die Einteilung des Erdgeschosses ist die der meisten vor hundert Jahren erbauten Landhäuser. Dieses Haus wurde entschieden auf den Trümmern irgendeines kleinen Kastells erbaut, das einst den Salzteichen gebot. Ein Säulengang am Fuß der Treppe blieb erhalten. Zunächst ein großer, gedielter Vorraum, in den Félicité ein Billard stellte; dann ein riesengroßer Salon mit sechs Fenstern. Zwei Fenster reichen bis an den Sockel der Giebelmauer und bilden Türen, durch die man über etwa zehn Stufen in den Garten gelangt. Diesen beiden entsprechen in der Anordnung des Salons zwei andere Türen, von denen die eine in das Billard-, die andere in das Speisezimmer führt. Die Küche liegt auf der andern Seite und ist mit dem Speisezimmer durch einen Anrichteraum verbunden. Die Treppe trennt das Billardzimmer von der Küche, die eine Tür nach dem Säulengang hatte. Fräulein des Touches ließ diese Türe vermauern und dafür eine andere nach dem Hofe ausbrechen.

Die Geschoßhöhe und die Größe der Räume erlaubten Félicité, im Erdgeschoß edle Einfachheit wirken zu lassen. Sie hütete sich, kostbare Möbel aufzustellen. In dem graugestrichenen Salon stehen alte Mahagonistühle, die mit grüner Seide bezogen sind. An den Fenstern hängen weiße, grünumsäumte Wollgardinen. In der Mitte liegt ein großkarierter Teppich. Zwei Pfeilertischchen, ein runder Tisch, endlich ein breiter Kamin mit einem hohen Spiegel und zwischen zwei Empireleuchtern eine Uhr in Gestalt des Sonnenwagens, vervollständigen die Einrichtung. Das Billardzimmer hat graue Wollgardinen mit grünen Borten und enthält, abgesehen von dem Billard, lediglich zwei Diwans. Die Einrichtung des Speisezimmers besteht aus vier großen Mahagonibüfetts, einem Tisch, zwölf Mahagonistühlen mit Roßhaarkissen und prachtvollen Gravüren von Audran in Mahagonirahmen. Von der Mitte der Decke hängt eine elegante Laterne herab, wie solche im Stiegenhaus großer Paläste verwendet werden. Das vorspringende Deckengebälk ist in allen Räumen holzfarbig gestrichen. Die alte Holztreppe hat ein derbes Balustergeländer und ist von unten bis oben mit einem grünen Läufer bedeckt.

Das erste Stockwerk wird durch die Treppe in zwei Teile geschieden. Camille nahm jenen für sich, der ihr den Blick auf das Meer, die Salzteiche und Dünen gewährte, und teilte ihn in einen kleinen Salon, ein großes Schlafzimmer und zwei kleinere Räume, die sie als Ankleidezimmer und als Arbeitszimmer einrichtete. Der andere Teil bot ihr die Möglichkeit, zwei kleine Wohnungen mit je einem Vor- und einem Wohnzimmer einzurichten. Die Dienerschaft wohnte unter dem Giebeldach. Die beiden kleinen Wohnungen waren für Gäste bestimmt und enthielten vorerst nur das allernotwendigste. Der künstlerische Luxus, den sie aus Paris kommen ließ, blieb für ihre eigenen Wohnräume vorbehalten. In dieser düstern, melancholischen Behausung und im Anblick der düstern, melancholischen Landschaft wollte sie sich mit den phantastischsten Schöpfungen der Kunst umgeben. Ihr kleiner Salon war mit schönen, von wunderbaren Schnitzereien umrahmten Gobelins bespannt. Die Fenster waren mit schweren, antiken Stoffen

drapiert; ein prachtvoller Brokat mit doppelten Reflexen, gold und rot, grün und gelb, hing in mächtigen Falten tief herab und war mit majestätischen Fransen und Quasten geschmückt, die des prächtigsten Kirchenbaldachins würdig gewesen wären. In dem Salon stand eine Truhe, die ihr Sachwalter irgendwo entdeckt hatte und die heute sieben- bis achttausend Franken wert ist; ferner ein geschnitzter Tisch aus Ebenholz, ein venezianischer Schreibtisch mit zahllosen Schubladen und arabeskenartigen Perlmuttereinlagen und die schönsten gotischen Stühle; endlich Gemälde und Statuetten – das Schönste und Beste von allem, was ein ihr befreundeter Maler bei den Antiquitätenhändlern auftreiben konnte, die im Jahre 1818 noch keine Ahnung hatten, welchen Wert diese Schätze später einmal erlangen sollten. Auf den Tischen standen schöne japanische Vasen mit phantastischen Figuren. Der Teppich, ein Perserteppich, war durch die Dünen eingeschmuggelt worden.
Ihr Schlafzimmer folgte bis ins kleinste dem Geschmack der Zeit Louis XV.: So das geschnitzte, weißgestrichene, gepolsterte und mit golddurchwirkter Seide garnierte Himmelbett, über dessen gebogener Rückwand Amoretten schweben, die sich Blumen zuwerfen; die mit echten Persern bespannte und mit Seidenschnüren und Bändern geschmückte Tapete; die Rokokogarnitur des Kamins; die aus Gold getriebene Standuhr zwischen den beiden Sèvresvasen von reinstem Blau, die auf vergoldetem Kupfer montiert sind; der Spiegel mit einem Rahmen in gleichem Stil; der Frisiertisch mit seinen Spitzendecken; die schöngeformten Stühle, die Ottomane, die Chaiselongue, das kleine,

schmale Kanapee, der bequeme, trauliche Lehnstuhl mit der matratzenartigen Rücklehne; der lackierte Wandschirm; die mit gedrehten Schnüren hochgerafften, mit rosenfarbenem Atlas gefütterten Gardinen aus der gleichen Seide wie die Stuhlbezüge; der Teppich aus der Savonnerie – kurz, all die eleganten, prachtvollen, köstlichen Dinge, in deren Mitte sich die schönen Frauen des achtzehnten Jahrhunderts der Liebe ergaben.
Das Arbeitszimmer mit seinen reizenden Mahagonimöbeln und dem übervollen Bücherschrank steht zu den Galanterien aus der Zeit Louis XV. in vollem Gegensatz. Es ähnelt einem Boudoir, es hat einen Diwan. Das Auge des Neugierigen schweift über Vormerkbücher, Taschentuch- und Handschuhkästchen, Lampenschirme mit Porzellanlichtbildern, Statuetten, Chinoiserien, Schreibzeuge, ein bis zwei Albums, Briefbeschwerer – kurz, all den entzückenden Tändelkram der Mode, der eine Frau umgibt. Mit unruhigem Erstaunen bemerkt man daneben Pistolen, ein Nargileh, eine Reitpeitsche, eine Hängematte, eine Pfeife, ein Jagdgewehr, einen Malerkittel, einen Tornister, Tabak – eine seltsame, für Félicité bezeichnende Zusammenstellung. –
Jede große Seele wird von der eigenartigen Schönheit der sumpfigen Steppe ergriffen, die sich gleich hinter dem Park, als der letzten Vegetation des Kontinents, ins Unabsehbare verliert. Die traurigen, mit Brackwasser angefüllten und durch schmale, weiße Fußwege getrennten Vierecke, wo die Paludiers das Salz harken und zu kleinen Hügeln häufen; die salzigen Dünste, die den Flug der Vögel lähmen und alle Anstrengungen der Pflan-

zenwelt vereiteln; die endlose Sandebene, die dem Auge keinen andern Trost gewährt als Karthäusernelken und kleine, harte, zähe Gräser; der Meeressee, die Dünen und der Blick auf Le Croisic, das wie eine Miniatur von Venedig aus dem Meere emporragt; endlich der weite Ozean mit den Granitriffen seines schäumenden Saumes: Dieses Schauspiel beflügelt die Gedanken, wenn es auch das Herz beschwert – eine Wirkung, die das Erhabene auf die Dauer stets hervorruft. Denn alles Erhabene flößt der Seele die schmerzliche Sehnsucht nach dem Unbekannten ein, das sie auf den Höhen ihrer Verzweiflung ahnungsvoll erschaut. Daher stimmen solche wilden Harmonien nur zu großen Geistern und zu großen Schmerzen. Diese hügelreiche Einöde, wo die blendenden Strahlen einer unbarmherzigen Sonne von den Wassertümpeln und Sandflächen bis nach Batz zurückgeworfen werden und die Mauern von Le Croisic überfluten, diese glühende Wüste beschäftigte Camille Maupin damals oft tagelang. Nur selten wandte sie sich dem köstlich erfrischenden Anblick der blühenden Hecken und Büsche zu, die Guérande mit Blumen, Bändern, Schleiern und Girlanden bräutlich schmücken. Sie litt zu jener Zeit ungeahnte, namenlose Schmerzen. –

Sobald Calyste über dem Ginster des breiten Weges die Wetterfahnen auf den beiden Giebeln und die verkrüppelten Fichtenkronen auftauchen sah, ward es ihm leichter ums Herz. Guérande erschien ihm wie ein Gefängnis, sein Leben gehörte Les Touches. Wer könnte nicht verstehen, welche Anziehung dieses Haus auf einen so offenherzigen Jüngling ausüben mußte? Seine Liebe zu einem

Wesen, das ihm etwas Großes bedeutete, noch bevor es ihm ein Weib war – diese Liebe eines Cherubs mußte die ihm unerklärlichen Widerstände Félicités überdauern. Es war der grausamen Analyse Camille Maupins sicherlich nicht entgangen, daß sich in Calystens Gefühlen eher das Bedürfnis nach Liebe kundgab als diese selbst; daher ihre Weigerung, deren Edelmut er nicht begriff.

Die Wunder der modernen Zivilisation schienen Calysten dort um so heller zu erglänzen, als sie zu ganz Guérande, wo die Armut der du Guénic höchster Glanz war, in schroffem Gegensatz stand. Hier entfaltete sich vor dem trunkenen Blick des unwissenden Jünglings, der nichts als die Stechginster der Bretagne und den Nebel der Vendée kannte, der pariserische Reichtum einer neuen Welt. Hier hörte er eine unbekannte, wohlklingende Sprache. Hier vernahm er die poetischen Ausdrucksformen der schönsten Musik, der überraschenden Musik des neunzehnten Jahrhunderts, darin Gesang und Instrumentation zu unerhörter Vollendung gediehen, Methode und Wohlklang einander gleichwertige Mächte sind. Hier sah er die herrlichsten Werke der Malerei, die der französischen, als der gegenwärtigen Erbin der italienischen, spanischen und flandrischen Schule; ist doch in ihr Begabung etwas so Gewöhnliches geworden, daß aller Augen und Herzen, des Talentes müde, ungeduldig nach dem Genie rufen. Hier las er die Werke der Phantasie, jene erstaunlichen Schöpfungen der modernen Literatur, die auf ein unbefangenes Gemüt solchen Eindruck machen. Kurz, unser großes, neunzehntes Jahrhundert zeigte sich ihm hier in seiner ganzen Pracht, in seinen kritischen Forschungen, in seinem Streben nach völliger Erneuerung, in seinen umfassenden Versuchen, die beinahe das Ausmaß jenes Giganten besaßen, der das junge Jahrhundert in seinen Fahnen gewiegt und ihm, von dem furchtbaren Baß der Kanonen begleitet, seine Hymnen gesungen hatte. Von Félicité in all diese Größe eingeführt, stillte Calyste hier den in seinem Alter so mächtigen Durst nach dem Wunderbaren, nach jener naiven Bewunderung, die sich, wie die erste Jünglingsliebe, über jede Kritik so sehr entrüstet. Es ist ja so natürlich, daß die Flamme auflodert! Er vernahm den leichten Spott des Parisers, die elegante Satire, die ihm den französischen Esprit enthüllten und zahllose Geisteskräfte wiedererweckten, die in dem lähmenden Einerlei seines Familienlebens erstarrt waren. Ihm galt Fräulein des Touches als die Mutter seiner Intelligenz – eine Mutter, die er lieben durfte, ohne zum Verbrecher zu werden. Sie war so gut zu ihm: Eine Frau ist stets anbetungswürdig für den Mann, dem sie Liebe einflößt, selbst dann, wenn sie diese Liebe nicht zu erwidern scheint.

Seit einiger Zeit gab ihm Félicité Musikunterricht. Die weiten Räume des Erdgeschosses, die durch die geschickte Anlage des Parks noch größer wirkten, das Stiegenhaus mit all den Kunstwerken italienischer Geduld, mit seinen Schnitzereien, seinen venezianischen und florentinischen Mosaiken, seinen Elfenbein- und Marmorreliefs, seinen aus Feenhänden hervorgegangenen Antiquitäten – dieser behagliche, kokette, wollüstig-künstlerische Wohnsitz schien ihm belebt, beseelt zu sein durch ein überirdisches Licht, einen fremdartigen Geist, eine undefinierbare Luft. Die poetische Welt der Künste stellte sich der nüchternen, patriarchalischen Welt von Guérande schroff entgegen. Zwei Systeme standen einander gegenüber: Auf der einen Seite die vielfältigen Wirkungen der Kunst, auf der andern die einheitliche Wirkung der wilden Bretagne. Niemand wird daher fragen, warum der arme Junge, den die feinen Listen der „Mouche" ebenso langweilten wie seine Mutter, jedesmal erbebte, wenn er das Haus betrat, wenn er die Klingel zog, wenn er über den Hof schritt. Es ist bemerkenswert, daß derartige Vorgefühle den gereiften Mann nicht mehr erregen. Bewandert in allen Mißhelligkeiten des Lebens, überrascht ihn nichts mehr, er ist auf alles gefaßt. –

Als Calyste die Tür öffnete, vernahm er die Klänge des Klaviers und dachte, Camille Maupin befände sich im Salon. Als er jedoch ins Billardzimmer trat, drang kein Ton mehr an sein Ohr. Camille spielte offenbar auf dem Pianino, das ihr Conti aus England mitgebracht hatte und das oben in ihrem kleinen Salon stand. Er stieg die Treppe hinauf, deren dicker Läufer das Geräusch seiner Schritte vollständig erstickte, und verlangsamte seinen Gang immer mehr und mehr. Etwas Seltsames, Außerordentliches lag in dieser Musik. Félicité spielte für sich allein, sie unterhielt sich mit sich selbst. Anstatt einzutreten, setzte sich Calyste auf eine gotische, mit grünem Samt bezogene Bank, die unter einem mit Holzschnitzereien künstlerisch umrahmten Fenster stand. Nichts konnte geheimnisvoller, schwermütiger sein als Camilles Improvisation: Hier rief eine Seele ihr „De profundis" aus der Tiefe des Grabes zu Gott empor. Der liebende Jüngling entnahm diesen Klängen das Gebet verzweifelter Liebe, die Zärtlichkeit demutsvoller Klage, die Seufzer verhaltenen Herzleids. Camille erfand für die Einleitung der Gnadenarie, die fast den ganzen vierten Akt der Oper „Robert der Teufel" ausfüllt, immer wieder neue Variationen. Da begann sie diese Arie zu singen. Es klang herzzerreißend, doch plötzlich brach der Gesang ab. Calyste trat ein und erkannte die Ursache dieser Unterbrechung. Die arme Camille Maupin, die schöne Félicité, zeigte ihm ohne Koketterie ihr tränenüberströmtes Antlitz. Sie nahm ihr Taschentuch, trocknete die Tränen und sagte einfach:

„Guten Tag!"

In ihrem Morgenkleid sah sie bezaubernd aus. Sie trug ein modernes Haarnetz aus rotem Samt, dem die schimmernden Locken des schwarzen Haares entschlüpften. Unter dem kurzen Jäckchen, das wie eine moderne griechische Tunika wirkte, ließen sich Batistpantalons mit gestickten Fußkrausen und die niedlichsten, rot und goldenen, türkischen Pantoffel sehen.

„Was haben Sie denn?" fragte Calyste.

„Er ist nicht zurückgekommen", antwortete sie.

Camille stellte sich ans Fenster und ließ den Blick über den Meeresarm, die Dünen und Salzteiche schweifen.

Diese Antwort erklärte ihre Kleidung. Sie schien Claude Vignon zu erwarten und war unruhig wie eine Frau, die sich zwecklos bemüht hat. Ein Mann von dreißig Jahren hätte dies erkannt. Calyste sah allein ihren Schmerz.

„Sie sind beunruhigt?" fragte er teilnehmend.

„Ja", versetzte sie mit einer Schwermut, die dieses Kind nicht zu analysieren vermochte.
Calyste stürzte an die Türe.
„Wohin denn?" rief sie aus.
„Ihn suchen", gab er zur Antwort.
Sie ergriff seine Hand und hielt ihn zurück.
„Liebes Kind," entgegnete sie und warf ihm einen jener feuchten Blicke zu, die für junge Seelen den schönsten Lohn bedeuten, „sind Sie toll? Wo wollen Sie ihn an dieser Küste suchen?"
„Ich werde ihn finden!"
„Ihre Mutter hätte eine Todesangst. Abgesehen davon, bleiben Sie, ich will es!" befahl sie und zwang ihn, sich auf den Diwan zu setzen. „Haben Sie kein Mitleid mit mir! Die Tränen, die Sie sehen, sind wohltuende Tränen. Wir haben eine Fähigkeit in uns, die dem Manne durchaus fremd ist: Wir können unser Empfinden bis zum äußersten treiben und uns unserer nervösen Natur überlassen. Wir stellen uns gewisse Situationen vor, denken uns in sie hinein und kommen auf diese Art zu Tränen, manchmal sogar zu ernsten Zuständen, zu Gemütsverwirrungen. Unsere Phantasie ist kein Spiel der Gedanken, sondern des Herzens. Sie kamen im richtigen Augenblick, Einsamkeit taugt mir nicht. Sein Wunsch, Le Croisic und das Felsgeklüft, Batz mit den Dünen und die Salzteiche ohne mich zu besichtigen, konnte mich nicht täuschen. Ich wußte, daß er nicht einen, sondern mehrere Tage dazu verwenden würde. Er wollte uns allein lassen. Er ist eifersüchtig, oder besser gesagt, er spielt den Eifersüchtigen. Sie sind jung, Sie sind schön."
„Warum sagten Sie mir das nicht? Soll ich nicht mehr kommen?" fragte Calyste, dem in

verhaltenem Schmerz eine Träne über die Wange rollte.

„Sie sind ein Engel!“ rief sie tief gerührt.

Dann sang sie vergnügt das „Bleib, o bleibe!“ der Mathilde aus der Oper „Wilhelm Tell“, um auf diese Weise ihrem Ausruf alle Bedenklichkeit zu nehmen.

„Er wollte mich glauben machen,“ fuhr sie fort, „daß seine Liebe größer sei, als sie ist. Er weiß, daß ich ihm nur Gutes wünsche, aber es kränkt ihn vielleicht, mir in dieser Hinsicht nachzustehen. Es ist auch möglich, daß er Ihretwegen einen Verdacht hegt und uns überraschen will. Aber hätte er keine andere Schuld, als das Vergnügen dieses wilden Spaziergangs ohne mich zu genießen, mich an seinen Wegen, an den Gedanken, die ihm dieses Schauspiel einflößt, nicht teilnehmen zu lassen und mir dagegen tödliche Unruhe zu bereiten – wäre dies nicht genug? Dieses große Gehirn liebt mich nicht mehr, als der Musiker, der Mann von Geist, der Offizier mich liebte. Sterne hat ganz recht: Namen haben eine Bedeutung – und der meinige ist der grausamste Hohn. Ich werde sterben und bei keinem Manne gefunden haben, was ich an Liebe in meinem Herzen, an Poesie in meiner Seele trage.“

Mit herabhängenden Armen, den Kopf an ihr Kissen gelehnt, starrte sie nachdenklich auf eine Rosette des Teppichs. Das Leid eines starken Geistes hat etwas unsagbar Großes und Imposantes; es offenbart den unermeßlichen Bereich der Seele, den der Gedanke des Betrachtenden noch erweitert. Solche Seelen teilen die Privilegien des Königtums, das in seiner Liebe für ein Volk die ganze Welt erschüttert.

„Warum haben Sie mich...“ begann Calyste, ohne vollenden zu können.
Camilles schöne Hand hatte sich glühend auf die seinige gelegt und ihn ausdrucksvoll unterbrochen.
„Die Natur hat mir zuliebe ihre Gesetze verändert, sie gönnt mir noch eine Jugend von fünf bis sechs Jahren. Nur aus Egoismus wies ich Sie ab, Calyste. Früher oder später hätte uns das Alter ja doch getrennt. Ich bin um dreizehn Jahre älter als er, das ist schon reichlich genug.“
„Sie werden noch mit sechzig Jahren schön sein“, rief er heroisch aus.
„Möchte Gott Sie erhören!“ antwortete sie lächelnd.
„Übrigens, mein liebes Kind, ich will ihn lieben. Trotz seiner Gefühllosigkeit und feigen Sorglosigkeit, trotz seinem Mangel an Phantasie und dem Neid, der ihn verzehrt, glaube ich, daß sich unter diesen kläglichen Hüllen wahre Größe verbirgt. Ich hoffe, dieses Herz neu zu beleben, vor sich selbst zu erretten und an mich zu fesseln... Ach, mein Geist sieht so klar, doch mein Herz ist blind!“
Sie urteilte mit erschrecklicher Klarheit über sich selbst. Sie litt und sie analysierte ihr Leid, wie einst Cuvier, Dupuytren den unvermeidlichen Verlauf ihrer Krankheit, das Heranrücken ihrer Todesstunde einigen nahen Freunden auseinandergesetzt hatten. Camille Maupin verstand sich auf Leidenschaften genau so wie die beiden Gelehrten auf Anatomie.
„Ich kam hierher, um mir ein gerechtes Urteil über ihn zu bilden; er langweilt sich schon. Paris fehlt ihm, ich habe es ihm gesagt. Er hat Heimweh nach der Kritik, er kann keinen Schriftsteller verreißen, kein System untergraben, keinen Dichter

zur Verzweiflung treiben, und wagt hier nicht, sich irgendeinem Laster hinzugeben, in dessen Schoß er die Bürde seiner Gedanken ablagern könnte. Ach, vielleicht ist meine Liebe nicht echt genug, sein Hirn zu entspannen! Ich berausche ihn eben nicht! Betrinken Sie sich heute abend mit ihm, ich werde sagen, daß ich krank sei, und auf meinem Zimmer bleiben. Dann weiß ich wenigstens, ob ich mich irre oder nicht."

Calyste wurde rot wie eine Kirsche, rot vom Kinn bis zur Stirn, und seine Ohren begannen zu glühen.

„Allmächtiger!" rief sie erschrocken, „ich vergesse ganz, daß ich deine Mädchenunschuld verführe. Verzeih mir, Calyste. Wenn du einst liebst, wirst du begreifen, daß man die Seine in Brand steckt, um dem ‚geliebten Gegenstande', wie die Kartenlegerinnen sagen, eine kleine Freude zu bereiten."

Sie machte eine kleine Pause, dann fuhr sie fort:

„Es gibt stolze, konsequente Naturen, die in einem gewissen Alter ausrufen: ‚Wenn ich mein Leben nochmals beginnen könnte, täte ich genau das gleiche!' – Ich dagegen, die ich mich auch nicht für schwach halte, würde sagen: ‚Ich möchte eine Frau werden wie Ihre Mutter, Calyste!' Welches Glück, einen Calyste zu besitzen! Und hätte ich selbst den größten Toren zum Gatten genommen, ich wäre ihm die demütigste, fügsamste Frau geworden. Dabei habe ich mich nicht etwa gegen die Gesellschaft, sondern nur gegen mich selbst vergangen. Liebes Kind, leider kann sich eine Frau ebensowenig allein in Gesellschaft sehen lassen wie in ihrem sogenannten Urzustand. Leidenschaften, die mit den sozialen und natürlichen Gesetzen nicht im Einklang stehen, mit einem Worte unverbindliche Leidenschaften fliehen uns. Was kümmern mich die Kinder meiner Kusinen Faucombe, die keine Faucombes mehr sind, die ich seit zwanzig Jahren nicht gesehen habe und die sich zu alledem mit Kaufleuten vermählten. Sie sind mir ein Sohn, der mir die Mühsal der Mutterschaft ersparte, ich werde Ihnen mein Vermögen hinterlassen. Sie sollen, wenigstens in dieser Hinsicht, durch mich glücklich werden und sollen nie aufhören, ein köstlicher Schatz an Schönheit und Anmut zu sein."

Nach diesen, in innigem Tone gesprochenen Worten, senkte sie die schönen Lider, um nicht in ihren Augen lesen zu lassen.

„Sie wollten mich nicht haben," entgegnete Calyste, „ich würde Ihr Vermögen den Erben zurückgeben."

„Kind!" schluchzte Camille, während ihr die Tränen über die Wangen strömten, „wird mich denn nichts vor mir selber retten?"

„Sie wollten mir eine Geschichte erzählen und einen Brief..." begann er großmütig, um sie von ihrem Kummer abzulenken. Sie aber schnitt ihm das Wort ab.

„Sie haben recht, man muß vor allem eine ehrbare Frau bleiben. Gestern war es zu spät, aber es scheint, daß wir heute Zeit genug für uns haben werden", fuhr sie in scherzhaftem und zugleich bitterem Tone fort. „Um aber zu halten, was ich versprach, will ich mich so setzen, daß ich den Weg, der zu den Klippen führt, überblicken kann."

Calyste schob ihr den großen gotischen Lehnstuhl zurecht und öffnete das Fenster. Camille Maupin, die wie George Sand für den Orient schwärmte, holte ein prächtiges persisches Nargileh, das Geschenk eines Gesandten, füllte das Rauchrohr mit Patschuli und reinigte das Mundstück. Dann nahm sie ein neues Federröhrchen, dessen sie sich stets nur einmal bediente, parfümierte und befestigte es, steckte die gelbbraunen Blätter in Brand, stellte das schöne, gold- und blauemaillierte, langhalsige Gefäß der Freuden etwas abseits und klingelte um den Tee.

„Wenn Sie Zigaretten wollen... Ach, immer wieder vergesse ich, daß Sie nicht rauchen. So unverdorben wie Sie ist selten jemand! Mir scheint, um den Seidenflaum Ihrer Wangen zu streicheln, bedarf es der Hand einer Eva, die eben erst aus Gottes Schoß hervorgegangen ist."

Calyste errötete und setzte sich, ohne ihre tiefe Erregung wahrzunehmen, auf ein Taburett.

„Die Dame, von der ich gestern diesen Brief erhielt und die morgen hier eintreffen dürfte, ist die Marquise de Rochefide. Nachdem der alte Rochefide, dessen Familie nicht so alt ist wie die Ihrige, seine Tochter an einen portugiesischen Edelmann verheiratet hatte, der ständig in Frankreich lebt, beabsichtigte er, seinen Sohn mit einer Dame des Hochadels zu verheiraten. Auf diese Weise wollte er ihm die Pairswürde verschaffen, die er für sich selbst unmöglich erlangen konnte. Die Gräfin von Montcornet lenkte sein Augenmerk auf ein Fräulein Béatrix-Maximilienne-Rose de Casteran, im Departement l'Orne, die jüngere Tochter des Marquis de Casteran, der seine beiden Töchter ohne Mitgift verheiraten wollte, um sein ganzes Vermögen für den einzigen Sohn aufzusparen. Die Familie Casteran ist anscheinend nicht weit her. Béatrix, die auf Schloß Casteran geboren und erzogen ist, war damals – die Ehe wurde im Jahre 1828 geschlossen – etwa zwanzig Jahre alt. Sie besaß das, was ihr Provinzler Originalität nennt und was im Grunde genommen nichts anderes ist als eine Überlegenheit der Gedanken, ein Gefühl für das Schöne, eine gewisse Begeisterung für Kunstwerke. Glauben Sie einer armen Frau, die sich von ihren Neigungen treiben ließ: Es gibt für eine Frau nichts Gefährlicheres als dies. Wenn man seinen Neigungen nachgibt, gelangt man dahin, wo Sie mich sehen und wohin die Marquise gekommen ist ... zu Abgründen. Der Mann allein verfügt über den Halt, der ihn am Rand des Abgrundes stützt, über die Kraft, die uns fehlt, und die uns, wenn wir sie besitzen, zu Ungeheuern macht. Béatrixens Großmutter, die Witwe ihres Großvaters de Casteran, sah mit Vergnügen, daß sie einen Gatten nahm, dem sie an Adel und Geist überlegen sein mußte. Die Rochefides machten ihre Sache gut, Béatrix hatte sich über sie nicht zu beklagen. Und ebenso durften die Rochefides mit den Casterans zufrieden sein: Mit den Familien Verneuil, d'Esgrignon, Troisville verwandt, erhielten die Casterans bei dem großen Pairsschub Karls des Zehnten für ihren Schwiegersohn die Pairswürde, die später durch die Julirevolution annulliert wurde. Rochefide ist ziemlich albern. Trotzdem beeilte er sich, einen Sohn zu bekommen, und da er seine Frau unaufhörlich quälte, hatte sie bald genug von ihm. Die ersten Tage einer Ehe sind Klippen für kleine Geister und für große Leidenschaften. In seiner Eigenschaft als Dummkopf hielt er die Unwissenheit seiner Frau für Kälte und reihte Béatrix, die Blondine ist, in die Klasse der lymphatischen und kalten Frauen ein. Von da an war er völlig unbesorgt, er lebte wie ein Junggeselle und baute auf die vermeintliche Kälte der Marquise, auf ihren Stolz, ihren Hochmut und auf das großartige Leben der Pariser Gesellschaft, das ohnehin um jede Frau zahllose Schranken zieht. Wenn Sie diese Stadt besuchen, werden Sie wissen, was ich meine. Diejenigen, die aus seiner Sorglosigkeit Nutzen ziehen wollten, sagten ihm: ,Sie sind wirklich ein Glückspilz! Sie haben eine kalte Frau, deren Leidenschaften nur im Kopfe sitzen. Sie ist zufrieden, wenn sie glänzt, und hat rein künstlerische Gelüste. Ihre Eifersucht und ihr Sehnen wird schon gestillt, wenn sie in ihrem Salon alle Schöngeister versammeln kann. Sie wird ausschweifend musikalisch sein und literarische Orgien feiern!' Und der Gatte sog diese Scherze, mit denen man in Paris jeden Dummkopf hinters Licht führt, wie süßen Honig ein. Indes, Rochefide ist kein gewöhnlicher Dummkopf. Er ist ebenso eitel und stolz wie ein Mann von Geist; nur mit dem Unterschied, daß geistreiche Leute in Bescheidenheit ersterben und wie Katzen schmeicheln, damit man ihnen schmeichelt, während Rochefide ein tüchtiges Stück gesunder Eigenliebe besitzt, die sich selbst öffentlich bewundert und allzeit lächelt. Seine Eitelkeit mästet sich an der Raufe des Pferdestalls. Es gibt Fehler, die nur erkannt werden, wenn man sie im vertrauten Kreise beobachten kann; Fehler, die nur im geheimnisvollen Schatten des Privatlebens ans Licht kommen, während ein Mensch, der ihnen verfallen ist, in der Welt und für die Welt ganz reizend erscheint. Rochefide müßte unausstehlich sein, sobald er fühlen würde, daß sein heimischer Herd bedroht ist; denn er hat jene scheelsüchtige und erbärmliche Eifersucht, die brutal wird, wenn sie sich überlistet sieht, eine Eifersucht, die sich sechs Monate lang feige verkriecht und im siebenten mordet. Er glaubte, seine Frau zu hintergehen, und fürchtete sie – zwei Ursachen der Tyrannei von dem Tage an, da er bemerkte, daß ihm die Marquise die Gnade erwies, seiner fortgesetzten Untreue gegenüber Gleichgültigkeit zu zeigen. Ich analysiere Ihnen diesen Charakter, um Ihnen Béatrixens Verhalten zu erklären. Die Marquise hegte für mich die lebhafteste Bewunderung. Indes, von der Bewunderung zur Eifersucht ist nur ein Schritt. Ich habe einen der angesehensten Salons in Paris; sie sehnte sich danach, sich einen solchen zu schaffen, und versuchte, mir meine Gesellschaft abspenstig zu machen. Ich verstehe nicht, Leute zu halten, die mich verlassen wollen. So bekam sie die Oberflächlichen, die aus Müßiggang Allerweltsfreunde sind und den Zweck ihres Daseins darin sehen, einen Salon, den sie betreten, unverweilt zu verlassen. Aber Béatrix hatte keine Zeit, einen gesellschaftlichen Kreis zu gründen. Damals meinte ich, sie sei von Sehnsucht verzehrt, auf irgendeine Art berühmt zu werden. Dennoch hat sie Seelengröße, einen geradezu königlichen Stolz, Ideenreichtum und dabei eine wunderbare Leichtigkeit, alles aufzufassen und zu verstehen. Sie spricht mit Ihnen ebenso über Metaphysik und Musik wie über Theologie und Malerei. Sie werden sie heute als gereifte Frau genau so finden, wie wir sie als Jungvermählte sahen, aber es steckt ein wenig Geziertheit in ihr: Sie zeigt zu sehr, daß sie schwierige Dinge weiß, daß sie etwas Chinesisch und Hebräisch kann, daß sie von Hieroglyphen eine Ahnung hat und den Papyrus, der eine Mumie umhüllt, zu deuten versteht. Béatrix ist eine jener Blondinen, neben denen die blonde Eva wie eine Negerin aussieht. Sie ist schlank und gerade wie eine Kerze und weiß wie eine Hostie. Ihr längliches, scharfgeschnittenes Gesicht hat einen ziemlich wechselnden Teint, heute weiß wie Baumwolle, morgen braun und unter der Haut mit zahllosen Pünktchen besät, als hätte ihr Blut während der Nacht Staubkörnchen mit sich geführt. Ihre Stirn ist herrlich, aber ein bißchen zu kühn. Unter schwachen Brauen und trägen Lidern schwimmen die Pupillen meergrün auf der weißen Hornhaut. Zuweilen sind die Augen mit Ringen umgeben. Ihre Nase, die einen Viertelkreis beschreibt, ist voller Feinheit, aber frech. Sie hat den richtigen Habsburgermund: Die Unterlippen sind etwas stärker als die Oberlippen und hängen verächtlich herab. Ihre blassen Wangen röten sich nur bei sehr heftigen Gemütserregungen. Das Kinn ist ziemlich dick; das meinige ist ja auch nicht gerade klein, und vielleicht ist es unrecht von mir, Ihnen zu sagen, daß Frauen mit dickem Kinn in Dingen der Liebe sehr anspruchsvoll sind. Sie hat eine Gestalt, wie ich sie schöner kaum jemals gesehen habe. Ihr blendendweißer Rücken war früher sehr flach, hat sich aber seither angeblich entwickelt, ausgepolstert. Weniger glücklich als die Schultern waren die Arme, sie sind mager geblieben. Dabei kommen ihre Vorzüge durch ihre Haltung und ihre ungezwungenen Manieren so wunderbar zur Geltung, daß man ihre etwaigen Mängel völlig vergißt. Die Natur verlieh ihr jenes hoheitsvolle Aussehen, das sich nicht erwerben läßt. Es steht ihr gut und offenbart sogleich ihren Adel, wie übrigens auch die schlanken, aber entzückend abfallenden Hüften, der niedlichste Fuß auf Erden und das reiche Engelshaar, das Lichtwogen gleicht und von Girodets Pinsel so gern festgehalten wird. Ohne einwandfrei schön oder auch nur hübsch zu sein, hinterläßt sie, wenn sie nur will, einen unauslöschlichen Eindruck. Sie braucht sich nur in roten Samt und Spitzen zu kleiden und rote Rosen ins Haar zu stecken, und sie sieht himmlisch aus. Verfiele sie eines Tages auf die List, in alter Tracht zu erscheinen – ein enges, nach unten spitz zulaufendes Schnürleibchen aus schmalen Bändern, ein steifer, bauschiger, in breiten Falten hochgeraffter Rock, eine gefältelte Halskrause, Schlitzärmel, aus denen die Hand wie der Griffel eines Blumenkelches hervorschaut, die Lockenfülle mit einem Brillantreif festgehalten – glauben Sie mir, Béatrix könnte sich getrost mit den idealen Schönheiten messen, die sich einst so kleideten."

Félicité zeigte ihm eine gute Kopie des Gemäldes von Mieris, auf dem eine Dame in weißem Atlaskleid mit einem brabantischen Edelmann aus den Noten singt, die sie in den Händen hält, während ein Neger alten spanischen Wein in ein langgestieltes Glas gießt und eine alte Haushälterin Kuchen anrichtet.

„Die Blondinen haben uns Brünetten gegenüber

den Vorteil einer schätzenswerten Vielfältigkeit: Man kann auf hundert Arten blond, aber nur auf eine einzige Art schwarz sein. Die Blondinen sind weiblicher als wir. Wir brünetten Französinnen ähneln zu stark den Männern. – Nun, Calyste, werden Sie sich nach dem Bilde, das ich von Béatrix entwarf, nicht wie der Märchenprinz aus Tausendundeiner Nacht unfehlbar in sie verlieben? Mein armer Junge, auch da kommst du zu spät! Aber tröste dich! In diesem Falle erhält der Erste die Knochen."

In diesen Worten lag eine gewisse Absicht. Die Bewunderung, die sich in den Zügen des Jünglings malte, galt mehr dem Bilde als dem Maler, dessen Tun seinen Zweck verfehlte.

„Trotz ihrer Blondheit", fuhr sie fort, „hat Béatrix nicht die Zartheit, die ihrer Haarfarbe entsprechen würde. Ihre Linien sind streng, sie ist elegant und herbe, ihr Gesicht hat etwas Frostiges, und man könnte sagen, in ihrer Seele seien südliche Gluten. Sie ist ein Engel, der sich in der eigenen Flamme verzehrt. Ihre Augen dürsten. Von vorn sieht ihr Gesicht am besten aus; im Profil erweckt es den Anschein, als hätte man es zwischen zwei Türen geklemmt. Sie werden ja sehen, ob ich mich irrte. Und nun will ich Ihnen erzählen, wieso wir intime Freundinnen wurden. In den Jahren 1828 bis 1830 genoß Béatrix die letzten Feste der Restauration, strich in den Salons umher, erschien bei Hofe, zierte die Kostümbälle des Elysée-Bourbon und beurteilte Menschen, Dinge, Ereignisse und Leben ganz von der Höhe ihrer Gedankenwelt aus. Ihr Geist beschäftigte sich unablässig. Diese erste Zeit eines betäubenden Gesellschaftslebens ließ ihr Herz nicht erwachen. Dazu gesellten sich die ersten Bosheiten der Ehe: das Kind, die Entbindung, das ganze Brimborium der Mutterschaft, das ich nicht leiden kann. Ich bin in dieser Hinsicht völlig unweiblich. Kinder sind mir unausstehlich, sie bereiten mir fortwährend Ärger und Verdruß. Ich halte es daher für eine der großen Wohltaten der modernen Gesellschaft – eine Wohltat, von der uns dieser scheinheilige Jean-Jacques ausgeschlossen hat –, daß man uns freistellt, ob wir Mütter werden wollen oder nicht. Wenn ich nicht die einzige bin, die so denkt, so bin ich die einzige, die es auch sagt. Die Sturmjahre 1830 und 1831 verbrachte Béatrix auf dem Gute ihres Gatten und langweilte sich dort wie ein Heiliger auf seinem Sperrsitz im Himmel. Bei ihrer Rückkehr nach Paris dachte die Marquise vielleicht mit Recht, daß die Revolution, die in den Augen mancher Leute für eine rein politische gehalten wurde, auch zu einer Revolution der Sitten führen werde. Da es der Welt, der sie angehörte, nicht gelungen war, sich während des unverhofften Triumphs einer fünfzehn Jahre langen Restauration neu zu festigen, zerstob sie, unter dem Donner der vom Bürgertum abgefeuerten Geschütze, in alle Winde. Das große Wort Lainés: ‚Die Könige gehen davon!' hatte sie richtig verstanden. Ich glaube, daß diese Ansicht auf ihr Verhalten nicht ohne Einfluß blieb. An den neuen Lehren, die drei Jahre lang umherschwirrten, wie die Mücken in der Sonne, und in den Köpfen vieler Frauen unglaubliche Verheerungen anrichteten, nahm sie geistigen Anteil. Aber wie alle Aristokraten fand

sie diese Neuerungen schön und erhaben und wollte dabei den Adel retten. Da sie erkannte, daß für persönliche Überlegenheit kein Platz mehr war und daß die Hocharistokratie wieder mit der stummen Opposition anfing, die sie gegen Napoleon getrieben hatte – ein Standpunkt, der in der kaiserlichen Zeit der Taten und Handlungen gerechtfertigt war, in einer Zeit sittlicher Erhebung aber völlige Abdankung bedeutete –, zog die Marquise ihr eigenes Glück solcher Stummheit vor. Als wir ein wenig aufatmen konnten, fand Béatrix in meinem Hause den Mann, mit dem ich mein Leben zu beschließen gedachte – den großen Komponisten Gennaro Conti."
Sie machte eine nachdenkliche Pause und fuhr fort: „Conti ist zwar in Marseille geboren, stammt aber von Neapolitanern. Er hat viel Geist und ist ein sehr begabter Komponist, wenn er auch niemals in die erste Reihe vorrücken wird. Es dürfte keinen Meyerbeer, keinen Rossini geben, dann hielte man ihn vielleicht für ein Genie. In gewisser Beziehung ist er ihnen sogar überlegen: Er ist in der Vokalmusik, was Paganini auf der Geige, Liszt auf dem Klavier, Taglioni im Tanz ist, und was der berühmte Garat war, an den er alle, die ihn gehört haben, lebhaft erinnert. Lieber Freund, das ist keine Stimme mehr, das ist eine Seele! Entspricht dieser Gesang gewissen Gedanken und dem schwer zu schildernden Zustand, in dem sich eine Frau zuweilen befindet, dann ist sie verloren, wenn sie Gennaro hört. Die Marquise wurde von der tollsten Leidenschaft erfaßt und nahm ihn mir weg. Dieser Zug ist durchaus kleinstädtisch, allein er gehört zu den Kriegsbräuchen. Sie errang

meine Achtung und Freundschaft durch die Art, wie sie sich mir gegenüber benahm. Sie hielt mich für eine Frau, die ihren Besitz zäh verteidigen würde; denn sie wußte nicht, daß mir in einer solchen Lage der Gegenstand des Kampfes als das Lächerlichste auf Erden erscheint. Sie kam zu mir. Die stolze Frau hatte sich so wahnsinnig verliebt, daß sie mir ihr Geheimnis anvertraute und mich zum unumschränkten Gebieter ihres Schicksals machte. Sie war anbetungswürdig: In meinen Augen blieb sie Weib und Marquise zugleich. Ich darf Ihnen verraten, lieber Freund, daß die Frauen bisweilen schlecht sind. Aber sie haben eine innere Größe, die der Mann nicht zu würdigen weiß. Da ich, an der Schwelle des Alters stehend, mein Testament als Weib machen kann, so kann ich Ihnen auch sagen, daß ich Conti treu war und es bis in den Tod geblieben wäre, obwohl ich ihn genau kenne. Er ist dem Scheine nach entzückend, im Grunde genommen jedoch abscheulich, in Herzensangelegenheiten ein Scharlatan. Man trifft mitunter Männer wie Nathan, von dem ich Ihnen schon erzählte, die äußerlich Scharlatans, dabei aber ehrlich und rechtschaffen sind. Solche Männer belügen sich selbst. Sie halten den Kothurn für die zweckmäßigste Fußbekleidung, berauschen sich an ihren eigenen Worten und treiben ihr Gaukelspiel mit einer gewissen Unschuld; die Eitelkeit liegt ihnen im Blut, sie sind die geborenen Komödianten, Prahler, und absonderlich in der Form wie eine chinesische Vase; vielleicht lachen sie sich selber aus. Im übrigen sind sie großmütig und ziehen die Gefahr an sich wie Murats prächtige, königliche Kleidung. Aber

Contis Trug wird immer nur von seiner Geliebten durchschaut werden. In seiner Kunst liegt die berühmte italienische Eitelkeit, die Carlone dahin brachte, an Piola zum Mörder zu werden. Dieser furchtbare Neid verbirgt sich indes unter anmutigster Kameradschaft. Conti fehlt der Mut zu seinem Laster. Mit verbindlichem Lächeln beglückwünscht er Meyerbeer, während er ihn am liebsten zerreißen möchte. Er fühlt seine Schwäche und gibt sich den Anschein der Stärke. Seine Eitelkeit ist so groß, daß er sich selbst Gefühle vortäuscht, die seinem Herzen ganz fernliegen. Er gibt sich für einen Künstler aus, der seine Inspirationen vom Himmel empfängt. Die Kunst gilt ihm als etwas Weihevolles, Heiliges. Im Verkehr mit Weltleuten ist er von einem fanatischen, geradezu erhabenen Spott, von einer Beredsamkeit, die aus tiefster Überzeugung hervorzuquellen scheint. Er ist ein Seher, ein Dämon, ein Gott, ein Engel. Mit einem Worte, Calyste, Sie werden ihm, trotz meiner Warnungen, auf den Leim gehen. Dieser Südländer, dieser aufbrausende Künstler ist kalt wie ein Brunnenseil. Sie müssen ihn nur hören: Der Künstler ist ein Missionar, die Kunst ist eine Religion und muß daher auch ihre Priester und Märtyrer haben! Und fängt Gennaro einmal an, so erreicht er alsbald ein Pathos, wie es pathetischer kein Professor der deutschen Philosophie seinen Hörern vorsetzen kann. Man bewundert seine Überzeugungen – er glaubt an nichts! Während er Sie mit seinem Gesang, der ein süßes, geheimnisvolles Fluidum ausströmt, zum Himmel emporhebt, wirft er einen ekstatischen Blick auf Sie, überwacht aber dabei Ihre Bewunderung und fragt sich: ‚Bin ich wirklich ein Gott für dich?' Und im gleichen Augenblick denkt er zuweilen: ‚Mir scheint, ich habe zuviel Makkaroni gegessen!' Sie glauben, daß er Sie liebt, allein er haßt Sie – und Sie wissen nicht, weshalb. Ich aber, ich wußte es: Er hatte tagsvorher eine Frau gesehen, er liebte sie aus Laune und beleidigte mich mit falscher Liebe und heuchlerischen Liebkosungen und ließ mich seine erzwungene Treue teuer bezahlen. Er ist unersättlich nach Beifallsbezeigungen, er äfft alles nach und treibt mit jedem sein Spiel. Er heuchelt Freude und Schmerz, und beides gelingt ihm wunderbar. Er gefällt, man liebt ihn, es liegt in seiner Macht, sich bewundern zu lassen, wann immer er will. Als ich mich von ihm trennte, haßte er seine Stimme, der er mehr Erfolg verdankt als seinem Kompositionstalent. Es ist ihm lieber, ein Genie wie Rossini, als ein Virtuose von der Macht eines Rubini zu sein. Ich hatte den Fehler begangen, mich an ihn zu ketten, und mußte mich nun darein fügen, meinem Idol bis zuletzt Weihrauch zu streuen. – Conti ist, wie die meisten Künstler, ein Leckermaul; er liebt seine Bequemlichkeit, sein Behagen. Er ist kokett, putzsüchtig und sehr gut angezogen. Nun, ich schmeichelte allen seinen Passionen, ich liebte diese schwächliche, hinterhältige Natur. Man beneidete mich, und ich lächelte zuweilen aus Mitleid. Ich schätzte seinen Mut; er ist tapfer, und man sagt, Tapferkeit sei die einzige Tugend, die ohne Heuchelei ist. Auf der Reise gab er mir bei einer gewissen Gelegenheit den untrüglichen Beweis dafür: Er setzte sein Leben aufs Spiel, das ihm doch so teuer ist. Aber merkwürdig: In Paris sah ich ihn etwas begehen, das ich als geistige Feigheit bezeichne. All dies wußte ich, lieber Freund, und sagte der armen Marquise:

‚Sie ahnen nicht, an welchem Abgrund Sie stehen! Sie sind der Perseus einer armen Andromeda, Sie erlösen mich von meinem Felsen. Wenn er Sie liebt, um so besser. Aber ich zweifle daran – er liebt nur sich.'

Gennaro war im siebenten Himmel des Dünkels. Ich bin keine Marquise, keine geborne Casteran und war über Nacht vergessen. Es bereitete mir ein seltsames Vergnügen, seiner Natur bis auf den Grund zu gehen. Der Trennung sicher, wollte ich seine Winkelzüge beobachten. Kind, ich sah im Verlauf einer Woche die niederträchtigsten Gefühlsroheiten, die lächerlichsten Ausflüchte. Ich will Ihnen darüber nichts weiter sagen, Sie werden ihn ja hier kennenlernen. Da er weiß, daß ich ihn durchschaue, haßt er mich jetzt. Und könnte er mich ungefährdet erdolchen, ich lebte keine zwei Sekunden mehr. Ich habe Béatrix nicht das geringste gesagt. Seine letzte und fortdauernde Beleidigung ist die Annahme, daß ich imstande sei, der Marquise mein trauriges Wissen mitzuteilen. Er ist fortwährend unruhig und verträumt, denn er glaubt an keines Menschen lautere Gefühle. Noch immer spielt er mir gegenüber den Mann, der unglücklich ist, weil er mich verlassen hat. Sie werden in ihm die bestrickendste Herzlichkeit finden; er ist einschmeichelnd, er ist ritterlich. Für ihn ist jedes Weib eine Madonna. Man muß lange mit ihm zusammenleben, um hinter das Geheimnis dieser falschen Biederkeit zu kommen und den unsichtbaren Dolch seiner Verlogenheit zu spüren.

Seine überzeugte Miene würde selbst Gott täuschen. Auch Sie werden sich von seiner Katzenart blenden lassen und niemals an die blitzschnelle, zielbewußte Arithmetik seiner geheimsten Gedanken glauben. Doch lassen wir das! Ich trieb die Gleichgültigkeit so weit, beide zugleich bei mir zu empfangen. Dieser Umstand bewirkte, daß die scharfsinnigste Gesellschaft, die Pariser Gesellschaft, von diesem Liebeshandel nichts erfuhr. Obgleich Gennaro trunken war vor Stolz, fühlte er zweifellos das Bedürfnis, auf Béatrix Eindruck zu machen: Er verstellte sich geradezu wunderbar. Das überraschte mich, denn ich dachte, er hätte es auf einen Skandal abgesehen. Die Marquise selbst war es, die sich, allem Mißgeschick, allen Wechselfällen des Pariser Lebens unterworfen, nach einem Jahre des Glücks bloßstellte. Ich hatte Gennaro, mit dem sie seit einigen Tagen nicht zusammengewesen war, zum Diner eingeladen. Sie sollte gegen abend zu mir kommen. Rochefide wußte nichts davon. Aber Béatrix kannte ihren Gatten nur zu gut. Wie oft hatte sie mir erzählt, daß sie lieber in tiefstem Elend als an der Seite ihres Mannes leben würde, wenn er jemals das Recht gewönne, sie zu verachten oder zu quälen. Ich hatte einen Tag gewählt, an dem unsere Freundin, die Gräfin von Montcornet, eine Soirée gab. Als Béatrix sah, daß ihrem Gatten der Kaffee serviert wurde, verließ sie den Salon, um sich umzukleiden, obwohl sie sonst niemals so frühzeitig mit ihrer Toilette begann.

‚Dein Friseur ist ja noch gar nicht da!' entgegnete Rochefide, als er vernahm, weshalb sie sich zurückzog.

,Thérèse wird mich frisieren', gab sie zur Antwort.

,Aber wo willst du denn hin? Du gehst doch nicht schon um acht Uhr zu der Gräfin von Montcornet?'

,Nein, aber ich will mir den ersten Akt in der Oper anhören.'

Voltaires Untersuchungsrichter des Huron ist stumm im Vergleich zu einem Gatten, der nichts zu tun hat. Béatrix eilte fort, um weiteren Fragen zu entgehen, und hörte nicht mehr, wie ihr Gatte erwiderte:

,Gut, wir gehen zusammen!'

In dieser Bemerkung steckte durchaus kein Argwohn. Er hatte keinen Grund, sie zu verdächtigen, sie war ja so frei in ihrem Tun und Lassen! Er bemühte sich, ihr in keiner Weise lästig zu fallen, und war sogar stolz darauf. Überdies bot ihr Betragen auch der allerstrengsten Kritik nicht die geringste Handhabe. Der Marquis gedachte ich weiß nicht wohin zu gehen, zu seiner Geliebten vielleicht. Er hatte sich schon vor dem Diner umgezogen und brauchte nur mehr Hut und Handschuhe zu nehmen. Da hörte er den Wagen seiner Gattin unter dem Leinendach der Rampe vorfahren. Er ging in Béatrixens Zimmer und fand sie zum Fortgehen bereit. Sie war aber höchst erstaunt, ihn zu sehen.

,Wohin gehst du?' fragte sie ihn.

,Ich sagte dir doch, daß ich dich in die Oper begleiten will!'

Nur mit Mühe unterdrückte sie einen Zornesausbruch. Aber ihre Wangen röteten sich so lebhaft, als hätte sie Schminke aufgelegt.

,Also gut, gehen wir!' sagte sie kurz.
Rochefide folgte ihr, ohne auf die heftige Erregung, die sich in ihrer Stimme kundgab, irgendwie zu achten.
,Zur Oper!' befahl er dem Kutscher.
,Nein!' rief Béatrix, ,zu Fräulein des Touches! – Ich habe ihr ein paar Worte zu sagen', bemerkte sie, als der Wagenschlag geschlossen war.
Der Wagen rollte dahin.
,Aber – wenn du willst,' meinte sie, ,führe ich dich zuerst zur Oper und fahre nachher zu ihr.'
,Nein,' antwortete der Marquis, ,wenn du ihr nur ein paar Worte zu sagen hast, warte ich im Wagen. Es ist ja erst halb acht.'
Hätte Béatrix ihrem Gatten gesagt: ,Fahre in die Oper und laß mich in Ruhe!', er wäre diesem Wunsche ohne weiteres nachgekommen. Allein wie alle klugen Frauen, die sich schuldig fühlen, fürchtete sie, Verdacht zu erwecken, und verzichtete auf ihr Vorhaben. Als sie dann die Oper verließ, um zu mir zu kommen, begleitete sie ihr Gatte. Rot vor Zorn und Ungeduld trat sie auf mich zu und flüsterte mir mit der ruhigsten Miene der Welt ins Ohr:
,Liebe Félicité, ich reise morgen abend mit Conti nach Italien. Bitten Sie ihn, alles vorzubereiten und mich mit Paß und Wagen hier zu erwarten.'
Und hierauf ging sie mit dem Marquis fort. Heftige Leidenschaften fordern Freiheit um jeden Preis. Seit einem Jahre litt Béatrix unter drückendem Zwange und unter der Seltenheit ihrer Zusammenkünfte mit Gennaro, den sie als ihren Gatten betrachtete. Es konnte mich also nichts überraschen. Ich hätte an ihrer Stelle auch nicht an-

ders gehandelt. Sie entschloß sich zu einem Skandal, weil sie sich in ihrer Freiheit, wenn auch auf die harmloseste Art, behindert sah. Diesem Unglück beugte sie also durch ein viel größeres vor. Conti zeigte sein Glück in einer Art und Weise, die mir das Herz zerriß. Er strotzte vor Eitelkeit.
‚Das nenne ich Liebe!' sagte er überschwenglich.
‚Wie wenige Frauen verstünden, auf solche Art ihr ganzes Leben, Vermögen und Ansehen aufzuopfern!'
‚Ja, Béatrix liebt Sie,' entgegnete ich, ‚aber Sie lieben sie nicht!'
Er wurde wütend und machte mir eine Szene. Er führte hochtrabende Reden, schalt mich aus, schilderte seine Liebe und behauptete, er hätte nie vermutet, daß er imstande sei, so sehr zu lieben. Ich blieb unempfindlich und lieh ihm Geld, das er auf dieser ganz unvorhergesehenen Reise möglicherweise gebrauchen konnte. Béatrix hinterließ dem Marquis einen Brief und reiste am Abend des nächsten Tages nach Italien. Dort verblieb sie zwei Jahre. Sie schrieb mir öfters, ihre Briefe sind von hinreißender Herzlichkeit. Die Arme hängt so an mir, weil ich die einzige Frau bin, die sie versteht. Sie betet mich an, sagt sie. Gennaro fand in Italien nicht die pekuniäre Unterstützung, die den Komponisten in Paris zuteil wird, und er schrieb aus Geldmangel eine Oper. Hier ist Béatrixens Brief; jetzt werden Sie ihn vielleicht verstehen, wofern man in Ihrem Alter schon imstande ist, Herzensdinge zu analysieren."
In diesem Augenblick kam Claude Vignon herein. Sein unerwartetes Erscheinen ließ Félicité und Calyste für eine Weile verstummen – sie aus Über-

raschung, ihn aus einem seltsamen Unbehagen. Die gewaltige, breite und hohe Stirne des siebenundzwanzigjährigen und schon kahlköpfigen Mannes schien von Wolken umdüstert. Sein derber, kluger Mund zeugte von kalter Ironie. Claude Vignon war trotz dem vorzeitigen Verfall seines fahlen, einst herrlich-schönen Gesichts immer noch imposant. Zwischen dem achtzehnten und fünfundzwanzigsten Jahre ähnelte er beinahe dem göttlichen Raffael. Aber die Nase, der veränderlichste Zug des menschlichen Angesichts, war spitz geworden, seine Physiognomie hatte sich unter geheimnisvollen Depressionen gewissermaßen gesenkt. In den müden Zügen stachen aus einem Gemisch häßlicher Farben bleigraue Töne hervor, ohne daß man wußte, auf welche Art Anstrengungen sie zurückzuführen waren. Möglich, daß bittere Einsamkeit und Mißbrauch der Geisteskräfte den jungen Mann vor der Zeit gealtert hatten. Denn Claude Vignon durchwühlt die Gedanken anderer ohne Zweck und System, die Axt seiner Kritik zerstört nur, ohne jemals dem Aufbau zu dienen. Daher war auch seine Ermattung die eines Handlangers, nicht die des Architekten. Die blaßblauen, einst glänzenden Augen waren von unbekannten Qualen verschleiert und von düsterer Trauer umschattet. Ausschweifung hatte über die Brauen schwärzliche Tinten hingewischt. Die Schläfen waren welk. Das Kinn, einst von unvergleichlichem Adel, hatte sich gemein verdoppelt. Seine schon an und für sich wenig klangvolle Stimme war schwach geworden, ohne jedoch heiser oder völlig erloschen zu sein. Unter der Unbeweglichkeit des schönen Kopfes und der Starrheit des Blicks verbirgt sich eine Unentschlossenheit, eine Schwäche, über die auch ein geistreiches, ironisches Lächeln nicht hinwegtäuschen kann. Diese Schwäche wirkt auf die Tat, nicht auf den Gedanken, und tatsächlich trägt die Stirne dieses zugleich kindlichen und erhabenen Angesichts die Spuren eines umfassenden Wissens. Eine Einzelheit vermag die Absonderlichkeiten des Charakters zu erklären. Seine hohe Gestalt war leicht gebeugt wie bei allen Menschen, die eine Welt von Gedanken in sich tragen. Niemals zeichnen sich so große, lange Körper durch andauernde Energie, durch schöpferische Tatkraft aus. Karl der Große, Narses, Belizar und Konstantin sind in dieser Hinsicht außerordentlich bemerkenswerte Ausnahmen. Gewiß, Claude Vignon gibt in mancher Beziehung Rätsel auf. Zunächst ist er gleichzeitig sehr offen und sehr verschlagen. Obgleich er mit dirnenhafter Leichtfertigkeit in Übertreibungen verfällt, bleiben seine Gedanken unerschütterlich fest. Seine Intelligenz vermag Kunst, Literatur, Politik nüchtern zu kritisieren und ist dabei unfähig, das äußere Leben zu beherrschen. Claude bewundert sich im weiten Reich seines Geistes und vernachlässigt dabei seine Form mit der Sorglosigkeit eines Diogenes. Zufrieden, alles zu durchdringen, alles zu begreifen, verachtet er alle Materialität. Aber sobald es sich darum handelt, zu schaffen, befallen ihn Zweifel; er sieht nur Hindernisse, ohne sich von den Schönheiten mitreißen zu lassen, und bleibt untätig, weil er über die Erwägung der Mittel zur Tat nicht hinauskommt. Er ist der Türke des Geistes, der über ewigem Nachsinnen einschläft. Sein Opium ist die Kritik, sein Harem besteht aus den Büchern der andern, die ihm verleiden, selbst eins zu schreiben. Gleichgültig den kleinsten wie den größten Dingen gegenüber, zwingt ihn die Last seines Kopfes zu Ausschweifungen, um auf diese Weise wenigstens für eine Weile der unseligen Macht seiner Analyse zu entrinnen. Er beschäftigt sich zu sehr mit der Kehrseite des Genies, und es ist begreiflich, daß Camille versuchte, ihm den Kopf zurechtzurücken. Diese Aufgabe hatte etwas Verlockendes. Claude Vignon hielt sich für einen ebenso bedeutenden Politiker wie Schriftsteller. Aber dieser unveröffentlichte Macchiavelli lachte innerlich über die Streber, er wußte, was er konnte, und maß seine Zukunft unwillkürlich nach seinen Fähigkeiten. Er sah sich groß, durchschaute die Dummheit der Emporkömmlinge, betrachtete, erschreckt oder widerwillig, die Hindernisse und ließ die Zeit verfließen, ohne ans Werk zu gehen. Wie Etienne Lousteau, Nathan, Blondet und andere ging auch Claude Vignon aus dem Schoße des Bürgertums hervor, dem man die meisten großen Schriftsteller verdankt. –

„Wie kommen Sie denn hierher?" fragte ihn Félicité, die vor Glück oder Überraschung errötete.

„Durch die Türe", gab er trocken zur Antwort.

„Aber," versetzte sie achselzuckend, „ich weiß wohl, daß Sie nicht zu denen gehören, die durch das Fenster klettern."

„Die Strickleiter ist eine Art Ehrenkreuz für Frauen, die man liebt."

„Genug!" rief Félicité.

„Störe ich Sie?" entgegnete Claude Vignon.

„Dieser Brief, mein Herr ..." begann Calyste naiv.

„Stecken Sie ihn ein, ich will nichts wissen. In unserm Alter hat man Verständnis für derlei Dinge", sagte er spöttisch.

„Aber, mein Herr..." fuhr Calyste auf.

„Beruhigen Sie sich, junger Mann! Ich hege für Gefühle die weitestgehende Nachsicht."

„Lieber Calyste..." warf Félicité ein, um zu Worte zu kommen.

„Lieber?" unterbrach sie Vignon.

„Claude scherzt," fuhr sie zu Calyste gewendet fort, „das ist nicht recht von ihm, denn Sie verstehen nichts von den Späßen der Pariser."

„Ich wüßte nicht," entgegnete Vignon mit ernster Miene, „wann ich gescherzt hätte."

„Auf welchem Wege sind Sie gekommen? Seit zwei Stunden sehe ich unaufhörlich hinaus in der Richtung nach Le Croisic."

„Sie werden nicht immer hinausgesehen haben", meinte Vignon.

„Ihr Spott ist unausstehlich!"

„Spotte ich?"

Calyste erhob sich.

„Es geht Ihnen hier doch nicht so schlecht, daß Sie fortgehen wollen", bemerkte Vignon.

„Im Gegenteil", erwiderte der Jüngling. In seiner Erregung küßte er Félicités Hand, anstatt sie nur zu drücken, und benetzte sie mit seinen Tränen.

„Ich wollte, ich wäre dieser junge Mann!" sagte der Kritiker, während er eine türkische Pfeife nahm und sich setzte. „Wie wird der einmal lieben!"

„Zu sehr! Denn dann wird er nicht geliebt werden", erwiderte Camille Maupin. „Béatrix kommt her."

„Schön," bemerkte Claude, „mit Conti?"

„Er begleitet sie nur; sie bleibt allein hier."
„Sind sie entzweit?"
„Nein."
„Spielen Sie mir doch eine Beethovensonate vor, ich kenne nichts von seinen Klavierstücken."
Claude schickte sich an, seine Pfeife zu stopfen und beobachtete dabei Félicité mehr, als sie dachte. Ein entsetzlicher Gedanke quälte ihn, er wähnte sich von einer rechtschaffenen Frau betrogen. Diese Situation war ihm neu.
Calyste dachte während der Heimkehr weder an Béatrix noch an ihren Brief. Er war wütend auf Claude Vignon, er tobte über das, was er für Mangel an Zartgefühl hielt, er bemitleidete die arme Félicité. Wie konnte man von dieser herrlichen Frau geliebt werden und sie nicht auf den Knien anbeten? Wie konnte man ihrem Blick, ihrem Lächeln nicht bedingungslos glauben? Als einziger Zeuge ihrer schmerzlichen Erwartung hatte er gesehen, mit welcher Ausdauer sich ihr suchender Blick immer wieder gegen Le Croisic wandte, und hätte nicht übel Lust verspürt, jenes blasse, kalte Gespenst zu zerfleischen, das dem Gaukelspiel der Gedanken verständnislos gegenüberstand. Für ihn war Liebe eine menschliche Religion. Als die Baronin ihren Sohn auf dem Hofe erblickte, konnte sie einen Freudenschrei nicht unterdrücken. Zéphirine pfiff sofort nach Mariotte.
„Mariotte, der junge Herr kommt, machen Sie den Fisch zurecht!"
„Ich habe ihn schon gesehen", antwortete die Köchin.
Die Mutter war recht beunruhigt über die Traurigkeit ihrer Sohnes, da sie nicht ahnen konnte,

daß die Ursache lediglich in der vermeintlich schlechten Behandlung Félicités durch Claude Vignon gelegen war. Sie setzte sich an den Stickrahmen. Die alte Tante nahm ihren Strickstrumpf zur Hand. Der Baron überließ Calysten seinen Lehnstuhl und ging im Saale auf und ab, als wollte er, vor seinem täglichen Spaziergang im Garten, seinen Beinen erst wieder Gelenkigkeit geben. Kein flämisches, kein holländisches Gemälde belebte jemals einen so braungetönten Raum mit so anmutigen, harmonischen Gestalten. Der schöne, in schwarzen Samt gekleidete Jüngling, die immer noch schöne Mutter und das greise Geschwisterpaar im Rahmen des altertümlichen Saales: Es war das rührendste Bild häuslicher Eintracht! Fanny hätte ihren Sohn gern ausfragen wollen; aber er hatte Béatrixens Brief aus der Tasche gezogen – einen Brief, der vielleicht das ganze Glück, dessen sich diese edle Familie erfreute, für immer vernichten konnte. Während er ihn entfaltete, zeigte ihm seine lebhafte Phantasie die Marquise in der Kleidung, die ihm Camille Maupin so anschaulich geschildert hatte.

„Béatrix an Félicité.

Genua, den 2. Juli.

Liebe Freundin!

Seit unserm Aufenthalt in Florenz habe ich Ihnen nicht mehr geschrieben. Aber Venedig und Rom nahmen mich vollständig in Anspruch, und Sie wissen ja: Dem Glücklichen schlägt keine Stunde. Uns beiden kommt es übrigens auf einen Brief mehr oder weniger nicht an. Ich bin etwas ermüdet. Ich wollte alles sehen, und wenn man nicht übersättigt ist, macht die Wiederholung der Genüsse schnell müde. Unser Freund hat in der Scala, in der Fenice und letzthin in Saint-Charles sehr schöne Triumphe errungen. Drei italienische Opern in zwei Jahren! Sie werden nicht behaupten können, daß die Liebe ihn faul macht. Wir wurden überall wunderbar aufgenommen, aber Stille und Einsamkeit wären mir lieber gewesen. Ist dies für Frauen, die zu der Welt in direktem Gegensatze stehen, nicht die einzig mögliche Art zu leben? Ich glaubte, es wäre so. Die Liebe, meine Teuerste, ist eine anspruchsvollere Herrin als die Ehe; aber es ist so süß, ihr zu gehorchen! Nachdem ich mir die Liebe zum Inhalt des Daseins erwählt hatte, glaubte ich nicht, daß man sich, wenn auch nur gelegentlich, in der Welt wieder einmal sehen lassen müsse. Jede Aufmerksamkeit, die man mir dort erwies, schlug mir eine neue Wunde. Ich stand mit den hochgestellten Frauen nicht mehr auf gleichem Fuß. Je mehr Rücksicht man mir bezeugte, desto deutlicher ließ man mich meine untergeordnete Stellung fühlen. Gennaro verstand diese Feinheiten nicht. Aber er war so glücklich, daß es mir übel angestanden hätte, meine kleinliche Eitelkeit etwas so Erhabenem, wie es ein Künstlerleben ist, nicht zum Opfer zu bringen. Wir Frauen leben allein durch die Liebe, die Männer hingegen durch die Liebe und die Tat. Sonst wären sie keine Männer. Indes, für uns Frauen ergeben sich große Nachteile aus der Lage, in die ich selbst mich gebracht habe – Nachteile, die Sie zu vermeiden wußten. Sie blieben der Welt gegenüber groß; sie hat keinerlei Recht auf Sie. Ihre Freiheit behielten Sie, während ich die meinige verlor. Ich spreche darüber nur im Hinblick auf Herzensangelegenheiten, nicht aber auf gesellschaftliche Dinge, denen ich völlig entsagt habe. Sie konnten kokett und eigenwillig sein, konnten alle Anmut des liebenden Weibes entfalten, das nach eigenem Belieben gewähren und sich verwehren darf. Sie wahrten das Recht auf Ihre Launen, sogar im Interesse Ihrer Liebe und des Mannes, der Ihnen gefiel. Mit einem Worte, Sie leben auch heute noch Ihr eigenes Leben. Ich dagegen habe die Freiheit des Herzens nicht mehr, die so süß ist, selbst wenn die Liebe ewig währt. Ich habe nicht mehr das Recht, lachend zu streiten – ein Recht, auf dem wir aus triftigen Gründen so sehr bestehen. Ist dieses Recht nicht die Sonde, mit der wir unser Herz erforschen? Ich habe kein Recht mehr, zu drohen; ich muß all meine Reize aus unbedingtem Gehorsam, aus grenzenloser Sanftheit schöpfen und darf nur durch die Größe meiner Liebe imponieren. Lieber stürbe ich, als daß ich mich von Gennaro trennte, denn für mich liegt Vergebung allein in der Heiligkeit meiner Leidenschaft. Ich zauderte nicht bei der Wahl zwischen der gesellschaftlichen und meiner eigenen kleinen Würde, die ein Geheimnis meines Gewissens bleibt. Und befällt mich – ähnlich den Wolken, die auch auf dem blauesten Himmel dahinschweben – eine jener schwermütigen Anwandlungen, denen wir Frauen uns so gerne hingeben, so behalte ich sie für mich; sie würden einem leisen Bedauern gleichen. Mein Gott, ich erkannte den Umfang meiner Verpflichtungen so gut, daß ich mich mit unendlicher Nachsicht wappnete; aber bis jetzt hat Gennaro meine empfindliche Eifersucht noch niemals gereizt. Kurz, ich sehe nicht

ein, in welcher Weise dieses teure, schöne Genie mir gegenüber fehlen könnte.
Wissen Sie, mein Engel, ich gleiche ein bißchen den Betschwestern, die mit ihrem Gotte hadern. Sind nicht Sie es, der ich mein Glück verdanke? Deshalb können Sie auch nicht im Zweifel sein, daß ich oft an Sie denke. Ich habe Italien gesehen – endlich! –, wie Sie es sahen und wie man es sehen soll: Wie es in seiner strahlenden Sonne, in seinen herrlichen Kunstwerken leuchtet, so steht es, von der Liebe erleuchtet, vor unserer Seele. Ich bedaure alle diejenigen, die hier auf Schritt und Tritt von begreiflicher Bewunderung erfüllt werden und dennoch keine Hand haben, die sie drücken, und kein Herz, darein sie die Überfülle ihrer Empfindungen ergießen könnten. Diese beiden Jahre sind für mich mein ganzes Leben, und meine Erinnerung hält hier reiche Ernte. Planten nicht auch Sie, wie ich, in Chiavari zu leben, in Venedig einen Palazzo, in Sorrent ein Häuschen, in Florenz eine Villa zu kaufen? Fürchten nicht alle liebenden Frauen die Welt? Und ich, die ich für immer aus ihr verstoßen bin, sollte nicht den Wunsch haben, mich in einer schönen Gegend, in einen Blumenhain zu vergraben, zu meinen Füßen das Meer oder ein Tal, das ebenso herrlich ist wie etwa das Meer bei Fiesole?
Aber leider sind wir arme Künstler, und das leidige Geld treibt die beiden Zigeuner nach Paris zurück. Gennaro will nicht, daß ich den Mangel an Luxus wahrnehme, und möchte in Paris sein neuestes Werk, eine große Oper, zur Aufführung bringen. Mein schöner Engel, Sie werden wohl begreifen, daß ich nicht wüßte, wo ich in Paris ein Unter-

kommen fände. Selbst um den Preis meiner Liebe möchte ich keinem Blick begegnen, der mich zum Mord reizen könnte. Wahrhaftig, ich würde jeden in Stücke hacken, der mich mit seiner Huld, mit seinem Mitleid beehren wollte. Irre ich mich nicht, so geschah es unter Heinrich dem Dritten, daß die anbetungswürdige Châteauneuf den Profoß von Paris wegen einer ähnlichen Schandtat unter den Hufen ihres Pferdes zerstampft hat.

Ich schreibe Ihnen daher, um Ihnen mitzuteilen, daß ich Sie demnächst in Les Touches aufsuchen und unsern Gennaro in Ihrer Klause erwarten will. Sie sehen, wie unverschämt ich meiner Mitschwester und Wohltäterin gegenüber bin! Aber dies rührt daher, daß mich die Größe meiner Verpflichtungen nicht wie manches andere Herz zum Undank verleiten wird.

Sie erzählten mir so viel von den Beschwerlichkeiten des Landwegs, daß ich versuchen werde, vom Meere aus nach Le Croisic zu gelangen. Dieser Gedanke kam mir hier, als ich erfuhr, daß ein kleines dänisches Schiff, das schon Marmor geladen hat, auf seiner Rückkehr nach dem Baltikum Le Croisic anlaufen soll, um Salz mitzunehmen. Auf diese Weise erspare ich die Strapazen und Kosten einer Reise in der Postkutsche.

Ich weiß, daß Sie nicht allein sind, und bin darüber recht glücklich; denn ich hatte Gewissensbisse in meinem Glückstaumel. Sie sind die einzige, bei der ich allein, ohne Conti, bleiben könnte. Wird es nicht auch Ihnen Freude machen, eine Frau bei sich zu haben, die Ihr Glück begreift, ohne darauf eifersüchtig zu sein?

Also, auf baldiges Wiedersehen! Der Wind ist günstig, ich reise und sende Ihnen einen herzlichen Kuß..."

‚Auch die also liebt!' dachte Calyste traurig, während er den Brief wieder zusammenfaltete. Diese Traurigkeit sprang auf das Herz der Mutter über, als hätte ihr irgendein Lichtstrahl plötzlich einen Abgrund erhellt. Der Baron war inzwischen fortgegangen. Fanny schob an dem Schloß des Türmchens den Riegel vor und stellte sich an die Rücklehne des mächtigen Lehnstuhls, darin ihr Kind saß und, wie Didos Schwester auf dem Gemälde von Guérin, nachdenklich vor sich hinstarrte. Sie küßte ihn auf die Stirn und sagte:

„Was betrübt dich, Calyste? Du hast versprochen, mir deine häufigen Besuche in Les Touches zu erklären! Sagtest du nicht, daß ich Fräulein des Touches segnen sollte?"

„Gewiß, meine geliebte Mutter," erwiderte er, „denn sie bewies mir die ganze Unzulänglichkeit meiner Erziehung. Heutzutage sollten die Adligen trachten, persönliche Werte zu erwerben, um ihrem Namen neues Leben zu geben. Ich aber bin von meinem Zeitalter genau so weit entfernt wie Guérande von Paris. Sie ist gewissermaßen die Mutter meiner Vernunft gewesen."

„Dafür werde ich sie nicht segnen", entgegnete die Baronin, und ihre Augen füllten sich mit heißen Tränen.

„Mutter!" rief Calyste, dem diese Tränen gleich Perlen schmerzhafter Mutterliebe auf die Stirn fielen, „oh, weine nicht, Mutter! Sieh, vorhin wollte ich, um ihr einen Dienst zu erweisen, die ganze Gegend durchstreifen – von den Schroffen bei den Zollwächtern angefangen bis nach Batz;

und da sagte sie mir: ‚Welchen Kummer würden Sie Ihrer Mutter dadurch bereiten!‘ “

„Sagte sie das? Dann kann ich ihr vieles verzeihen“, gab Fanny zur Antwort.

„Félicité will nur mein Bestes,“ fuhr er fort; „wie oft unterdrückt sie fragwürdige, zweideutige Redensarten, die Künstlern so leicht entschlüpfen, um nicht in mir einen Glauben zu erschüttern, von dem sie weiß, daß er nicht unerschütterlich ist. Sie erzählte mir von einigen jungen Herren des ältesten Hochadels, die ihre verarmte Familie verlassen und aus der Provinz nach Paris gehen, wo sie kraft ihres Willens und ihrer Intelligenz ein großes Vermögen erwerben. Könnte ich nicht fort von hier und tun, was der Baron von Rastignac tat, der heute im Ministerium sitzt? Sie gibt mir Klavierstunden, sie lehrt mich Italienisch und weiht mich in die zahllosen sozialen Wechselbeziehungen ein, von denen hier in Guérande kein Mensch auch nur eine blasse Ahnung hat. Konnte sie mir den Schatz ihrer Liebe nicht schenken, so gab sie mir dafür den ihrer weitschauenden Vernunft, ihres Geistes, ihres Genies. Sie will kein Zeitvertreib, sondern eine Leuchte für mich sein. Niemals verletzt sie auch nur im geringsten meinen frommen Glauben. Sie vertraut auf den Adel, sie liebt die Bretagne, sie ...“

„Sie hat unsern Calyste ganz und gar verändert,“ warf die Blinde ein, „denn ich verstehe kein Wort von alledem. Du hast ein gediegenes Haus, lieber Neffe, hast Eltern, die dich vergöttern, und gute alte Dienstboten. Du kannst eine brave, kleine Bretonin heiraten, ein frommes, wohlerzogenes Mädchen, das dich glücklich macht, und deine ehrgeizigen Absichten für deinen ältesten Sohn aufsparen; er wird dreimal so reich sein wie du, wenn du nur ruhig, sparsam, zurückgezogen, im Frieden des Allmächtigen zu leben verstehst, damit die Güter unseres Hauses wieder schuldenfrei werden. Das ist einfach wie ein bretonisches Herz. Du wirst dann zwar nicht so schnell, dafür um so sicherer ein reicher Edelmann."

„Die Tante hat ganz recht, mein Engel! Sie hat sich um dein Glück mit der gleichen liebevollen Sorgfalt bekümmert wie ich. Und wenn es mir nicht gelingen sollte, dich mit Miß Margaret, der Tochter deines Onkels Lord Fitz-William, zu verheiraten, so ist es beinahe schon sicher, daß Fräulein de Pen-Hoël die Nichte, die du erwählst, zu ihrer Erbin einsetzt."

„Außerdem werden sich auch noch hier einige Taler finden", flüsterte Zéphirine mit geheimnisvoller Miene.

„Heiraten – in meinem Alter?" rief Calyste.

Er warf der Baronin einen Blick zu, vor dem alle mütterliche Vernunft entschwand, und fuhr fort: „Soll ich denn immer ohne große, tolle Liebe sein? Soll ich mich niemals sehnen und fürchten, mich niemals mit pochendem Herzen einem unerbittlichen Blicke beugen dürfen, um ihn zu rühren? Muß man die freie Schönheit nicht kennen, die Phantasie der Seele, die Wolken, die über den Azur des Glücks dahinschweben und vor dem Hauche der Lust verwehen? Werde ich nie auf all den kleinen, verschwiegenen, taufeuchten Wegen wandeln, nie unter einer Dachtraufe stehen dürfen, ohne zu bemerken, daß mich der Regen durchnäßt, gleich den Verliebten, die Di-

derot so köstlich schildert? Werde ich nie glühende Kohlen auf meine Handfläche legen, wie einst der Herzog von Lothringen? Werde ich nie seidene Strickleitern erklimmen, alte verfaulte Holzbrücken beschreiten, ohne daß sie unter meiner Last nachgeben? Werde ich mich nie in einen Schrank, unter ein Bett verstecken? Soll ich nichts anderes kennenlernen als die eheliche Hingabe des Weibes, als eine Liebe, die nicht glühender, nicht leuchtender ist als eine Kerzenflamme? Läßt sich eine Neugier stillen, noch bevor sie erregt wurde? Soll ich leben, ohne die Sehnsuchtsstürme gekannt zu haben, in denen die Seele erstarkt? Soll ich ein Ehemönch werden? Nein, ich aß von dem Apfel der Pariser Zivilisation. Seht ihr denn nicht, daß ihr mit den keuschen, weltfremden Familiensitten das Feuer genährt habt, das mich verzehrt? Daß es mich verzehrt, noch bevor ich die Gottheit anbete, die ich überall sehe, im grünen Laub, im sonnendurchglühten Sand und in all den schönen, edlen, eleganten Frauen der Gedichte und Romane, die ich bei Camille verschlang. In Guérande lebt leider nur eine einzige solche Frau – du bist es, Mutter! Diese Wunderblumen meiner Träume kommen aus Paris, sie erblühen in den Büchern von Scott, von Lord Byron: Parisina, Effi, Minna! Ihr Duft steigt aus den Nebeln und Ginstern der Steppe empor, und wenn ich sie nur sehe, strömt mir das Blut zum Herzen."
Die Baronin sah diese Gedanken in dem Blick des heißgeliebten Kindes klarer, schöner, lebendiger leuchten, als alle Kunst zu schildern vermag. Wie die Pfeile eines umstürzenden Köchers schnellten

sie aus diesem Blick hervor. Ohne Beaumarchais jemals gelesen zu haben, erkannte sie mit einem Male, daß es ein Verbrechen wäre, diesen Engel jetzt schon zu verheiraten.
„Ach, mein liebes Kind," erwiderte sie, „heirate, wann du willst, nur werde glücklich! Ich denke gewiß nicht daran, dich zu quälen."
Und dabei nahm sie ihn in die Arme, drückte ihn an sich und küßte sein Haar. Noch gehörte es ja ihr.
Mariotte kam herein und deckte den Tisch. Gasselin war fortgegangen, um Calystens Pferd, das seit zwei Monaten nicht mehr geritten wurde, spazierenzuführen. Die drei Frauen – Fanny, Zéphirine und Mariotte – verstanden es mit der angebornen List des Weibes vortrefflich, den Junker festlich zu bewirten, wenn er daheim aß. Bretonische Armut wappnete sich mit Erinnerungen und Gewohnheiten aus der Kindheit und versuchte, gegen pariserische Verfeinerung anzukämpfen, die ihm wenige Schritte von Guérande, in Les Touches, so getreulich geschildert worden war. Mariotte wollte dem Junker die gelehrten Zubereitungen der Küche Félicités verekeln, und sie wetteiferte mit Mutter und Tante in der Sorge, Calyste in das Netz der Zärtlichkeit zu ziehen und jedweden Vergleich unmöglich zu machen.
„Ah, junger Herr, es gibt Barsch und Schnepfen und Krapfen, die man nur bei uns machen kann!" meinte sie mit heimtückischer, triumphierender Miene, während sie sich in dem schneeweißen Tischtuch wie in einem Spiegel betrachtete.
Als sich nach dem Essen die alte Tante wieder an den Strickstrumpf machte und der Pfarrer und

Chevalier du Halga, von der Mouchepartie herbeigelockt, wieder erschienen, kehrte Calyste unter dem Vorwand, Béatrixens Brief zurückzugeben, nach Les Touches zurück.

Claude Vignon und Fräulein des Touches saßen noch bei Tisch. Der große Kritiker war ein Feinschmecker, und Félicité schmeichelte diesem Laster, weil sie genau wußte, wie unentbehrlich sich eine Frau durch derlei Aufmerksamkeiten machen kann. Sie hatte das Speisezimmer vor einem Monat durch einige wichtige Kleinigkeiten ergänzt und damit bewiesen, wie rasch und hingebend sich eine Frau Charakter, Stand, Neigungen und Leidenschaften eines Mannes zu eigen macht, den sie liebt oder lieben will. Der Tisch bot den reichen, glänzenden Anblick, den moderner Luxus unter dem Beistand industrieller Vervollkommnung der Tafel eines vornehmen Hauses aufprägt. Das arme, hochedle Haus du Guénic wußte nicht, mit welchem Gegner es zu tun hatte und welches Vermögen nötig war, um sich mit dem Silbergeschirr, das Félicité aus Paris mitgebracht hatte, mit dem Porzellan, das nach ihrer Ansicht „noch gerade gut genug fürs Land“ war, mit ihrer blendendschönen Wäsche, ihren vergoldeten Silbergeräten und mit der Kunst ihres Kochs in einen Wettkampf einzulassen.

Calyste lehnte ab, von den Likören zu nehmen, die in einem kostbaren, wie ein Tabernakel geformten Holzkästchen standen.

„Hier ist Ihr Brief“, prahlte er unschuldig mit einem Seitenblick auf Claude, der ein Gläschen Jamaikarum schlürfte.

„Und was sagen Sie dazu?“

Mit dieser Frage wandte sich Félicité an den Kritiker und warf ihm über den Tisch den Brief ihrer Freundin zu. Während er las, führte er ab und zu sein Likörglas an den Mund.

„Ach, was sind doch die Pariserinnen für glückliche Frauen!" rief er endlich, „alle finden sie einen genialen Mann, den sie anbeten und der sich dafür in sie verliebt!"

„Mir scheint, Sie leben auf dem Monde?" entgegnete Félicité lächelnd, „merken Sie denn nicht, daß ihre Liebe schon nachgelassen hat und daß ..."

„Aber selbstverständlich!" rief Claude Vignon, der nur die erste Seite überflogen hatte. „Beobachtet man sich denn jemals, wenn man wahrhaft liebt? Ist man so scharfsichtig wie die Marquise? Rechnet man, vergleicht man? Die gute Béatrix hängt aus Stolz an Conti und ist trotzdem verurteilt, ihn zu lieben."

„Arme Frau", sagte Camille mitleidig.

Calyste starrte auf den Tisch, er sah nichts mehr. Die schöne Frau erschien ihm, von Licht umflutet, in dem phantastischen Kostüm, wie es Félicité am Morgen beschrieben hatte: Sie lächelte ihm zu, sie bewegte den Fächer, während die andere Hand, aus einem Meer von Spitzen und hellrotem Samt hervorschauend, rein und weiß auf die bauschigen Falten ihres herrlichen Kleides fiel.

„Das wäre eine Sache für Sie!" meinte Claude Vignon, der sich mit sardonischem Lächeln zu Calyste wandte.

Der Jüngling fühlte sich durch das Wort „Sache" verletzt.

„Erwecken Sie nicht in dem lieben Jungen den

Gedanken an ein derartiges Abenteuer! Sie ahnen nicht, wie gefährlich solche Scherze werden können! Ich kenne Béatrix, sie hat zu viel Charakter, um zu wechseln. Übrigens ist Conti auch noch da."

„Ach," spottete Vignon, „wohl ein bißchen eifersüchtig...?"

„Könnten Sie das glauben?" versetzte sie stolz.

„Sie sind scharfsinniger als eine Mutter", gab er zur Antwort.

„Aber ist das denn möglich?" rief sie, auf Calyste deutend.

„Trotzdem," entgegnete der Kritiker, „sie würden ganz gut zueinander passen. Sie ist zehn Jahre älter als er, und er sieht aus wie ein junges Mädchen."

„Ein junges Mädchen, das in der Vendée schon zweimal im Kugelregen gestanden hat, mein Herr! Wenn sich nur zwanzigtausend solche junge Mädchen gefunden hätten..."

„Ich wollte Ihnen damit nur etwas Angenehmes sagen," entgegnete der andere; „das scheint mir viel leichter zu sein, als Sie zu rasieren."

„Ich habe einen Degen; er rasiert jene, deren Bart zu lang geworden ist!"

„Und ich für meinen Teil mache gute Epigramme", sagte Claude lächelnd. „Wir sind Franzosen, die Angelegenheit läßt sich ordnen."

Fräulein des Touches warf Calyste einen flehentlichen Blick zu, der ihn augenblicklich besänftigte.

„Warum," sagte sie, um das Wortgefecht abzubrechen, „warum lieben junge Leute, wie mein Calyste, zuerst immer Frauen, die ein gewisses Alter erreicht haben?"

„Ich kenne kein Gefühl," erwiderte Vignon, „das kindlicher und dabei großmütiger wäre. Es ist eine

Folge des herrlichen Vorzugs der Jugend. Übrigens, wie würden die alten Frauen ohne diese Liebe enden? Sie sind jung und schön, Camille, und werden es noch zwanzig Jahre sein. Man kann also vor Ihnen getrost darüber sprechen.“
Er warf ihr einen feinen Blick zu und fuhr fort: „Zunächst verstehen sich die Halbwitwen, an die sich junge Leute wenden, weit besser auf die Liebe als junge Frauen. Der junge Mann ähnelt dem jungen Weibe zu sehr, als daß es ihm gefiele. Eine solche Leidenschaft kommt der Fabel des Narziß außerordentlich nahe. Außer dieser Abneigung besteht zwischen ihnen, wie ich glaube, eine wechselseitige Unerfahrenheit, die sie scheidet. Wie ein junges Frauenherz nur von Männern verstanden werden kann, deren Geschicklichkeit sich hinter einer echten oder erheuchelten Leidenschaft verbirgt, so ist auch die Frau – abgesehen von geistigen Unterschieden – in reiferen Jahren eher befähigt, einen Jungen zu bezaubern. Der Grund ist der gleiche: Unwillkürlich fühlt er, daß er Erfolg bei ihr haben wird, während seine Bewerbungen der Eitelkeit des Weibes außerordentlich schmeicheln. Es ist doch auch nur zu natürlich, daß sich die Jugend auf reife Früchte stürzt, und der Herbst des Weibes bietet ihrer gar viele, herrliche und sehr saftige. Diese zugleich glühenden und zurückhaltenden, gelegentlich schmachtenden, in die letzten wonnigen Strahlen der Liebe getauchten Blicke; diese bewußte Eleganz der Sprache; diese prächtigen, goldgetönten, edel entwickelten Schultern; diese vollen Rundungen; diese weiche, wallende Figur; diese Grübchenhände; diese fleischige, wohlgenährte Haut; diese lichtumflossene, von über-

strömenden Gefühlen erfüllte Stirn; dieses wohlerhaltene, wohlgepflegte Haar; dieser herrliche Hals; dieser herausfordernde Nacken, der alle Hilfsmittel der Kunst entfaltet, um den Gegensatz zwischen Haar und Haut ins rechte Licht zu setzen und den ganzen Übermut des Lebens und der Liebe hervorzuheben: Ist dies alles etwa nichts? Selbst Brünette erlangen dann blonde Töne, die Ambrafarben der Reife. Überdies offenbaren solche Frauen in ihrem Lächeln, in ihren Worten eine große Weltkenntnis: Sie wissen zu plaudern, sie geben die ganze Welt preis, um dem Geliebten ein Lächeln zu entlocken, sie haben Würde und Stolz, sie stoßen Verzweiflungsschreie aus und nehmen bei jeder Gelegenheit von der Liebe herzzerreißenden Abschied, ohne andern Zweck als den, die Leidenschaften neu zu beleben. Sie werden wieder jung, indem sie das mehr als verzweifelt Einfache variieren: Sie lassen sich alle Augenblicke von ihrem kokett und feierlich angekündigten Falle wieder aufrichten, und der ihren Triumphen folgende Rausch ist ansteckend. Ihre Hingebung ist bedingungslos: Sie bemächtigen sich der Liebe, wie sich der zum Tode Verurteilte an die kleinsten Einzelheiten des Lebens klammert; sie gleichen Anwälten, die ihre Sache verteidigen, ohne den Gerichtshof zu langweilen; sie gebrauchen alle ihre Mittel – kurz, bedingungslose Liebe lernt man nur durch sie. Ich glaube, daß man sie ebensowenig vergessen könnte, wie man vergißt, was groß und erhaben ist. Eine junge Frau hat zahllose Zerstreuungen, sie aber haben keine einzige. Sie kennen keine Eigenliebe, keine Eitelkeit, keine Kleinlichkeit mehr. Ihre Liebe ist ein Strom an der Mündung: Durch alle Enttäuschungen, durch alle Zuflüsse des Lebens unermeßlich angewachsen und deshalb... Mein Mädchen ist wohl stumm geworden?“ unterbrach er sich, als er die ekstatische Haltung Félicités gewahrte. Innig drückte sie Calystens Hand. Ob sie ihm für diese schwülstige Lobeshymne danken wollte, zu der er, ohne es zu wollen, Anlaß gegeben hatte?

Im weiteren Verlaufe des Abends sprühten Camille und Claude vor Geist; sie erzählten Anekdoten und schilderten Calysten die Pariser Gesellschaft. Der Junker war von Claude aufs höchste entzückt, denn dem verführerischen Zauber des Geistes erliegt besonders ein einfaches, starkes Herz.

„Ich wäre nicht überrascht, die Marquise und Conti, der sie zweifellos begleitet, morgen hier landen zu sehen,“ sagte Claude beim Abschied; „als ich Le Croisic verließ, sichteten die Matrosen gerade ein kleines dänisches, schwedisches oder norwegisches Schiff.“

Diese Bemerkung rötete für einen Augenblick die Wangen der kaltblütigen Frau...

Es war ein Uhr nachts, und immer noch wartete die Baronin auf ihren Sohn. Sie konnte nicht begreifen, was er solange in Les Touches machte, wenn ihn Félicité doch nicht liebte.

‚Er stört sie doch nur!‘ dachte diese anbetungswürdige Mutter.

Endlich sah sie ihn eintreten.

„Was habt ihr euch denn alles erzählt?“ fragte sie ihn.

„Oh, liebe Mutter, ich habe noch nie einen köstlicheren Abend verlebt. Genie ist ein gar großes, erhabenes Ding! Warum hast du mir kein Genie gegeben? Wer Genie hat, darf die Frau wählen, die er liebt; sie ist unweigerlich sein."

„Aber, du bist schön, mein Junge!"

„Schönheit ziemt nur dir! Übrigens ist Claude Vignon selbst schön. Geniale Menschen haben leuchtende Stirnen und Augen, aus denen Blitze schießen. Und ich Unseliger kann nichts anderes, als nur lieben."

„Man sagt, daß das genüge, mein Engel", versetzte sie und küßte ihn auf die Stirn.

„Wahrhaftig?"

„Man sagte es mir – empfunden habe ich es nie!"

In heiliger Ehrfurcht küßte Calyste die Hand seiner Mutter und erwiderte:

„Ich will dich für alle lieben, die dich angebetet hätten."

„Du liebes Kind! Aber das ist zum Teil auch deine Pflicht, denn du hast alle meine Gefühle geerbt. Sei also nicht unvorsichtig! Versuche nur edle Frauen zu lieben, wenn du lieben mußt!" –

Es wäre seltsam, wenn ein Jüngling wie Calyste, der von Liebe und Lebenslust überströmte, nicht auf den siegreichen Gedanken verfiele, der Landung Béatrixens heimlich beizuwohnen. Seine Eltern, die von der Ankunft der schönen Marquise nichts wußten, waren jedoch nicht wenig überrascht, als er am frühen Morgen aufbrach, ohne an dem Frühstück teilzunehmen. Gott allein weiß, mit welcher Behendigkeit der junge Bretone die Füße hob! Es schien, als sei ihm eine unbekannte Macht behilflich; er fühlte sich so leicht, während er, um nicht gesehen zu werden, an den Mauern von Les Touches vorbeischlich. Der liebenswerte Junge schämte sich seines Eifers; er mochte auch

fürchten, einem Scherze zum Opfer zu fallen: Félicité und Claude Vignon waren ja so scharfsinnig! Zudem glauben junge Leute in derlei Fällen, daß ihre Stirn durchsichtig sei.
Calyste folgte den Windungen des Wegs, der mitten durch das Labyrinth der Salzteiche führt, erreichte die Sanddünen und setzte, trotz der Sonnenglut, die dort brannte, mit weiten Sprüngen über sie hinweg. Er kam an die steile, durch eine Steinsohle bewehrte Uferböschung. Dort stand ein Haus, wo Reisende vor Sturm und Regen Schutz finden konnten. Denn nicht immer ist es möglich, den schmalen Meeresarm zu durchqueren; nicht immer liegen dort Barken, und über die Zeit, die sie brauchen, um vom Hafen heranzukommen, ist es zuweilen recht vorteilhaft, Pferde, Esel, Waren und das Gepäck der Reisenden unterzustellen.
An dieser Stelle weitet sich der Blick über die Stadt Le Croisic und das offene Meer. Alsbald sah Calyste zwei Barken näherkommen. Sie waren mit Paketen, Koffern, Schlafsäcken und Kisten beladen, deren Form und Zustand den Bewohnern dieser Gegend bewiesen, daß sie vornehmen Reisenden angehören mußten. In einer der Barken saß ein junges Weib mit Strohhut und grünem Schleier und neben ihr ein Mann. Diese Barke legte zuerst an. Calyste erbebte, doch erkannte er bald, daß es nur ein Diener und eine Zofe waren. Er wagte nicht, sie anzusprechen, denn schon wandten sich die Matrosen an ihn:
„Ei, Herr Calyste, kommen Sie auch wieder einmal nach Le Croisic?“
Der Junker schämte sich, daß sie ihn erkannt und

beim Namen genannt hatten, und antwortete durch verneinendes Kopfschütteln. Da sah er plötzlich eine mit geteerter Leinwand bezogene Kiste mit der Aufschrift: Marquise de Rochefide. Dieser Name schimmerte vor seinen Augen wie ein Talisman, er fühlte etwas Schicksalsschweres darin. Er wußte mit eherner Gewißheit, daß er diese Frau lieben werde, die geringfügigsten Dinge, die sie betrafen, beschäftigten, fesselten ihn bereits und reizten seine Neugier. Wie sollte es auch anders sein?

In der glühenden Wüste einer grenzenlosen, unerfüllten Sehnsucht stürzte sich seine Jugend mit aller Kraft auf das erste Weib, das sich ihm bot. Béatrix erbte die Liebe, die Félicité verschmäht hatte.

Calyste sah der Landung zu und wandte dabei von Zeit zu Zeit den Blick gegen Le Croisic. Denn er hoffte, daß eine Barke aus dem Hafen kommen und hier an diesem kleinen, meerumtosten Vorgebirge landen würde, auf daß ihm endlich seine Béatrix erscheine, die in seinen Sinnen schon zu der Béatrix Dantes geworden war – eine ewige Marmorstatue, deren Hände er mit Blumen und Kränzen zu umwinden gedachte. Mit verschränkten Armen verlor er sich in nachdenkliche Erwartung. Merkwürdig, wie oft wir unsere Gefühle einem Willen unterwerfen, wie wir uns selbst gegenüber eine Art Verpflichtung eingehen: Der Anteil, den der Zufall an unserm Schicksal hat, ist sicherlich viel geringer, als man glaubt. –

„Ich sehe die Pferde gar nicht!" sagte die Zofe, die auf einem Koffer saß.

„Ich sehe nicht einmal einen gebahnten Weg!" versetzte der Diener.

„Und dennoch sind Pferde hier gewesen", gab sie zur Antwort, wobei sie auf die untrüglichen Beweise einer solchen Behauptung hinwies. Sie wandte sich nunmehr an Calyste: „Ist das der richtige Weg nach Guérande?"

„Ja," antwortete er, „wen erwarten Sie denn?"

„Man sagte uns, daß man uns aus Les Touches holen würde. – Wenn das aber noch lange dauert, weiß ich nicht, wie sich die Frau Marquise umkleiden soll", fuhr sie zum Diener gewendet fort.

„Sie müßten zu Fräulein des Touches gehen! Mein Gott, ist das eine verwilderte Gegend!"

Calyste beschlich eine ungewisse Ahnung von der Zweideutigkeit seiner Lage.

„Ihre Herrin geht also nach Les Touches?" fragte er.

„Fräulein des Touches hat sie heute morgen um sieben Uhr abgeholt", antwortete sie. „Ah, da sind ja die Pferde!"

Calyste flog leicht und flink wie eine Gemse davon. Um von den Leuten, die in Les Touches wohnten, nicht erkannt zu werden, änderte er dabei nach Hasenart ganz plötzlich mehrfach die Richtung, trotzdem aber begegnete er ihrer zwei auf dem schmalen Wege durch die Sümpfe.

‚Soll ich, oder soll ich nicht?' dachte er, als er die Fichten von Les Touches auftauchen sah.

Er hatte Angst und kehrte betrübt und verlegen nach Guérande zurück, wo er auf der Promenade seine Betrachtungen fortsetzte. Suchend wandte sich sein Blick gegen Les Touches und blieb an den Wetterfahnen des Giebeldachs haften. Er erbebte:

‚Sie ahnt von meiner Unruhe nichts!' dachte er traurig.

Seine wechselvollen Gedanken waren wie Anker, mit denen sich ihm die Marquise tief ins Herz grub. Bei Félicité hatte er von diesen ersten, einleitenden Freuden und Ängsten nichts empfunden. Er war ihr zu Pferde begegnet, und seine Sehnsucht war erblüht wie bei dem Anblick einer schönen Blume, nach der ihn verlangte. In schüchternen Herzen wird Ungewißheit zum Dichter. Von den ersten Flammen der Phantasie erhitzt, entzünden sich solche Seelen, lodern auf, besänftigen und beleben sich abwechselnd und erreichen in Stille und Einsamkeit den höchsten Grad der Liebe, noch bevor sie dem Gegenstand so vielfältiger Anstrengungen nahegekommen sind.

Calyste sah auf der Promenade von weitem den Chevalier du Halga mit Fräulein de Pen-Hoël spazierengehen. Schnell verbarg er sich. Die beiden glaubten wohl, allein auf der Promenade zu sein, denn sie sprachen so laut, daß er alles hören konnte.

„Wenn Ihre Nichte Charlotte ohnehin hierherkommt, dann sorgen Sie dafür, daß sie mindestens drei bis vier Monate bleibt!" sagte der Chevalier. „Wie könnte sie sonst vor Calyste ihre Koketterie entfalten? Sie bleibt niemals lange genug hier, um ihn für sich einzunehmen. Wenn hingegen die beiden Kinder täglich zusammenkommen, werden sie schließlich eines Tages von richtiger Liebe ergriffen werden, und Sie können sie dann im nächsten Winter verheiraten. Klären Sie Charlotte mit zwei Worten über Ihre Absichten auf, so wird sie ihm alsbald vier zu sagen haben, und am Ende hat ein sechzehnjähriges junges Mädchen gegenüber einer Frau von vierzig und etlichen Jahren immer noch recht behalten.“

Die beiden alten Leute kehrten um, und Calyste hörte nichts mehr. Aber er hatte begriffen, mit welcher Absicht sich Fräulein de Pen-Hoël trug. Nichts konnte in seinem Seelenzustand verhängnisvoller sein. Wie wäre es auch möglich, daß ein junger Mann, mit den Hoffnungen einer vorgefaßten Liebe im Herzen, ein ihm aufgezwungenes junges Mädchen zum Weibe nähme? Calyste, dem Charlotte de Kergarouët gleichgültig war, gedachte sie schroff zurückzuweisen. Für Vermögensfragen war er unzugänglich. Er hatte sein Leben von Kindheit an der Dürftigkeit seines Vaterhauses angepaßt, und außerdem wußte er nichts von den Reichtümern Jacquelinens; sah er doch, daß sie ein genau so ärmliches Dasein führte wie seine Eltern. Endlich durfte ein wohlerzogener Jüngling wie Calyste nur auf Gefühle Wert legen – und all sein Denken gehörte der Marquise. Was war die kleine Charlotte vor dem Bilde, das ihm Camille Maupin entworfen hatte! Die Gespielin seiner Kindheit, die er wie eine Schwester behandelte. Er kam erst gegen fünf Uhr nach Hause. Als er den Saal betrat, übergab ihm seine Mutter mit traurigem Lächeln folgenden Brief:

„Lieber Calyste!

Die schöne Marquise de Rochefide ist angekommen, und wir zählen auf Sie, um ihre Ankunft zu feiern. Claude, der ewige Spötter, behauptete vorhin, daß Sie Beatrice seien und die Marquise Ihr Dante werden würde. Es geht um die Ehre der

Bretagne und der du Guénic, wenn es gilt, eine Casteran zu empfangen! Also, auf baldiges Wiedersehen!

Ihr Freund

Camille Maupin.

Keine Umstände! Kommen Sie, wie Sie sind – sonst machen wir uns nur lächerlich."

Calyste zeigte seiner Mutter den Brief und ging fort.

„Wer sind die Casteran?" fragte Fanny den Baron.

„Eine alte normannische Familie, die mit Wilhelm dem Eroberer verschwägert ist. Ihr Wappen ist durch Querbalken gedrittelt und zeigt auf blau-rot-schwarzem Grunde ein springendes Silberroß mit goldenen Hufen. – Das schöne Geschöpf, für das sich Le Gars im Jahre 1800 in Fougères töten ließ, war die Tochter einer Casteran, die als Nonne und späterhin als Äbtissin in Séez lebte, nachdem sie der Herzog von Verneuil sitzen gelassen hatte."

„Und die Rochefide?"

„Ich kenne den Namen nicht; man müßte ihr Wappen sehen."

Die Baronin beruhigte sich ein wenig, als sie erfuhr, daß die Marquise Béatrix de Rochefide einem alten Hause angehörte. Dennoch empfand sie stets eine Art Entsetzen, wenn sie ihren Sohn neuen Verführungen ausgesetzt wußte.

Während Calyste weiterging, war er in heftiger und zugleich süßer Erregung. Seine Kehle war zugeschnürt, das Herz geschwellt, das Hirn verwirrt. Das Fieber verzehrte ihn. Er wollte seinen Gang verlangsamen, doch eine höhere Gewalt trieb ihn zu immer schnelleren Schritten. Dieses Ungestüm der durch eine vage Hoffnung gereizten Sinne haben alle jungen Leute an sich erfahren: Ein heimliches Feuer brennt ihnen in der Brust und bringt den Glorienschein zum Leuchten, den göttliche Wesen auf Heiligenbildern tragen – in seinen Strahlen erschimmert das Weib, die ganze Natur steht in Flammen. Sind sie dann nicht, wie die Heiligen, von Glauben, Hoffnung, Inbrunst, Reinheit erfüllt?

Der junge Bretone fand die Gesellschaft in Félicités kleinem Salon versammelt. Es war ungefähr sechs Uhr. Die Sonne streute rötliche Strahlen, durch das Laub gebrochen, ins Fenster. Die Luft war ruhig, und im Salon herrschte jenes Halbdunkel, das Frauen so lieben.

„Da kommt der Abgesandte der Bretagne!" sagte Camille Maupin lächelnd, als Calyste die Portiere zurückschlug. „Pünktlich wie ein König!"

„Sie erkannten ihn wohl schon am Schritt?" fragte sie Claude Vignon.

Calyste verneigte sich vor der Marquise, die ihm mit leichtem Kopfnicken dankte; er hatte sie nicht angesehen. Dann nahm er die Hand, die ihm Claude Vignon entgegenstreckte, und drückte sie.

„Das ist der große Mann, von dem wir Ihnen soviel erzählten – Gennaro Conti", erklärte Félicité dem Jüngling, ohne Vignons Bemerkung einer Antwort zu würdigen.

Dabei wies sie auf einen mittelgroßen, schlanken und schmächtigen Herrn mit kastanienbraunem Haar und rötlichen Augen, dessen blasses Gesicht mit Sommersprossen wie übersät war und dessen

Kopf dem des Lord Byron so auffallend ähnelte, daß sich eine Beschreibung erübrigt, wenn er ihn auch vielleicht besser trug als dieser. Conti war auf diese Ähnlichkeit nicht wenig stolz.

„Ich bin entzückt, mein Herr, Ihnen an dem einzigen Tage meines Hierseins zu begegnen", sprach Conti.

„Es wäre an mir, diese Worte an Sie zu richten", erwiderte Calyste ziemlich ungezwungen.

„Er ist schön wie ein Engel", sagte die Marquise zu Félicité.

Verwirrt hörte Calyste, der zwischen dem Diwan und den beiden Damen stand, diese Worte, obwohl sie nur geflüstert worden waren. Er setzte sich in einen Lehnstuhl und blickte die Marquise verstohlen an. Im sanften Schein der Dämmerung gewahrte er nachher eine helle, schlangenförmige Gestalt, die auf dem Diwan lag, als hätte sie ein Bildhauer hingesetzt. Es schwindelte ihm. Ganz unbewußt hatte Félicité der Marquise mit ihrer Schilderung einen ausgezeichneten Dienst erwiesen. Béatrix war dem wenig schmeichelhaften Bilde, das Camille tags vorher entworfen hatte, entschieden überlegen. Sie hatte wohl ein wenig auch des Gastes wegen ihr königliches Haar mit Kornblumensträußchen geschmückt, die den matten Ton ihrer krausen, die Wangen umspielenden Locken erst richtig zur Geltung brachten. Die Umgebung ihrer aus Müdigkeit umschatteten Augen schimmerte wie reinste Perlmutter, und ihr Teint hatte den Glanz ihrer Augen. Unter der weißen, atlasschimmernden Haut pulste das Leben in bläulichem Blut. Die Zartheit der Züge war unvergleichlich. Die Stirn schien durchsichtig zu sein.

Dieses liebliche, süße Köpfchen, das auf einem schmalen, wunderbar gezeichneten Halse saß, ließ den Ausdruck der verschiedenartigsten Gefühle zu. Die Taille, die man mit den Händen umspannen konnte, war von hinreißender Biegsamkeit. Die entblößten Schultern schimmerten im Dunkel wie eine Kamelie in schwarzem Haar. Von einem Schleier geschickt verhüllt, ließ der Hals die beiden Umrisse eines auserlesenen Mutwillens sehen. Das weiße, mit blauen Blumen besäte Musselinkleid, die weiten Ärmel, das gürtellose Spitzenleibchen, die Bandschuhe, deren Bänder sich auf ihren Fil d'Ecosse-Strümpfen überkreuzten – alles bewies ihr wunderbares Verständnis, sich zu kleiden. Die silbernen Ohrgehänge, wahre Wunderwerke genuesischer Filigrankunst, waren zweifellos höchst modern und standen mit der köstlichen Lässigkeit des blumengeschmückten Blondhaars in vollkommener Harmonie.
Mit einem einzigen Blick umfaßten seine trunkenen Augen all diese Schönheiten und prägten sie der Seele ein. Die blonde Béatrix und die brünette Félicité – wie erinnerten sie ihn an die so beliebten Kontraste in den Werken englischer Zeichner und Kupferstecher! Sie waren ein vollkommener Gegensatz: Hier die Stärke, dort die Schwäche des Weibes in höchster Vollendung. Diese zwei Frauen konnten niemals Rivalinnen sein, jede von ihnen hatte ihr eigenes Reich. Eine zarte Lilie stand neben feurigrotem Mohn, ein Türkis neben einem Rubin. Im Nu wurde Calyste von einer Liebe ergriffen, die das stille Werk seiner Hoffnungen, seiner Ängste und Zweifel krönte. Hatte ihm Félicité die Sinne erweckt, so entflammte ihm Béatrix das Herz und

den Geist. Der junge Bretone fühlte in seiner Brust mit einem Male eine unbesiegbare, schonungslose Kraft. Er betrachtete Conti alsbald mit den neidischen, haßerfüllten, düsteren und angstvollen Blicken einer Rivalität, die er gegen Claude Vignon niemals empfunden hatte. Nur mit dem Aufwand seiner ganzen Energie war es ihm möglich, sich zu beherrschen. Er dachte dabei, daß die Türken ganz recht hätten, ihre Frauen abzuschließen, und daß es schönen Geschöpfen verboten sein sollte, sich liebesentbrannten Jünglingen in ihrer verwirrenden Koketterie zu zeigen. Der wilde Sturm besänftigte sich jedoch schnell, als Béatrix die schönen Augen auf ihn niedersenkte und ihre süße Stimme vernehmen ließ: Schon fürchtete sie der arme Junge, als sei sie ein Gott.

Man klingelte zum Diner.

„Calyste, reichen Sie der Marquise den Arm", sagte Fräulein des Touches. Sie nahm Conti an ihre rechte, Vignon an ihre linke Seite und wartete, um dem jungen Paare den Vortritt zu lassen.

Auf diese Weise über die alte Treppe von Les Touches hinabzugehen, war für Calyste wie eine Feuertaufe: Sein Herz stockte, er suchte vergeblich nach Worten, leichter Schweiß perlte auf seiner Stirn und feuchtete ihm den Rücken. Sein Arm zitterte so stark, daß ihn die Marquise am Fuß der Treppe endlich fragte:

„Was haben Sie denn?"

„Aber...", antwortete er mit erstickter Stimme, „ich habe in meinem Leben noch keine so schöne Frau gesehen wie Sie – außer meiner Mutter; und ich kann meine Gefühle nicht bemeistern."

„Sie haben doch Camille Maupin hier!"

„Oh, welch ein Unterschied!“ rief er offenherzig.
„Gut so!“ flüsterte ihm Félicité zu, „sagte ich Ihnen nicht im voraus, daß Sie mich vergessen würden, als wäre ich nie gewesen? Setzen Sie sich dorthin, rechts neben sie, und Vignon links. – Und dich, Gennaro, behalte ich für mich,“ fügte sie lächelnd hinzu, „wir wollen ihre Koketterien überwachen!“
Der eigenartige Ton dieser Worte befremdete Claude. Er warf ihr einen versteckten, beinahe zerstreuten Blick zu, der ihr verriet, daß er auf der Lauer stand. In der Tat hörte er nicht auf, sie während des ganzen Essens zu beobachten.
„Koketterien?“ wiederholte die Marquise, indem sie die Handschuhe abstreifte und ihre wunderschönen Hände sehen ließ, „es steht wohl dafür! Auf der einen Seite“ – sie deutete auf Claude – „habe ich einen Poeten und auf der andern die Poesie selbst.“
Gennaro Conti beglückte Calyste mit einem schmeichelhaften Blick. Bei voller Beleuchtung erschien Béatrix noch schöner als vorhin. Das helle Licht der Kerzen wob um ihre Stirn einen Atlasschimmer, entzündete Flitterglanz in ihren Gazellenaugen und glitt durch ihre Seidenlocken, daß einzelne Haare aufleuchteten wie eitel Gold. Mit an mutiger Bewegung warf die Marquise den Gazeschleier zurück und entblößte den Hals. Da sah Calyste einen Nacken, süß und weiß wie Milch. Eine kräftige Furche höhlte ihn aus, die sich in molliger, trügerischer Symmetrie nach den beiden Schultern verlor. Solche beabsichtigten Veränderungen erregen in der Gesellschaft, wo jeder Blick blasiert ist, nur geringes Aufsehen, allein sie rich-

ten in einer so unberührten Seele furchtbare Verheerungen an. Béatrixens Hals, der dem ihrer Freundin so gar nicht ähnelte, verriet einen ganz andern Charakter. Ahnenstolz, ein dem Adel eigentümlicher Starrsinn, eine gewisse Härte lag in diesem doppelten Ansatz, der von der Kraft der einstmaligen Eroberer als letzte Spur übriggeblieben sein mochte.

Calyste litt unsägliche Qualen, um den Anschein zu erwecken, daß er esse. Er empfand eine Nervosität, die ihm den Hunger benahm. Wie bei allen jungen Leuten, so wand sich auch seine Natur in jenen Krämpfen, die der ersten Liebe vorangehen und sie so tief in die Seele graben. In diesem Alter führt die Glut des Herzens unter dem Druck der Seele zu einem inneren Kampf, der das lange, ehrfürchtige Zögern, die tiefgründigen Betrachtungen über die Liebe, den Mangel jeglicher Berechnung erklärt.

Während Calyste, um den Verdacht des eifersüchtigen Künstlers nicht zu erwecken, die Einzelheiten ihrer adligen Schönheit verstohlen studierte, empfand er alsbald die Majestät der Geliebten: Der hoheitsvolle Blick, der imponierende Ausdruck des von aristokratischen Gefühlen überströmenden Antlitzes, ein gewisser Hochmut, den die Frauen in ihre lässigen Bewegungen, in die Haltung des Kopfes, in die wunderbare Langsamkeit ihrer Gesten zu legen wissen und der weniger gekünstelt, weniger „gemacht“ wirkt, als man denkt – all dies bedrückte ihn. Ihrem unaufhörlich wechselnden Gesichtsausdrucke entsprachen ebenso köstliche, ebenso zahllose Regungen der Seele. Es lag Gefühl darin. Ihre schiefe Situation erheischte, daß sie selbst über sich wachte, daß sie imponieren mußte, ohne sich lächerlich zu machen, und die Frauen der großen Welt wissen die Klippen, an denen einfache Frauen scheitern, stets zu umgehen und dieses Ziel zu erreichen.

In Félicités Augen las Béatrix, welche Bewunderung sie ihrem Tischnachbar heimlich einflößte, und daß es ihrer nicht würdig wäre, ihn zu ermutigen. Sie warf ihm daher nur gelegentlich einen tadelnden Blick zu, der wie eine Schneelawine auf ihn herniederfiel. Der Unglückliche beklagte sich darüber bei der Herrin des Hauses durch einen schmerzlichen Blick, aus dem sich das mit übermenschlicher Energie im Herzen zurückgehaltene Leid erraten ließ, und Félicité fragte ihn teilnehmend, warum er nichts äße. Diese Frage galt ihm als strenger Befehl: er schlang in sich hinein, was er konnte, und gab sich den Anschein, an der Unterhaltung teilzunehmen. Der Gedanke, lästig zu sein, anstatt zu gefallen, zermarterte sein Gehirn. Er wurde um so schüchterner, als er hinter dem Stuhl der Marquise den Diener bemerkte, den er am Morgen auf dem Hafendamm gesehen hatte und der sicherlich von seiner Neugier berichten würde. Doch ob er sich nun bedrückt oder glücklich fühlte – die Marquise schenkte ihrem Nachbar keinerlei Aufmerksamkeit. Fräulein des Touches hatte Béatrix auf die italienische Reise gebracht, und sie erzählte nun in ihrer geistreichen Art, wie sie ein russischer Diplomat in Florenz mit einer Liebe auf Tod und Leben beehrte. Dabei ergoß sich ihr Spott über all die jungen Herren, die sich auf Frauen stürzen wie Heuschrecken auf frisches Grün. Sie brachte Vignon, Conti und sogar Félicité zum Lachen, obgleich dieser Spott auf das Herz Calystens zielte. Bei dem Summen, das ihm in Hirn und Ohren widerhallte, vernahm er nichts als leere Worte. Der arme Junge schwor sich nicht wie andere Dickköpfe, diese Frau um jeden Preis zu erobern – nein, er wütete nicht, er litt. Als er bei Béatrix die Absicht bemerkte, ihn am Altar Gennaros hinzuopfern, dachte er sich: ‚Gut, so diene ich ihr doch zu etwas!' – und ließ sich mit wahrer Lammsgeduld mißhandeln.

„Wie kommt es," wandte sich Claude Vignon an die Marquise, „daß Sie, die Sie die Poesie so bewundern, ihr dennoch einen üblen Empfang bereiten? Ist diese kindliche, rückhaltlose, in ihrem Ausdruck so hübsche Verehrung nicht Poesie des Herzens? Geben Sie nur zu, daß sie in Ihnen ein Gefühl der Freude und des Wohlbehagens hinterläßt!"

„Gewiß," antwortete sie, „aber wir wären recht unglücklich, vor allem aber unwürdig, wenn wir all den Leidenschaften nachgeben würden, die wir einflößen!"

„Träfen Sie keine Auswahl, dann wären wir nicht so stolz darauf, geliebt zu werden", meinte Conti.

‚Wann wird eine Frau wohl mich auserwählen?' fragte sich Calyste bitter.

Und das Blut schoß ihm ins Gesicht wie einem Kranken, dessen Wunde versehentlich berührt wird. Fräulein des Touches erschrak vor dem Ausdruck, der sich auf seinem Antlitz malte, und versuchte, ihn durch einen teilnahmsvollen Blick zu trösten. Diesen Blick fing Claude Vignon auf und war nunmehr von einer Fröhlichkeit, die sich in beißendem Spott erging. Er stellte die Behauptung auf, daß die Liebe nur durch das Verlangen bestehe, daß sich die meisten Frauen täuschten, wenn sie liebten, daß sie sehr häufig aus Gründen liebten, die den Männern und ihnen selbst völlig unbekannt seien, daß die edelste unter ihnen immer noch eine Gauklerin sei.

„Halten Sie sich an die Bücher und verschonen Sie unsere Gefühle mit Ihrer Kritik!" widersprach ihm Camille mit hoheitsvoller Miene.

Das Diner hörte auf, lustig zu sein. Vignons spöttische Bemerkungen hatten die beiden Damen nachdenklich gestimmt. Calyste verspürte inmitten des Glücks, das ihm der Anblick Béatrixens bereitete, einen qualvollen Schmerz. Conti versuchte, in den Augen der Marquise ihre Gedanken zu lesen. Als das Diner zu Ende war, ließ Fräulein des Touches ihre Freundin mit den beiden Herren vorangehen und nahm den Arm des jungen Bretonen, um ihm sagen zu können:

„Liebes Kind, wenn die Marquise Sie liebt, wird sie Conti aus dem Fenster werfen; aber Sie benehmen sich gegenwärtig so, daß Sie die gelockerten Bande wieder festknüpfen. Soll sie von Ihrer Bewunderung gefesselt werden, so darf sie davon nichts merken. Beherrschen Sie sich doch!"

„Sie war hart zu mir, sie wird mich niemals lieben," versetzte Calyste, „und wenn sie mich nicht liebt, muß ich sterben!"

„Sterben?... Sie, mein lieber Calyste?... Sie sind ein großes Kind!... Für mich wären Sie also nicht gestorben?"

„Sie allein haben sich zu meiner Freundin gemacht!"

Nach der seichten Unterhaltung, die der Kaffee

stets mit sich bringt, wurde Conti gebeten, ein Lied zu singen. Camille setzte sich ans Klavier und sang mit Gennaro das „Dunque il mio bene tu mia sarai“, das Schlußduett aus Zingarellis „Romeo und Julia“, eines der rührendsten Stücke der modernen Musikliteratur. Die Stelle „di tanti palpiti“ drückt die Liebe in ihrer ganzen Größe aus. Calyste saß in dem Lehnstuhl, in dem ihm Félicité die Geschichte der Marquise erzählt hatte, und hörte andächtig zu. Béatrix und Claude standen zu beiden Seiten des Klaviers. Die herrliche Stimme Contis verband sich aufs innigste mit der Stimme Félicités. Sie hatten das Stück schon oft gesungen, kannten seine Schönheiten und verstanden einander trefflich, um sie zu voller Geltung zu bringen. In diesem Augenblick ward das Werk wirklich das, was der Komponist schaffen wollte: ein Gedicht göttlicher Melancholie, der Sterbegruß zweier Schwäne.

Als das Duett zu Ende war, überließen sich alle jener tiefsten Gemütswallung, die sich durch die üblichen Beifallsbezeigungen gar nicht ausdrücken läßt.

„Von allen Künsten ist doch die Musik die erste“, rief die Marquise begeistert.

„Camille stellt Jugend und Schönheit als höchste Poesie voran“, meinte Claude Vignon.

Fräulein des Touches sah Claude mit heimlicher Unruhe an. Béatrix, die Calyste nicht sehen konnte, wandte den Kopf, als ob sie wissen wollte, welchen Eindruck der Gesang auf ihn gemacht hatte. Sie tat es weniger aus eigenem Interesse als zu Contis Genugtuung. Da erblickte sie in der Fensternische ein bleiches, von dicken Tränen überströmtes Antlitz. Von jähem Schmerz ergriffen, wandte sie sich wieder ab und betrachtete Gennaro.

In sieghafter Schönheit war Göttin Musik dem Junker erstanden. Sie hatte ihn mit ihrem Zauberstab berührt, hatte den Schleier gelüftet und ihm das herrliche Kunstwerk erschlossen. Aber der Genius Contis schmetterte ihn zu Boden. Was ihm auch Camille Maupin von dem Charakter des Künstlers erzählt hatte, er glaubte nunmehr an seine schöne Seele, an sein liebevolles Herz. Wie sollte er mit einem solchen Manne wetteifern? Mußte diese Frau ihn nicht ewig vergöttern? Sein Gesang drang in die Seele wie eine andere Seele. Den armen Jungen übermannte ebensosehr die Kunst wie die Verzweiflung; er hielt sich für so gering! Diese treuherzige Selbstanklage seiner Nichtigkeit war ihm, mit seiner Bewunderung zugleich, von den Augen abzulesen. So sah er auch nicht, daß die Marquise, durch die ansteckende Wirkung echter Gefühle zu ihm hingezogen, Fräulein des Touches mit einem Zeichen auf ihn hinlenkte.

„Oh, du anbetungswürdiges Herz!“ rief Félicité ganz leise. „Conti, niemals werden Sie so köstlichen Beifall erringen, wie die Huldigung dieses Kindes! Singen wir noch ein Terzett! Béatrix, kommen Sie, meine Liebe!“

Als sich die Marquise, Camille und Conti ans Klavier begaben, erhob sich Calyste, ohne daß sie es bemerkten und ging in das Schlafzimmer, dessen Türe offenstand. Dort warf er sich auf den Diwan und überließ sich seiner Verzweiflung.

☆

ZWEITER TEIL

✩

„WAS HABEN SIE DENN, MEIN LIEBES KIND?" begann Claude Vignon, der sich ganz leise neben Calyste gesetzt und seine Hand ergriffen hatte. „Sie lieben, Sie halten sich für verschmäht: Dies ist jedoch durchaus nicht der Fall! In einigen Tagen ist das Feld für Sie frei. Sie werden ungehindert schalten und walten können, und mehr als nur eine wird Sie lieben; kurz, wenn Sie sich richtig zu verhalten wissen, werden Sie hier herrschen wie ein Sultan."

„Was sagen Sie da?" rief Calyste, der aufsprang und Vignon in das Bibliothekszimmer zog; „wer liebt mich hier?"

„Camille!" antwortete der andere.

„Camille sollte mich lieben?" meinte Calyste, „und Sie?"

„Ich?" erwiderte Claude, „ich..."

Er hielt inne. Er setzte sich nieder und lehnte den Kopf in tiefster Schwermut an ein Kissen.

„Das Leben langweilt mich, und ich habe nicht den Mut, es wegzuwerfen", sagte er nach einer Weile. „Ich wollte, ich hätte mich in dem getäuscht, was ich Ihnen vorhin sagte! Allein seit einigen Tagen ist mir mancherlei klar geworden. Weiß Gott, ich bin nicht zu meinem Vergnügen in dem Felsgeklüft von Le Croisic herumgeklettert! Als ich Sie nach meiner Rückkehr im Gespräch mit Camille antraf, hatte die Bitterkeit meiner Worte ihre Quelle in verletzter Eigenliebe. Ich werde mich demnächst mit Camille auseinandersetzen. Zwei so hellsichtige Köpfe wie die unsrigen können einander nichts vortäuschen. Zwischen Berufsfechtern ist ein Duell nicht von langer Dauer. Ich kann Ihnen daher jetzt schon meine Abreise ankündigen. Ja, ich verlasse Les Touches, vielleicht schon morgen, mit Conti. Wenn wir nicht mehr hier sind, werden gewiß seltsame, furchtbare Dinge geschehen, und ich bedauere, daß ich diesen Kämpfen der Leidenschaft, die in Frankreich so selten und so dramatisch sind, nicht beiwohnen werde. Sie sind für einen so gefährlichen Kampf recht jung! Sie interessieren mich. Flößten mir die Frauen nicht Abscheu ein, ich bliebe hier, um Ihnen zu helfen. Es ist ein schwieriges Spiel, Sie können es leicht verlieren! Sie haben es mit zwei außerordentlichen Frauen zu tun und sind in die eine schon zu sehr verliebt, als daß Sie sich der andern bedienen könnten. Béatrix dürfte Hartnäckigkeit zeigen, und Camille hat Größe. Sie sind ein zartes, gebrechliches Ding und könnten, von den Stürmen der Leidenschaft fortgerissen, an diesen beiden Klippen scheitern. Geben Sie acht!"

Nur Calystens Verblüffung ermöglichte dem Kritiker, all dies zu sagen und den jungen Bretonen unmittelbar darauf zu verlassen. Nun stand er da, wie ein Wanderer in den Alpen, dem der Führer durch einen herabfallenden Stein die Tiefe eines Abgrunds bewies. Aus Vignons eignem Munde hatte er hören müssen, daß Félicité ihn, Calyste, liebte, während er fühlte, daß er für sein ganzes

Leben Béatrix angehörte! Das war zu viel für seine kindlich-reine Seele! Unermeßliche Trübsal lag über seiner Vergangenheit. Nun tötete die Schwierigkeit seiner Lage die Gegenwart und bedrohte seine Zukunft. Zwischen Béatrix, die er liebte, und Félicité, die er nicht mehr liebte, von der er indessen nach Vignons Worten geliebt wurde, irrten seine Gedanken unentschlossen und verzweifelt umher. Vergeblich suchte der arme Junge nach den Gründen, die Félicité veranlaßt haben mochten, seine Liebe zu verschmähen und nach Paris zu eilen, um Claude Vignon zu holen. Mitunter drang Béatrixens reine, frische Stimme an sein Ohr, und immer wieder befiel ihn die heftige Erregung, der er zu entgehen hoffte, als er vorhin den kleinen Salon verließ. Wiederholt hatte er eine kaum unterdrückbare Lust empfunden, die Geliebte an sich zu reißen und zu entführen. Was sollte nun aus ihm werden? Konnte er jemals wieder nach Les Touches kommen? Durfte er Béatrix hier verehren, wenn er wußte, daß Camille ihn liebte? Er fand keinen Ausweg aus diesen Schwierigkeiten.

Unmerklich wurde es still im Haus. Er vernahm das Geräusch mehrerer sich schließender Türen, ohne ihm irgendwelche Beachtung zu schenken. Da vernahm er plötzlich den Schlag der Mitternachtsstunde. Aus dem Nachbarzimmer drang ein Lichtstrahl in seine Finsternis, und die Stimmen von Camille und Claude weckten ihn aus zermürbender Zukunftsbetrachtung. Noch bevor er sich zeigen konnte, schlugen furchtbare Worte an sein Ohr:

„Schon als Sie nach Paris kamen, hatten Sie sich

in Calyste sterblich verliebt", hörte er Vignon sagen. „Aber Sie schauderten vor den Folgen einer solchen Leidenschaft in Ihrem Alter; denn sie führte in einen Abgrund, in eine Hölle, zum Selbstmord vielleicht! Liebe kann nur bestehen, wenn sie sich für ewig hält. Sie aber sahen auf Ihrem Lebenswege wenige Schritte vor sich eine grausame Trennung: Überdruß und Alter müßten dem herrlichen Gedicht ein frühes Ende bereiten. Sie erinnerten sich wohl an ‚Adolphe', an die schreckliche Lösung der Liebe von Madame de Staël und Benjamin Constant, die dabei im Alter weit besser zueinander paßten als Sie und Calyste. Da haben Sie mich dann genommen, wie man Faschinen nimmt – um sich gegen den Feind zu verschanzen! Gewiß, Sie wollten, daß ich Les Touches liebgewinne. Aber geschah es nicht, weil Sie Ihre Tage in heimlicher Anbetung Ihres jungen Gottes verbringen wollten? Um Ihren, zugleich erbärmlichen und erlauchten Plan auszuführen, mußten Sie sich einen Mann suchen, der entweder gewöhnlich oder aber von hohen Gedanken so stark in Anspruch genommen war, daß er leicht betrogen werden konnte. Sie hielten mich für einfach, für einen Mann, der sich leicht mißbrauchen läßt wie ein Genie. Es scheint jedoch, daß ich nur Verstand besitze: Ich habe Sie durchschaut. Als ich gestern den Frauen Ihres Alters ein Loblied sang und Ihnen auseinandersetzte, weshalb Calyste Sie liebe, da glaubten Sie wohl selbst nicht, ich hätte angenommen, daß Ihre hingerissenen, glänzenden, verzückten Blicke mir zugedacht seien. Hatte ich denn inzwischen nicht schon in Ihrer Seele gelesen? Wohl waren Ihre

Augen auf mich gerichtet, allein Ihr Herz schlug für Calyste. Sie sind niemals geliebt worden, Sie Ärmste. Und Sie werden auch niemals geliebt werden. Denn vor dem Eingang zur Hölle des Weibes, deren Pforten die Ziffer ‚Fünfzig' in den Angeln dreht, bot Ihnen der Zufall die schönste Frucht, und Sie haben sich ihr versagt!"

„Warum hat mich die Liebe geflohen?" rief sie mit verschleierter Stimme, „sagen Sie es mir, der Sie alles wissen!..."

„Sie sind eben nicht liebenswert", versetzte er. „Sie beugen sich der Liebe nicht; sie soll sich Ihnen beugen! Mag sein, daß Sie der Begeisterung, den boshaften Streichen ausgelassener Jungen zugänglich wären. Allein es fehlt Ihnen die Kindheit des Herzens. In Ihrem Geist ist zuviel Tiefe, Sie waren niemals kindlich und werden heute nicht anfangen, es zu sein. Ihre Anmut kommt aus dem Geheimnisvollen, sie ist abstrakt, nicht aktiv. Ihre Kraft hält die Starken fern, die einen Kampf voraussehen. Ihre Macht kann jungen Seelen gefallen, die sich, wie Calyste, gern beschützen lassen; aber sie ermüdet auf die Dauer. Sie sind groß und erhaben; tragen Sie denn auch die Nachteile dieser prächtigen Eigenschaften: ihre Langweiligkeit."

„Welch ein Urteil!" rief Camille entsetzt. „Kann ich nicht Weib sein? Bin ich denn ein Ungeheuer?"

„Möglich!"

„Das wollen wir sehen!" entgegnete sie, aufs tiefste verletzt.

„Leben Sie wohl, meine Liebe, morgen reise ich ab. Ich bin Ihnen deshalb nicht böse. Camille! Ich halte Sie für die größte Frau. Aber wenn ich

Ihnen noch weiterhin als Wandschirm oder als Schutzblech diente, müßten Sie mich ungemein geringschätzen. Wir können uns ohne Schmerz, ohne Gewissensbisse trennen: Wir haben weder verlornes Glück noch enttäuschte Hoffnungen zu beklagen. Für Sie und für die seltenen, außerordentlich genialen Männer ist die Liebe nicht das, wozu die Natur sie schuf: ein gebieterisches Bedürfnis, dessen Befriedigung sie mit lebhaften, aber vorübergehenden Wonnen verband. Nein, Sie sehen sie so, wie sie das Christentum geschaffen hat: als ein ideales Reich, erfüllt von edlen Gefühlen, großen Nichtigkeiten, Poesien, geistigen Sensationen der Hingebung, moralischen Blumen und zaubrischen Harmonien, wo zwei Geschöpfe, aus den Niederungen gewöhnlicher Roheit emporgetragen auf den Flügeln der Lust, zu einem Engel vereint lustwandeln. Dies ist's, was ich hoffte; ich glaubte, den Schlüssel zu halten, der das Tor zur Unendlichkeit öffnet, das so vielen Menschen verschlossen bleibt. Sie aber hatten sich schon allein emporgeschwungen! Sie haben mich demnach betrogen. Ich gehe ins Elend zurück, in mein weites Gefängnis Paris! Am Anfang meiner Laufbahn hätte mir eine solche Enttäuschung genügt, die Frauen für immer zu meiden. Heute jedoch hinterläßt sie in meiner Seele eine Ernüchterung, die mich in grausame Einsamkeit stößt. Und dabei fehlt mir der Glauben des Einsiedlers, der seine Klause wenigstens mit Heiligenbildern bevölkert! Da sehen Sie, liebe Camille, wohin uns geistige Überlegenheit führt! Wir können alle beide den schrecklichen Hymnus anstimmen, den ein Dichter dem mit Gott sprechenden

Moses in den Mund legt: ,Du machtest, Herr, mich groß und einsam!' "
In diesem Augenblick erschien Calyste.
„Ich darf Ihnen nicht verheimlichen, daß ich hier bin", begann er.
Fräulein des Touches erschrak heftig. Ihr kaltes, regloses Antlitz färbte sich plötzlich mit Feuerröte. Während dieses ganzen Auftritts war sie schön, wie niemals sonst im Leben.
„Wir dachten, Sie seien längst fortgegangen, Calyste", versetzte Claude Vignon. „Gleichviel, diese von beiden Seiten durchaus unbeabsichtigte Indiskretion ist ungefährlich. Vielleicht werden Sie sich in Les Touches erst recht wohlfühlen, wenn Sie Félicité ganz kennen. Und ihr Schweigen beweist mir, daß ich mich über die Rolle, die sie mir zudachte, nicht getäuscht habe. Sie liebt Sie, ich sagte es Ihnen ja schon, aber sie liebt Sie nicht um ihrer selbst, sondern um Ihretwillen – ein Gefühl, das nur wenige Frauen zu erfassen vermögen. Nur wenige unter ihnen kennen die Wollust der Sehnsuchtsschmerzen; es ist eine der herrlichsten Leidenschaften, die dem Manne vorbehalten ist. Indes, Camille ist ja auch ein bißchen Mann," schloß er spöttisch, „Ihre Liebe zu Béatrix wird ihr Kummer bereiten und sie gleichzeitig glücklich machen."
In den Augen Félicités standen Tränen. Sie wagte weder den grausamen Claude noch den harmlosen Calyste anzusehen. Sie war entsetzt, daß man sie verstanden hatte, sie glaubte nicht, daß ein Mann, wie groß auch sein Scharfsinn sein mochte, ein so grausames Zartgefühl, einen so übermenschlichen Heroismus erraten könne.

Als Calyste bemerkte, wie sehr sie sich ihrer entschleierten Größe schämte, teilte er den Schmerz dieser Frau, die er so hoch gestellt hatte, und auf die er nun niedergeschlagen herabsah. In unwiderstehlichem Drange warf er sich ihr zu Füßen, küßte ihr die Hände und barg sein tränenüberströmtes Antlitz in ihrem Schoß.

„Claude, verlassen Sie mich nicht!" flehte sie, „was soll aus mir werden?"

„Was haben Sie zu fürchten?" antwortete der Kritiker. „Schon liebt Calyste die Marquise wie ein Irrsinniger. Sie können keine stärkeren Schranken zwischen sich und ihm errichten als diese Liebe, zu der Sie selbst das Feuer gelegt haben. Diese Leidenschaft wiegt mich reichlich auf. Gestern noch bestand Gefahr für Sie und ihn. Von heute an schwelgen Sie in Mutterglück," sagte er mit spöttischer Miene, „Sie werden stolz sein auf seine Triumphe."

Fräulein des Touches betrachtete Calyste, der bei diesen Worten den Kopf zurückgeworfen hatte. Claude Vignon stillte seinen Rachedurst in dem Genuß, den ihm die Verwirrung der beiden bereitete.

„Sie haben ihn der Marquise in die Arme getrieben," fuhr er fort, „er steht nun unter ihrem Bann. Sie haben sich selbst Ihr Grab gegraben. Hätten Sie sich mir anvertraut, dann wären Sie dem Unheil entgangen, das Sie nunmehr erwartet."

„Unheil?" rief Camille Maupin aus. Sie nahm Calystens Kopf, zog ihn an sich, küßte sein Haar und benetzte es mit reichlichen Tränen. „Nein, Calyste, Sie müssen vergessen, was Sie hier hörten, dürfen auf mich nicht zählen!"

Sie erhob sich und stand hochaufgerichtet vor den beiden. Aus ihren funkelnden, seelenvollen Augen schossen Blitze.
„Während Claude sprach," fuhr sie fort, „habe ich allmählich die Schönheit und Größe einer hoffnungslosen Liebe ganz erfaßt. Ist sie denn nicht das einzige Gefühl, das uns Gott nahebringt? – Liebe mich nicht, Calyste! Ich aber werde dich lieben, wie nie ein Weib noch liebte!"
Es klang wie der wilde Aufschrei eines waidwunden Adlers. Claude beugte sein Knie, ergriff Félicités Hand und küßte sie.
„Gehen Sie jetzt, Calyste," schloß sie, „Ihre Mutter wäre in Sorge!" –
Calyste kehrte mit langsamen Schritten nach Guérande zurück. Von Zeit zu Zeit wandte er sich um, das Licht zu sehen, das aus den Fenstern in Béatrixens Zimmer schimmerte. Er staunte über sich selbst, daß er für Camille so geringe Teilnahme fühlte. Beinahe grollte er ihr, daß sie ihm fünfzehn Monate des Glücks vorenthalten hatte. Zuweilen fuhr er zusammen, er fühlte die Tränen, die sie in sein Haar geweint hatte, er litt mit an ihrem Schmerz und wähnte die Seufzer dieses Weibes zu vernehmen, das er noch vor wenigen Tagen so heiß ersehnt hatte.
Als er das Tor des Vaterhauses öffnete, das in tiefem Schweigen lag, sah er durch das Fenster seine Mutter, die bei dem Schein der so kindlich-einfach gebauten Lampe stickte und auf ihn wartete. Tränen feuchteten ihm bei diesem Anblick die Augen.
„Was ist dir denn geschehen?" fragte Fanny, deren Antlitz von furchtbarer Unruhe sprach.

Statt aller Antwort schloß Calyste seine Mutter in die Arme und küßte sie auf Wangen, Stirn und Haar. Es war einer jener leidenschaftlichen Herzensergüsse, die alle Mütter hinreißen und sie mit den zarten Flammen eines Lebens, das sie selbst einst schenkten, ganz durchdringen.

„Dich nur liebe ich," versetzte Calyste errötend und fast verschämt, „dich, Mutter, die nur für mich lebt und die ich glücklich machen möchte!"

„In welch ungewöhnlicher Stimmung du bist!" meinte die Baronin, während sie ihren Sohn aufmerksam betrachtete. „Was ist dir widerfahren?"

„Camille liebt mich, und ich liebe sie nicht mehr", antwortete er. Sie zog ihn an sich, küßte ihn auf die Stirn, und er vernahm im tiefen Schweigen dieses alten, dunklen, mit Gobelins geschmückten Saales den schnellen Schlag des Mutterherzens. Die Irländerin ahnte die Wahrheit und war eifersüchtig auf Camille. Sie hatte, während sie jede Nacht auf den Sohn wartete, über die Leidenschaft jener Frau nachgegrübelt. Geleitet von dem Licht beharrlicher Überlegung war sie in Félicités Herz gedrungen und glaubte, in der jungen Dame ein Gefühl der Mütterlichkeit zu erkennen, das sie sich nicht erklären konnte. Calystens Bericht erschreckte diese kindlich-einfache Mutter.

„Gut denn," sagte sie nach einer Weile, „so liebe die Marquise! Sie wird mir keinen Kummer bereiten."

Béatrix war nicht frei, sie störte keinen der Pläne, die für das Glück ihres Sohnes geschmiedet wurden. Fanny glaubte dies wenigstens. Sie sah in Béatrix eine Art Schwiegertochter, die sie lieben konnte, nicht aber eine zweite Mutter, die sie bekämpfen mußte.

„Aber Béatrix wird mich nicht lieben!" rief Calyste.

„Vielleicht doch!" antwortete die Baronin mit feinem Lächeln.

„Sagtest du mir nicht, daß sie morgen allein sein werde?"

„Ja, Mutter!"

„Nun, mein Kind," fügte sie errötend hinzu, „die Eifersucht schlummert auf dem Grunde eines jeden Menschenherzens. Ich wußte nicht, daß ich sie eines Tages auch in meinem Herzen finden würde, denn ich konnte nicht glauben, daß man mir die Liebe meines Calyste jemals streitig machen könnte!" Sie seufzte. „Ich glaubte, daß die Ehe für dich dasselbe sein würde, was sie für mich gewesen ist. Wieviel Licht trugst du seit zwei Monaten in meine Seele! Wie wunderbar spiegelt sich darin deine so natürliche Liebe, armer Engel! – Gib dir den Anschein, immer noch Fräulein des Touches zu lieben! Die Marquise wird eifersüchtig werden, und dann ist sie dein!"

„Oh, du gute Mutter!" rief Calyste, indem er seine Mutter umschlang und auf den Hals küßte, „das hätte mir Camille nicht gesagt!"

„Du machst mich noch ganz schlecht, du böses Kind!" erwiderte sie, beglückt über das hoffnungsstrahlende Antlitz ihres Sohnes, der fröhlich die Treppe des Türmchens erstieg. –

Am nächsten Morgen befahl er Gasselin, sich auf dem Wege von Guérande nach Saint-Nazaire auf die Lauer zu stellen und, wenn der Wagen von Fräulein des Touches vorbeifahre, die darin sitzenden Personen zu zählen.

Gasselin kam zurück, als die Familie gerade zum Frühstück versammelt war.

„Was ist denn los?“ fragte Fräulein Zéphirine, „Gasselin rennt, als stände ganz Guérande in Flammen.“

„Er wird eine Ratte gefangen haben“, meinte Mariotte, während sie Kaffee, Milch und geröstete Brotschnitten auftrug.

„Er kommt aus der Stadt und nicht aus dem Garten“, widersprach die Blinde.

„Die Ratte hat doch ihr Loch hinter der Mauer, nach dem Platz zu!“ erklärte Mariotte.

„Herr Junker,“ begann Gasselin, „es waren fünf – vier innen und der Kutscher.“

„Zwei Damen im Fond?“ fragte Calyste.

„Und zwei Herren vorne“, gab der Knecht zur Antwort.

„Sattle das Pferd meines Vaters und reite ihnen nach. Du mußt in Saint-Nazaire ankommen, wenn das Schiff nach Paimbœuf abgeht! Fahren die beiden Herren mit, so reite mit verhängten Zügeln hierher, es mir zu melden!“

Gasselin ging fort.

„Lieber Neffe, du hast den Teufel im Leibe!“ bemerkte die alte Zéphirine.

„Laß ihm doch sein Vergnügen, Schwester!“ versetzte der Baron. „Er war traurig wie eine Eule, nun ist er wieder lustig wie ein Fink!“

„Hast du ihm vielleicht erzählt, daß unsere liebe Charlotte angekommen ist?“ fragte Zéphirine zu ihrer Schwägerin gewendet.

„Nein“, antwortete Fanny.

„Ich dachte, er wolle ihr entgegengehen“, bemerkte die alte Jungfer boshaft.

„Wenn Charlotte drei Monate bei ihrer Tante bleibt, hat er Zeit genug, sie zu sehen“, meinte die Baronin.

„Aber, liebe Schwägerin, was ist denn seit gestern vorgefallen? Du warst doch so glücklich, daß Fräulein de Pen-Hoël heute morgen ihre Nichte abholt!“

„Jacqueline will mich mit Charlotten verheiraten, um mich dem Verderben zu entreißen, liebe Tante“, sagte Calyste lachend und warf seiner Mutter einen verständnisvollen Blick zu. „Ich war gerade auf der Promenade, als sie mit Herrn du Halga darüber sprach. Sie bedachte wohl nicht, daß es für mich weitaus verderblicher wäre, wenn ich in meinem Alter schon heiratete.“

„Es steht in den Sternen geschrieben,“ unterbrach ihn Zéphirine mit erhobener Stimme, „daß ich in Kummer und Unglück sterben soll. So gerne hätte ich gesehen, daß unsere Familie fortlebt und wenigstens einige unserer Güter zurückkauft! Damit ist es nun nichts! Kannst du, mein schöner Neffe, solchen Pflichten etwas entgegenstellen?“

„Aber hindert ihn denn Fräulein des Touches, sich zu verheiraten, wenn es so weit ist?“ versetzte der Baron. „Ich muß sie aufsuchen.“

„Ich kann dir versichern, Vater, daß Félicité für meine Verheiratung niemals ein Hindernis bilden wird.“

„Nun kenne ich mich gar nicht mehr aus!“ erklärte die Blinde, die von der jäh erwachten Leidenschaft ihres Neffen für die Marquise nichts wußte.

Die Mutter hütete getreulich ihres Sohnes Geheimnis; in derlei Angelegenheiten schweigen die

Frauen ganz instinktiv. Die alte Jungfer verfiel in tiefes Sinnen. Sie lauschte mit allen Kräften, belauerte Stimmen und Geräusche, um das Geheimnis zu durchschauen, das man ihr vorenthielt.
Gasselin kam bald zurück. Er berichtete seinem jungen Herrn, daß er gar nicht bis nach Saint-Nazaire zu gehen brauchte, sondern schon in der Stadt erfahren habe, daß Fräulein des Touches und deren Freundin allein zurückgefahren seien. Der Fuhrmann Bernus, der das Gepäck der beiden Herren besorgte, hatte es ihm erzählt.
„Sie fahren allein zurück!" rief Calyste. „Sattle mein Pferd!"
Nach dem Ton dieser Worte glaubte Gasselin, daß es sich um etwas Ernstes handeln müsse. Er sattelte beide Pferde, lud die Pistolen, ohne jemandem etwas zu sagen, und kleidete sich an, um Calyste zu folgen. Dieser war von der Abreise Vignons und Contis so befriedigt, daß er an die peinliche Begegnung, die ihm in Saint-Nazaire bevorstehen konnte, gar nicht dachte. Er dachte nur an das Vergnügen, die Marquise zu begleiten. Zärtlich drückte er die Hände seines greisen Vaters, küßte seine Mutter und umarmte die alte Tante.
„Am Ende ist er mir auch lieber so, als wenn er traurig ist", bemerkte Zéphirine lächelnd.
„Wohin, Herr Junker?" fragte ihn der Baron.
„Nach Saint-Nazaire!"
„Ei, ei! Und wann ist Hochzeit?" scherzte der Baron in der Annahme, daß sein Sohn darauf brenne, Charlotte de Kergarouët wiederzusehen. „Ich sehne mich danach, Großvater zu werden, es ist an der Zeit!"
Als Gasselin seine Absicht, Calyste zu begleiten,

ziemlich unverhohlen zu erkennen gab, überlegte der Junker, daß er dann mit Béatrix in Félicités Wagen zurückkehren und Gasselin sein Reitpferd übergeben könne. Er klopfte ihm freundlich auf die Schulter und sagte:

„Du bist ganz schlau, mein Junge!"

„Das will ich meinen!" versetzte Gasselin.

„Schone die Pferde, Kind!" rief der Baron, der mit Fanny auf die Terrasse gekommen war, „sie haben zwölf Meilen zu machen!"

Calyste wechselte mit seiner Mutter einen zärtlichen Blick und ritt davon.

„Du mein teurer Schatz!" flüsterte die Baronin, als sie sah, wie er sich unter dem Bogen des Eingangstores bücken mußte.

„Gott schütze ihn!" sprach der Baron, „denn ein zweites Mal brächten wir ihn nicht zustande."

Diese ganz im schlüpfrigen Ton der Landedelleute gesprochenen Worte ließen die Baronin erschauern. –

„Meinem Neffen liegt nicht soviel an Charlotten, daß er ihr entgegenginge", meinte die alte Jungfer, während Mariotte den Tisch abdeckte.

„In Les Touches ist eine vornehme Dame angekommen, eine Marquise," erzählte die Köchin, „und der läuft er nach! Das paßt ja zu seinem Alter!"

„Sie werden ihn uns noch töten!" rief Zéphirine angstvoll.

„So etwas tötet ihn nicht – im Gegenteil!" antwortete Mariotte, die sich über Calystens Glück unsäglich zu freuen schien.

Der Junker ritt, als gelte es, die Pferde zu Tode zu hetzen. Erst als ihn Gasselin fragte, ob er noch vor der Abfahrt des Schiffes ankommen wolle, was durchaus nicht in seiner Absicht lag, da ihn Conti und Vignon nicht sehen sollten, verlangsamte er den Schritt seines Pferdes und fing an, auf den sandigen Strecken des Weges die von der Kalesche gezogenen Radspuren wohlgefällig zu betrachten. ‚Hier ist sie gefahren, hier muß sie wiederkommen, über diese Büsche und Bäume schweifte ihr Blick!' – dieser einzige Gedanke erfüllte ihn mit ausgelassener Fröhlichkeit.

„Ein entzückender Weg!" sagte er zu Gasselin.

„Ach, junger Herr, die Bretagne ist das schönste Land der Welt!" antwortete der Knecht. „Gibt es denn anderswo Blumen in den Hecken und frische Wege, die sich so hinschlängeln?"

„Nirgends, Gasselin!"

„Da kommt der Wagen von Bernus!"

„Fräulein de Pen-Hoël wird mit ihrer Nichte darin sitzen – wir wollen uns verbergen."

„Hier? Wo denn, junger Herr? Wir sind in den Dünen!"

Der Wagen, der einen ziemlich sandigen Hügel oberhalb von Saint-Nazaire heranstieg, erschien vor den Augen der Reiter in der ganzen Einfalt seiner bretonischen Bauart. Zu Calystens größtem Erstaunen war er vollbesetzt.

„Wir mußten Fräulein de Pen-Hoël, ihre Schwester und ihre Tochter zurücklassen. Sie ärgerten sich sehr darüber, aber das Zollamt hatte alle Plätze belegt", erklärte der Fuhrmann.

„Ich bin verloren!" rief Calyste.

Der Wagen war in der Tat von Beamten besetzt, die ohne Zweifel ihre in den Salzteichen beschäftigten Kameraden ablösen sollten. Als Calyste auf dem kleinen Platze ankam, der die Kirche von Saint-Nazaire umgibt und von wo aus man Paimbœuf und die majestätische, mit der Brandung des Meeres ringende Loiremündung überblickt, traf er Camille und die Marquise, die den beiden Reisenden auf dem fortziehenden Dampfer mit ihren Taschentüchern ein letztes Lebewohl zuwinkten. Béatrix sah entzückend aus: Ihr Antlitz verschönte der Widerschein eines mit hochroten Bändern gebundenen und mit Mohnblumen geschmückten Strohhutes. Sie trug ein duftiges Musselinkleid, aus dem winzige Füße und grüne Gamaschen hervorkamen, stützte sich auf den gebrechlichen Sonnenschirm und ließ ihre mit Handschuhen vornehm bekleidete Hand sehen. Nichts erscheint dem Auge großartiger als eine Frau auf einem Felsgipfel. Steht sie nicht wie eine Statue auf dem Piedestal? Conti konnte von weitem noch sehen, wie Calyste auf Camille zutrat.

„Ich dachte, Sie kämen allein zurück", sagte ihr der Jüngling.

„Es war sehr richtig, was Sie taten", antwortete sie mit einem Händedruck.

Béatrix wandte sich um und warf ihrem jungen Verehrer den hoheitsvollsten Blick zu, über den sie verfügte. Ein Lächeln, das sie von Félicités beredten Lippen auffing, machte ihr die Gewöhnlichkeit dieses Mittels begreiflich, das kaum einer Bürgersfrau würdig gewesen wäre.

„Ist die Annahme, daß ich Camille unterwegs langweilen könnte, nicht ein wenig kühn?" sagte sie Calyste lächelnd.

„Meine Liebe, ein Mann für zwei Witwen ist nicht zuviel!" gab Fräulein des Touches zur Antwort.

Sie nahm Calystens Arm und überließ es ihrer Freundin, dem Dampfer allein nachzusehen.
Da hörte Calyste plötzlich auf der Straße, die nach dem sogenannten Hafen von Saint-Nazaire abfiel, die Stimmen von Fräulein de Pen-Hoël, Charlotte und Gasselin, die alle drei durcheinander schwatzten wie Elstern. Die alte Jungfer fragte Gasselin aus und wollte durchaus wissen, warum er mit seinem Herrn nach Saint-Nazaire gekommen war. Félicités Wagen erregte öffentliches Ärgernis. Bevor sich der Junker zurückziehen konnte, hatte ihn Charlotte gesehen.
„Da ist ja Calyste!" rief die kleine Bretonin erfreut.
„Gehen Sie hin und tragen Sie ihr meinen Wagen an!" flüsterte ihm Fräulein des Touches zu, da sie wußte, daß die drei Damen keinen Platz bekommen hatten; „ihre Zofe kann sich neben den Kutscher setzen."
Calyste konnte es nicht lassen, Camille immer noch zu gehorchen. Er ging davon, um sich seiner Botschaft zu entledigen. Die Vicomtesse de Kergarouët war überglücklich, als sie erfuhr, daß sie mit der Marquise de Rochefide und der berühmten Camille Maupin zusammen fahren sollte. Sie konnte den Widerstand ihrer älteren Schwester nicht begreifen, die den Wagen Félicités, den sie als „Teufelskarren" bezeichnete, durchaus nicht benützen wollte.
In Nantes lebte man unter einem zivilisierteren Himmelsstrich als in Guérande. Man bewunderte dort Camille Maupin, sie galt als die Muse der Bretagne, als Stolz ihrer Heimat, und reizte ebensosehr Neugier wie Eifersucht. Die Absolution, die

ihr in Paris Mode und Welt erteilt hatten, erhielt durch ihr Vermögen, vielleicht auch durch ihre früheren Erfolge in Nantes, das sich schmeichelte, die Wiege Camille Maupins gewesen zu sein, erst hier ihre richtige Weihe. Daher zog die Vicomtesse ihre Schwester, rasend vor Neugier, mit sich fort, ohne ihren Jeremiaden weiter Gehör zu schenken.

„Guten Tag, Calyste!“ begrüßte ihn die kleine Kergarouët.

„Guten Tag, Charlotte!“ antwortete er, ohne ihr den Arm zu bieten.

Beide schienen aufs höchste betroffen – sie von soviel Kälte, er von seiner Grausamkeit. Sie stiegen den engen Hohlweg hinan, den man in Saint-Nazaire eine Straße nennt, und folgten schweigend den beiden Schwestern. Mit einem Schlage sah die Sechzehnjährige das Luftschloß zusammenstürzen, das ihre romantischen Hoffnungen so herrlich erbaut und eingerichtet hatten. In ihrer Kindheit hatte sie mit Calysten so oft gespielt, sie war ihm so innig verbunden, daß sie ihre Zukunft für unangreifbar hielt. Von betäubendem Glücksgefühl hingerissen, flog sie zu ihm, wie ein Vogel auf das Kornfeld herabschießt, und wurde nun plötzlich mitten im Fluge angehalten, ohne des Hindernisses gewahr werden zu können.

„Was hast du, Calyste?“ fragte sie und faßte nach seiner Hand.

„Nichts“, antwortete der Jüngling, der seine Hand in Erinnerung an die Pläne seiner Tante und des Fräuleins de Pen-Hoël mit grausamer Hast zurückzog.

Tränen feuchteten Charlottens Augen. Ohne Haß

betrachtete sie den schönen Calyste. Allein bei dem Anblick der beiden schönen Pariserinnen, in denen sie die Ursache seiner Kälte vermutete, fühlte sie die ersten Regungen der Eifersucht, den schrecklichen Zorn der Rivalität.

Charlotte de Kergarouët war von gewöhnlichem Wuchs. Sie hatte die übliche Frische, ein kleines, rundes, von zwei dunklen, klugen Augen belebtes Gesicht, üppiges, braunes Haar, einen flachen Rücken, rundliche Hüften, magere Arme und die kurze, bestimmte Sprechweise junger Mädchen aus der Provinz, die nicht den Anschein erwecken wollen, als seien sie dumme Gänschen. Sie war, wegen der Vorliebe, die ihre Tante für sie hegte, das Schoßkind der Familie. In diesem Augenblick hielt sie den großkarierten, mit grüner Seide gefütterten, schottischen Wollmantel im Arm, den sie auf dem Dampfer getragen hatte. Ihr Reisekleid aus recht gewöhnlichem Stoff, das Leibchen mit dem keuschen Nonnenschleier und der plissierten Halskrause erschien ihr angesichts der duftigen Toiletten der beiden Pariserinnen mit einem Male abscheulich. Es schmerzte sie, daß ihre weißen Strümpfe bei dem Sprung in die Barke und durch das Felsgestein beschmutzt worden waren, und daß sie häßliche Lederstiefel trug, die sie mit Vorbedacht gewählt hatte, damit sie, nach Brauch und Gewohnheit des Kleinstädters, auf der Reise nichts Schönes verderbe.

Die Vicomtesse de Kergarouët war der Typus der Provinzlerin. Groß, dürr, verwelkt, war sie innerlich anspruchsvoll und anmaßend, obgleich dies nur zutage trat, wenn sie sich angegriffen fühlte. Sie sprach sehr viel und erhaschte dabei mitunter einen Gedanken – wie einer auf dem Billard ein Karambol zustande bringt –, was ihr den Ruf einbrachte, geistreich zu sein. Sie versuchte die Pariser durch die vorgebliche Gutmütigkeit kleinstädtischer Weisheit und durch ein falsches, aufdringlich betontes Glück zu demütigen, erniedrigte sich, um erhoben zu werden, und war wütend, daß man sie knien ließ; sie angelte nach Komplimenten und nahm sie dennoch nicht immer an. In ihrer Toilette zeigte sie Übertriebenheit und Mangel an Sorgfalt zugleich. Freundliche Zurückhaltung hielt sie für Unverschämtheit und glaubte, viele dadurch in Verlegenheit zu setzen, daß sie ihnen keinerlei Beachtung schenkte. Sie lehnte ab, was sie begehrte, um es sich zweimal anbieten zu lassen und dadurch den Anschein zu erwecken, hartnäckig darum gebeten worden zu sein. Stets nur mit dem beschäftigt, wovon man nicht mehr sprach, war sie aufs höchste erstaunt, daß sie der Mode nachhinkte. Endlich konnte sie sich kaum eine Stunde lang enthalten, ihr Nantes ins Treffen zu führen. Sie redete über die vornehmen Kreise von Nantes, über die Geschäfte von Nantes, über die Salonlöwen von Nantes, sie beklagte sich über Nantes, sie schimpfte auf Nantes und hielt die Phrasen jener, die ihr aus Liebenswürdigkeit oder Zerstreutheit beipflichteten, für Anzüglichkeiten. Ihre Sprache, ihre Manieren und Ideen hatten auf ihre vier Töchter mehr oder minder abgefärbt. In der Bekanntschaft mit der Marquise de Rochefide und Camille Maupin lag für sie eine Zukunft, ein Gesprächsstoff für wenigstens hundert Unterhaltungen – daher schritt sie auf die Kirche zu, als wollte sie den Platz im Sturme nehmen, und winkte mit dem Taschentuch, das sie nach Möglichkeit entfaltete, um die gestickten, mit feinen Spitzen verzierten Ecken zu zeigen. Sie hatte einen leidlich ungezwungenen, vielleicht allzu freien Gang, was indes bei ihren siebenundvierzig Jahren ziemlich unwichtig war.

„Baron du Guénic", sagte sie zu Camille und Béatrix gewendet und auf den Junker deutend, der mit verdrießlicher Miene an Charlottens Seite herankam, „machte uns Mitteilung von Ihrem liebenswürdigen Vorschlage. Aber meine Schwester, meine Tochter und ich fürchten, Ihnen lästig zu fallen."

„Was mich betrifft, so werde ich den Damen nicht lästig fallen," bemerkte die alte Jungfer spitzig; „denn ich finde in Saint-Nazaire wohl noch ein Pferd, das mich heimbringt."

Camille und Béatrix wechselten heimlich einen Blick. Doch Calyste fing ihn auf, und dieser Blick genügte, alle seine Kindheitserinnerungen auszulöschen und die zwischen den Familien Kergarouët und Pen-Hoël beschlossenen Zukunftspläne für immer zu zerstören.

„Wir können sehr gut zu fünft im Wagen unterkommen", antwortete Fräulein des Touches, der Jacqueline den Rücken drehte. „Und sollten wir wirklich sehr behindert sein, was mir bei Ihrer Schlankheit ausgeschlossen erscheint, so wird mich das Vergnügen, Calystens Freunden einen Dienst zu erweisen, reichlich entschädigen. Auch Ihre Zofe wird Platz finden, und das Gepäck, wenn Sie welches haben, kann hinten an der Kalesche befestigt werden, denn ich habe meinen Diener nicht mitgenommen."

Die Vicomtesse zerschmolz in Dankesworten und

schalt ihre Schwester Jacqueline, weil sie auf Charlottens Besuch so sehr gedrängt und ihr nicht erlaubt habe, zu Wagen auf dem Landwege zu kommen. Es wäre wohl richtig, daß die Reise mit der Post nicht nur länger, sondern auch kostspieliger sei. Sie müßte sogleich wieder nach Nantes zurück, wo die drei andern Kätzchen, die zu Hause geblieben seien, mit Ungeduld auf sie warteten, fügte sie hinzu, während sie den Hals ihrer Tochter liebkoste. Charlotte blickte ihre Mutter mit einer Opfermiene an, die vermuten ließ, daß die Vicomtesse ihre vier Töchter – wie Korporal Trim seine Mütze in „Tristam Shandy“ – zum ständigen Spieleinsatz zu machen pflegte und sie dadurch reichlich langweilte.
„Sie sind eine glückliche Mutter!“ versetzte Camille, „und Sie sollten ...“ Sie hielt inne. Es fiel ihr ein, daß die Marquise, als sie Conti folgte, auf ihren Sohn hatte verzichten müssen.
„Oh,“ meinte die Vicomtesse, „wenn ich das Unglück habe, mein Leben auf dem Lande und in Nantes verbringen zu müssen, so habe ich doch auch den Trost, von meinen Kindern vergöttert zu werden. – Haben Sie Kinder?“ fragte sie Félicité.
„Ich bin Fräulein des Touches,“ antwortete sie, „meine Freundin, Marquise de Rochefide ...“
„Dann sind Sie zu beklagen, da Sie das große Glück nicht kennen, das uns einfachen Frauen beschieden ist, nicht wahr?“ sagte die Vicomtesse, zu Béatrix gewendet, um ihren Fehler gutzumachen. „Aber Sie haben soviel andere Entschädigung dafür!“
Der Marquise stieg eine heiße Träne ins Auge. Sie

wandte sich unvermittelt ab und ging an das derbe Geländer des Felsens. Calyste folgte ihr alsbald nach.
„Wissen Sie denn nicht,“ flüsterte Félicité der Vicomtesse ins Ohr, „daß die Marquise von ihrem Gatten geschieden ist? daß sie ihren Sohn seit zwei Jahren nicht gesehen hat und nicht weiß, wann sie ihn jemals wiedersehen wird?“
„So?“ entgegnete die Vicomtesse, „die arme Frau! ... Gerichtlich?“
„Nein, freiwillig!“
„Nun, das kann ich verstehen!“ erwiderte sie kühn.
Die alte Jacqueline, die zu ihrer Verzweiflung im feindlichen Lager weilte, hatte sich mit ihrer lieben Charlotte einige Schritte abseits verschanzt. Calyste vergewisserte sich, ob er mit der Marquise gesehen werden könne, dann ergriff er ihre Hand und küßte sie mit Leidenschaft. Béatrix wandte sich um, die Augen verzehrt von Zorn. Sie war im Begriffe, etwas Furchtbares zu sagen. Da aber sah sie das schöne Antlitz dieses schmerzbedrückten Engels gleichfalls in Tränen und schwieg.
„Mein Gott, Calyste,“ flüsterte ihm Camille ins Ohr, als er mit Béatrix zu den andern zurückkam, „das soll Ihre Schwiegermutter werden, und dieses Gänschen Ihre Frau?“
„Weil ihre Tante reich ist“, spottete Calyste.
Vereint machte man sich auf den Weg, und die Vicomtesse hielt sich verpflichtet, über die Wildnis von Saint-Nazaire zu spötteln.
„Ich liebe die Bretagne, Vicomtesse,“ versetzte Camille ernst, „ich bin in Guérande geboren.“
Trotz den schrecklichen Aufklärungen, die der

Junker durch den Auftritt in der vergangenen Nacht erlangt hatte, konnte er nicht anders, er mußte Fräulein des Touches bewundern. Der Klang ihrer Stimme, ihr ruhiger Blick, die Gelassenheit ihrer Manieren entzückten ihn. Dennoch schien sie ein wenig müde zu sein. Ihre Züge ließen erkennen, daß sie eine schlaflose Nacht hinter sich hatte; sie waren wie aufgeschwemmt, aber die Stirn bezähmte den inneren Sturm durch eine erschütternde Ruhe.

„Zwei Königinnen!" meinte Calyste, auf Béatrix und Félicité deutend, wobei er Charlotte, zu Jacquelinens höchster Befriedigung, den Arm reichte.

„Deine Mutter hat mitunter Einfälle!" entrüstete sich die alte Jungfer und bot Charlotten ebenfalls ihren dürren Arm; „sich der Gesellschaft dieser verworfenen Person anzuschließen!"

„Oh, Tante, sie ist der Stolz der Bretagne!"

„Die Schande! Willst du ihr nicht auch schöntun?"

„Fräulein Charlotte hat recht," warf Calyste ein, „Sie sind ungerecht!"

„Ach, Sie ...!" entgegnete Jacqueline, „Sie sind ja auch von ihr bezaubert!"

„Ich bringe ihr dieselbe Freundschaft entgegen wie Ihnen."

„Seit wann lügen die du Guénic?" fragte die alte Jungfer.

„Seitdem die Pen-Hoël taub sind", gab Calyste zur Antwort.

„Du bist also nicht verliebt in sie?" rief sie entzückt.

„Ich war es," erwiderte er, „aber ich bin es nicht mehr!"

„Du böses Kind, warum hast du uns soviel Kummer bereitet? Ich wußte ja, daß die Liebe eine Torheit ist. Das einzig Gediegene ist die Ehe!" erklärte sie mit einem Seitenblick auf ihre Nichte. Charlotte war wieder etwas ruhiger. Sie hoffte, ihre Stellung zurückzuerobern, wenn sie sich auf die zahllosen Kindheitserinnerungen stützte, und sie drückte Calystens Arm. Der aber nahm sich vor, der jungen Erbin seine Pläne klar auseinanderzusetzen.

„Ah, wie freue ich mich auf unsere hübschen ‚Mouche'partien, Calyste," sagte sie, „und wie werden wir lachen!" –

Die Pferde waren angespannt. Camille ließ die Vicomtesse und Charlotte im Fond des Wagens Platz nehmen, denn Jacqueline war plötzlich verschwunden. Dann setzte sie sich mit der Marquise auf den Rücksitz. Calyste mußte auf das Vergnügen, das er sich versprochen hatte, nun doch verzichten und begleitete den Wagen zu Pferde. Die ermüdeten Wagenpferde trabten so langsam, daß er Béatrix gemächlich betrachten konnte.

Die Gespräche der vier Personen, die der Zufall so eigenartig zusammengefügt hatte, erfuhren in der Phantasie der Vicomtesse de Kergarouët eine seltsame Wandlung. Denn es ist unmöglich, die hundert und etlichen Versionen für wahr zu halten, die in Nantes über die Erzählungen, Entgegnungen und Aussprüche Camille Maupins umlaufen und die, wie die Vicomtesse beteuerte, angeblich aus dem Munde der berühmten Schriftstellerin stammen sollten. Charlottens Mutter hütete sich gar sehr, die Antworten, die ihr Camille Maupin auf all ihre Fragen gab, zu wiederholen, ja auch nur zu verstehen. Es waren dieselben abgeschmackten, dieselben albernen Fragen, die an Schriftsteller so häufig gerichtet werden und ihnen ihr Schaffen so grausam verleiden.

„Wie machen Sie eigentlich Ihre Bücher?" fragte die Vicomtesse.

„Mein Gott," antwortete Camille, „wie Sie Ihre Stickereien und weiblichen Handarbeiten machen."

„Und woher nehmen Sie Ihre tiefen Beobachtungen und hinreißenden Bilder?"

„Wo Sie Ihre geistreichen Bemerkungen hernehmen, Vicomtesse. Es gibt nichts, was leichter ist, als zu schreiben – und wenn Sie nur wollten . . ."

„Ach so! Auf das Wollen allein kommt es an? Das hätte ich nicht gedacht! Welches Ihrer Werke ist Ihnen das liebste?"

„Es ist recht schwer, für eins von seinen Kätzchen eine Vorliebe zu empfinden."

„Sie sind gegen Komplimente abgestumpft, und man weiß nicht, was man Ihnen neues sagen soll."

„Seien Sie überzeugt, Vicomtesse, daß ich für die Form der Ihrigen überaus empfänglich bin."

Die Vicomtesse wollte nicht den Anschein erwecken, als vernachlässige sie die Marquise, und so sagte sie ihr:

„Ich werde diese Fahrt nie vergessen, die ich zwischen Geist und Schönheit verbringen durfte."

„Sie schmeicheln mir, Vicomtesse," entgegnete die Marquise lächelnd, „es ist nicht einfach, einen Geist zu bemerken, wenn dicht daneben ein Genie strahlt, und ich habe noch nichts von Bedeutung gesagt."

Charlotte spürte deutlich, wie lächerlich sich ihre Mutter machte. Sie warf ihr einen Blick zu, der sie veranlassen sollte, zu schweigen, doch die Vicomtesse kämpfte gegen die beiden spottlustigen Pariserinnen tapfer weiter. Der Jüngling, der gemächlich neben der Kalesche einhertrabte, konnte nur die beiden Damen sehen, die auf dem Rücksitz saßen. Sein Blick, der sie abwechselnd umfaßte, verriet recht schmerzliche Gedanken. Béatrix vermied es ängstlich, diesem Blick zu begegnen, und brachte dadurch Calyste fast zur Verzweiflung. Sie hielt ihren Schal gekreuzt unter ihren verschränkten Armen und schien in tiefe Nachdenklichkeit versunken. Es kam die Stelle, wo die Straße schattig, feucht und grün war wie ein köstlicher Waldweg. Kaum hörte man das Rollen des Wagens, leise strich das Laub über das Verdeck hin, und der Wind führte balsamische Düfte heran. Camille stützte die Hand auf das Knie ihrer Freundin, deutete auf diesen stimmungsvollen Erdenfleck und sagte dann mit einem Blick auf Calyste:

„Wie gut er zu Pferde sitzt!“

„Calyste?“ meinte die Vicomtesse, „er ist ein entzückender Reiter!“

„Oh, Calyste ist sehr nett“, bemerkte Charlotte.

„Es gibt eine Menge Engländer, die ihm gleichen...“, fuhr die Vicomtesse gleichgültig fort, ohne den Satz zu beenden.

„Seine Mutter ist Irländerin – eine O'Brien“, versetzte Charlotte, die sich persönlich angegriffen wähnte. –

Als der Wagen mit den vier Damen in Guérande einfuhr, erregte er das größte Erstaunen. Die ganze Stadt schien wie aus den Wolken gefallen. Félicité und Béatrix setzten die Vicomtesse und ihre Tochter am Eingang des engen Gäßchens ab, wo das Haus du Guénic stand, und es fehlte nicht viel, daß sich ein Menschenauflauf gebildet hätte. Calyste hatte schon vorher seinem Pferde die Sporen gegeben, um Mutter und Tante von der Ankunft der zu Tisch erwarteten Gäste zu unterrichten. Aus Höflichkeit war das Diner auf vier Uhr hinausgeschoben worden. Dann kam der Junker zurück, um den beiden Damen den Arm zu reichen. Er küßte Félicité die Hand, in der Hoffnung, sich von der Marquise auf gleiche Weise verabschieden zu dürfen. Allein Béatrix hielt die Arme fest verschränkt, obwohl er ihr die flehentlichsten Blicke zuwarf.

„Närrchen du!" flüsterte ihm Camille zu, während sie sein Ohr mit einem freundschaftlichen Kusse streifte.

‚Das stimmt!' dachte Calyste, als der Wagen wendete, ‚ich vergesse die Ratschläge meiner Mutter! Aber ich werde sie immer wieder vergessen.' – Fräulein de Pen-Hoël, die inzwischen unerschrokken auf einem Mietgaule eingetroffen war, die Vicomtesse de Kergarouët und Charlotte fanden den Tisch des Hauses du Guénic schon gedeckt und wurden, wenn auch nicht verschwenderisch, so doch herzlich bewirtet. Zéphirine hatte aus den Tiefen des Kellers die besten Weine hervorholen lassen, und Mariotte übertraf sich selbst in der Auswahl und Zubereitung ihrer bretonischen Gerichte. Die Vicomtesse war über ihre Fahrt mit der berühmten Camille über alle Maßen entzückt und versuchte, die moderne Literatur und den Rang, den Camille

Maupin darin einnahm, ausführlich zu erklären. Allein, es ging ihr mit der Literatur wie mit dem Whist: Weder die du Guénic, noch Abbé Grimont und Chevalier du Halga, die erst zum Dessert erschienen, verstanden auch nur das geringste davon. Kaum hatte Mariotte, von Gasselin und der Zofe der Vicomtesse unterstützt, den Tisch abgedeckt, da rief man begeistert nach der „Mouche“. Freude herrschte im ganzen Hause. Alle glaubten, Calyste sei frei, und sahen ihn in Kürze mit der kleinen Charlotte vermählt. Er allein blieb schweigsam. Zum erstenmal im Leben stellte er Vergleiche an zwischen den Kergarouëts und den beiden eleganten, geistreichen, geschmackvollen Frauen, die sich, nach dem ersten Blick zu schließen, den sie gewechselt hatten, in diesem Augenblick über die beiden Provinzlerinnen gewiß nicht wenig lustig machten. Fanny beobachtete die Traurigkeit ihres Sohnes, auf den Charlottens Koketterien ebensowenig Eindruck machten wie die Angriffe der Vicomtesse.

Es war klar, ihr teures Kind langweilte sich. Sein Körper war zwar hier, in diesem Saal, wo er sich einstens an den Scherzen der „Mouche“ ergötzt hatte; aber seine Seele weilte in Les Touches. ‚Wie schicke ich ihn zu Camille?‘ fragte sich die Mutter immer wieder, deren Gefühle mit denen ihres Sohnes übereinstimmten, die mit ihm liebte, sich mit ihm langweilte. Endlich erleuchtete sie diese rührende Liebe:

„Du stirbst vor Sehnsucht nach Les Touches und nach ‚ihr‘, nicht wahr?“ flüsterte sie ihm ins Ohr.

Er errötete und antwortete durch ein Lächeln, das

die herrliche Frau bis in die tiefsten Falten ihres Mutterherzens erbeben ließ.

„Im Wagen des Fuhrmanns wären Sie zu schlecht aufgehoben, Vicomtesse," begann sie, „und dabei müßten Sie sehr zeitig aufbrechen. Wäre es nicht besser, wenn Sie den Wagen von Fräulein des Touches nähmen? -- Geh nach Les Touches, Calyste, und bringe die Sache in Ordnung! Aber komme schnell wieder zurück!"

„Ich brauche keine zehn Minuten", rief Calyste, der seine Mutter auf der Terrasse, wohin sie ihm gefolgt war, überschwenglich umarmte.

Flink wie ein Reh flog er davon und erreichte das Peristyl von Les Touches gerade in dem Augenblick, als Béatrix und Félicité nach dem Diner den großen Salon verließen. Er hatte die Geistesgegenwart, Fräulein des Touches den Arm zu bieten.

„Sie haben unsertwegen die Vicomtesse und ihre Tochter verlassen," sagte sie, seinen Arm drückend, „wir vermögen den Umfang eines solchen Opfers zu ermessen!"

„Sind diese Kergarouët mit dem alten Admiral de Kergarouët verwandt, dessen Witwe nachher Charles de Vandenesse geheiratet hat?" fragte ihn die Marquise.

„Charlotte ist die Großnichte des Admirals", gab er zur Antwort.

„Sie ist ein reizendes junges Mädchen," meinte Béatrix, während sie sich in einem gotischen Lehnstuhl niederließ, „das ist das Richtige für den Baron du Guénic!"

„Diese Heirat kommt nie zustande!" entgegnete Calyste lebhaft. Die kühle, ruhige Miene der Marquise bedrückte ihn. Er ärgerte sich, daß sie so tat, als sei die kleine Bretonin das einzige Geschöpf auf Erden, das zu ihm paßte, und er blieb schweigsam und gedankenleer.

„Warum denn, Camille?" fragte Béatrix.

„Meine Liebe," erwiderte Félicité, der Calystens Verzweiflung nicht entging, „ich habe auch Conti nicht geraten, zu heiraten, und ich denke, das sei entzückend von mir gewesen. Du bist nicht großherzig!"

Béatrix betrachtete ihre Freundin mit Überraschung und einem undefinierbaren Argwohn. Als Calyste sah, daß sich Félicités Wangen mit der zarten Röte färbten, die bei ihr die heftigste Gemütserregung anzeigte, beschlich ihn eine leise Ahnung, wie sie sich aufgeopfert hatte; recht linkisch trat er auf sie zu und küßte ihr die Hand.

Camille setzte sich lässig ans Klavier wie eine Frau, die ihrer Freundin und ihres Verehrers sicher ist. Sie kehrte ihnen den Rücken zu und ließ sie fast allein. Dann improvisierte sie Variationen über irgendwelche, ganz unbewußt gewählte Themen, die von außerordentlicher Schwermut waren. Die Marquise tat, als ob sie zuhörte. In Wirklichkeit aber beobachtete sie den Junker, der in seiner Jugend und Unerfahrenheit aus der Rolle fiel, die ihm Camille zugedacht hatte, und vor seinem Idol in helle Verzückung geriet. Nach einer Stunde, während der sich Félicité einer begreiflichen Eifersucht hingab, zog sich Béatrix auf ihr Zimmer zurück. Bald darauf ging Camille mit dem Junker, um nicht belauscht zu werden, in ihr Arbeitszimmer; denn die Frauen wissen instinktiv, wem sie mißtrauen sollen.

„Mein Kind," begann sie, „geben Sie sich den Anschein, als ob Sie mich liebten, oder Sie sind verloren. Sie sind ein Kind und haben keine Ahnung, wie Frauen sind. Sie können nur lieben. Aber lieben und sich lieben lassen sind zwei recht verschiedene Dinge. Sie werden entsetzlich zu leiden haben, und ich möchte Sie doch so gerne glücklich sehen! Wenn Sie nicht ihren Stolz, sondern ihren Eigensinn reizen, ist sie imstande, in Contis Nähe, in die Umgebung von Paris zu entfliehen. Und was wird dann aus Ihnen?"

„Ich werde sie lieben", antwortete er.

„Sie werden sie nicht wiedersehen!"

„O doch!"

„Wie denn?"

„Ich reise ihr nach."

„Aber, Kind, du bist arm wie Hiob!"

„Mein Vater, Gasselin und ich waren mit hundertfünfzig Franken drei Monate lang in der Vendée und sind Tag und Nacht marschiert."

„Calyste, hören Sie mich an! Ich sehe, daß Sie zu offenherzig sind, um heucheln zu können. Ich will Ihren schönen Charakter nicht verderben und nehme alles auf mich. Sie sollen von Béatrix geliebt werden!"

„Ist es möglich?" sagte er die Hände faltend.

„Ja," antwortete Camille, „aber man muß über die Pflichten obsiegen, die sie gegen sich selbst eingegangen ist. Ich will also für Sie lügen. Nur bitte ich Sie um eins: Stören Sie nicht das schwierige Werk, das ich vorhabe! Die Marquise hat ein aristokratisches Feingefühl und ist überaus mißtrauisch. Niemals stieß ein Waidmann auf heikleres Wild! In diesem Falle muß er auf seinen Jagdhund hören, mein armer Junge! Versprechen

Sie mir blinden Gehorsam? – Ich werde Ihr Fox sein", schloß sie mit einer Anspielung auf seinen besten Jagdhund.

„Was soll ich tun?"

„Herzlich wenig", erklärte Camille. „Sie werden täglich zur Mittagsstunde hierher kommen. Wie eine ungeduldige Geliebte werde ich an dem Fenster, von dem aus man den Weg nach Guérande überblickt, auf Ihr Kommen warten. Dann werde ich in mein Zimmer flüchten, damit ich nicht gesehen werde und Ihnen nicht eine Leidenschaft zeige, die Ihnen zur Last fällt. Aber manchmal werden Sie mich sehen und mir mit dem Taschentuch zuwinken müssen. Wenn Sie über den Hof gehen und die Treppe heraufsteigen, setzen Sie eine gelangweilte Miene auf. Das wird dir nicht allzu schwer fallen, mein Kind, nicht wahr?" bemerkte sie, indem sie ihn an sich zog. „Du darfst nicht zu schnell gehen, sondern mußt auf der Treppe aus dem Fenster sehen, das nach dem Garten geht, und Béatrix suchen. Wenn sie im Garten ist – und du kannst beruhigt sein, sie wird dort spazierengehen – und wenn sie dich sieht, gehst du ganz langsam in den kleinen Salon und von dort in mein Zimmer. Wenn du siehst, daß ich als Zeuge deines Verrats am Fenster stehe, fährst du so schnell als möglich zurück, damit ich dich nicht dabei überrasche, wie du um einen Blick von Béatrix bettelst. Bist du einmal in meinem Zimmer, so wirst du mein Gefangener... Ah, wir werden bis vier Uhr dort bleiben. Sie sollen diese Zeit zum Lesen, ich werde sie zum Rauchen verwenden. Es wird Sie zwar langweilen, daß Sie Béatrix nicht sehen, aber ich will spannende Bücher für Sie heraussuchen. Sie haben noch nichts von George Sand gelesen. Noch heute nacht will ich einen meiner Diener nach Nantes schicken, damit er seine und die Werke anderer Schriftsteller, die Sie nicht kennen, dort kauft. Dann werde ich das Zimmer zuerst verlassen, und Sie kommen nicht eher in meinen kleinen Salon, als bis Sie mich mit Béatrix plaudern hören. Sehen Sie dann auf dem Klavier ein aufgeschlagenes Notenheft, dann bitten Sie mich um die Erlaubnis, bei uns zu bleiben. Ich gestatte Ihnen, recht derb mit mir zu verfahren, soweit Sie können, und alles wird gut gehen."

„Ich weiß, Camille, daß Sie die seltenste Zuneigung für mich hegen – eine Zuneigung, die es mich bedauern läßt, Béatrix jemals kennengelernt zu haben," sagte er mit entzückender Treuherzigkeit; „indes, was versprechen Sie sich von alledem?"

„Binnen acht Tagen ist Béatrix wahnsinnig in Sie verliebt."

„Allmächtiger, wäre dies möglich?" rief er aus. Er sank vor ihr in die Knie und faltete die Hände, und Félicité war glücklich und gerührt, ihm auf ihre eigenen Kosten eine Freude zu bereiten.

„Hören Sie mich wohl an!" fuhr sie in ernstem Tone fort; „wenn Sie mit der Marquise sprechen – nicht etwa in einem längeren Gespräch, sondern auch nur einige Worte wechseln, wenn Sie sich ausfragen lassen, wenn Sie der stummen Rolle zuwiderhandeln, die ich Ihnen zuweise und die sicherlich leicht zu spielen ist; geben Sie acht! dann ist sie Ihnen für immer verloren!"

„Ich verstehe nichts von dem, was Sie da sagen",

meinte Calyste mit einem Blick rührend-kindlicher Unbefangenheit.

„Verstündest du mich, dann wärst du nicht das herrliche Kind, der schöne, edle Calyste!“ antwortete sie, ergriff seine Hand und küßte sie.

Da tat er, was er niemals getan hatte: Er umschlang Félicité und küßte sie ganz sanft auf den Hals -- ohne Liebe, aber mit einer Zärtlichkeit, als küßte er seine Mutter.

„Gehen Sie, gehen Sie, mein Kind“, schluchzte sie unter einem Strom von Tränen, „und sagen Sie der Vicomtesse, daß ihr mein Wagen zur Verfügung steht.“

Calyste wollte noch bleiben, allein eine gebieterische Geste Félicités zwang ihn, zu gehorchen. Ganz vergnügt kehrte er heim, denn er war überzeugt, von der schönen Marquise binnen acht Tagen geliebt zu werden. Die „Mouche“-Spieler fanden in ihm den alten, seit zwei Monaten entschwundenen Calyste wieder. Charlotte schrieb sich das Verdienst an dieser Wandlung zu. Fräulein de Pen-Hoël war in ihren Neckereien ganz reizend zu ihm. Der Pfarrer versuchte, in Fannys Augen die Ursache ihrer Ruhe zu lesen. Chevalier du Halga rieb sich die Hände. Die beiden alten Jungfern waren lebhaft wie Eidechsen. Die Vicomtesse schuldete der sich türmenden „Mouche“ hundert Sous. Die habsüchtige Zéphirine nahm so regen Anteil an dem Spiel, daß sie nur bedauerte, die Karten nicht zu sehen. Und sie machte ihrer Schwägerin leise Vorwürfe, weil diese, in ihrer Freude über Calystens glückliche Miene, auf ihre stummen Fragen so zerstreut antwortete, daß sie nicht das geringste verstehen konnte. Die Schlacht dauerte bis elf Uhr.

Zwei Spieler ergriffen die Fahnenflucht: Der Baron und der Chevalier schliefen in ihren Lehnstühlen ein. Mariotte hatte Zwieback gebracht, und die Baronin holte ihre Teebüchse.

Das erlauchte Haus du Guénic bot seinen Gästen vor dem Abschied noch einen Imbiß, bestehend aus frischer Butter, Obst und Sahne, wozu man der Truhe die silberne Teekanne und das englische Porzellan entnahm, das die Baronin von einer ihrer Tanten zum Geschenk erhalten hatte. Diese Spuren moderner Pracht in dem altertümlichen Saale und die auserlesene Anmut Fannys, die als gute Irländerin in der richtigen Zubereitung und Darbietung des Tees aufgewachsen war, hatten etwas ungemein Reizvolles. Ausschweifender Luxus hätte niemals die einfache, bescheidene und dabei vornehme Wirkung erzielt, die dieses Gefühl fröhlicher Gastfreundschaft hervorrief.

Als nur noch die Baronin mit ihrem Sohne im Saale waren, betrachtete sie ihn mit neugieriger Miene.

„Was hast du in Les Touches erlebt?“ begann sie.

Calyste erzählte von der Hoffnung, die ihm Camille ins Herz gepflanzt hatte, und von ihren seltsamen Verhaltungsbefehlen. Zum erstenmal empfand die Baronin mit Fräulein des Touches etwas wie Mitleid.

„Die arme Frau!“ rief sie, die Hände faltend. –

Kaum war Calyste von Les Touches fortgegangen, da kam Béatrix, die ihn gehört hatte, in das Zimmer ihrer Freundin. Sie traf Félicité mit tränenfeuchten Augen in halbliegender Stellung auf dem Sofa an.

„Was ist dir, Félicité?“ begann die Marquise.

„Ich bin vierzig Jahre alt, Béatrix, und ich liebe!" antwortete Fräulein des Touches mit zornfunkelnden Augen. „Ach, wenn du wüßtest, meine Liebe, wieviel Tränen ich den verlorenen Tagen meiner Jugend nachweine! Ist es nicht schmachvoll, aus Mitleid geliebt zu werden? zu wissen, daß man sein Glück nur mühseliger Arbeit, Katzenschlichen und Fallen verdankt, die man der Tugendhaftigkeit und Unschuld eines Kindes stellt? Zum Glück findet man eine Art Absolution in der Unendlichkeit der Leidenschaft, in der Energie des Glücks, in der Gewißheit, für immer über allen Frauen zu stehen, und gräbt sein Andenken durch unauslöschliche Wonnen, durch sinnlose Hingebung auf ewig in ein junges Herz. Ja, wenn er es von mir verlangte, ich stürzte mich auf einen Wink von ihm ins Meer. In manchen Augenblicken überrasche ich mich dabei, zu wünschen, daß er dies will – es erschiene mir als ein Opfer, nicht als Selbstmord ... Ach, Béatrix, dein Kommen stellt mich vor eine harte Aufgabe. Ich weiß, daß es schwer ist, dich auszustechen. Aber du liebst Conti, du bist edel und großmütig und wirst mich nicht betrügen. Im Gegenteil, du wirst mir helfen, daß ich mir Calysten erhalte. Ich war auf den Eindruck, den du hervorrufen würdest, im voraus gefaßt, aber ich beging nicht den Fehler, eifersüchtig zu scheinen. Dies hätte das Übel nur verschlimmert. Ich habe ihn sogar auf dich vorbereitet, habe dich ihm in so leuchtenden Farben geschildert, daß du selbst neben deinem Bilde verblassen solltest. Zum Unglück bist du aber schöner geworden."

Durch diese stürmische Klage, in der sich Trug und Wahrheit vermischten, ließ sich die Marquise vollkommen täuschen. Claude Vignon hatte Conti den Grund seiner Abreise mitgeteilt. Béatrix war natürlich davon unterrichtet; sie entfaltete daher Großmut, wenn sie sich Calysten gegenüber kühl verhielt. Jetzt aber erwachte in ihrer Seele die freudige Erregung, die im tiefsten Herzen aller Frauen auflodert, sobald sie sich geliebt wissen. Die Liebe, die sie einem Manne einflößen, bringt Huldigungen mit sich, die zu ungeheuchelt, zu köstlich sind, als daß die Frauen sie nicht einschlürften. Gehört ein solcher Mann aber der Freundin, dann verursachen seine Huldigungen nicht nur Freude, sondern himmlische Wonnen.

Béatrix setzte sich neben Félicité und streichelte sie.

„Du hast nicht ein weißes Haar," begann sie, „du hast nicht das kleinste Fältchen, deine Schläfen sind noch frisch, während ich so manche Frau kenne, die mit dreißig Jahren gezwungen ist, ihre Schläfen zu verbergen. Sieh her, meine Liebe," fuhr sie fort und lüftete dabei ihre Locken, „sieh, was mich meine Reise gekostet hat!"

Die Marquise zeigte ihr das kaum merkliche Welken ihrer so zarten Haut; dann streifte sie den Ärmel zurück und zeigte ihre Handfesseln: Schon schimmerte durch das zarte, wie zerknitterte Hautgewebe das Geflecht der erweiterten Blutgefäße, und drei tiefeingeschnittene Furchen lagen wie ein Armband aus Runzeln um ihr Gelenk.

„Das sind die beiden Stellen, die bei Frauen niemals lügen," sagte sie ernst, „so sagte doch einmal ein Schriftsteller, der unserm Elend nachspürte, nicht? Man muß viel gelitten haben, um die Richtigkeit seiner grausamen Beobachtung zu erkennen.

Aber zu unserm Glück verstehen die meisten Männer nichts davon und lesen diesen schmählichen Autor nicht."

„Dein Brief hat mir alles verraten", antwortete Camille. „Das Glück macht bescheiden – du aber rühmtest dich deines Glücks zu sehr. Ist die Wahrheit nicht taub, stumm und blind, wenn man liebt? Ich erkannte deine Gründe, Conti zu verlassen, und gerade deshalb fürchtete ich deinen Besuch, meine Liebe. Calyste ist ein Engel, er ist ebenso gut wie schön. Der Ärmste könnte in seiner Unschuld nicht einem Blick von dir widerstehen. Er bewundert dich zu sehr, um dich nicht bei der geringsten Ermutigung zu lieben. Deine Geringschätzung wird ihn mir erhalten. Ich gestehe es dir mit der ganzen Feigheit wahrer Leidenschaft: Ihn mir entreißen, hieße mich töten! ‚Adolphe', dieses entsetzliche Buch von Benjamin Constant, schildert uns nur die Qualen des Mannes; doch die des Weibes? Ach, er beobachtete sie nicht hinreichend, um sie uns schildern zu können. Und welches Weib würde sich getrauen, sie zu offenbaren? Wir würden nur unser Geschlecht entehren, seine Tugenden herabsetzen, seine Laster ausbreiten. Mäße ich diese Qualen nach meiner Angst, sie glichen denen der Hölle! Werde ich aber verlassen, so ist mein Entschluß gefaßt!"

„Und was hast du beschlossen?" fragte Béatrix so lebhaft, daß Camille erbebte.

Die beiden Frauen sahen einander an wie zwei Inquisitoren des venezianischen Staates. In einem blitzschnellen Blick stießen ihre Seelen zusammen und schlugen Funken wie Feuersteine. Die Marquise senkte die Lider.

„Nach dem Manne gibt es nur mehr Gott", antwortete die berühmte Frau mit feierlichem Ernst. „Gott – das ist das Unbekannte. Ich werde mich hineinstürzen wie in einen Abgrund. Calyste hat mir vorhin geschworen, daß er dich nur bewundert, wie man ein Bild bewundert. Indes, mit deinen achtundzwanzig Jahren strahlst du im vollen Glanz deiner Schönheit. Der Kampf zwischen ihm und mir mußte daher mit einer Lüge beginnen. Zum Glück weiß ich, wie ich mich zu verhalten habe, um zu siegen."

„Was hast du vor?"

„Das ist mein Geheimnis, meine Liebe. Laß mir doch die Vorteile meines Alters! Wenn mich Claude Vignon von der Stelle, an der ich stand und die ich für unzugänglich hielt, brutal in den Abgrund stieß, so will ich wenigstens all die bleichen, siechen und dennoch köstlichen Blumen pflücken, die auf seinem Boden gedeihen."

Die Marquise wurde von ihrer Freundin geknetet wie Wachs. Es bereitete Félicité eine grausame Wollust, sie in ihre Listen zu verstricken. Sie entließ Béatrix, von namenloser Neugier aufgestachelt, zwischen Eifersucht und Großmut schwankend, aber sicherlich mit dem schönen Calyste beschäftigt.

‚Sie wird mich mit wahrer Begeisterung betrügen', dachte Camille, während sie ihr den Gutenachtkuß gab. –

Als sie dann allein war, mußte der Schriftsteller dem Weibe weichen. Sie löste sich auf in Tränen. Sie stopfte ihre Pfeife mit opiumhaltigem Tabak und verbrachte den größten Teil der Nacht damit, zu rauchen und in den dichten Wolken des Tabakqualms Calystens Antlitz zu schauen, um auf diese Weise das Leid ihrer Liebe zu betäuben.

‚Welch schönes Buch könnte ich schreiben, wenn ich darin mein Leid erzählte!' überlegte sie. ‚Allein es ist schon geschrieben. Sappho lebte vor mir, aber Sappho war jung. Wahrlich eine schöne, rührende Heldin, so eine Frau mit vierzig Jahren! Rauche deine Pfeife, armer Camille! Dir bleibt nicht einmal der Trost, aus deinem Unglück ein Gedicht zu machen!'

Erst als der Morgen graute, legte sie sich nieder. Tränen, Zornesausbrüche, erhabene Entschlüsse verwoben sich ihr mit langen Betrachtungen, die sich mitunter bis in die Mysterien der katholischen Religion verloren, woran sie in ihrem ungläubigen, sorglosen Künstlerdasein bisher niemals gedacht hatte.

Am nächsten Tage kam Calyste, der seiner Mutter versprochen hatte, die Ratschläge Camilles zu befolgen, zur Mittagsstunde nach Les Touches und ging geheimnisvoll in ihr Arbeitszimmer, wo sie ihm einige Bücher zum Lesen hingelegt hatte. Sie blieb ruhig in ihrem Lehnstuhl am Fenster und rauchte und ließ dabei ihren Blick über das weite Meer und die Wildnis der Salzteiche schweifen. Nur einmal wechselte sie mit Calyste einige Worte über Béatrix. Als sie endlich die Marquise in den Garten kommen und spazierengehen sah, ließ sie schnell den Vorhang hinab, jedoch so, daß Béatrix es bemerken mußte. Nur noch ein schmaler Lichtstreifen gelangte ins Zimmer, der auf dem Buche Calystens flimmerte.

„Heute werde ich dich bitten, zum Diner bei uns zu bleiben, mein Kind!" erklärte sie und fuhr ihm dabei ungestüm ins Haar, um es zu zerraufen, „du wirst aber mit einem Seitenblick auf die Marquise ablehnen. Ich denke, es wird dir nicht schwer fallen, ihr begreiflich zu machen, wie leid es dir tut, nicht bleiben zu können."

Gegen vier Uhr verließ Camille ihr Zimmer und begann, vor der Marquise die grausame Komödie ihres vermeintlichen Liebesglücks zu spielen. Sie führte Béatrix, die ein reizendes Kleid anhatte, in den kleinen Salon. In diesem Augenblick begriff Calyste das Schmähliche seiner Lage. Der Blick, den er Béatrix zuwarf, war noch ausdrucksvoller, als Félicité gehofft hatte.

„Wie kokett du dich angezogen hast, Liebling!" bemerkte Fräulein des Touches, als Calyste fortgegangen war. –

Diese Ränke dauerten sechs Tage und waren, ohne daß Calyste darum wußte, von äußerst geschickten Unterhaltungen zwischen Camille und Béatrix begleitet. In diesem stürmischen Zweikampf, der mit Finten, mit Listen, mit falscher Großmut, mit verlogenen Geständnissen geführt wurde, gab es keinen Waffenstillstand. Während aber die eine ihre Liebe verbarg und die andere sie ungeschminkt bloßlegte, senkte Camille den spitzigen, glühenden Stahl heimtückischer Worte der Freundin immer tiefer ins Herz und reizte die bösartigen Gefühle, die von ehrbaren Frauen mit solcher Mühe unterdrückt werden. Endlich kam es so weit, daß sich Béatrix über das Mißtrauen ihrer Freundin beleidigte. Sie fand es für beide Teile wenig ehrenhaft. Dennoch war sie entzückt, den großen Schriftsteller von den kleinlichen Schwächen ihres Geschlechts nicht frei zu wissen. Sie lechzte danach, Camille zu demütigen und ihr zu beweisen, wo ihre Überlegenheit aufhörte.

„Was wirst du ihm heute sagen, meine Liebe?" spottete die Marquise, als der angebliche Verehrer Félicités fragte, ob er bleiben dürfe. „Montag hatten wir miteinander zu sprechen, Dienstag taugte das Essen nichts, Mittwoch wolltest du dir nicht den Zorn der Baronin zuziehen, Donnerstag gingst du mit mir spazieren, und gestern entließest du ihn, noch bevor er den Mund aufgetan hatte. Heute will ich, daß der arme Junge hier bleibt."

„Schon, mein Liebling?" entgegnete Camille mit beißender Ironie.

Béatrix errötete.

„Bleiben Sie, Herr Baron!" sprach Félicité mit der Miene einer gekränkten Königin.

Die Marquise wurde kalt und hart, schroff und spöttisch, und mißhandelte Calyste, bis ihn seine vermeintliche Geliebte fortschickte, damit er mit Charlotte „Mouche" spiele.

„Die ist ungefährlich", meinte Béatrix lächelnd. – Verliebte sind wie die Hungrigen: Die Vorbereitungen des Kochs sättigen sie nicht; sie denken zu sehr an den Endzweck, um Verständnis für die Mittel zu erübrigen. Bei seiner Heimkehr war die Seele Calystens ganz von Béatrix erfüllt. Er wußte nichts von der echt weiblichen Geschicklichkeit, die Félicité entfaltete, um seine Angelegenheiten in der festgesetzten Frist vorwärts zu treiben. Während dieser Woche hatte Béatrix an Conti nur einen einzigen Brief geschrieben, und dieses Symptom der Gleichgültigkeit war Camille keineswegs entgangen.

Calystens ganzes Leben konzentrierte sich auf den kurzen Augenblick des täglichen Wiedersehens mit Béatrix. Dieser armselige Tropfen vermochte jedoch seinen Durst nicht annähernd zu löschen. Im Gegenteil, er verdoppelte ihn nur. Das magische Wort: „Du wirst geliebt werden!" das Camille gesprochen und seine Mutter bestätigt hatte, war der Talisman, mit dessen Hilfe er das Feuer seiner Leidenschaft dämpfte. Er verschlang die Zeit, er schlief nicht mehr und brachte jeden Abend, nach einem Ausdruck der getreuen Mariotte, einen ganzen Karren Bücher nach Hause, um sich die Schlaflosigkeit zu vertreiben. Seine Tante verfluchte Fräulein des Touches. Nur die Baronin, die ihn wiederholt aufsuchte, wenn sie Licht bei ihm bemerkte, wußte um das Geheimnis dieser Nachtwachen. Obgleich sich Fanny die Schüchternheit unwissender junger Mädchen bewahrt hatte und wahre Liebe für sie ein Buch mit sieben Siegeln war, erhob sie sich zwar, dank ihrer Mutterliebe, zu einer gewissen Gedankenhöhe, aber die meisten Abgründe dieses Gefühls waren dunkel und durch schwere Wolken verdeckt. Sie erschrak daher über Calystens Zustand. Sie schauderte vor dem seltsamen, ihr ganz unverständlichen Sehnen, das ihn verzehrte. Ihr Sohn hatte nur noch einen Gedanken, er schien immer Béatrix vor sich zu sehen. Am Abend, bei der „Mouche"-Partie, ähnelte seine Zerstreutheit dem Schlummer seines Vaters. Wie verändert fand ihn Fanny im Vergleich zu der Zeit, da er Félicité zu lieben wähnte! Mit einem gewissen Schrecken gewahrte sie die Symptome einer wahren Liebe – eines in dieser alten Ritterburg völlig unbekannten Gefühls. Eine fieberhafte Reizbarkeit, andauerndes Insichversunkensein machten Calyste fast stumpfsinnig. Mitunter verharrte er stundenlang im Anblick einer Gobelinfigur.

Eines Morgens riet ihm die Baronin, nicht mehr nach Les Touches zu gehen und die beiden Damen sich selbst zu überlassen.

„Nicht mehr nach Les Touches gehen!“ schrie er mit zornfunkelnden Augen.

„So geh hin, mein Liebling, und sei nur nicht böse!“ besänftigte sie ihn schnell. –

Unter solchen Umständen mußte das bretonische Ungestüm seiner unbezähmbaren Liebe den Erfolg der klugen Schachzüge Camilles unfehlbar vereiteln. Trotz dem gegebenen Versprechen schwor er sich, Béatrix aufzusuchen und mit ihr zu sprechen. Er wollte in ihren Augen lesen, wollte die geringfügigsten Einzelheiten ihrer Kleidung studieren, ihren Duft atmen, die Musik ihrer Stimme hören, dem Spiel ihrer Bewegungen folgen, ihre Gestalt mit liebendem Blick umfassen – mit einem Worte, er wollte sie betrachten, wie ein Feldherr das Schlachtfeld betrachtet, auf dem er die Entscheidungsschlacht liefern will. Er wollte dies, wie nur Verliebte wollen: Namenlose Sehnsucht hatte ihn ergriffen, die ihm die Ohren verschloß, seinen Verstand umnachtete und ihn in einen seltsamen Krankheitszustand versetzte, in dem er weder Entfernungen noch Hindernisse wahrnahm, in dem er sogar seinen Körper nicht spürte.

Er nahm sich daher vor, noch vor der vereinbarten Stunde nach Les Touches zu gehen, weil er hoffte, Béatrix im Garten anzutreffen. Wußte er doch, daß sie jeden Morgen vor dem Frühstück dort spazierenging. Fräulein des Touches und die Marquise hatten am Vormittag die Salzteiche besucht und auch das Becken besichtigt, durch dessen feinsandigen Damm das Meerwasser sickert, und das inmitten der Dünen einem See gleicht. Nach ihrer Heimkehr gingen sie auf den Kieswegen zwischen dem Rasen des Gartens spazieren und plauderten.

„Wenn dich diese Gegend interessiert," sagte ihr Camille, „so mußt du mit Calysten einen Ausflug nach Le Croisic machen. Dort gibt es wunderbare Felsen, Granitkaskaden, kleine Buchten mit natürlichen Becken, allerlei überraschende Einfälle der launenhaften Natur, dann das Meer mit seinen zahllosen Marmorfragmenten – kurz, eine ganze Welt von Belustigungen. Du wirst sehen, wie die Weiber ihr Brennholz herstellen: Sie schichten die Kuhfladen an den Wänden auf, um sie zu trocknen, wie man in Paris den Torf trocknet, und heizen im Winter damit ein."

„Du setzest also Calysten aufs Spiel?" entgegnete die Marquise lachend. Ihr Ton bewies, daß sie sich durch die Auseinandersetzung vom Vorabend gereizt, andauernd mit dem Junker beschäftigte.

„Ach, meine Liebe, kennst du erst einmal die Engelsseele eines solchen Kindes, dann wirst du mich auch verstehen. Bei ihm ist die Schönheit nichts, man muß eindringen in dieses reine Herz, in diese Kindlichkeit, die bei jedem ihrer Schritte im Reiche der Liebe immer von neuem erstaunt. Welch ein Glaube! Welche Unschuld und Anmut! Die Alten hatten schon recht, wenn sie die Schönheit als etwas Heiliges verehrten. Irgendein Naturforscher behauptete, daß sich die wilden Pferde das schönste unter ihnen zum Führer erwählen. Die Schönheit ist das Genie der Dinge. Sie ist das Mal, das die Natur den vollendetsten ihrer Schöpfungen aufdrückt; sie ist das allerechteste Symbol, wie sie der allergrößte Zufall ist. Hat man jemals häßliche Engel dargestellt? Vereinigen sie nicht Stärke mit Anmut? Wer zwingt uns in Italien, vor manchen Gemälden stundenlang zu verweilen, wenn nicht der Genius des Künstlers, der oft jahrelang suchen mußte, um einen dieser Zufälle der Natur zu verwirklichen? Und, Hand aufs Herz, ist nicht unser Schönheitsideal mit einer gewissen Seelengröße verbunden? Nun, meine Liebe, Calyste ist einer dieser Wahrträume, er hat den Mut des Löwen, der ruhig bleibt, ohne seine königliche Würde zu ahnen. Ist er in Stimmung, so hat er Witz, und ich liebe seine mädchenhafte Schüchternheit. An seinem Herzen ruht meine Seele aus von aller Verderbtheit, von allen Gedanken an Wissenschaft, Literatur, Politik und Gesellschaft, von all den unnützen Nebensächlichkeiten, unter denen unser Glück erstickt. Ich bin durch ihn, was ich niemals war: ein Kind! Und ich bin seiner sicher; aber ich spiele gern die Eifersüchtige, er ist darüber so glücklich. Im übrigen gehört dies zu meinem Geheimnis."

Nachdenklich und schweigsam ging Béatrix neben ihr her. Camille litt namenlose Qualen und warf ihrer Freundin verstohlen flammende Blicke zu.

„Ach, meine Liebe, du bist glücklich!" versetzte die Marquise, und stützte sich auf Camilles Arm, als sei sie durch irgendeinen geheimen Widerstand ermüdet.

„Ja, sehr glücklich!" antwortete die Arme mit wilder Bitterkeit.
Sie ließen sich, beide erschöpft, auf eine Bank nieder. Niemals stand ein Geschöpf unter glaubhafterer Irreführung, unter eindringlicherer Treulosigkeit, als seit einer Woche die Marquise.
„Ich aber," rief sie aus, „ich, die ich die Untreue Contis ansehen und in mich hineinwürgen muß!"
„Und warum verläßt du ihn nicht?" entgegnete Camille. Sie wollte den Augenblick wahrnehmen, um den entscheidenden Schlag zu führen.
„Kann ich es denn?"
„Oh, armes Kind..."
Mit müden Blicken betrachteten sie eine Baumgruppe.
„Ich will das Frühstück beschleunigen," sagte Camille, „unser Spaziergang hat mir Appetit gemacht."
„Unser Gespräch hat mir ihn genommen", entgegnete Béatrix.
In ihrem hellen Morgenkleid hob sie sich weiß von dem grünen Laubwerk ab. Calyste, der sich durch den Salon nach dem Garten geschlichen hatte, schlenderte in einer Allee auf und ab, um der Marquise scheinbar zufällig zu begegnen. Sie erbebte ein wenig, als sie ihn bemerkte.
„Wodurch erregte ich gestern Ihr Mißfallen?" fragte er, nachdem sie einige banale Redensarten gewechselt hatten.
„Es war weder Mißfallen noch Gefallen", erwiderte sie sanft.
Tonfall, Aussehen und Anmut der Marquise ermutigten Calysten.

„Ich bin Ihnen also gleichgültig", versetzte er mit tränenumflorter Stimme.
„Müssen wir einander nicht gleichgültig sein?" entgegnete sie; „jeder von uns hat eine tiefe Neigung..."
„Ach was," unterbrach sie Calyste lebhaft, „ich liebte wohl Camille, allein ich liebe sie nicht mehr!"
„Was machen Sie denn den ganzen Vormittag bei ihr?" fragte sie mit recht arglistigem Lächeln. „Ich nehme nicht an, daß Camille, trotz ihrer Leidenschaft für Tabak, eine Zigarre Ihnen vorzieht, und daß Sie, trotz Ihrer Vorliebe für weibliche Schriftsteller, vier Stunden täglich ihre Romane lesen!"
„Sie wissen also...", sagte der Bretone harmlos, und sein Antlitz strahlte vor Glück über den Anblick seines Idols.
„Calyste!" unterbrach ihn Camille erzürnt, als sie wiederkam.
Sie nahm ihn am Arm und zog ihn einige Schritte abseits. „So also halten Sie Ihr Versprechen, Calyste!"
Die Marquise vernahm nur noch diese Worte. Denn während Camille den Junker mit Vorwürfen überhäufte, verschwanden die beiden im Eingang des Hauses. Aufs höchste erstaunt über Calystens unbegreifliches Geständnis, blieb Béatrix zurück. Sie war nicht so stark wie Claude Vignon. Die furchtbare und zugleich erhabene Rolle, die Camille spielte, ist von einer so ungeheuerlichen Größe, daß sie die Frauen nur im äußersten Notfalle gelten lassen. Es bricht ihnen das Herz dabei, ihr weibliches Empfinden hört auf, und es beginnt die

Aufopferung, die sie in die Hölle stößt oder in den Himmel emporträgt.

Während des Frühstücks, an dem Calyste teilnahm, hatte sich die Marquise wieder auf den ihr eigenen Stolz und Edelmut besonnen und die in ihrem Herzen aufkeimende Liebe erstickt. Sie war zwar nicht kalt und hart zu Calysten, aber von einer sanften Gleichgültigkeit, die ihm das Herz zerriß. Im Laufe der Unterhaltung schlug Félicité vor, am übernächsten Tage einen Ausflug in die merkwürdige Gegend zwischen Les Touches, Le Croisic und Batz zu machen. Sie bat Calysten, am nächsten Tage für den Fall einer Spazierfahrt auf dem Meere eine Barke mit den erforderlichen Matrosen zu beschaffen. Sie selbst wollte für Mundvorrat, Pferde und die andern Bequemlichkeiten sorgen, um dadurch jede überflüssige Ermüdung zu vereiteln. Béatrix lehnte den Vorschlag unumwunden ab und sagte, sie wolle sich nicht der Gefahr aussetzen, auf diese Art durch das Land zu streichen. Calystens strahlendes Antlitz umwölkte sich jählings mit einem Schleier.

„Was befürchtest du denn, meine Liebe?" fragte Camille.

„Meine Lage ist zu heikel, als daß ich, wenn auch nicht meinen Ruf, so doch mein Glück aufs Spiel setzen könnte", sprach sie salbungsvoll und sah den jungen Bretonen an. „Du kennst ja Contis Eifersucht. Wenn er wüßte..."

„Wer sollte es ihm denn sagen?"

„Er holt mich doch wieder ab!"

Bei diesen Worten erbleichte Calyste. Trotz seinen und Félicités inständigen Bitten blieb die Marquise unbeugsam und zeigte, was Camille ihre

Halsstarrigkeit nannte. Und wenn ihm Camille auch Hoffnungen machte, er verließ Les Touches in einem Liebeskummer, dessen Heftigkeit mitunter bis zum Wahnsinn führt. Nach Hause gekommen, verließ er sein Zimmer nur, um zu essen, und kehrte bald wieder dahin zurück. Gegen zehn Uhr kam seine besorgte Mutter und fand ihn, inmitten einer Unzahl durchgestrichener und zerrissener Papiere, an einem Briefe schreibend. Er schrieb an Béatrix, denn er mißtraute Camille. Das Verhalten der Marquise bei ihrer Begegnung im Garten hatte ihn seltsam ermutigt. Niemals ist ein erster Liebesbrief der glühende Seelenerguß, den man erwarten sollte. Bei allen noch unverdorbenen Jünglingen ist die Absicht, ihn zu schreiben, von brausenden, aufschäumenden, überquellenden Gefühlen begleitet, daß er am Ende nichts ist als die Quintessenz der mannigfachen, immer wieder verworfenen Versuche, die ihm vorangingen. Hier folgt der, bei dem Calyste verblieb, und den er seiner armen, betroffenen Mutter vorlas. Es war ihr, als stände das alte Haus in Flammen. In diesem Briefe loderte ihres Sohnes Liebe wie eine Feuersbrunst.

„Calyste an Béatrix

Ich liebte Sie schon, als Sie für mich nur ein Traum waren; ermessen Sie danach die Kraft meiner Liebe, als ich Sie zum ersten Male sah. Die Wirklichkeit hat den Traum übertroffen. Es schmerzt mich, daß ich Ihnen nichts sage, was Sie nicht schon wüßten, wenn ich Ihnen sage, wie schön Sie sind. Aber vielleicht hat Ihre Schönheit niemals und in keinem andern solche Empfindungen hervorgerufen wie in mir. Sie sind schön in mehr als einem Sinne. Während ich Tag und Nacht an Sie dachte, habe ich Sie studiert, bis ich Ihre Persönlichkeit, die Geheimnisse Ihres Herzens und Ihr verkanntes Zartgefühl ganz erfaßte. Wurden Sie jemals so verstanden, so vergöttert, wie Sie es verdienen? Seien Sie überzeugt, daß nicht ein einziger Ihrer Züge meinem Herzen unverständlich blieb! Ihr Stolz entspricht dem meinigen, der Adel Ihres Blicks, die Anmut Ihrer Haltung, die Vornehmheit Ihrer Bewegungen – alles an Ihnen steht im Einklang mit Ihrem Denken, mit den auf dem Grund Ihrer Seele verborgenen Wünschen. Und weil ich dies alles erriet, halte ich mich Ihrer für würdig. Wie könnte ich auch von mir sprechen, wenn ich nicht seit einigen Tagen Ihr anderes ‚Ich' geworden wäre?

Meinen Brief zu lesen ist Egoismus, denn er handelt mehr von Ihnen als von Calysten. Um Ihnen zu schreiben, Béatrix, ließ ich meine zwanzig Jahre schweigen, ich kämpfte mit mir und wurde reifer. Oder wurde ich es durch Sie, durch eine Woche qualvollsten Leids, das Sie mir, wenn auch ohne Ihr Verschulden, zugefügt haben?

Halten Sie mich nicht für einen der abgeschmackten Verehrer, über die Sie sich mit Recht so lustig machen! Eine junge, schöne, geistvolle, edle Frau zu lieben, ist wahrlich kein Verdienst. Ach, ich denke gar nicht daran, Sie zu verdienen! Was bin ich für Sie? Ein Kind, das von dem Glanz der Schönheit, von Seelengröße angelockt wird wie eine Mücke vom Licht. Sie können nicht anders, als auf den Blumen meiner Seele wandeln, aber es wäre mein ganzes Glück, zu sehen, wie sie von

Ihnen mit Füßen getreten werden. Unbedingte Hingebung, grenzenloser Glaube, unsinnige Liebe – all diese Schätze eines wahrhaft liebenden Herzens taugen nichts; sie bewirken nur, daß man liebt, nicht aber, daß man geliebt wird. Für Augenblicke begreife ich nicht, daß ein so glühender Fanatismus mein Idol nicht erwärmt; wenn ich dann Ihrem ernsten, kalten Blicke begegne, friert es mich. Nicht meine Bewunderung, Ihre Verachtung ist wirksam. Warum? Sie können mich unmöglich so sehr hassen, wie ich Sie liebe; soll denn das schwächere über das stärkere Gefühl obsiegen? Ich liebte Félicité mit der ganzen Kraft meines Herzens; das vergaß ich an dem Tage, in dem Augenblick, da ich Sie sah. Sie war der Irrtum, Sie sind die Wahrheit. Sie haben unbewußt mein Glück zerstört und sind mir dafür nichts schuldig. Ich liebte Camille hoffnungslos, und Sie geben mir keine Hoffnung: Nichts also hat sich geändert, nur meine Gottheit! Aus dem Götzendiener wurde ein Christ – das ist alles! Sie lehrten mich jedoch, daß es das höchste Glück sei, zu lieben, und daß das Glück, geliebt zu werden, erst an zweiter Stelle stehe. Camille behauptet, es hieße nicht lieben, wenn man erst wenige Tage liebt; Liebe, die nicht von Tag zu Tag wächst, sei eine erbärmliche Leidenschaft. Wenn sie wachse, dürfe sie nicht ihr Ende sehen. Camille aber sieht unsere Sonne schon sinken. Bei Ihrem Anblick begriff ich solche Ansichten und bekämpfte sie mit all meiner Jugend, mit dem ganzen Feuer meines Verlangens, mit der despotischen Härte meiner zwanzig Jahre. Und die große, erhabene Camille mischte dann ihre mit meinen Tränen.

Ich kann Sie also lieben auf Erden und im Himmel, wie man Gott liebt. Wenn Sie mich lieben, können Sie mir nicht die Vernunftgründe entgegensetzen, durch die Camille meine Anstrengungen lähmte. Wir beide sind jung, wir fliegen auf gleichen Schwingen, unter dem gleichen Himmel, und brauchen den Sturm nicht zu fürchten wie jener Adler! Doch was rede ich da! Ich ließ mich hier weit über die Bescheidenheit meiner Wünsche hinaus fortreißen! Nun werden Sie nicht mehr an meine Unterwürfigkeit und Geduld, nicht mehr an meine stumme Verehrung glauben. Ich weiß, Béatrix, daß Sie mich nicht lieben können, ohne Ihre Selbstachtung einzubüßen. Ich verlange daher keinerlei Gegenliebe.

Unlängst kam Camille auf ihren Taufnamen zu sprechen und behauptete, daß jedem Namen eine unabwendbare Bestimmung innewohne. Diese Bestimmung ahne ich in Ihrem Namen für mich voraus, seitdem er mir am Hafendamm von Guérande, angesichts des unermeßlichen Ozeans, zum ersten Male in die Augen sprang. Sie werden durch mein Leben ziehen, wie Beatrice durch Dantes Leben zog! Mein Herz wird einer kalten, rachgierigen, eifersüchtigen Marmorstatue als Sockel dienen. Das Schicksal verbietet Ihnen, mich zu lieben, Sie würden tausend Tode erleiden, würden verraten, geschmäht und unglücklich werden: Ein dämonischer Stolz bindet Sie an die Säule, die Sie umschlungen halten, und wenn Sie an dem Tempel rütteln, wie Samson es tat, werden auch Sie unter seinen Trümmern zugrunde gehen.

Ich habe all dies nicht durchschaut, denn meine Liebe ist blind. Aber Camille sagte es mir, und es ist ihr, nicht mein Geist, der hier zu Ihnen spricht. Ich habe ja keinen Geist mehr, sobald es sich um Sie handelt! Das siedende Blut meines Herzens umnebelt mir den Verstand, lähmt meine Zunge und beraubt mich meiner Kraft. Ich kann Sie nur anbeten, was Sie auch tun mögen. Camille nennt Ihren Entschluß Halsstarrigkeit – ich aber verteidige Sie und behaupte, daß Ihnen die Tugend ihn eingab. Sie sind darum in meinen Augen nur noch schöner geworden. Ich kenne mein Geschick: Der Stolz der Bretagne steht auf gleicher Höhe mit der Frau, die aus ihrem Stolz eine Tugend gemacht hat.

Seien Sie also gut und trostreich zu mir, teure Béatrix! Man pflegte die erwählten Opfer mit Blumen zu bekränzen. So schulden auch Sie mir die Blumen des Mitleids, die Musik des Opfers. Bin ich nicht ein Beweis Ihrer Größe, und werden Sie sich von der Höhe meiner, trotz ihrer Aufrichtigkeit und ihrer unsterblichen Glut verachteten Liebe nicht weiter emporheben? Fragen Sie Camille über mein Verhalten seit dem Tage, da sie mir mitteilte, daß sie Claude Vignon liebe! Ich blieb stumm, ich litt schweigend. Für Sie aber werde ich noch mehr Kraft finden, wenn Sie mich nicht zur Verzweiflung treiben und meinen Heroismus zu würdigen wissen. Ein einziges Lob von Ihnen läßt mich Folterqualen ertragen. Wenn Sie jedoch weiterhin in Ihrem kalten Schweigen, in ihrer tödlichen Verachtung beharrten, brächten Sie mich auf den Gedanken, daß ich zu fürchten sei. Ach, seien Sie zu mir so, wie Sie sind: entzückend, heiter, geistreich, liebenswürdig. Erzählen Sie mir von Gennaro, wie mir Camille von Claude erzählte!

Ich habe kein Genie, nur das der Liebe. Ich habe nichts, was zu fürchten wäre, und ich werde mich Ihnen gegenüber so verhalten, als ob ich Sie nicht liebte. Werden Sie die Bitte einer so bescheidenen Liebe zurückweisen – das Gebet eines armen Kindes, das als einzige Gnade erfleht, daß sein Licht ihm leuchte, daß seine Sonne es wärme? Der Glückliche, den Sie lieben, wird Sie immer sehen dürfen; dem armen Calyste dagegen gehören nur wenige Tage, Sie sind seiner bald ledig.

Ich darf also morgen wieder nach Les Touches kommen, nicht wahr? Sie werden meinen Arm nicht ablehnen und mit mir den Strand von Le Croisic und Batz besuchen? Kämen Sie nicht, so wäre auch dies eine Antwort, und Calyste verstünde sie ...“

Auf vier weiteren, mit einer zarten Handschrift engbeschriebenen Seiten erklärte Calyste, welch furchtbare Drohung in dieser letzten Bemerkung gelegen sei, und schilderte ihr ausführlich seine Kindheit und Jugend. Wie der Anfang, so strotzte auch das Ende des Briefes von Ausrufszeichen, deren sich die moderne Literatur an gefährlichen Stellen so gerne bedient und die der Phantasie des Lesers wie ein schmaler Balken helfen sollen, die Abgründe ihrer Geistesleere zu überbrücken.

Wenn auch Calystens naives Bekenntnis die Marquise de Rochefide nicht zu rühren vermochte, seiner Mutter entlockte es heiße Tränen:

„Du warst also nicht glücklich, mein Kind?“ flüsterte sie. –

Der furchtbare Gefühlserguß, der aus dem Herzen des Junkers wie ein Orkan über Béatrixens Seele dahinstürmen sollte, jagte der Baronin namenlosen Schrecken ein: Zum ersten Male in ihrem Leben las sie einen Liebesbrief. Calyste hingegen befand sich in einer furchtbaren Verlegenheit. Er wußte nicht, wie er den Brief bestellen sollte. Chevalier du Halga war noch im Saal, wo die letzten Runden einer recht anregenden „Mouche"-Partie gespielt wurden. Charlotte de Kergarouët gab sich, verzweifelt über Calystens Gleichgültigkeit, die erdenklichste Mühe, wenigstens seinen Eltern zu gefallen und auf diesem Wege ihre künftige Ehe sicherzustellen.

Calyste steckte den Brief, der ihm das Herz verbrannte, in seine Tasche und ging mit seiner Mutter zu den Gästen. Aufgeregt durchmaß er den Raum wie ein Schmetterling, der versehentlich in ein Zimmer geraten ist. Endlich glückte es seinen und Fannys vereinten Anstrengungen, den Chevalier in den großen Speisesaal zu ziehen. Dort schickten sie zunächst Mariotte und Jacquelinens kleinen Diener fort.

„Was haben sie denn mit dem Chevalier zu besprechen?" sagte Zéphirine neugierig zu Fräulein de Pen-Hoël.

„Calyste macht mir den Eindruck, als sei er verrückt", gab Jacqueline ärgerlich zur Antwort. „Er ist gegen Charlotte von einer Rücksichtslosigkeit, als sei sie eine Salzarbeiterin."

Die Baronin vermutete nicht mit Unrecht, daß Chevalier du Halga vor Jahren die süßen Gewässer der Galanterie befahren haben dürfte, und hatte daher ihrem Sohne empfohlen, den alten Marineoffizier um Rat zu befragen.

„Welches ist das beste Mittel," flüsterte ihm Calyste ins Ohr, „der Geliebten heimlich einen Brief zuzustellen?"

„Man legt den Brief in die Hand ihrer Zofe und gibt ihm einige Louisdor als Begleitung", antwortete der Chevalier, über dessen Antlitz ein schlaues Lächeln glitt. „Denn früher oder später weiß die Zofe ja doch um das Geheimnis, und es ist darum besser, sie kennt es von allem Anfang an. Noch besser ist es allerdings, ihn eigenhändig zuzustellen."

„Einige Louisdor!" rief Fanny bestürzt.

Calyste ging auf sein Zimmer, nahm seinen Hut, eilte nach Les Touches und erschien plötzlich wie ein Geist in dem kleinen Salon, aus dem ihm die Stimmen der beiden Damen entgegenschlugen. Sie saßen in friedlichster Eintracht auf dem Diwan. Mit der überraschenden Geistesgegenwart, die nur die Liebe eingibt, warf er sich neben die Marquise auf den Diwan, ergriff ihre Hand und legte seinen Brief hinein, ohne daß es Camille, trotz aller ihrer Aufmerksamkeit, wahrnehmen konnte. Eine schmerzlich-süße Empfindung durchzuckte ihn, als er den leisen Druck ihrer Hand fühlte und bemerkte, wie die Marquise, ohne ihre Rede zu unterbrechen oder aus der Fassung gebracht zu scheinen, seinen Brief in der Handschuhöffnung verschwinden ließ.

„Sie werfen sich auf die Frauen wie auf einen Diwan", meinte sie lachend.

„Und trotzdem ist er kein Anhänger türkischer Grundsätze", versetzte Camille, die sich dieses Epigramm nicht versagen konnte.

Calyste erhob sich und küßte Camille die Hand. Dann ging er ans Klavier und fuhr mit dem Finger über die Tasten, daß alle Töne gleichzeitig erklangen. Dieser Freudenausbruch gab Camille zu denken. Sie rief ihn zu sich.

„Was haben Sie denn?" flüsterte sie ihm ins Ohr.
„Nichts", antwortete er.
‚Zwischen den beiden geht bestimmt etwas vor!' dachte sie.
Die Marquise war undurchdringlich. Camille versuchte, Calysten zum Sprechen zu bringen, und hoffte, er würde sich dabei verraten. Aber der Jüngling gab vor, daß seine Mutter beunruhigt sein könnte, und verließ Les Touches schon gegen elf Uhr, nachdem er lange genug den funkelnden Blicken Camilles standgehalten hatte, die ihn eindringlich zu fragen schienen, warum er, zum ersten Male, selbst zum Aufbruch dränge. –
Nach einer bewegten, von holden Traumbildern erfüllten Nacht ging Calyste der erwarteten Antwort im Laufe des Vormittags an die zwanzigmal nach Guérande entgegen. Aber erst gegen Mittag kam die Zofe der Marquise in das Haus du Guénic und überbrachte Calysten einen Brief, den er in der Laube hinten im Garten las.

„Béatrix an Calyste

Sie sind ein edles Kind, aber Sie sind ein Kind. Sie gehören zu Camille, die Sie anbetet. Sie fänden in mir weder die Vollkommenheit, die sie auszeichnet, noch das Glück, das sie Ihnen in so überreichem Maß gewährt. Wie Sie auch darüber denken mögen: Sie ist jung, und ich bin alt; ihr Herz ist reich an Schätzen, und mein Herz ist leer; sie hegt fur Sie eine Hingebung, die Sie gar nicht genug schätzen können, sie ist ohne Selbstsucht und lebt nur in Ihnen. Ich dagegen wäre voller Zweifel und risse Sie in mein langweiliges, unedles, durch eigene Schuld zerstörtes Leben hinein. Ca-

mille ist frei, sie kann tun und lassen, was sie will. Ich aber bin eine Sklavin. Endlich vergessen Sie, daß ich liebe und wiedergeliebt werde. Eigentlich sollte mich meine Lage vor allen Huldigungen schützen. Wenn ein Mann mich liebte oder mir nur sagte, daß er mich liebe, so wäre das eine schwere Beleidigung. Müßte mich eine neuerliche Schuld nicht auf das Niveau der verworfensten Geschöpfe meines Geschlechts hinabdrücken?
Sie sind jung und zartfühlend. Warum zwingen Sie mich also, Ihnen Dinge zu sagen, die das Herz zerreißen, wenn sie ihm entquellen? Ich habe zwischen dem Skandal eines nicht wieder gutzumachenden Unglücks und der Schmach einer fortgesetzten Lüge gewählt und meinen eigenen Untergang dem der Rechtschaffenheit vorgezogen. Dennoch bin ich in den Augen vieler Menschen, an deren Wertschätzung mir gelegen ist, immer noch groß: Bei einem nochmaligen Wechsel sänke ich wiederum einige Stufen tiefer hinab. Die Welt ist wohl noch duldsam gegen den, der den Wankelmut seines Glücks mit dem Mantel der Beständigkeit bedeckt, aber sie ist unbarmherzig gegen lasterhafte Gewohnheiten. Ich hege weder Geringschätzung noch Zorn gegen Sie und antworte Ihnen offen und ehrlich. Sie sind jung, Sie kennen die Welt nicht, Ihre Phantasie reißt Sie fort, und Sie sind – wie alle, deren Leben rein und lauter blieb – unfähig zu Betrachtungen, die das Unglück eingibt. Ich gehe noch weiter. Ich würde gedemütigt werden, wie nie ein Weib auf Erden gedemütigt wurde, ich würde verraten und endlich im Stich gelassen werden – Gott sei Dank, daß all dies nicht möglich ist! Aber wenn mich die Rache

des Himmels jemals so strafte, sähe mich kein Mensch mehr auf dieser Welt. Ja, ich fände dann sogar den Mut, einen Mann zu töten, der mir von Liebe spräche – wofern sich mir ein Mann, in der Lage, in der ich mich dann befände, überhaupt noch nähern könnte.

Ich decke hier meine geheimsten Gedanken auf und sollte Ihnen eigentlich danken, daß Sie mir geschrieben haben. Denn nach Ihrem Brief, besonders aber nach meiner Antwort, darf ich getrost in Les Touches bleiben, kann tun und lassen, was ich will und wie Sie es verlangen. Ich spreche Ihnen nicht von der bitteren Lächerlichkeit, der ich preisgegeben wäre, wenn meine Augen nicht mehr die Gefühle zum Ausdruck brächten, über die Sie sich beklagen. Ein zweiter Diebstahl zum Schaden Camilles wäre ein Beweis der Ohnmacht, und dazu entschließt sich keine Frau ein zweites Mal. Und selbst wenn ich Sie wahnsinnig liebte, wenn ich blind wäre und alles vergäße – ich würde Camille immer sehen! Ihre Liebe für Sie ist eine zu hohe Schranke, als daß sie irgendeine Macht, und hätte sie auch Engelsflügel, überwinden könnte. Nur ein Dämon würde vor solch schändlichem Verrat nicht zurückschaudern. Mein Kind, es gibt da für edle, zartfühlende Frauen eine ganze Welt von Beweggründen, von denen Ihr Männer nichts versteht, selbst wenn Ihr uns so ähnlich seid wie Sie. Und endlich haben Sie eine Mutter, die gezeigt hat, was eine Frau im Leben sein soll. Sie ist rein und makellos und wurde ihrer Bestimmung auf edelste Weise gerecht. Was ich von ihr erfuhr, füllte meine Augen mit Tränen, und in der Tiefe meines Herzens regte sich der Neid. So hätte auch ich sein können! Und so soll auch Ihre Gattin sein, Calyste, und so Ihr Leben. Ich werde Sie nicht mehr boshaft auf die kleine Charlotte verweisen, die Sie nur zu bald langweilen würde, aber auf irgendein himmlisches junges Mädchen, das Ihrer würdig ist. Gehörte ich Ihnen an, dann hätten Sie ein verfehltes Leben – durch mich. Entweder verlören Sie Glauben und Beständigkeit, oder aber Sie trügen sich mit der Absicht, mir ihr ganzes Dasein zu weihen: Ich bin offen, ich nähme es an! Ich würde Sie entführen, irgendwohin, fern von der Welt. Ich würde Sie sehr unglücklich machen, ich bin eifersüchtig und sehe Ungeheuer in einem Wassertropfen, ich bin in höchster Verzweiflung bei einem Mißgeschick, mit dem sich jede andere Frau leicht abfindet. Häßliche, unerbittliche Gedanken würden in mir, nicht in Ihnen auftauchen, und mich tödlich verletzen. Ein Mann, der nach dem zehnten Jahre des Glücks nicht ebenso ehrfürchtig und zartfühlend ist wie am Vorabend des Tages, an dem er die erste Gunst erbettelte, ist in meinen Augen ein Schurke und entwürdigt mich vor mir selbst. Ein solcher Verehrer glaubt nicht mehr an die Helden meiner Träume! Heutzutage ist reine Liebe eine Fabel, und ich sehe in Ihnen nur ein törichtes Verlangen, das selbst nicht weiß, wie und wo es endet. Ich bin nicht vierzig Jahre alt. Noch beugt sich mein Stolz nicht vor der Macht der Erfahrung, meine Liebe ist nicht demütig – kurz, ich bin eine Frau, deren Charakter noch zu jung ist, um nicht abscheulich zu sein. Ich kann mich für meine Launen nicht verbürgen, meine Anmut ist ganz äußerlich. Vielleicht habe ich noch nicht genug gelitten, um die Nachsicht und Zärtlichkeit zu haben, die wir grausamen Enttäuschungen verdanken. Glück macht unbescheiden, und ich bin sehr unbescheiden! Camille wird Ihnen immer eine hingebende Sklavin sein, ich aber wäre ein unvernünftiger Tyrann.

Ihr guter Engel gab Ihnen Camille an die Seite, damit Sie den Augenblick erreichen, in dem das Leben beginnt, das Sie zu führen bestimmt sind und das Sie nicht von sich stoßen dürfen. Oh, ich kenne Félicité! Ihre Zärtlichkeit ist unerschöpflich. Mag ihr die Anmut ihres Geschlechts auch fremd sein, allein sie verfügt über die fruchtbare Kraft, die geniale Beständigkeit und edle Unerschrockenheit, die sich mit allem bescheidet. Sie wird Sie verheiraten, wenn sie dabei auch noch so furchtbare Qualen leidet. Sie wird für Sie eine Béatrix finden – wenn es denn eine Béatrix sein muß –, die frei ist und Ihren Gedanken und Träumen über das Weib vollauf entspricht. Sie wird alle Schwierigkeiten Ihrer Zukunft aus dem Wege räumen, Ihren Besitz in der Bretagne durch den Verkauf eines kleinen Grundstücks in Paris vom Pfande befreien und Sie zu ihrem Erben einsetzen. Sind Sie nicht schon ihr Adoptivkind geworden? Was könnte denn ich für Ihr Glück tun? Leider nichts!

Verschmähen Sie also eine solche Liebe nicht, die sich mit den Pflichten der Mutterschaft bescheidet. Ich finde, daß unsere Camille recht glücklich ist ... Die Bewunderung, die Ihnen die arme Béatrix einflößt, ist eine von den kleinen Sünden, denen gegenüber Frauen in Camilles Alter ungemein nachsichtig sind. Sind sie sicher, daß man sie liebt, so verzeihen sie der Beständigkeit ganz gern eine

Untreue – es ist sogar eine ihrer höchsten Freuden, über die Jugend ihrer Rivalinnen zu triumphieren. Camille ist andern Frauen hoch überlegen, und was ich hier sagte, richtet sich nicht gegen sie; ich sage es nur, um Ihr Gewissen zu beruhigen. Ich habe Camille eingehend studiert und halte sie für eine der größten Erscheinungen unseres Zeitalters. Sie ist geistvoll und gut – zwei Eigenschaften, die bei den Frauen fast unversöhnlich sind. Sie ist großmütig und einfach – zwei andere Vorzüge, die ebenso selten vereinigt sind. Ich sah auf dem Grund ihres Herzens unbestreitbare Schätze; es scheint, daß Dante in seinem ‚Paradies' die schöne Strophe über das ewige Glück, die sie Ihnen unlängst erklärte und die mit den Worten ‚Senza brama sicura ricchezza' endet, eigens für sie geschrieben hat. Sie sprach von ihrem Geschick, sie erzählte mir ihr Leben und erklärte, daß ihr die Liebe, der Gegenstand unserer Wünsche und Träume, niemals hold gewesen sei. Ich versuchte sie mit dem Hinweis zu trösten, daß sie mir für die unheilvolle Schwierigkeit, erhabene Dinge zu vereinigen, ein lebendiger Beweis zu sein scheine.
Sie gehören zu den Engelsseelen, die auf Erden ihresgleichen fast niemals begegnen. Dieses Unheil, liebes Kind, wird Camille von Ihnen abwenden. Sie wird ein Wesen für Sie finden, mit dem Sie eine glückliche Ehe eingehen können, selbst wenn sie daran zugrunde ginge.
Ich reiche Ihnen eine Freundeshand und rechne nicht auf Ihr Herz, sondern auf Ihre Vernunft, damit wir von nun an als Bruder und Schwester zusammenstehen und eine Korrespondenz be-

schließen, die zwischen Guérande und Les Touches mindestens eigenartig ist...

Béatrix de Casteran."

Die Baronin betrachtete Calyste, während er las, in stummer Neugier bei jedem Stich, den sie an ihrer Stickerei machte. Durch die Einzelheiten und den Fortschritt seiner Liebe für die schöne Rochefide bis ins Innerste bewegt, stand sie endlich von ihrem Lehnstuhl auf und ging, demütig und verwegen zugleich, zu ihm in die Laube. Sie hatte in diesem Augenblick die Anmut einer Kurtisane, die ein Zugeständnis erlangen will.

„Nun?" sagte sie bebend.

Es klang wie eine Bitte. Calyste verstand sie und las ihr den Brief vor. Die beiden schönen, so einfachen und kindlichen Seelen erkannten in dieser arglistigen, trügerischen Antwort nicht eine von den vielen Bosheiten und Fallen, die Béatrix hineingelegt hatte.

„Das ist eine edle, große Frau!" sprach die Baronin mit tränenfeuchten Augen. „Ich will für sie beten. Nie hätte ich gedacht, daß eine Frau ihren Gatten, ihr Kind verlassen und sich dabei dennoch soviel Tugendhaftigkeit erhalten könne! Sie ist der Verzeihung würdig."

„Habe ich nicht recht, sie anzubeten?" versetzte Calyste.

„Aber wohin führt diese deine Liebe?" entgegnete sie. „Ach, mein Kind, wie gefährlich sind doch Frauen mit edlen Gefühlen! Schlechte Frauen sind weniger zu fürchten. Heirate Charlotte de Kergarouët, und von dem Besitz deiner Familie werden zwei Drittel endlich wieder frei! Fräulein de

Pen-Hoël will zu diesem Zweck einige ihrer Pachthöfe verkaufen, und außerdem will sich die Gute damit befassen, dein Vermögen ertragreich zu gestalten. Du kannst dann deinen Kindern einen guten Namen, ein schönes Vermögen hinterlassen ..."

„Béatrix vergessen ...!" sagte er dumpf, mit zu Boden gesenkten Lidern.

Er ließ seine Mutter allein und ging in sein Zimmer hinauf, um der Marquise zu antworten. Fanny hatte Béatrixens Brief in ihr Herz eingeprägt. Nun wollte sie erfahren, was sie von Calystens Hoffnungen zu halten habe. Um diese Stunde führte Chevalier du Halga seine Hündin auf der Promenade spazieren. In der Gewißheit, ihn dort zu treffen, nahm die Baronin einen Schal, setzte einen Hut auf und ging aus.

Baronin du Guénic anderswo zu sehen als in der Kirche oder, in Begleitung ihres Gatten und des Fräuleins de Pen-Hoël, auf einem der beiden hübschen Wege, die an Festtagen als beliebter Spaziergang galten – dies bildete ein so außerordentliches Ereignis, daß zwei Stunden später jeder Einwohner von Guérande den andern anhielt:

„Baronin du Guénic war heute aus; sind Sie ihr begegnet?"

Alsbald drang diese Neuigkeit bis ans Ohr Jacquelinens.

„Im Haus du Guénic geht irgend etwas Besonderes vor!" bemerkte sie zu ihrer Nichte.

„Calyste ist in die schöne Marquise de Rochefide wahnsinnig verliebt," antwortete sie, „ich sollte Guérande verlassen und nach Nantes zurückkehren!"

Chevalier du Halga war höchst überrascht, daß ihn die Baronin auf der Promenade aufsuchte, und ließ die Hundeleine los, da es ihm unmöglich schien, seine Aufmerksamkeit zwischen Fanny und Thisbé zu teilen.
„Chevalier, Sie haben doch sicher die Galanterie früher auch praktisch betrieben?“ meinte sie lächelnd.
Der alte Kapitän richtete sich mit einer leidlich stutzerhaften Bewegung auf. Hierauf erzählte die Baronin, ohne ihren Sohn oder die Marquise zu erwähnen, von Calystens Liebesbrief und fragte, was eine solche Antwort bedeuten solle. Du Halga hielt die Nase gegen den Wind, strich sich das Kinn, schnitt kleine Grimassen und sah dann Fanny mit einem unveränderlich schlauen Lächeln an.
„Wenn Rassepferde irgendein Hindernis nehmen sollen, dann nähern sie sich ihm und beschnuppern es,“ bemerkte er, „Calyste wird noch der glücklichste Schlingel auf Erden.“
„Still!“ rief die Baronin.
„Ich bin ganz stumm. Vor Jahren war ich gerade so“, gab er zur Antwort. „Das Wetter ist schön!“ fuhr er nach einer Weile fort, „wir haben Nordostwind. Donnerwetter, damals als die ‚Belle-Poule‘ einen solchen Wind abfing, um ... Aber“, unterbrach er sich, „meine Ohren sausen und die falschen Rippen tun mir weh. Wir bekommen andres Wetter. Sie wissen ja, welches Aufsehen der Kampf der ‚Belle Poule‘ seinerzeit hervorrief. Trugen doch die Damen Mützen à la ‚Belle-Poule‘! Die Vicomtesse de Kergarouët war die erste, die mit einer solchen Mütze in die Oper ging. Ich sagte ihr damals, daß sie glücklicher sei als der Kapitän der

‚Belle-Poule', weil sie gar nicht sein Schiff, sondern nur eine Matrosenmütze seines Schiffes brauche, um die ganze Welt zu erobern. Der Scherz sprach sich dann in allen Logen herum."

Liebenswürdig hörte die Baronin dem Alten zu, der sie, getreu den Gesetzen der Galanterie und ohne auf die achtzehn Jahre seiner Thisbé Rücksicht zu nehmen, bis an ihr Gäßchen zurückbegleitete. Leicht und froh stieg Fanny, als ob sie selbst verliebt wäre, zu Calysten hinauf. Er war nicht in seinem Zimmer, aber sie erblickte auf dem Tisch einen an Marquise de Rochefide adressierten, aber noch nicht versiegelten Brief. Eine unbesiegbare Neugier trieb die bekümmerte Mutter, Calystens Antwort zu lesen. Diese Indiskretion wurde grausam bestraft, und sie empfand furchtbare Schmerzen, als sie den Abgrund erschaute, in den ihren Sohn die Liebe stieß.

„Calyste an Béatrix

Was schert mich das Geschlecht der du Guénic in der Zeit, in der wir leben! Mein Name ist Béatrix, Béatrixens Glück ist mein Glück, ihr Leben ist mein Leben, und mein ganzes Vermögen liegt in ihrem Herzen. Unsere Güter sind seit zwei Jahrhunderten verpfändet, mögen sie es weitere zwei Jahrhunderte bleiben! Unsere Pächter bewachen sie, niemand kann sie wegtragen. Sie sehen, Sie lieben: Das ist meine Religion! Heiraten – der Gedanke allein zerreißt mir das Herz. Gibt es denn eine zweite Béatrix? Ich werde nur Sie heiraten und, wenn es sein muß, zwanzig Jahre warten. Denn ich bin jung, und Sie werden nie aufhören, schön zu sein.

Meine Mutter ist eine Heilige. Ich darf mit ihr nicht rechten. Sie hat nicht geliebt. Jetzt erst weiß ich, wieviel sie verlor und welche Opfer sie brachte. Sie, Béatrix, lehrten mich, meine Mutter noch inniger zu lieben, und sie ist mit Ihnen in meinem Herzen. Nie soll eine andere darin sein! Sie ist Ihre einzige Rivalin! Heißt das nicht mit andern Worten, daß Sie ungeteilt darin herrschen? Daher haben Ihre Beweggründe über meinen Geist keine Gewalt.

Was Camille anbelangt, so bedarf es nur eines Zeichens von Ihnen, und ich werde sie bitten, Ihnen selbst zu sagen, daß ich sie nicht liebe. Sie ist die Mutter meiner Intelligenz, nicht weniger, aber auch nicht mehr. In dem Augenblick, da ich Sie sah, wurde sie meine Schwester, meine Freundin oder mein Freund – ganz wie es Ihnen beliebt. Aber wir haben gegeneinander keinerlei Rechte als die der Freundschaft. Ich hielt sie bis zu dem Augenblick, da ich sie zum ersten Male sah, für eine Frau. Sie aber bewiesen mir, daß Camille ein Junge ist. Sie schwimmt, jagt, reitet, raucht, trinkt, schreibt, analysiert Herzen und Bücher, geht mit Manneskraft ihren Weg. Sie hat weder Ihre lässigen Bewegungen noch Ihren anmutig-schwebenden Gang, weder Ihre Liebesstimme noch Ihren feinen Blick – sie ist Camille Maupin, nichts anderes. Sie hat nichts Weibliches an sich, Sie aber haben alles, was ich an einer Frau liebe. Vom ersten Tage an, da ich Sie sah, war es mir, als seien Sie mein. Mögen Sie über diese Empfindung auch lachen, indes, sie wuchs nur noch an, und es erschiene mir ungeheuerlich, wenn wir getrennt würden. Sie sind meine Seele, mein

Leben, und ich könnte nicht leben, wo Sie nicht sind.

Lassen Sie sich lieben! Wir wollen fliehen, wollen fern von der Welt in einem Lande leben, wo Ihnen niemand begegnet und wo Sie nur mich und Gott im Herzen haben können. Meine Mutter, die Sie liebt, wird eines Tages zu uns kommen und bei uns leben. Irland hat herrliche Schlösser, und die Familie meiner Mutter wird mir wohl eins davon leihen. Mein Gott, fliehen wir doch diese Welt, die Sie so sehr fürchten! Eine Barke, ein paar Schiffer – und wir sind an Ort und Stelle, noch bevor jemand erfahren konnte, wo wir sind! Sie wurden noch nie geliebt. Ich fühle es, wenn ich Ihren Brief wieder und wieder lese, und ich glaube, ihm zu entnehmen, daß Sie sich von mir lieben lassen würden, wenn die Gründe, von denen Sie sprechen, nicht bestünden. Béatrix, eine heilige Liebe löscht die Vergangenheit aus. Kann man denn an etwas anderes denken als an Sie, wenn man Sie einmal gesehen hat? Ach, ich wünschte, Sie wären noch tausendmal abscheulicher zu mir, um Ihnen die Macht meiner Liebe zu beweisen und Sie anzubeten wie das heiligste Wesen.

Sie nennen meine Liebe eine Beleidigung. O Béatrix, das dürfen Sie nicht glauben! Die Liebe eines edlen Kindes – nannten Sie es nicht so? – würde selbst einer Königin zur Ehre gereichen! Wir wollen also morgen als Liebespaar dem Meer entlang in den Klippen spazierengehen, und Sie werden über die Dünen der alten Bretagne schreiten, um sie von neuem für mich zu weihen! Schenken Sie mir diesen Glückstag! Vielleicht bleibt dieses ach, so vergängliche Almosen ohne

Erinnerung für Sie; für Calyste bildet es einen unvergänglichen, ewigen Schatz ..."

Die Baronin ließ den Brief sinken, ohne ihn zu Ende zu lesen. Sie kniete nieder und bat Gott in einem stummen Gebet, ihrem Sohne den Verstand zu erhalten, ihn von aller Torheit, allem Irrtum abzubringen und auf dem Wege zurückzuhalten, den sie ihn gehen sah.

„Was tust du hier, Mutter?" rief Calyste im Eintreten.

„Ich bete für dich," antwortete sie und ließ ihre tränenvollen Augen sehen, „ich vermaß mich, diesen Brief zu lesen. Mein Calyste ist vom Wahnsinn befallen."

„Vom allersüßesten Wahnsinn!" sagte der Jüngling und umarmte sie zärtlich.

„Ich möchte diese Frau kennenlernen, mein Kind!"

„Gut, Mutter! Wir wollen morgen mit einer Barke nach Le Croisic fahren, sei auf dem Hafendamm!"

Er siegelte seinen Brief und ging nach Les Touches. Was die Baronin am meisten erschreckte, war das Bewußtsein, daß hier ein Gefühl durch die Kraft des Instinkts allein die Hellsichtigkeit vollendeter Erfahrung erlangt hatte: Calystens Brief an Béatrix war abgefaßt, als hätte Chevalier du Halga ihn diktiert.

Vielleicht ist es für unbedeutende Geschöpfe und kleine Geister der höchste Genuß, große Seelen zu täuschen und ihnen Fallen zu stellen. Béatrix wußte nur zu genau, daß sie an Camille nicht heranreichte. Diese Unterlegenheit bestand nicht allein in der Gesamtheit geistiger Dinge, die man als „Talent" bezeichnet, sondern auch in den Dingen des Herzens, die man „Leidenschaften“ nennt.

In dem Augenblick, da Calyste mit dem Ungestüm einer auf Flügeln der Hoffnung schwebenden ersten Liebe in Les Touches ankam, empfand die Marquise eine lebhafte Freude, sich von dem wunderbaren Jüngling geliebt zu wissen. Sie ging nicht so weit, diesem Gefühl ihren Beistand zu leihen. Im Gegenteil, sie setzte ihren ganzen Heroismus ein, um dieses „Capriccio“ – wie die Italiener sagen – im Zaum zu halten und dachte damit ihrer Freundin gleich zu sein. Ja, sie war glücklich, daß sie ihr ein Opfer zu bringen hatte. Kurz, die der Französin eigentümliche Eitelkeit, die das Wesen der berühmten Koketterie bildet, aus der sie ihre Überlegenheit schöpft – diese Eitelkeit also fühlte sich geschmeichelt und vollauf befriedigt; sie wehrte sich gegen die ungeheure Verführung, der sie ausgesetzt war, und ihre standhafte Tugend sang ihr ein süßes Loblied ins Ohr.

Die beiden Frauen lagen scheinbar gleichgültig auf dem Diwan des kleinen stimmungsvollen Salons, inmitten eines ganzen Meeres von Blumen. Das Fenster war offen, der Nordwind blies nicht mehr. Eine linde Brise aus dem Süden streute Goldflitter über den spiegelnden Salzsee, den sie sehen konnten, und die Sonne setzte das Gold der Sanddünen in Flammen. Wie ruhig die Natur, so erregt, und nicht minder glühend, war die Seele dieser Frauen.

Von dem Triebwerk einer Maschine zermalmt, die Camille in Bewegung gesetzt hatte, sah sie sich bei der außerordentlichen Verschlagenheit ihrer feindlichen Freundin gezwungen, auf sich selbst zu achten. Um jedoch ihr Geheimnis nicht preiszugeben, überließ sie sich traulichen Naturbetrachtungen. Sie täuschte sich über ihr Leid hinweg, indem sie nach dem Sinn des unfaßbaren Weltengetriebes forschte, und fand Gott in der erhabenen Leere des Himmels. Wenn der Ungläubige erst einmal seinen Gott erkennt, so stürzt er sich bedingungslos in den Katholizismus, der – als System betrachtet – vollendet ist.

Noch am Morgen zeugte die Stirne Camilles für die Seufzer, das qualvolle Sinnen einer schlaflos verbrachten Nacht. Calyste stand immer vor ihr wie ein himmlisches Bild. Sie betrachtete den schönen Jüngling als ihren Schutzengel. War es nicht er, der sie in die hohen Regionen geleitete, wo unter der Wucht einer unfaßbaren Unendlichkeit alle Leiden entschwinden? Indes, die triumphierende Miene ihrer Freundin beunruhigte sie. Eine Frau gewinnt über die andere keinen derartigen Vorteil, ohne daß man es merkt, mag sie auch noch so sehr leugnen, ihn errungen zu haben. Nichts war bizarrer als dieser stumme, geistige Kampf der beiden Freundinnen, die einander ihr Geheimnis unterschlugen und sich gegenseitig für Gläubigerinnen unbekannter Opfer hielten.

Calyste hielt bei der Ankunft seinen Brief zwischen der Hand und dem Handschuh, um ihn der Marquise gelegentlich zustecken zu können. Camille, der die Wandlung im Wesen ihrer Freundin nicht entgangen war, gab sich den Anschein, sie nicht zu beobachten. In dem Augenblick aber, da Calyste ins Zimmer trat, blickte sie forschend nach dem Spiegel. Darin liegt eine Klippe für alle Frauen. Die geistreichsten wie die dümmsten, die freimütigsten wie die verschlagensten verraten sich in solchen Augenblicken, ihr sorgsam bewahrtes Geheimnis sprüht aus den Augen. Allzugroße Zurückhaltung oder Ungezwungenheit, ein freier leuchtender Blick, ein seltsames Senken der Lider – alles verrät dann das am schwersten zu verbergende Gefühl, denn Gleichgültigkeit hat etwas so ganz und gar Kaltes, daß sie niemals simuliert werden kann. Die Frauen sind Meister der Gefühlsabstufungen. Sie bringen sie zu häufig in Anwendung, als daß sie nicht alle aufs genaueste kennten, und bei solchen Gelegenheiten umfaßt der forschende Blick die Rivalin vom Scheitel bis zur Sohle. Sie erraten die geringfügigste Bewegung eines Fußes unter dem Kleide, das unmerklichste Beben des Körpers, und erkennen die Bedeutung alles dessen, was dem Manne unwichtig erscheint. Zwei auf der Lauer stehende Frauen spielen eine der entzückendsten Komödien, die man sehen kann. –

‚Calyste hat irgendeine Torheit begangen', dachte Camille, denn sie bemerkte bei beiden die undefinierbare Miene von Leuten, die miteinander im Einverständnis sind.

Die Marquise zeigte nicht mehr die ablehnende Steifheit, die unnatürliche Gleichgültigkeit, wie sonst. Sie betrachtete Calysten wie eine Sache, die ihr gehörte. Der Jüngling verriet sich noch deutlicher: Er errötete als der wahre Schuldige, als glücklicher Mann. Er hatte kurz vorher die Vorbereitungen für den nächsten Tag getroffen.

„Du kommst also ganz bestimmt mit uns, meine Liebe?" fragte Camille.

„Ja", gab Calyste zur Antwort.

„Woher wissen denn Sie das?“ wandte sich Fräulein des Touches an ihn.

„Ich kam hierher, um es zu erfahren“, antwortete er auf einen Blick, den ihm Béatrix zuwarf; die Marquise wollte nicht, daß ihre Freundin auch nur eine Ahnung von ihrem Briefwechsel habe.

‚Sie verstehen einander schon!‘ dachte Camille, die diesen Blick aufgefangen hatte. ‚Nun ist alles aus, es bleibt mir nur übrig, zu verschwinden.‘ Unter der Last dieses Gedankens verzerrten sich ihre Gesichtszüge so, daß Béatrix erbebte.

„Was hast du denn, meine Liebe?“ fragte sie.

„Nichts!“ antwortete Camille. „Also, Calyste, schicken Sie meine und Ihre Pferde voraus, damit wir sie jenseits von Le Croisic vorfinden, weil wir über Batz nach Hause reiten werden. Wir wollen in Le Croisic frühstücken und in Les Touches zu Abend essen. Sie sorgen für die Schiffer! Wir gehen morgen um halb neun von hier fort. – Interessante Sehenswürdigkeiten erwarten dich,“ fuhr sie zu ihrer Freundin gewendet fort, „du wirst Cambremer sehen, der auf einem Felsen Buße tut, weil er seinen Sohn ermordet hat! Oh, du bist hier in einem ganz primitiven Lande, wo sich die Menschen auf die gewöhnlichsten Gefühle beschränken! Calyste soll dir diese Geschichte erzählen.“

Sie ging in ihr Zimmer; sie erstickte beinahe. Calyste übergab seinen Brief und eilte zu Camille.

„Calyste, ich glaube, Sie werden geliebt. Aber Sie verheimlichen mir einen Seitensprung. Sicherlich haben Sie mein Gebot übertreten!“

„Geliebt!“ wiederholte er leise und sank in einen Lehnstuhl.

Camille trat an die Türe und sah in den Salon. Béatrix war verschwunden. Das gab ihr zu denken. Eine Frau verläßt ein Zimmer nicht, wenn sie die Gewißheit hat, den Mann, den sie liebt, dort wiederzusehen. Es sei denn, sie hätte besseres zu tun. Fräulein des Touches fragte sich: ‚Sollte sie von Calyste einen Brief erhalten haben?' Aber sie hielt den unschuldigen Bretonen einer solchen Kühnheit nicht für fähig.
„Wenn du ungehorsam warst, ist alles verloren – durch deine Schuld!" sagte sie mit ernster Miene. „Geh jetzt, und bereite für dein morgiges Vergnügen alles vor!"
Sie machte eine Handbewegung, der Calyste nicht widerstehen konnte: Stummes Leid ist zuweilen von despotischer Beredtsamkeit.
Calyste ging nach Le Croisic, um nach Schiffern zu suchen. Als er die Dünen durchquerte, beschlichen ihn schwere Befürchtungen. In den Worten Camilles lag etwas Verhängnisvolles; es war ihm, als trügen sie den Stempel mütterlicher Sehergabe. Als er vier Stunden später nach Les Touches zurückkam, wo er zum Diner zu bleiben hoffte, stand ihre Zofe wie eine Schildwache an der Tür, um ihm zu sagen, daß ihre Herrin und die Frau Marquise ihn nicht empfangen könnten. Und als er, aufs höchste betroffen, die Zofe ausfragen wollte, schloß sie die Türe zu und eilte davon. Von der Kirche des Städtchens schlug es sechs. Calyste ging in düsterer Nachdenklichkeit nach Hause, ließ sich das Essen geben und nahm dann an der „Mouche"-Partie teil. Der fortwährende Wechsel zwischen Glück und Unglück und die Vernichtung sämtlicher Hoffnungen, die seiner

Zuversicht, geliebt zu werden, unvermittelt folgte, zerbrachen diese junge Seele, die mit ausgebreiteten Schwingen so hoch gen Himmel flog, daß der Sturz furchtbar sein mußte.
„Was hast du, mein Kind?“ flüsterte ihm die Mutter ins Ohr.
„Nichts“, gab er zur Antwort und ließ sie in seinen Augen lesen, in denen das Licht der Seele, das Feuer der Liebe erglänzte.
Nicht die Hoffnung, die Verzweiflung ist es, die das Maß unseres Strebens abgibt. Die Hoffnung widmet sich ihren süßen Träumen in der Verborgenheit, während sich das Leid unverhüllt zeigt.
„Sie sind aber gar nicht nett, Calyste!“ schmollte Charlotte, nachdem sie es vergeblich mit ihren Sticheleien versucht hatte, die bei Kleinstädterinnen fast immer in Zank und Streit ausarten.
„Ich bin müde“, versetzte er, sich erhebend.
Er verabschiedete sich von der Gesellschaft mit einem kurzen „Gutenacht!“ und ging in sein Zimmer.
„Calyste hat sich recht verändert“, erklärte Fräulein de Pen-Hoël mißmutig.
„Wir haben keine schönen Spitzenkleider, wir schwenken unsere Ärmel nicht so, wir stellen uns nicht so hin, wir können niemanden so von der Seite ansehen“, sagte Charlotte, wobei sie Miene, Haltung, Blick und Gesten der Marquise in übertriebener Weise nachahmte. „Unsere Stimme kommt auch nicht aus dem Kopfe, und es fehlt uns das interessante Hüsteln Höhö, das sich anhört wie der Seufzer eines Schattens. Zu unserm Unglück haben wir eine robuste Gesundheit und lieben unsere Freunde ohne jede Koketterie. Wenn

wir sie ansehen, tun wir nicht so, als wollten wir sie aufspießen oder mit einem heuchlerischen Blick durchbohren. Wir verstehen es auch nicht, den Kopf wie eine Trauerweide zu neigen und liebenswürdig zu erscheinen, wenn wir ihn wieder erheben!"

Fräulein Jacqueline konnte sich bei dem Anblick der Gesten Charlottens nicht enthalten, hellaut aufzulachen. Aber weder der Baron, noch Chevalier du Halga begriffen diese Satire der Provinz gegen Paris.

„Die Marquise de Rochefide ist aber sehr schön", lenkte die alte Jungfer ein.

„Alterchen," sagte die Baronin zu ihrem Gatten, „ich weiß, daß sie morgen nach Le Croisic kommt, wir wollen dort spazierengehen; ich möchte ihr gern begegnen."

Während sich Calyste den Kopf zergrübelte, warum ihm die Tür von Les Touches verschlossen geblieben war, kam es dort zwischen den beiden Freundinnen zu einem Auftritt, der auf die Ereignisse des kommenden Tages erheblichen Einfluß haben sollte. Calystens Brief hatte in dem Herzen der Marquise einen ungeahnten Aufruhr herbeigeführt. Nicht immer ist eine Frau das Ziel einer so jungen, harmlosen, aufrichtigen, unbedingten Liebe wie der Liebe dieses Kindes! Béatrix hatte mehr geliebt, als sie geliebt worden war. War sie bisher Sklavin gewesen, so empfand sie nunmehr ein unbeschreibliches Verlangen, den Tyrannen zu spielen. Während sie Calystens Brief wieder und wieder las, durchzuckte sie inmitten ihrer Freude ein grausamer Gedanke. Was machten Calyste und Félicité seit der Abreise Claude Vignons eigentlich immer zusammen? Womit verbrachten sie denn die Vormittage, wenn er ihre Freundin nicht liebte und Félicité dies wußte? Ihre Erinnerung war boshaft genug, diese Fragen mit Camilles Reden in Verbindung zu bringen. Es war ihr, als ließe ein grinsender Teufel das Bild Félicités auf einem Zauberspiegel vor ihr erscheinen und gäbe ihr durch gewisse Gesten, gewisse Blicke der heroischen Freundin volle Aufklärung. Anstatt ihr gleich zu sein, hatte Félicité sie zermalmt. Weit davon entfernt, sie zu hintergehen, war sie von ihr hintergangen worden. Nichts war sie, nichts als eine kleine Freude, die Camille ihrem mit außerordentlicher, ungewöhnlicher Leidenschaft geliebten Kinde bereiten wollte.

Auf eine Frau wie Béatrix wirkte eine solche Entdeckung wie ein Blitzstrahl. Noch einmal ließ sie die Geschehnisse dieser Woche an ihrer Erinnerung vorbeiziehen. Jäh entrollte sich ihr und ihrer Freundin trügerisches Spiel: Sie fühlte sich auf unerhörte Weise erniedrigt. In einer Anwandlung eifersüchtigen Hasses glaubte sie, Camille beabsichtige, sich an Conti zu rächen. Sollte sich die ganze Vergangenheit zweier Jahre in diesen letzten zwei Wochen auswirken? Einmal auf dem Abhang des Mißtrauens, der Vermutungen und des Zorns, blieb Béatrix nicht mehr stehen. Von dem Ungestüm ihrer tieferregten Seele getrieben, ging sie in ihrem Zimmer auf und ab, setzte sich dann wieder hin und versuchte, einen Entschluß zu fassen. Erst als die Stunde des Diners schlug, ging sie hinab, ohne sich umgekleidet zu haben.

Als Camille ihre Rivalin so eintreten sah, durchschaute sie alles. Béatrix war nicht in Abendtoilette, und ihre kalte, schweigsame Miene offenbarte einem Beobachter von der Geistesschärfe einer Camille Maupin die Feindseligkeit eines ungeheuer verbitterten Herzens. Fräulein des Touches eilte hinaus und gab ihrer Zofe den Befehl, der Calysten nachher so sehr befremden sollte. Sie dachte, daß der naive Bretone, käme er in ihre Auseinandersetzung mitten hineingeschneit, durch törichte Offenheit die ganze Zukunft seiner unsinnigen Liebe gefährden und Béatrix vielleicht nie mehr wiedersehen könnte. Sie wollte bei diesem Duell der Täuschungen ohne Zeugen sein. War Béatrix ohne Bundesgenossen, so mußte sie ihr verfallen. Camille kannte die Nüchternheit dieser Seele, die ganze Kleinlichkeit ihres großen Stolzes, auf den sie mit Fug und Recht die Bezeichnung „Halsstarrigkeit" angewendet hatte.

Das Diner war recht unerquicklich. Beide Damen waren zu klug und geschmackvoll, als daß sie, im Beisein der Dienerschaft oder hinter den Türen von ihr belauscht, eine Auseinandersetzung herbeigeführt hätten. Camille war sanft und gut; sie fühlte sich ja so überlegen! Die Marquise war schroff und bissig; wußte sie doch, daß man sie getäuscht hatte wie ein Kind. Während des Essens gab es einen Kampf mit Blicken, Gesten, dunklen Andeutungen, von denen die Leute nicht das geringste verstanden, die aber einen heftigen Sturm ankündigten. Als sie nachher wieder hinaufgehen mußten, bot Camille ihrer Freundin boshaft den Arm. Béatrix aber tat, als bemerkte sie diese Bewegung nicht und eilte auf der Treppe voraus. Kaum war der Kaffee serviert, da gab Fräulein des Touches mit den an ihren Diener gerichteten Wor-

ten: „Sie können gehen!“ das Signal zur Eröffnung der Schlacht.
„Die Romane, die du erlebst, meine Liebe, sind etwas gefährlicher als die Romane, die du schreibst!“ begann die Marquise.
„Sie haben jedoch einen großen Vorteil“, entgegnete Camille und nahm eine Zigarette.
„Welchen Vorteil?“
„Sie sind nicht veröffentlicht, mein Engel!“
„Wird aus dem, in dem du mich mitspielen läßt, ein Buch?“
„Ich fühle mich nicht zum Ödipus berufen. Ich weiß, du bist klug und schön wie eine Sphinx, aber gib mir keine Rätsel auf, liebe Béatrix, sondern sprich klar und eindeutig!“
„Wenn wir, um den Männern zu gefallen und um sie zu zerstreuen, zu unterhalten, zu beglücken, den Teufel um Beistand bäten...“
„Dann würfen sie uns später unsere Bemühungen und Versuchungen vor, weil sie glauben würden, sie seien von dem Geist der Verderbtheit eingegeben“, unterbrach sie Camille.
„Die Männer vergessen die Liebe, die uns fortreißt und unsern Frevel rechtfertigt! Was täten wir nicht alles für sie?... Aber dann kehren sie den Mann heraus und sind undankbar und ungerecht“, versetzte Béatrix. „Frauen unter sich kennen einander und wissen, daß sie unter allen Umständen ihre stolze, edle und – gestehen wir es – ihre tugendhafte Haltung bewahren. Verzeih, Camille, aber ich sehe nun ein, daß die Kritiken, über die du dich mitunter beklagst, sehr richtig sind. Ja, meine Liebe, du hast in der Tat etwas Männliches. Du benimmst dich wie ein Mann, nichts

hält dich zurück, und wenn du auch nicht über alle ihre Vorzüge verfügst, so teilst du im Geist ihre Art und verachtest uns, wie auch sie uns verachten. Ich bin gar nicht zufrieden mit dir, meine Liebe, und bin zu offenherzig, dir das zu verheimlichen. Wohl niemand wird meinem Herzen eine so tiefe Wunde schlagen wie die, an der ich leide! Bist du auch in der Liebe nicht immer Weib, in der Rache bist du es wieder! Nur eine wahrhaft geniale Frau ist imstande, die empfindlichste Stelle unserer Schwächen zu treffen. Ich spreche von Calysten und den fragwürdigen Listen – ja, meine Liebe, das ist das richtige Wort! – von den fragwürdigen Listen, die du mir gegenüber anwandtest. Camille Maupin, wie tief bist du gesunken und in welcher Absicht?"

„Immer mehr und mehr eine Sphinx!" sagte Camille lächelnd.

„Du wolltest wohl, daß ich mich Calysten an den Hals werfe! Für derlei bin ich noch zu jung. Für mich ist Liebe die Liebe mit ihrer wilden Eifersucht und ihrem entschiedenen Willen. Ich bin kein Schriftsteller: Ich kann in Gefühlen nicht Gedanken sehen..."

„Du hältst dich törichter Liebe fähig?" entgegnete Camille. „Sei unbesorgt, du hast noch Geist genug! Du machst dich schlechter, als du bist, meine Liebe! Dein kühler Kopf wird immer Richter sein über die Großtaten deines Herzens!"

Dieses Epigramm ließ die Marquise erröten. Sie sah Camille mit einem haßerfüllten, giftigen Blicke an und holte aus ihrem Köcher die spitzigsten Pfeile, ohne sie erst lange zu suchen. Zigaretten rauchend, hörte Camille den wütenden, von unerhört giftigen Beleidigungen sprühenden Wortschwall mit kalter Miene an. Durch diese Ruhe gereizt, machte dann Béatrix die ungeheuerlichsten Anspielungen auf das Alter ihrer Gegnerin.

„Ist das alles?" entgegnete Camille, in eine fast undurchdringliche Rauchwolke gehüllt. „Liebst du Calysten?"

„Keine Spur!"

„Um so besser", bemerkte Camille. „Ich aber liebe ihn – sogar viel zu viel für meine Ruhe! Mag sein, daß ihn eine Laune zu dir zieht. Du bist die entzückendste Blondine auf Erden, ich hingegen bin schwarz wie ein Maulwurf. Du bist schlank und groß, während ich zu gewichtig bin. Kurz, du bist jung – das ist das große Wort, und du hast es mir nicht erspart. Du hast deine Vorzüge als Weib mir gegenüber genau so mißbraucht, wie ein Schmierblatt seinen Spott mißbraucht. Ich habe alles getan, um das Kommende zu vereiteln", sprach sie und sah zur Decke empor. „Wie wenig Weib ich auch sein mag, ich bin immer noch genug Weib, meine Liebe, daß eine Rivalin meiner Mitwirkung bedarf, um mich zu besiegen..."(Diese grausame, in harmlosester Weise ausgesprochene Bemerkung traf die Marquise mitten ins Herz.) „Du hältst mich für recht albern, wenn du glaubst, was Calyste dich glauben machen möchte. Ich bin weder so groß, noch so klein, ich bin Weib und ganz Weib. Nun laß deine ablehnende Miene und gib mir die Hand!" fuhr sie fort, indem sie sich der Hand Béatrixens bemächtigte, „du liebst Calysten nicht, das ist Tatsache, nicht wahr? Also ereifere dich nicht! Sei morgen schroff, kalt und streng zu ihm! Nach den Vorwürfen, die ich ihm machen will, wird er sich fügen. Besonders aber nach der Versöhnung, denn ich habe die Hilfsmittel unseres Arsenals noch lange nicht erschöpft, und zuletzt triumphiert die Lust immer über die Sehnsucht. Aber Calyste ist Bretone. Beharrt er weiter darauf, dir den Hof zu machen, dann sage es mir unumwunden! Du ziehst dann in mein kleines Landhaus, das nur sechs Meilen von Paris entfernt ist. Dort findest du alle Bequemlichkeiten und kannst auch Conti zu dir kommen lassen. Mag mich Calyste doch verleumden! Selbst die lauterste Liebe lügt sechsmal am Tage, und ihre Lügen zeugen nur für ihre Stärke."

In Camilles Zügen malte sich ein kalter Stolz, der die Marquise außerordentlich beunruhigte. Sie wußte gar nicht, was sie antworten sollte.

Da versetzte ihr Camille den letzten Stoß:

„Ich habe mehr Vertrauen und weniger Bitterkeit als du," fuhr sie fort, „und mute dir nicht die Absicht zu, hinter Selbstbezichtigungen einen Angriff zu verbergen, der mein Leben gefährdet: Du kennst mich und weißt, daß ich den Verlust Calystens nicht überlebe. Früher oder später muß ich ihn aber verlieren. Calyste liebt mich übrigens – ich weiß es."

„Sieh her," entgegnete Béatrix und reichte ihr den Brief, den ihr Calyste geschrieben hatte, „dies antwortete er mir auf einen Brief, in dem ich nur von dir gesprochen hatte!"

Während Camille diesen Brief las, füllten sich ihre Augen mit Tränen; sie weinte, wie alle Frauen weinen, die ein tiefes Leid erfahren.

„Allmächtiger, er liebt sie!" schluchzte sie; „ich sterbe also unverstanden, ungeliebt!"

Sie lehnte den Kopf eine Zeitlang an Béatrixens Schulter. Ihr Schmerz war echt. In ihrem Innern empfand sie den gleichen furchtbaren Schlag, den Baronin du Guénic beim Lesen dieses Briefes erhalten hatte.

„Liebst du ihn?“ fragte sie und sah dabei die Marquise mit tränenfeuchten Augen an, „hegst du jene grenzenlose Verehrung für ihn, die über alles triumphiert und jede Verachtung, jeden Verrat überlebt? Liebst du ihn um seiner selbst oder nur um deiner Lust willen?“

„Du liebe Freundin!“ antwortete die Marquise gerührt, „sei außer Sorge, ich reise morgen ab!“

„Nein, bleibe! Ich weiß, er liebt dich! Und ich liebe ihn so, daß ich verzweifelt wäre, ihn leidend, unglücklich zu sehen. Ich hatte mir seinetwegen mancherlei Pläne gemacht; aber wenn er dich liebt, ist alles aus.“

„Ich liebe ihn, Camille“, versetzte die Marquise mit bewundernswerter Einfalt; aber sie errötete dabei.

„Du liebst ihn und kannst ihm widerstehen?“ rief Camille aus. „Oh, du liebst ihn nicht!“

„Ich weiß nicht, welche Tugenden er wieder in mir erweckte, gewiß aber erreichte er, daß ich mich meiner selbst schäme“, entgegnete Béatrix. „Ich wollte, ich wäre tugendhaft und frei, daß ich ihm anderes opfern könnte als die Überreste meines Herzens und schändliche Fesseln. Ich will kein halbes Geschick – weder für ihn noch für mich!“

„Du kühler Kopf: lieben und rechnen!“ sagte Camille in einer Art Abscheu.

„Alles, was du willst, aber ich will sein Leben nicht zerstören, will nicht wie ein Stein an seinem Halse hängen, will für ihn nicht der Anlaß ewigen Bedauerns sein. Kann ich nicht seine Gattin sein, so will ich auch nicht seine Geliebte werden. Er hat mich... du darfst mich nicht auslachen, nein?... aber seine herrliche Liebe hat mich geläutert."

Camille schleuderte auf Béatrix den höhnischsten, grausamsten Blick, den jemals ein eifersüchtiges Weib der Rivalin zugeworfen hat, und sprach: „Auf diesem Gebiete glaubte ich allein zu sein. Diese Bemerkung trennt uns für immer, Béatrix; wir sind keine Freundinnen mehr! Zwischen uns beginnt ein furchtbarer Kampf, und jetzt schon sage ich dir: Du wirst unterliegen oder die Flucht ergreifen..."

Sie stürzte wie eine rasende Löwin in ihr Zimmer und lüftete nach einigen Augenblicken die Portiere.

„Kommst du morgen nach Le Croisic?" fragte sie.

„Gewiß!" antwortete die Marquise hochfahrend. „Ich werde weder unterliegen noch die Flucht ergreifen!..."

„Ich spiele mit offenen Karten: Ich schreibe an Conti!" entgegnete Camille.

Béatrix wurde weiß wie ihr Schal.

„Jeder von uns spielt um sein Leben", versetzte die Marquise, die nicht mehr ein noch aus wußte. –

Die heftigen Leidenschaften, die diese Auseinandersetzung geweckt hatten, besänftigten sich während der Nacht. Beide Frauen machten sich insgeheim Vorwürfe, sprachen sich Vernunft zu und kehrten zurück zu dem Gefühl erbärmlichen Zauderns, das die meisten Frauen bedrückt: ein Verfahren, das zwischen Mann und Frau ganz vortrefflich, zwischen Frauen untereinander jedoch entschieden schlecht ist. In diesem letzten, furchtbaren Sturme vernahm Fräulein des Touches die große Stimme, die sogar die Unerschrockensten besiegt, und Béatrix hörte auf die Ratschläge mondäner Rechtsgrundsätze und fürchtete die Verachtung der Gesellschaft. Der letzte, auf den Ton wildester Eifersucht gestimmte Trug Félicités hatte demnach einen vollen Erfolg: Calystens Fehler war ausgeglichen. Eine neuerliche Indiskretion konnte jedoch seine Hoffnungen auf immer zunichte machen.

✩

DER AUGUSTMONAT GING SEINEM ENDE ENTgegen. Der Himmel strahlte in prächtiger Klarheit. Am Horizont leuchtete der Ozean wie geschmolzenes Silber, und nächst dem Strande schaukelten kleine Wellen. Senkrecht fielen die Sonnenstrahlen auf die Dünen, über denen ein eigenartig leuchtender Rauch zu schweben schien, und erzeugten eine fast tropische Atmosphäre. An der Oberfläche der Salzteiche blühte das Salz in der Form von kleinen, weißen Nelken. Die wackeren Paludiers – ganz weiß gekleidet, um der Einwirkung der Sonne besser zu widerstehen – waren vom frühen Morgen an auf ihrem Posten. Mit langen Rechen ausgerüstet, lehnten einige von ihnen an den niedrigen Lehmmauern, die jedes Grundstück von den benachbarten schieden, und beobachteten das Schaffen des großen Chemikers Natur, das ihnen seit ihrer Kindheit vertraut war. Die andern plauderten und scherzten mit ihren Frauen und Kindern. Gemächlich schmauchten die Zoll-

wächter, die „grünen Dragoner“, ihre Pfeifen. Es lag etwas Orientalisches in diesem Bilde; ein plötzlich hierher versetzter Pariser hätte gewiß nicht geglaubt, in Frankreich zu sein.
Baron und Baronin du Guénic gingen unter dem Vorwand, die Salzernte zu sehen, auf dem Hafendamm spazieren und betrachteten entzückt die stille Gegend. Geräuschlos durchfurchten zahlreiche Barken das Meer, nur die in gleichen Intervallen wiederkehrende Brandung der schaumgekrönten Wellen ließ sich vernehmen. Der grüne Gürtel des Strandes wirkte um so anmutiger, als das Ufer des Meeres sonst fast überall unbebaut und trostlos war.
Kaum hatten die Paludiers die beiden Spaziergänger erblickt, da sammelten sie sich am Eingang zu den Salzteichen, um den alten Edelmann zu begrüßen.
„Kinder,“ rief ihnen Baron du Guénic zu, „ich wollte die Salzteiche noch einmal sehen, bevor ich sterbe.“
„Stirbt denn ein du Guénic auch?“ fragte ein Paludier verwundert.
In diesem Augenblick tauchte die von Les Touches aufgebrochene Karawane auf dem schmalen Dünenwege auf. Die Marquise ging allein voran, Camille und Calyste folgten ihr Arm in Arm. Zwanzig Schritte hinter ihnen kam Gasselin.
„Dort sind meine Eltern“, rief der Junker.
Béatrix blieb stehen. Die Baronin empfand bei ihrem Anblick sofort eine heftige Abneigung, obgleich die Marquise sehr vorteilhaft gekleidet war: Sie trug einen breitrandigen Florentinerhut mit Kornblumen, darunter gewelltes Haar, ein graues

Stoffkleid, einen blauen Gürtel mit langen, flatternden Bändern – mit einem Worte, sie sah aus wie eine als Schäferin verkleidete Prinzessin.

„Sie hat kein Herz", dachte Fanny.

Calyste stellte vor:

„Baronin du Guénic, mein Vater – Fräulein des Touches, Frau Marquise de Rochefide, geborene Casteran."

Félicité begrüßte die Baronin mit einem demütigen, dankbaren Blick.

‚Die liebt meinen Sohn wirklich!' dachte die Baronin. ‚Sie tut, als wollte sie mir danken, daß ich Calysten zur Welt brachte!'

Der Baron wandte sich, nachdem er die beiden Freundinnen begrüßt hatte, an Félicité:

„Sie kamen wohl auch hierher, um zu sehen, wie die Ernte wird. Allein Sie haben eher Ursache, neugierig zu sein als ich. Es ist ja ein Teil Ihres Vermögens!"

„Ja," sagte einer der Paludiers, „Fräulein des Touches ist die reichste Grundbesitzerin der Gegend. Gott schütze sie! Sie hat ein gutes Herz!"

Die beiden Gruppen verabschiedeten und trennten sich.

„Man würde Fräulein des Touches nicht für älter halten als dreißig", meinte der Baron, als er mit Fanny heimkehrte. „Sie ist sehr hübsch. Und sollte Calysten die prächtige Bretonin nicht lieber sein als dieses hagere Weibsbild aus Paris?"

„Ach, leider ja", seufzte die Baronin.

Am Fuße des Hafendamms wartete eine Barke, die man recht mißmutig bestieg. Die Marquise war kühl und abweisend, und Calyste, dem Camille wegen seines Ungehorsams immer noch grollte, überließ sich dumpfer Verzweiflung. Gelegentlich warf er auf Béatrix einen verstohlenen Blick, in dem Haß und Liebe wetteiferten. Während der kurzen Überfahrt nach dem Hafen von Le Croisic wurde kein Wort gewechselt. Am äußersten Ende des Hafens lud man Salz, das die Weiber in großen Töpfen auf ihrem Kopfe herbeitrugen, so daß sie aussahen wie Karyatiden. Diese Weiber gehen barfuß und in ziemlich kurzen Röcken. Viele lassen sorglos das Tuch flattern, das ihre Brust bedeckt. Manche sind nur mit einem Hemd bekleidet – die sind am stolzesten: denn je dürftiger sie angezogen sind, desto prächtiger entfaltet sich ihre hoheitsvolle Keuschheit.

Der kleine dänische Dampfer beendigte gerade seine Ladung. Die Landung der beiden schönen Frauen reizte die Neugier der Salzträgerinnen. Um ihr zu entgehen und Calysten gleichzeitig einen Dienst zu erweisen, flüchtete Camille in die Felsen und ließ den Jüngling mit Béatrix allein. Gasselin folgte seinem Herrn in einem Abstand von mindestens zweihundert Schritten.

Nach dem Meere hin umsäumen die Halbinsel Le Croisic granitische Felsen von so merkwürdiger Form, daß sie nur derjenige wahrhaft schätzen lernt, der zwischen den großen Schauspielen der Natur Vergleiche anzustellen vermag. Die Felsen von Le Croisic dürften gleichgearteten Naturgebilden ebenso überlegen sein, wie die Grande-Chartreuse, das waldige Hügelland bei Grenoble, andern Engtälern überlegen ist. Weder die Küste Korsikas mit ihren bizarren Granitriffen, noch die Küste Sardiniens mit ihren grandiosen, furchtbaren Natureffekten, noch auch die Basaltfelsen der Nordsee haben eine so vollendete Eigenart. Die Phantasie gefällt sich dort in der Zusammenfügung zahlloser Arabesken, die sich zu phantastischen Figuren verschlingen und immer wieder auflösen. Alle Formen sind da. Unsere Vorstellungskraft ermüdet angesichts dieser immensen Galerie der Ungeheuerlichkeiten, deren Kanten und Ecken das Meer, das bei Stürmen tosend hineinstürzt, allmählich vollkommen abgeschliffen hat. Man stößt auf ein Gewölbe von einer Kühnheit, an die selbst Brunelleschis Kunst auch nicht entfernt heranreicht – denn auch höchste Kunst ist stets nur eine schüchterne Nachahmung der Natur. Unter diesem Gewölbe liegt ein mit feinem weißen Kies besandetes Becken, das wie eine Marmor-Badewanne poliert und vier Fuß hoch mit lauwarmem Wasser angefüllt ist, in dem man unbesorgt baden kann. Man bewundert kleine, frische Buchten, die in der Art des Palais Pitti – einer andern Nachahmung der launischen Natur – durch rohbehauene, jedoch majestätische Säulenhallen vor Wind und Wetter geschützt sind. Der Zufall erzeugt hier die mannigfaltigsten Wirkungen, nichts fehlt von allem, was ausschweifendste Phantasie ersinnen und ersehnen könnte. Hier wächst sogar ein dichtes Gebüsch von Buchsbäumen – eine so außerordentliche Seltenheit an der Küste des Ozeans, daß sie füglich als alleinige Ausnahme gelten können.

Diese Buchsbäume, für das baum- und strauchlose Le Croisic eine Rarität, befinden sich, etwa eine Meile vom Hafen entfernt, am vorspringendsten Punkt der Küste. Gegen Süden bildet der Granit ein Vorgebirge, das sich so hoch über das Meer erhebt, daß seine Wogen es auch bei stärkstem Sturme nicht erreichen. Ihre Zerstörungswut mußte sich begnügen, eine Aushöhlung zu schaffen, die etwa vier Fuß breit vorkragt. Nach diesem Felsgeklüft brachte ein Zufall, vielleicht auch ein Mensch, reichlichen Humus, so daß im Lauf der Zeit dichter, niedriger Buchs sprießen konnte, den wohl Vögel gesäet hatten. Die Gestalt der Wurzeln deutet auf ein Wachstum von dreihundert Jahren. Darunter ist der Fels glatt abgebrochen. Erschütterungen des Erdbodens, deren Spuren entlang der Küste in unverwischbaren Zügen erhalten sind, haben die sich lösenden Granitblöcke weithin entführt. Von keinem Riffe behindert, brandet das Meer gegen den Fuß dieser Platte und erreicht hier eine Tiefe von mehr als fünfhundert Fuß. Allenthalben ragen Felsspitzen vom Meeresgrund bis an den Wasserspiegel empor, was sich durch ein leichtes Kräuseln der Wellen kundgibt, und bilden in ihrer Gesamtheit eine Art Riesenzirkus. Es gehört einigermaßen Mut und Entschlossenheit dazu, sich bis zu dem Gipfel dieses kleinen Gibraltar vorzuwagen, von wo ein Windstoß den Neugierigen ins Meer oder – was noch gefährlicher wäre – gegen die Felsen schleudern kann.

Diese gigantische Schildwache ähnelt den „Laternen" auf den Kuppeln alter Schlösser, dank denen man jeden Angriff vorhersehen konnte, weil das Auge die ganze Gegend mit einem Blick umfaßte. Von dort aus sieht man den Kirchturm und die dürren Äcker von Le Croisic, den Sand und die Dünen, die bis in das Gebiet von Batz vordringen und das bebaute Land bedrohen. Einige Greise behaupten, daß sich an dieser Stelle vor altersgrauen Zeiten eine Zitadelle befand. Die Sardinenfischer gaben dem weit bis ins Meer hin sichtbaren Felsen einen Namen, der jedoch, weil er bretonisch ist, schwer zu behalten und auszusprechen ist. Calyste führte die Marquise an den Punkt, der den prächtigsten Rundblick bietet und dessen steinerne Schönheit alles übertrifft, was auf dem Sandweg, der an dem Meer entlangführt, Staunen erregen könnte. Camille hatte sich inzwischen, wie ein waidwundes Tier, in die Einsamkeit geflüchtet. Sie verschwand in den Grotten, tauchte dann wieder auf steilen Gipfeln auf, verscheuchte die Krabben aus ihren Löchern oder beobachtete sie bei ihren originellen Sitten. Um unbehindert zu sein, hatte sie Beinkleider mit gestickten Fußkrausen, eine kurze Jacke und einen Kastorhut. Statt des Spazierstocks trug sie eine Reitpeitsche, denn sie war auf ihre Kraft und Geschmeidigkeit nicht wenig stolz. Mit ihrem rotseidenen, chinesischen Schal, den sie über die Brust gekreuzt trug, sah sie unvergleichlich schöner aus als die Marquise. Béatrix und Calyste sahen sie eine Zeitlang wie ein Irrlicht auf den Spitzen und über Abgründen dahinschweben, als versuchte sie, sich durch Herausforderung der Gefahr von ihrem Leide abzulenken. So kam sie als Erste auf dem Buchsbaumfelsen an und setzte sich, in stille Betrachtungen verloren, in den Schatten einer Bodenvertiefung. Was konnte eine Frau, wie sie, mit ihren Jahren beginnen, nachdem sie den Becher des Ruhms auf einen Zug geleert hatte, anstatt die stumpfsinnigen Genüsse der Eigenliebe behutsam in einzelnen Tropfen zu schlürfen? Im Laufe dieser Betrachtungen geschah es – sie hat es späterhin selbst eingestanden – daß sie hier, in diesen Felsen, zu der seltsamen Tat bestimmt wurde, die ihrem gesellschaftlichen Leben ein Ende machen sollte. Was gab ihr sie ein? Ein Nichts, einer jener Zufälle, die gewöhnlichen Menschen vielleicht als Torheit erscheinen, die hingegen große Seelen in einen Abgrund tiefster Nachdenklichkeit stürzen. Sie entnahm ihrer Tasche eine kleine Schachtel, in die sie für den Fall, daß sie durstig werden sollte, Erdbeerpastillen hineingetan hatte. Während sie einige dieser Pastillen genoß, fiel es ihr auf, daß sich die Erdbeeren, obwohl sie gar nicht mehr bestanden, in ihren Eigenschaften immer noch geltend machten. Sie schloß daraus, daß es auch mit uns so sein könne. Das Meer bot ihr ein Bild der Unendlichkeit. Kein großer Geist kann sich der Unendlichkeit entziehen, ohne auf eine gottselige Zukunft zu schließen, wofern er die Unsterblichkeit der Seele gelten läßt. Dieser Gedanke verfolgte sie noch, als sie den Duft ihres Riechfläschchens einatmete. Ihre Absicht, Béatrix dem Junker durch listige Ränke in die Arme zu treiben, erschien ihr auf einmal recht armselig. Sie fühlte, wie das Weib in ihr starb und wie sich das edle, engelgleiche Wesen, das bisher an ihr Fleisch gebannt war, allmählich loslöste. Wohin hatte sie ihr unermeßlicher Geist, ihr Wissen, ihre Kenntnisse, ihre unnatürlichen Leidenschaften geführt? Zu der fruchtbaren Allmutter, der Trösterin der Beladenen, zu der römischen Kirche, die so milde mit den Bereuenden, so poetisch mit den Dichtern, so natürlich und einfach mit den Kindern, so ernst und geheimnisvoll mit den ruhlosen, wilden Geistern ist, daß in ihrem Schoße ewig unersättliche Neugier gestillt wird. Sie dachte an die Winkelzüge, zu denen sie der junge Bretone veranlaßt hatte, und verglich sie mit den krummen Wegen dieser Felsklüfte. In ihren Augen war Calyste immer ein holder Himmelsbote, ein göttlicher Führer. Durch diese himmlische erstickte sie ihre irdische Liebe. –

Calyste verharrte an der Seite der Marquise eine Zeitlang in Schweigen. Als sie jedoch die Schönheit der Adria pries, die von der des Atlantischen Ozeans entschieden stark abweicht, konnte er sich nicht enthalten, Unermeßlichkeit, Reinheit, Tiefe, Ewigkeit der schäumenden See mit seiner Liebe zu vergleichen.

„Sie bricht an dem Fels, der hier steht", bemerkte Béatrix lächelnd.

„Wenn Sie so zu mir sprechen," erwiderte Calyste, „und ich Sie sehen und hören kann, dann habe ich eine Engelsgeduld. Aber könnten Sie mich sehen, wenn ich allein bin, so hätten Sie Mitleid mit mir. Selbst meine Mutter weint dann über mein Leid."

„Hören Sie, Calyste, man muß ein Ende machen", entgegnete sie, als sie wieder auf dem Sandweg anlangte. „Vielleicht ist hier der einzig passende Ort, derartige Dinge zu besprechen; denn nirgends sah ich die Natur mit meinen Gedanken in innigerer Harmonie. Ich war in Italien, wo alles von Liebe spricht. Ich war in der Schweiz, wo alles frisch ist, wo sich überall echtes, arbeitsreiches Glück kundgibt, und wo zwischen stillen Seen und grünen Tälern die schneebekrönten Alpen zum Himmel ragen. Nichts aber sah ich, was der glühenden Dürre meines Lebens besser entspräche, als diese vom Seewind ausgedörrte, von salzigen Dünsten zerfressene Gegend, wo eine kümmerliche Landwirtschaft im Angesicht des unermeßlichen Ozeans und der duftumwehten Türme eures Guérande um ihr Dasein ringen muß. Das ist Ihre Béatrix, Calyste! Hängen Sie sich also nicht an sie! Ich liebe Sie, aber ich werde Ihnen niemals und auf keine Art angehören, denn ich kenne meine innere Zerfahrenheit. Ach, Sie ahnen nicht, wie hart ich gegen mich bin, wenn ich zu Ihnen so spreche! Nein, der Abgott, den Sie in mir sehen, soll von seiner Höhe, auf die Sie ihn stellten, nicht herabstürzen! Ich verabscheue fortan eine Leidenschaft, die von Welt und Religion mißbilligt wird. Ich will mich nicht mehr demütigen und mein Glück verbergen. Ich bleibe, wo ich bin und was ich bin: eine Sandwüste ohne Blumen, ohne Grün – wie diese hier ..."

„Und wenn Sie verlassen würden?" wandte Calyste ein.

„Dann ginge ich hin und bettelte um Gnade. Ich erniedrigte mich vor dem Mann, den ich kränkte, niemals aber setzte ich mich der Gefahr eines Glücks aus, von dem ich bestimmt weiß, daß es enden muß."

„Enden muß!" rief Calyste.

Die Marquise kam dem Dithyrambus, dem sich ihr Anbeter hingeben wollte, zuvor und wiederholte in Schweigen gebietendem Tone:

„Ja, enden muß!"

Der Widerspruchsgeist des Jünglings erweckte in seinem Innern einen Zorn, den nur der kennt, der hoffnungslos liebt. In tiefem Schweigen gingen sie etwa dreihundert Schritte weiter und sahen weder das Meer noch die Felsen, noch die Felder von Le Croisic.

„Ich würde Sie so glücklich machen!" begann Calyste von neuem.

„Alle Männer versprechen uns zuerst das Glück und überlassen uns dann der Schande und dem Ekel. Ich habe dem Manne, dem ich Treue schulde, nichts vorzuwerfen. Er hat mir nichts versprochen, ich selbst ging zu ihm hin. Das einzige Mittel, das mir bleibt, meine Schuld zu vermindern, besteht darin, sie zu verewigen."

„Sagen Sie doch, daß Sie mich nicht lieben! Ich liebe Sie und weiß aus eigener Erfahrung, daß Liebe nicht rechten kann, daß sie nichts sieht als sich selbst, und daß sie kein Opfer kennt, dessen ich nicht fähig wäre. Gebieten Sie, und ich will Unmögliches versuchen! Der Ritter, der seine Geliebte einstens verhöhnte, weil sie ihren Handschuh unter die Löwen warf und verlangte, daß er ihn hole – nein, der liebte nicht! Er verkannte das Recht des Weibes, uns auf die Probe zu stellen, damit sie unserer Liebe sicher sei und nur vor übermenschlicher Größe die Waffen strecke. Ich aber brächte Ihnen meine Familie, meinen Namen, meine ganze Zukunft zum Opfer dar!"

„Welch ein Schimpf liegt für mich in diesem Worte: Opfer!" sagte sie in vorwurfsvollem Tone, der Calyste deutlich fühlen ließ, wie töricht dieser Ausdruck gewählt war.

Nur kokette Frauen oder solche, die unbedingt lieben, finden Halt an einem einzigen Worte und schwingen sich in wunderbare Höhen empor: Geist und Gefühl gehen dabei auf gleiche Weise vor;

indes, die Liebende grämt sich, die Kokette setzt sich darüber hinweg.

„Sie haben recht," meinte Calyste traurig, „ich darf diesen Ausdruck nur auf die Schmerzen anwenden, die Sie von mir fordern."

„Schweigen Sie!" rief Béatrix, bestürzt über diese Entgegnung, darin sich seine Liebe zum ersten Male deutlich kundgab, „ich habe genug gefehlt – führen Sie mich nicht in Versuchung!"

Sie waren am Fuße des Buchsbaumfelsens angelangt, den Béatrix erklimmen wollte. Welche Seligkeit für den armen Jungen, ihr dabei zu helfen, die geliebte Frau an sich zu drücken und ihren leicht bebenden Leib zu fühlen: Sie bedurfte seiner! Dieses unverhoffte Glück verwirrte seinen Geist, er sah nichts mehr, er hielt sie an ihrem Gürtel fest.

„Was soll das?" sagte sie Ehrfurcht heischend.

„Werden Sie mir denn niemals angehören?" entgegnete er mit einer Stimme, die im rasenden Sturm seines Blutes erstickte.

„Nein, mein Freund, niemals!" antwortete sie. „Ich kann für Sie nichts anderes sein als ein Traum. Ist das nichts Süßes, Schönes? Uns bleibt keine Bitternis, kein Kummer, keine Reue!"

„Und Sie kehren zu Conti zurück?"

„Ich muß wohl!"

„Dann sollst du niemandem angehören!" rief er aus und stieß sie bei diesen Worten in sinnloser Wut vom Gipfel herab.

Er wollte ihren Sturz hören und sich hernach selbst hinabstürzen. Aber er vernahm nur einen kurzen Aufschrei, das eigentümliche Geräusch eines zerreißenden Stoffes und den dumpfen Schlag eines auf Stein fallenden Körpers. Anstatt kopfüber abzustürzen, war Béatrix beim Fallen in das Gesträuch geraten. Dennoch wäre sie weiter ins Meer hinabgerollt, hätte sich nicht ihr Kleid an einem kleinen Felsvorsprung verfangen und, obwohl es riß, auf diese Weise die Wucht des auf die Buchsbäume fallenden Körpers beträchtlich abgeschwächt.

Fräulein des Touches, die sie stürzen sah, war so erschrocken, daß sie nicht schreien, sondern Gasselin nur winken konnte, zu Hilfe zu eilen. In einer fast grausamen Neugier beugte sich Calyste über den Felsrand vor. Er überblickte Béatrixens Lage und erbebte: Sie schien zu beten; sie dachte wohl, daß sie sterben müsse, denn schon begann das Gesträuch nachzugeben. Mit der überraschenden, von der Liebe eingegebenen Geschicklichkeit, mit dem übermenschlichen Feuereifer, den die Jugend findet, wenn Gefahren drohen, ließ er sich, an kleinen Felsvorsprüngen Halt suchend, von neun Fuß Höhe bis an den Felsrand hinunter und kam gerade noch zurecht, die Marquise zu fassen und in seine Arme zu nehmen – auf die Gefahr hin, zusammen mit ihr ins Meer zu stürzen. Béatrix war bewußtlos. Dennoch war seine erste Empfindung ein Gefühl der Wonne: Durfte er doch glauben, sie sei nun ganz sein Eigen in diesem luftigen Bette, darin sie, allein mit ihm, lange verweilen sollte!

„Öffnen Sie die Augen," sagte er leise, „verzeihen Sie mir, oder wir sterben zusammen!"

„Sterben?" flüsterte sie mit bleichen Lippen und schlug die Augen auf.

Calyste begrüßte dieses Wort mit einem Kuß und

fühlte dabei mit Entzücken, wie Béatrix unter dieser Berührung seiner Lippen erschauerte.

Da ließen sich über ihm Gasselins Nagelschuhe vernehmen. Der Knecht und Félicité, die ihm gefolgt war, erwogen gemeinsam die Mittel, das Liebespaar zu retten.

„Es bleibt nur ein Mittel," erklärte Gasselin endlich, „ich lasse mich hinunter, sie steigen auf meine Schultern, und Sie reichen ihnen die Hand entgegen."

„Und du?" entgegnete sie.

Gasselin schien höchst erstaunt zu sein, daß man, während sein junger Herr in Lebensgefahr schwebte, auch ein wenig an ihn dachte.

„Es ist besser, daß man aus Le Croisic eine Leiter holt", entschied Fräulein des Touches.

‚Sie ist trotzdem boshaft!' dachte Gasselin, als er hinabstieg.

Béatrix bat mit schwacher Stimme, daß man sie niederlege; sie fühlte sich einer Ohnmacht nahe. Calyste bettete sie behutsam zwischen Granit und Strauchwerk auf erfrischenden Humus.

„Ich habe alles gesehen, Calyste!" rief ihm Camille über den Felsrand zu. „Ob nun Béatrix gerettet wird oder nicht, es darf immer nur ein unglücklicher Zufall gewesen sein!"

„Sie wird mich hassen", versetzte er mit feuchten Augen.

„Sie wird dich lieben!" widersprach Camille. „So also endet unser Ausflug! Man muß sie nach Les Touches schaffen. Was aber wäre aus dir geworden, wenn sie den Tod gefunden hätte?"

„Ich wäre ihr dahin gefolgt."

„Und deine Mutter?... Und ich?" setzte sie nach einer Weile leise hinzu.

Calyste verharrte, den Rücken gegen die Felswand gelehnt, in düsterem Schweigen. Alsbald kam Gasselin mit einer Leiter wieder, die er in einem der kleinen, über das Land verstreuten Bauernhofe gefunden hatte. Als Béatrix wieder zu einigen Kräften gekommen war, schob Gasselin die Leiter zu Calyste hinab und bat ihn, Félicités roten Seidenschal unter den Armen der Marquise hindurchzuziehen und ihm die Enden zu reichen. Auf diese Weise konnte Béatrix, von Calyste unterstützt, auf die kleine Plattform gelangen, wo sie Gasselin wie ein Kind in die Arme nahm und auf den Strand hinabtrug.

„Ich hätte zum Tod nicht ‚nein' gesagt – aber die Schmerzen!“ sagte sie ihrer Freundin mit schwacher Stimme.

Angesichts der Schwäche und Hinfälligkeit Béatrixens sah sich Camille gezwungen, die Verletzte nach dem Gehöfte schaffen zu lassen, wo Gasselin vorhin die Leiter entliehen hatte. Calyste, Gasselin und Camille entledigten sich der entbehrlichen Kleidungsstücke, verteilten sie auf die Leiter, legten Béatrix darauf und trugen sie wie auf einer Tragbahre in das Gehöft, dessen Besitzer ihr sein Bett überließ. Gasselin rannte zum Rastplatz der Pferde, beauftragte die Schifferknechte, an die dem Gehöft zunächst liegende Bucht heranzurudern, und galoppierte nach Le Croisic, um den Wundarzt zu holen. Inzwischen brütete Calyste, auf einer Fußbank sitzend, dumpf vor sich hin und beantwortete Félicités bekümmerte Fragen nur durch abgerissene Worte oder ein gelegentliches Kopfnicken.

Nach einem Aderlaß fühlte sich die Kranke ein

wenig wohler. Sie konnte sprechen und willigte ein, sich einschiffen zu lassen. Gegen fünf Uhr nachmittags wurde sie in Guérande vom Hafen nach Les Touches übergeführt, wo der Arzt der Stadt bereits auf sie wartete. Das Gerücht von ihrem Unfall hatte sich in dieser entlegenen, fast unbewohnten Gegend mit unbeschreiblicher Geschwindigkeit verbreitet.

Calyste verbrachte die Nacht in Les Touches am Fußende des Krankenbettes, gemeinsam mit Félicité. Der Arzt hatte erklärt, daß die Marquise am nächsten Tage nur noch eine ungefährliche Steifheit der Glieder zurückbehalten würde. Mitten durch Calystens Verzweiflung brach eine tiefe Freude hervor: Er stand am Bett der Geliebten! Er durfte sie betrachten, wie sie schlief, wie sie wachte! Er konnte ihr blasses Antlitz, die kleinste ihrer Bewegungen studieren! Camille lächelte bitter, als sie bei ihm die Symptome einer Leidenschaft erkannte, die eines Mannes Geist und Seele für immer umgestaltet, wenn sie sich in einer Zeit, da keine Sorge, keine Überlegung diese grausame Arbeit stört, in sein Leben drängt. Niemals sollte der junge Bretone die Marquise so sehen, wie sie wirklich war. Mit welcher Harmlosigkeit ließ er sie seine geheimsten Gedanken lesen!... Er bildete sich ein, diese Frau sei sein, weil er sich in ihrem Zimmer befand und ihr zerwühltes Bett bewundern durfte. Mit einer ekstatischen Aufmerksamkeit erspähte er ihre kleinsten Bewegungen. Sein Verhalten bewies eine so entzückende Neugier, ein so kindliches Glücksgefühl, daß ein Augenblick kam, in dem sich die beiden Frauen verständnisvoll anlächelten. Als Calyste in den

schönen, meergrünen Augen der Kranken ein seltsames Gemisch von Verwirrung, Liebe und Spott aufleuchten sah, wandte er sich beschämt ab.
„Habe ich Ihnen nicht gesagt, Calyste, daß ihr Männer uns zuerst das Glück versprecht und uns nachher in einen Abgrund stößt?“
Als er diesen Scherz vernahm, dessen anmutiger Ton irgendeinen Wandel in Béatrixens Herzen kundtat, warf er sich vor ihr nieder und küßte ihr demütig die Hand, die sie ihm willig überließ.
„Sie haben das Recht, meine Liebe für immer zurückzuweisen; ich aber habe kein Recht mehr, Ihnen auch nur das geringste zu sagen.“
„Ach,“ rief Camille, die der Gesichtsausdruck ihrer Freundin unwillkürlich an ihre eigenen diplomatischen Anstrengungen erinnerte, „die Liebe allein wird immer geistvoller sein als die ganze Welt zusammengenommen! Jetzt nimm dein Schlafmittel, liebe Béatrix, und schlafe!“
Sie machte sich über ihre mystisch-theologischen Bücher, während Calyste „Indiana“, das erste Werk ihrer berühmten Rivalin, zur Hand nahm und sich an dem fesselnden Bild des Jünglings ergötzte, der eine Frau in der gleichen schiefen Situation wie Béatrix liebte – abgöttisch und hingebungsvoll, mit rätselhafter Ruhe und für sein ganzes Leben liebte. Es war ein Buch, das ihm zum verhängnisvollen Beispiel werden sollte. Diese Nacht, in der ihm Félicité zu verstehen gab, daß sich eine Frau, wenn sie kein Unhold ist, nur glücklich und in ihrer ganzen Eigenliebe geschmeichelt fühlt, das Ziel eines Verbrechens gewesen zu sein – diese Nacht hinterließ in dem

Herzen des armen Jünglings unverwischbare Spuren.

„Mich hätten Sie nicht ins Wasser geworfen!" schloß Camille, ihre Tränen trocknend. –

Gegen Morgen war Calyste, vom Schlaf übermannt, in seinem Lehnstuhl eingeschlummert. Ungestört konnte nunmehr die Marquise den entzückenden Jüngling betrachten, dem die Aufregungen und die erste Nachtwache der Liebe die Wangen gebleicht hatten. Sie hörte ihn im Schlafe ihren Namen flüstern.

„Er liebt mich im Schlafe!" sagte sie zu Camille.

„Man muß ihn fortschicken, damit er zu Hause schläft", entgegnete Félicité und weckte ihn auf.

Im Hause du Guénic war Calystens wegen niemand in Sorge; Fräulein des Touches hatte der Baronin ein paar Zeilen geschrieben. Zum Diner kam Calyste wieder nach Les Touches. Béatrix war aufgestanden; er fand sie blaß, schwach und matt, doch lag weder in ihren Worten noch in ihren Blicken die geringste Härte. Nach dem Essen setzte sich Camille sofort ans Klavier und schien nicht zu bemerken, daß Calyste, während sie spielte, Béatrixens Hände hielt und zärtlich drückte, ohne daß zwischen ihnen auch nur ein Wort gewechselt wurde.

Seit diesem, von Musik und Poesie erfüllten Abend gab es keinen Sturm mehr in Les Touches. Félicité stellte sich völlig in den Schatten. Bei Frauen, die kalt, schwach, schroff und unbedeutend sind wie die Marquise und deren knochiger Halsansatz ihnen eine entfernte Ähnlichkeit mit dem Katzengeschlecht verleiht – bei solchen Frauen hat auch die Seele die blasse Färbung grünlich-grauer Katzenaugen, und um diese Steine zu schmelzen, zu verglasen, bedarf es der Gewalt eines Blitzes. Für Béatrix war Calystens Wahnsinnstat dieser Blitzstrahl, dem nichts widersteht und der die ungebärdigsten Naturen wandelt. Die Marquise fühlte sich innerlich geschlagen; ihr Herz schwelgte in den mollig-warmen Fluten einer reinen, echten Liebe. Sie atmete in der süßen, erschlaffenden Atmosphäre nie gekannter Gefühle und fühlte sich gewachsen, gehoben. Endlich zog sie in dem Himmel ein, in den die Bretagne das Weib zu allen Zeiten emporgehoben hat. Und sie schlürfte die ehrfurchtsvolle Anbetung dieses Kindes, dessen Glück sie so wenig kostete, den ein Blick, eine Geste, ein Wort von ihr befriedigte. Der hohe Preis, den sein Herz für diese Nichtigkeiten hingab, rührte sie außerordentlich. Ihr abgestreifter Handschuh bedeutete diesem Engel mehr als ihre ganze Person dem, der die Pflicht gehabt hätte, sie anzubeten. Welch ein Gegensatz!

Wo wäre die Frau, die solcher Vergötterung widerstehen könnte? Sie war sicher, daß man ihr gehorchte, daß man sie verstand. Hätte sie von Calyste verlangt, sein Leben für die geringste ihrer Launen aufs Spiel zu setzen, es wäre ihm nicht einmal eingefallen, darüber auch nur nachzudenken. Durch solche Überlegungen gewann Béatrix etwas Edles, Imposantes; sie sah die Liebe nunmehr von der Seite ihrer Größe und suchte in ihr eine Art Stützpunkt, um Calysten auf ewig beherrschen zu können und in seinen Augen als das herrlichste Weib zu erscheinen. Ihre Koketterien waren um so hartnäckiger, als sie sich ziemlich

schwach fühlte. Während einer ganzen Woche spielte sie mit entzückender Heuchelei die Kranke. Wie oft ging sie nicht, auf Calystens Arm gestützt, auf dem grünen Rasenteppich vor dem Hause Les Touches spazieren und rächte sich so für das Leid, das ihr Camille in der ersten Woche ihres Aufenthalts angetan hatte!
Béatrix besaß eine unbeschränkte Macht, Calyste in den Grenzen zu halten, in denen sie ihn halten wollte; sie brauchte ihn nur mit einer Geste, mit einem Blick an seine entsetzliche Untat am Meeresstrand zu erinnern. Dann füllten sich die Augen des armen Märtyrers mit Tränen, er verstummte und unterdrückte seinen Widerspruch, seine Sehnsucht, sein Leid mit einem Heroismus, der jede andere Frau sicherlich gerührt hätte. Sie trieb ihn mit ihrer teuflischen Koketterie in solche Verzweiflung, daß er sich eines Tages in Camilles Arme warf und ihren Rat erbat. Mit seinem Brief bewaffnet, hatte ihm Béatrix die Stelle gezeigt, wo er schrieb, daß es das höchste Glück sei, zu lieben, und daß das Glück, geliebt zu werden, erst an zweiter Stelle stehe. Dieses Grundsatzes bediente sie sich, um seine Leidenschaft auf die ehrfürchtige Vergötterung einzuengen, die ihr behagte. Wie gerne ließ sie ihre Seele von den süßen Lobgesängen und Anbetungshymnen liebkosen, die der Jugend von der Natur eingegeben werden! Es liegt ja soviel ungezierte Kunst, soviel keuscher Zauber in ihren Bitten, in ihren Ausrufen, in ihrem Selbstbewußtsein, in dem Unterpfand, das sie für die Zukunft bieten, daß sich Béatrix wohlweislich hütete, darauf zu antworten. Sie hatte nur gesagt, daß sie Bedenken trage, daß es sich noch nicht um

das Glück handle, sondern um die Erlaubnis zu lieben! Darum bat dieses Kind immer wieder, das die Festung durchaus von der stärksten, von der geistigen Seite erstürmen wollte. Gerade die Frauen, die am stärksten sind in ihren Worten, erweisen sich oft am schwächsten in ihren Taten. Es mag sonderbar erscheinen, daß Calyste nach den Fortschritten, die er seiner Gewalttat am Meere verdankte, nicht fortfuhr, sein Glück mit Ungestüm zu fordern. Indes, die Liebe junger Leute ist derartig ekstatisch und fromm, daß sie alles lediglich durch innere Überzeugung erreichen will: und daher rührt ihre Erhabenheit.

Trotzdem also beklagte sich eines Tages der junge Bretone, von der Sehnsucht bis zum äußersten getrieben, bei Camille lebhaft über Béatrixens Verhalten.

„Ich wollte dich heilen, als ich sie dich beizeiten kennen lehrte", antwortete sie ihm. „Mit deiner Ungeduld hast du alles zerstört. Vor zehn Tagen warst du ihr Gebieter; heute bist du ihr Sklave, armer Junge! Auf diese Art wirst du nie die Kraft erlangen, meinen Weisungen zu folgen."

„Was soll ich tun?"

„Sie wegen ihrer Härte gehörig ausschelten! Eine Frau läßt sich im Wortgefecht immer hinreißen. Sorge dafür, daß sie dich mißhandelt, und komme erst wieder nach Les Touches, bis sie dich ruft!"

Bei allen heftigen Krankheiten kommt ein Augenblick, der den Patienten zwingt, selbst die gräßlichsten Heilmittel anzunehmen und sich den furchtbarsten Operationen zu unterziehen. So stand es gegenwärtig auch um Calyste. Er hörte auf Camilles Rat und blieb zwei Tage zu Hause. Aber

schon am dritten klopfte er schüchtern an Béatrixens Tür, um ihr mitzuteilen, daß sie von Félicité und ihm zum Frühstück erwartet werde.
„Noch ein Mittel verloren!" rief Fräulein des Touches ihm entgegen, als er kleinlaut bei ihr eintrat.
Während jener zwei Tage war Béatrix wiederholt an dem Fenster stehengeblieben, von wo aus man den Weg nach Guérande überblickt. Als Camille sie dabei überraschte, redete sie sich aus, sie ergötze sich an der Wirkung des längs der Straße gepflanzten Ginsters, dessen Goldblüten in der Septembersonne aufleuchteten.
Camille wußte also, wie es um ihre Freundin stand, und brauchte nur ein Wort zu sagen, um Calyste glücklich zu machen. Aber sie tat es nicht: Sie war noch zu sehr Weib, als daß sie ihn zu einer Tat getrieben hätte, vor der er zurückschreckte. Scheint es doch, daß junge Herzen für alles, was zu dem Verlust ihres Ideals führt, einen sicheren Instinkt besitzen.
Béatrix ließ die beiden ziemlich lange auf sich warten. Jedem andern als Calyste hätte dieses Zögern zu denken gegeben; verriet doch die sorgfältige Toilette der Marquise offenbar den Wunsch, ihn aufs neue zu bestricken und sein abermaliges Fernbleiben zu verhindern. Nach dem Frühstück ging sie im Garten spazieren und betörte den liebestollen Jüngling mit dem Verlangen, in seiner Gesellschaft wieder auf den Felsgipfel zu gehen, wo sie unlängst fast den Tod gefunden hätte.
„Gehen wir allein dahin?" fragte er mit bebender Stimme.
„Wenn ich mich weigerte," gab sie zur Antwort, „erweckte ich in Ihnen den Glauben, daß Sie mir

gefährlich seien. Ach, ich sagte Ihnen schon tausendmal, daß ich einem andern angehöre und nur ihm angehören kann. Ich erwählte ihn, ohne von Liebe etwas zu wissen. Doppelte Schuld erheischt doppelte Strafe!“

Als sie, die Augen halbfeucht von den wenigen Tränen, die solche Frauen vergießen, in dieser Weise zu ihm sprach, empfand er ein tiefes Mitleid, das sein glühendes Sehnen besänftigte. Er betete sie in diesem Augenblick an wie eine Madonna. Man darf nicht verlangen, daß sich verschiedenartige Charaktere im Ausdruck ihrer Gefühle gleichen; erwartet man von verschiedenen Bäumen die gleichen Früchte? Béatrix befand sich in diesem Zeitpunkt in einem schweren inneren Kampf. Sie schwankte zwischen Calysten und sich selbst, zwischen dem vollkommenen Glück und der Welt, in die sie eines Tages einzutreten hoffte, zwischen der Angst, durch eine zweite und ebenso unverzeihliche Leidenschaft zugrunde zu gehen, und der Hoffnung auf gesellschaftliche Verzeihung. Allmählich und ohne jeden, wenn auch nur geheuchelten Widerwillen begann sie, den Worten einer blinden Liebe zu lauschen: Sie ließ sich von den sanften Händen des Erbarmens streicheln. Schon mehrmals hatte sie der junge Bretone bis zu Tränen gerührt, wenn er ihr für alles, was sie in den Augen der Welt verlieren würde, Ersatz durch seine Liebe versprach, oder wenn er sie bedauerte, daß sie sich an einen so falschen Menschen, an einen solchen Dämon wie Conti hänge. Und sie hatte seiner Entrüstung durchaus nicht gewehrt, wenn sie ihm gelegentlich von ihren Leiden und Nöten erzählte, die sie in Italien bedrückten, als ihr klar geworden war, daß sie Contis Herz nicht mehr allein besaß. Camille hatte dem Jüngling in dieser Hinsicht mehr als eine Lehre gegeben, und er war einsichtig genug, sie zu seinem Vorteil zu nützen.

„Ich werde Sie rückhaltlos lieben", erklärte er der Marquise. „Bei mir finden Sie zwar nicht den Triumph der Kunst, die vielfältigen Genüsse, die eine durch die Wunder des Talents gerührte Menge erweckt. Mein einziges Talent soll das sein, Sie zu lieben, mein einziger Genuß der, den Sie empfinden. Auch nicht eine Frau soll sich rühmen dürfen, daß ich ihre Verehrung erwidere! Sie werden keine widerwärtigen Rivalitäten zu fürchten brauchen. Wer Sie verleugnet, den will ich meiden; dort aber, wo man Sie empfängt, will ich mich alle Tage empfangen lassen."

Sie hörte ihm mit gesenkten Lidern zu, ließ sich die Hände küssen und pflichtete ihm innerlich bei, daß sie vielleicht ein verkannter Engel sei.

„Ich bin zu tief gedemütigt worden," antwortete sie, „die Vergangenheit raubt der Zukunft alle Sicherheit." –

Es war ein herrlicher Morgen für Calyste, als er eines Tages um sieben Uhr früh nach Les Touches ging und Béatrix zwischen zwei Ginstern am Fenster stehen sah. Sie hatte denselben Strohhut angetan, den sie an dem Tage ihres unseligen Ausflugs getragen hatte. Er war wie geblendet. Derlei Nichtigkeiten bereichern die Welt. Vielleicht kennt nur der Franzose das Geheimnis solcher Überraschungen. Er verdankt es der Anmut seines Geistes, den er seinen Gefühlen mitzuteilen vermag, ohne daß er an Stärke verliert.

Ach, wie wenig beschwerte sie Calystens Arm, als

sie durch die Gartentür, die zu den Dünen führte, ins Freie trat! Béatrix fand diesmal die Dünen schön. Sie pflückte einige der zähen rosenroten Gräser und Karthäusernelken, die sich in dem dürren Sande vorfanden, und teilte ihren Strauß in bedeutsamer Art mit Calysten, dem diese Blumen und Blätter ein ewiges, düsteres Bild bleiben sollten.
„Wir wollen noch einige Buchsbaumzweige hinzufügen", bemerkte sie lächelnd.
Sie blieben eine Weile auf dem Damme stehen, und Calyste erzählte ihr, während sie auf die Barke warteten, seine Kinderei am Tag ihrer Ankunft.
„Ich erfuhr Ihren Streich noch am selben Tage!" erklärte sie, „er war die Ursache meiner anfänglichen Schroffheit."
Während dieses Spaziergangs wahrte Béatrix den leichten, scherzenden Ton des liebenden Weibes. Sie war zärtlich und ließ sich gehen. Calyste durfte annehmen, daß sie ihn liebe. Sie wanderten über die Dünen, stiegen zu einer entzückenden kleinen Bucht hinab, wo die Wellen aus seltenen Marmorsteinchen ganz eigenartige Mosaikbilder zusammensetzten, und spielten zusammen und haschten wie Kinder nach den schönsten Schmetterlingen. Als ihr aber Calyste im Rausch seiner Liebe unumwunden vorschlug, nach Irland zu entfliehen, da wurde ihre Miene wieder hoheitsvoll und verschlossen, sie bat um seinen Arm und ging mit ihm weiter bis an den Ort, den sie ihren „tarpejischen Felsen" benannte.
„Lieber Freund," begann sie, während sie langsam den prächtigen Granitblock erklomm, der ihr als Piedestal dienen sollte, „mir fehlt der Mut, Ihnen zu verheimlichen, was Sie mir sind. Seit

zehn Jahren empfand ich nicht annähernd mehr ein solches Glück wie das, als wir vorhin auf dem wellenumspülten Felsen nach Muscheln jagten, und als Sie mir diese kleinen Kieselsteine schenkten. Ich will mir daraus ein Halsband anfertigen lassen, das mir kostbarer sein soll, als wäre es aus den schönsten Brillanten zusammengesetzt. Ich wurde wieder zum Kinde, zu einem jungen Mädchen, wie ich es mit vierzehn bis sechzehn Jahren war, und somit Ihrer würdig. Die Liebe, die ich Ihnen einflößen durfte, hat mich in meinen eigenen Augen wieder erhöht. Begreifen Sie dieses Wort in seinem ganzen Zauber! Sie machten mich zur stolzesten Frau, zum glücklichsten Weibe, und werden in meiner Erinnerung vielleicht länger leben als ich in der Ihrigen."

In diesem Augenblick erreichten sie den Felsgipfel, von dem aus man auf einer Seite den unendlichen Ozean, auf der andern die Bretagne mit ihren goldenen Inseln, ihren altertümlichen Türmen, ihren Ginstersträußen erblickte. Nie stand eine Frau bei ihrer großen Szene in einem prächtigeren Theater.

„Aber," fuhr sie fort, „ich gehöre mir nicht mehr an. Ich bin durch meinen Willen stärker gebunden, als das Gesetz mich band. Erdulden Sie also die Strafe für mein Unglück und begnügen Sie sich damit, zu wissen, daß wir seinetwillen gemeinsam leiden. Dante hat seine Beatrice nie wieder gesehen, Petrarca seine Laura niemals besessen. Solch namenloses Unglück widerfährt nur großen Seelen. Werde ich verlassen, sinke ich noch tausend Stufen tiefer in Schande und Elend, verleugnet mich die Welt, vor der mir graut, wird deine Béatrix die letzte der Frauen – dann, du angebetetes Kind," rief sie, indem sie seine Hand ergriff, „dann erst wirst du wissen, daß sie die erste von allen ist und sich, auf dich gestützt, bis zu den Himmeln erheben kann. – Aber dann, mein Freund," schloß sie mit einem erhabenen Blick, „stößt du mich nochmals in den Abgrund, so triff mich gut: nach deiner Liebe der Tod!"

Calyste umfaßte die Marquise und preßte sie an sein Herz. Zur Bekräftigung ihrer süßen Worte drückte sie den keuschesten, schüchternsten aller Küsse auf seine Stirn. Dann stiegen sie langsam wieder herab und unterhielten sich auf dem Heimweg wie Leute, die einander restlos verstehen. Sie glaubte, endlich Frieden zu haben, er zweifelte nicht mehr an seinem Glück – und sie täuschten sich beide. Aus gewissen Bemerkungen Camilles schöpfte Calyste die Hoffnung, daß Conti von dieser Gelegenheit, Béatrix zu verlassen, entzückt sein würde. Die Marquise dagegen verließ sich auf die Unsicherheit ihrer Lage und wartete auf einen Zufall. Calyste war zu harmlos und zu verliebt, einen solchen Zufall herbeizuführen. So langten die beiden gegen sechs Uhr abends in köstlichster Stimmung wieder in Les Touches an der Gartentür an, deren Schlüssel er mitgenommen hatte.

Die berauschenden Düfte, die schwüle Luft, die rötlichen Strahlen der Abendsonne – alles paßte zu ihrer Stimmung und ihrem zärtlichen Zwiegespräch. Ihre Schritte waren gleich und harmonisch wie der Schritt Verliebter, ihre Bewegungen verrieten die Eintracht ihrer Gedanken. Es herrschte ein so tiefes Schweigen, daß das Geräusch der auf- und zuschließenden Tür im ganzen Garten widerhallte. Da Calyste und Béatrix von dem ereignisreichen Spaziergang ermüdet waren und einander schon alles gesagt hatten, kamen sie ganz sachte, ohne ein Wort zu sprechen. Plötzlich, an der Biegung einer Allee, fuhr Béatrix in maßlosem Entsetzen zusammen. Es war das ansteckende Entsetzen, das der Anblick eines Reptils hervorruft, so daß Calyste erstarrte, bevor er noch die Ursache erkannt hatte. Unter einer Traueresche saß Félicité auf einer Bank und plauderte – mit Conti. Das konvulsivische Zittern, das die Marquise befiel, war deutlicher zu sehen, als ihr lieb war. Calyste begriff nun, wie teuer er dieser Frau sein mochte, die erst vorhin wieder eine Schranke zwischen sich und ihm aufgerichtet und dadurch offenbar gehofft hatte, noch einige Tage der Koketterie zu gewinnen, bevor sie erlag. In einem Augenblick entrollte sich auf ihrem Herzensgrunde ein tragisches Drama.

„Sie haben mich wohl noch nicht so bald erwartet?" sagte der Künstler und bot der Marquise den Arm.

Béatrix konnte nicht anders, sie mußte Calyste loslassen und Contis Arm nehmen. Diese feige, wenn auch gebieterisch geforderte Fahnenflucht, die ihre junge Liebe entehrte, schmerzte Calyste unsäglich. Traurig setzte er sich neben Camille auf die Bank, nachdem er mit seinem Rivalen einen eiskalten Gruß getauscht hatte. Die widersprechendsten Gefühle beherrschten ihn: Da er wußte, wie innig Béatrix ihn liebte, hatte er sich auf Gennaro stürzen und ihm sagen wollen, daß sie nunmehr ihm angehöre. Aber der innerliche Kampf dieser Frau, die in einem Augenblick für ihre ganze Schuld büßte, hatte ihn so tief bewegt und so erschreckt, daß er sich gleich ihr von einer unabänderlichen, unversöhnlichen Notwendigkeit wie erschlagen fühlte. In seiner Brust tobten die heftigsten Stürme, denen er, seitdem er Béatrix liebte, jemals ausgesetzt war.

Béatrix und Conti gingen vor der Bank auf und ab. Die Marquise schleuderte ihrer Nebenbuhlerin einen furchtbaren Blick zu, mit dem Frauen einander alles zu sagen wissen, vermied aber, Calystens verstohlenen Blicken zu begegnen. Sie schien Conti zuzuhören, der angelegentlich auf sie einsprach.

„Was können sie einander zu sagen haben?" meinte Calyste.

„Liebes Kind, du kennst die furchtbaren Rechte noch nicht, die erlöschende Liebe dem Manne gibt! Sie durfte ihm den Arm nicht verweigern. Anscheinend verhöhnt er sie wegen ihrer Liebelei, die er aus deiner Haltung und aus der Art, wie du dich ihm gegenüber benahmst, erraten haben mag."

„Er verhöhnt sie?" versetzte er ungestüm.

„Beruhige dich," entgegnete Camille, „sonst verlierst du noch die wenigen Chancen, die dir geblieben sind. Wenn er Béatrixens Eigenliebe etwas zu stark verletzt, zertritt sie ihn wie einen Wurm zu ihren Füßen. Aber er ist verschlagen und wird sich schon geschickt zu benehmen wissen. Er wird nicht voraussetzen, daß ihn die stolze Marquise de Rochefide betrügen konnte. Er hält es für eine zu große Verworfenheit, einen Menschen um seiner Schönheit willen zu lieben! Er schildert dich ihr zweifellos als ein großes Kind, das aus purer Eitelkeit eine Marquise zu besitzen erstrebt und sich zum Herrn und Gebieter über das Schicksal zweier Frauen aufwerfen möchte. Mit einem Worte, er wird das Geschütz schmählichster Verdächtigungen auffahren. Dadurch wird Béatrix gezwungen, ihm erfundene, unwahre Ableugnungen entgegenzusetzen, was er benützen wird, weiterhin Herr zu bleiben."

„Ach, er liebt sie nicht!" rief er aus. „Ich an seiner Stelle ließe sie frei. Wahre Liebe verträgt jeden Augenblick eine Wahl und befestigt sich von Tag zu Tag. Jeder einzelne bekräftigt den vergangenen und mehrt den Schatz unserer Wonnen. Einige Tage noch, und er hätte uns nicht mehr gefunden. Was hat ihn denn hierhergeführt?"

„Ein Journalistenscherz", gab Camille zur Antwort. „Die Oper, von der er sich einen Erfolg versprach, ist durchgefallen, aber gründlich. Claude Vignon war boshaft genug, im Foyer die Bemerkung zu machen, es sei bitter, mit dem Ruhm zugleich die Geliebte einzubüßen. Das dürfte ihn in seiner ganzen Eitelkeit getroffen haben. Liebe, die auf kleinlichen Gefühlen beruht, ist unbarmherzig. Ich versuchte, ihn auszuforschen, wer kann jedoch eine so falsche, trügerische Natur durchschauen? Er gab sich den Anschein, als sei er seines Elends, seiner Liebe müde, als widre ihn das ganze Leben an. Er bedauerte, so öffentlich an die Marquise gebunden zu sein, schwärmte von unserem einstigen Glück und schwelgte in einer Melancholie, die zu geistreich war, um wahr zu sein. Offenbar hoffte er, mir in der Freude, die mir seine Schmeicheleien bereiten sollten, das Geheimnis eurer Liebe zu entlocken."

„Und?" fragte Calyste, der kaum mehr zuhörte, weil Béatrix und Conti wieder näherkamen.

Félicité hatte sich aus Vorsicht auf die Verteidigung beschränkt, und weder Calystens noch Béatrixens Geheimnis verraten. Gennaro war jedoch fähig, alle Welt zu täuschen, und daher beschwor Camille den Junker, sich vorzusehen.

„Liebes Kind," erklärte sie, „nun kommt der kritischste Augenblick für dich! Es bedarf jetzt einer Vorsicht, einer Geschicklichkeit, an der es dir fehlt, und du stehst dem verschlagensten Mann allein gegenüber, denn ich kann nunmehr nichts für dich tun."

Die Glocke rief zum Diner. Conti kam heran und bot Fräulein des Touches den Arm, Béatrix nahm den Arm Calystens. Camille ließ das Paar vorangehen, und die Marquise nahm diese Gelegenheit wahr und legte einen Finger an die Lippen, um Calyste absolutes Stillschweigen anzuempfehlen. Während des Diners war Conti außerordentlich lustig. Dadurch sondierte er die Marquise, die ihre Rolle übrigens herzlich schlecht spielte. Als Kokette hätte sie ihn vielleicht täuschen können, als Liebende aber durchschaute er sie. Der verschlagene Musiker schien ihre Verlegenheit nicht zu bemerken. Er brachte beim Dessert das Gespräch auf die Frauen und rühmte den Edelmut ihrer Gefühle.

„Mag uns die Frau, die uns nahesteht, im Glück auch verlassen, im Unglück opfert sie sich für uns auf!" behauptete er. „Frauen haben den Männern gegenüber den Vorzug der Beständigkeit. Man muß sie schon tief verletzen, um sie von ihrem ersten Liebhaber loszulösen. Sie hängen an ihm fest wie an ihrer Ehre. Eine zweite Liebe ist schändlich ..."

Er war moralisch durch und durch und streute

Weihrauch auf den Altar, auf dem ein von zahllosen Stichen durchbohrtes Herz verblutete.
Camille und Béatrix allein begriffen die Bitternis seiner beißenden Pfeile, die er in Form von Lobsprüchen abschoß. Für Augenblicke erröteten sie wohl, aber sie waren gezwungen, sich zu beherrschen. Nach dem Essen gingen sie Arm in Arm in Camilles Zimmer hinauf und verweilten auf dem Wege dahin eine Zeitlang in dem großen Salon, wo es ziemlich dunkel war.
„Ich kann mich unmöglich von Conti mit Füßen treten lassen,“ begann die Marquise leise, „er maßt sich Rechte an, die ihm nicht zustehen. Der Galeerensklave unterliegt immer der Gewalt seines Kettengefährten. Ich bin verloren und muß in den Kerker der Liebe zurück. Du, nur du hast mich wieder hineingestoßen! Ach, du ließest ihn um einen Tag zu früh oder zu spät kommen! Daran erkenne ich dein teuflisches Schöpfergenie: Das Drama ist zu Ende, Entwicklung der Katastrophe und Lösung des Knotens sind glänzend, die Rache ist gelungen!“
„Ich konnte dir zwar drohen, daß ich Conti schreiben wolle, aber es tun... nein, dessen bin ich nicht fähig!“ entgegnete Camille. „Doch du leidest, Béatrix, und ich verzeihe dir!“
„Was wird nun aus Calyste?“ bemerkte die Marquise mit wunderbar naiver Eigenliebe.
„Nimmt dich denn Conti fort von hier?“ fragte Camille.
„Ah, du glaubst, daß du siegen wirst?“ rief Béatrix mit wutverzerrtem Gesicht.
Camille versuchte, ihr Glücksgefühl hinter gekünstelter Trauer zu verbergen. Aber der Glanz ihrer

Augen strafte sie Lügen, und Béatrix kannte sich in Verstellungskünsten aus! Als sie sich daher im Lichtschein wiedersahen und auf den Diwan setzten, auf dem die stille Tragödie einander widerstreitender Leidenschaften ihren Anfang genommen hatte, und den sie seit drei Wochen benützten, um einander zahllose Komödien vorzuspielen, da erkannten sie beide, daß ein unauslöschlicher Haß sie für immer trennte.

„Calyste bleibt dir," sagte Béatrix, „aber ich habe mich in seinem Herzen eingenistet, und kein Weib kann mich mehr daraus vertreiben."

In unnachahmlicher Ironie, die der Marquise das Herz zerstach, antwortete Camille mit den gleichen Worten, die einst die Nichte Mazarins an Ludwig den Vierzehnten gerichtet hatte:

„Du gebietest, du liebst und enteilst!"

Keine von beiden bemerkte während dieses stürmischen Auftritts die Abwesenheit Calystens und Contis. Der Künstler war mit seinem Rivalen bei Tisch geblieben und hatte ihn aufgefordert, ihm bei einer Flasche Champagner Gesellschaft zu leisten.

„Wir haben miteinander zu sprechen", sagte er, um jeder Ablehnung des jungen Bretonen zuvorzukommen. Angesichts ihrer gegenseitigen Lage war Calyste gezwungen, der Aufforderung zu entsprechen.

„Mein Lieber," schmeichelte Conti, nachdem der arme Junge hastig zwei Gläser geleert hatte, „wir sind zwei gute Kerle und können offen miteinander reden. Ich kam nicht aus Mißtrauen her. Béatrix liebt mich," protzte er, „ich hingegen liebe sie nicht mehr. Ich bin nicht gekommen, um sie abzuholen, sondern um mit ihr zu brechen und ihr die Ehren dieses Bruchs zu überlassen. Sie sind noch jung und wissen nicht, wie nützlich es ist, das Opfer zu spielen, wenn man weiß, daß man der Henker ist. Junge Leute speien Feuer und Flamme, verlassen die Frau mit einem Skandal, mißachten sie oft und machen sich dadurch nur verhaßt. Kluge Männer jedoch lassen sich fortjagen, nehmen eine etwas beschämte Miene an und hinterlassen dadurch in der Frau eine tiefe Reue und den süßen Trost ihrer Überlegenheit. Wer bei der Gottheit in Ungnade fällt, kann eines Tages Gnade finden, wer sie aber selbst feierlich abschwört, der findet auf ewig keine Gnade mehr. Sie wissen zu Ihrem Glück noch nicht, daß wir uns gegen die Frauen zu unsinnigen Versprechungen hinreißen lassen, um ihnen in ihrem Liebesglück die Zeit zu vertreiben. Und sie sind dumm genug, zu glauben, was uns die Galanterie zu sagen zwingt, drehen uns nachher einen Strick daraus, und man schwört einander ewige Treue. Hat man mit einer verheirateten Frau ein Abenteuer, so verfehlt man nicht, ihr aus Höflichkeit zu sagen, daß man sein ganzes Leben mit ihr verbringen möchte. Man gibt sich den Anschein, als warte man ungeduldig auf den Tod ihres Gatten und wünscht dabei insgeheim, daß er sich allzeit unverminderter Gesundheit erfreue. Und stirbt der Gatte, dann gibt es Provinzlerinnen und Hartnäckige, die so töricht oder spottlustig sind, herbeizueilen und zu sagen: ‚Da bin ich, ich bin frei!' – Kein Mensch ist frei! Der lästige Tote steht wieder auf und fällt mitten hinein in den schönsten Triumph, in das allerbestens vorbereitete Glück! Ich sah voraus, daß Sie

Béatrix lieben werden. Ich ließ sie zunächst in einer Situation zurück, in der sie, ohne von ihrer geheiligten Majestät etwas einzubüßen, mit Ihnen kokettieren sollte – und wäre es auch nur, um diesen Engel eines Camille Maupin damit zu ärgern. Also, mein Lieber, Sie leisten mir einen Dienst, wenn Sie die Marquise lieben! Ich wünschte, sie wäre abscheulich zu mir. Denn ich fürchte mich vor ihrem Stolz und ihrer Tugendhaftigkeit. Vielleicht brauchen wir trotz meinem guten Willen einige Zeit, um diesen Stellungswechsel durchzuführen. Bei solchen Gelegenheiten fragt es sich darum, wer nicht anfängt. Als wir vorhin im Garten spazierengingen, wollte ich ihr sagen, daß ich alles wisse, und sie zu ihrem Erfolg beglückwünschen. Oh, wäre sie böse geworden! Ich bin gegenwärtig in Fräulein Falcon, die jüngste und schönste Sängerin an der Oper, wahnsinnig verliebt und will sie heiraten. Ja, ich bin so weit. Wenn Sie nach Paris kommen, werden Sie ja selbst sehen, daß ich für eine Marquise eine Königin eingetauscht habe."

Über Calystens Antlitz breitete das Glück eine Aureole. Harmlos gestand er nun seine Liebe. Gerade das aber war es, was Conti wissen wollte. Es gibt keinen Mann auf Erden, und mag er noch so blasiert und verderbt sein, dessen Liebe in dem Augenblick, da er sich von einem Nebenbuhler bedroht sieht, nicht aufs neue entflammt. Man verläßt eine Frau mitunter ganz gern, aber man läßt sich nicht gerne von ihr verlassen. Wenn Liebende einmal zu diesem letzten Entschluß gelangt sind, dann bemühen sich gleicherweise Mann und Frau, einander zuvorzukommen: So tief verwundet er ihre Eitelkeit! Vielleicht aber handelt es sich dabei weniger um die Eitelkeit als um das Leben selbst, das in seiner ganzen Zukunft bedroht ist. Scheint es dann doch, als verlöre man nicht nur die Zinsen, sondern auch das Kapital.

Geschickt gestellte Fragen veranlaßten Calyste, alles zu erzählen, was sich in den letzten drei Wochen in Les Touches begeben hatte. Er war von dem Künstler, der seine Wut unter liebenswürdigster Biederkeit verbarg, über alle Maßen entzückt.

„Gehen wir hinauf!" sagte Conti endlich, „Frauen sind mißtrauisch. Sie vermögen sich nicht zu erklären, daß wir zusammenbleiben können, ohne uns in die Haare zu fahren. Sie könnten herunterkommen und uns belauschen. Ich will Ihnen mit allen Mitteln an die Hand gehen, liebes Kind! Ich werde unausstehlich, grob, eifersüchtig sein und werde die Marquise unaufhörlich verdächtigen, daß sie mich betrügt. Glauben Sie mir, es gibt nichts Besseres, um eine Frau zum Betrug zu veranlassen! Sie werden glücklich, und ich werde frei sein. Spielen Sie heute abend die Rolle des verdrossenen Liebhabers, und ich will den Argwöhnischen, den Eifersüchtigen spielen. Bemitleiden Sie diesen Engel, weil er einem gefühlsrohen Manne angehört! Weinen Sie! Sie dürfen weinen, Sie sind noch jung! Ach, ich kann leider nicht mehr weinen, das ist ein großer Nachteil für mich!"

Sie gingen hinauf. Von seinem jugendlichen Nebenbuhler um ein Lied gebeten, sang nun Conti das größte Meisterwerk, das die Musik für einen so vortrefflichen Künstler aufweist. Es war die berühmte Arie „Pria che spunti l'aurora", die selbst

Rubini nie ohne Rührung beginnen konnte, und mit der Conti schon wiederholt große Triumphe errungen hatte. Niemals war er so hinreißend wie diesmal, da ein Sturm von Gefühlen seine Brust durchtobte. Calyste war in heller Begeisterung. Bei den ersten Worten der Cavatine warf Conti der Marquise einen Blick zu, der ihnen einen grausamen Sinn verlieh. Sie verstand ihn und senkte die Lider. Auch Camille, die ihn begleitete, erriet sein Gebot. Sie sah Calyste an und überlegte, ob der arme Junge trotz ihren Warnungen in eine Falle geraten sei. Und sie erlangte darüber Gewißheit, als sich der junge Bretone von Béatrix mit einem Handkuß verabschiedete und ihr dabei beglückt und vertraulich zunickte.

Als Calyste nach Guérande kam, sah er Béatrixens Zofe und die Dienerschaft von Les Touches den Reisewagen Contis beladen. Er erinnerte sich, daß ihm der Künstler erzählt hatte, er wolle „bei Tagesgrauen" aufbrechen und die Marquise in dem Wagen Félicités bis zur Post mitnehmen.

Durch die Nebel der Dämmerung blickte Béatrix tieftraurig nach den strahlenumflossenen Turmspitzen von Guérande. Sie ließ hier die schönste Blume ihres Lebens zurück: eine Liebe, wie sie nur reine, junge Mädchen erträumen. Furcht vor den Menschen zerbrach die einzige wahre Liebe, die diese Frau im Leben empfinden konnte und sollte. Die Weltdame unterwarf sich den Gesetzen der Welt und opferte ihre Liebe gesellschaftlichen Rücksichten, wie so manche Frau sich ihrer Pflicht, ihrem Glauben opfert.

Am nächsten Tag ging Calyste gegen Mittag nach Les Touches. Als er an der Stelle anlangte, wo er tags vorher Béatrix am Fenster erblickt hatte, kam ihm Camille entgegen und sprach ein einziges, grausames Wort:

„Abgereist!"

„Béatrix?" rief er niedergeschmettert.

„Sie haben sich von Conti hinters Licht führen lassen! Sie sagten mir nichts, ich konnte nichts tun."

Sie führte den armen Jungen in den kleinen Salon. Er warf sich auf den Diwan, an die Stelle, wo er die Marquise so oft gesehen hatte, und zerfloß in Tränen. Félicité sprach kein Wort. Sie wußte, daß sie dem ersten Ansturm dieses stets tauben und stummen Schmerzes nichts entgegensetzen konnte, und rauchte schweigend ihre Pfeife. Calyste war fassungslos und brütete den ganzen Tag in dumpfer Betäubung vor sich hin. Erst unmittelbar vor dem Diner versuchte Camille, einige Worte mit ihm zu sprechen, und bat ihn, sie anzuhören.

„Sieh, mein Freund, du hast mir den heftigsten Schmerz zugefügt, und ich hatte nicht wie du ein schönes Leben vor mir, um zu genesen. Für mich hat die Erde keinen Frühling, die Seele keine Liebe mehr. Sollte ich Trost finden, so galt es, höher hinaufzusteigen. Hier, an dieser Stelle, habe ich dir Béatrix an dem Tag vor ihrer Ankunft geschildert. Ich wollte sie dir nicht verunglimpfen. Du hättest mich sonst für eifersüchtig gehalten. Heute nun sollst du die Wahrheit hören: Die Marquise ist deiner nicht würdig! Der Skandal, durch den sie sich unmöglich machte, war nicht notwendig. Sie war eine Null und brauchte ihn, weil sie eine Rolle spielen wollte. Darum führte sie ihn mit kalter Berechnung selbst herbei. Sie gehört zu den Frauen, die einem ruhigen Glück das geräuschvolle Aufsehen einer Verfehlung vorziehen, die der Gesellschaft ins Gesicht schlagen, um von ihr das verhängnisvolle Almosen des Klatsches zu erpressen. Sie wollte um jeden Preis von sich reden machen. Die Eitelkeit zernagte sie. Ihr Vermögen, ihr Geist hatten ihr das Königreich des Weibes nicht geben können, das sie, in ihrem Salon thronend, erobern wollte. Sie glaubte, die Berühmtheit einer Herzogin von Langeais, einer Vicomtesse de Beauséant erlangen zu können. Aber die Welt ist gerecht, sie gewährt nur echten Gefühlen die Ehren ihrer Teilnahme. Da jedoch Béatrix nur Komödie spielte, betrachtete man sie als Schauspielerin zweiten Ranges. Kein nennenswertes Hindernis, keinerlei Widerwärtigkeiten rechtfertigten ihre Flucht. Kein Damoklesschwert hing über ihren Liebesfesten. In Paris ist es ja so einfach, in aller Heimlichkeit glücklich zu sein, wenn man nur aufrichtig liebt! Mit einem Worte, hätte sie dich wirklich geliebt, sie wäre Conti heute nacht nicht gefolgt."

Camille sprach lange und mit glühender Beredsamkeit; diese letzte Anstrengung, ihn Béatrix zu entfremden, blieb jedoch fruchtlos. Sie hielt inne, als ihr eine Bewegung Calystens verriet, welch gläubiges Vertrauen er immer noch in die Marquise setzte. Und sie zwang ihn, mit ihr hinunterzugehen und ihr beim Diner wenigstens Gesellschaft zu leisten, da es ihm unmöglich war, etwas zu essen. Nur erste Jugend kennt solche Krämpfe des Widerwillens. Späterhin gewöhnen sich die Organe und werden zähe. Die Reaktion der Seele auf den Leib ist nicht mehr stark genug, um lebensgefährliche

Krankheiten hervorzurufen, es sei denn, der Organismus habe sich seine ursprüngliche Zartheit bewahrt. Wenn der Mann dem Schmerz widersteht, der den Jüngling tötet, so geschieht dies weniger wegen der Schwäche seiner Leidenschaft als wegen der Stärke seiner Organe. Daher erschrak Camille anfangs über die ruhige, entsagungsvolle Haltung, die Calyste nach dem ersten Tränenerguß annahm. Bevor er sie verließ, wollte er nur einmal das Zimmer Béatrixens sehen. Sie erfüllte seinen Wunsch, und er grub sich in die Kissen, auf denen noch tags zuvor ihr Haupt geruht hatte.

„Ach, bin ich töricht!" rief er aus und verabschiedete sich in tiefer Schwermut mit einem langen Händedruck.

Zu Hause traf er die Gesellschaft wie gewöhnlich bei der „Mouche"-Partie und blieb den ganzen Abend an der Seite seiner Mutter sitzen. Der Pfarrer, Chevalier du Halga und Fräulein de Pen-Hoël hatten die Abreise der Marquise de Rochefide erfahren und waren darüber sehr glücklich. Calyste war ihnen wiedergegeben. Sie beobachteten ihn daher alle mit einer gewissen Tücke, als sie ihn so schweigsam sahen. In dieser alten Ritterburg verfiel niemand auf den Gedanken, daß die erste Liebe eines so kindlich-harmlosen Herzens zu Ende sei.

In den nächsten Tagen ging Calyste regelmäßig nach Les Touches. Er schlich um den Rasen, wo er Arm in Arm mit Béatrix öfters spazierengegangen war. Mitunter drang er bis Le Croisic vor und erklomm den Felsen, von dessen Gipfel er sie hinabgestoßen hatte. Stundenlang lagerte er auf dem Buchsgesträuch, das ihre Rettung gewesen war.

Denn er kannte nunmehr jeden Stützpunkt, jeden Halt und hatte gelernt, an diesem Felsbruch ungefährdet auf und ab zu klettern. Sein Schweigen, seine Versonnenheit, seine einsamen Wanderungen fingen an, die Baronin zu beunruhigen. Sein Verhalten glich dem eines gefangenen Tiers im Käfig; nur war der Käfig des verzweifelten Anbeters – wie in dem Ausspruch des de La Fontaine – „die von der Geliebten Fuß geweihte, von ihrem Blick besonnte Stätte“.

✿

NACH ETWA VIERZEHN TAGEN HÖRTE CAlyste auf, sich über den kleinen Meeresarm rudern zu lassen. Er fühlte sich nicht mehr stark genug und schleppte sich nur noch bis Guérande und an die Stelle, wo er Béatrix am Fenster erblickt hatte. Seine Familie war über die Abreise der „Pariserin“ so glücklich, daß sie an Calyste nichts Krankhaftes, Unheilvolles wahrnahm. Der Pfarrer und die beiden alten Jungfern hatten Charlotte de Kergarouët in Verfolgung ihrer Pläne zurückgehalten; aber wenn das junge Mädchen den Junker bei der „Mouche“-Partie zu necken versuchte, erhielt sie von ihm nichts als Ratschläge, wie sie spielen solle. Den ganzen Abend saß er mehr oder weniger niedergeschlagen zwischen seiner Mutter und der bretonischen Braut, während sich die andern im Flüsterton über seine Rückkehr in den Schoß der Familie unterhielten. Denn sie betrachteten die Gleichgültigkeit des unglücklichen Jünglings als eine Unterwerfung unter ihre Zukunftspläne.
Eines Abends war Calyste recht müde und ging

frühzeitig zu Bett. Da legten die andern ihre Karten auf den Tisch, lauschten ängstlich auf die verhallenden Schritte und sahen einander erstaunt an, als sie die Türe seines Schlafzimmers ins Schloß fallen hörten.
„Calyste hat etwas", bemerkte die Baronin, ihre Tränen trocknend.
„Nichts hat er!" entgegnete Fräulein de Pen-Hoël, „man muß ihn so schnell als möglich verheiraten."
„Meinen Sie, daß ihn das zerstreuen wird?" spottete der Chevalier.
Charlotte schleuderte dem alten Seemann einen vernichtenden Blick zu. Trotz den Einwendungen ihrer Tante erklärte sie ihm, daß er heute abend ungezogen, unmoralisch, verderbt und gottlos sei, und daß sie ihn mit seiner Thisbé obendrein lächerlich finde.
„Ich werde ihm morgen früh die Leviten lesen", murmelte Baron du Guénic, von dem die andern dachten, er sei eingeschlafen. „Ich will aus dieser Welt nicht scheiden, ohne meinen Enkel gesehen zu haben – einen frischen, kleinen du Guénic, der mit einem bretonischen Häubchen in seiner Wiege liegt."
„Er spricht kein Wort," warf Zéphirine ein, „man weiß nicht, was er hat. Noch nie aß er so wenig wie jetzt. Wovon lebt er eigentlich? Nährt er sich in Les Touches, dann schlägt die Teufelsküche bei ihm recht schlecht an!"
„Er ist eben verliebt!" meinte der Chevalier sehr schüchtern.
„Also, weiter!" rief die alte Jacqueline, „Sie haben nicht eingesetzt, alter Haudegen! Wenn Sie an Ihre Jugend denken, so vergessen Sie alles andere!"

„Kommen Sie morgen zum Frühstück zu uns!" bat die Blinde, zu Fräulein de Pen-Hoël und deren Nichte gewendet. „Mein Bruder wird seinem Sohn ins Gewissen reden, und wir werden einig werden. Ein Keil treibt den andern!"

„Nicht bei den Bretonen!" versetzte der Chevalier. –

Tags darauf hatte Baron du Guénic im Speisezimmer eine vertraulich-ernste Aussprache mit Calysten, der auf die väterlichen Ermahnungen nichts anderes zu erwidern wußte, als daß ihm die Weltfremdheit seiner Eltern, seiner Tante und ihrer Freunde bekannt sei, daß er die Früchte vom Baume der Wissenschaft ernte, daß er vereinsamt sei und nicht mehr spräche wie die Einheimischen. Gerade als er seinen Vater am Ende der Auseinandersetzung um eine Frist von wenigen Tagen bat, sah er Charlotte herankommen, die sich schon am Morgen mit besonderer Sorgfalt gekleidet hatte. Das Frühstück verlief sehr vergnügt. Der Baron rieb sich vor Freude die Hände, als er seiner Frau die frohe Botschaft ins Ohr flüsterte, die ihr das Leben wiedergab. Und Charlotte, der er vertraulich zugenickt hatte, war lustig und ausgelassen. Gasselin sorgte dafür, daß die Nachricht von einer Verbindung der Familien du Guénic und de Kergarouët alsbald durch die ganze Stadt sickerte.

Nach dem Frühstück trat Calyste auf die Terrasse vor dem großen Saal und ging in den Garten. Charlotte folgte ihm. Er reichte ihr den Arm und führte sie zu der Laube am Ende des Gartens. Die Verwandten standen am Fenster und beobachteten sie mit gerührten Mienen. Diesen Umstand nahm Charlotte, die über die Schweigsamkeit ihres

Verlobten recht beunruhigt war, zum Vorwand, ein Gespräch anzuknüpfen:

„Sie beobachten uns!“ begann sie.

„Sie hören uns nicht!“ versetzte er.

„Nein, aber sie sehen uns!“

„Setzen wir uns nieder, Charlotte“, sagte er sanft und nahm sie bei der Hand.

„Ist es wahr, daß Eure Standarte einst auf der gewundenen Säule dort flatterte?“ fragte sie ihn, während sie das Haus betrachtete, als sei es ihr Eigen. Sie würde sich vortrefflich darin ausnehmen! Wie glücklich mußte man hier sein! „Nicht wahr, Calyste, Sie werden in der Einrichtung des Hauses mancherlei ändern?“

„Ich werde keine Zeit dazu haben, liebe Charlotte“, entgegnete er und küßte ihr die Hand. „Ich will Ihnen mein Geheimnis anvertrauen. Ich weiß, daß man uns seit unserer Kindheit füreinander bestimmt hat. Indes, ich liebe eine Dame, die Sie kennen und die mich wiederliebt. Ich liebe sie zu sehr, als daß ich eine andere Frau glücklich machen könnte.“

„Sie ist doch verheiratet, Calyste!“ wandte sie ein.

„Ich kann warten!“ entgegnete der Jüngling.

„Ich auch“, erklärte sie mit Tränen in den Augen. „Sie können diese Frau nicht lange lieben! Man erzählt, sie sei einem Sänger nachgelaufen...“

„Heiraten Sie einen andern, liebe Charlotte!“ unterbrach er sie. „Mit dem Vermögen, das Ihnen Ihre Tante aussetzt und das für die Bretagne unermeßlich groß ist, können Sie einen besseren erwählen als mich... Sie werden einen Mann finden, der Rang und Ansehen besitzt. Ich habe Sie nicht abseits genommen, um Ihnen zu sagen, was Sie längst schon wissen, sondern um Sie im Namen unserer Freundschaft aus Kindestagen zu beschwören, den Bruch auf sich zu nehmen und meine Werbung abzuweisen. Sagen Sie, daß Sie einen Mann, dessen Herz nicht frei ist, unter keinen Umständen zum Gatten nehmen wollen! Dann wird meine Liebe wenigstens dazu dienen, Ihnen kein Unrecht zuzufügen. Sie ahnen nicht, wie sehr das Leben auf mir lastet! Ich kann keinen Kampf ertragen, ich bin matt wie ein entseelter Schlaf. Bereitete mein Tod den Eltern und der Tante keinen Kummer, ich hätte mich längst schon ins Meer gestürzt. Seit dem Tag, an dem diese Versuchung unwiderstehlich wurde, ging ich nicht mehr in die Felsklippen von Le Croisic. Sprechen Sie nicht darüber! Leben Sie wohl, Charlotte!"

Er drückte einen Kuß in ihr Haar und floh durch die Allee, die an der Giebelmauer entlang führt, zu Camille nach Les Touches, wo er bis Mitternacht blieb.

Als er um ein Uhr nachts heimkam, traf er seine Mutter mit einer Stickerei an. Sie erwartete ihn. Ganz sachte trat er ein, küßte ihr die Hand und sagte:

„Ist Charlotte fortgefahren?"

„Sie fährt morgen mit ihrer Tante fort. Die beiden sind ganz verzweifelt. Komm nach Irland, Calyste!"

„Wie oft schon dachte ich daran, hinzufliehen!" flusterte er.

„Ah!" rief die Baronin erfreut.

„... Mit Béatrix!" ergänzte er. –

Einige Tage nach Charlottens Abreise begleitete Calyste den Chevalier du Halga bei seinem üblichen

Spaziergang auf der Promenade. Er setzte sich auf eine sonnige Bank, von wo aus sein Blick die ganze Gegend zwischen Les Touches und den Sandbänken umfaßte, die sich ihm durch das schäumende Wellenspiel der Flut zu erkennen gaben. Er sah blaß und mager aus. Seine Kräfte schwanden dahin, und mitunter fühlte er Fieberschauer. Seine umschatteten Augen hatten den eigentümlichen Glanz, den ein auf tiefste Einsamkeit abzielender Gedanke erzeugt. Der Chevalier war der einzige, mit dem er noch mitunter Gedanken austauschte: Er vermutete in dem Alten einen Apostel seiner eigenen Religion.

„Haben Sie in Ihrem Leben mehrere Frauen geliebt?“ fragte er ihn, als ihn du Halga auf der Promenade zum zweitenmal – wie sich der alte Seebär ausdrückte – „ins Schlepptau nahm“.

„Eine einzige“, gab dieser zur Antwort.

„War sie frei?“

„Nein“, entgegnete der Chevalier. „Ach, ich habe sehr gelitten! Sie war die Gattin meines besten Freundes, meines Gönners, meines Vorgesetzten. Aber wir hatten uns so lieb!“

„Und sie liebte Sie?“

„Leidenschaftlich!“ erwiderte er mit ungewöhnlicher Wärme.

„Waren Sie glücklich?“

„Bis zu ihrem Tod! Sie starb mit neunundvierzig Jahren, zur Zeit der Emigration, in Sankt Petersburg. Das dortige Klima hat sie getötet. Sie wird recht frieren in ihrem Sarg! Ich dachte oft daran, sie zu holen und in den Boden unserer teuren Bretagne zu betten – in meine Nähe! Aber sie nistet ja in meinem Herzen!“

Der Chevalier trocknete die Augen; Calyste drückte ihm stumm die Hand.

„Ich hänge an dem Hündchen mehr als an meinem Leben!" fuhr du Halga, auf Thisbé zeigend, gerührt fort. „Die Kleine ähnelt ganz der Frau, die sie so gern auf den Schoß nahm und mit ihren schönen Händen streichelte. Nie kann ich Thisbé ansehen, ohne die Hände der Admiralin vor mir zu sehen."

„Haben Sie die Marquise de Rochefide gesehen?"

„Nein. Seit achtundzwanzig Jahren beachte ich Frauen nicht mehr – Ihre Mutter ausgenommen, deren Teint mich etwas an den Teint der Admiralin erinnert."

Drei Tage später sagte der Chevalier auf der Promenade zu Calyste:

„Mein Kind, mein ganzes Vermögen sind hundertvierzig Louis. Sobald Sie erfahren, wo sich die Marquise befindet, holen Sie es bei mir ab. Sie können sie dann besuchen."

Calyste dankte dem Alten, den er um die Vergangenheit beneidete, aber er wurde von Tag zu Tag trübsinniger. Alles schien ihn zu verletzen, nichts ihm Freude zu machen. Nur zu seiner Mutter blieb er sanft und gut. Mit wachsender Sorge beobachtete die Baronin die Fortschritte seiner törichten Leidenschaft. Sie allein erreichte durch inständiges Bitten, daß Calyste wenigstens einige Nahrung zu sich nahm.

Anfang Oktober hörte der Jüngling auf, den Chevalier auf seinen Spaziergängen zu begleiten, und vergeblich kam dieser zu ihm, um ihn abzuholen.

„Wir werden von der Marquise reden!" neckte er nach Greisenart; „Ich will Ihnen mein erstes Abenteuer erzählen! – Ihr Sohn ist recht krank", sagte er Fanny, als alles Bitten fruchtlos blieb.

Calyste gab auf alle Fragen wegen seines Befindens die Antwort, daß es ihm ausgezeichnet gehe. Wie allen jugendlichen Melancholikern, war es ihm eine Lust, den Tod zu kosten. Allein er ging nicht mehr aus. Er saß in Gedanken vertieft auf der Bank im Garten, wärmte sich an der bleichen, trüben Herbstsonne und floh alle Gesellschaft.

An dem Tage, da Calyste nicht mehr nach Les Touches kam, bat Félicité den Pfarrer, sie zu besuchen. Abbé Grimonts Eifer – er ging fast jeden Morgen nach Les Touches und blieb zuweilen auch zu Tisch – ward zur großen Neuigkeit: In der ganzen Umgebung, selbst in Nantes sprach man von diesem Ereignis. Trotzdem versäumte der Pfarrer keinen Abend im Haus du Guénic. Dort herrschte tiefste Verzweiflung. Herrschaft und Dienerschaft – alle waren über den Eigensinn Calystens betrübt, wenn sie auch nicht an eine Gefahr für ihn dachten. Es ging niemandem in den Kopf, daß der arme Jüngling aus Liebesgram sterben könne. Der Chevalier erinnerte sich von seinen weiten Reisen her auch nicht eines Beispiels für einen solchen Tod. Jedermann schrieb Calystens Magerkeit dem Mangel an Ernährung zu. Seine Mutter beschwor ihn auf den Knien, mehr zu essen. Nur ihr zuliebe bemühte er sich, seinen Ekel zu unterdrücken. Allein die widerwillig genossene Nahrung beschleunigte nur noch das schleichende Fieber, das ihn verzehrte.

In den letzten Oktobertagen konnte das geliebte Kind nicht mehr in sein Zimmer hinaufgehen. Sein Bett stand unten im Saal, wo Calyste den

größten Teil der Zeit im Kreise seiner Familie zubrachte. Man hatte sich endlich entschlossen, den Arzt von Guérande zu Rate zu ziehen, der das Fieber durch Chinin zu bannen suchte und dem Kranken Bewegung und Zerstreuung verordnete.
Inzwischen kam Baron du Guénic wieder ein wenig zu Kräften und verlor seine Apathie. Er wurde jung, während sein Sohn alterte. Eines Tages führte er sogar Calyste und Gasselin mit den zwei Jagdhunden auf die Jagd. Sie strichen durch die Wälder und besuchten ihre Freunde auf den benachbarten Schlössern. Aber Calyste hatte seinen Frohsinn verloren. Niemand konnte ihm das leiseste Lächeln entlocken. Sein fahles, verschlossenes Gesicht verriet ein völlig passives Wesen.
Da verfiel der alte Baron, von Müdigkeit übermannt, in eine furchtbare Erschöpfung. Er mußte heimkehren und brachte Calyste in demselben Zustand nach Hause mit.
Einige Tage nach der Rückkehr erkrankten Vater und Sohn so bedenklich, daß man, da der Arzt von Guérande selbst es verlangte, die zwei berühmtesten Ärzte von Nantes holen ließ. Der alte Baron war von Calystens offensichtlicher Veränderung wie niedergeschmettert. Mit der erschütternden Hellsichtigkeit begabt, die dem Sterbenden die Natur verleiht, zitterte er, im Gedanken an das Erlöschen seines Geschlechts, wie ein Kind. Er sprach kein Wort mehr. In dem Lehnstuhl, an den ihn seine Schwäche bannte, betete er mit gefalteten Händen zu Gott. Er saß mit dem Gesicht zu Calystens Bett gewendet und beobachtete ihn ohne Unterlaß. An der geringsten Bewegung seines Sohnes nahm er freudigen Anteil, als brächte diese

Bewegung seine Lebensfackel zu neuem Auflodern. Die Baronin verließ diesen Saal nicht mehr, und Zéphirine saß den ganzen Tag mit ihrem Strickstrumpf in der Kaminecke. Man bat die Blinde um Holz, da Vater und Sohn gleicherweise froren, man griff ihre Wintervorräte an. Sie entschloß sich daher endlich, ihre Schlüssel auszuliefern, da sie nicht mehr beweglich genug war, Mariotte überallhin zu folgen. Aber sie wollte wenigstens immer von allem wissen, stellte an ihre Schwägerin und Mariotte mit flüsternder Stimme zahllose Fragen und nahm sie beiseite, um über das Befinden ihres Bruders und ihres Neffen Näheres zu erfahren. Eines Abends, als die beiden schlummerten, flüsterte Fräulein de Pen-Hoël der Blinden ins Ohr, daß man sich wohl auf den Tod ihres Bruders gefaßt machen müsse, da sein Angesicht bereits allmählich den eigentümlich wachsweißen Ton der Toten angenommen habe. Da ließ sie ihre Strickerei fallen, durchwühlte ihre Taschen, zog ihren schwarzen, hölzernen Rosenkranz heraus und fing an mit einer Inbrunst zu beten, die ihrem vergilbten, vertrockneten Antlitz sieghaften Glanz verlieh. Jacqueline tat ein Gleiches und alsbald verbanden sich auf ein Zeichen des Pfarrers alle Anwesenden in Zéphirinens stummem Gebet.

„Ich habe schon früher zu Gott gebetet," erzählte die Baronin in Erinnerung an Calystens verhängnisvollen Brief, „aber er hat mich nicht erhört!"

„Es wäre vielleicht gut," meinte der Pfarrer, „wenn wir Fräulein des Touches bäten, Calyste zu besuchen?"

„Die?" rief die alte Zéphirine. „Die Begründerin unseres Unheils? Sie, die ihn seiner Familie entfremdet, ihn uns geraubt hat? Sie, die ihn ketzerische Bücher zum Lesen gibt und ihm eine gottlose Redeweise beigebracht hat? Verflucht sei sie! Möchte Gott ihr nie vergeben! Sie hat das Haus du Guénic zugrunde gerichtet!"

„Nun, vielleicht baut sie es wieder auf!" erwiderte der Pfarrer mit sanfter Stimme; „sie ist eine fromme, tugendhafte Person, ich bürge dafür, sie hegt seinetwegen die allerbesten Absichten. Wäre sie doch imstande, sie zu verwirklichen!"

„Sagt mir nur, an welchem Tage sie die Füße hier ins Haus setzt, damit ich vorher fortgehe", rief die Alte. „Sie hat Vater und Sohn getötet. Glaubt Ihr denn, ich höre Calystens schwache Stimme nicht? Er hat kaum noch die Kraft, zu sprechen."

Just in diesem Augenblick kamen die drei Ärzte. Sie quälten Calysten mit ermüdenden Fragen, hingegen währte die Untersuchung seines Vaters nicht lange. Ihr Urteil war schnell gefaßt: Sie wunderten sich nur, daß er noch lebte! Dann teilte der Arzt von Guérande der Baronin ruhig mit, daß Calyste unbedingt nach Paris reisen müsse, um die erfahrensten Männer der Wissenschaft zu konsultieren, denn wenn man sie kommen ließe, kostete dies mehr als hundert Louisdor!

„Man stirbt an *etwas*, aber Liebe ist doch *nichts*!" meinte Fräulein de Pen-Hoël.

„Ach, was auch immer die Ursache sei, Calyste stirbt", versetzte die Baronin verzweifelt. „Ich sehe alle Symptome der Auszehrung, der furchtbarsten Krankheit meiner Heimat, an ihm!"

„Calyste stirbt!" wiederholte der Baron, die Augen öffnend. Langsam rollten ihm zwei dicke Tränen, durch die unzähligen Runzeln immer wieder auf-

gehalten, über das Gesicht und blieben unten auf den Wangen stehen – die einzigen zwei Tränen, die er in seinem langen Leben geweint hatte.
Er richtete sich auf, humpelte mühselig an Calystens Krankenlager, faßte seine Hand und sah ihn lange an.
„Was willst du von mir, Vater?" flüsterte Calyste.
„Daß du lebst!" gab er bebend zur Antwort.
„Ich kann ohne Béatrix nicht leben!"
Stöhnend sank der Greis wieder in seinen Lehnstuhl zurück.
„Wo finden sich hundert Louisdor, um die Pariser Ärzte kommen zu lassen?" seufzte die Baronin.
„Hundert Louisdor?" rief die Blinde. „Würden sie ihn retten?"
Ohne eine Antwort abzuwarten, fuhren ihre Hände in die Taschen. Sie band den Unterrock los, der mit dumpfem Geräusch zu Boden sank. So genau kannte sie die Stellen, wo sie ihre Goldstücke eingenäht hatte, daß sie den Rock mit einer ans Wunderbare grenzenden Geschwindigkeit auftrennte. Stück für Stück fielen die Louisdors klingend auf den Boden. Die alte Jacqueline sah ihr mit stumpfsinnigem Staunen zu.
„Man sieht, was Sie tun!" flüsterte sie ihrer Freundin warnend ins Ohr.
„Siebenunddreißig!" zählte Zéphirine unbekümmert weiter.
„Jeder wird wissen, wieviel Sie haben!"
„Zweiundvierzig ...!"
„Ganz neue Doppellouisdor! Wo haben Sie die her? Sie können sie doch nicht erkennen?"
„Ich habe sie abgetastet. – Da sind hundertvier

Louisdor, wird das reichen?" fragte die Blinde laut.

„Was haben Sie denn?" meinte Chevalier du Halga, der gerade eintrat und sich nicht erklären konnte, warum sie die vielen Goldstücke in ihrem Rocke hielt.

Mit kurzen Worten klärte ihn Fräulein de Pen-Hoël auf.

„Ich wußte es," gab er ihr zur Antwort, „und bringe gerade hundertvierzig Louisdor, die ich zu Calystens Verfügung hielt. Er weiß es ja!"

Der Chevalier zog zwei Geldrollen aus der Tasche und zeigte sie ihr. Als Mariotte all diese Schätze erblickte, befahl sie Gasselin, die Türe abzusperren.

„Das Gold wird ihm die Gesundheit nicht wiederbringen!" schluchzte die Baronin.

„Nun, vielleicht kann er mit seiner Hilfe der Marquise nachlaufen," entgegnete er lächelnd und rief: „Auf, Calyste!"

Calyste sprang von seinem Lager auf:

„Ja, vorwärts denn!" rief er freudig aus.

„Er bleibt am Leben!" frohlockte sein Vater.

„Nun kann ich ruhig sterben. Geht und holt mir den Pfarrer!"

Diese Worte verbreiteten namenlosen Schrecken. Als Calyste den Vater infolge der furchtbaren Aufregungen dieses Auftritts erbleichen sah, konnte er die Tränen nicht mehr zurückhalten. Der Pfarrer, dem die Ärzte das Ergebnis ihrer Untersuchung mitgeteilt hatten, war inzwischen nach Les Touches gegangen, um Félicité zu holen. Verabscheute er sie auch, so bewunderte und verteidigte er sie in diesem Augenblick, wie ein Pastor

eines seiner bevorzugten Pfarrkinder verteidigen soll.
Bei der Nachricht von dem hoffnungslosen Zustand des Barons drängten sich die Bauern, die Paludiers und die Bevölkerung von Guérande in dem Gäßchen und beteten kniend im Hofe, während Abbé Grimont dem alten bretonischen Kämpen die letzte Ölung gab. Es rührte die ganze Stadt, daß der sterbende Vater neben dem schwerkranken Sohne lag. Das Verlöschen dieses altbretonischen Geschlechts wurde als allgemeines Unglück betrachtet.
Die heilige Handlung erschütterte Calysten tief. Sein Schmerz brachte für eine Weile die Liebe zum Schweigen. Während der Agonie des heroischen Verteidigers der Monarchie lag er auf den Knien und beobachtete weinend die Fortschritte des Todes. Der Greis entschlief in seinem Lehnstuhl, in Gegenwart der versammelten Familie.
„Ich sterbe dem König und der Kirche getreu! Mein Gott, als Lohn meiner Mühen laß Calyste leben!"
„Ich werde leben, Vater, und will dir gehorsam sein!"
„Willst du mir einen sanften Tod geben, wie deine Mutter mir ein sanftes Leben gab, so schwöre mir, daß du heiraten wirst!"
„Ich verspreche es dir, Vater!" erwiderte er feierlich. –
Welch ein rührendes Schauspiel war es, zu sehen, wie Calyste, auf den alten Chevalier du Halga gestützt – ein Gespenst, das einen Schatten führte – dem Sarge seines Vaters an der Spitze des Trauergeleits folgte! Die Kirche und der kleine Platz vor

dem Kirchenportal waren voller Menschen, die aus mehr als zehn Meilen in der Runde herbeigeeilt waren.

Fanny und Zéphirine sanken in tiefsten Schmerz, als sie erkannten, daß sich Calyste vergeblich anstrengte, dem Vater zu gehorchen, und in einer Betäubung verharrte, die ihnen von unheilvoller Vorbedeutung schien. An dem Tage, da die Familie Trauer anlegte, führte die Baronin ihren Sohn auf die Bank, die hinten im Garten stand, und richtete mancherlei Fragen an ihn. Calyste erwiderte mit Sanftmut und Ergebenheit, aber seine Antworten waren trostlos.

„Mutter," sagte er, „ich fühle kein Leben mehr in mir. Was ich esse, ernährt mich nicht. Die Luft, die in meine Lungen dringt, frischt mein Blut nicht auf. Die Sonne erscheint mir kalt. Mag sie dir unser Haus auch erhellen, wie jetzt – dort aber, wo dir ihr Licht scharfgeschnittene, hellschimmernde Skulpturen zeigt, sehe ich nur unbestimmte, in Nebel gehüllte Formen. Wäre Béatrix hier, dann würde auch für mich wieder alles schimmern und leuchten. Nur ein einziges Ding auf Erden hat sich Farbe und Form bewahrt: dieser Strauß!" schloß er und zog aus der Brusttasche die verwelkten Blätter und Gräser, die ihm Béatrix einstens geschenkt hatte.

Die Baronin getraute sich nicht, an Calyste noch weitere Fragen zu richten. Erschütternder noch war der Wahnsinn, der sich in seinen Antworten, als der Schmerz, der sich in seinem Schweigen verriet.

Da erbebte er mit einem Male vor Freude: Er erblickte hinter den einander gegenüberliegenden

Fenstern des Erdgeschosses Fräulein des Touches – Félicité, die ihn, allein durch ihr Kommen, an Béatrix erinnerte. Ihr also hatten Fanny und Zéphirine die einzige Freude zu verdanken, die strahlend hell durch ihre Trauer brach.

„Nun, Calyste?“ sagte Camille Maupin, nachdem sie seine Mutter begrüßt hatte, „der Wagen steht bereit, wir wollen gemeinsam Béatrix suchen, kommen Sie mit?“

Das blasse, magere Antlitz des in Trauer gekleideten Jünglings färbte sich alsbald rosig, und ein Lächeln belebte seine Züge.

„Wir werden ihn retten!“ versicherte sie der Baronin, die ihr unter Freudentränen innig die Hand drückte.

Acht Tage nach dem Tode des Barons du Guénic reisten die Baronin und Calyste in Begleitung Félicités nach Paris und überließen der greisen Blinden allein die Sorge um Haus und Hof. Félicités rührende Zuneigung zu Calyste hielt für den armen Jüngling die schönste Zukunft bereit. Mit der Familie Grandlieu verwandt, deren herzoglicher Zweig mit fünf Töchtern endete, hatte sie der Herzogin von Grandlieu die Geschichte Calystens geschrieben und ihr gleichzeitig mitgeteilt, daß sie ihr Haus in der Rue du Mont-Blanc um den Preis von zweieinhalb Millionen Franken an einige Spekulanten verkauft habe. Ihr Anwalt hatte inzwischen um siebenhunderttausend Franken einen der schönsten Paläste in der Rue de Bourbon für sie erstanden, von dem Rest des Verkaufserlöses widmete sie eine Million zum Rückkauf der Güter des Hauses du Guénic, ihr sonstiges Vermögen sollte den Töchtern der Herzogin zufallen. Félicité kannte die Pläne des Herzogs und der Herzogin, nach denen ihre jüngste Tochter für den Vicomte von Grandlieu, den Erben ihrer Titel, ausersehen war. Sie wußte auch, daß Clotilde-Frédérique, die zweitälteste, ledig bleiben, wenn auch nicht Nonne werden wollte wie die älteste. Es blieb zum Heiraten nur die zweitjüngste übrig, die hübsche, damals zwanzigjährige Sabine. Diese erhielt von Fräulein des Touches den Auftrag, Calyste von seiner Leidenschaft für die Marquise de Rochefide zu heilen.

Auf der Reise zog Félicité die Baronin ins Vertrauen und entdeckte ihr, welche Maßnahmen sie getroffen hatte, und was sie beabsichtige. Man begann also mit der Einrichtung des in der Rue de Bourbon gelegenen Hauses, das Félicité für Calyste bestimmte, falls ihre Pläne glücken sollten. Alle drei begaben sich dann in das Palais Grandlieu, wo die Baronin mit allen, dem Namen ihres verstorbenen Gatten und ihrem Mädchennamen gebührenden Ehren aufgenommen wurde. Selbstverständlich riet Félicité dem jungen Bretonen, sich Paris anzusehen. Sie überließ ihn den zauberischen Verführungen der Riesenstadt, während sie selbst den gegenwärtigen Aufenthalt der Marquise zu erfahren suchte. Die Herzogin mit ihren Töchtern und Freunden führten Calyste just in dem Augenblick in der Pariser Gesellschaft ein, da die Saison ihren Anfang nehmen sollte, und das Pariser Treiben gab ihm ungeahnte Zerstreuung.

Der Jüngling fand alsbald zwischen Marquise de Rochefide und Sabine von Grandlieu einige Ähnlichkeit. Unstreitig gehörte Sabine damals zu den schönsten, entzückendsten jungen Mädchen der Pariser Gesellschaft, und er widmete ihren Koketterien eine Aufmerksamkeit, derer sich keine der andern Damen rühmen durfte. Sabine spielte ihre Rolle um so besser, als ihr Calyste überaus gefiel. Die Dinge waren soweit gediehen, daß sich der junge Baron du Guénic, der seine Jugendfrische wiedergewonnen hatte, im Verlauf des Winters 1837 von seiner Mutter ohne Widerstreben an das dem sterbenden Vater gegebene Versprechen mahnen ließ und ruhig zuhörte, als sie von einer Ehe mit Sabine sprach. Indes, wenn er auch sein Versprechen hielt, so erkannte die Baronin dennoch, daß dies mit einer gewissen innerlichen Gleichgültigkeit geschah – einer Gleichgültigkeit, von der sie nur hoffen konnte, daß sie in den Wonnen einer glücklichen Ehe entschwinde. Es kam der Tag, da die Familie Grandlieu mit Baronin du Guénic und ihren Verwandten, die zu diesem Zweck eigens aus England gekommen waren, in dem großen Salon des Palais Grandlieu einen Familienrat abhielt. Als bei dieser Gelegenheit Léopold Hannequin, der Familienanwalt, den Ehekontrakt erläuterte, bevor er ihn vorlas, da weigerte sich Calyste, auf dessen Stirne düstere Wolken lagerten, kurz und bündig, die Vorteile anzunehmen, die ihm Fräulein des Touches zuzuwenden gedachte. Er zählte immer noch auf ihre Zuneigung und glaubte, sie sei auf der Suche nach Béatrix. In diesem Augenblick trat Sabine in einem Kleide, durch das sie, obgleich sie brünett war, auffallend an die Marquise erinnerte, in den Kreis der bestürzten Familien und überreichte Calyste den folgenden Brief:

„Camille an Calyste

Bevor ich als Novize in meine Zelle trete, ist es mir wohl erlaubt, auf die Welt, die ich verlasse, um mich in die Welt des Gebets zu versenken, noch einen letzten Blick zu werfen. Dieser Blick gilt ausschließlich Ihnen, Calyste, der Sie mir in letzter Zeit die ganze Welt bedeuteten. Wenn mich meine Berechnungen nicht trügen, erreicht Sie meine Stimme im Augenblick einer Zeremonie, der beizuwohnen mir unmöglich ist. An dem Tage, da Sie vor dem Altar stehen und einem jungen, entzückenden Mädchen, das Sie vor Gott und Menschen lieben darf, Ihre Hand reichen, werde auch ich in einem Kloster von Nantes vor einem Altar stehen – jedoch für immer dem verlobt, der niemanden täuscht, niemanden enttäuscht.
Ich komme nicht, um Sie traurig zu stimmen, sondern um Sie zu bitten, das Gute, das ich Ihnen tun will, seitdem ich Sie kenne, nicht durch ein falsches Zartgefühl zu durchkreuzen. Streiten Sie mir so teuer erkaufte Rechte nicht ab! Wenn Liebe ein Leid ist, ach, dann habe ich Sie sehr geliebt, Calyste! Aber machen Sie sich keine Gewissensbisse: Die einzigen Freuden meines Lebens verdanke ich Ihnen – die Leiden, die kamen von selbst. Entschädigen Sie mich also für all die vergänglichen Leiden, indem Sie mir eine ewige Freude bereiten! Erlauben Sie der armen Camille, die nicht mehr ist, zu dem materiellen Glück, dessen Sie sich immer erfreuen mögen, ein wenig beizutragen und auf diese Weise wenigstens für Sie etwas zu sein. Lassen Sie mich etwas sein, lieber Freund, das wie ein Duft Ihres Lebens

Blüte erfüllt; lassen Sie mich teilnehmen an diesem Leben, ohne daß ich Ihnen zur Last falle! Ich verdanke Ihnen zweifellos das Glück des ewigen Lebens; wollen Sie mir verwehren, daß ich mich Ihnen gegenüber durch die Hingabe einiger vergänglicher Güter entlaste? Sollte es Ihnen an solcher Großmut fehlen? Erkennen Sie nicht darin die letzte Lüge einer verschmähten Liebe?

Ohne Sie, Calyste, war mir die Welt nur noch eine schreckliche Einöde. Sie führten den gottlosen Camille Maupin, den Verfasser von Romanen und Theaterstücken, die ich feierlich abschwören werde, endlich dorthin, wo er jetzt ist, und warfen das schreckliche, verderbte Weib mit gefesselten Händen und Füßen vor Gottes Thron! Heute bin ich, was ich immer hätte sein sollen: ein unschuldiges Kind! Ja, ich habe das Kleid meiner Seele in Reuetränen gewaschen und darf dem Alter nahen, das meinem Schutzengel, meinem ewig geliebten Calixtus geweiht ist. Mit welcher Zärtlichkeit gebe ich Ihnen diesen durch meinen Entschluß geheiligten Namen! Ich liebe Sie ohne jedes eigensüchtige Interesse, wie eine Mutter den Sohn, wie die Kirche ihre Kinder liebt. Ich werde für Sie und die Ihrigen ohne einen andern Wunsch beten können, als den Wunsch für Ihr Glück.

Kennten Sie die erhabene Ruhe, in der ich lebe, seitdem sich meine Gedanken über all die nichtigen weltlichen Sorgen emporgehoben haben, und wüßten Sie, wie süß es ist, seine Pflicht zu tun, Sie handelten nach Ihrer herrlichen, edlen Devise und träten, ohne um sich zu sehen, mit festen Schritten in Ihr schönes Leben ein! Ich schreibe Ihnen also besonders deshalb, um Sie zu bitten, treu zu sein sich selbst und Ihrer Familie gegenüber. Die Gesellschaft, in der Sie leben sollen, teurer Freund, kann ohne die Religion der Pflicht nicht bestehen, und Sie würden sie ebenso verkennen, wie ich sie verkannte, wenn Sie sich von Launen, von Leidenschaften treiben ließen, wie ich mich treiben ließ.

Mann und Weib unterscheiden sich dadurch, daß das Leben für ihn zu fortwährenden Taten, für sie zu einer Kette von Opfern wird. Mein Leben war jedoch nichts als ein Ausfluß unaufhörlicher Selbstsucht. Deshalb vielleicht hat Gott Sie gegen Abend an die Pforte meines Hauses geführt, daß Sie mir als sein Sendbote seine Strafe und seine Gnade verkünden. Hören Sie dieses Geständnis einer Frau, für die der Ruhm ein Leuchtturm war, der sie den rechten Weg gewiesen hat! Seien Sie groß, opfern Sie Ihre Träume den Pflichten eines Familienhaupts, eines Gatten und Vaters! Richten Sie das ehrwürdige Banner des alten Geschlechts du Guénic wieder auf und zeigen Sie sich diesem gott- und prinzipienlosen Jahrhundert als ein Edelmann in seinem ganzen Glanz, in seinem ganzen Ruhm!

Geliebtes Kind meiner Seele, lassen Sie mich ein wenig die Rolle einer Mutter spielen: Ihre anbetungswürdige Mutter wird auf ein für die Welt gestorbenes Weib nicht eifersüchtig sein. Der Adel bedarf heute mehr denn je des Vermögens. Nehmen Sie also einen Teil des meinigen an, und machen Sie davon einen guten Gebrauch! Es ist kein Geschenk, es ist Fideikommiß. Ich habe mehr an Ihre Kinder und an Ihr altbretonisches Haus gedacht als an Sie, wenn ich Ihnen den Gewinn darbiete, den ich aus meinen Pariser Besitztümern zog ...“

„Unterzeichnen wir!“ sagte der junge Baron zur höchsten Befriedigung der Versammlung.

✩

DRITTER TEIL

☆

IN DER DARAUFFOLGENDEN WOCHE WURDE, nach dem Brauche einiger Familien des Faubourg Saint-Germain, in der Sankt Thomaskirche um sieben Uhr früh die Hochzeitsmesse zelebriert, und nur wenig später bestiegen Calyste und Sabine, inmitten der Umarmungen, Glückwünsche und Tränen von zwanzig Personen, die sie bis an die Rampe des Palais Grandlieu begleiteten, ihren hübschen Reisewagen. Die Glückwünsche kamen von den vier Zeugen und den andern Herren, und die Tränen sah man in den Augen der Herzogin von Grandlieu und ihrer Tochter Clotilde, die ein und derselbe Gedanke rührte: ‚Da tritt sie nun ins Leben ein! Arme Sabine, auf Gnade und Ungnade einem Manne ausgeliefert, der die Ehe nicht so ganz freiwillig schloß!'

Die Ehe besteht nicht nur aus Freuden, die in diesem Stande ebenso vergänglich und flüchtig sind wie in jedem andern. Sie schließt auch Rücksichtnahme auf Launen und Stimmungen, physische Sympathien, Übereinstimmung der Charaktere in sich, wodurch diese soziale Notwendigkeit zu einem ewigen Problem wird. Die heiratsfähigen Töchter kennen Ziele und Gefahren dieser Lotterie ebensogut wie ihre Mütter. Eben darum weinen die Frauen und lächeln die Männer, wenn sie einer Hochzeit beiwohnen. Während die Frauen ungefähr wissen, was sie wagen, glauben die Männer, daß sie nichts aufs Spiel setzen.

In einem andern Wagen, der dem der Neuvermählten voranfuhr, saßen die Herzogin von Grandlieu und Baronin du Guénic.

„Sie sind Mutter, wenn Sie auch nur einen Sohn haben," meinte die Herzogin, „trachten Sie mich bei meiner lieben Sabine zu ersetzen!" –

Am Bock des vierspännigen Reisewagens saß ein Jäger, der als Kurier diente, und hinten saßen zwei Zofen. Die vier Postillons hatten ihre schönsten Uniformen angezogen und trugen kleine Sträußchen im Knopfloch und bunte Bänder auf den Hüten. Es bereitete dem Herzog von Grandlieu unsägliche Mühe, diese Bänder selbst gegen Bezahlung entfernen zu lassen. Der französische Postillon ist sehr vernünftig, aber er hängt an seinen drolligen Bräuchen. So nahmen auch die vier das Geld des Herzogs und steckten, am Stadttor angekommen, die Bänder wieder an.

„Nun leb' wohl, Sabine!" sagte ihr die Herzogin. „Erinnere dich deines Versprechens, schreibe mir oft! – Calyste, Ihnen sage ich weiter nichts, aber Sie verstehen mich ...!"

Clotilde lehnte sich an Athénais, ihre jüngste Schwester, die mit dem Vicomte Juste von Grandlieu verliebte Blicke tauschte, warf der Neuvermählten einen verständnisvollen Blick zu und folgte dem Wagen mit tränenfeuchten Augen, bis er verschwunden war. Unter dem Schnalzen der vier Peitschen, die stärker knallten als Pistolenschüsse, kam der fröhliche Zug über die Esplanade des Invalides, den Kai und die Pont de Jéna an das Stadttor von Passy, erreichte die Straße nach

Versailles und gelangte endlich auf die Hauptstraße nach der Bretagne.
Ist es nicht zum mindesten merkwürdig, daß die vornehmsten Familien Frankreichs und Englands dem gleichen Brauche folgen wie die Handwerker in Deutschland und der Schweiz und nach den Hochzeitsfeierlichkeiten auf Reisen gehen? Die Großen drängen sich in einen rollenden Kasten, die Kleinen wandern fröhlich auf den Straßen fürbaß, rasten in Wäldern, prassen in Herbergen, solange ihre Freude oder, besser gesagt, ihr Geld reicht. Der Sittenrichter käme in rechte Verlegenheit, wenn er entscheiden sollte, wo sich das höhere Schamgefühl vorfindet: dort, wo man den häuslichen Herd, das häusliche Nest unter Ausschluß der Öffentlichkeit feierlich einweiht, wie es biedere Bürgersleute tun, oder dort, wo man sich am hellichten Tage jedem Unbekannten zeigt und nur vor der Familie verbirgt. Zartfühlende Seelen dürften sich nach Einsamkeit sehnen und Öffentlichkeit wie Familie fliehen. Die jauchzende Liebe des Ehefrühlings ist ein Diamant, eine Perle, ein von Meisterhand geschliffenes Kleinod, ein in den tiefsten Herzensgrund zu vergrabender, kostbarer Schatz. –
Wer kann vom Honigmond erzählen, wenn nicht die junge Gattin? Und wieviel Frauen erkennen, daß dieser ungewisse Zeitabschnitt (der mitunter nur eine Nacht währt) das Vorwort des Ehelebens ist? Die drei Briefe, die Sabine ihrer Mutter schrieb, bezeugen eine für manche jungvermählte und viele ältere Frauen unglücklicherweise durchaus nicht neue Situation. Alle diejenigen, die so-

zusagen als Krankenwärter eines Herzens in die Ehe traten, wurden dessen, wie auch Sabine, nicht sogleich inne. Aber die jungen Mädchen des Faubourg Saint-Germain sind – wenn sie klug sind – schon mit dem Kopfe Frauen. Lange vor der Hochzeit empfangen sie von der Gesellschaft und von ihrer Mutter die Weihe der guten Manieren. Mit einer gewissen Eifersucht denken all die Herzoginnen an die Vererbung ihrer Traditionen und ermessen oft nicht die Tragweite ihrer Lehren, wenn sie den Töchtern sagen: „So bewegt man sich nicht!" „Über so etwas lacht man nicht!" „Man wirft sich nicht auf den Diwan, man sitzt aufrecht!" „Laß diese abscheulichen Redensarten!" „Aber das tut man nicht, meine Liebe!" Daher haben Kritiker aus Bürgerkreisen solchen Mädchen Unschuld und Tugendhaftigkeit ganz zu Unrecht abgesprochen. Sie sind, wie Sabine, trotzdem Jungfrauen, die der Geist, die Gewohnheit guten Benehmens und Geschmacks veredelt und die sich schon mit sechzehn Jahren ihres Lorgnons zu bedienen wissen. Sabine mußte aus der Schule des Fräuleins de Chaulieu hervorgegangen sein, wenn sie sich zu den von Félicité ersonnenen Heiratskombinationen hergab. Es zeigte sich jedoch auch an ihr, daß angeborne Schlauheit, Rasse und gesellschaftliche Vorzüge in den großen Krisen des Ehelebens nutzlos sind, weil sie von der zwiefachen Last des Unglücks und der Leidenschaft reichlich aufgewogen werden.

„Sabine an die Herzogin von Grandlieu

I.

Guérande, im April 1839.

Liebe Mutter, Du wirst verstehen, warum ich auf der Reise nicht schreiben konnte, uns dreht sich noch immer der Kopf. Da bin ich nun seit zwei Tagen im Herzen der Bretagne, im Palais du Guénic, das aussieht wie eine Spielzeugschachtel. Trotz den hingebungsvollen Aufmerksamkeiten der Familie Calystens erfüllt mich ein lebhaftes Verlangen, zu Dir zu fliegen und Dir vieles zu sagen, was man, ich fühle es, nur seiner Mutter anvertrauen kann. Calyste hat mit einem tiefen Leid im Herzen geheiratet, liebste Mutter. Wir alle wußten es, und Du verhehltest mir nicht, welche Schwierigkeiten meiner harrten. Leider aber sind sie größer, als Du annahmst. Ach, liebste Mutter, welche Erfahrung gewinnen wir in wenigen Tagen und – warum soll ich es nicht eingestehen? – in wenigen Stunden! Alle Deine Ratschläge waren zwecklos, was Du aus einem einzigen Satze erkennen wirst: Ich liebe Calysten, als wäre er nicht mein Gatte. Das heißt, daß ich als Gattin eines andern Mannes nur mit Calyste reisen, nur ihn lieben und meinen Gatten hassen würde. Denke Dir also einen so vollkommen, so unwillkürlich, so restlos geliebten Mann – Du magst andre passende Eigenschaftswörter nach Deinem Belieben selbst hinzufügen. Daher bin ich, trotz Deinen Ratschlägen, in Sklaverei verfallen. Du hast mir empfohlen, groß, edel, würdig und stolz zu bleiben, um in Calyste Gefühle zu erwecken, die im Leben keiner Wandlung unterworfen sind: Ach-

tung und Ansehen, die eine Frau im Schoß der Familie heiligen sollen. Du empörst Dich mit Recht über die jungen Frauen von heute, die unter dem Vorwande, mit ihrem Gatten gut zu leben, gleich im Anfang leichtsinnig, willfährig, gutmütig, vertraulich, rückhaltlos hingebend sind und die es, nach Deiner Ansicht, gar nicht erwarten können, in das Stadium der Gleichgültigkeit, vielleicht sogar der Mißachtung zu gelangen. ‚Erinnere Dich stets, daß Du eine Grandlieu bist!' hast Du mir beim Abschied zugeflüstert.
Aber diese von der mütterlichen Beredsamkeit eines Dädalus erfüllten Ratschläge teilten das Schicksal aller mythologischen Dinge. Wie hättest Du auch annehmen sollen, daß ich die Katastrophe, die nach Deiner Meinung den Honigmond der jungen Frauen von heute beendet, gleich an den Anfang setzte?
Als wir endlich allein im Wagen saßen, fanden wir uns gegenseitig recht albern, denn wir begriffen die ganze Bedeutung des ersten Wortes, des ersten Blickes und sahen, noch betäubt von der Weihe der Trauung, jeder für sich zum Fenster hinaus. Das war so lächerlich, daß mir mein Herr Gemahl, als wir das Stadttor passiert hatten, mit bebender Stimme eine Rede hielt, die zweifellos vorbereitet war, wie alle improvisierten Reden, und die ich mit pochendem Herzen anhörte. Ich nehme mir die Freiheit, sie Dir kurz zu wiederholen.
‚Meine teure Sabine,' begann er, ‚ich will, daß du glücklich wirst, und möchte besonders, daß du auf deine Art glücklich wirst. Anstatt uns über unsern Charakter und über unsre Gefühle

durch vornehme Nachgiebigkeit gegenseitig zu täuschen, seien wir beide jetzt schon, was wir in einigen Jahren ohnehin sein würden. Betrachte mich als deinen Bruder, wie ich in dir meine Schwester sehen will!‘

Obzwar er dies sehr zartfühlend sagte, fand ich in diesem ersten Speech ehelicher Liebe nichts, was der Glut meiner Seele entsprochen hätte. Und wenn ich ihm auch antwortete, daß ich von gleichen Gefühlen beseelt sei wie er, so wurde ich doch nachdenklich. Nach dieser Erklärung unsrer Rechte auf gegenseitige Kühle sprachen wir in anmutigster Weise von schönem und schlechtem Wetter, von Staub, Regen und Sonnenschein, von der Gegend und dem Pferdewechsel – ich mit etwas gezwungenem Lächeln, er sehr träumerisch.

Als endlich Versailles hinter uns lag, fragte ich ihn, den ich ‚mein lieber Calyste‘ nannte, so wie er mich ‚meine liebe Sabine‘ nannte, ganz unbefangen, ob er mir die Ereignisse mitteilen könne, die ihn beinahe getötet hätten und denen ich das Glück verdankte, seine Frau zu sein. Er schwankte lange. Es entspann sich ein Wortgefecht von einer Dauer, die der Entfernung dreier Poststationen entspricht. Ich stellte mich eigensinnig und schmollte, während er mein Verlangen ebenso eingehend prüfte, wie einst Karl der Zehnte die verhängnisvolle Frage, die warnend in allen Zeitungen stand: ‚Wird der König nachgeben?‘ Endlich, nach dem Pferdewechsel in Verneuil, und nachdem ich feierliche Schwüre abgelegt hatte, die für drei Dynastien genügen würden, daß ich ihm seine Torheit nie vorwerfen, ihn nie schlecht behandeln wolle, und so weiter, schilderte er mir seine Liebe zu der Marquise de Rochefide.

‚Ich will nicht, daß ein Geheimnis zwischen uns steht!' schloß er.

Der arme, liebe Calyste wußte also nicht, daß Ihr – Du und Fräulein des Touches – gezwungen gewesen seid, mir alles anzuvertrauen. Denn man zieht eine junge Person am Tag der Unterzeichnung des Ehekontrakts nicht so an wie mich, ohne sie zugleich auch in ihre Rolle einzuweihen! Einer so zärtlichen Mutter, wie Dir, darf man alles sagen. Nun, ich war recht bestürzt, als ich erkannte, daß er weniger meiner als seiner Sehnsucht nachgekommen war, wenn er über diese heimliche Leidenschaft gesprochen hatte.

Bist Du mir böse, liebe Mutter, daß ich den Umfang dieses Kummers, den tiefen Riß in seinem Herzen kennen wollte, den Du mir bloß angedeutet hattest? Schon acht Stunden nach der Trauung befand ich mich daher in der peinlichen Lage einer jungen Gattin, die aus dem Munde ihres Gatten selbst das Geständnis einer verschmähten Liebe und die Freveltaten einer Rivalin vernimmt! Ja, ich erlebte das Drama einer jungen Frau, die von maßgebendster Seite erfährt, daß sie ihre Ehe dem Hochmutsdünkel einer alternden Blondine verdankt!

Erst durch seine Erzählung gewann ich, was ich suchte. ‚Was?' wirst Du fragen. Ach, liebe Mutter, ich habe auf Standuhren und Kaminen Amoretten genug gesehen, die einander fortzuziehen strebten, um diese Lehre in die Praxis umzusetzen! Calyste beendigte den Roman seiner Erlebnisse mit den wärmsten Beteuerungen, daß er das, was er seine Torheit nennt, völlig vergessen wolle. Alle solche feierliche Versicherungen bedürfen einer Unterschrift. Der beglückte Unglückliche führte meine Hand an die Lippen und hielt sie dann lange in seinen Händen fest. Und darauf erfolgte eine Erklärung, die mir zu unseren gesetzlich festgelegten Beziehungen wesentlich besser zu passen schien als die erste, wenn dabei auch unsre Lippen kein Wort gesprochen haben. Ich verdankte dieses Glück der nervösen Entrüstung über den schlechten Geschmack einer Frau, die dumm genug war, meinen schönen, entzückenden Calyste nicht zu lieben...

Man ruft mich zu einem Kartenspiel, das ich noch nicht verstanden habe. Ich schreibe morgen weiter. Daß ich Dich in diesem Augenblick verlassen muß, um bei der „Mouche" die Fünfte zu spielen, ist ausschließlich im Schoße der Bretagne möglich...

Im Mai.

Ich fahre in meiner Odyssee fort.

Meine Schwiegermutter war so erfreut, uns glücklich zu sehen, daß sie Dich zu ersetzen suchte, und wie es allen geht, die eine Rolle in der Absicht übernehmen, Erinnerungen an andere auszulöschen, ist sie so entzückend zu mir, daß sie für mich beinahe das ist, was Du mir bist. Zweifellos durchschaute sie den Heroismus meines Verhaltens. Denn zu Beginn der Reise verbarg sie ihre innere Unruhe mit einem solchen Übermaß an Vorsicht, daß sie sich dadurch erst recht verriet.

Als ich die Türme von Guérande auftauchen sah, flüsterte ich Deinem Schwiegersohn ins Ohr: ‚Hast du sie ganz vergessen?'

Mein Gatte, der jetzt ‚mein Engel' ist, kannte offenbar die Schätze einer kindlich-aufrichtigen Zuneigung noch nicht, denn diese wenigen Worte machten ihn fast toll vor Freude. Leider hat mich der Wunsch, daß er die Marquise vergesse, zu weit geführt. Aber was kann ich dafür? Ich liebe ihn, und ich bin beinahe eine Portugiesin, denn ich bin viel mehr Dir als dem Vater nachgeraten.

Calyste hat alles von mir angenommen, wie ein verwöhntes Kind. Er ist ja der einzige Sohn! Unter uns, ich würde meine Tochter, wenn ich jemals eine haben sollte, nie einem einzigen Sohne geben. Es ist reichlich genug, sich in e i n e n Tyrannen zu verlieben, in einem einzigen Sohne stecken aber m e h r e r e. So haben wir denn die Rollen getauscht, und ich spiele die Hingebungsvolle, Untertänige. Allerdings birgt eine solche, recht nützliche Ergebenheit mitunter mancherlei Gefahren. Vor allem büßt man seine Würde ein. Ich zeige Dir also an, daß diese Halbtugend bei mir Schiffbruch erlitten hat. Die Würde ist nur ein Wandschirm, den der Hochmut aufstellt, damit wir hinter ihm ungestört in Zorn geraten können. Sei mir nicht böse, Mutter, aber Du warst nicht hier, und ich stand vor einem Abgrund. Wäre ich bei meiner Würde verblieben, so litte ich unter dem Frost einer Bruderliebe, die sicherlich einfach zur Gleichgültigkeit herabgesunken wäre. Und welche Zukunft hätte ich mir dadurch bereitet? Meine Ergebenheit hat das Ergebnis, daß sie mich zu Calystens Sklavin macht. Werde ich aus dieser verzwickten Lage herauskommen? Nun – wir werden sehen! Im Augenblick gefällt sie mir. Ich liebe

Calysten, ich liebe ihn wie eine törichte Mutter, die alles für gut hält, was ihr Sohn tut – selbst wenn er sie ein bißchen schlägt...

15. Mai.

Bis heute, liebe Mutter, zeigt sich mir die Ehe unter einer entzückenden Gestalt. Ich entfalte meine ganze Zärtlichkeit für den schönsten Mann, den eine dumme Gans wegen einem Notenfresser ausgeschlagen hat. Denn sie ist entschieden eine dumme Gans, und zwar eine kalte, und das sind die schlimmsten. Ich bin in meiner legitimen Leidenschaft sehr barmherzig, ich heile Wunden und füge mir selbst unheilbare Wunden zu. Wirklich, je mehr ich Calysten liebe, desto mehr fühle ich, daß ich vor Kummer stürbe, wenn unser gegenwärtiges Glück einmal aufhörte.

Übrigens werde ich von seiner Familie und der ganzen Gesellschaft, die sich im Hause du Guénic einzufinden pflegt, einfach vergöttert. Sie alle sehen aus wie die Turnierritter auf alten Gobelins und scheinen heute nur noch deshalb auf Erden zu wandeln, um zu beweisen, daß das Unmögliche möglich ist.

Wenn ich einmal allein bin, will ich Dir Tante Zéphirine, Fräulein de Pen-Hoël, den Chevalier du Halga, die Familie de Kergarouët und die andern beschreiben. Selbst Mariotte und Gasselin müßte man unter einen Glassturz stellen. Das sind die beiden Dienstboten, die ich hoffentlich nach Paris mitnehmen darf. Sie sehen mich immer an wie einen vom Himmel herabgestiegenen Engel und zittern immer noch am ganzen Leibe, wenn ich sie anrede.

Meine Schwiegermutter hat uns feierlich in die

Räume eingeführt, die sie früher mit ihrem verstorbenen Manne bewohnte. Es war rührend: ‚Meine geliebten Kinder,' sagte sie uns, ‚ich habe mein ganzes Leben als Frau hier glücklich verbracht. Möge euch das eine gute Vorbedeutung sein!'

Sie wohnt nunmehr in Calystens Zimmer. Es schien mir, als entsage sie uns zuliebe ihren Erinnerungen und ihrem edlen Eheleben. Die Bretagne, diese Stadt, diese Familie mit ihren altertümlichen Sitten und Bräuchen hat bis ins Geringfügigste etwas Unerklärliches, Grandioses, das man – mag es uns spottlustigen Pariserinnen auch lächerlich scheinen – nur mit dem Ausdruck ‚heilig' bezeichnen kann. Die Pächter der ausgedehnten Grundstücke des Hauses du Guénic sind in corpore zu uns gekommen, um uns feierlich zu begrüßen. Als diese wackeren, festlich gekleideten Leute ihrer Freude Ausdruck verliehen, daß Calyste nunmehr tatsächlich ihr Herr geworden ist, da verstand ich mit einemmal die Bretagne, die Ritterzeit, das alte Frankreich. Es war ein Fest, das ich Dir nicht beschreiben, das ich Dir nur erzählen kann. Die Grundlinien der Pachtverträge wurden uns von den braven Burschen selbst vorgeschlagen. Wir wollen sie nach der Inspektionsreise auf unsre Güter unterzeichnen, die hundertfünfzig Jahre verpfändet waren...

Fräulein de Pen-Hoël erzählte uns, die Pächter hätten ihre Einkünfte mit solcher Treuherzigkeit und Wahrheitsliebe einbekannt, daß es in Paris kein Mensch glauben würde. Wir reiten in drei Tagen von hier ab. Nach meiner Rückkehr schreibe ich Dir wieder, liebe Mutter. Aber was soll ich Dir dann noch sagen können? Hat doch mein Glück schon jetzt den Gipfel erreicht! Ich werde Dir also nur schreiben, was Du schon weißt; nämlich, wie lieb ich Dich habe.

II.

Nantes, im Juni.

Nachdem ich die Rolle einer von ihren Vasallen vergötterten Schloßherrin gespielt habe, als hätten die Revolutionen von 1789 und 1830 nie unsre Standarten niedergeholt; nach all den Jagdritten in den Wäldern, den Rasten auf reichen Gutshöfen, den Festmählern auf alten, mit hundertjährigem Linnen gedeckten Tischen, die sich unter homerischen Schüsseln und antediluvianischen Tellern bogen; nach dem Genuß erlesener Weine aus Bechern, wie sie von Taschenspielern gebraucht werden; nach ohrenbetäubenden Böllerschüssen und Hurrarufen; nach Bällen, deren ganzes Orchester aus einem bretonischen Dudelsack besteht, in den ein Mann zehn Minuten lang hineinbläst, ohne Atem zu holen; und den Blumensträußen; und den Brautleuten, die sich von uns segnen ließen; und unsagbarer Müdigkeit, die der Schlaf in turmhohen Betten immer wieder heilt; und süßen Träumen, in denen die Liebe leuchtet wie die Sonne und schimmert wie die zahllosen, auf ihren Strahlen tanzenden, in bretonischem Baß summenden Mücken ... kurz, nach einem grotesken Aufenthalt im Schloß du Guénic, wo die Fenster so groß sind wie Scheunentore, und wo die Kühe die in den Sälen sproßenden Wiesen abweiden könnten (wir haben uns geschworen, das ganze Haus zum nächsten Jahre gründlich herrichten zu lassen); – – uff, bin ich in Nantes!

Ach, liebe Mutter, war das ein Tag, als wir in Le Guénic einzogen! Unter dem Jubel der Bevölkerung wurde uns das Banner der du Guénic vorangetragen, alles war mit Blumen bekränzt, der Rektor des Klosters kam mit dem Klerus, um uns zu empfangen und zu segnen, und alle, alle äußerten eine Freude . . .! Jetzt noch, da ich Dir schreibe, habe ich Tränen im Auge! Und der stolze Calyste spielte seine Rolle als Edelmann wie eine Romanfigur von Walter Scott. Der neue Schloßherr nahm die Huldigungen entgegen, als befände er sich mitten im dreizehnten Jahrhundert.
‚Was haben wir einen hübschen Herrn!' hörte ich Frauen und Mädchen sagen. ‚Sieht er nicht aus wie ein Opernsänger?'
Und die Alten unterhielten sich über seine Ähnlichkeit mit den du Guénic, die sie gekannt hatten. Ach, die edle, erlauchte Bretagne! Welch ein Land des Glaubens und der Gottesfurcht! Indes, schon lauert der Fortschritt auch auf sie. Allerorts baut man Brücken und Straßen. Neue Ideen werden eindringen und dann – fahr wohl, du Herrlichkeit! Die Bauern werden gewiß nie mehr so frei und stolz sein wie bisher, wenn man ihnen erst bewiesen haben wird, daß sie unsresgleichen seien – vorausgesetzt, daß sie es überhaupt glauben.
Nachdem wir also die Pachtverträge unterzeichnet hatten, verließen wir dieses bezaubernde, bald heitere, bald düstere und immer blühende Land und legten uns der Frau zu Füßen, der wir unser Glück verdanken. Wir empfanden das dringende Verlangen, der Novize im Kloster ‚Mariä Heimsuchung' zu danken. Zu ihrem Gedächtnis will Calyste sein Wappen mit dem grün-gold geteilten

Wappen der Familie des Touches vereinigen und den Schild vierteln, den einen der silbernen Adler als Helmzier nehmen und im Schnabel die schöne Frauendevise ‚Erinnre Dich!' anbringen. Gestern also führte uns Abbé Grimont, ein Freund der Familie du Guénic, in das Nonnenkloster ‚Mariä Heimsuchung'. Er erzählte uns, daß Deine geliebte Félicité eine Heilige sei. Sie kann ja für ihn auch nichts andres sein, denn diese Aufsehen erregende Bekehrung bewirkte, daß man ihn zum Generalvikar der Diözese ernannt hat.

Fräulein des Touches wollte Calyste nicht sehen und empfing nur mich. Ich fand sie etwas verändert, sie sieht blaß und abgemagert aus. Aber sie schien sich über meinen Besuch sehr zu freuen. ‚Sage Calyste,' flüsterte sie mir zu, ‚es sei für mich eine Gewissenssache, daß ich ihn nicht empfange. Denn man hat es mir erlaubt. Aber ich will das Glück weniger Minuten nicht mit monatelangem Leid erkaufen. Ach, wenn du wüßtest, wie weh es mir tut, wenn man mich frägt, woran ich denke! Die Vorsteherin der Novizen kann Zahl und Umfang der durch meinen Kopf schwirrenden Gedanken gar nicht ermessen. Manchmal steht für Augenblicke Italien und Paris mit seinem bunten Treiben vor mir, und ich denke dann an Calyste, der die Sonne meiner Erinnerungen ist.' Das sagte sie in der ihr eigenen poetischen Versonnenheit, die Du ja an ihr kennst, und fuhr nach einer Weile fort: ‚Ich war zu alt, bei den Karmeliterinnen Aufnahme zu finden, und ergab mich dem Orden des heiligen Franziskus Salesius einzig und allein um seiner Botschaft willen: „Nicht die Füße, das Haupt allein sollt ihr entblößen!“ sprach er einst, und lehnte sich damit gegen all die Kasteiungen auf, die den Leib zerstören. In der Tat, der Kopf ist es, der sündigt! Der heilige Bischof tat demnach wohl daran, seine strengen, furchtbaren Gebote gegen den Geist, gegen den Willen zu richten ... Und dies gerade habe ich ersehnt, denn mein Kopf ist der wahrhaft Schuldige: Er hat bis zu dem verhängnisvollen Alter von vierzig Jahren mein Herz betrogen, und ist man dabei für Augenblicke vierzigmal glücklicher als junge Frauen, so wird man späterhin fünfzigmal unglücklicher als diese ... Sage mir, mein Kind, bist du zufrieden?‘ schloß sie, sichtlich erleichtert, daß sie aufhörte, von sich zu sprechen.

‚Sie sehen mich ganz im Zauberbann des Glücks und der Liebe‘, antwortete ich.

‚Calyste ist gut und kindlich, edel und schön‘, erklärte sie ernst. ‚Ich habe dich zu meiner Erbin eingesetzt; du besitzest, außer meinem Vermögen, das Ideal, das ich erträumte ... Ich denke, daß ich den rechten Weg gegangen bin. Nun verirre auch du dich nicht, mein Kind! Du hattest es ja so leicht, brauchtest nur die Hand auszustrecken, um das Glück zu fassen! Aber denke daran, wie du es halten kannst! Kämest du nur hierher, um den Rat meiner Erfahrung einzuholen, so lohnte sich schon deine Reise. Calyste leidet gegenwärtig an einer krankhaften Leidenschaft. Nicht du hast sie ihm eingeflößt. Soll dein Glück von Dauer sein, so muß er vor allem andern genesen. In eurem beiderseitigen Interesse sei launenhaft, sei kokett, sei ein wenig schroff – es muß sein! Ich rate dir weder zu abscheulicher Berechnung, noch zu grausamer Tyrannei, aber sei klug! Zwischen Verschwendung und Geiz liegt die Sparsamkeit. Trachte auf ehrlichem Wege einige Herrschaft über deinen Gatten zu gewinnen! Dies sind die letzten weltlichen Worte, die ich spreche. Ich behielt sie für dich zurück, weil mein Gewissen bei dem Gedanken schaudert, daß ich dich hingeopfert habe, um Calyste zu retten. Feßle ihn fest an dich, damit seine Kinder in dir die Mutter ehren!... Und endlich', schloß sie gerührt, ‚sieh zu, daß er Béatrix nie mehr wiedersieht!'

Dieser Name versetzte uns in den Zustand einer eigenartigen Betäubung. Wir sahen einander mit der gleichen ungewissen Sorge in die Augen.

‚Kehrt ihr nach Guérande zurück?' fragte sie dann.

‚Ja', antwortete ich.

‚Dann geht aber nie wieder nach Les Touches!... Es war unrecht von mir, euch dieses Gut zu geben.'

‚Warum denn?'

‚Mein Kind, Les Touches ist für dich die Kammer Blaubarts. Denn nichts ist gefährlicher, als eine schlummernde Leidenschaft von neuem zu erwecken!' –

Liebe Mutter, ich erzählte Dir hier nur das Wesentliche unsrer Unterhaltung. Gab mir Fräulein des Touches reichlichen Stoff zum Plaudern, so gab sie mir noch viel mehr Stoff zum Denken. Und dies war um so notwendiger, als ich meine ernste Lage, über die ich Dir letzthin schrieb, im Rausch dieser Reise und meiner Liebe völlig vergessen hatte.

Nachdem ich Nantes, eine entzückende, prächtige

Stadt, hinreichend bewundert und auch den Platz aufgesucht hatte, wo Charette auf so edelmütige Art gefallen ist, entschlossen wir uns, auf der Loire nach Saint-Nazaire zu fahren, da wir den Landweg von Nantes nach Guérande schon kannten. Ein Wagen ist jedoch ganz entschieden besser als ein Dampfer. Reisen in großer Gemeinschaft sind eine Erfindung des modernen Ungeheuers, das ‚Monopol' heißt. An Bord unsres Dampfers waren zwei junge, ziemlich hübsche Damen aus Nantes, die sich einfach unmöglich aufführten. Sie schienen an Kergarouëtismus zu leiden – das ist ein Scherz, den Du erst verstehst, bis ich Dir die Familie Kergarouët beschrieben haben werde – und gebärdeten sich wie toll. Calyste benahm sich vortrefflich. Als echter Edelmann machte er mich nicht lächerlich. Obwohl ich über seinen guten Geschmack so beruhigt bin wie ein Kind über die erste Trommel, die man ihm schenkt, dachte ich, daß sich mir hier eine prächtige Gelegenheit biete, das System zu erproben, das mir von Camille Maupin anempfohlen ist. (Ja, von Camille Maupin, denn dieses System ist sicherlich nicht das Werk der Klosternovize!) Ich setzte also eine schmollende Miene auf, und Calyste war in seiner Angst so entzückend. Auf seine leise ins Ohr geflüsterte Frage antwortete ich wahrheitsgemäß: ‚Ich habe nichts!'
Auch hier wieder erkannte ich, daß die Wahrheit zunächst einen recht geringen Erfolg erzielt. Überall, wo die Raschheit Frauen und Staaten retten soll, ist die Lüge eine viel entscheidendere Waffe. Calyste wurde sehr unruhig, sehr ungeduldig. Ich führte ihn aufs Vorderdeck, zwischen einen Haufen von Seilen, und schilderte ihm dort mit angst-

erfüllter, wenn nicht gar tränenverschleierter Stimme das Unglück und die Sorgen einer Frau, deren Gatte sich für den schönsten Mann hält... ‚Ach, Calyste,' rief ich aus, ‚auf unsrer Ehe ruht ein furchtbares Unglück. Du hast mich nicht geliebt, du hast mich nicht erwählt! Du erstarrtest nicht wie eine Bildsäule, als du mich zum erstenmal sahst. Mein Herz, meine Zärtlichkeit, meine Hingebung wirbt um deine Zuneigung, und eines Tages wirst du mich büßen lassen, daß ich selbst dir den Schatz meiner reinen, unwillkürlichen Mädchenliebe dargebracht habe... Ich sollte häßlich und kokett zu dir sein, und fühle nicht die Kraft dazu... Befände sich jenes furchtbare Weib, das dich damals abgewiesen hat, an meiner Stelle, du hättest sicherlich die zwei abscheulichen Bretoninnen nicht angesehen, die auf dem Pariser Zollamt zweifellos als Federvieh gelten würden...'
Er hatte Tränen in den Augen, liebe Mutter, und wandte sich ab, damit ich sie nicht sehe. Inzwischen hatten wir uns der Indremündung genähert, und Calyste stürzte zum Kapitän und verlangte, daß man uns ausschiffe. Einer solchen Antwort kann man nicht widerstehen – namentlich dann nicht, wenn ihr ein dreistündiger Aufenthalt in einem erbärmlichen Wirtshaus folgt. Wir saßen dort in einer winzig kleinen Stube, wie man sie häufig auf Genrebildern sieht, und aßen frische Fische und hörten die Schmiedehämmer von Indret, die über den Wasserspiegel der Loire in unser offenes Fenster hereinbrüllten. Als ich sah, welche Wendung mein Versuch genommen hatte, rief ich: ‚Die gute Félicité!'
Außerstande, die Ratschläge der Novize und die

Zwiespältigkeit meines Betragens zu argwöhnen, schnitt er mir mit einer köstlichen Entgegnung das Wort ab:

,Wir wollen zur Erinnerung an diesen Aufenthalt und seinen Anlaß einen Künstler herschicken, damit er die Landschaft malt!'

Nein, ich habe gelacht, liebe Mutter! Ich habe so gelacht, daß Calyste die Fassung verlor und beinahe ernstlich böse wurde.

,Aber', lenkte ich ein, ,ich trage das Bild dieser Landschaft, dieser Stunden in leuchtenden, unauslöschlichen Farben in meinem Herzen!'

Ach, liebe Mutter, ich möchte meiner Liebe aber keineswegs den Anschein von Fehde und Feindschaft geben. Calyste wird aus mir machen, was er will. Diese Träne ist die erste, die er um mich geweint hat. Gilt sie nicht mehr als die zweite Erklärung unsrer Rechte? ... Eine herzlose Frau wäre nach dem Auftritt an Bord des Dampfers unumschränkte Herrin geworden. Ich hingegen bin noch tiefer in Sklaverei gesunken. Denn ich bin schrecklich feige in meinem Glück, ich kann dem Blick meines Herrn und Gebieters nicht widerstehen. Doch nein, ich unterwerfe mich der Liebe nicht, ich halte sie fest, wie eine Mutter ihr Kind an die Brust drückt, wenn sie ein Unglück fürchtet.

III.

Guérande, im Juli.

Ach, liebe Mutter, schon nach drei Monaten weiß ich, was Eifersucht ist! Nun trage ich alles im Herzen: tiefen Haß und tiefe Liebe! Ich werde mehr als betrogen, ich werde nicht geliebt! ... Und dennoch, wie glücklich bin ich, daß ich eine

Mutter besitze, an deren Herzen ich mich ruhig ausweinen kann!
Sagt man einer Frau, die noch ein wenig mädchenhaft empfindet, wie ich: ‚Hier ist der Schlüssel der Erinnerung, der alle Türen öffnet. Tritt überall ein, genieße alles, aber hüte dich, nach Les Touches zu gehen!' – so genügt das vollauf, daß man auf brennenden Sohlen, mit neugierigen Evasaugen dort eindringt. Welches Wirrsal brachte Fräulein des Touches in meine Liebe! Warum verbot sie mir aber auch, nach Les Touches zu gehen? Was ist das für ein Glück, wenn es von einem Spaziergang, wenn es von einem kurzen Aufenthalt in einem elenden Winkel der Bretagne abhängen soll? Was habe ich denn zu fürchten? Kurz und gut, verbinde die Überlegungen einer Frau Blaubart mit dem jede Frau verzehrenden Wunsch, zu wissen, ob ihre Macht auf festen Füßen steht, und Du wirst verstehen, warum ich eines Tages scheinbar gleichgültig die Frage aufwarf:
‚Was ist eigentlich Les Touches?'
‚Dein Eigentum!' antwortete mein Engel an Schwiegermutter.
‚Hätte Calyste nur nie den Fuß dorthin gesetzt!' rief Tante Zéphirine erhobenen Hauptes.
‚Dann wäre er aber nicht mein Gatte!' entgegnete ich.
‚Du weißt also, was dort vorgefallen ist?' fragte meine Schwiegermutter.
‚Das ist eine verdammte Stätte', meinte Jacqueline de Pen-Hoël. ‚Fräulein des Touches hat dort zahllose Sünden begangen, für die sie Gott jetzt um Verzeihung fleht.'

‚Hat es etwa nicht die Seele des edlen Mädchens gerettet und das Glück eines Klosters begründet?‘ rief Chevalier du Halga erzürnt. ‚Abbé Grimont erzählte mir, sie habe für das Kloster Mariä Heimsuchung hunderttausend Franken gestiftet.‘
‚Willst du Les Touches besichtigen?‘ fragte meine Schwiegermutter, ‚es lohnt sich.‘
‚Nein, nein‘, versetzte ich lebhaft.
Kommt Dir dieser kleine Auftritt nicht vor wie eine Seite aus einem Teufelsdrama?
Meine Schwiegermutter kam unter den verschiedensten Vorwänden immer wieder darauf zurück. Endlich sagte sie:
‚Ich verstehe, warum du nicht nach Les Touches gehen willst. Du hast ganz recht.‘
Du wirst zugeben müssen, liebe Mutter, daß dieser unabsichtlich geführte Dolchstoß Dich bestimmt hätte, in Erfahrung zu bringen, ob Dein Glück wirklich auf so seichtem Grunde ruht, daß es heute oder morgen zusammenbricht. Man muß Calyste Gerechtigkeit widerfahren lassen. Er hat mir niemals vorgeschlagen, diese Klause aufzusuchen, die sein Eigen ist. Seitdem wir uns lieben, haben wir unsere Vernunft verloren. Sein Schweigen, seine Zurückhaltung hat mich verletzt, und eines Tages sagte ich ihm:
‚Was fürchtest du denn von Les Touches? Du bist der einzige, der nie davon spricht!‘
‚Gehen wir hin‘, erwiderte er.
Ich war also überrumpelt worden wie alle Frauen, die es dem Zufall überlassen, den gordischen Knoten ihrer Unentschlossenheit zu durchhauen. Und wir gingen hin.
Les Touches ist entzückend, von erlesenem Kunst-

geschmack, und mir gefällt diese Hölle, vor der mich Fräulein des Touches so sehr gewarnt hat, ausnehmend gut. Alle Giftpflanzen sind wunderbar schön. Satan hat sie gesäet, denn es gibt Teufelsblumen und Gottesblumen! Wir brauchen nur in uns zu schauen, um zu erkennen, daß Gott und Teufel die Welt gemeinsam geschaffen haben.

Welch süße Bitterkeit empfand ich in dieser Lage, wo ich zwar nicht mit dem Feuer spielte, aber mit der Asche!... Ich studierte Calyste genau. Es handelte sich mir darum, zu wissen, ob alles richtig ausgelöscht ist, und ob irgendein Luftzug das Feuer von neuem entfachen könnte. Ich belauerte sein Gesicht, während wir von Zimmer zu Zimmer, von einem Möbelstück zum andern schritten, als seien wir Kinder, die einen versteckten Gegenstand suchen.

Calyste schien nachdenklich zu sein, allein ich glaubte zunächst, gesiegt zu haben. Ich fühlte mich stark genug, von Béatrix de Rochefide zu sprechen, die man seit dem Abenteuer auf dem Felsen von Le Croisic Béatrix de Rocheperfide nennt. Zum Schluß suchten wir noch das berühmte Buchsgesträuch auf, in das sie sich verfing, als man sie ins Meer stürzen wollte, damit sie niemandem angehöre.

‚Sie muß eine recht leichte Person sein, daß sie hier hängen blieb', meinte ich lachend.

Calyste antwortete nicht.

‚Lassen wir die Toten ruhn!' fuhr ich fort.

Calyste schwieg immer noch.

‚Ärgerst du dich über mich?'

‚Nein,' antwortete er, ‚aber fange nicht an, diese Leidenschaft neu zu beleben!'

Wie drohend das klang! ... Calyste, der sah, wie traurig ich war, verdoppelte seine Sorge und Zärtlichkeit ...

Im August.

Harmlos, unwissend stand ich am Rande des Abgrunds, um Blumen zu pflücken, als mich, wie ein Blitz aus heiterem Himmel, ein furchtbarer Gedanke durchzuckte. Längst schon vermutete ich, daß Calystens Liebe an seinen Erinnerungen wuchs, daß ich ihn mit meiner Koketterie an die abscheuliche Béatrix erinnere und dadurch neuen Aufruhr in seinem Herzen entfache. Dieses kalte, widerspenstige, weichliche Ungeheuer, das einer Molluske gleicht, wagt es, sich Béatrix zu nennen! ... Während Calysten mein Herz ganz gehört, sah ich mich gezwungen, einen Verdacht zu nähren, der zu meinem Unglück nur zu begründet war:
‚Diese Stätte ist mir teuer,' sagte ich eines Morgens zu ihm, ‚denn ihr verdanke ich mein Glück. Und ich verzeihe dir aus diesem Grunde auch, daß du mich zuweilen für eine andre hältst ...'
Er errötete, und ich fiel ihm um den Hals. Aber ich verließ Les Touches und will es nie mehr sehen. An der Stärke des Hasses, mit dem ich der Marquise den Tod wünsche (oh, mein Gott, selbstverständlich nur infolge einer Lungenentzündung oder irgendeiner andern Krankheit), ermaß ich den Umfang, die Macht meiner Liebe zu Calyste. Dieses Weib stört meinen Schlaf; sie verfolgt mich bis in meine Träume. Darf ich ihr da begegnen? ... Ach, die Novize im Kloster ‚Mariä Heimsuchung' hatte leider recht: Les Touches ist ein verhängnisvoller Ort für mich. Calyste hat seine

Erinnerungen daran aufgefrischt, und die sind stärker als die Wonnen unsrer Liebe.

Trachte in Erfahrung zu bringen, liebe Mutter, ob Marquise de Rochefide in Paris ist. Denn dann bliebe ich auf unsern Gütern in der Bretagne. Arme Félicité, die jetzt bereut, daß sie mich damals, als wir den Ehekontrakt unterschrieben, wie Béatrix gekleidet hatte, damit ihr Plan glücke! Was würde sie erst sagen, wenn sie wüßte, bis zu welchem Maß ich für meine abscheuliche Rivalin gehalten werde! Welche Schmach! Ich bin nicht mehr ich! Muß ich mich dessen nicht schämen? Es packt mich eine rasende Lust, den Dünen von Le Croisic und Guérande zu entfliehen.

25. August.

Ganz bestimmt kehre ich nach der Ruine Le Guénic zurück. Calyste, der über meine Unruhe auch selbst recht beunruhigt ist, bringt mich hin. Entweder kennt er die Welt schlecht, wenn er nichts ahnt, oder aber er liebt mich nicht, wenn er die Ursache meiner Flucht kennt. Ich habe solche Angst, eine entsetzliche Gewißheit zu finden, wenn ich sie suche, daß ich, wie die Kinder, die Hand vor die Augen lege, um den Knall nicht zu hören. Ach, liebe Mutter, ich werde nicht so geliebt, wie ich liebe. Es ist ja wahr, Calyste ist entzückend zu mir. Aber welcher Mann, der kein Ungeheuer ist, wäre nicht liebenswürdig und anmutig, wenn er all die kaum erschlossenen Blüten der Seele eines zwanzigjährigen Mädchens empfängt, das von Dir erzogen, keusch, rein, verliebt ist und, wie Dir manche Frauen sagten, schön sein soll ...

Le Guénic, 18. September.

Hat er sie vergessen? Dies ist der einzige Gedanke, der an meiner Seele nagt. Ach, liebe Mutter, haben alle Frauen gegen Erinnerungen zu kämpfen, wie ich? Man sollte nur reine, unschuldige junge Leute miteinander verheiraten. Aber das sind Hirngespinste, und es ist besser, man hat seine Rivalin in der Vergangenheit als in der Zukunft. Ach, ich bin zu bedauern, liebe Mutter, mag ich im Augenblick auch glücklich sein – glücklich wie eine Frau, die ihr Glück zu verlieren fürchtet und sich angstvoll daran hängt..., die beste Art, das Glück zu töten, wie unsre weise Clotilde sagt.

Es fällt mir auf, daß ich seit fünf Monaten nur an mich, das heißt an Calyste denke. Bitte, sage Clotilden, daß ich mich nicht selten ihrer trübseligen Weisheiten erinnere. Wie glücklich ist sie, daß ihre Treue einem Toten gilt! Sie hat keine Rivalin mehr zu fürchten.

Meiner lieben Athénais einen herzlichen Schwesterkuß! Ich erfuhr, daß Juste ganz toll in sie verliebt ist. Nach Deinem letzten Brief scheint er Angst zu haben, daß er sie nicht bekommt. Pflege diese Angst wie eine seltene Blume! Athénais wird die Herrin sein – ich hingegen, die ich fürchtete, Calyste nicht zu gewinnen, bin seine Sklavin! Ach, sollten meine entsetzlichen Befürchtungen begründet sein, dann hätte mir Camille Maupin ihren Besitz recht teuer verkauft.

Alles Liebe an Dich und die Schwestern, liebste Mutter. Ehrfurchtsvolle, zärtliche Grüße an meinen lieben Vater.“

Diese Briefe erklären vollauf die gegenseitigen Beziehungen der jungen Eheleute. Was Sabine als eine Liebesheirat betrachtete, galt Calyste als eine Vernunftehe. Mit andern Worten, die Wonnen des Honigmonds entsprachen nicht ganz dem Wesen ehelicher Gütergemeinschaft.
Während das junge Ehepaar in der Bretagne weilte, wurde das Palais du Guénic in Paris von dem berühmten Architekten Grindot und unter der Aufsicht Clotildens, des Herzogs und der Herzogin von Grandlieu gründlich restauriert und eingerichtet. Alle Maßnahmen wurden getroffen, damit das junge Paar im Dezember 1838 nach Paris kommen könne, und Sabine ließ sich mit Vergnügen in der Rue de Bourbon nieder – weniger, weil sie die Herrin des Hauses spielen, als weil sie erfahren wollte, was ihre Familie von ihrer Ehe halte. Als Stutzer wider Willen ließ sich Calyste von seiner Schwiegermutter und seiner Schwägerin Clotilde überall einführen und nahm dort alsbald die seinem Namen, seinem Vermögen und seiner Verwandtschaft gebührende Stellung ein. Der Erfolg Sabinens, die man zu den entzückendsten Damen zählte, die vielseitigen Pflichten und Unterhaltungen der hocharistokratischen Gesellschaft, die Anregungen und Zerstreuungen des Pariser Winters gaben dem jungen Eheglück neuen Rückhalt. Sabine, deren Mutter und Schwestern die Kälte Calystens für eine Wirkung seiner englischen Erziehung hielten, verwarf allmählich ihre düstern Gedanken. So oft beneideten sie junge, unglücklich verheiratete Frauen um ihr Schicksal, daß sie ihre Ängste ins Reich der Hirngespinste verwies. Endlich bürgte ihr auch

ihre Schwangerschaft für den Bestand einer Ehe, deren neutraler Charakter von erfahrenen Frauen als glückliches Vorzeichen angesehen wird.

Im Oktober 1839 genas die junge Baronin du Guénic eines Sohnes, und sie beging die Torheit, ihn selbst zu nähren – wie alle Frauen, die sich in einer gleichen Lage befinden. Wie könnte man auch, wenn man von einem vergötterten Gatten ein Kind besitzt, nicht ganz Mutter sein wollen! Erst gegen Ende des folgenden Sommers, im August 1840, hörte Sabine auf, ihr erstes Kind selbst zu nähren.

Calyste hatte seine Unschuld, die bezaubernde Zierde seines Eintritts in die Welt der Leidenschaften, im Verlauf von zwei Jahren vollkommen abgelegt. Als Freund des jungen Herzogs von Maufrigneuse, der seit kurzem mit Berthe de Cinq-Cygne, einer reichen Erbin, vermählt war, des Vicomte Savinien de Portenduère, des Herzogs und der Herzogin von Rhétoré, des Herzogs und der Herzogin von Lenoncourt-Chaulieu, die alle bei seiner Schwiegermutter verkehrten, erkannte er nur zu bald den Unterschied zwischen dem Leben in der Provinz und dem Leben in Paris. Der Reichtum birgt düstere und müßige Stunden, von denen Paris mit seinen entzückenden, interessanten Zerstreuungen abzulenken weiß wie keine andere Hauptstadt. Bei der Berührung mit all den jungen Ehemännern, die für die Wonnen einer Zigarre oder einer Whistpartie, für eine unerhört geistreiche Unterhaltung im Klub oder für den Zauber des Turfs das beste, edelste, schönste Geschöpf dahingeben, kamen die bretonischen Tugenden des jungen Edelmanns stark ins Wanken.

Der mütterliche Wunsch der Frau, daß sich ihr Gatte nicht langweile, kommt seinem Verlangen nach Zerstreuung stets entgegen. Eine Frau ist ja so stolz, wenn sie sieht, daß der Mann, dem sie vollkommene Freiheit läßt, immer wieder zu ihr zurückkehrt!...

Eines Abends, im Oktober des Jahres 1840, bemerkte Sabine nicht ohne inneren Schmerz, daß sich in die Stirn ihres Gatten eine tiefe Falte eingrub, und sie gab ihm den Rat, dem Geschrei ihres durch die Entwöhnung leidenden Kindes zu entfliehen und ein Variété zu besuchen, wo man ein neues Stück spielte. Sein Kammerdiener besorgte ihm eine Orchesterloge ziemlich nahe dem Proszenium. Als Calyste im ersten Zwischenakt im Zuschauerraum umherblickte, bemerkte er in einer der beiden Proszeniumlogen, nur wenige Schritte weit entfernt, die Marquise de Rochefide...

Béatrix in Paris! Béatrix unter den Zuschauern! Wie Pfeile drangen diese zwei Gedanken in sein Herz. Seit beinahe drei Jahren hatte er sie nicht wiedergesehen! Wer vermöchte das Chaos in seiner Seele zu erklären! Nie hatte er diese Frau vergessen, wiederholt hatte er sich ihr in seiner Gattin vermählt, was Sabinen auch nicht entgangen war! Hatte die Poesie dieser verlornen, mißverstandenen, in seinem Herzen jedoch immer lebendigen Liebe nicht oft und oft die eheliche Anmut, die unsagbare Zärtlichkeit der jungen Gattin verdunkelt? Béatrix war das Licht, der Tag, die Bewegung, das Leben, das Unbekannte. Sabine hingegen war die Pflicht, der Schatten, das Vorhergesehene! Es war ihm, als hätte ein Blitzstrahl zu gleicher Zeit zwei Gestalten beleuchtet: hier das Vergnügen, dort die Langweile.

In seiner Rechtschaffenheit regte sich in ihm der edelmütige Gedanke, den Saal zu verlassen. Kaum aber hatten die Musiker den Ausgang erreicht, da trugen ihn seine Füße, ohne daß er es eigentlich wollte, durch die nur angelehnte Logentür zu der Marquise. Sie saß zwischen zwei überaus eleganten Herren, Canalis und Nathan, einem Politiker und einem Literaten. In den letzten drei Jahren hatte sie sich erstaunlich verändert. Indes, mochte diese Wandlung das Weibliche in ihr getroffen haben, in seinen Augen schien sie nur noch poetischer, anziehender zu sein. Bis zum Alter von dreißig Jahren braucht eine hübsche Pariserin die Kleidung nur zur Umhüllung. Sowie sie aber die verhängnisvolle Schwelle der Dreißig überschritten haben, wird ihnen die Toilette zur Waffe. Sie suchen in ihr die Mittel zur Verführung, zur Verschönerung, zur Anmut, zur Verjüngung, passen sie ihrem Wesen an und studieren die geringfügigsten Nebensächlichkeiten – kurz, sie übergehen von der Natur zur Kunst.

Béatrix hatte gerade die Peripetie des Dramas hinter sich, das in der französischen Sittengeschichte des neunzehnten Jahrhunderts den Titel „Die verlassene Frau“ führt. Conti hatte sie sitzen lassen, und sie war daher in Angelegenheiten der Toilette und Koketterie selbstverständlich eine große Künstlerin geworden.

Nachdem Calyste mit Canalis einige banale Redensarten ausgetauscht hatte, womit auch die feierlichsten Unterredungen beginnen, sobald sie in der Öffentlichkeit vor sich gehen, flüsterte er ihm zu:

„Warum ist denn Conti nicht hier?“
Der alte große Dichter des Faubourg Saint-Germain, der schon zweimal Minister gewesen war und sich zum viertenmal um einen neuen Ministerposten bewarb, legte den Zeigefinger mit beredtem Schweigen an seine Lippen. Diese Geste erklärte alles.
„Ich freue mich sehr, Sie zu sehen“, begann Béatrix mit katzenartiger Freundlichkeit. „Als ich Sie vorhin sah, ohne daß Sie es bemerkten, dachte ich gleich, daß Sie mich sicherlich nicht verleugnen würden! ... Ach, lieber Calyste,“ flüsterte sie ihm leise ins Ohr, „warum haben Sie geheiratet? Und noch dazu ein so dummes Gänschen! ...“
Wenn eine Dame einen Herrn, der ihre Loge kaum betreten hat, an ihrer Seite Platz zu nehmen bittet und ihm etwas ins Ohr flüstert, dann finden Leute von Welt immer irgendeinen Vorwand, die beiden allein zu lassen.
„Kommen Sie mit, Nathan?“ fragte Canalis. „Sie erlauben mir doch, Frau Marquise, mit Herrn d'Arthèz ein paar Worte zu sprechen. Ich sehe ihn gerade bei der Fürstin von Cadignan. Es handelt sich um eine Zusammenstellung der Redner für die morgige Sitzung.“
Diese geschmackvolle Art des Abgangs gab Calyste die Möglichkeit, sich von dem Widerstreit seiner Empfindungen zu erholen. Allein er verlor Geist und Kraft vollends, als er den berauschenden, für ihn giftigen Duft einsog, den Béatrix ersonnen hatte. Die Marquise war stark abgemagert. Der welke Teint, die hohlen Wangen, die tiefumschatteten Augen entstellten sie fast. Sie

hatte an diesem Abend für ihre Toilette die sinnreichsten „Pariser Artikel" zu Hilfe genommen und sah aus wie eine blumengeschmückte Ruine. Wie alle verlassenen Frauen trachtete sie, sich ein mädchenhaftes Aussehen zu geben, und erinnerte durch die Verwendung einer Überfülle weißen Stoffes an Ossians Töchter auf dem so poetischen Gemälde von Girodet. Ihr schmales Gesicht umrahmten die Locken ihres Blondhaars, durch das, von dem Glanz eines parfümierten Öls angezogen, der Schimmer des Rampenlichts hindurchrieselte. Sie hatte ein wenig Rot aufgelegt, dessen Leuchten über die reizlose Blässe ihrer mit Kleiewasser aufgefrischten Gesichtshaut kaum hinwegtäuschte. Ein Seidenschal von einer Feinheit, die den Zweifel wachrief, ob er von Menschenhänden gewebt sei, umwand ihren Hals, um dessen Länge zu verbergen und dabei auch etwas von den Schätzen sehen zu lassen, die von dem Schnürleibchen gleich Edelsteinen gefaßt waren. Ihr Abendkleid war ein Meisterwerk der Erfindung. Um es kurz zu sagen: Der Schnitt vergalt alle Mühe, die sie aufgewendet hatte, ihn zu ersinnen. Ihre abgemagerten Arme schienen aus den fein erklügelten Bauschen der weiten Ärmel kaum hervor. So bot die Marquise jene eigenartige Verbindung von falschem Schein und glänzender Seide, von lässigweichen Schleiern und gewelltem Haar, von kühler Ruhe und glühender Lebhaftigkeit, die man „das gewisse Etwas" nennt. Jedermann weiß, worin dieses „gewisse Etwas" besteht. Es ist eine Mischung aus viel Geist, Geschmack und Temperament. Béatrix war also ein Ausstattungsstück, ein Verwandlungsstück, ein Stück der Maschinen.

Die Aufführung solcher Feerien, die sehr leicht zu dialogisieren sind, macht freimütige Männer beinahe wahnsinnig, denn sie empfinden, nach dem Gesetz der Gegensätze, eine unbezähmbare Lust, mit diesem Kunstfeuerwerk zu spielen. Es ist falsch und verführerisch, es ist gekünstelt, gesucht, aber angenehm.
Gar manche Männer vergöttern solche Frauen, die Verführung spielen, wie man Karten spielt. Denn die Sehnsucht des Mannes gründet sich auf Logik, und diese veranlaßt ihn, von rein äußerlichen Kennzeichen auf verborgene Kenntnisse der Sinnlichkeit zu schließen. Seine Vernunft sagt ihm, daß eine Frau, die sich so schön herzurichten weiß, in der Liebesleidenschaft noch ganz andere Hilfsmittel haben müsse. Und dies ist richtig. Verlassene Frauen lieben nur; Frauen aber, die sich zu erhalten wissen, verstehen zu lieben. Nun, mag für Béatrix diese Lehre Italiens auch peinlich gewesen sein, sie entsprach ihrem von Natur aus gekünstelten Wesen viel zu sehr, als daß sie verabsäumt hätte, daraus Nutzen zu ziehen.
„Es handelt sich nicht darum, euch zu lieben", hatte sie kurz vor dem Eintreten Calystens gesagt. „Hat man euch erst in der Hand, dann muß man euch quälen, darin liegt das Geheimnis aller, die euch festhalten wollen. Die Drachen, die einen Schatz hüten, sind mit Krallen und Flügeln bewehrt...!"
„Ich werde diesen Gedanken zu einem Sonett verwenden", hatte Canalis geantwortet. –
Mit einem einzigen Blick erfaßte Béatrix den Zustand Calystens. Sie fand die Narben noch frisch und rot, die ihr Joch in Les Touches auf seiner

Seele zurückgelassen hatte. Ihre Bemerkung über seine Frau hatte ihn verletzt und er schwankte zwischen seiner jungen Gattenwürde, Sabinens Verteidigung und einer schroffen Zurechtweisung der Marquise, deren Herz, wie er wähnte, noch aus zahllosen Erinnerungen an ihn blutete. Sie hatte mit ihrer Bemerkung nur erfahren wollen, wie weit ihre Herrschaft über ihn noch reichte. Als sie nun sah, wie schwach er war, kam sie ihm zu Hilfe, um ihn aus der Verlegenheit zu ziehen.

„Nun, mein Freund, Sie finden mich allein!" sagte sie, als die beiden Herren fortgegangen waren, „ja, ich bin allein auf der Welt..."

„Haben Sie denn nicht an mich gedacht?" entgegnete Calyste.

„An Sie? Sie sind doch verheiratet!... Das war einer der größten Schmerzen, die ich erlitten habe, seitdem wir uns nicht mehr sahen! Ich sagte mir: Nicht allein, daß ich meine Liebe verliere, nun verliere ich auch eine Freundschaft, die ich für bretonisch gehalten hatte. Nun, man gewöhnt sich an alles. Ich leide jetzt weniger, aber ich bin zerbrochen. Das ist das erstemal seit langer, langer Zeit, daß ich mein Herz erleichtere. Bin ich doch gezwungen, vor Leuten, denen ich gleichgültig bin, zurückhaltend und vor denen, die mir den Hof machen, anmaßend zu sein, als hätte ich nie gefehlt! Und seitdem ich meine teure Félicité verlor, habe ich niemand mehr, dem ich ins Ohr flüstern könnte: ‚Ich leide!' Deshalb darf ich Ihnen jetzt wohl sagen, wie es mich quälte, als ich Sie so nah von mir wiedersah, ohne daß Sie mich erkannten, und wie sehr ich mich freue, daß

Sie neben mir sitzen ... Ja," sagte sie als Antwort auf seine abwehrende Geste, „es ist beinahe Treue! Daran erkennt man die Unglücklichen! Ein Nichts, ein Besuch bedeutet ihnen alles. Ach ja, Sie haben mich so geliebt, wie ich von dem geliebt zu werden verdiente, dem es gefiel, die Schätze, die ich vor ihm hinstreute, mit Füßen zu treten. Zu meinem Unglück kann ich nicht vergessen. Ich liebe und will dieser nie wiederkehrenden Vergangenheit treubleiben."

Bei diesem scheinbar improvisierten, in Wirklichkeit wohleinstudierten Wortschwall, der sich dem Schoß ihrer Seele mit der Gewalt eines lange zurückgehaltenen Wildbachs loszureißen schien, war sie vorsichtig genug, die Wirkung durch das Spiel ihrer Augen und Mienen zu verdoppeln. Calyste war nicht imstande, zu sprechen. Tränen standen in seinen Augen. Als Béatrix seine Hand ergriff und drückte, erbleichte er.

„Danke, Calyste, danke, mein armer Junge! Das ist die rechte Art, auf den Schmerz eines Freundes zu antworten! ... Wir verstehen uns. Nein, kein Wort mehr! Gehen Sie, man beobachtet uns. Auch könnten Sie Ihrer Frau Kummer bereiten, wenn man ihr zufällig erzählte, daß wir, wenn auch unschuldig und vor zahllosen Leuten, miteinander gesehen wurden... Leben Sie wohl! ... Sie sehen, ich bin stark!"

Dabei trocknete sie ihre Tränen und tat somit das, was man in der Rhetorik des Weibes als „Antithese der Handlung" bezeichnen sollte.

„Lassen Sie mich mit gleichgültigen Leuten, die mich zerstreuen wollen, das Gelächter der Verdammten lachen!" fuhr sie fort. „Ich empfange

Künstler, Schriftsteller, kurz all die Leute, die ich bei unsrer Camille Maupin kennengelernt habe. Die Ärmste hatte gewiß ganz recht: den Geliebten reich beschenken und mit dem Gedanken ‚Ich bin zu alt für ihn' aus der Welt verschwinden. So endet man wenigstens als Märtyrer, und das ist das beste, wenn man nicht als Jungfrau enden kann."

Sie fing an zu lachen, als wollte sie den trüben Eindruck verwischen, den sie zuerst hervorgerufen hatte.

„Wo darf ich Sie besuchen?" fragte er.

„Ach, ich habe mich in die Rue de Courcelles, vor dem Parc de Monceaux, verkrochen. Ich wohne da in einem kleinen Häuschen, das meinen Vermögensverhältnissen entspricht, und stopfe meinen Kopf mit Literatur. Aber nur für mich allein – um mich zu zerstreuen. Gott beschütze mich vor der Manie unsrer Damen!... Gehen Sie fort, gehen Sie! Lassen Sie mich allein! Ich will nicht, daß sich die Welt mit mir beschäftigt. Wie wird man über mich reden, wenn man uns beisammen sieht! Und sehen Sie, Calyste, wenn Sie nur noch einen Augenblick bleiben, rollen mir die Tränen herunter!"

Sie streckte ihm zum Abschied die Hand entgegen, und er spürte zum zweitenmal eine tiefe, seltsame Erregung, den verführerischen Kitzel eines doppelten Händedrucks.

‚Mein Gott,' dachte er, als er durch den Logengang schritt, ‚Sabine konnte mein Herz nie in solche Wallung bringen!'

An diesem Abend sah ihm Béatrix kaum noch dreimal offen in die Augen. Aber sie warf ihm verstohlene Blicke zu, die seine Seele zerreißen mußten und ihn unweigerlich in seine alte Liebe zurückstießen.

Als der junge Baron nach Hause kam, erinnerte ihn die Pracht seiner Räume unwillkürlich an die Dürftigkeit, von der Béatrix gesprochen hatte, und er haßte seinen Reichtum, weil er nicht dem gefallenen Engel gehören konnte. Als er erfuhr, daß Sabine schon längst zu Bett gegangen sei, fühlte er sich sehr glücklich. Hatte er doch eine Nacht gewonnen, in der er seinen Gefühlen leben durfte! Er verfluchte im stillen den Scharfblick der Liebe Sabinens. Will es der Zufall, daß ein Mann von seiner Frau geliebt wird, dann liest sie in seinen Zügen wie in einem Buche. Sie kennt das leiseste Beben der Muskeln, sie weiß, woher seine Ruhe stammt, sie gibt sich Rechenschaft über die geringfügigste Betrübnis und fragt sich, ob sie nicht selbst deren Ursache sei. Am eingehendsten studiert sie seine Augen. Für sie bringen die Augen den vorherrschendsten Gedanken zum Ausdruck: Die Augen lieben oder sie lieben nicht. Calyste wußte nur zu genau, daß er für seine junge Frau der Gegenstand eines tiefen, kindlichen, eifersüchtigen Götzendienstes war, und er zweifelte stark, ob sein Gesicht den jähen Wandel seiner Seele sorgsam verschweigen würde.

‚Was soll ich morgen früh tun?' fragte er sich im Einschlafen und dachte schaudernd an den inquisitorischen Blick, mit dem ihn Sabine am Morgen stets begrüßte. Selbst mehrmals am Tage pflegte sie zu ihm zu kommen und ihn zu fragen: ‚Liebst du mich noch?' oder auch: ‚Langweile ich dich nicht?' – Es waren die anmutigen, nach Geist und Charakter der Frauen wechselnden Fragen, hinter denen sie ihr wirkliches oder erheucheltes Bangen verbergen.

An die Oberfläche selbst des reinsten, edelsten Herzens dringt zuweilen der von inneren Stürmen aufgewühlte Schlamm. Calyste hatte sein Kind gewiß sehr lieb. Dennoch zitterte er vor Freude, als er am nächsten Morgen erfuhr, daß Sabine einige krampfartige Schmerzen des kleinen Calyste auf die Bräune zurückführte und deshalb ihr Kind nicht allein lassen wollte. Ihr Gatte schob Geschäfte vor und vermied, zu Hause zu frühstücken. Er schlich davon wie ein Sträfling, der entweicht, wanderte fröhlich über den Pont Louis XVI. und die Champs-Elysées und freute sich unbändig, als er sich in einem am Boulevard gelegenen Café nach Junggesellenart zum Frühstück niederließ.

Wie seltsam ist doch die Liebe eines Mannes! Sträubt sich etwa die Natur gegen das gesellschaftliche Joch? Will sie, daß das Feuer des von ihr gespendeten Lebens aus freiem Antrieb auflodre, daß es sich wie ein schäumender Wildbach an den Felsen des Widerspruchs und der Koketterie breche, anstatt als ruhiges Gewässer zwischen den beiden Ufern des Standesamts und der Kirche gemächlich dahinzufließen? Hat sie bestimmte Absichten, wenn sie jene vulkanischen Eruptionen ausheckt, denen auch große Männer erliegen? Schwerlich hätte man einen Mann gefunden, der keuscher, sittenreiner, gottesfürchtiger erzogen war als Calyste. Und trotzdem stürzte er sich auf ein Weib, das seiner unwürdig war, nachdem ihm ein huldreicher Zufall in Sabinen ein junges, feingeistiges, zartfühlendes, frommes Mädchen von aristokratischer Schönheit zugeführt hatte – ein Mädchen, das ihn allein liebte und ihm mit einer durch die Liebe nur noch sanfter gewordenen Engelsgüte zugetan war, ein Mädchen, das ihm, trotz der Ehe, dieselbe leidenschaftliche Liebe entgegenbrachte, die er für die Marquise empfand! Mag sein, daß der Mann von dem Lehm, aus dem er geschaffen ist, in seinem Wesen noch etwas zurückbehielt und daß ihm daher der Schlamm behagt. Das Weib wäre dann also – trotz ihren Fehlern und ihrer Unvernunft – das vollkommenere Geschöpf.

Nichtsdestoweniger gehörte die Marquise de Rochefide dem vornehmsten Hochadel an. Sie war, trotz ihrem Falle, eher eine ätherische als erdgebundene Natur und verbarg die Kurtisane, die sie spielen wollte, unter höchst aristokratischen Umgangsformen. Jene Deutung würde demnach der seltsamen Leidenschaft Calystens keineswegs gerecht werden. Vielleicht liegt ihre Ursache in einer Eitelkeit, die so tief vergraben ist, daß die Seelenforscher diese Seite des Lasters noch gar nicht entdeckt haben. Edle, reiche und vornehme, schöne und wohlerzogene Männer, wie Calyste, ermüden vielleicht unbewußt in der Ehe mit einem Wesen, das ihnen innerlich verwandt ist. Ihr eigener Adel kann bei dem Adel der Gattin nicht in Erstaunen geraten, übereinstimmendes Zartgefühl und gleiche Größe lassen sie ruhig, und sie suchen dann bei untergeordneten oder gefallenen Naturen die Weihe ihrer Überlegenheit, wenn sie nicht gar um Lob und Liebe zu ihnen betteln gehen. Der Kontrast des sittlichen Verfalls zu der eigenen Erhabenheit entzückt den Blick ihrer Seele. Das Reine leuchtet aus unreiner Umgebung so hell hervor! Solcher Gegensatz macht Freude. Calyste hatte in Sabine nichts zu beschützen, sie war ohne Fehl, und so strebten die überschüssigen Kräfte seines Herzens bei Béatrix nach Betätigung. Wenn große Männer unter unsern Augen die Rolle des Heilands spielen und die Ehebrecherin zu sich emporheben, warum sollen gewöhnliche Sterbliche weiser sein?

Gegen zwei Uhr hatte sich in Calysten der Gedanke ‚Ich will sie wiedersehen!' zu einem Epos verbreitert, das auf einer siebenhundert Meilen weiten Reise zur Unterhaltung hingereicht hätte. Er ging mit leichten Schritten nach der Rue de Courcelles und erkannte auf den ersten Blick das Haus, das er noch nie gesehen hatte. Nun stand er, der Schwiegersohn des Herzogs von Grandlieu, der reiche Aristokrat, dessen Adel dem der Bourbonen ebenbürtig war, an dem Fuße der Treppe, erstaunt über die Frage des alten Dieners:

„Wen darf ich melden?"

Er begriff, daß er der Marquise keine Schwierigkeiten machen dürfe, und ging, um sich die Zeit des Wartens zu vertreiben, in den kleinen Garten, dessen Mauern schwarze und gelbliche Streifen aufwiesen, wie sie der Pariser Regen auf dem Mörtelverputz erzeugt. –

Wie fast alle vornehmen Damen, die ihre Ketten zerbrechen, so hatte auch die Marquise de Rochefide, als sie entfloh, ihr Vermögen dem Gatten überlassen, weil sie ihrem Tyrannen nicht die Hand entgegenstrecken wollte. Conti und Fräulein des Touches hatten ihr die Mißlichkeiten des materiellen Daseins erspart. Außerdem war sie auch von ihrer Mutter durch gelegentliche Zuwendungen unterstützt worden. Als sie sich aber nachher auf sich allein angewiesen sah, war sie zu Einschrän-

kungen gezwungen, die einer an Luxus gewöhnten Dame sehr hart erschienen. Sie hatte sich daher auf die Anhöhe des Parc de Monceaux in das alte Häuschen eines Grandseigneurs zurückgezogen, das zwar an der Straße lag, aber einen entzückenden kleinen Garten hatte und sie nicht mehr als achtzehnhundert Franken Miete kostete. Von ihrem alten Diener, einer Zofe und einer Köchin aus Alençon betreut, die sich auch im Unglück anhänglich erwiesen, hätte ihr Elend immerhin den Überfluß so mancher ehrgeizigen Bürgersfrau bedeutet.
Calyste ging aus dem voller Blumen stehenden Flur über eine Steintreppe, deren Stufen mit Bimsstein abgeschliffen waren, in den ersten Stock, wo der Diener eine rotsamtene, mit roter Seide und vergoldeten Nägeln rautenförmig unterteilte Doppeltür öffnete, um ihn in die Wohnung einzulassen. Samt und Seide bespannten auch die Räume, die Calyste durchschritt. Teppiche in ernsten Farben, kunstvoll drapierte Fenstervorhänge und Portieren – kurz, die ganze Einrichtung der Wohnung stand zu dem von dem Besitzer schlecht gepflegten Äußern des Hauses in angenehmem Gegensatz. Calyste erwartete die Marquise in einem kleinen Salon, dessen nüchternem Stil man anmerkte, daß der Luxus hier gelernt hatte, bescheiden zu sein. Dieser mit granatrotem Samt bespannte, mit dunkelroten Teppichen belegte, von mattgelber Seide belebte Raum erinnerte an ein Treibhaus – in solchem Überfluß füllten Blumen die überall umherstehenden Vasen an. Das Licht war so gedämpft, daß Calyste nur mit Mühe zwei antike, rot und blaßgrüne Vasen auf dem Kamin erkennen konnte. Zwischen diesen Vasen schimmerte ein silberner,

dem Benvenuto Cellini zugeschriebener Pokal, den Béatrix aus Italien mitgebracht hatte. Die vergoldeten, mit Samt bespannten Holzstühle, eine merkwürdige Kunstuhr, die auf einem der prachtvollen Spiegeltischchen stand, der mit einem Perserteppich bedeckte Tisch – alles bewies einstigen Überfluß, dessen spärliche Reste mit großem Geschick im Raume verteilt waren. Auf einem niedrigen Tischchen lag zwischen allerhand Kleinigkeiten ein aufgeschlagenes Buch mit einem zierlichen Dolch, dessen Griff mit Edelsteinen geschmückt war und der, ein Symbol der Kritik, zum Aufschneiden der Bücher diente. An den Wänden hingen zehn Aquarelle in kostbaren Rahmen, die sämtliche Schlafzimmer aus dem Wanderleben der Marquise darstellten und von einer überlegenen Schamlosigkeit zeugten. –

Das Rauschen eines Seidenkleides kündigte ihm die Unglückliche an, und alsbald zeigte sie sich ihm in einer wohldurchdachten Toilette, die ohne Zweifel jedem Lebemann verraten hätte, wie sehr man ihn erwartete. Ihr perlgraues Tuchkleid war, um dem Blick ein Stückchen des blendend weißen Busens zu gönnen, im Schnitt eines Hauskleides angefertigt, hatte aber, außer langen, tief herabfallenden offenen Ärmeln, gefütterte, durch Seidenschnüre unterteilte und am Handgelenk mit Spitzen garnierte Bauschärmel, die ihre mageren Arme vollkommen bedeckten. Einem mit Blumen geschmückten Spitzenhäubchen entquoll, von einem Kamm nur lose festgehalten, ihr schönes Haar.

„Schon?“ sagte sie lächelnd. „Ein Verehrer wäre nicht so eifrig. Sie haben mir wohl ein Geheimnis anzuvertrauen, nicht wahr?“

Dabei ließ sie sich auf einem zweisitzigen Kanapee nieder und lud den Baron mit einer Handbewegung ein, neben ihr Platz zu nehmen. Durch einen vielleicht absichtlich herbeigeführten Zufall – denn Frauen besitzen zweierlei Gedächtnis: das eines Engels und das eines Teufels – duftete sie nach demselben Parfüm, dessen sie sich in Les Touches, bei ihrer ersten Begegnung mit Calyste bedient hatte. Dieser Duft, die Berührung dieses Kleides, der Blick dieser noch im Halbdunkel leuchtenden Augen – all dies ließ ihn den Kopf verlieren. Den Unglückseligen packte die gleiche Heftigkeit, die einmal schon die Marquise beinahe getötet hätte. Diesmal aber saß Béatrix am Rande eines Kanapees, nicht an dem des Ozeans! Sie erhob sich, legte einen Finger an die Lippen und schellte. Auf solche Art zur Ordnung gerufen, mäßigte er sich. Er verstand, daß Béatrix keinerlei feindselige Absichten hatte.

„Antoine," sagte sie dem alten Diener, „ich bin für niemanden zu Hause. Legen Sie Holz ins Feuer! – Sie sehen, Calyste, daß ich Sie als Freund behandle", fuhr sie fort, nachdem der Alte den Salon verlassen hatte. „Behandeln Sie mich nicht als Ihre Geliebte! Ich habe Ihnen zweierlei zu sagen: Zunächst würde ich mich einem Manne, den ich liebe, nicht törichterweise versagen; dann aber will ich keinem Mann auf Erden mehr angehören. Denn einmal glaubte ich, von einem vollkommen freien Manne geliebt zu werden, den keinerlei andere Verpflichtungen fesselten, und Sie sehen, wohin mich diese unselige Leidenschaft geführt hat. Sie aber stehen unter dem Banne des heiligsten Gefühls. Sie haben eine junge, liebenswerte, entzückende Frau, und sind sogar Vater. Es gäbe für mich, wie auch für Sie, keine Entschuldigung, wir beide wären irrsinnig ..."

„Liebe Béatrix, alle diese Gründe fallen vor einem Wort: Nie habe ich jemand andern auf Erden geliebt als Sie allein. Man hat mich gegen meinen Willen verheiratet!"

„Ein Streich, den uns Fräulein des Touches gespielt hat", bemerkte sie lächelnd.

Drei Stunden vergingen, in denen sie ihn gemahnte, an der ehelichen Treue festzuhalten, und dabei das grausame Ultimatum eines radikalen Verzichts auf Sabine stellte. Nichts anderes, so sagte sie, könnte sie in der schrecklichen Lage beruhigen, in die sie durch Calystens Liebe versetzt werden würde. Übrigens sah sie Sabinens Opfer als recht unbedeutend an, sie kannte sie ja so gut!

„Liebes Kind, sie ist eine Frau, die alles hält, was sie als junges Mädchen versprochen hat. Sie ist eine echte Grandlieu: Brünett, um nicht zu sagen, orangefarben, wie ihre Mutter, die Portugiesin, und trocken wie ihr Vater. Offen gestanden, Ihre Frau wird niemals zugrunde gehen, sie ist ein großer Junge und findet allein ihren Weg. Armer Calyste, ist das die Frau, die Sie gebraucht hätten? Sie hat zwar schöne Augen, aber solche Augen sind in Italien, Spanien und Portugal etwas ganz Alltägliches. Kann man bei solcher Magerkeit überhaupt zärtlich sein? Eva ist blond, die Brünetten stammen von Adam ab, die Blondinen von Gott, dessen Hand nach vollendeter Schöpfung auf Eva ruhte und so seinen letzten Gedanken in ihr hinterließ."

Gegen sechs Uhr nahm Calyste verzweifelt seinen Hut, um fortzugehen.

„Ja, geh, mein armer Freund! Bereite ihr nicht den Kummer, ohne dich essen zu müssen!“
Calyste blieb. Er war ja so jung! Wie leicht gelang es, ihn von seiner schlechten Seite zu nehmen!
„Sie getrauen sich wirklich, mit mir zu essen?“ bemerkte Béatrix mit erheucheltem Staunen. „Schreckt Sie meine magere Kost nicht ab? Sind Sie unabhängig genug, mich mit diesem kleinen Freundschaftsbeweis zu erfreuen?“
„Lassen Sie mich nur ein paar Worte an Sabine schreiben!“ bat er, „sie würde mich sonst bis neun Uhr erwarten.“
„Hier, an diesem Tische schreibe ich immer!“
Sie zündete selbst die Kerzen an und stellte einen Leuchter auf den Schreibtisch, um zu lesen, was er schrieb.
„Meine liebe Sabine ...“
„Meine liebe ...? Sie lieben Ihre Frau also noch?“ sagte sie mit einem so kalten Blick, daß ihm das Mark in den Knochen gefror. „Gehen Sie, so gehen Sie doch und essen Sie mit ihr!“
„... Ich esse mit einigen Freunden in einem Restaurant ...“
„Eine Lüge! Pfui, Sie sind nicht wert, von ihr oder von mir geliebt zu werden! ... Die Männer sind immer so feige zu uns! ... Gehen Sie, Baron, gehen Sie zu Ihrer lieben Sabine essen!“
Er warf sich in den Lehnstuhl und wurde leichenblaß. Die Bretonen haben eine Art Mut, der sie bei Zwistigkeiten zum Eigensinn treibt. Calyste stützte die Ellenbogen auf den Tisch, vergrub das Kinn in die Hände und betrachtete die Unversöhnliche mit glühenden Augen. Er war in diesem Augenblick so herrlich anzusehen, daß ihm eine

Frau aus dem Norden oder dem Süden zu Füßen gefallen wäre und ausgerufen hätte: „Nimm mich hin!“ – Béatrix aber war an der normannisch-bretonischen Grenze geboren und gehörte zu dem Geschlechte der Casteran. In ihrer Einsamkeit hatte sich das wilde Ungestüm der Franken, die Bosheit der Normannen entwickelt, und ihr verlangte aus Rache nach einem unerhörten Skandal. So wich sie auch vor seiner tiefen Erregung keineswegs zurück.

„Diktieren Sie, was ich schreiben soll – ich füge mich“, sagte der arme Junge. „Aber dann...“

„Ja, ja,“ warf sie ein, „denn du wirst mich noch lieben, wie du mich in Guérande liebtest. Also schreibe: Ich esse in der Stadt, erwarte mich nicht.“

„Und...?“ fragte Calyste in der Meinung, daß sie noch etwas mehr sagen würde.

„Nichts,“ entgegnete sie, „unterschreiben Sie! – Recht so!“ schloß sie und stürzte sich mit heimlicher Freude auf diesen seltsamen Liebesbrief, „ich lasse ihn durch einen Boten zustellen.“

„Und jetzt...?“ rief Calyste, der sich ganz glücklich erhob.

„Oh, ich dachte, ich sei frei in meinem Willen?...“ versetzte sie abweisend, ging an den Kamin und klingelte. „Hier Antoine, lassen Sie diesen Brief zustellen. Der Herr Baron bleibt zum Diner.“ –

Calyste kehrte um zwei Uhr nachts in sein Palais zurück. Sabine hatte bis halb eins gewartet und sich dann, von Müdigkeit übermannt, zu Bett begeben. Sie schlief, wenn sie auch die lakonische Nachricht ihres Gatten ungemein befremdete.

Aber sie hatte eine Erklärung dafür... Bei einer Frau beginnt wahre Liebe immer damit, alles zugunsten des Gatten auszulegen.

„Calyste war in Eile!" entschuldigte sie ihn.

Am nächsten Morgen ging es dem Kinde besser, und die Muttersorgen waren verflogen. Mit dem kleinen Calyste im Arm kam sie eine Weile vor dem Frühstück lachend zum Vater und tat und sagte all die entzückenden Torheiten, die junge Mütter tun und sagen. Diese kleine Familienszene ermöglichte Calyste, Haltung zu gewinnen. Er war hinreißend zu seiner Frau, während er daran dachte, welch ein Ungeheuer er im Grunde genommen doch sei. Er spielte wie ein Kind mit dem „Herrn Junker". Er spielte sogar zuviel, er übertrieb seine Vaterrolle. Indes, noch war Sabinens Mißtrauen nicht so stark, daß sie so heikle Unterscheidungen erkannt hätte.

Endlich, beim Frühstück, fragte sie:

„Wo warst du denn gestern?"

„Portenduère hat mich zum Diner bei sich behalten, und wir gingen dann in den Klub, um einige Partien Whist zu spielen."

„Welch ein törichtes Leben, lieber Calyste!" versetzte sie. „Die jungen Edelleute sollten heutzutage trachten, den Boden, den ihre Väter verloren haben, in ihrem Lande wiederzugewinnen! Wenn sie nur Zigarren rauchen, Whist spielen, dem Müßiggang frönen, werden sie nicht bestehen. Auch dadurch nicht, daß sie Emporkömmlingen gegenüber, die sie aus allen Stellungen verdrängen, dreist und unverschämt sind, und daß sie sich von den Massen absondern, denen sie wie eine zweite Vorsehung erscheinen und mit Leib und Seele dienen sollten. De Marsay hat ganz recht: Anstatt eine Partei zu sein, werdet ihr nur mehr eine Meinung sein. Ach, wenn du wüßtest, wie sich mein Gedankenkreis erweitert hat, seitdem ich dein Kind gewiegt, genährt habe! Ich möchte, daß der alte Name du Guénic historische Bedeutung erlangt!"

Calyste hörte versonnen zu. Plötzlich versenkte sie den Blick in seine Augen und sagte:

„Du wirst zugeben, daß der erste Brief, den du mir schriebst, ein wenig nüchtern ist?"

„Ich habe erst im Klub daran gedacht, dich zu benachrichtigen ..."

„Im Klub? Aber du schriebst auf einem Papier, das sonst nur Damen benutzen. Es duftete nach Damenparfüm."

„Die Klubdirektoren sind manchmal so komisch ..." –

Der Vicomte de Portenduère und seine Gemahlin, ein entzückendes Ehepaar, hatten sich mit Calyste und Sabine allmählich so angefreundet, daß sie sich sogar in ihre Opernloge teilten. Den Anlaß zu der Freundschaft der beiden jungen Frauen, Sabine und Ursule, hatte ein entzückender Austausch ihrer mütterlichen Sorgen, Ratschläge und Geständnisse gegeben. Während sich Calyste als Anfänger im Lügen sagte: ‚Ich muß Savinien unterrichten!', dachte Sabine: ‚Mir scheint, das Papier trägt eine Krone!' ... Diese Überlegung durchzuckte sie wie ein Blitz, es verdroß sie fast, darauf verfallen zu sein. Sie nahm sich jedoch vor, das Papier hervorzuholen, das sie tags vorher in ihrer Angst um das erkrankte Kind schnell in ihre Briefschachtel geworfen hatte.

Nach dem Frühstück verabschiedete sich Calyste von seiner Frau und sagte ihr, daß er bald heimkommen wolle. Er bestieg einen der niedrigen, nur mit einem Pferde bespannten Wagen, die damals gerade anfingen, das unbequeme Kabriolett unserer Vorfahren zu ersetzen. In wenigen Minuten erreichte er die Rue des Saints-Pères, wo der Vicomte wohnte, und bat ihn, ihm den kleinen Dienst zu leisten und zu lügen, wenn Sabine die Vicomtesse aushorchen sollte. Zu gelegentlichen Gegendiensten sei er gern bereit. Dann fuhr er, so schnell es ging, nach der Rue de Courcelles, um zu sehen, wie Béatrix den Rest der Nacht verbracht hatte. Die beglückte Unglückliche war soeben frisch und verschönt dem Bad entstiegen und saß mit bestem Appetit beim Frühstück. Er bewunderte die Anmut, mit der dieser Engel weichgesottene Eier aß, und wußte nicht ein noch aus vor Staunen über ihr goldenes Frühstücksservice – das Geschenk eines in die Musik vernarrten Lords, dem Conti, wie er sagte, nach den Ideen des Engländers, mehrere Romanzen komponiert hatte, die dieser später als eigene Kompositionen herausgab. Die Marquise, der es hauptsächlich darauf ankam, ihn zu unterhalten, blendete ihn durch geistreiche Einfälle und schmollte und weinte, als es endlich fortging.
Er glaubte, nur ein halbes Stündchen geblieben zu sein, doch als er heimkam, war es drei Uhr. Sein schönes englisches Pferd, ein Geschenk der Vicomtesse von Grandlieu, erschien wie aus dem Wasser gezogen, so sehr troff ihm der Schweiß. Durch einen Zufall, dem alle eifersüchtigen Frauen den Weg ebnen, stand Sabine an einem

Hoffenster. Sie war ungeduldig, weil Calyste nicht heimkehrte, und unruhig, weil sie nicht wußte, warum. Der jämmerliche Zustand des Pferdes, dem der Schaum vor dem Maule stand, befremdete sie.

„Wo kommt er her?“

Diese Frage wurde ihr von einer Macht zugeflüstert, die nicht das Gewissen ist, die kein Dämon, kein Engel ist, aber die sieht, die ahnt, die uns das Unbekannte aufzeigt – einer Macht, die uns zu glauben zwingt, daß irgendwelche geistige Wesen in unserm Gehirn geboren werden und in der unsichtbaren Sphäre der Gedanken leben.

„Woher kommst du denn, mein Engel?“ fragte sie Calyste, dem sie bis an die unterste Treppenstufe entgegengegangen war. „Abd-el-Kader ist ja beinahe lahm! Du wolltest doch nur eine Weile wegbleiben, und ich warte schon drei Stunden...“

‚Nur Mut!‘ dachte Calyste, der in der Verstellungskunst schnelle Fortschritte machte, ‚ich werde mich durch ein schönes Geschenk aus der Verlegenheit ziehen.‘ – „Teure Nährmutter meines Sohnes,“ antwortete er und umarmte sie dabei viel zärtlicher, als er sie umarmt hätte, wenn er unschuldig gewesen wäre, „ich sehe ein, daß wir vor einer Frau, die uns liebt, kein Geheimnis haben können, mag es auch noch so harmlos sein...“

„Man erzählt auf der Treppe keine Geheimnisse!“ entgegnete sie lachend, „komm hinauf!“

Sie gingen in den Salon, der vor dem Schlafzimmer lag. Calyste wußte nicht, daß sie sein Gesicht in einem Wandspiegel beobachtete. Er lächelte nicht mehr und ließ auf diese Weise seine Müdigkeit und seine wahren Gefühle sehen.

„Nun, das Geheimnis?“ fragte sie, sich umwendend.
„Du warst eine so heldenhafte Nährmutter, daß mir der künftige Erbe des Namens du Guénic nur um so teurer ist, und so wollte ich dir, genau so, wie ein biederer Bürger aus der Rue Saint-Denis, eine Überraschung bereiten. Im Augenblick wird für dich von Künstlerhänden eine Toilette fertiggestellt. Meine Mutter und Tante Zéphirine haben auch dazu beigesteuert...“
Sabine umschlang ihn und drückte ihn ans Herz. Ermattend unter der Last des Glückes – nicht, weil er ihr ein Kleid geschenkt, sondern weil sich ihr Verdacht zerstreut hatte – sank ihr Köpfchen an seine Brust. Es war einer von den Augenblicken inneren Jauchzens, die man zählen kann und die selbst heftigster Liebe nicht selten versagt bleiben, weil sich sonst das Leben zu rasch verzehren würde. Die Männer müßten in einem solchen Augenblick ihren Frauen zu Füßen fallen, um sie anzubeten, denn es ist ein erhabener Augenblick, wenn sich die Kräfte des Herzens und des Geistes ergießen wie das Wasser aus den geneigten Urnen der Brunnennymphen. Sabine zerfloß in Tränen.
Plötzlich stieß sie, wie von einer Natter gebissen, Calyste von sich, warf sich auf den Diwan und fiel in Ohnmacht. Die jähe Einwirkung einer Eiseskälte auf ihr entflammtes Herz drohte sie zu töten. Während sie, ihrer Freude hingegeben, an seiner Brust lag, hatte sie wahrgenommen, daß seine Halsbinde nach dem gleichen Parfüm duftete wie sein Brief. Der Kopf, das Gesicht, die Haare einer andern hatten hier gelegen und ehebreche-

rischen Duft hinterlassen! Sie hatte eine Stelle geküßt, die noch warm war von den Küssen ihrer Rivalin! . . .

„Was hast du denn?“ fragte er, nachdem er sie durch Auflegen eines angefeuchteten Handtuchs wieder zur Besinnung gebracht hatte.

„Hole den Arzt und den Geburtshelfer – beide! Ja, ich fühle, daß ich Milchfieber habe . . . Sie werden nur dann sofort herkommen, wenn du selbst sie darum bittest!“

Aufs höchste erschreckt, stürzte Calyste davon. Sobald Sabine das Tor ins Schloß fallen hörte, sprang sie auf wie ein aufgescheuchtes Reh, lief wie wahnsinnig im Salon umher und schrie immerzu:

„Mein Gott, mein Gott, mein Gott!“

Diese beiden Worte mußten alle Gedanken ersetzen. Was sie als bloßen Vorwand angegeben hatte, war wirklich eingetreten: sie war schwer erkrankt. Ihre Haare stachen ihr wie glühende Nadeln ins Gehirn. Ihr siedendes Blut schien sich mit den Nerven zu vermischen und durch die Poren zu dringen. Sie war eine Weile blind und rief:

„Ich sterbe!“

Bei diesem Aufschrei einer grausam verletzten Mutter und Gattin stürzte die Zofe herein und brachte sie schnell zu Bett. Als sie wieder sehen und denken konnte, bestand der erste Lichtblick ihres Geistes in dem Gedanken, das Mädchen zu ihrer Freundin, Ursule de Portenduère, zu schicken und sie zu sich zu bitten. Dann aber schwirrten ihr die Gedanken wieder durch den Kopf, wie von einer Windhose aufgewirbelte Strohhalme.

„Ich sah ihrer Myriaden auf einmal!“ erzählte sie später.
Dennoch hatte sie in ihrer fieberhaften Erregung die Kraft, folgenden Brief zu schreiben, denn sie wollte, von namenlosem Zorn beherrscht, Gewißheit haben – Gewißheit um jeden Preis.

„An Frau Baronin du Guénic.

Liebe Mama!

Wenn Sie nach Paris kommen, wie Sie uns hoffen ließen, will ich Ihnen persönlich für das schöne Geschenk danken, das Sie, Tante Zéphirine und Calyste mir für die Erfüllung meiner Pflichten zugedacht haben. Ich fühlte mich ja schon durch mein eigenes Glück reichlich belohnt!... Ich versage es mir, Ihnen die Freude zu schildern, die Sie mir mit dem entzückenden Kleide bereiteten, und werde dies nachholen, bis Sie hier sind. Seien Sie überzeugt, wann immer ich mich damit schmücken sollte, werde ich, wie die Römerin, daran denken, daß mein schönster Schmuck unser kleiner Engel ist...“

Sie klingelte dem Diener und ließ den Brief sogleich an die Post für Guérande bestellen. Als die Vicomtesse de Portenduère ihr Zimmer betrat, war Sabinens erster Wutausbruch einem furchtbaren Fieberschauer gewichen.
„Ursule, mir scheint, ich sterbe!“ stöhnte sie.
„Was fehlt dir denn, meine Liebe?“
„Was taten denn Savinien und Calyste gestern nach dem Diner bei dir?“
„Welches Diner?“ entgegnete Ursule höchst überrascht, denn Savinien hatte seiner Gattin, in der

Annahme, daß die beiden Frauen nicht so bald zusammenkommen würden, von Calystens Vormittagsbesuch noch nichts erzählt. „Savinien und ich aßen gestern allein und gingen dann, jedoch ohne Calyste, in die Oper."

„Ursule, meine Liebste, Beste, ich beschwöre dich im Namen deiner Liebe zu Savinien, schweige über das, was du mir eben sagtest und was ich dir noch sagen werde! Du allein sollst wissen, woran ich sterbe... Ich werde betrogen... nach dreijähriger Ehe, mit weniger als dreiundzwanzig Jahren werde ich betrogen!..."

Ihre Zähne schlugen aufeinander, ihre Augen waren matt und trübe, ihre Wangen hatten den grünlichen Ton eines altvenezianischen Spiegels.

„Du? Die du so schön bist...? Und wer ist's...?"

„Ich weiß nicht! Aber Calyste hat mich zweimal belogen... Sag' mir nichts! Bedaure mich nicht! Wüte nicht und stelle dich unwissend! Vielleicht erfährst du durch Savinien, wer es ist. Oh, der gestrige Brief...!"

Und zitternd vor Kälte stürzte sie im Hemd zu einem kleinen Schrank und entnahm ihm den Brief...

„Eine Marquisenkrone!" bemerkte sie, als sie wieder im Bette lag. „Suche doch in Erfahrung zu bringen, ob die Marquise de Rochefide in Paris ist!... Ach, meine Liebe, weißt du, was das heißt, seinen Glauben, seine Träume, seine Tugend, seinen Abgott, sein Glück – alles, alles besudelt, verdorben, in Stücken zu sehen?... Es gibt keinen Gott mehr im Himmel, keine Liebe auf Erden, kein Leben im Herzen, nichts, nichts mehr! Ich weiß nicht, ob es noch Tag wird, ich zweifle an der Sonne... Und mir tut das Herz so weh, daß ich beinahe nichts von den grausamen Schmerzen spüre, die mein Gesicht und meinen Busen martern. Zum Glück ist der Kleine schon entwöhnt – meine Milch würde ihn vergiften."

Bei diesem Gedanken ergoß sich ein Tränenstrom aus Sabinens bisher trockenen Augen.

Den schicksalsschweren Brief in Händen, stand die schöne Vicomtesse ergriffen vor diesem echten Schmerz, vor dieser Agonie der Liebe, die sie sich nach den unzusammenhängenden Erzählungen, trotz dem guten Willen Sabinens, nicht erklären konnte. Plötzlich erleuchtete sie ein Gedanke, den nur aufrichtige Freundschaft eingibt.

„Gib acht, Sabine," rief sie aus, „ich erfahre die Wahrheit!"

„Ach, Liebste, noch im Grab will ich dich dafür lieben!" schluchzte Sabine. –

Die Vicomtesse ging sofort zu der Herzogin von Grandlieu, bat sie um strengste Verschwiegenheit und unterrichtete sie von der Lage ihrer Freundin.

„Sind Sie nicht auch der Ansicht, Durchlaucht," schloß sie, „daß wir, um einer furchtbaren Krankheit und vielleicht sogar ihrem Wahnsinn vorzubeugen, alles dem Arzt anvertrauen und irgendein Märchen ersinnen müßten, damit dieser fürchterliche Calyste für den Augenblick schuldlos erscheint?"

„Meine liebe, kleine Frau," erwiderte die Herzogin, deren Herz bei diesen Eröffnungen erstarrt war, „Ihre Freundschaft gab Ihnen für diese Stunde die Erfahrungen einer Frau meines Alters ein. Ich weiß, wie innig Sabine ihren Gatten liebt.

Sie haben recht, sie könnte dem Wahnsinn verfallen!"
„Und sie könnte, was noch schlimmer wäre, ihre Schönheit einbüßen!" setzte die Vicomtesse hinzu.
„Wir müssen uns beeilen!" rief die Herzogin.
Die Vicomtesse und die Herzogin kamen dem berühmten Geburtshelfer Dommanget – den andern Gelehrten hatte Calyste nicht angetroffen – um einige Augenblicke zuvor.
„Ursule hat mir alles anvertraut," sagte die Herzogin ihrer Tochter, „aber du täuschest dich!... Vor allem andern ist Béatrix gar nicht in Paris... Und was deinen Gatten betrifft, mein Engel, so hat er gestern viel Geld verloren und weiß nicht, womit er deine Toilette bezahlen soll..."
„Und das?" entgegnete Sabine und reichte ihr seinen Brief.
„Das?" sagte die Herzogin lachend, „das ist das Briefpapier vom Jockeiklub! Jeder schreibt heute auf Papier mit Krone. Über kurz oder lang ist jeder Krämer adlig...!"
Die vorsichtige Mutter warf das unheilvolle Papier ins Feuer. Als Calyste und Dommanget eintrafen, wurde die Herzogin, die der Dienerschaft entsprechende Weisungen gegeben hatte, sofort benachrichtigt. Sie überließ Sabine der Obsorge ihrer Freundin und hielt die beiden Herren im Salon fest.
„Es handelt sich um Sabinens Leben," sagte sie Calyste, „Sie haben sie mit der Marquise de Rochefide betrogen..."
Er errötete wie ein junges, noch ehrbares Mädchen, das bei einem Fehltritt ertappt wird.
„Da Sie aber nicht verstehen, zu betrügen," fuhr

die Herzogin fort, „waren Sie so ungeschickt, daß Sabine alles erraten hat. Nun, ich habe alles wieder geordnet. Sie wollen sicherlich nicht, daß meine Tochter stirbt, nicht wahr? . . . All dies, Herr Dommanget, soll Sie auf die wirkliche Krankheit und ihre Ursache führen . . . Was Sie betrifft, Calyste, so versteht eine alte Frau, wie ich, Ihre Verirrung, wenn ich sie auch nicht verzeihen kann. Solche Verzeihung erkauft man nur um den Preis eines ganzen glücklichen Lebens. Wenn Sie wollen, daß ich Sie achte, so retten Sie zuerst meine Tochter, und dann – vergessen Sie die Marquise! Sie ist höchstens gut genug, daß man sie einmal hat . . . Lernen Sie lügen, Sie müssen den Mut und die Schamlosigkeit des Verbrechers aufbringen . . . Ich habe gut gelogen und werde für diese Todsünde schwer büßen müssen . . .“

Und sie unterrichtete ihn über die Lügen, die sie seinetwegen ersonnen hatte. Inzwischen saß der geschickte Geburtshelfer am Bette der Kranken und studierte aus den Symptomen die Mittel, dem Übel zu begegnen. Während er Maßnahmen traf, deren Erfolg von der Schnelligkeit ihrer Ausführung abhing, trat Calyste ins Zimmer, setzte sich an das Fußende des Bettes und versuchte, in seinen auf Sabine gerichteten Blick den Ausdruck innigster Zärtlichkeit zu legen.

„Das Spiel also hat deine Augen so umschattet?“ sagte sie mit schwacher Stimme.

Bei dieser Frage erbebten der Arzt, die Mutter und die Freundin, und wechselten verstohlene Blicke. Calyste wurde rot wie eine Kirsche.

„Das kommt vom Selbst-Nähren-Wollen!“ erklärte Dommanget ebenso geistvoll wie brutal. „Die Ehemänner langweilen sich, weil sie von ihren Frauen getrennt sind, gehen in den Klub und spielen... Aber trauern Sie den dreißigtausend Franken nicht allzu lange nach, die der Herr Baron in der letzten Nacht verloren hat!"

„Dreißigtausend Franken!" wiederholte Sabine in kindlichem Staunen.

„Ja, ich weiß es!" versicherte Dommanget und wandte sich dann zu Calyste. „Man erzählte mir heute morgen bei der Herzogin Berthe von Maufrigneuse, daß Ihnen Herr de Trailles diesen Betrag abgewonnen hat. Wie können Sie auch mit einem solchen Manne spielen? Offen gestanden, Herr Baron, ich begreife, daß Sie sich schämen!"

Als der gute, edle Calyste seine Schwiegermutter, eine gottesfürchtige Herzogin, die Vicomtesse Ursule, eine junge, glückliche Frau, und den Geburtshelfer, einen alten Egoisten, lügen sah, wie schlaue Antiquitätenhändler, da begriff er den ganzen Umfang der Gefahr, und er vergoß zwei dicke Tränen, durch die sich Sabine täuschen ließ.

„Herr Doktor," sagte sie, indem sie sich im Bette aufrichtete und dem Arzt einen zornigen Blick zuschleuderte, „Baron du Guénic kann dreißig-, fünfzig- und auch hunderttausend Franken verlieren, wenn es ihm Spaß macht, und niemand hat das Recht, etwas Böses daran zu finden oder ihm gute Lehren zu geben. Es ist besser, daß Herr de Trailles gewann, als daß wir, w i r von Herrn de Trailles gewonnen haben."

Calyste stand auf, umhalste seine Frau, küßte sie auf beide Wangen und flüsterte ihr ins Ohr: „Sabine, du bist ein Engel...!"

Nach zwei Tagen betrachtete man die junge Frau

als gerettet. Tags darauf war Calyste bei der Marquise und rühmte sich seiner Schandtat.

„Béatrix, jetzt müssen Sie mich glücklich machen! Ich habe Ihnen meine arme Frau preisgegeben, sie hat alles entdeckt. Das unselige Papier, auf dem Sie mich schreiben ließen! Ich habe nicht bemerkt, daß es Ihren Namen und Ihr Wappen trug! Ich sah nur Sie allein! Glücklicherweise war Ihr B zufällig ganz verwischt. Aber das Parfüm, das Sie auf meinem Rock hinterließen, und die Lügen, in die ich Dummkopf mich verstrickte, haben mein Glück verraten. Sabine wurde sterbenskrank, die Milch stieg ihr zu Kopfe, sie bekam Rotlauf, deren Spuren sie vielleicht ihr ganzes Leben lang tragen wird ..."

Während Béatrix diesen Wortschwall vernahm, machte sie ein so eisiges Gesicht, daß die Seine zugefroren wäre, wenn sie es nur gesehen hätte.

„Um so besser," gab sie zur Antwort, „sie wird Ihnen dadurch vielleicht weißer vorkommen!"

Hart wie ihre Knochen, spitzig wie ihre Stimme, wechselvoll wie ihr Teint, fuhr sie in dieser Tonart fort und überhäufte ihn mit abscheulichen Epigrammen. Es gibt für einen Ehemann keine größere Ungeschicklichkeit, als seiner Geliebten von der Gattin zu erzählen, wenn diese tugendhaft ist – es sei denn die, seiner Gattin von der Geliebten zu erzählen, wenn diese schön ist. Calyste war jedoch in diesen Abschnitt der Großstadterziehung, den man als Höflichkeit der Leidenschaft bezeichnen könnte, noch nicht eingedrungen. Er konnte weder seine Gattin belügen, noch seiner Geliebten die Wahrheit sagen – zwei Lehren, die man befolgen muß, um die Frauen zu lenken. Und er mußte daher die ganze Macht seiner Leidenschaft entfalten, bevor er Verzeihung erlangte. Zwei Stunden lang saß Béatrix wie ein erzürnter Engel da, den Blick zur Decke erhoben, um den Schuldigen nicht zu sehen, verbreitete sich weitschweifig über die allgemeinen und besonderen Rücksichten, die man einer Marquise schulde, und vergoß gelegentlich auch ein paar Tränchen, die mit ihrem Spitzentaschentuch überraschend schnell getrocknet waren.

„Wie können Sie mir heute, kurz nachdem ich mich mit Ihnen verging, von Ihrer Frau sprechen! Warum erzählen Sie mir nicht, daß sie eine Tugendperle ist? Ich weiß, sie betet Ihre Schönheit an. Welche Verderbtheit! Ich hingegen liebe Ihre Seele! Denn Sie müssen wissen, mein Lieber, daß Sie im Vergleich zu manchem Hirten der römischen Campagna ein Scheusal sind ..."

Diese Redensarten mögen befremden; allein sie waren der Ausdruck eines von Béatrix klug ersonnenen Systems. Bei ihrer dritten Inkarnation (denn das Weib wird bei jeder neuen Leidenschaft etwas durchaus anderes) wird jede Frau zur Schwindlerin – der einzige Ausdruck, der die Wirkung einer aus solchen Abenteuern gesammelten Erfahrung richtig wiedergibt. Nun, die Marquise de Rochefide hatte sich oft genug im Spiegel besehen. Kluge Frauen täuschen sich nie über sich selbst. Sie zählen ihre Falten, verfolgen aufmerksam die Entwicklung ihrer Krähenfüße, sehen jedes Gerstenkorn keimen, kennen sich auswendig und verraten sich durch die Mühe, die sie für die Erhaltung ihrer Schönheit aufwenden, bisweilen sogar selbst. Auch Béatrix hatte sich, um in der Woche sechsmal über eine junge, blendend schöne

Frau zu triumphieren, die Kunst der Kurtisanen zunutze gemacht. Von einer geradezu türkischen Leidenschaft für den schönen Calyste fortgerissen, faßte sie den abscheulichen Vorsatz, sich so zu benehmen, als hasse sie ihn, und nahm sich vor, in ihm den Glauben zu erwecken, daß er widerwärtig, häßlich, verwachsen sei. Kein System ist Eroberernaturen gegenüber fruchtbarer als dieses. Ist es für solche Männer nicht ein täglich neuer Triumph, über offenkundige Mißachtung zu siegen? Es ist mehr, es ist Schmeichelei, die sich unter dem Prunkgewande des Hasses verbirgt! Sagt sich ein Mann dann nicht: „Ich bin unwiderstehlich!" oder „Ich verstehe mich auf die Liebe, denn ich bezähme ihren Widerstand!"? Wer wollte dieses Prinzip verneinen, dem die koketten Frauen und die Kurtisanen aller Gesellschaftszonen huldigen? Béatrix beschränkte sich jedoch nicht nur darauf, das unsichtbare Horn ihrer moralischen Entrüstung zu blasen; sie verstand es auch, ihr poetisches, trauliches Heim dem nüchternen Palais du Guénic gegenüber durch unaufhörliche Vergleiche ins rechte Licht zu rücken. Jede sich selbst überlassene Gattin vernachlässigt in ihrer Entmutigung nicht nur sich selbst, sondern auch ihr Haus. In der Voraussicht, daß dies auch auf Sabine zutreffe, eröffnete sie einen stummen Kampf gegen den Luxus des Faubourg Saint-Germain, den sie als töricht bezeichnete. Die Szene der Wiederversöhnung – in der er schwören mußte, seine Gattin zu hassen, weil sie ihm, wie Béatrix behauptete, eine Komödie mit dem Titel „Die vergiftete Milch" vorgespielt hatte – ging in einem wahren Blumenhain vor sich. Sie trieb die Kunst der Nichtigkeiten und Modebagatellen in ihrer Wohnung auf die Spitze. Von Conti verlassen, war sie vollends der Verachtung preisgegeben und verlangte nunmehr wenigstens nach dem traurigen Ruhm der Verderbtheit. Das Unglück einer jungen Frau, die Schmach einer reichen, schönen Grandlieu sollte ihr zum Piedestal dienen.

Wenn eine Frau nach dem Nähren ihres Erstgeborenen wieder ihr Alltagsleben aufnimmt, ist sie entzückend und kehrt verschönt, verjüngt in die Gesellschaft zurück. Diese Phase der Mutterschaft gibt Frauen eines gewissen Alters einen ganz eigenartigen Glanz, eine frohe Tatkraft, ein „brio" – wofern es erlaubt ist, diesen Ausdruck, den Italien für den Geist erfand, auf den Körper anzuwenden. Indes, wenn Sabine auch versuchte, die süßen Gewohnheiten der Flitterwochen wieder aufzunehmen, sie fand den gleichen Calyste nicht mehr. Die Unglückliche beobachtete, anstatt sich blind dem Glücke hinzugeben. Sie suchte das unselige Parfüm und fand es bei jeder Gelegenheit. Doch sie vertraute sich weder ihrer Freundin noch der Mutter an, die sie so barmherzig getäuscht hatten. Sie wollte Gewißheit haben, und die Gewißheit ließ nicht lange auf sich warten. Der Gewißheit entrinnt man nicht, sie ist wie die Sonne und fordert, daß man sich alsbald vor ihren Strahlen schützt. Wie in der Fabel des Holzfällers, der den Tod ruft, so fordert der Liebende von der Gewißheit, daß sie ihn mit Blindheit schlage.

Etwa zwei Wochen später erhielt Sabine von ihrer Schwiegermutter einen niederschmetternden Brief:

„Liebe Sabine!

Tante Zéphirine und ich verloren uns in Vermutungen hinsichtlich des Kleides, auf das Du in Deinem Briefe anspielst. Ich schrieb Calyste darüber und bitte Dich, unsre Unkenntnis zu entschuldigen. An unsrem guten Herzen kannst Du nicht zweifeln. Wir häufen ganze Schätze für Euch auf. Dank den Ratschlägen für die Verwaltung unsrer Güter, mit denen uns Fräulein de Pen-Hoël versieht, werdet Ihr in einigen Jahren ein ansehnliches Vermögen vorfinden, ohne daß Euer jetziges Einkommen darunter leidet.

Du weißt, liebes Kind, daß Du mir ebenso lieb bist, als hätte ich Dich in meinem Schoße getragen. Um so mehr befremdet mich die Kürze Deines Briefs und Dein Schweigen über unsern lieben kleinen Calyste. Über den großen brauchst Du mir nichts zu sagen; ich weiß, daß er glücklich ist, aber ...“

Quer über den ganzen Brief schrieb Sabine die Worte: „Nicht jedermann in der edlen Bretagne versteht sich aufs Lügen!“, und legte den Brief auf den Schreibtisch ihres Gatten. Calyste fand und las ihn. Als er Sabinens Handschrift erkannte, warf er ihn ins Feuer und nahm sich vor, ihn nie empfangen zu haben. Sabine verbrachte eine ganze Woche in namenlosen Ängsten, wie sie nur einsame oder engelgleiche Seelen kennen, die noch nie von den schwarzen Schwingen des Bösen berührt wurden. Das Schweigen ihres Gatten war ihr furchtbar.

‚Ich, die ich ihm nur süße Wonne sein dürfte, habe ihm mißfallen, habe ihn gekränkt!‘ sagte sie sich wiederholt. ‚Meine Tugendhaftigkeit macht mich hassenswert, ich habe meinen Abgott gedemütigt!'

Diese Gedanken schnitten ihr tief ins Herz. Schon wollte sie ihn um Verzeihung bitten, da schleuderte ihr die Gewißheit neue Beweise entgegen.

Dreist und schamlos schrieb Béatrix eines Tages an Calyste. Sabine empfing den Brief und reichte ihn uneröffnet ihrem Gatten. Aber es war ihr, als stände vor ihrer Seele der Tod.

„Der Brief kommt aus dem Jockeiklub, mein Freund!" sagte sie mit verlöschender Stimme, „ich merke es an dem Papier und an dem Parfüm . . ."

Diesmal schämte sich Calyste. Er steckte den Brief schnell in die Tasche.

„Willst du ihn nicht lesen?" fragte sie.

„Ich weiß schon, worum es sich handelt!"

Die junge Frau setzte sich nieder. Sie fieberte nicht mehr, sie weinte nicht mehr, aber sie empfand jenen Jähzorn, der in so schwache Naturen den Keim zum Verbrechen legt, der ihnen die Giftphiole in die Hand drückt und sie zwingt, entweder die Rivalin oder sich selbst zu morden.

Man brachte den kleinen Calyste herein, und sie nahm ihn auf den Arm, um ihn in Schlaf zu wiegen. Das erst kürzlich entwöhnte Kind suchte in den Falten ihres Kleides nach dem Busen.

„Er erinnert sich – er ja!" flüsterte sie leise . . .

Als Calyste in sein Zimmer ging, um den Brief zu lesen, brach die arme, junge Frau in Tränen aus. Aber sie weinte, wie Frauen weinen, wenn sie allein sind. Der erste Schmerz, die erste Freude haben ihre besondere Weihe. Der gewaltige erste Aufruhr, dem das Menschenherz fast zu erliegen droht, kehrt nie mehr wieder, wie in allen Dingen die Erstlinge nie wiederkehren. Nur der erste Schlag trifft das Herz ohne Wehr. Die nachfolgenden werden erwartet, das Kapital unsrer Kräfte hat für einen energischen Widerstand schon seine Einzahlung geleistet.

Sicher des Verrats, verbrachte Sabine mit ihrem Söhnchen im Arm drei Stunden am Kaminfeuer und war recht erstaunt, als Gasselin, der seit längerem ihr Diener war, in das Zimmer kam und meldete:

„Frau Baronin, es ist angerichtet!"

„Melden Sie es dem Herrn Baron!"

„Der Herr Baron ißt nicht hier, Frau Baronin!"

Wer kann ermessen, welch qualvolles Opfer es für eine dreiundzwanzigjährige Frau bedeutet, unter solchen Umständen in dem riesigen Speisesaal eines altertümlichen Hauses allein zu sein mit dem Diener, der ihr stumm die Platten reicht?

„Lassen Sie anspannen!" befahl sie plötzlich, „ich fahre in die Oper."

Sie zog eine prachtvolle Toilette an. Allein, aber lächelnd, wie eine glückliche Frau – so wollte sie sich sehen lassen. Noch während der Gewissensbisse wegen ihrer auf den Brief geschriebenen Bemerkung hatte sie beschlossen, Calyste zu besiegen und ihn durch außerordentliche Sanftmut, durch die Geduld eines Osterlammes, durch die herrlichen Tugenden einer Mutter und Gattin wieder zu sich zurückzuführen. Sie wollte ganz Paris belügen. Sie liebte ihn, sie liebte, wie Kurtisanen und Engel lieben – mit Demut, mit Stolz! Aber man gab „Othello". Während der Arie Rubinis „il mio cor si divide" floh sie davon. Oft ist die

Musik mächtiger als Dichter und Schauspieler zusammengenommen. Savinien de Portenduère begleitete Sabine bis ins Foyer und setzte sie in den Wagen, ohne sich die Ursache dieser überstürzten Flucht erklären zu können.

Baronin Sabine du Guénic machte nunmehr eine Leidenszeit durch, die der Aristokratin eigentümlich ist. Mit sehnsüchtigem Neid sieht der einfache Bürger, der sich schlecht und recht durchs Leben schlägt, an ihren Armen die Goldschlangen mit den Brillantenaugen, die Kolliers und Agraffen und ahnt nicht, daß diese Vipern beißen, daß diese Nadeln mit vergifteten Spitzen stechen, daß diese so leicht scheinenden Halsbänder tief in die zarte Haut schneiden! All dieser Luxus muß bezahlt werden. Frauen in Sabinens Lage verfluchen ihren Reichtum, sie sehen nicht mehr, daß die Möbel ihrer Salons vergoldet und mit Seide bespannt sind, die exotischen Blumen sind ihnen Unkraut, die Düfte sind Gestank, die Wunder ihrer Küche kratzen in der Kehle wie Gerstenbrot, und das Leben ist bitter wie das Tote Meer.

Gefaßt auf diese grauenvolle Wirklichkeit, studierte Sabine jeden Morgen ihren Gatten, bevor er fortging, und versuchte so, den Verlauf des Tages zu erraten. Welch innerliches Jauchzen, wenn er nicht in die Rue de Courcelles ging! Und kehrte er heim, dann beobachtete sie seine Stirn, die Frisur, die Augen, Miene und Haltung, stellte ihm nach bis in die Einzelheiten der Kleidung und hegte für Nichtigkeiten, für flüchtig hingeworfene Bemerkungen ein Interesse, das ihr allmählich jede Würde, jeden Adel nahm. Die Ergebnisse ihres unseligen Forschungstriebs versanken im Schoß ihres Herzens und zerstörten dort die zarten Wurzeln, aus denen die blaue Blume des Vertrauens, der Wunderbaum heiliger Erinnerungen sprießt.

Eines Tages blieb Calyste zu Hause, und obwohl er dort stets schlechter Laune war, erwies sich Sabine zärtlich und demütig, fröhlich und geistreich wie immer.

„Du grollst mir, Calyste – bin ich denn keine gute Hausfrau? Was mißfällt dir hier?"

„Alle diese Räume sind kalt und nackt," antwortete er mürrisch, „du verstehst nichts von solchen Dingen."

„Woran fehlt es?"

„An Blumen!"

‚Gut,' dachte Sabine, ‚es scheint, daß die Marquise de Rochefide Blumen liebt.' –

Nach zwei Tagen hatte das Palais du Guénic sein Aussehen völlig verändert. Kein Haus in Paris konnte sich eines prächtigeren Blumenschmucks rühmen.

Ein paar Tage später klagte Calyste eines Abends nach dem Essen über Kälte. Unruhig rückte er auf dem Kanapee hin und her, sah nach, woher der Luftzug käme, und tat, als suchte er etwas. Eine Zeitlang mühte sich Sabine vergeblich, zu erraten, was diese neue Laune bedeuten sollte. War doch ihr Haus mit einem Heizapparat versehen, der mit den Wohnräumen auch das Treppenhaus, die Korridore und alle Vorräume gleichmäßig erwärmte. Endlich, nach dreitägiger Überlegung, kam sie dahinter, daß ihre Rivalin sich eines Wandschirms bedienen mußte, um das dem Verfall ihrer Gesichtszüge so vorteilhafte Halb-

dunkel zu erreichen. Und schon hatte sie einen Paravent – aber einen Paravent mit Spiegeln von geradezu israelitischer Pracht.
‚Von woher wird der Wind jetzt wehen?' sagte sie sich.
Calyste war jedoch mit seinen versteckten Kritiken über ihr hausfrauliches Wirken nicht zu Ende. Er aß bei ihr in einer Art und Weise, die sie rasend machen konnte. Er trödelte beim Essen und schob, wenn er endlich zwei, drei Bissen hinuntergewürgt hatte, mißmutig den Teller zurück.
„Schmeckt es dir denn nicht?" fragte Sabine, der Verzweiflung nahe, wenn sie an die endlosen Konferenzen mit ihrem Koch dachte und nun sehen mußte, daß alle Sorgfalt, zu der sie sich erniedrigte, nutzlos vertan war.
„Das will ich nicht sagen, mein Engel," erwiderte er ruhig, „ich habe eben keinen Hunger."
Eine von legitimer Leidenschaft verzehrte Frau, die so leiden muß, gibt sich endlich einer Art Wut hin, um über die Rivalin zu obsiegen – einer Wut, die mitunter bis in die geheimen Regionen der Ehe vordringt. Der grausame, glühende, rastlose Kampf auf dem sichtbaren Gebiet der Äußerlichkeiten einer Ehe übertrug sich ebenso erbittert auf Angelegenheiten des Herzens. Sabine studierte ihre Haltung, ihr Aussehen und überwachte sich bis in die geringfügigsten Belanglosigkeiten der Liebe.
Die Küchenfrage währte beinahe einen Monat. Von Mariotte und Gasselin unterstützt, griff Sabine nach den Listen und Ränken der Vaudevilles, um zu erfahren, welche Speisen die Marquise ihrem Calyste vorsetzte. Calystens Kutscher

mußte auf ihren Befehl erkranken, und Gasselin, der ihn vertrat, mit Béatrixens Köchin Freundschaft schließen, bis Sabine ihrem Gatten endlich mit Gleichem, ja Besserem aufwarten konnte als die Küche der Marquise. Doch alsbald machte er neue Schwierigkeiten.

„Was fehlt denn?“ fragte sie, als sie seinen Blick suchend über den Eßtisch schweifen sah.

„Nichts“, antwortete er wie gewöhnlich.

„Ach,“ rief sie aus, als sie am nächsten Morgen erwachte, „Calyste fehlten die gestampften Maikäfer! Die Marquise gewöhnt ihn an allerlei Gewürze.“

Und sie kaufte in einer Apotheke eine Auswahl englischer Zutaten, die in Form von Ölfläschchen auf einem Silbergestell stehen. Dennoch konnte sie mit solchen Entdeckungen nicht in alle von ihrer Rivalin ersonnenen Mittel eindringen.

Diese Periode dauerte einige Monate. Wenn man bedenkt, welche Reize ein solcher Kampf darbietet, wird man sich darüber nicht wundern können. Kampf ist Leben, und mit seinen Wunden und Schmerzen immer noch besser als die düstern Nebel des Abscheus, das Gift der Verachtung, die Agonie des Verzichts, der Tod des Herzens, der sich Gleichgültigkeit nennt. Nichtsdestoweniger verließ Sabine aller Mut, als sie sich ihm eines Abends in einer Toilette zeigte, wie sie nur eine Frau ersinnt, die über eine andere triumphieren will, und Calyste lachend ausrief:

„Du kannst machen, was du willst, Sabine, aber du bist und bleibst immer nur eine schöne Andalusierin!“

„Leider!“ antwortete sie und sank auf das Ka-

napee. „Ich weiß, ich werde niemals eine Blondine. Aber ich weiß auch, daß ich bald aussehe wie eine Fünfunddreißigjährige, wenn das noch so weitergeht."
Sie weigerte sich, in die Oper zu gehen, und wollte den ganzen Abend allein bleiben. Sie ging in ihr Zimmer, riß sich die Blumen aus dem Haar, entkleidete sich, und zertrampelte Kleid und Blumen unter ihren Füßen – genau so wie eine Ziege, die sich in der Schlinge ihres Seils verfängt und so lange daran zerrt, bis sie den Tod kommen fühlt. Als die Zofe zufällig hereinkam, war sie höchst beunruhigt: Ihre Herrin lag schon zu Bett.
„Es ist nichts!" erklärte Sabine, „es ist nur wegen meines Mannes..."
Unglückliche Frauen haben eine erhabene Eitelkeit – eine Verlogenheit, bei der von dem zweierlei Schamgefühl, das in ihnen kämpft, das weiblichere die Oberhand gewinnt.
Bei diesem grausamen Spiel magerte Sabine ab, der Kummer zernagte sie. Nie aber fiel sie aus der Rolle, die sie sich zurechtgelegt hatte. Von einer Art Fieber gepeitscht, würgte sie die bittern Worte, die der Schmerz ihr eingab, in sich hinein. Sie unterdrückte die Blitze ihrer herrlichen schwarzen Augen und gab ihnen einen sanften, ja unterwürfigen Ausdruck.
Schließlich war ihr Kräfteverfall nicht mehr zu verkennen. Die Herzogin, trotz ihrer mit jedem Tage immer portugiesischer werdenden Frömmelei eine gute, vortreffliche Mutter, führte den entschieden krankhaften Zustand ihrer Tochter auf eine tödliche Ursache zurück. Sie wußte um die zwischen Calyste und der Marquise bestehenden,

wohlgeregelten Vertraulichkeiten, und war besorgt, ihre Tochter zu sich heranzuziehen, um die Wunden ihres Herzens zu lindern, hauptsächlich aber, um sie ihren Märtyrerqualen zu entreißen. Sabine bewahrte jedoch seit einiger Zeit tiefstes Schweigen über ihr Unglück, da sie fürchtete, daß man zwischen ihr und Calyste vermitteln wolle. Sie nannte sich glücklich! Auf dem Gipfel des Unglücks fand sie ihren Stolz, all ihre Tugenden wieder! Erst nach einem Monat gestand Sabine, die inzwischen Mutter und Schwestern zärtlich verwöhnt hatten, ihren Kummer, ihr namenloses Leid. Sie verfluchte ihr Leben und behauptete, daß sie frohlockend den Tod herankommen sähe. Sie bat ihre Schwester Clotilde, die ledig bleiben wollte, dem kleinen Calyste, dem schönsten Kind, das jemals ein Königsgeschlecht als Thronerben ersehnen konnte, eine zweite Mutter zu sein.

Eines Abends saß sie mit Clotilde und ihrer Mutter zusammen, als ihre Schwester Athénais eintrat, deren Vermählung mit dem Vicomte von Grandlieu nach der Fastenzeit stattfinden sollte. Da entfuhr ihr, gereizt durch den frischen Schmerz der letzten Demütigung, ein erhabener Aufschrei der Agonie ihres Herzens:

„Athénais,“ begann sie, „du wirst bald heiraten. Nimm dir mich zum Beispiel! Hüte dich wie vor einem Verbrechen, deine guten Eigenschaften zu entfalten! Widerstehe der Genugtuung, dich mit ihnen zu schmücken, um deinem Gatten zu gefallen! Sei ruhig, würdig und kalt; miß das Glück, das du gewährst, nach dem, das du empfängst! Das ist schmachvoll, aber es ist notwendig ... Sieh, ich gehe an meinen guten Eigenschaften zugrunde!

Alles, was ich Schönes, Heiliges, Großes in mir fühle, alle meine Tugenden sind die Klippen, an denen mein Glück zerschellte. Ich gefalle nicht mehr, weil ich noch nicht sechsunddreißig Jahre alt bin! In den Augen mancher Männer ist Jugend etwas Minderwertiges. Hinter einem kindlichen Gesicht gibt es nichts zu erraten. Ich lache freimütig – das ist ein Unrecht! Um zu bezaubern, muß man das melancholische, unterdrückte Lächeln gefallener Engel spielen lassen, die gezwungen sind, ihre ausgewachsenen, gelblichen Zähne zu verbergen. Ein frischer Teint ist langweilig – man zieht ein mit roter Schminke, Walfischweiß und coldcream angestrichenes Puppengesicht vor. Ich bin rechtschaffen, und Verderbtheit allein gefällt. Ich bin leidenschaftlich, soweit eine ehrbare Frau es sein darf, und man müßte im Grimassenschneiden, in Kniffen und Schwindeleien bewandert sein wie eine Provinzschauspielerin. Berauscht von dem Glück, einen der entzückendsten Männer Frankreichs zum Gatten zu besitzen, sage ich ihm treuherzig, wie schön, wie vornehm er ist, wie anmutig seine Bewegungen sind. Um ihm zu gefallen, müßte ich mit erheucheltem Abscheu den Kopf abwenden, müßte mich ihm versagen und ihm klarmachen, daß seine Vornehmheit etwas Krankhaftes und sein Aussehen das eines Schwindsüchtigen sei. Ich müßte ihm die Schultern der Herkulesstatue im Palazzo Farnese rühmen und müßte ihn im Augenblick des Liebesglücks durch meine Verteidigung rasend machen, als bedürfte ich ihrer, um irgendwelche Mängel zu verbergen, die seine Liebe töten könnten. Ich habe das Unglück, alles zu bewundern, was von Poesie und Schönheit strahlt, und bedenke nicht, daß ich mich durch neidische, beißende Kritik erhöhen kann. Ich habe es nicht notwendig, mir von Canalis und Nathan in Versen und Prosa erzählen zu lassen, daß ich ein höheres Wesen bin! Ich bin ein harmloses Kind und kenne nur meinen Calyste. Ja freilich, wäre ich durch die Welt gezogen wie ‚sie', verstünde ich es wie ‚sie', das Wort ‚Ich liebe dich!' in sämtlichen europäischen Sprachen zu sagen und das mazedonische Gericht kosmopolitischer Liebe vorzusetzen – dann würde man mich trösten, bedauern, anbeten! Man dankt uns nur dann für unsere zärtliche Liebe, wenn man ihr durch Schändlichkeiten das entsprechende Relief zu geben weiß. Mit einem Worte, ich als Dame bin gezwungen, mich von Dirnen belehren zu lassen!... Und Calyste läßt sich von solchem Affentreiben blenden!... Oh, Mutter, ich fühle mich tödlich verletzt. Mein Stolz ist ein trügerischer Schild. Ich bin wehrlos gegen den Schmerz. Ich liebe meinen Gatten wie eine Wahnsinnige und dürfte mich, um ihn zu mir zurückzuführen, allein von der Gleichgültigkeit leiten lassen."

„Närrchen," flüsterte ihr Clotilde ins Ohr, „gib dir den Anschein, als wolltest du dich rächen..."

„Ich will unbescholten, will ohne den leisesten Schimmer eines Unrechts sterben", antwortete sie. „Unsre Rache soll unsrer Liebe würdig sein."

„Mein Kind," sagte ihr die Herzogin, „eine Mutter muß das Leben etwas kühler betrachten als du. Die Liebe ist nicht der Zweck, sondern ein Mittel der Familie. Versuche nicht, der armen, kleinen Baronin de Macumer nachzugeraten. Übertriebene

Liebe ist unfruchtbar und tödlich. Gott sendet uns Trübsal, weil er die Ursache kennt... Jetzt, da die Hochzeitsfragen für Athénais erledigt sind, kann ich mich dir wieder mehr widmen... Ich habe über deine heikle Lage schon mit deinem Vater, mit dem Herzog von Chaulieu und mit d'Ajuda gesprochen. Wir werden sicher ein Mittel finden, Calyste zu dir zurückzubringen..."

„Und die Marquise de Rochefide hilft uns auch dabei," meinte Clotilde lächelnd, „denn sie erhält sich ihre Anbeter nicht lange!"

„Mein Engel," fuhr die Herzogin fort, „d'Ajuda ist der Schwager des Marquis de Rochefide; und wenn der feine Plan, den ich deinem Vater unterbreitete, die Billigung der Kirche findet, kann ich dir für Calystens Umkehr bürgen. Mein Gewissen lehnt sich gegen derartige Mittel auf, und ich möchte sie dem Urteil des Abbé Brossette unterwerfen. Wir wollen mit unserer Hilfe nicht solange warten, bis du in den letzten Zügen liegst. Sei also frohen Muts! Du bist heute abend so bekümmert und traurig, daß mir am Ende mein Geheimnis entschlüpft. Aber ich kann nicht anders, ich muß dir ein bißchen Hoffnung machen."

„Wird Calyste darunter leiden?" fragte Sabine beunruhigt.

„Oh, mein Gott," rief Athénais harmlos, „wie kann man nur so dumm sein!"

„Ach, du kleines Kind, du kennst die Abgründe nicht, in die uns die Tugend hinabstürzt, wenn sie sich von der Liebe leiten läßt", gab ihr Sabine zur Antwort.

Diese Worte waren von so eindringlicher Bitterkeit, daß die Herzogin aus der Betonung und dem

Blick ihrer Tochter auf irgendein verborgenes Unglück schloß.

„Kinder, es ist Mitternacht, ins Bett!" sagte sie zu ihren beiden Töchtern, deren Augen sich belebten.

„Trotz meinen sechsunddreißig Jahren störe ich also?" spottete Clotilde.

Und während Athénais ihrer Mutter den Gutenachtkuß gab, neigte sich Clotilde zu Sabine hinab und flüsterte ihr ins Ohr:

„Du wirst es mir sagen, ja?... Ich komme morgen zum Essen zu dir. Und wenn unsere Mutter ihr Gewissen nicht belasten will, so werde ich, ich deinen Calyste aus den Klauen der Untreue befreien."

„Und nun, Sabine," begann die Herzogin, während sie ihre Tochter in ihr Schlafzimmer führte, „erzähle mir, was vorgefallen ist, mein Kind!"

„Oh, Mutter – ich bin verloren."

„Warum denn?"

„Ich wollte über dieses abscheuliche Weib triumphieren und – ich habe triumphiert: Ich bin schwanger. Aber Calyste liebt sie, und ich fürchte, er wird mich gänzlich verlassen. Sobald die Untreue, die er ihr antat, ans Tageslicht kommt, wird ‚sie' wütend sein. Ach, meine Qualen sind zu groß, als daß ich ihnen widerstehen könnte. Ich weiß, wann er hingeht, ich erkenne es aus seiner Fröhlichkeit. Und seine schlechte Laune sagt mir, daß er von ihr kommt. Kurz, er geniert sich gar nicht mehr, ich bin ihm unerträglich. Sie übt auf ihn einen Einfluß aus, der ebenso ungesund ist wie ihre Seele und ihr Leib. Gib acht, als Preis für die Versöhnung wird sie einen öffentlichen Bruch, einen Skandal in der Art des ihrigen fordern, und wird ihn mir vielleicht nach der Schweiz oder nach Italien entführen! Er fängt schon an, seine geringen Kenntnisse von Europa lächerlich zu finden, und ich ahne, was diese leichtlich hingeworfenen Vorbemerkungen besagen wollen. Ist Calyste von heute in drei Monaten nicht geheilt, dann weiß ich nicht, was geschieht... Doch, ich weiß es: ich werde mich töten!"

„Unglückseliges Kind! und deine Seele?... Selbstmord ist eine Todsünde!"

„Begreifst du denn nicht? Sie ist imstande, ihm ein Kind zu schenken! Und wenn Calyste das Kind dieser Frau mehr als meine Kinder liebte...? Oh, dort findet meine Geduld und Entsagung ihre Grenzen!"

Sie sank in einen Stuhl. Sie hatte die letzten Gedanken ihres Herzens geoffenbart. Es barg keinen Schmerz mehr. Indes, der Schmerz ist wie die Eisenstange, die der Bildhauer in seinen Ton steckt: er stützt, er ist eine Kraft!

„Kopf hoch! mein armer Liebling! Nun geh heim! Wenn ich unserem Abbé dieses große Unglück vor Augen halte, wird er mich sicherlich von den verzeihlichen Sünden lossprechen, zu denen uns die arglistige Welt zwingt. Laß mich allein, mein Kind," sagte sie und ging an den Betstuhl, „ich will den Allmächtigen und die Heilige Jungfrau anflehen – ganz besonders deinetwegen! Leb wohl, Sabine, vergiß deine religiösen Pflichten nicht, namentlich dann, wenn du willst, daß wir Erfolg haben..."

„Und selbst wenn wir Erfolg haben, Mutter, retten wir nur die Familie. Calyste hat in mir die heilige Inbrunst der Liebe gemordet. Denn er hat mich gegen alles abgestumpft, selbst gegen den Schmerz."

Am nächsten Tage, gegen ein Uhr mittags, ging ein Mann mit langsamen Schritten, die man ekklesiastische Schritte nennen dürfte, weil sie der Ernst, das Mysteriöse, die Vorsicht, Ruhe, Würde selbst zu sein schienen, über den Hof des Palais Grandlieu. Es war einer der ausgezeichnetsten Priester im Pariser Klerus, ein Pfarrer des Faubourg Saint-Germain, der für einen im Jahre 1840 freiwerdenden Bischofsstuhl ausersehen war, obwohl er ihn schon dreimal ausgeschlagen hatte. Abbé Brossette war ein kleiner, magerer Mann von etwa fünfzig Jahren mit einem blassen Altweibergesicht, das von häufigem Fasten erkaltet und von den Leiden, die es gesehen hatte, tief durchfurcht war. Zwei schwarze Augen, die vor Glaubenseifer glühten, obzwar ein eher mysteriöser als mystischer Ausdruck sie besänftigte, brachten Leben in dieses starre Apostelgesicht.

Er lächelte beinahe, als er die Stufen der Terrasse betrat – so groß war sein Mißtrauen vor der Ungeheuerlichkeit der Fälle, die ihm sein Beichtkind vorzulegen pflegte. Da jedoch die Herzogin, wenn es sich um Almosen handelte, die Taschen nicht zugeknöpft hielt, war sie die Zeit wohl wert, die ihre harmlosen Beichten dem ernsteren Elend seines Pfarrsprengels stahlen.

Als der Diener den Besuch des Pfarrers meldete, erhob sich die Herzogin und ging ihm einige Schritte entgegen – eine Auszeichnung, die sie nur Mitgliedern des königlichen Hauses, Kardinälen, Bischöfen, Priestern und Herzoginnen erwies, die älter waren als sie.

„Mein lieber Abbé," begann sie leise, während sie ihm eigenhändig einen Stuhl zurechtschob, „ich brauche die Autorität Ihrer Erfahrung, bevor ich mich in eine recht häßliche Geschichte einlasse, wenn auch daraus etwas Gutes erwachsen soll. Ich möchte vor allem wissen, ob ich bei dieser Gelegenheit auf dem Wege des Heils Dornen finde..."

„Frau Herzogin," antwortete Abbé Brossette, „wollen Sie geistige und weltliche Dinge nicht vermengen; sie vertragen sich nur sehr selten miteinander! Doch zunächst, worum handelt es sich?"

„Sie wissen, daß sich meine Tochter Sabine vor Kummer verzehrt. Mein Schwiegersohn vernachlässigt sie und betrügt sie mit der Marquise de Rochefide!"

„Das ist entsetzlich, das ist recht ernst! Aber Sie wissen ja, was der heilige Franziskus Salesius darüber sagt! Und denken Sie auch an Madame Guyon, die sich über den Mystizismus der ehelichen Liebesbeweise bitter beklagte! Sie wäre außerordentlich glücklich gewesen, für ihren Gatten eine Marquise de Rochefide zu finden."

„Sabine ist eine nur zu sanftmütige, nur zu christliche Gattin. Aber sie hat nicht den geringsten Hang zum Mystizismus."

„Arme junge Frau", bemerkte der Pfarrer boshaft. „Nun, und wie gedachten Sie diesem Unglück abzuhelfen?"

„Hochwürden, ich sündigte mit dem Gedanken, daß man einen hübschen, jungen lasterhaften Mann auf die Marquise hetzen sollte, der sich freiwillig dazu hergibt, und dem es sicherlich bald gelingen wird, meinen Schwiegersohn auszustechen."

„Wir sind hier nicht vor dem Bußgericht", erwiderte er, sein Kinn streichelnd. „Ich darf Sie nicht als Richter behandeln. Vom weltlichen Standpunkt aus betrachtet, gebe ich zu, daß es vielleicht entscheidend sein könnte ..."

„Mir kam dieses Mittel ganz abscheulich vor", bemerkte die Herzogin.

„Warum denn? Ohne Zweifel ziemt es einer Christin mehr, eine Verlorene vom schlechten Wege abzubringen, als sie noch weiter hineinzustoßen! Aber ist man auf diesem Wege schon so weit wie die Marquise, dann kann nicht der Arm eines Menschen, sondern nur noch der Arm Gottes die Sünderin zurückführen. Solche Sünder brauchen eigene Blitzschläge!"

„Ich danke Ihnen für Ihre Nachsicht, ehrwürdiger Vater! Ich hatte nur ein Bedenken: Mein Schwiegersohn ist tapfer, ein echter Bretone. Damals, bei dem unglücklichen Unternehmen unserer armen Madame erwies er sich als wahrer Held. Wenn nun der junge Leichtfuß, der es auf sich nimmt, die Marquise zu lieben, mit meinem Schwiegersohn in Händel gerät, wenn ein Duell die Folge wäre ..."

„Das ist ein sehr vernünftiger Gedanke, Frau Herzogin. Er beweist, daß man auf derlei krummen Wegen überall Steine des Anstoßes findet."

„Ich habe nun ein Mittel entdeckt, lieber Abbé, viel Gutes zu tun: die Marquise de Rochefide von dem verhängnisvollen Weg abzubringen, auf dem sie sich befindet, Calyste meiner Tochter wiederzugeben und endlich möglicherweise auch ein armes verirrtes Geschöpf vor der Hölle zu retten ..."

„Aber warum fragen Sie mich dann um Rat?" meinte der Pfarrer lächelnd.

„Ach," versetzte die Herzogin, „man muß sich dabei zu recht häßlichen Handlungen herablassen..."
„Sie wollen doch niemanden bestehlen?"
„Im Gegenteil! ich werde wahrscheinlich viel Geld dabei ausgeben!"
„Sie wollen doch niemanden verleumden, oder..."
„Oh!" wehrte die Herzogin ab.
„Sie wollen doch nicht Ihrem Nächsten einen Schaden zufügen?"
„Hm, ich denke, nicht zuviel!"
„Lassen Sie Ihren neuen Plan hören!" sagte der Abbé in schnell erwachter Neugier.
„Kürzlich kniete ich in meinem Betstuhl und bat die heilige Jungfrau, mich zu erleuchten. Da kam mir plötzlich der Gedanke, daß man den Marquis de Rochefide überreden müßte, seine Frau wieder in Gnaden aufzunehmen. Dann würde er selbst dafür sorgen, daß Calyste zu meiner Tochter zurückfindet. Anstatt also einen Nagel mit einem zweiten zu vertreiben und die Hand dem Bösen zu leihen, würde ich etwas Gutes durch etwas nicht minder Gutes stiften..."
Der Pfarrer sah die Portugiesin aufmerksam an.
„Dieser Gedanke liegt allerdings so fern," sagte er nachdenklich, „daß..."
„Darum habe ich der heiligen Jungfrau ja auch gedankt", warf die gute, fromme Herzogin ein. „Ich habe das Gelübde gemacht, nicht nur eine neuntägige Andacht zu verrichten, sondern einer armen Familie zwölfhundert Franken zu spenden, wenn mein Plan gelingt. Aber als ich ihn meinem Gatten vorlegte, fing er an zu lachen und sagte: ‚In Eurem Alter habt Ihr einen Teufel ganz allein für Euch, mein Ehrenwort!'"

„Der Herr Herzog gab Ihnen die Antwort, die ich Ihnen geben wollte, als Sie mich vorhin unterbrachen!" versetzte der Abbé, der sich eines Lächelns nicht erwehren konnte.

„Wenn Sie den Gedanken billigen, ehrwürdiger Vater, billigen Sie auch die Mittel, ihn auszuführen? Es handelt sich nämlich darum, bei einer gewissen Frau Schontz, einer Béatrix des Quartier Saint-Georges, genau dasselbe zu tun, was ich bei der Marquise de Rochefide tun wollte, um sie mit ihrem Gatten zu versöhnen."

„Ich bin überzeugt, daß Sie nichts Böses tun können", sagte salbungsvoll der Pfarrer, der diesen Erfolg für notwendig hielt und weiter nichts mehr wissen wollte. „Sollte sich wieder Ihr Gewissen regen, so fragen Sie mich nur getrost um Rat! ... Wenn Sie nun aber der Dame aus der Rue Saint-Georges nicht zu einem neuen Skandal, sondern zu einem Gatten verhelfen würden ...?"

„Ach, ehrwürdiger Vater, damit berichtigen Sie das einzige, was in meinem Plan noch schlecht war! Sie sind würdig, Erzbischof zu werden, und ich hoffe, nicht zu sterben, bevor ich Sie mit ‚Eure Eminenz' anreden darf."

„Ich sehe dabei nur eine Gefahr", fuhr der Abbé nachdenklich fort.

„Welche?"

„Wenn die Marquise de Rochefide zu ihrem Gatten zurückkehrt und den Herrn Baron trotzdem für sich behält?"

„Das ist meine Sache", erwiderte die Herzogin; „wenn man so selten intrigiert wie ich, dann tut man es ..."

„Schlecht, sehr schlecht!" ergänzte der Pfarrer;

„zu allem gehört Übung. Trachten Sie, einen der Taugenichtse anzuwerben, die von der Intrige leben, und verwenden Sie ihn, ohne selbst in Erscheinung zu treten!"

„Oh, Hochwürden, wird der Himmel mit uns sein, wenn wir uns von der Hölle helfen lassen?"

„Sie sind hier nicht bei der Beichte!" wiederholte er. „Retten Sie Ihr Kind!"

Die gute Herzogin, die von ihrem Beichtvater ganz begeistert war, begleitete ihn wieder bis an die Tür des Salons. –

Wie man sieht, zog sich über dem Marquis de Rochefide ein Gewitter zusammen. Er genoß in diesem Augenblick das höchste Glück, das ein Pariser ersehnen konnte: sich bei Frau Schontz ebenso als Gatte zu fühlen wie bei Béatrix. Und es hatte ganz den Anschein – wie dies der Herzog seiner Gemahlin ja auch auseinandergesetzt hatte – als wäre es unmöglich, ein so entzückend eingerichtetes Dasein zu stören. Diese Behauptung verpflichtet zu einigen Einzelheiten über das Leben, das der Marquis de Rochefide führte, seitdem ihn Béatrix sitzen gelassen hatte. Erst dann wird man verstehen, welch enormen Unterschied unsere Sitten und Gesetze in ganz gleichliegenden Fällen zwischen den beiden Geschlechtern machen. Alles, was bei der verlassenen Frau zum Unglück ausschlägt, wendet sich bei dem verlassenen Ehemann zum Glück. Gerade dieser schlagende Gegensatz bestärkt die meisten Frauen in dem Entschluß, ihre Ehe aufrechtzuerhalten und, je nach ihrer Veranlagung, mit den tugendhaftesten oder verbrecherischsten Mitteln um ihren Bestand zu kämpfen.

✩

EINIGE TAGE NACH BÉATRIXENS UNÜBERlegtem Streich hatte Arthur de Rochefide seine Schwester verloren, die als erste Frau des Marquis d'Ajuda-Pinto kinderlos gestorben war. Er sah sich auf diese Weise mit einem Schlage im Besitz des in der Rue d'Anjou-Saint-Honoré gelegenen Palais Rochefide und einer Rente von zweihunderttausend Franken, die ihm sein Vater hinterließ. Dieser stattliche Nachlaß, einschließlich des Vermögens seiner Frau und der Mitgift, die er am Hochzeitstage erhalten hatte, brachten ihm Einkünfte von rund tausend Franken im Tag. Für einen Edelmann mit einem Charakter, wie ihn Fräulein des Touches vor Jahren Calyste mit wenigen Worten geschildert hatte, war solches Vermögen schon gleichbedeutend mit Glück. Während Béatrix die Lasten der Liebe und Mutterschaft trug, genoß Rochefide die Annehmlichkeiten seines Riesenvermögens, verschwendete es jedoch ebensowenig wie seinen Geist. Seine plumpe Eitelkeit, der es vollauf genügte, als schöner Mann zu gelten – er hatte seinem Äußern einige Erfolge zu verdanken und rühmte sich ihrer, um die Frauen geringschätzig behandeln zu können – ließ auch im Reich des Geistes die Zügel schießen. Mit jener Art Geist begabt, den man als Hohlspiegel bezeichnen sollte, eignete er sich die Einfälle anderer, die Geistesblitze aus Theaterstücken und Vorstadtzeitungen an, und spottete darüber, wenn er sie auf übertriebene Art wiedergab, oder verwendete sie als kritische Formeln. Kurz, sein Soldatenhumor – er hatte in der königlichen Garde gedient – würzte damit zu rechter Zeit die Unterhaltung, so daß geistlose Frauen ihn für geistreich hielten und die andern nicht zu widersprechen wagten. Dieses System verfolgte Arthur in allen Dingen. Er verdankte der Natur ein Genie der Nachahmung; der ernsten Nachahmung, nicht der Nachäffung. Auf diese Weise konnte er auch die Moden als erster annehmen und ablegen, ohne selbst den geringsten Geschmack zu haben. Man sagte ihm nach, daß er auf sein Äußeres etwas zuviel Zeit verwende und ein Korsett trage. Kurz, er war das Vorbild jener Helden der Mittelmäßigkeit, die nie mißfallen, weil sie sich Gedanken und Torheiten aller Welt unablässig zu eigen machen, und die nie altern, weil sie sich stets nach den Umständen richten.

Man bedauerte diesen Mustergatten und fand es von Béatrix einfach unverzeihlich, daß sie ihn verlassen hatte. Nur sie hatte demnach unter dem Fluch der Lächerlichkeit zu leiden.

Dieser rechtschaffene, biedere und sehr dumme Edelmann, dem unseligerweise so viele Reiche gleichen, war Mitglied sämtlicher Klubs, unterstützte gefällig alle Torheiten, die der Patriotismus oder mißverstandener Parteigeist erfindet, und mußte sich natürlich auch durch irgendeine in Mode stehende Manie auszeichnen. Er rühmte sich besonders, Sultan eines vierbeinigen Serails zu sein, dem ein alter, englischer Stallmeister vorstand und das, im wahren Sinne des Wortes, monatlich vier- bis fünftausend Franken verschlang. Seine Spezialität bestand darin, Pferde laufen zu lassen. Er hielt auf Rassepferde und unterstützte eine Zeitschrift für Pferdezucht. Indes, er verstand von Pferden herzlich wenig und berief sich, vom Zaumzeug angefangen bis zum Hufeisen herunter, stets auf seinen Stallmeister. Es genügt, zu sagen, daß dieser halbe Junggeselle durchaus nichts eigenes hatte: Geist, Geschmack, Vermögen, sein Ansehen und seine Lächerlichkeiten – alles, was er hatte, stammte von seinen Vätern. Nachdem er das Mißvergnügen der Ehe ausgekostet hatte, fühlte er sich als Junggeselle wieder so wohl, daß er unter Freunden zu sagen pflegte: „Ich bin schon als Hahnrei zur Welt gekommen!“ Ganz besonders freute er sich, daß er die in einer Ehe unvermeidlichen Kosten der Repräsentation ersparen konnte, und sein Palais, wo seit dem Tode seines Vaters nicht das geringste verändert worden war, glich einem Hause, dessen Bewohner andauernd auf Reisen sind. Er aß niemals und schlief nur selten darin. Dies der Grund seiner Gleichgültigkeit.

Nach zahlreichen Liebesabenteuern und gelangweilt von den Damen der Gesellschaft, die wirklich langweilig sind und um das Glück zu viele Dornenhecken pflanzen, hatte er sich, wie man sehen wird, mit der berühmten Frau Schontz verheiratet – berühmt in der Welt einer Fanny Beaupré, einer Suzanne du Val-Noble, einer Mariette, einer Florentine, einer Jenny Cadine, und so weiter. Es ist dieselbe Welt, die einer unserer geistreichen Maler im Taumel des Opernballs mit den Worten kritisierte: „Wenn man bedenkt, daß das alles gut angezogen ist, gut wohnt und gut lebt, so bekommt man einen famosen Begriff von der Menschheit!“ – Um aber diese Welt getreulich zu schildern, müßte der Historiker die Anzahl ihrer Geschöpfe mit der Entwicklung ihres eigenartigen Daseins in ein richtiges Verhältnis bringen und feststellen, wieviel von ihnen in scheußlichstem Elend oder durch vorzeitigen Tod zugrunde gehen, und wieviel von ihnen ihr Leben mit einer glücklichen Heirat, in Wohlstand oder großem Reichtum beschließen.

Frau Schontz war zuerst unter dem Namen „die kleine Aurélie“ bekannt geworden, um sie von einer ihrer weit weniger geistreichen Rivalinnen zu unterscheiden. Sie gehörte zu der obersten Klasse jener Frauen, deren soziale Nützlichkeit weder von dem Seinepräfekten noch von all denen bestritten werden kann, die sich für das Gedeihen der Stadt Paris interessieren. Man beschuldigt zwar die „Ratten“, daß sie allen Reichtum untergraben, und mag er noch so hypothetisch sein. Aber ohne die Aspasien des Quartier Notre-Dame de Lorette würden in Paris nicht soviel Häuser gebaut werden. Von der Spekulation bugsiert, wandern diese Pioniere des frischen Mörtels auf die Hügel um den Montmartre und pflanzen ihre Zelte – dies wörtlich genommen – in die steinerne Öde der nach den Städten Amsterdam, Mailand, Stockholm, London, Moskau benannten Straßen, in die architektonischen Steppen, wo der Wind zahllose Schilder schaukelt, die mit den Worten „Hier sind Wohnungen zu vermieten“ ihre Leere beweisen.

Die materielle Lage dieser Damen ergibt sich aus der Lage ihrer Wohnung in jenen apokryphen Vorstädten: Nähert sich ihr Haus der Rue de Provence, so hat sie regelmäßige Einkünfte, ihr Budget steht günstig, nähert sie sich hingegen der äußeren Gürtellinie, dem scheußlichen Batignolles, so hat sie nichts.

Nun, als Marquis de Rochefide Frau Schontz kennenlernte, bewohnte sie den dritten Stock des einzigen Hauses, das damals in der Rue de Berlin stand. Sie hauste demnach just an der Grenze zwischen Paris und dem Unglück. Dieses Fräulein-Frau nannte sich, wie man begreift, weder Schontz noch Aurélie. Sie verheimlichte den Namen ihres Vaters, eines alten kaiserlichen Soldaten, des ewigen Obersten, der – sei es als Vater, sei es als Verführer – den Sonnenaufgang jedes derartigen Frauendaseins ziert. Frau Schontz hatte die Gratiserziehung von Saint-Denis genossen, wo man junge Mädchen zwar ausgezeichnet erzieht, ihnen aber, wenn sie die Schule verlassen, weder einen Gatten noch andere Aussichten bietet. Diese Anstalt ist eine wunderbare Schöpfung des Kaisers, der nur eins fehlt: der Kaiser. „Ich werde dafür sorgen, wenn es gilt, die Töchter meiner Legionäre auszustatten", antwortete er auf die Bemerkung eines seiner Minister, der die Zukunft voraussah. „Ich werde dafür sorgen!" so hatte Napoleon auch den Mitgliedern des Französischen Instituts versprochen und ihnen statt eines Gehalts lieber dreiundachtzig Franken monatlich schicken lassen – eine Behandlung, die sie schlechter stellte als manchen Kanzleidiener. –

Aurélie war in der Tat die Tochter des furchtlosen Obersten Schiltz, eines Führers jener elsässischen Freibeuter, die den Kaiser in seinem letzten Feldzuge beinahe gerettet hätten. Als Oberst Schiltz im Jahre 1814 ausgeplündert, bestohlen und ruiniert in Metz starb, gab Napoleon die damals neunjährige Joséphine Schiltz nach Saint-Denis, und das arme Kind, das weder Vater noch Mutter, weder Geld noch Obdach hatte, wurde bei der zweiten Rückkehr der Bourbonen nicht davongejagt, sondern blieb, zuletzt als Unterlehrerin, bis zum Jahre 1827 in der Anstalt. Dann aber verlor sie die Geduld; ihre Schönheit lockte sie fort. Mit ihrer Großjährigkeit begann Joséphine Schiltz, das Mündel der Kaiserin, nach dem unseligen Beispiel einiger Kameradinnen, das Abenteurerleben einer Kurtisane zu führen, ersetzte das *il* ihres Familiennamens durch *on* und stellte sich unter den Schutz der Heiligen Aurelia.

Lebhaft, gebildet und geistreich, beging sie mehr Fehler als ihre dummen Kolleginnen, deren Seitensprünge immer nur das eigene Interesse zur Grundlage hatten. Sie machte die Bekanntschaft armer aber unanständiger, geistreicher aber verschuldeter Schriftsteller, einiger ebenso reichen wie berechnenden Leute, opferte einer echten Liebe die greifbar nahen Möglichkeiten eines gediegenen Daseins – kurz, sie leistete sich den Luxus aller Schulen, in denen man Erfahrung sammelt. Als sie, an dem Tage ihrer höchsten Not, bei Valentino, dieser ersten Etappe auf dem Wege zu Mussard, in einem geliehenen Kleide, Hut und Mantel tanzte, zog sie die Aufmerksamkeit Arthurs auf sich, der gekommen war, um den berühmten Galopptanz zu sehen. Alsbald gelang es ihr, diesen Edelmann, der nicht mehr wußte, welcher Leidenschaft er sich widmen sollte, durch ihren Geist zu fesseln, und so verübelte es ihm – zwei Jahre, nachdem ihn Béatrix sitzen gelassen hatte – niemand mehr, daß er sich im dreizehnten Arrondissement von Paris mit einer Gelegenheitsbéatrix in einer Art Ehe verband.

Wenn im folgenden die vier Jahreszeiten dieses Liebesglücks geschildert werden, soll damit ein Beweis gegeben sein, daß die Theorien der im dreizehnten Arrondissement üblichen Ehen gleicherweise für alle seine Bewohner gelten. Ob es sich um einen vierzigjährigen Marquis oder um einen sechzigjährigen Kaufmann, der sich zur Ruhe gesetzt hat, um einen sechsfachen Millionär oder um einen kleinen Rentier, um einen Grandseigneur oder um einen Bürger handelt, die Strategie der Liebe ändert sich nicht. Herz und Kasse stehen immer in genauen und ganz bestimmten Wechselbeziehungen. Es ist daher erklärlich, welchen Schwierigkeiten die Herzogin von Grandlieu bei der Ausführung ihres barmherzigen Planes begegnen mußte.

Man ahnt gar nicht, welche Macht ein Schlagwort in Frankreich auf gewöhnliche Leute ausübt, und ebensowenig sieht man ein, welche Schlechtigkeit der begeht, der es ersinnt. Kein Buchhalter wäre imstande, die Ziffer der Geldsumme zu berechnen, die unproduktiv geblieben ist, weil sie ein gemeines Schlagwort in die Tiefe des Herzens und der eisernen Geldschränke verschloß – das Schlagwort: „Jemanden hineinlegen!" Diese Redensart ist so populär geworden, daß man ihr wohl erlauben darf, diese Seite zu besudeln. Arthur de Rochefide hatte, wie alle beschränkten Köpfe, die ewige Angst, hineingelegt zu werden. Zu Beginn seiner Schwärmerei für Frau Schontz war er auf seiner Hut und knauserte, wo er konnte. Frau Schontz war zu klug und kannte die Männer zu gut, aus solchem Anfang nicht die größten Hoffnungen zu schöpfen. Der Marquis setzte ihr fünfhundert Franken im Monat aus, richtete ihr in der Rue Coquenard für zwölfhundert Franken eine dürftige Wohnung im zweiten Stockwerk ein und fing an, ihren Charakter zu studieren. Da sie diese Absicht durchschaute, lieferte sie ihm alsbald einen für sein Studium geeigneten Charakter, und Arthur war daher glücklich, in ihr einen so schönen Charakter anzutreffen. Aber er sah darin nichts Erstaunliches: Ihre Mutter war eine geborene Barnheim von Baden, eine einwandfreie Dame! Außerdem war Aurélie so gut erzogen... Sie sprach nicht nur englisch, deutsch, italienisch, sondern besaß gründliche Kenntnisse der fremdsprachigen Literatur. Sie konnte gegen Pianisten zweiten Ranges ganz unbedenklich in Wettstreit treten. Vor allem aber verhielt sie sich mit ihren Talenten wie Damen aus gutem Hause: Sie sprach nie darüber. Sie lernte bei einem Künstler malen, handhabte den Pinsel zum Vergnügen und malte Köpfe mit solcher Verwegenheit, daß sie allgemeines Staunen hervorrief. In der Zeit, da sie als Unterlehrerin dahinsiechte, war sie aus Langeweile sogar in das Reich der Wissenschaften vorgedrungen. Aber ihr Leben als „ausgehaltene Frau" hatte die gute Saat mit Reif bedeckt, und selbstverständlich gebührte ihrem Arthur allein die Ehre, diese kostbaren Knospen zu neuer Blüte zu erwecken.

Aurélie begann also mit einer der Wollust gleichenden Uneigennützigkeit, die der altersschwachen Korvette gestattete, das jugendliche Hochseeschiff mit starken Enterhaken an sich zu ziehen. Nichtsdestoweniger fing Frau Schontz nach einem Jahre an, mit ihren schäbigen Überschuhen im Vorzimmer herumzupoltern, wenn sie nach Hause kam, und den vom Straßenschmutz verunreinigten Saum ihres Kleides so geschickt zu verbergen, daß er ihn sicher sehen mußte. Kurz, sie wußte ihren „Dicken" vollständig zu überzeugen, daß ihr ganzer Ehrgeiz lediglich darin bestand, nach so vielen Auf- und Abstiegen auf ehrliche Weise eine ruhige, bürgerliche Existenz zu erringen, bis endlich, sechs Monate nach ihrer ersten Begegnung, die zweite Phase einsetzte.

Frau Schontz erhielt nunmehr eine schöne Wohnung in der Rue Neuve-Saint-Georges. Arthur konnte ihr seinen Reichtum nicht mehr länger verheimlichen und schenkte ihr prachtvolle Möbel, ein komplettes Silberservice, zwölfhundert Franken im Monat, einen allerdings nur gemieteten, niedrigen Wagen mit einem Pferd, und bewilligte ihr huldvoll einen kleinen Reitknecht. Die Schontz war ihm für soviel Großmut durchaus nicht dankbar; denn sie erkannte genau die Beweggründe für das Verhalten ihres „Dicken" und durchschaute seine wohlberechnete Knausrigkeit. Müde des Lebens im Restaurant mit seiner meist erbärmlichen Kost, wo ein halbwegs erlesenes Diner sechzig und, wenn man drei Freunde einladet, mindestens zweihundert Franken kostet, bot er der Schontz für das Diner, alles mit inbegriffen, vierzig Franken täglich, wobei er sich vorbehielt, stets einen seiner Freunde als Gast zu laden. Aurélie hütete sich wohl, diesen Vorschlag abzulehnen. Nachdem sie ein Jahr lang all die moralischen Wechsel akzeptiert hatte, die auf die Gewohnheiten des Marquis de Rochefide gezogen wurden, fand sie gnädiges Gehör, als sie einen Toilettenzuschuß von monatlich fünfhundert Franken erbat, um ihrem „Dicken", dessen Freunde dem Jockeiklub angehörten, keine Schande zu machen.

„Das wäre noch schöner," meinte sie, „wenn mich Rastignac, Maxime de Trailles, d'Esgrignon, Laroche-Hugon, Ronquerolles, Laginski, Lenoncourt

und die andern für eine Madame Everard hielten! Übrigens, verlasse dich auf mich, mein Dicker, du wirst dabei nur gewinnen!"
Und es gelang ihr tatsächlich, in dieser neuen Phase neue Tugenden zu entfalten. Sie lebte sich in die Rolle einer guten Hausfrau ein und zog den größten Nutzen daraus. Mit einer Summe von zwölfhundert Franken knüpfte sie, wie sie zu sagen pflegte, die beiden Enden des Monats ohne Schulden aneinander, was man in dem Faubourg-Saint-Germain des dreizehnten Arrondissements noch nie erlebt hatte, und dabei waren ihre Diners denen von Nucingen ungleich überlegen, und man trank erlesene Weine bei ihr, zehn bis zwölf Franken die Flasche! Der Marquis war aufs höchste erstaunt und überglücklich, daß seine Geliebte sich so sparsam erwies und daß er daher seine Freunde so oft bei ihr einladen konnte. Eines Abends umschlang er sie vor allen Gästen und sagte stolz: „Ein wahrer Schatz ist sie!"
Bald darauf mietete er ihr eine Drittelloge in der Oper und nahm sie auch in alle Premieren mit. Da er die Vortrefflichkeit ihrer Ratschläge erkannt hatte, begann er, seine Aurélie um Rat zu fragen, und sie überließ ihm ihre eigenen Geistesblitze, die seinen Ruf als amüsanter Mann befestigten, da sie keiner kannte. Endlich aber erwarb er die Gewißheit, wirklich und um seiner selbst willen geliebt zu werden: Aurélie lehnte es ab, für fünftausend Franken monatlich einen russischen Fürsten glücklich zu machen.
„Sie haben Glück, mein lieber Marquis", rief der alte Fürst Galathionne nach einer Whistpartie im Klub. „Als Sie mich gestern mit Frau Schontz

allein ließen, wollte ich sie Ihnen abspenstig machen, aber sie antwortete mir: ‚Sie sind nicht schöner, aber Sie sind älter als Rochefide, mein Fürst. Sie würden mich prügeln, er hingegen ist wie ein Vater zu mir. Sagen Sie, wo ich den leisesten Grund zum Wechseln fände! Ich hege für Arthur zwar nicht die tolle Leidenschaft, die ich einst für die Schlingel in Lackschuhen empfand, deren Schulden ich bezahlte; aber ich liebe ihn, wie eine ehrbare Frau ihren Gatten liebt, wenn sie ihn liebt.‘ – Und dann hat sie mich hinausgeworfen."

Diese, so gar nicht nach „Auftrag" riechende Rede hatte die wunderbare Wirkung, daß sie zu dem Zustand der Verödung und Erniedrigung des Palais Rochefide wesentlich beitrug. Arthur verlegte nämlich sein ganzes Dasein mit allen Freuden in Aurélies Wohnung und befand sich dabei sehr wohl. Denn am Ende des dritten Jahres hatte er vierhunderttausend Franken erspart.

Die dritte Phase begann. Frau Schontz wurde dem Sohne Arthurs die zärtlichste Mutter. Sie führte ihn selbst in das Gymnasium und holte ihn wieder ab. Sie überhäufte sein Kind mit Geschenken, Leckereien und Geld. Der Junge nannte sie nur noch sein Mütterchen und betete sie an. Sie übernahm ferner die Vermögensverwaltung für ihren Arthur und veranlaßte ihn, in der großen Baisse vor dem berühmten Londoner Vertrage, der das Märzministerium stürzte, Staatsrenten zu kaufen. Arthur gewann zweihunderttausend Franken, und Aurélie verlangte keinen roten Heller davon. Aber Rochefide war ein Edelmann, legte seine sechshunderttausend Franken in Bankaktien an und ließ die Hälfte auf den Namen Fräulein Joséphine Schiltz eintragen. Außerdem mietete er in der Rue de la Bruyère ein kleines Palais und beauftragte Gringot, den großen Architekten der kleinen Räume, es zu einer wollüstigen Bonbonnière umzugestalten. Von da an rechnete er mit Frau Schontz nicht mehr ab; sie erhielt alle Einkünfte und beglich die Rechnungen. Als seine Frau ... des Vertrauens rechtfertigte sie diesen Titel, indem sie ihren „Dicken“ glücklicher machte denn je. Sie kannte seine Launen und schmeichelte ihnen, wie Madame Pompadour den Launen Ludwigs des Fünfzehnten geschmeichelt hatte. Und endlich wurde sie „maîtresse en titre“, unumschränkte Herrscherin. Nun erst erlaubte sie sich auch, junge, reizende Leute, dem Ruhme neu erstandene Künstler und Schriftsteller zu protegieren, die das Antike ebenso verwarfen wie das Moderne und sich durch geringe Arbeit einen großen Ruf zu schaffen gedachten.

Das Verhalten der Schontz, ein taktisches Meisterstück, offenbart ihre ganze Überlegenheit. Vor allem andern sorgte sie dafür, daß zehn, zwölf junge Leute ihren Arthur unterhielten und ihm geistreiche Einfälle und feinsinnige Urteile über alles und jedes lieferten. Ohne die Treue der Hausfrau auch nur im geringsten in Frage zu stellen, festigten sie ihren Ruf als außerordentlich geistreiche Frau. Als lebende Annoncen, als ambulante Zeitungsartikel hatten sie die Wirkung, daß man Frau Schontz an der Grenze, die das dreizehnte Arrondissement von den zwölf andern trennt, alsbald für die angenehmste Frau hielt. Ihre Rivalinnen Fanny Beaupré, Mariette, Antonia, besonders aber Suzanne Gaillard, die ihr gegenüber seit 1838 den Vorteil hatte, eine in legitimer Ehe verheiratete Frau zu sein – ein Pleonasmus, der notwendig erscheint, um eine solide Ehe verständlich zu machen – sie alle verbreiteten mehr als nur scherzhafte Verleumdungen über die Schönheit jener jungen Leute und über die Selbstgefälligkeit, mit der sie von Arthur empfangen wurden. Frau Schontz ließ sie reden: Mit drei „Witzen", so sagte sie, sei sie imstande, den ganzen Geist jener Klatschmäuler aus dem Felde zu schlagen. Und als sie ihnen eines Abends bei einem Souper, das Nathan nach dem Opernballe bei Florine gab, ihr Glück und ihren Erfolg erklärt hatte, schloß sie mit den Worten: „Machen Sie es doch genau so, meine Damen!" – was man im Gedächtnis behielt...

In dieser Periode ließ Frau Schontz die Rennpferde verkaufen, wobei sie von Erwägungen ausging, die sie ohne Zweifel dem kritischen Geiste Claude Vignons, einem Freunde ihres Hauses, zu verdanken hatte:

„Ich würde noch begreifen," meinte sie eines Abends, nachdem sie die Pferde eine Zeitlang mit dem ihr eigenen Witz gepeitscht hatte, „wenn sich Fürsten und reiche Leute die Roßarzneikunde angelegen sein ließen, um dem Wohl der Heimat, nicht aber der kindischen Befriedigung ihrer Spielereitelkeit zu dienen. Wenn ihr auf euren Gütern Gestüte halten, wenn ihr tausend Pferde aufzuchten würdet, wenn jeder die besten Pferde seines Stalles laufen ließe, und wenn alle Gestüte von Frankreich und Navarra jährlich bei glänzenden Festen in Wettstreit träten – das wäre herrlich und groß. Aber ihr kauft Pferde und schindet sie wie ein Theaterdirektor seine Künstler, und entwürdigt eine gute Einrichtung, bis sie nur mehr eine Spielerei wird. Ihr habt eine Rennbörse, wie ihr eine Rentenbörse habt. Das ist eurer unwürdig! Setzt man sechzigtausend Franken aufs Spiel, damit man hernach in den Zeitungen lesen darf: ‚Herrn Marquis de Rochefides „Lélila" schlug des Herzogs von Rhétoré „Fleur de Genêt" um eine Länge?...' Dann ist es noch besser, man gibt dieses Geld den Dichtern. Die verleihen euch wenigstens in Versen und Prosa Unsterblichkeit – wie dem seligen Montyon!"

Der Marquis erkannte notgedrungen die ganze Hohlheit des Turfs, legte die solcherart ersparten sechzigtausend Franken gewinnbringend an, und im nächsten Jahre sagte ihm Frau Schontz:

„Ich koste dich nichts mehr, Arthur!"

Viele reiche Leute beneideten den Marquis damals um Frau Schontz und trachteten, sie ihm auszuspannen. Indes, sie verloren damit, wie der russische Fürst, nur ihre Zeit.

„Höre mich an, mein Lieber," hatte sie vierzehn Tage vorher dem sehr reichgewordenen Finot auseinandergesetzt, „ich bin überzeugt, daß mir Rochefide einen kleinen Seitensprung verziehe, wenn ich mich in irgend jemanden Hals über Kopf verliebte. Aber man gibt einen Marquis mit so guter Kinderstube um einen Parvenü, wie du einer bist, nicht auf! Du würdest mich nicht auf der Höhe erhalten, die ich durch ihn errang. Er machte aus mir halbwegs eine Dame, was dir, selbst wenn du mich heiraten würdest, nicht gelingen könnte."

Dies war das letzte Glied in der starken Kette, mit

der sie den glücklichen Häftling an sich fesselte. Denn sie trug Sorge, daß ihre Worte das Ohr des Abwesenden, für den sie bestimmt waren, auch sicher erreichten.
Die vierte Phase hatte also begonnen – die Phase der „Gewöhnung“, der letzte Sieg des langen Feldzugs, bei dem solcher Art Frauen frohlocken: „Jetzt halte ich ihn!“ – Zu derselben Zeit, da die Herzogin von Grandlieu ihre Pläne schmiedete, kaufte Rochefide auf den Namen des Fräuleins Joséphine Schiltz für die Bagatelle von achtzigtausend Franken ein kleines Palais. Er war nunmehr dahin gekommen, auf seine Geliebte eitel zu sein, nannte sie „Ninon die Zweite“ und feierte auf diese Art ihre strenge Rechtschaffenheit, ihre ausgezeichneten Manieren, ihre Bildung und ihren Geist. Seine Fehler und Vorzüge, seine Neigungen und Unterhaltungen beschränkten sich ganz auf Frau Schontz. Er befand sich in jener Strecke des Lebenswegs, wo ein Mann aus Müdigkeit, Gleichgültigkeit oder Philosophie nicht mehr wechselt und sich entweder an seine Gattin oder an seine Geliebte hält.
Welches Ansehen sich Frau Schontz in fünf Jahren erwarb, läßt sich am einfachsten daraus ermessen, daß man lange Zeit vorgeschlagen sein mußte, ehe man ihr vorgestellt wurde. Langweilige reiche Leute, anrüchige Leute lehnte sie ab. Sie entschlug sich ihrer strengen Grundsätze nur dann, wenn es sich um große Namen der Aristokratie handelte.
„Die haben das Recht, dumm zu sein,“ pflegte sie zu sagen, „weil sie vornehm sind.“
Sie besaß vor der Öffentlichkeit die dreihundert-

tausend Franken, die Rochefide ihr geschenkt hatte und die Gobenheim, ein „ehrlicher Makler" – der einzige, den sie empfing – für sie anlegte. Aber insgeheim spekulierte sie mit einem Vermögen von zweihunderttausend Franken, die sich aus ihren dreijährigen Ersparnissen und den Spekulationsgewinnen aus den in ständiger Bewegung gehaltenen dreihunderttausend Franken zusammensetzten. Denn nach wie vor gab sie immer nur die bekannten dreihunderttausend Franken zu.

„Je mehr Sie verdienen, desto weniger reich werden Sie", sagte ihr Gobenheim eines Tages.

„Das Wasser ist so teuer", gab sie zur Antwort.

Der unbekannte Schatz vermehrte sich um Juwelen, um Diamanten, die Aurélie einen Monat trug und dann verkaufte, und um Beträge, die sie gelegentlich zur Zahlung längst beglichener Rechnungen erhielt. Sagte man ihr, daß sie reich sei, so antwortete sie, daß dreihunderttausend Franken bei dem Zinsfuß der Rente nur zwölftausend Franken im Jahre einbrächten und daß sie ihr Vermögen in der schwersten Zeit ihres Lebens, in der Zeit ihrer Liebe zu Lousteau, verbraucht habe.

Dieses Verhalten ließ auf einen wohldurchdachten Plan schließen, und Frau Schontz hatte in der Tat einen Plan. Seit zwei Jahren schon war sie auf Frau Bruel eifersüchtig: Ihr schnitt der Ehrgeiz ins Herz, standesamtlich und kirchlich getraut zu sein. Jede gesellschaftliche Stellung hat ihre verbotene Frucht – irgendeine Kleinigkeit, die mit der Sehnsucht wächst und allmählich schwerer wiegt als die ganze Welt. Dieser Ehrgeiz verband sich notwendigerweise mit dem Ehrgeiz nach einem zweiten Arthur, den keine Spionage entdecken konnte. Bixiou vermutete den Bevorzugten in dem Maler Léon de Lora, und der Maler sah ihn in Bixiou, der über vierzig war und an seine Zukunft denken mußte. Ein anderer Verdacht richtete sich auf Victor de Vernisset, einen jungen Dichter aus der Schule des Canalis, dessen Leidenschaft für Frau Schontz bis zum Delirium ging; und der Dichter wiederum beschuldigte Stidmann, einen Bildhauer, sein glücklicher Nebenbuhler zu sein. Dieser Künstler, ein sehr hübscher Junge, wollte das Werk Benvenuto Cellinis wieder aufleben lassen und arbeitete für mehrere Juweliere, Goldschmiede und Bronzewarenhändler. Claude Vignon, der junge Graf la Palférine, Gobenheim, Vermanton, ein zynischer Philosoph, und andere Freunde des amüsanten Salons wurden der Reihe nach verdächtigt und unschuldig befunden. Niemand durchschaute Frau Schontz, nicht einmal Rochefide, der vermutete, daß sie für den jungen, geistreichen la Palférine eine Schwäche hätte. Sie war tugendhaft aus Berechnung und dachte nur an eine gute Heirat.

Man traf bei Frau Schontz nur einen einzigen Mann zweifelhaften Rufs – Couture, der die Börsenspieler schon mehr als einmal in Angst und Schrecken versetzt hatte. Aber Couture gehörte zu den ältesten Freunden Aurélies, und sie blieb ihm treu. Der blinde Lärm des Jahres 1840 verschlang die letzten Vermögensreste dieses Spekulanten, der auf die Fähigkeit des Märzministeriums gebaut hatte. Frau Schontz erkannte damals schon sein Pech und ließ Rochefide, wie man sah, in entgegengesetztem Sinne spielen. Couture war glücklich, daß er bei Frau Schontz den Tisch immer für sich gedeckt fand, und daß ihm Finot, dieser geschickteste oder, wenn man will, glücklichste aller Emporkömmlinge, von Zeit zu Zeit einen Tausendfrankenschein schenkte. Aber er allein war berechnend genug, Frau Schontz seinen Namen anzutragen. Sie studierte ihn. Sie wollte wissen, ob der verwegene Spekulant imstande wäre, sich in der Politik einen Weg zu bahnen und ob er Dankbarkeitsgefühl genug besäße, sie nicht später einmal zu verlassen. Couture, ein Mann von etwa dreiundvierzig Jahren, stammte ohne Zweifel aus gutem Hause, aber er war sehr verbraucht und sprach nur selten von den Schöpfern seiner Tage. Frau Schontz klagte über die Seltenheit fähiger Männer, als ihr Couture eines Tages selbst einen Provinzler vorstellte, der ihren sehnsüchtigen Wünschen vollauf zu entsprechen schien.

Eine kurze Skizze dieser Person ist gleichbedeutend mit der eines großen Teiles der modernen Jugend und paßt daher in den Rahmen dieser Erzählung.

Fabien du Ronceret war der Sohn des im Jahre 1837 verstorbenen Kammerpräsidenten am königlichen Hofe in Caën. Im darauffolgenden Jahre nahm er seinen Abschied als Richter und verließ die Stadt Alençon, wo ihn sein Vater, wie er zu sagen pflegte, gegen seinen Willen gezwungen hatte, auf dem Richterstuhle die Zeit totzuschlagen. Er kam nach Paris und wollte Aufsehen erregen, um sich einen Weg zu bahnen – ein schwer durchführbarer, echt normannischer Gedanke. Denn er verfügte nur über eine Rente von achttausend Franken, da seine Mutter, die in Alençon ein sehr ansehnliches Gut besaß, noch lebte. Der junge Mann hatte sich auf mehreren Reisen nach Paris schon früher als Seiltänzer versucht und den Riesenschwindel der angeblichen sozialen Versöhnung des Jahres 1830 bald durchschaut. Er hoffte daher auf seine Kosten zu kommen, wenn er dem Beispiele der Schlauberger des Bürgertums folgte. Dies fordert einen schnellen Rundblick auf eine der Wirkungen der sozialen Neuordnung.

Die entschieden übertriebene moderne Gleichheit entwickelte im Privatleben, auf einer zum politischen Leben parallelen Linie, notwendigerweise den Hochmut, die Eigenliebe, die Eitelkeit – die drei großen Abteilungen des sozialen „Ich". Die Dummen wollen als Kluge, die Klugen als Talente gelten, die Talente als Genies behandelt werden. Und was die Genies betrifft, so sind sie vernünftiger: Sie wollen nur Halbgötter sein. Diese heutzutage ganz allgemeine Geistesrichtung bewirkt, daß in der Kammer der Fabrikbesitzer auf den Staatsmann, der Verwaltungsbeamte auf den Dichter eifersüchtig ist, und treibt den Dummen, die Klugen zu verleumden, den Klugen, die Talente zu verleumden, das Talent, alle diejenigen zu verleumden, die es um Daumenbreite überragen, und treibt die Halbgötter, die staatlichen Einrichtungen, den Thron, kurz alles zu bedrohen, was sie nicht bedingungslos anbetet. Sobald eine Nation so unpolitisch ist, die als überlegen anerkannten Gewalten der Gesellschaft niederzuschlagen, öffnet sie die Schleusen der Gefühle kleinlichen Ehrgeizes, dessen geringster noch immer den Vorrang erstrebt. Die Nation hatte in ihrer Aristokratie ein Übel – wie die Demokraten sie nennen –, aber ein ganz bestimmtes und deutlich umgrenztes Übel. Sie tauschte diese eine gegen zehn bewaffnete, einander widerstreitende Aristokratien ein und schuf sich dadurch die schlimmste Lage, die man sich denken kann. Mit der Gleichheit aller proklamierte man auch das Recht auf den Neid. Die Zügellosigkeit der Revolution wird auf das, nur dem Scheine nach, friedliche Reich des Geistes, der Industrie und der Politik übertragen, und es scheint, daß Achtung und Ansehen, die man der Arbeit, dem Talente und Verdiensten zollt, nichts als Privilegien sind, die man ihnen auf Kosten der Masse einräumt. Es dauert nicht mehr lange, und das Agrargesetz, das unsere Felder schützt, wird auf das Feld des Ruhms ausgedehnt. Zu keiner andern Zeit wurde die Auslese der Persönlichkeiten aus kindischeren Beweggründen gefordert. Man versucht sich auszuzeichnen um jeden Preis – sei es durch eine Lächerlichkeit, sei es durch leidenschaftliches Eintreten für die polnische Frage, für das System der Strafgefangenschaft, für die Zukunft entlassener Sträflinge, für die kleinen Übeltäter unter oder über zwölf Jahren, für soziales Elend jeder Art. Diese verschiedenen Manien schaffen ganz überflüssige und übel angebrachte Ehrenämter, Präsidenten, Vizepräsidenten, Sekretäre von Gesellschaften, deren Anzahl in Paris allein die Zahl der sozialen Fragen, die man lösen will, ganz beträchtlich übersteigt. Man hat die eine große Gesellschaft demoliert, um nach dem Vorbild der Dahingegangenen tausend kleine Gesellschaften zu errichten. Wird in diesen Schmarotzerwesen nicht die Zersetzung deutlich offenbar? Ist es nicht wie das Kribbeln der Würmer im Leichnam? Alle diese Gesellschaften sind Töchter ein und derselben Mutter: der Eitelkeit. Wie ganz anders gehen christliche Nächstenliebe und wahre Wohltätigkeit vor! Sie studieren das Übel an den Wunden, indem sie diese heilen, und erörtern nicht die Grundlagen der Ansteckung in endlosen Sitzungen aus bloßer Schwatzsucht. –

Fabien du Ronceret war zwar kein besonders kluger Kopf, aber er erkannte mit der dem Normannen eigentümlichen Habgier, welchen Vorteil er aus diesem öffentlichen Laster ziehen könne. Jede Epoche hat ihren besonderen Charakter, und geschickte Leute beuten ihn aus. Fabien dachte an nichts anderes, als von sich reden zu machen.

„Mein Lieber," erklärte er vor der Abreise dem König von Alençon, du Busquier, einem Freund seines Vaters, „man muß von sich reden machen, wenn man etwas vorstellen will. Geben Sie acht, in sechs Monaten bin ich berühmter als Sie!"

Auf diese Weise verstand Fabien den Geist seiner Zeit; er beherrschte ihn nicht, er war ihm untertan. Sein erster Weg führte ihn in die Bohême – diesem weiten Bezirk der geistigen Topographie von Paris –, wo er wegen seines ziemlich verschwenderischen Auftretens unter dem Namen „der Erbe" bekannt wurde. Ein Zufall führte ihn mit Couture zusammen. Diesen hatte in der Zeit seines Eintagsreichtums für die schöne Cadine, eine der jungen Schauspielerinnen, der man für kleinste Nebenrollen größte Begabung zusprach, eine törichte Leidenschaft ergriffen, und er hatte ihr in der Rue Blanche ein entzückendes Gartenhäuschen eingerichtet. Du Ronceret war froh, den Luxus, den er ersehnte, fix und fertig vorzufinden, und kaufte seinem neuen Freunde Couture alles ab: das Haus, die Einrichtung, ein türkisches Lusthaus, wo man rauchte, und eine schlichte, mit indischen Matten ausgelegte und mit irdenen Töpfen geschmückte Holzgalerie, die gestattete, den Kiosk auch bei Regen zu erreichen. Beglückwünschte man „den Erben“ zu seiner Wohnung, so nannte er sie mit selbstgefälliger Bescheidenheit „seine Höhle“. Der Provinzler hütete sich, zu erwähnen, daß der Architekt Grindot hier sein ganzes Wissen und Können entfaltet hatte und daß die Skulpturen von Stidmann, die Malereien von Léon de Lora stammten. Denn sein Hauptfehler war die Eigenliebe, die in dem Verlangen, größer zu erscheinen, bis zur Lüge ging. Er ergänzte diese Herrlichkeiten durch ein längs der Mauer gegen Süden gelegenes Treibhaus. Dies geschah nicht etwa, weil er Blumen liebte, sondern weil er durch seine Blumenzucht die öffentliche Meinung für sich gewinnen wollte. In diesem Augenblick hatte er sein Ziel beinahe erreicht. Er war zum Vizepräsidenten irgendeiner Gartengesellschaft ernannt worden, die unter dem Präsidium des Herzogs von Vissembourg, dem Bruder des Prinzen von Chiavari und jüngstem Sohne des verstorbenen Marschalls Vernon, stand; und man hatte seinen Vizepräsidentenfrack anläßlich einer Blumenausstellung mit dem Kreuz der Ehrenlegion geschmückt, weil seine Eröffnungsrede, die er um fünfhundert Franken bei Lousteau gekauft hatte, von ihm dreist als eigenes Gewächs ausgegeben worden war, und weil er behauptete, eine Blume in seinem Treibhaus selbst gezüchtet zu haben, die ihm der alte Blondet aus Alençon, der Vater von Emile Blondet, gutmütig geschenkt hatte.

Indes, dieser Erfolg war dem Erben noch zu wenig. Er wollte als geistreicher Mann gelten und sich mit berühmten Leuten verbinden, um deren Ruhm zurückzustrahlen – ein Plan, dessen Ausführung um so schwieriger war, da er ihm nur ein Einkommen von achttausend Franken als Grundlage geben konnte. Vergeblich hatte er sich der Reihe nach an Bixiou, Stidmann, Léon de Lora gewandt, um bei Frau Schontz vorgestellt und in ihre Menagerie verschiedenartiger Salonlöwen aufgenommen zu werden. Dann zahlte er so oft das Diner für Couture, bis dieser seiner Freundin Schontz klar und deutlich bewies, daß sie ein solches Original unbedingt erwerben müsse – sei es auch nur, um einen jener eleganten, unbezahlten Diener aus ihm zu machen, die solche Dienste versehen, zu denen man bezahlte nicht verwenden kann.

In drei Abenden hatte Frau Schontz den Normannen durchschaut, und sie sagte sich:

„Wenn mir Couture nicht passen sollte, bin ich sicher, mir den da zu satteln. Jetzt steht also meine Zukunft auf zwei Beinen." –

Dieser Dummkopf, über den sich alle Welt lustig machte, war also der Ausgezeichnete – aber in einer Absicht ausgezeichnet, die diese Auszeichnung zur Beleidigung verwandelte. Wider alle Erwartung entging diese Wahl, wegen ihrer inneren Unwahrscheinlichkeit, allen Vermutungen. Frau Schontz berauschte Fabien mit lächelnden Blicken, die sie ihm zuwarf, ohne daß es jemand bemerkte, mit kleinen Szenen, die sie ihm an der Türschwelle vorspielte, wenn sie ihn als letzten Gast dahin begleitete. Oft nahm sie ihn als dritten mit, wenn sie und der Marquis in die Oper oder zu einer Premiere gingen. Sie rechtfertigte sich dann wohl auch vor ihrem Arthur und sagte ihm, daß Fabien ihr diesen und jenen Dienst geleistet habe und sie nicht wisse, wie sie sich revanchieren solle. Männer haben einen törichten Stolz mit den Frauen gemein: Sie wollen bedingungslos geliebt werden. Von allen schmeichelhaften Gefühlen schätzt der Mann keines höher ein als die Leidenschaft einer Frau Schontz, die ihn zum Gegenstand einer sogenannten Herzensliebe (zum Unterschied von jeder andern Liebe) erwählt. Eine Frau wie die Schontz, die sich als Grandedame aufspielte, mußte Fabien bei ihrem großen inneren Wert mit Stolz erfüllen. Er verliebte sich derart in sie, daß er nie anders als mit Lackschuhen, strohgelben Handschuhen, gesticktem Hemd und Jabot, den verschiedensten Westen – kurz, mit allen äußeren Merkmalen einer anbetenden Verehrung vor ihr erschien.

Einen Monat vor der Unterredung der Herzogin von Grandlieu mit ihrem Beichtvater hatte Frau Schontz dem Normannen das Geheimnis ihrer Geburt und ihres Namens anvertraut. Fabien begriff den Zweck dieser Enthüllung nicht. Vierzehn Tage nachher rief Frau Schontz, erstaunt über diesen offensichtlichen Mangel an Intelligenz:

„Mein Gott, bin ich albern! Er glaubt, ich liebe ihn um seiner selbst willen!"

Und sie führte den „Erben" in ihrer Kalesche – denn seit einem Jahre besaß sie eine kleine Kalesche und einen niedrigen Wagen mit zwei schönen Pferden – nach dem Bois de Boulogne.

Bei diesem öffentlichen Tête-à-tête stellte sie die Schicksalsfrage und erklärte, daß sie heiraten wolle.

„Ich besitze siebenhunderttausend Franken," sagte

sie, „und ich gestehe Ihnen, daß ich meine gegenwärtige Lage aufgebe, wenn ich einen ehrgeizigen Mann treffe, der meinen Charakter versteht. Denn wissen Sie, was mein Traum wäre? Ich möchte eine gute Bürgersfrau werden, in eine anständige Familie hineinkommen und Mann und Kinder glücklich machen!"

Der Normanne hätte sich sehr gerne von Frau Schontz „auszeichnen" lassen. Aber sie heiraten? Solche Torheit bedurfte bei einem Mann von achtunddreißig Jahren, den die Revolution zum Richter erhoben hatte, einer längeren Überlegung. Als Frau Schontz sah, daß er zögerte, wurde der Erbe die Zielscheibe ihrer Geistesblitze, ihrer Scherze, ihrer Verachtung. Sie wandte sich Couture zu, den sie ihre Kasse wittern ließ, und binnen acht Tagen bot ihr der Spekulant seine Hand, sein Herz, seine Zukunft – drei Dinge von gleichem Wert.

So standen die Dinge bei Frau Schontz, als die Herzogin von Grandlieu anfing, Leben und Sitten der Béatrix aus der Rue Saint-Georges zu erkunden.

Nach dem Rat des Abbé Brossette bat die Herzogin den Marquis d'Ajuda, ihr den König der politischen Strauchritter zuzuführen, den berühmten Grafen Maxime de Trailles, den Erzherzog der Bohême, den Jüngsten der Jungen, wenn er auch fünfzig Jahre zählte. Marquis d'Ajuda verabredete sich mit Maxime in dem Klub der Rue de Beaune zum Diner und schlug ihm vor, bei dem Herzog von Grandlieu, der sich mit einem guten Tropfen die Zeit bis zum Diner vertrieb, eine Whistpartie zu dritt zu machen. Obgleich der Schwiegersohn des Herzogs von Grandlieu und Vetter der Herzogin wohl berechtigt war, ihn in einem Salon vorzustellen, den er noch mit keinem Fuße betreten hatte, täuschte sich Maxime de Trailles keineswegs über die Tragweite einer solcherart ergangenen Einladung. Er ahnte sofort, daß der Herzog oder die Herzogin seiner bedurften. Dieses Klubleben, wo man mit Leuten Karten spielt, die man bei sich gar nicht empfängt, ist nicht einer der unwesentlichsten Züge unserer Zeiten.

Der Herzog von Grandlieu erwies dem Grafen Maxime die Ehre, ihn leidend zu empfangen. Nach fünfzehn Spielen brach der Herzog die Whistpartie ab, zog sich zurück und ließ Maxime mit seiner Gemahlin und dem Marquis d'Ajuda allein. Die Herzogin erzählte dem Grafen unter dem Beistand ihres Vetters ihr Vorhaben und bat ihn, unter dem Anscheine, als erbäte sie nur seinen Rat, um seine Unterstützung. Maxime hörte bis ans Ende zu, ohne sich zu äußern, und wartete ab, bis ihn die Herzogin unverblümt um seine Mitarbeit anging.

„Ich habe alles verstanden, Durchlaucht," sagte er dann und warf den beiden einen jener schlauen, tiefen, arglistigen, umfassenden Blicke zu, durch den solche großen Wüstlinge ihr Gegenüber bloßzustellen wissen; „d'Ajuda wird Ihnen bestätigen, was ich hier sage: Wenn überhaupt in Paris jemand imstande ist, diesen Doppelhandel durchzuführen, ohne Sie hineinzuziehen, so bin ich es. Es wird sogar niemand erfahren, daß ich heute bei Ihnen war. Nur wollen wir uns zunächst über die Vorfragen einigen: Was gedachten Sie zu opfern?"

„Alles, was nötig sein wird!"

„Gut, Durchlaucht. Als Lohn für meine Dienste werden Sie mir also die Ehre erweisen, die Gräfin Maxime de Trailles zu empfangen und zu protegieren ..."

„Wie, du bist verheiratet?" rief d'Ajuda erstaunt.

„Ich heirate in vierzehn Tagen die Erbin einer sehr reichen aber außerordentlich bürgerlichen Familie – ein Opfer, das ich der öffentlichen Meinung bringe. Ich mache mir die Grundsätze meiner Regierung zu eigen! Ich will in eine neue Haut hineinschlüpfen. Die Frau Herzogin wird ohne weiteres begreifen, von welcher Bedeutung die Aufnahme meiner zukünftigen Frau bei ihr und in ihrer Familie für mich ist. Ich habe die Gewißheit, Deputierter zu werden, da mein Schwiegervater zurücktreten will, und habe außerdem begründete Aussicht auf einen, meinem künftigen Vermögen entsprechenden Diplomatenposten. Auch sehe ich nicht ein, warum in einem Kreise, wo die Damen de l'Estorade, du Guénic, d'Ajuda, de Restaud, de la Bastie, de Maufrigneuse, de Rastignac, de Vandenesse glänzen, meine Frau nicht ebensogut empfangen werden sollte wie die Vicomtesse de Portenduère? Meine Frau ist hübsch, und ich stehe Ihnen dafür ein, daß sie sich tadellos benimmt! ... Sind Sie einverstanden, Durchlaucht? ... Sie sind fromm, ich weiß, daß Ihnen ein Versprechen heilig ist, und wenn Sie ja sagen, wird ein solches Versprechen zu dem Wandel meiner Lebensführung sehr viel beitragen. Und Sie tun damit wiederum ein gutes Werk! ... Lange genug galt ich als König der Missetäter; aber ich will ein Ende machen. Schließlich führen wir doch einen feuerspeienden, mit grünen Schuppen und roten Krallen bewehrten, goldenen Drachen auf blauem Schild im Wappen, seitdem Franz der Erste es für notwendig hielt, den Kammerdiener Ludwigs des Elften zu adeln; und Katharina von Medici erhob uns in den Grafenstand."

„Ich werde Ihre Frau empfangen und in die Gesellschaft einführen", versprach die Herzogin feierlich. „Auch will ich dafür sorgen, daß meine Angehörigen ihr nicht den Rücken zeigen. Ich gebe Ihnen mein Wort darauf!"

„Ach, Durchlaucht," rief Maxime sichtlich ergriffen, „wenn auch Seine Durchlaucht geruhte, mich mit einiger Güte zu behandeln, so verspreche ich Ihnen, Ihren Plan zum Erfolg zu führen, ohne daß er für Sie besonders kostspielig wird! . . . Aber," setzte er nach einer Weile hinzu, „aber Sie müssen es auf sich nehmen, alle meine Weisungen zu befolgen. Es ist meine allerletzte Intrige als Junggeselle, und sie muß um so geschickter eingefädelt werden, als es sich um ein gutes Werk handelt", schloß er lächelnd.

„Ihre Weisungen befolgen?" versetzte die Herzogin ängstlich, „soll ich denn persönlich eingreifen?"

„Oh, Durchlaucht, ich werde Sie durchaus nicht bloßstellen!" entgegnete der Graf, „und ich schätze Sie zu hoch, um irgendwelche Sicherheiten zu fordern. Es handelt sich nur darum, daß meine Ratschläge befolgt werden. So zum Beispiel muß Baron du Guénic für zwei Jahre aus Paris verschwinden. Mag ihm Ihre Tochter die Schweiz, Deutschland, Italien zeigen . . ."

„Ah," rief die Herzogin überrascht, die sich unwillkürlich an die klugen Worte des Abbé Brossette erinnerte, „Sie hegen die gleichen Befürchtungen wie mein Beichtvater."

Maxime de Trailles und d'Ajuda konnten sich angesichts dieser Eintracht zwischen Himmel und Hölle eines Lächelns nicht erwehren.

„... Damit die Marquise de Rochefide meinen Schwiegersohn nicht mehr wiedersieht," fuhr sie fort, „wollen wir alle zusammen auf Reisen gehen: Juste mit Athénais, Calyste mit Sabine, und ich. Clotilde bleibt bei ihrem Vater ..."

„Frohlocken wir nicht zu früh, Durchlaucht," meinte Maxime, „ich vermute, daß noch ganz enorme Schwierigkeiten vor uns stehen, wenn ich auch überzeugt bin, daß wir sie überwinden werden. Ihre Achtung, Ihre Gunst sind ein so hoher Preis, daß ich es gern auf mich nehme, im Schmutz zu waten, aber ..."

„Im Schmutz zu waten?" wiederholte sie mit einer Miene, die ebensoviel Erstaunen wie Abscheu ausdrückte.

„Auch Sie werden sich damit besudeln, Durchlaucht," fuhr dieser moderne Räuberhauptmann fort, „da ich Ihr Bevollmächtigter bin! Ja, wissen Sie denn nicht, wie weit die Verblendung Ihres Schwiegersohnes durch die Marquise gediehen ist? .. Ich erfuhr es von Nathan und Canalis, zwischen denen sie schwankte, als sich Calyste in den Rachen dieser Löwin stürzte! Béatrix wußte den biederen Bretonen zu überzeugen, daß sie stets nur ihn allein geliebt habe, daß sie tugendhaft sei, daß sie Conti nur mit ihrem Kopfe geliebt und daß ihr Herz und alles andere nur geringen Anteil an dieser Liebe gehabt habe. Kurz, es habe sich bei Conti nur um eine musikalische Liebe gehandelt. Und was Rochefide anbelangt, so sei dies Pflicht gewesen. Auf diese Weise, Sie verstehen, ist Béatrix noch Jungfrau. Und sie beweist es ganz gut dadurch, daß sie sich ihres Sohnes nicht mehr entsinnt. Seit einem Jahre tut sie nicht einen Schritt mehr, ihn zu sehen! Tatsächlich hat der junge Marquis, der fast zwölf Jahre zählt, in Frau Schontz eine zweite Mutter gefunden; und sie ist es um so besser, als Mutterschaft bekanntlich die höchste Leidenschaft derartiger Frauen ist. Baron du Guénic ließe sich für Béatrix in Stücke hacken und würde für Béatrix auch seine Frau in Stücke hacken! Und da halten Sie es für so leicht, einen Mann von seinem frommen Wahn zu heilen? ... Aber, Durchlaucht, der Jago Shakespeares würde in diesem Falle alle seine Taschentücher umsonst verlieren! ... Othello, Orosmane, Saint-Preux, René, Werther und andere Verliebte stehen zu Unrecht in dem Rufe, die Liebe zu repräsentieren: Aber ihre Väter besaßen Glatteisherzen und wußten nicht, was bedingungslose Liebe ist. Höchstens Molière hatte eine leise Ahnung davon. Die Liebe, Durchlaucht, besteht nicht darin, eine edle Frau, eine Clarisse, zu lieben – weiß Gott, das ist nicht schwer! ... Liebe heißt, sich sagen: ‚Die ich liebe, ist eine Elende, sie betrügt mich und wird mich immer betrügen, sie ist ein sittenloses, mit allen Salben geschmiertes Weib', und dennoch ihr nachlaufen, das Blau des Äthers, die Blumen des Paradieses in ihr finden! Sehen Sie, so liebte Molière, und so lieben wir, wir Bösewichte! Denn ich, ich weine bei der großen Szene von Arnolphe! ... Und so liebt auch Ihr Schwiegersohn die Marquise! ... Ich werde Mühe haben, Rochefide von Frau Schontz zu trennen; aber Frau Schontz wird ohne Zweifel dafür zu haben sein – ich werde ihr auf den Zahn fühlen! ... Bei Calyste und Béatrix aber bedarf es wuchtiger

Keulenschläge, eines unerhörten Verrats, einer so erbärmlichen, so niedrigen Schändlichkeit, daß Ihre tugendhafte Vorstellungskraft gar nicht so tief hinabsinken kann; zum mindesten müßte Ihnen Ihr Beichtvater die Hand dazu reichen... Sie haben Unmögliches verlangt und sollen treu bedient werden!... Und obwohl ich meinerseits Himmel und Hölle in Bewegung setzen will, kann ich Ihnen nicht unbedingten Erfolg versprechen. Ich kenne Verliebte, die selbst vor den schrecklichsten Enttäuschungen nicht zurückweichen. Sie sind zu tugendhaft, als daß Sie wüßten, welche Macht solche Frauen besitzen, die keine sind..."

„Fangen Sie mit diesen Schändlichkeiten nicht an, bevor ich meinen Beichtvater um Rat befragte, damit ich weiß, wieweit ich Ihr Mithelfer sein darf!" versetzte die Herzogin mit einer kindlichen Harmlosigkeit, die offenbarte, wieviel Egoismus in der Frömmigkeit stecken kann.

„Du wirst von nichts erfahren, liebe Schwiegermutter", beruhigte sie d'Ajuda.

Während die beiden Herren auf der Terrasse warteten, bis der Wagen vorfuhr, sagte d'Ajuda:

„Sie haben der guten Herzogin recht bange gemacht."

„Aber sie ahnt gar nicht, welche Schwierigkeiten sie mir aufbürdet!... Fahren wir in den Jockeiklub? Rochefide muß mich morgen bei der Schontz zum Essen einladen. Noch heute nacht will ich mir meinen Plan zurechtlegen und überlegen, welche Figuren ich für meine Schachpartie wähle und welche Züge sie auf meinem Schachbrett machen sollen. In ihrer Glanzzeit wollte mich Béatrix nicht empfangen. Ich werde jetzt meine Rechnung mit ihr begleichen und Ihre Schwägerin so grausam rächen, daß sie sich vielleicht zu sehr gerächt findet ...“

Tags darauf teilte Rochefide der Schontz mit, daß Maxime de Trailles bei ihnen essen werde. Dies war gleichbedeutend mit der Aufforderung, für diesen abgetakelten Kenner, den alle Frauen von der Art der Schontz ungemein fürchteten, ihren ganzen Luxus zu entfalten und das erlesenste Diner zusammenzustellen. Um diese Persönlichkeit würdig zu empfangen, dachte sie nicht allein an ihre Kleidung, nein, das ganze Haus wurde sorgfältig instand gesetzt.

In Paris gibt es fast ebensoviel Königswürden wie Künste, Wissenschaften, andere geistige Gebiete und Handwerke. Der Stärkste von denen, der sie ausübt, besitzt eine ihm allein eigentümliche Majestät; er wird von seinesgleichen geschätzt und geachtet, denn diese kennen alle Schwierigkeiten seines Metiers und bewundern nur den, der sie zu überwinden weiß. Maxime de Trailles war in den Augen der „Ratten“ und Kurtisanen ein überaus mächtiger und fähiger Mann, denn er hatte es verstanden, sich ungeheuerlich lieben zu lassen. Alle Leute, die wissen, wie schwer es ist, in Paris mit seinen Gläubigern in gutem Einvernehmen zu leben, bewunderten ihn. Kurz, er hatte, was Eleganz, Anstand und Geist anbelangt, keinen andern Rivalen als den berühmten de Marsay, der ihn mitunter zu politischen Missionen verwendet hatte. Daraus erklärt sich nicht nur sein Empfang bei der Herzogin und sein Ansehen bei Frau Schontz, sondern auch das Gewicht seines Wortes in einer Unterredung, die er auf dem Boulevard des Italiens mit einem jungen Manne zu haben hoffte – einem Manne, der schon berühmt war, obzwar er erst vor kurzem in der Pariser Bohême Eingang gefunden hatte.

Als Maxime de Trailles am nächsten Morgen erwachte, meldete man ihm Finot, den er tags vorher gebeten hatte, ihn zu besuchen. Er bat ihn, die Herren Couture und Lousteau scheinbar zufällig zu einem Frühstück ins Café Anglais einzuladen und sich dabei mit ihnen soviel als möglich über die Schontz zu unterhalten. Finot, der sich dem Grafen de Trailles gegenüber in einer ähnlichen Lage befand wie ein Leutnant gegenüber einem Marschall von Frankreich, konnte ihm nichts abschlagen. Es war zu gefährlich, diesen Löwen zu reizen. Als daher Maxime in der Mittagsstunde das Café Anglais betrat, sah er Finot mit den beiden Freunden bereits an einem Tische sitzen. Er ließ sich an einem andern Tische in ihrer unmittelbaren Nähe nieder und vernahm jedes Wort ihrer Unterhaltung. Finot und Lousteau (der keine Ahnung hatte, wie trefflich er seinen Freund Finot unterstützte) lenkten das Gespräch immer wieder auf Frau Schontz, und so erfuhr der Graf aus dem Munde Coutures alles, was er über Aurélie wissen wollte.

Gegen ein Uhr plauderte de Trailles mit Du Tillet auf der Terrasse Tortonis, wo die Börsenspekulanten, gewissermaßen als Vorwort zur großen, eine kleine Börse abhalten. Er kaute an seinem Zahnstocher und schien an Geschäfte zu denken. In Wirklichkeit aber wartete er voll Ungeduld auf den jungen Grafen la Palférine, der um diese Stunde dort vorüberzugehen pflegte. Der Boulevard des Ita-

liens ist heutzutage das, was 1650 der Pont-Neuf war: Alle Bekannten kommen wenigstens einmal im Tage dort durch. In der Tat ließ Maxime schon nach zehn Minuten den Arm Du Tillets los und winkte dem Fürsten der Bohême lächelnd zu:
„Auf ein Wort, lieber Graf!"
Die beiden Rivalen – der eine ein sinkender Stern, der andere eine aufgehende Sonne, setzten sich auf vier Stühle vor das Café de Paris. Maxime wählte seinen Platz vorsorglich in größerer Entfernung von einigen ältlichen Männern, die um ein Uhr mittags aus Gewohnheit Spalier bilden, um ihre rheumatischen Beschwerden zu sonnen. Er hatte seine guten Gründe, sich vor diesen Greisen zu hüten...
„Haben Sie Schulden?" fragte Maxime den jungen Grafen.
„Wäre ich würdig, Ihr Nachfolger zu sein, wenn ich keine hätte?" entgegnete la Palférine.
„Wenn ich eine solche Frage an Sie stelle, so ziehe ich die Tatsache an sich von vornherein nicht in Zweifel", versetzte Maxime. „Ich möchte lediglich wissen, ob die Gesamtsumme ansehnlich ist. Hat sie fünf oder sechs?"
„Sechs – was?"
„Sechs Stellen! Ich meine, ob Sie fünfzig- oder hunderttausend Franken schulden? Ich hatte sechshunderttausend Franken Schulden."
La Palférine lüftete ebenso ehrfurchtsvoll wie spöttisch seinen Hut.
„Hätte ich den Kredit, hunderttausend Franken zu leihen," gab er zur Antwort, „dann vergäße ich meine Gläubiger, verbrächte mein Leben in Venedig und sähe mir am Tage die Meisterwerke der

Malerei, am Abend die Theater und in der Nacht die schönen Frauen an."

„Und wenn Sie einmal in meine Jahre kommen?"

„So weit käme ich nicht."

Maxime vergalt die Höflichkeit seines jungen Rivalen und lüftete mit komischer Feierlichkeit den Hut.

„Das ist auch eine Art, das Leben aufzufassen", bemerkte er in einem nur unter Kennern üblichen Ton. „Sie schulden also ...?"

„Oh -- eine Kleinigkeit, die nicht würdig ist, daß man sie seinem Onkel gesteht. Hätte ich einen, er enterbte mich wegen einer so armseligen Ziffer... Sechstausend Franken!"

„Sechstausend behindern mehr als hunderttausend", sagte Maxime großspurig. „Hören Sie, la Palférine, Sie haben Kühnheit und Geist – Sie haben sogar mehr Geist als Kühnheit. Sie können es noch weit bringen, können vielleicht Politiker werden. Sehen Sie, von allen, die sich auf meine Laufbahn stürzten und mich zu verdrängen suchten, sind Sie der einzige, der mir gefällt."

La Palférine errötete, so sehr schmeichelte ihn das mit anmutiger Biederkeit enthüllte Geständnis des Königs der Pariser Abenteurer. Diese Regung der Eigenliebe enthielt jedoch zugleich auch eine Feststellung seiner Unterlegenheit, die ihn verletzte. Schon wollte er zum Gegenangriff schreiten, da sorgte aber Maxime, der dies voraussah, alsogleich fur ein Heilmittel, indem er sich der Verschwiegenheit des jungen Grafen anvertraute.

„Ich beabsichtige, mich durch eine gute Heirat aus dem olympischen Zirkus zurückzuziehen", fuhr er fort. „Wollen Sie etwas für mich tun, so kann ich viel für Sie tun!"

„Sie machen mich stolz, Sie wollen offenbar die Fabel von der Ratte und dem Löwen in die Tat umsetzen?"

„Zunächst will ich Ihnen zwanzigtausend Franken leihen!" versetzte Maxime, ohne auf diese Anspielung einzugehen.

„Zwanzigtausend Franken?... Ich wußte ja, man braucht nur auf den Boulevard zu gehen, um..." bemerkte la Palférine, als spräche er zu sich.

„Man muß Ihnen einen gewissen Anstrich geben, mein Lieber", erklärte Maxime lächelnd. „Stellen Sie sich nicht auf zwei, stellen Sie sich auf sechs Beine! Machen Sie es wie ich: Ich bin von meinem Tilbury nie abgestiegen..."

„Ja aber... dann wird wohl Ihr Verlangen meine Kräfte übersteigen?"

„Nein, es handelt sich nur darum, daß ein Weib Sie binnen vierzehn Tagen lieben muß."

„Eine Dirne?"

„Warum?"

„Das wäre unmöglich; wenn es sich jedoch um eine sehr elegante, sehr geistreiche Dame handelt..."

„Es ist eine sehr berühmte Marquise!"

„Sie wollen wohl Ihre Briefe wieder haben?" riet der junge Graf.

„Ach, du brichst mir das Herz!" rief Maxime aus. „Nein, darum handelt es sich nicht."

„Man muß sie also lieben?"

„Ja, in realem Sinne lieben..."

„Wenn Sie von mir erwarten, daß ich das Gebiet der Ästhetik verlassen soll, dann sage ich Ihnen gleich jetzt, daß mir das ganz unmöglich ist. Sehen Sie, im Umgang mit Frauen bin ich von einer gewissen Rechtschaffenheit: Wir dürfen sie rädern, aber nicht...“

„Ah, man hat mich also nicht getäuscht!“ rief Maxime. „Glaubst du denn, ich gäbe mich zu Schandtaten her, die man im Zwei-Sous-Bazar des Lebens findet? ... Nein, du mußt zu ihr gehen, mußt blenden, mußt siegen! ... Freundchen, ich gebe dir heute abend zwanzigtausend Franken und zehn Tage Zeit, zu siegen. Auf Wiedersehen bei Frau Schontz, heute abend!“

„Ich esse bei ihr.“

„Gut“, meinte Maxime. „Sollten Sie später meiner bedürfen, lieber Graf, so werden Sie mich jederzeit finden“, sprach er im Ton eines Königs, der sich verpflichtet, anstatt bloß zu versprechen.

„Die arme Frau hat Ihnen wohl viel Übles zugefügt?“ fragte la Palférine.

„Versuche nicht, die Sonde in mein Herz zu senken, Kleiner! Ich sage dir nur eins: Solltest du Erfolg haben, dann findest du so mächtige Gönner, daß du dich in eine schöne Ehe zurückziehen kannst, wenn dich einmal dein Zigeunerleben langweilt.“

„Gibt es denn einen Augenblick, in dem es langweilig wird, sich zu amüsieren?“ fragte la Palférine. „Ist es nicht herrlich, nichts zu sein, zu leben wie der Vogel in den Lüften, in Paris wie ein Wilder zu jagen und über alles zu lachen?“

„Alles ermüdet auf die Dauer, selbst die Hölle“, meinte Maxime lachend. „Auf Wiedersehen also, heute abend!“

Die beiden Wüstlinge, der junge und der alte,

erhoben sich. Als Maxime sein einspänniges Schnekkenhaus bestieg, sagte er sich:
„Frau d'Espard kann Béatrix nicht ausstehen; sie wird mir sicher helfen ... Zum Palais Grandlieu!" rief er seinem Kutscher laut zu, als er Rastignac vorbeigehen sah. Wo fände man einen großen Mann, der ganz ohne Schwäche ist ...!
Maxime fand die Herzogin mit ihren Töchtern Sabine und Clotilde in Tränen aufgelöst.
„Was ist denn geschehen?" fragte er die Herzogin.
„Calyste ist heute nacht nicht nach Hause gekommen. Es ist das erstemal, die arme Sabine ist ganz verzweifelt."
„Durchlaucht," versetzte Maxime, während er die fromme Frau in eine Fensternische zog, „im Namen Gottes, der uns dereinst richten wird, beschwöre ich Sie, über meine Dienste strengstes Stillschweigen zu wahren. Verlangen Sie es auch von d'Ajuda! Denn erführe Calyste von unserem Komplott, so käme es zu einem Duell auf Leben und Tod ... Als ich Ihnen sagte, daß diese Angelegenheit für Sie nicht allzu kostspielig sein würde, meinte ich damit, daß Sie keine wahnsinnigen Beträge zu opfern hätten. Ich brauche nur ungefähr zwanzigtausend Franken. Alles andere geht mich an. Man wird überdies noch ein paar wichtige Stellungen vergeben müssen, vielleicht eine Generalsteuerkasse."
Sie gingen wieder zu den beiden Töchtern der Herzogin, und Sabine enthüllte neue Tatsachen aus ihrem Eheleben, die noch trauriger waren als jene, die ihr junges Glück zertrümmert hatten.
„Beruhige dich nur, liebes Kind," tröstete die

besorgte Mutter, „Béatrix soll dein Leid und deine Tränen teuer genug bezahlen. Die Faust des Teufels wird auf ihr lasten, und für jede Demütigung, die sie dir bereitete, soll sie ihrer zehn empfangen!"

Frau Schontz benachrichtigte Claude Vignon, der bereits mehrfach den Wunsch geäußert hatte, Maxime de Trailles persönlich kennenzulernen. Außerdem lud sie Couture, Fabien du Ronceret, Bixiou, Léon de Lora, la Palférine und Nathan ein. Aurélie hatte auf diese Weise neun Gäste, die mit Ausnahme Fabiens von gleicher Bedeutung waren. Aber die normannische Eitelkeit und der brutale Ehrgeiz des „Erben" standen auf gleicher Höhe wie die literarische Macht Vignons, die Dichtkunst Nathans, die Verschlagenheit des Grafen la Palférine, der Scharfblick Coutures für Finanzoperationen, der Geist Bixious, die Berechnung Finots, die Tiefe Maximes und das Genie des Malers Léon de Lora.

Frau Schontz, die Wert darauf legte, jung und schön zu erscheinen, war mit einer Toilette gewappnet, für die nur Frauen ihrer Art Verständnis besitzen. Sie trug ein blaues Samtkleid, dessen Taille mit Opalen zugeknöpft war, einen großen Kragen aus spinnwebenfeinen Guipürespitzen und einen Kopfputz aus Bändern, die wie Ebenholz glänzten. Aurélie verdankte ihren Ruf als schöne Frau der Frische ihres Teints, der weiß und warm war wie der Teint der Kreolinnen, einem geistvollen Antlitz, festen und klar umrissenen Zügen – ein Typ, der lange Zeit hindurch in der Gräfin Merlin seine berühmteste Vertreterin hatte und Südländerinnen vielleicht überhaupt eigentümlich ist. Unglücklicherweise neigte die kleine Aurélie zur Fettleibigkeit, seitdem ihr Dasein ruhig und glücklich verlief. Hals und Schultern, einst von berückender Rundung, begannen sich zu verfetten. Man ergötzt sich in Frankreich ja hauptsächlich an den Köpfen der Frauen, so daß ein schöner Kopf allein den entstellten Körper noch lange am Leben erhält.

„Mein liebes Kind," sagte Maxime de Trailles, als er Frau Schontz mit einem Kuß auf die Stirne begrüßt hatte, „Rochefide wollte mich Ihre Wohnung sehen lassen, die ich noch nicht kannte. Aber wahrhaftig, sie steht beinahe im Einklang mit seinen vierhunderttausend Franken Rente! ... Nun, als er Sie kennenlernte, hatte er mindestens fünfzigtausend weniger. In kaum fünf Jahren haben Sie ihm das verdient, was eine Antonia, eine Malaga, eine Cadine, eine Florentine und andere verbraucht hätten!"

„Ich bin keine Dirne, ich bin eine Künstlerin", versetzte die Schontz mit einer gewissen Würde. „Und ich hoffe, mein Dasein – wie es in der Komödie heißt – als Mutter achtbarer Leute zu beschließen!"

„Es ist zum Verzweifeln, wir heiraten alle!" seufzte Maxime und warf sich in den Lehnstuhl, der am Kamin stand. „Ich stehe auch am Vorabend der Feier, durch die ein Weib zur Gräfin de Trailles wird."

„Ah, die möchte ich gerne sehen!" rief Aurélie; „aber gestatten Sie mir, Ihnen Herrn Claude Vignon vorzustellen: Herr Claude Vignon – Graf de Trailles!"

„Ach, Sie waren es, der Camille Maupin, den Gastwirt der Literatur, in ein Kloster gehen ließ? – Nach Ihnen – Gott! ... Solche Ehre ward mir nie zuteil! Fräulein des Touches hat Sie behandelt, als seien Sie Ludwig der Vierzehnte ..."

„Ei, so schreibt man Geschichte!" bemerkte Vignon. „Wissen Sie nicht, daß sie ihr Vermögen verwendete, um die Güter des Barons du Guénic freizukaufen? ... Wenn sie wüßte, daß Calyste ihrer Exfreundin angehört ... (Maxime stieß den Kritiker mit dem Fuß und wies auf Rochefide) ... ich glaube, sie ginge aus dem Kloster wieder fort und entrisse ihr ihn."

„Meiner Treu, lieber Rochefide," sagte Maxime, da er sah, daß sich Vignon durch sein Warnungssignal nicht aufhalten ließ, „ich an deiner Stelle gäbe meiner Frau ihr Vermögen zurück, damit die Leute nicht glauben, sie habe es nötig, an Calyste zu hängen."

„Maxime hat recht", meinte Frau Schontz und sah Arthur an, der bis an die Haarwurzel errötete.

„Wenn ich deine Jahreseinkünfte um einige tausend Franken vermehrte, so könntest du sie nicht besser verwenden! Ich hätte dann das Glück der Frau u n d des Gatten begründet – zwei Fliegen auf einen Schlag!"

„Daran habe ich nie gedacht," antwortete der Marquis; „aber man soll in erster Linie Edelmann und dann erst Ehemann sein."

„Ich werde dir schon sagen, wann es Zeit ist, den Großmütigen zu spielen!" sagte Maxime.

„Arthur, Maxime hat recht", wiederholte Aurélie. „Siehst du, mein Guter," fuhr sie fort und beobachtete dabei im Spiegel, ob jemand käme, „mit unserer Großmut ist es wie mit Coutures Aktien: Man muß den richtigen Zeitpunkt treffen.“

Unmittelbar darauf traten Couture und Finot ein, und nach einer Weile saßen alle Gäste in dem schönen, blau-goldenen Salon des Palais Schontz – so nannten die Künstler das Haus, seitdem es Rochefide für „Ninon die Zweite“ erworben hatte. Graf la Palférine erschien als letzter. Als Maxime seiner ansichtig wurde, ging er auf ihn zu, zog ihn in eine Fensternische und überreichte ihm zwanzig Banknoten.

„Vor allem, Kleiner, spare nicht damit!“ bemerkte er dabei mit der allen Bösewichten eigentümlichen Anmut.

„Niemand weiß den Wert eines Geschenks auf so schöne Art zu verdoppeln wie Sie!“ versetzte la Palférine.

„Bist du entschlossen?“

„Da ich angenommen habe...!“ gab der junge Graf mit stolzem Spott zur Antwort.

„Nathan, den du dort siehst, wird dich also in zwei Tagen der Marquise de Rochefide vorstellen“, flüsterte er ihm ins Ohr.

La Palférine zuckte zusammen, als er diesen Namen vernahm.

„Vergiß nicht, dir einzureden, daß du wahnsinnig in sie verliebt bist, und um keinen Verdacht zu erregen, trinke Wein, trinke Liköre, trinke, soviel du verträgst! Ich werde Aurélie bitten, daß sie dich neben Nathan setze. Nur eins noch, Kleiner: Wir müssen uns jetzt täglich um ein Uhr nachts auf dem Boulevard de la Madelaine treffen, damit du mir über deine Fortschritte berichtest und ich dir Verhaltungsmaßregeln gebe.“

„Man wird zur Stelle sein, Meister!“ antwortete der junge Graf mit einer Verneigung.
Sie trennten sich, und Maxime trat auf Aurélie zu.
„Warum lädst du uns zusammen mit einem Narren ein, der wie ein Oberkellner angezogen ist?“ fragte er sie leise und wies dabei auf Fabien.
„Du kennst den ‚Erben‘ nicht? Fabien du Ronceret aus Alençon.“
Sie machte die beiden miteinander bekannt.
„Sie dürften meinen Freund d'Esgrignon kennen, mein Herr?“ sagte Maxime.
„Es ist lange her, daß Victurnien mich nicht mehr kennt,“ entgegnete Fabien, „aber in unserer ersten Jugend waren wir eng befreundet.“ –
Das Diner war eins von denen, wie sie nur in Paris und nur von großen Verschwenderinnen gegeben werden, denn ihre Erlesenheit überrascht auch Leute, die nur selten zufriedenzustellen sind. Paganini behauptete bei einer ähnlichen Gelegenheit als Gast einer ebenso reichen und schönen Kurtisane, er habe bei keinem Herrscher solche Speisen gegessen, bei keinem Fürsten solche Weine getrunken und nirgends eine so geistreiche Unterhaltung gehört, einen so koketten Luxus gesehen. Gegen zehn Uhr ging Frau Schontz mit Maxime wieder in den Salon und ließ ihre Gäste im Speisesaal zurück, wo sie sich gegenseitig ihrer Vorzüge rühmten, einander Zoten erzählten und ihre klebrigen Lippen an Likörgläsern netzten, ohne sie noch leeren zu können.
„Ja, Kleine,“ begann Maxime, „du hast dich nicht getäuscht, ich komme wegen deiner schönen Augen. Es handelt sich um ein großes Geschäft. Du mußt dich von Arthur trennen. Aber ich nehme es auf

mich, daß er dir zweihunderttausend Franken dafür anbietet."

„Warum soll ich mich denn von dem armen Manne trennen?"

„Damit du den Dummkopf heiraten kannst, der eigens zu diesem Zweck aus Alençon hergekommen ist! Er war früher dort Richter, und ich werde ihn an Stelle des zweiundachtzig Jahre alten Blondet zum Gerichtspräsidenten ernennen lassen. Und wenn du deine Barke richtig zu steuern weißt, wird dein Gatte Deputierter. Ihr werdet hochangesehene Persönlichkeiten, und du kannst sogar die Gräfin du Bruel ausstechen..."

„Niemals," warf die Schontz ein, „sie ist Gräfin!"

„Hat er das Zeug, Graf zu werden?"

„Oho, er hat ein Wappen!" widersprach sie und holte aus einem in der Kaminnische hängenden, prächtigen Körbchen einen Brief hervor. „Was bedeutet das? Es sind wohl Kämme?"

„Laß sehen! – Ein silbernes Feld mit drei roten Kämmen, dazwischen drei Weintrauben mit purpurnen Stengeln und grünen Blättern, ferner ein blaues Feld mit vier goldenen Federn, endlich die Devise: ‚Dienen' und den Helm des Schildknappen... Das ist nichts Besonderes! Die Familie wurde unter Ludwig dem Fünfzehnten geadelt. Irgendein Großvater war Krämer, die mütterliche Linie kam durch den Weinbau zu Wohlstand, und der Ronceret, der geadelt wurde, dürfte Gerichtsschreiber gewesen sein... Wenn es dir aber gelingt, von Arthur loszukommen, werden die Ronceret mindestens Barone, ich verspreche es dir, mein Liebchen!... Weißt du, mein Kind, soll die Frau Schontz in der Frau Gerichtspräsidentin begraben werden, so mußt du dich fünf, sechs Jahre in der Provinz einpökeln lassen! ... Der Dummkopf warf dir schon Blicke zu, deren Zweck mir vollkommen klar ist ... Du hast ihn in der Hand ..."

„O nein," entgegnete Aurélie, „als ich ihm meine Hand anbot, blieb er lustlos wie die Spiritusaktien im letzten Kurszettel."

„Ich bringe ihn schon noch dazu, sich zu entschließen, wenn er nur erst betrunken ist ... Sieh nach, was deine Gäste machen!"

„Ach, es steht nicht dafür, zu ihnen zu gehen! ... Bixiou erzählt seine Witze, und niemand hört ihm zu. Aber, ich kenne ja meinen Arthur! Er hält es für seine Pflicht, gegen Bixiou höflich zu sein. Er schläft zwar mit offenen Augen, aber – er hört, was gesprochen wird."

„Wollen wir gehen?"

„Ja, was ich noch sagen wollte: In wessen Interesse arbeite ich denn, Maxime?" fragte Frau Schontz plötzlich.

„In dem Interesse der Marquise de Rochefide", gab er zur Antwort. „Es ist ausgeschlossen, sie mit Arthur zu versöhnen, solange du ihn hältst. Sie soll wieder Herrin ihres Hauses sein und über ein Jahreseinkommen von vierhunderttausend Franken verfügen."

„Und da will sie mich mit zweihunderttausend Franken abfinden? ... Ich verlange dreihunderttausend, da es sich um sie handelt! ... Wie, ich kümmere mich um ihren Bengel und um ihren Gatten, ersetze sie in jeder Beziehung, und da will sie mit mir knausern? Siehst du, dann hätte ich eine Million, und wenn du mir dazu noch das Gerichtspräsidium von Alençon versprichst, könnte ich mich als Baronin du Ronceret schon sehen lassen ..."

„Das wird gehen", meinte Maxime.

„Wie man sich da langweilen wird, in dieser kleinen Stadt!" rief Aurélie philosophisch aus. „Val-Noble und d'Esgrignon erzählten mir so viel über das Leben in der Provinz, daß ich manchmal glaube, ich hätte schon einmal dort gelebt."

„Und wenn ich dir den Beistand des Adels verspreche ..."

„Ach Maxime, das ist alles recht schön und gut... aber der Täuberich verschmäht die Flügel..."

„Dabei ist er häßlich wie eine Eule. Er hat Borsten statt Koteletten, und sieht aus wie ein Schmutzfink, trotz seinen Raubvogelaugen. Das wird der schönste Präsident der Welt! Sei ruhig! In zehn Minuten singt er dir die Gnadenarie Isabellas aus der Oper ‚Robert der Teufel': ‚Ich knie zu deinen Füßen...' Aber dafür schickst du Arthur zu Béatrix – dort soll er um Gnade flehen!"

„Es wird schwer fallen; aber nach mehrfacher Wiederholung dürfte es gelingen..."

Gegen halb elf Uhr kamen die Gäste in den Salon, um den Kaffee einzunehmen. Unter solchen Umständen läßt sich die Wirkung einer Unterredung ermessen, die zwischen Maxime und Couture in einer Nische geführt, aber von Fabien vernommen wurde.

„Wenn Sie klug sind, mein Lieber, so nehmen Sie die Stelle eines Generalsteuereinnehmers in einem entlegenen Departement an, die Ihnen die Marquise de Rochefide verschaffen will. Heiraten Sie Frau Schontz und vereinbaren Sie Gütertrennung, so daß Sie Aurélies Million als Kaution erlegen können. Wenn Sie Ihr Schiff richtig steuern, werden Sie Deputierter. Als Prämie für Ihre Rettung verlange ich nichts weiter, als daß Sie mir Ihre Stimme für die Kammer geben."

„Es wird mir stets zum Stolz gereichen, einer Ihrer Mannen zu sein!"

„Sie haben noch Glück gehabt, mein Lieber. Bedenken Sie, daß sich Aurélie in diesen ehrgeizigen Normannen aus Alençon verliebt hatte. Sie verlangte, daß man ihn zum Gerichtspräsidenten seiner Vaterstadt ernenne und ihm die Baronie und das Offizierskreuz der Ehrenlegion verleihe. Dieser Idiot hat keine Ahnung von dem Wert der Schontz, und Sie verdanken Ihr Glück nur ihrem Ärger. Lassen Sie also der klugen Frau nicht Zeit zum Nachdenken! Was mich betrifft, so will ich die Eisen ins Feuer legen!"

Als sie sich trennten, war Couture überglücklich. Maxime wandte sich an la Palférine:

„Soll ich dich mit mir nehmen, mein Junge?..."

Um elf Uhr saß Aurélie mit Couture, Fabien und Rochefide beisammen. Arthur war in seinem Lehnstuhl eingeschlafen, und die beiden andern versuchten vergeblich, einander heimzuschicken. Frau Schontz beendigte diesen Kampf, indem sie Couture mit einem fragenden „Auf morgen, mein Lieber..." verabschiedete, das er sich zu seinen Gunsten auslegte.

„Sie dürfen nicht glauben," flüsterte Fabien ihr zu, „daß ich nur im geringsten schwankte, als Sie mich unlängst bei ihrem versteckten Anerbieten so nachdenklich sahen! Aber Sie kennen meine Mutter nicht, niemals würde sie in mein Glück einwilligen..."

„Sie sind großjährig, mein Lieber", antwortete sie grob. „Aber wenn Sie sich vor Ihrer Mama fürchten, so sind Sie nicht mein Fall."

„Joséphine!" sagte der Erbe zärtlich und legte dabei den rechten Arm verwegen um ihre Taille, „ich dachte, Sie liebten mich?"

„Na, und?"

„Vielleicht könnte man meine Mutter beruhigen und mehr erlangen als ihre Zustimmung."

„Ja, wie denn?"

„Wenn Sie Ihren Einfluß aufwenden würden..."

„... Um dich zum Baron, zum Offizier der Ehrenlegion, zum Gerichtspräsidenten zu machen, nicht wahr, Kindchen! ... Hör' mal, ich habe in meinem Leben schon so viel fertiggebracht, daß ich auch der Tugend fähig bin! Ich kann sogar eine brave, anständige Frau werden und meinen Gatten sehr weit vorwärtsbringen. Dafür aber will ich von ihm geliebt werden, ohne daß sich jemals ein Blick, ein Gedanke, ja nicht einmal eine Absicht von meinem Herzen abwende... Könntest du das? ... Binde dich nicht vorschnell, es handelt sich um dein ganzes Leben, Kleiner!"

„Bei einer Frau, wie Sie es sind, schlage ich blindlings ein", erwiderte Fabien, den ihr Blick mindestens so berauscht hatte wie der Jamaikarum.

„Du sollst dieses Wort niemals zu bereuen haben, mein Liebchen, du wirst Pair von Frankreich! ... Und was den armen Alten anbelangt," schloß sie mit einem Seitenblick auf den schlafenden Marquis, „so ist's von heut' an damit Schluß, weil's ja doch mal aus sein muß!"

Das war so hübsch, so gut gesagt, daß Fabiens Doppelrausch der Liebe und des Weins dem des Glücks und des Ehrgeizes wich. Von Zorn und Freude erfüllt, zog er Frau Schontz an sich und gab ihr einen zärtlichen Kuß.

„Trachte, mein liebes Kind," fuhr sie fort, „dich deiner künftigen Frau gegenüber richtig zu benehmen. Spiele nicht den Verliebten und überlasse es mir, auf passende Weise aus meinem Sündenpfuhl herauszukommen. Und Couture, der sich schon als reicher Generalsteuereinnehmer sieht . . .!"

„Der Mensch ist mir unausstehlich," unterbrach sie Fabien, „ich möchte ihn nicht mehr sehen."

„Ich werde ihn nicht mehr empfangen", antwortete die Kurtisane mit prüder Miene. „Jetzt, da wir einig sind, lieber Fabien, geh nach Hause, es ist schon ein Uhr!"

Dieser kleine Auftritt war in der bis dahin restlos glücklich verlaufenen Ehe zwischen Aurélie und Arthur der Ursprung eines häuslichen Krieges, der an jedem Herde durch ein Sonderinteresse eines der beiden Ehegatten bedingt wird.

Am nächsten Morgen erwachte Arthur allein. Aurélie war kalt zu ihm, wie nur solche Frauen kalt zu sein verstehen.

„Was ist denn in dieser Nacht geschehen?" fragte er sie beim Frühstück.

„Das ist schon einmal so in Paris", antwortete sie, „man schläft bei strömendem Regen ein, und wenn man aufwacht, ist das Pflaster trocken und staubig! Willst du eine Bürste?"

„Aber was hast du denn, liebe Kleine?"

„Geh du nur zu deiner häßlichen Frau . . .!"

„Zu meiner Frau?" rief der arme Marquis.

„Meinst du, ich wisse nicht, warum du Maxime zu

mir brachtest? ... Du willst dich mit Béatrix aussöhnen, die dich vermutlich wegen eines unbequemen Bengels braucht ... Und ich, die du mich für so schlau hältst, ich selbst rate dir, ihr Vermögen zurückzugeben! ... Oh, ich durchschaue deinen Plan! Nach fünf Jahren ist der Herr Marquis meiner überdrüssig. Ich bin etwas mollig, Béatrix ist spindeldürr – das gibt Abwechslung. Du bist nicht der erste Skelettliebhaber, den ich kenne! Außerdem zieht sich deine Béatrix gut an, und du gehörst zu den Männern, die sich in Kleiderständer verlieben. Auch willst du den Baron du Guénic ausstechen. Das ist ein Triumph! ... Das wird dir gut stehen. Und sprechen wird man davon! ... Du wirst ein Held!"

Frau Schontz hatte den Strom ihrer Spottreden trotz Arthurs Protesten noch um zwei Uhr nachmittags nicht aufgehalten. Sie behauptete, sie sei zum Diner eingeladen. Sie zwang „ihren Ungetreuen", in der Oper auf ihre Gesellschaft zu verzichten, weil sie zu einer Premiere in die Ambigu-Comique gehen wolle, um die entzückende Frau de la Baudraye, die Geliebte Lousteaus, kennenzulernen. Zum Beweis seiner ewigen Zuneigung für Aurélie und seiner Abneigung gegen Béatrix schlug Arthur vor, auf der Stelle mit ihr nach Italien zu reisen und, je nach Aurélies Wahl, in Rom, Florenz oder Neapel wie Mann und Frau mit ihr zu leben. Außerdem bot er ihr sechzigtausend Franken Rente als Geschenk an.

„Was soll das Jammern", versetzte sie. „All das wird dich nicht hindern, dich mit deiner Frau auszusöhnen, und du tust gut daran."

Nach dieser furchtbaren Redeschlacht trennten sie

sich. Arthur ging in den Klub, um dort zu essen und zu spielen; Aurélie blieb zu Hause, um sich umzuziehen und den Abend im Tête-à-tête mit Fabien zu verbringen.

Rochefide traf den Grafen de Trailles im Klub und klagte ihm sein Leid. Man habe seinem Herzen ein Glück entrissen, das mit allen Wurzeln darin haftete. Maxime hörte dem Marquis zu, wie alle höflichen Leute: Er dachte an andere Dinge.

„In solchen Angelegenheiten bin ich ein guter Ratgeber, lieber Freund", antwortete er endlich; „du darfst Aurélie nicht zeigen, daß sie dir teuer ist. Laß mich dich Frau Antonia vorstellen. Ihr Herz ist zu vermieten. Du wirst sehen, wie klein die Schontz wird – so klein!... Die Schontz ist siebenunddreißig, Antonia kaum sechsundzwanzig! Und was für eine Frau!... Die hat nur im Kopfe keinen Geist!... Übrigens ist sie meine Schülerin! Wenn die Schontz auf einmal bockbeinig wird, weißt du, was das bedeuten soll?"

„Nein, wirklich nicht!"

„Daß sie sich möglicherweise verheiraten will. Und in diesem Falle wird nichts sie hindern, dich zu verlassen. Schließlich, nach sechsjährigem Mietvertrag hat diese Frau ja auch ein Recht darauf... Aber wenn du auf mich hören willst, so gibt es etwas Besseres. Deine Frau ist heute tausendmal mehr wert als alle Antonien und Aurélien des Quartier Saint-Georges zusammengenommen. Sie zu erobern ist schwer, aber nicht unmöglich. Ich bin überzeugt, sie wird dich jetzt glücklich machen wie einen Orgon! Und wenn du nicht albern scheinen willst, mußt du auf alle Fälle heute abend bei Antonia soupieren."

„Nein, ich habe Aurélie zu lieb. Sie soll mir nicht das geringste vorzuwerfen haben."

„Ach, mein Lieber, du machst dir das Leben schwer!" rief Maxime aus.

„Es ist elf Uhr," fuhr Rochefide fort, „sie dürfte aus dem Ambigu schon zurück sein!"

Er verabschiedete sich und befahl seinem Kutscher, in schärfster Gangart nach der Rue de la Bruyère zu fahren.

Frau Schontz hatte genaue Instruktionen erteilt, und Arthur konnte sein Zimmer genau so betreten, als lebte er mit Aurélie im besten Einvernehmen. Nur sorgte sie dafür, daß sich, als er eintrat, die Tür ihres Ankleidezimmers ziemlich geräuschvoll schloß – wie sich eben Türen schließen, wenn Frauen überrascht werden. Ferner wurde zu Beginn ihres darauffolgenden Wortwechsels der auf dem Klavier absichtlich liegengelassene Hut Fabiens von dem Stubenmädchen möglichst ungeschickt fortgeräumt.

„Du warst nicht im Ambigu, mein Kleinchen?"

„Nein, mein Lieber, ich bin davon abgekommen. Ich machte Musik."

„Wer besuchte dich denn?" fragte er gutmütig, als er den Hut wegtragen sah.

„Aber niemand!"

Bei dieser dreisten Lüge senkte Arthur die Stirn; er duckte sich unter das kaudinische Joch der Nachgiebigkeit. Nur wahre Liebe kennt solche erhabene Feigheit. Arthur verhielt sich gegen Aurélie, wie sich Sabine gegen Calyste, wie sich Calyste gegen Béatrix verhielt.

Im Verlauf der nächsten acht Tage vollzog sich bei dem jungen, geistreichen, schönen Charles-Edouard,

Grafen Rusticoli de la Palférine die Metamorphose aus der Larve in den Schmetterling. Bisher hatte er elend gelebt und mit Dantonscher Verwegenheit ein Defizit seiner Lebensführung auf das andere gehäuft. Jetzt aber bezahlte er alle seine Schulden, kaufte sich, dem Rate Maximes folgend, einen modernen niedrigen Wagen, man nahm ihn im Jockeiklub und im Klub der Rue de Grammont als Mitglied auf – kurz, er wurde überaus elegant. Außerdem veröffentlichte er im Journal des Débats eine Novelle, die ihm in wenigen Tagen zu einem Rufe verhalf, wie ihn Berufsschriftsteller auch nach arbeits- und erfolgreichen Jahren nicht erringen; denn in Paris wirkt nichts so gewaltig wie Eintagserscheinungen. Nathan, der sicher war, daß der Graf nichts anderes mehr veröffentlichen werde, spendete diesem ebenso anmutigen wie unverschämten Manne so viel Lob, daß Béatrix, durch diese Erzählungen des großen Dichters aufgestachelt, das Verlangen äußerte, den jungen König der Landstreicher des guten Tons bei sich zu sehen.

„Er wird um so glücklicher sein, hierherzukommen," antwortete Nathan, „als ich weiß, daß er wahnsinnig in Sie verliebt ist und für Sie jede Torheit begehen würde."

„Man sagt, er habe schon alle begangen."

„Alle? Nein, er beging noch nicht die, eine anständige Frau zu lieben." –

Einige Tage nach dem von Maxime auf dem Boulevard des Italiens angezettelten Komplott machte der entzückende Graf Charles-Edouard, den die Natur wie zum Hohne mit einem wunderbar melancholischen Antlitz beschenkt hatte, seinen ersten Überfall auf das trauliche Taubennest in der Rue de Courcelles. Die Marquise hatte für diesen Empfang einen Abend gewählt, an dem Calyste mit seiner Frau in Gesellschaft gehen mußte. Schon bei diesem ersten Besuche errang la Palférine durch seinen strahlenden Geist und seine unerhörte Laune, und nicht zuletzt durch die vortreffliche Unterstützung seines Führers, einen vollen Erfolg. Nathan war ein ausgezeichneter Bundesgenosse. Er ließ den jungen Grafen glänzen, wie ein Juwelier die Brillanten funkeln läßt, wenn er ein Schmuckstück verkaufen will. La Palférine zog sich bescheiden als erster zurück und ließ die Marquise, im Vertrauen auf Nathans Mitarbeit, mit dem berühmten Schriftsteller allein.

Als Nathan sah, daß Béatrix wie betäubt war, legte er Feuer in ihr Herz und erregte durch abgebrochene Sätze eine so fieberhafte Neugier, daß sie sich gar nicht wiedererkannte. Er ließ durchblicken, daß die Erfolge des Grafen bei Frauen nicht so sehr auf dessen Geist, sondern mehr noch auf seine Überlegenheit in der Kunst, zu lieben, zurückzuführen seien, und erhöhte ihn und seine Erfolge über alle Maßen.

Hier ist der richtige Platz, eine Wirkung des großen Gesetzes der Gegensätze zu erwähnen, das viele Krisen des Menschenherzens bestimmt und soviel Verschrobenheiten erklärt, daß man sich seiner ebenso erinnern sollte wie des Gesetzes der Gleichartigkeiten.

Die Kurtisanen – um mit diesem einen Worte das ganze weibliche Geschlecht zu umfassen, das jedes Vierteljahrhundert mit einem neuen Namen tauft – bewahren alle eine am Grund ihres Herzens blühende Sehnsucht, die Freiheit wiederzuerlangen und ein Wesen, dem sie alles opfern, heilig, keusch und edel zu lieben. Und sie empfinden dieses gegensätzliche Bedürfnis mit einer solchen Heftigkeit, daß man nur selten einer dieser Frauen begegnet, die nicht durch Liebe zur Tugend zu gelangen hoffen. Sie lassen sich dabei auch durch die grausamsten Enttäuschungen nicht entmutigen. Frauen hingegen, die in Wohlstand leben und, durch ihre Erziehung, ihre gesellschaftliche Stellung, den Adel ihrer Familie gefesselt, eine Tugendaureole tragen, werden – wohlverstanden insgeheim – gegen die tropischen Regionen der Liebe hingerissen. Diese beiden, einander so entgegengesetzten Frauennaturen tragen also im Grunde ihres Herzens eine stille Sehnsucht – die eine nach Tugend, die andere nach Ausschweifung –, die aufzudecken Jean-Jacques Rousseau als erster den Mut besaß. Bei der einen ist es der letzte Widerschein des noch nicht völlig erloschenen göttlichen Lichtstrahls; bei der andern ein Rest des Staubes, aus dem wir geboren sind.

Nathan verstand es mit außerordentlicher Geschicklichkeit, diese letzte Kralle der Bestie zu reizen, dieses Teufelshaar herauszureißen. Die Marquise fragte sich ernstlich, ob sie bis heute ihr Kopf nicht zum Narren gehalten hatte, ob ihre Erziehung vollkommen war. Das Laster ...? Vielleicht ist es die Sehnsucht, alles zu wissen. –

Am nächsten Morgen erschien Calyste der Marquise als das, was er war: ein rechtschaffener, vollendeter Edelmann, jedoch ohne jeden Schwung und Geist. In Paris muß ein Mann, der als geistreich gelten will, soviel Geist haben wie ein Springbrunnen Wasser; denn Leute von Welt, und die Pariser im allgemeinen, sind geistreich. Aber Calystens Liebe war zu groß; sie lenkte ihn zu sehr ab, als daß er Béatrixens Wandlung bemerkt und ihr durch Erschließung neuer Hilfsquellen entsprochen hätte. Im Vergleich zu dem Feuer des Vorabends verblaßte er und gab der Ausgehungerten nicht die geringste Anregung. Große Liebe ist ein offener Kredit an eine so gefräßige Macht, daß immer, manchmal früher, manchmal später, der Bankrott eintritt. Trotz den Mühen dieses Tages (des Tages, an dem sich eine Frau in Gesellschaft ihres Verehrers langweilt), zitterte Béatrix bei dem Gedanken, daß es zwischen la Palférine, dem Nachfolger des Grafen Maxime de Trailles, und Calyste, dem Schlichten, Mutigen, zu einem Zusammenstoß kommen könne. Noch schwankte sie, ob sie den jungen Grafen wieder empfangen sollte, als eine entscheidende Tat diesen Knoten selbst zerhieb.

Béatrix hatte in der Oper, um nicht gesehen zu werden, eine kleine dunkle Loge abonniert. Seit einigen Tagen begleitete sie Calyste, der immer verwegener wurde, ins Theater, wobei er es, um von niemandem gesehen zu werden, stets so einrichtete, daß sie möglichst spät kamen. Während der Vorstellung hielt er sich ganz im Hintergrund der Loge. Béatrix verließ das Theater jedesmal als eine der ersten, und Calyste folgte ihr von weitem und gab acht auf sie, obgleich sie sich stets von Antoine, ihrem alten Diener, abholen ließ.

Maxime und la Palférine studierten diese Strategie, die sich, abgesehen von der Achtung vor gesellschaftlichem Anstand und einer gewissen, jedem Verliebten eigentümlichen Geheimniskrämerei, bei allen einst hochstehenden Frauen auf die Furcht gründet, durch ihre Liebe noch tiefer zu fallen und ihr Ansehen ganz zu verlieren. Die Demütigung wird dann wie eine Agonie gefürchtet, die entsetzlicher ist als der Tod selbst. Aber diese Agonie des Stolzes, dieser Schimpf, mit dem die in ihrem olympischen Range verbliebenen Frauen ihre gefallenen Mitschwestern bewerfen, vollzog sich für Béatrix infolge der Sorgfalt Maximes unter den grausamsten Bedingungen.

Bei einer Aufführung der „Lucia", die bekanntlich mit einem der schönsten Triumphe Rubinis schließt, hatte sich Antoine bei seiner Herrin nicht rechtzeitig gemeldet, und die Marquise ging durch den Logengang in das Foyer hinunter, wo eine Fülle schöner Frauen in Gruppen standen und warteten, bis ihre Diener meldeten, daß ihr Wagen vorgefahren sei. Sowie Béatrix erschien, richteten sich aller Augen auf sie, und durch die einzelnen Gruppen ging erregtes Flüstern. In einem Augenblick zerstreute sich die Menge, und die Marquise stand allein, wie eine Aussätzige. Calyste, der seine Gattin auf einer der beiden nach den Rängen führenden Treppen stehen sah, getraute sich nicht, der Verfemten Gesellschaft zu leisten, obwohl ihn ihr tränenumflorter Blick wiederholt bat, sich ihrer anzunehmen. Da verließ der elegante, liebenswürdige la Palférine seine beiden Damen und trat mit ritterlichem Gruß auf die Marquise zu, um mit ihr zu plaudern.

„Bitte, nehmen Sie meinen Arm," sagte er leise, „und gehen Sie hocherhobenen Hauptes mit mir fort. Ich werde Ihren Wagen zu finden wissen."

„Wollen Sie den Rest des Abends bei mir verbringen?" fragte sie ihn, als sie in den Wagen stieg

und ihn mit einer Handbewegung einlud, neben ihr Platz zu nehmen.
La Palférine befahl seinem Groom, dem Wagen der Marquise nachzufahren, und setzte sich zur höchsten Verblüffung Calystens, der wie angewurzelt stehen blieb, an ihre Seite. Dem bretonischen Edelmann schien es, als seien seine Beine plötzlich aus Blei. Gerade deshalb, weil Béatrix sah, wie fahl und blaß er war, hatte sie dem jungen Grafen ein Zeichen gegeben, zu ihr in den Wagen zu steigen. Jede Taube ist ein Robespierre mit weißen Federn...
Drei Wagen jagten durch die Straßen und langten mit Blitzesschnelle in der Rue de Courcelles an.
„Ah, Sie sind hier?“ sagte Béatrix erstaunt, als sie, auf den Arm des jungen Grafen gestützt, ihren Salon betrat und Calysten erblickte, dessen schnelles Pferd die beiden andern Wagen überholt hatte.
„Kennen Sie denn diesen Herrn?“ entgegnete Calyste mit kaum verhehlter Wut.
„Graf de la Palférine wurde mir vor zehn Tagen von Nathan vorgestellt,“ antwortete Béatrix kühl, „Sie hingegen kennen mich seit vier Jahren...“
„Und ich bin bereit, Marquise,“ warf Charles-Edouard ein, „Sie an der Marquise d'Espard bis ins siebente Glied zu rächen; denn sie war die erste, die sich von Ihnen zurückgezogen hat...“
„Ah, die also war es!“ rief Béatrix zornfunkelnd, „das soll sie mir büßen!“
„Soll ich Sie rächen, so müssen Sie Ihren Gatten wiedererobern,“ flüsterte er ihr ins Ohr, „indes, es wird mir nicht schwer fallen, Ihnen den Marquis de Rochefide zuzuführen.“
Das auf diese Weise begonnene Gespräch währte

bis zwei Uhr früh, ohne das Calyste, dessen Zorn die Blicke Béatrixens immer wieder beschwichtigten, imstande gewesen wäre, auch nur ein Wort mit ihr allein zu wechseln. La Palférine, der die Marquise keineswegs liebte, war im Vergleich zu Calyste von solcher Überlegenheit des Geschmacks, des Geistes und der Anmut, daß dieser sich auf seinem Stuhle krümmte wie ein entzwei geschnittener Wurm. Mehr als einmal erhob er sich mit der festen Absicht, den jungen Grafen zu ohrfeigen. Als Calyste zum drittenmal aufsprang, um sich auf seinen Rivalen zu stürzen, sagte la Palférine: „Fehlt Ihnen etwas, Baron?" – was Calysten veranlaßte, von ihm abzustehen und für den Rest des Abends zur Bildsäule erstarrt auf seinem Stuhle sitzen zu bleiben. Die Marquise plauderte mit der Ungezwungenheit einer Celimene und tat, als sei Calyste gar nicht da. La Palférine war schlau genug, sich im richtigen Augenblick mit einer ungemein geistreichen Bemerkung zu verabschieden und das Liebespaar in tiefer Verstimmung zurückzulassen.

Die Geschicklichkeit des Grafen de Trailles hatte auf diese Art in den beiden „Ehen" des Marquis und der Marquise de Rochfide das Feuer der Zwietracht entfacht. Tags darauf ging er, da er im Jockeiklub den nächtlichen Erfolg des Grafen de la Palférine erfahren hatte, in das Palais Schontz, um zu sehen, wie Aurélie ihr Schiff steuerte.

„Ich bin mit meinem Latein am Ende, mein Lieber," sagte Frau Schontz lachend, als sie Maxime erblickte, „Rochefide ist unheilbar. Ich beschließe meine galante Laufbahn, da ich erkenne, daß man dabei keinen Geist haben darf."

„Was willst du damit sagen?“

„Lieber Freund, in den ersten acht Tagen habe ich meinen Arthur mit Fußtritten behandelt. Ich war von einer Unausstehlichkeit, die jeden andern zur Verzweiflung getrieben hätte – kurz, ich ersparte ihm nichts von alledem, was wir in unserm Metier als unangenehm kennen. – ‚Du bist krank,‘ sagte er mit väterlicher Sanftmut, ‚denn ich tue dir nur Gutes, und ich liebe dich abgöttisch!‘ – ‚Du hast einen Fehler, mein Lieber,‘ antwortete ich, ‚du langweilst mich!‘ – ‚Schon gut,‘ entgegnete der Arme, ‚aber lade ich nicht immer die geistreichsten und hübschesten jungen Leute von Paris zu deiner Unterhaltung ein?‘ – Da war ich starr. Und in diesem Augenblicke fühlte ich, daß ich ihn liebe.“

„Ah!“ rief Maxime aus.

„Was willst du? Das ist stärker als ich, und da kann man nicht widerstehen. Dann habe ich ein anderes Register gezogen. Mein Zukünftiger, dieses notorische Wildschwein, hatte sich auf einmal in ein Schaf verwandelt, wie Arthur eins ist. Da warf ich ihm herausfordernde Blicke zu und ließ ihn auf Rochefides Weide grasen. Nun, dabei benahm er sich recht albern. Ach, habe ich mich gelangweilt...! Aber, schließlich mußte Fabien doch wenigstens dabei sein, wenn ich mich mit ihm überraschen lassen sollte!“

„Zur Sache“, drängte Maxime. „Was geschah, als dich Rochefide überraschte?“

„Du hast mich mißverstanden, mein Guter! Deinen Weisungen gemäß sind wir aufgeboten, unser Kontrakt ist entworfen, demnach hat Notre-Dame de Lorette nichts mehr auszustellen. Liegt ein Eheversprechen vor, so kann man getrost Handgeld geben... Als mich der arme Arthur mit Fabien überraschte, zog er sich auf den Fußspitzen in das Speisezimmer zurück und hustete laut und rückte geräuschvoll einige Stühle. Der alberne Fabien, dem ich doch nicht alles sagen konnte, bekam sogar Angst dabei... Soweit also sind wir gegenwärtig, lieber Maxime... Ich glaube, wenn Arthur eines Morgens in mein Zimmer käme und fände mich zu zweit, er wäre imstande, zu fragen: ‚Habt ihr die Nacht gut verbracht, Kinder?' "

Maxime lehnte sich zurück und spielte eine Zeitlang mit seinem Spazierstock.

„Ich kenne solche Naturen", sagte er dann. „Weißt du, wie du dich benehmen mußt? Du mußt Arthur durch das Fenster hinauswerfen und die Türen gut verschließen. Es bleibt dir gar nichts anderes übrig. Oder willst du die letzte Szene mit Fabien noch einmal spielen?"

„Eine saure Arbeit! Schließlich hat mir die Ehe doch noch nicht ihre Tugend beschert..."

„Du mußt es einrichten, daß du mit Arthur einen Blick wechselst, wenn er dich überrascht", fuhr Maxime fort. „Beleidigt er dich, so ist alles in Ordnung. Wenn er hingegen wieder nur hustet und die Stühle rückt, dann ist erst recht alles in Ordnung."

„Wieso denn?"

„Nun, dann bist du beleidigt und sagst ihm: ‚Ich dachte, du liebtest und schätztest mich; aber du fühlst gar nichts für mich. Du bist nicht einmal eifersüchtig!' – Du kennst ja den Wortschwall, den man bei derlei Gelegenheiten verwendet! – ‚In diesem Falle hätte Maxime' – du kannst mich ruhig hineinziehen – ‚seinen Nebenbuhler auf der Stelle getötet!' – Und weine dabei! – ‚Und Fabien', – beschäme ihn, indem du ihn mit Fabien vergleichst! – ‚Fabien, mein lieber Fabien zöge seinen Dolch hervor und stieße ihn dir mitten ins Herz! Ach, das nenne ich Liebe! Also leb' wohl, guten Abend, gehe heim, ich heirate Fabien! Er gibt mir seinen Namen! Er wirft sich seiner alten Mutter zu Füßen!' – du mußt..."

„Ich weiß, ich weiß!" unterbrach sie ihn, „oh, ich werde unbezahlbar sein! ... Ach, Maxime, es gibt nur einen Maxime, so wie es nur einen de Marsay gegeben hat!"

„La Palférine ist stärker als ich," antwortete der Graf bescheiden, „er kommt gut vorwärts!"

„Er hat eine gute Zunge, du aber hast eine feste Hand und einen guten Magen! Was hast du alles ertragen, was hast du schon durchgemacht!"

„La Palférine ist mir in allem und jedem überlegen! Er ist gründlich und gebildet, ich hingegen bin ungebildet und oberflächlich! ... Ich habe mit Rastignac gesprochen, der sich auf der Stelle mit dem Großsiegelbewahrer ins Einvernehmen gesetzt hat. Fabien wird nach einem Probejahr zum Präsidenten und zum Offizier der Ehrenlegion ernannt!"

„Und ich werde Betschwester", antwortete Frau Schontz in einem Tone, der verriet, daß sie von Maxime ein Zeichen der Billigung erwartete.

„Die Priester taugen mehr als wir!" versetzte er.

„Ah, wirklich?" rief sie aus. „Ich könnte doch Leute treffen, mit denen man in der Provinz sprechen kann. Ich habe schon angefangen, meine Rolle zu spielen. Fabien hat seiner Mutter erzählt, daß ich von Gottes Gnade erleuchtet bin, und hat die gute Frau mit meiner Million und meiner Präsidentschaft fasziniert. Sie willigt ein, daß wir bei ihr wohnen. Sie sandte mir ihr Bild und bat mich um das meinige. Wenn Amor es sähe, er fiele ... auf den Rücken! ... Nun geh, Maxime! Heute abend will ich meinen armen Arthur hinrichten; es bricht mir das Herz!"

Zwei Tage später stieß Maxime auf der Schwelle des Jockeiklubs mit Charles-Edouard zusammen.

„Erledigt!" sagte la Palférine schlicht.

Dieses Wort, das ein ganzes, entsetzliches Drama in sich schloß, entlockte Maxime ein Lächeln.

„Wir wollen hören, was uns Rochefide vorjammert," versetzte er, „denn Ihr habt das Ziel gleichzeitig erreicht – du und Aurélie! Sie hat ihrem Arthur den Laufpaß gegeben, und man muß nunmehr vernünftig mit ihm reden. Er soll der zukünftigen Frau du Ronceret dreihunderttausend Franken schenken und zu seiner Gattin zurückkehren. Wir wollen ihm beweisen, daß Béatrix der Schontz weit überlegen ist."

„Wir haben etwa zehn Tage vor uns," bemerkte Charles-Edouard, „das ist in Gewissensfragen nicht zuviel! Denn jetzt, da ich die Marquise kenne, wird ihr armer Mann ganz schön betrogen."

„Und was tust du, wenn die Bombe platzt?"

„Man hat immer Geist, wenn man Zeit hat, ihn zu suchen! Gute Vorbereitung ist meine besondere Stärke!"

Die beiden Spieler traten gemeinsam in den Salon und fanden den Marquis de Rochefide um Jahre gealtert. Der sonst so elegante Mann war unrasiert und hatte nicht einmal sein Korsett angelegt.

„Nun, wie geht's, lieber Marquis?" fragte ihn Maxime.
„Ach, mein Lieber, mein ganzes Leben ist vernichtet...", begann Rochefide und klagte zehn Minuten lang.
Maxime hörte mit ernster Miene zu und dachte dabei an seine Hochzeit, die in acht Tagen stattfinden sollte.
„Lieber Arthur, ich riet dir zu dem einzigen mir bekannten Mittel, Aurélie zu halten; du aber hast es nicht gewollt..."
„Welches Mittel?"
„Riet ich dir nicht, bei Antonia zu soupieren?"
„Das ist schon richtig... Aber, was willst du, ich liebe! ... Wenn du liebst, so tust du es so, wie Grisier die Waffen schmiedet."
„Hör mich an, Arthur! Gib ihr dreihunderttausend Franken für ihr kleines Palais, und ich verspreche dir, etwas Besseres für dich zu finden als sie! ... Ich erzähle dir später von der schönen Unbekannten, denn ich sehe eben d'Ajuda, der mit mir sprechen wollte."
Und Maxime ließ den untröstlichen Mann allein, um sich mit dem Vertreter einer zu tröstenden Familie zu unterhalten.
„Mein Lieber," flüsterte ihm Marquis d'Ajuda ins Ohr, „die Herzogin ist in heller Verzweiflung. Calyste hat in aller Heimlichkeit seine Koffer packen und sich einen Paß ausstellen lassen. Sabine will den Entflohenen nachreisen, Béatrix überraschen und sie fassen. Sie ist schwanger, und die ganze Angelegenheit scheint eine recht gefährliche Wendung nehmen zu wollen: Sie hat ganz öffentlich zwei Pistolen gekauft."

„Sage der Herzogin, daß Béatrix nicht abreisen wird und daß in vierzehn Tagen alles erledigt ist. Und jetzt d'Ajuda, gib mir deine Hand: Wir beide haben nichts gewußt und nichts gesagt! Du verstehst mich! Wir wollen die Zufälle des Lebens bewundern ...!"

„Die Herzogin ließ mich schon auf das heilige Evangelium und auf das Kreuz schwören, daß ich schweige!"

„Und du wirst meine Frau heute in einem Monat empfangen?"

„Mit Vergnügen!"

„Es wird demnach jedermann zufrieden sein", antwortete Maxime. „Sage nur noch der Herzogin, daß ihre Reise nach Italien durch einen besonderen Umstand um sechs Wochen hinausgeschoben wird. Es handelt sich um Baron du Guénic. Den Grund erfährst du später."

„Was ist's?" fragte d'Ajuda den Grafen la Palférine.

„Sokrates sagte vor seinem Tode: ‚Wir schulden dem Äskulap einen Hahn!' – Aber Ihr Schwager wird sich mit einem Hahnenkamm ausgleichen", gab la Palférine zur Antwort, ohne eine Miene zu verziehen. –

Zehn Tage hindurch stand Calyste unter dem Einfluß einer Wut, die um so unbezwinglicher war, als eine wahre Leidenschaft ihre Kraft verdoppelte. Béatrix empfand diese Liebe, die Maxime de Trailles der Herzogin von Grandlieu so rücksichtslos aber so getreulich geschildert hatte. Es gibt vielleicht nicht ein wohlorganisiertes Wesen, das diese furchtbare Leidenschaft nicht wenigstens einmal im Leben empfindet. Die Marquise fühlte sich durch eine überlegene Kraft bezähmt – durch einen jungen Mann, dem ihre Vorzüge nicht imponierten, dem ihre stärksten Anstrengungen als Weib kaum ein anerkennendes Lächeln entlockten, der ebenso vornehm war wie sie und sie mit ruhigen, gebieterischen Blicken betrachtete. Und wenn sie der Tyrann verließ, dann zerfloß sie stets in Tränen und fühlte sich verletzt, weil sie glaubte, er täte ihr Unrecht. So spielte Charles-Edouard der Marquise dieselbe Komödie vor, die sie sechs Monate lang Calysten vorgespielt hatte. Seit der öffentlichen Demütigung, die sie in der Oper erfahren hatte, versuchte Calyste umsonst, sie von ihrem Standpunkte abzubringen.

„Sie haben mir Ihre Frau und die Gesellschaft vorgezogen, also lieben Sie mich nicht mehr!" behauptete sie immer wieder. „Wollen Sie mir beweisen, daß Sie mich lieben, so opfern Sie mir Ihre Frau und die Gesellschaft! Verlassen Sie Sabine, und wir ziehen in die Schweiz, nach Italien oder Deutschland!"

Dieses harte Ultimatum zum Vorwand nehmend, verschanzte sie sich hinter kühle Blicke, verächtliche Gesten und die ruhige Gefaßtheit, die eine starke Stellung verleiht. Sie glaubte, sich seiner entledigt zu haben, und dachte, daß er niemals wagen würde, mit den Grandlieus zu brechen. Sabine aufgeben, hieß auf das Vermögen verzichten, das ihr Fräulein des Touches geschenkt hatte, und war gleichbedeutend mit dem nackten Elend. Calyste war aber aus Verzweiflung wahnsinnig geworden. Er hatte sich heimlich einen Paß verschafft und seine Mutter um einen recht ansehnlichen Betrag gebeten. Während er auf diese Geldsendung wartete, überwachte er Béatrix mit der ganzen Wut bretonischer Eifersucht. Endlich – neun Tage nach der verhängnisvollen Mitteilung des Grafen la Palférine im Klub – erhielt Baron du Guénic von seiner Mutter dreißigtausend Franken und stürzte zu Béatrix mit der Absicht, die Blockade zu brechen, la Palférine hinauszuwerfen und mit seinem wiederversöhnten Idol Paris zu verlassen.

Es war eine jener furchtbaren Alternativen, bei denen Frauen, die noch ein wenig Achtung vor sich selbst bewahrt haben, für immer in den Abgrund des Lasters versinken. Bisher hielt sich die Marquise de Rochefide für eine tugendhafte Frau, deren Herz von zwei Leidenschaften befallen war. Aber Charles-Edouard lieben und sich von Calyste lieben lassen – das hieß die Selbstachtung einbüßen: Denn wo die Lüge beginnt, da beginnt die Schande. Sie hatte Calyste gewisse Rechte eingeräumt, und keine Menschenmacht konnte den Bretonen hindern, sich ihr zu Füßen zu werfen und den Saum ihres Gewandes mit Reuetränen zu benetzen. Gar viele Leute erstaunen über die eisige Gefühllosigkeit, mit der die Frauen ihrer Liebe ein Ende bereiten. Aber löschten sie nicht auf diese Art die Vergangenheit aus, so wäre ihr weiteres Leben ohne alle Würde, denn sie könnten den verhängnisvollen Vertraulichkeiten, denen sie sich einmal unterworfen hatten, niemals mehr widerstehen. Béatrix hätte sich aus ihrer völlig neuartigen Situation retten können, wenn la Palférine gekommen wäre. Allein die Geschicklichkeit des alten Antoine wurde ihr zum Verderben. Als sie einen Wagen vor ihrem Hause halten hörte, sagte sie Calyste: „Es kommt Besuch!“ und eilte hinaus, um einen Zusammenstoß zu verhindern. Antoine, der Vorsichtige, meldete dem Grafen la Palférine inzwischen:

„Die Frau Marquise sind ausgegangen!“

Und Charles-Edouard, der lediglich zu dem Zweck gekommen war, diese Worte zu hören, fuhr wieder fort. Als nun Béatrix von ihrem alten Diener erfuhr, daß Graf la Palférine sie besuchen wollte und welchen Bescheid er ihm gegeben hatte, sagte sie: „Es ist gut!“ und kehrte mit dem festen Vorsatz in den Salon zurück, in ein Kloster zu gehen. Calyste hatte sich erlaubt, ein Fenster zu öffnen und hinunter zu sehen.

„Wer ist denn gekommen?“ fragte er.

„Ich weiß nicht, Antoine ist noch unten.“

„Das war la Palférine!“

„Möglich...“

„Du liebst ihn, und darum machst du mir Vorwürfe!... Ich habe ihn gesehen!“

„Du hast ihn gesehen?“

„Ja, ich habe das Fenster geöffnet...“

Béatrix sank wie tot auf den Diwan. Dann beschwichtigte sie ihn, um Zeit zu gewinnen, und verschob unter dem Vorwand von unaufschiebbaren Geschäften die Abreise um acht Tage. Dabei aber schwor sie sich, Calyste nicht mehr zu empfangen, wenn es ihr gelänge, Charles-Edouard zu beruhigen. Denn solcherart sind die schrecklichen Berechnungen und brennenden Ängste, zu denen all die Existenzen flüchten müssen, die in dem großen Eisenbahnzug der menschlichen Gesellschaft entgleisen.

Als Béatrix wieder allein war, fühlte sie sich so

unglücklich, so tief gedemütigt, daß sie sich zu Bett legte. Sie war krank; dem heftigen Kampf, der ihr das Herz zerriß, schien eine furchtbare Reaktion zu folgen. Sie ließ den Arzt holen. Gleichzeitig aber schrieb sie an den Grafen la Palférine einen Brief, in dem sie sich mit einer gewissen Wut an Calysten rächte.

„Lieber Freund!

Besuchen Sie mich, ich bin in Verzweiflung. Antoine hat Sie just in dem Augenblick abgewiesen, da Ihr Kommen dem entsetzlichsten Alpdruck meines Lebens ein Ende bereitet und mich von einem Manne befreit hätte, den ich hasse und hoffentlich nie mehr wiedersehe. Ich liebe auf Erden nur Sie allein und werde nur Sie lieben, obgleich ich das Unglück habe, Ihnen nicht so zu gefallen, wie ich möchte ..."

Dies war der Anfang eines vier Seiten langen Briefes, dessen Fortsetzung immer poetischer und überspannter wurde und mit folgenden Worten schloß:

„... Habe ich mich Dir nun genug preisgegeben? Ach, nichts ist mir zu teuer, um Dir zu beweisen, wie sehr Du geliebt wirst."

Und sie unterschrieb diesen unerhört bloßstellenden Brief mit ihrem vollen Namen, was sie weder für Calyste noch für Conti je getan hatte.

Als der junge Graf die Marquise tags darauf besuchte, war sie im Bade, und Antoine bat ihn, zu warten. Dürstend nach Liebe kam auch Calyste schon frühzeitig, um seinen Besuch zu machen, aber diesmal wurde er von Antoine abgewiesen. In dem Augenblick, da er verzweifelt wieder in den Wagen stieg, sah er Charles-Edouard am Fenster stehen und zu ihm heruntersehen...

„Ach, Charles," begann die Marquise, als sie ihren Salon betrat, „Sie haben mich zugrunde gerichtet."

„Ich weiß es wohl, Marquise", antwortete er kühl.

„Sie schworen mir, nur mich zu lieben, Sie boten mir an, in einem an mich gerichteten Briefe die Gründe anzuführen, die Sie in den Tod getrieben hätten, damit ich Sie für den Fall Ihrer Untreue vergiften könne, ohne die menschliche Gerechtigkeit befürchten zu müssen. Als hätten geistig überlegene Menschen es nötig, zum Gift ihre Zuflucht zu nehmen, wenn sie sich rächen wollen!... Sie schrieben mir: ‚...Nichts ist mir zu teuer, um Dir zu beweisen, wie sehr Du geliebt wirst!' Nun, ich finde, daß der Schluß Ihres Briefes mit Ihrer heutigen Bemerkung: ‚Sie haben mich zugrunde gerichtet!' in einem bemerkenswerten Widerspruch steht... Ich wüßte gerne, ob Sie den Mut hatten, mit du Guénic zu brechen..."

„Nun, du hast dich im voraus für ihn gerächt!" rief sie und fiel ihm um den Hals. „Und durch diese Angelegenheit sind wir für immer miteinander verbunden..."

„Wenn Sie mich zum Freund haben wollen, Marquise, bin ich damit einverstanden," gab der Fürst der Bohème kühl zur Antwort, „aber unter Bedingungen..."

„Unter Bedingungen?"

„Ja, unter folgenden Bedingungen: Sie werden sich mit Ihrem Gatten versöhnen, Sie werden die Ihrer Stellung entsprechenden Ehren auf sich nehmen, sie werden in Ihr schönes Palais an der

Rue d'Anjou zurückkehren und wieder eine der Pariser Königinnen werden. Sie können es, wenn Sie den Marquis eine politische Rolle spielen lassen und in ihrem Betragen die Geschicklichkeit und Ausdauer einer Madame d'Espard entfalten. So muß die Lage einer Frau beschaffen sein, die ich durch meine Liebe auszeichne."

„Aber Sie vergessen, daß dazu das Einverständnis des Marquis de Rochefide nötig ist!"

„Ach, liebes Kind, dafür haben wir schon gesorgt!" entgegnete la Palférine, „ich habe ihm mein Wort als Edelmann verpfändet, daß Sie mehr wert seien als alle Schontzen des Quartier Saint-Georges zusammengenommen, und ich mache Sie jetzt für meine Ehre verantwortlich..." –

Acht Tage lang ging Calyste an jedem Morgen zu Béatrix, stets aber wurde er von Antoine abgewiesen, der ihm jedesmal mit besorgter Miene mitteilte, daß die Frau Marquise gefährlich erkrankt sei. Von dort lief Calyste zu la Palférine, dessen Kammerdiener immer wieder sagte: „Der Herr Graf ist auf der Jagd!" Und jedesmal hinterließ er dem Grafen einen Brief.

Am neunten Tage folgte Calyste einer schriftlichen Einladung des Grafen la Palférine zu einer Aussprache und traf diesen in Gesellschaft des Grafen des Trailles, dem der junge Lebemann offenbar einen Beweis seiner Weltklugheit geben wollte, wenn er ihn zum Zeugen dieser Szene erwählte.

„Lieber Baron," begann Charles-Edouard ruhig, „hier sind Ihre sechs Briefe, mit denen Sie mich beehrten. Sie sind unversehrt und, wie Sie sehen, noch nicht einmal entsiegelt. Ich wußte im voraus, was sie enthalten konnten. Sie suchten mich von dem Tage an, da ich an einem Fenster stand, während Sie unten an der Türe warteten, nachdem tags vorher ich an dieser Türe gewartet, Sie an jenem Fenster gestanden hatten. Ich glaubte, unschickliche Herausforderungen übersehen zu müssen. Unter uns gesagt, Sie sind zu geschmackvoll, einer Frau zu grollen, weil sie aufhört, Sie zu lieben! Mit dem bevorzugten Rivalen Streit zu suchen, scheint mir ein recht ungeeignetes Mittel, Verlorenes wiederzuerobern. Abgesehen davon, sind Ihre Briefe unter den gegenwärtigen Umständen mit einem grundlegenden Übel behaftet; sie sind, wie die Anwälte sagen, ‚gegenstandslos' geworden. Sie sind zu vernünftig, einem Gatten zu grollen, weil er seine Frau wieder zu sich nimmt. Der Marquis de Rochefide hat die entwürdigende Lage seiner Gemahlin eingesehen. Sie werden die Marquise nicht mehr in der Rue de Courcelles, dagegen in einem halben Jahre, im nächsten Winter, im Palais Rochefide wiederfinden. Es war recht unbesonnen von Ihnen, sich in die Versöhnung, zweier Eheleute einzumengen – eine Versöhnung, die Sie selbst heraufbeschworen haben, als Sie die Demütigung der Marquise in der Oper zuließen. Schon damals hatte ich ihr im Namen ihres Gatten gewisse freundschaftliche Vorschläge unterbreitet, und als ich nach der Vorstellung mit ihr nach Hause fuhr, ergriff sie meinen Arm und ihre ersten Worte waren: ‚Holen Sie Arthur!' ..."

„Oh, mein Gott," stöhnte Calyste, „sie hatte recht! Ich habe es an Hingabe fehlen lassen."

„Unglücklicherweise lebte der arme Arthur mit einem Frauenzimmer, der Schontz, die längst zitterte, von ihm verlassen zu werden. Frau Schontz vertraute auf den schlechten Teint der Marquise und nährte die Hoffnung, eines Tages selbst Marquise de Rochefide zu werden. Als dann ihre Luftschlösser zusammenstürzten, wurde sie wütend und wollte sich mit einem Schlage an Béatrix und Arthur rächen. Solche Frauen reißen sich ein Auge aus, wenn sie ihrem Feinde zwei Augen ausreißen können! Die Schontz, die Paris in dieser Stunde verläßt, hat deren sechs auf dem Gewissen!... Und hätte ich die Unvorsichtigkeit gehabt, mich in Béatrix zu verlieben, so wären es acht gewesen. Sie dürften sich überzeugt haben, lieber Baron, daß Sie einen Optiker brauchen..."

Charles-Edouard konnte sich eines Lächelns nicht erwehren, als er an Calystens bleichen Wangen die Wirkung seiner Worte ermaß.

„Würden Sie glauben, Baron," fuhr er fort, „daß dieses Frauenzimmer dem Manne, der ihr die Mittel zu ihrer Rache lieferte, ihre Hand gegeben hat?... Oh, diese Weiber!... Sie werden jetzt verstehen, warum sich Béatrix mit Arthur für einige Monate nach Nogent-sur-Marne zurückgezogen hat, wo sie ein entzückendes Landhäuschen besitzen. Dort sollen ihre Augen wieder heilen. Während ihrer Abwesenheit wird ihr Palais instand gesetzt, wo die Marquise nachher fürstlichen Glanz entfalten will. Wenn man eine so edle, große, anmutige Frau ernsthaft liebt, die just in dem Augenblick ihrer Rückkehr zur Pflicht das Opfer ehelicher Liebe werden soll, dann müssen sich diejenigen, die sie verehren, wie Sie, oder bewundern, wie ich, mit der Rolle des Freundes begnügen, da man nichts anderes sein darf... Entschuldigen Sie, bitte, daß ich für diese Erklärung den Grafen de Trailles als Zeugen wählte. Aber es liegt mir viel daran, daß diese Erklärung in jeder Hinsicht Klarheit schaffe. Was mich persönlich betrifft, so möchte ich ausdrücklich betonen, daß ich zwar den Geist der Marquise de Rochefide bewundere, daß sie mir jedoch als Weib außerordentlich mißfällt."

„So also enden unsere schönsten Träume, unsere himmlische Inbrunst!" sagte Calyste, von all diesen Enthüllungen und Enttäuschungen niedergeschmettert.

„Als Fischschwanz!" bemerkte Maxime, „oder, was noch schlimmer ist, in der Phiole des Apothekers! Ich kenne keine erste Liebe, die nicht auf alberne Art endete. Glauben Sie mir, Baron, was himmlisch ist im Menschen, findet nur im Himmel Nahrung!... Von diesem Standpunkte aus haben wir Lebemänner recht. Ich habe diese Frage nach allen Seiten untersucht. Sehen Sie, seit gestern bin ich verheiratet. Ich werde meiner Gattin treu bleiben und möchte Sie bitten, zu Baronin du Guénic zurückzukehren ... aber ... erst in drei Monaten! Um Béatrix braucht es Ihnen nicht leid zu tun. Sie ist das Muster eines eitlen, energielosen und aus armseliger Ruhmsucht koketten Weibes. Sie ist eine Frau d'Espard, doch ohne deren tiefgründige Verschlagenheit -- eine Frau ohne Herz und Hirn, die auch im Bösen unbesonnen ist. Sie liebt nur sich selbst, sonst niemanden. Béatrix hätte Sie und Ihre Frau für immer entzweit und hätte Sie nachher rücksichtslos sitzen gelassen, ohne auch nur Gewissensbisse zu spüren. Mit einem Worte, sie ist gleich unvollkommen im Laster wie in der Tugend."

„Ich bin nicht deiner Ansicht, Maxime!“ meinte la Palférine. „Gib acht, sie wird noch die entzückendste Hausfrau von ganz Paris!“
Calyste verabschiedete sich mit einem Händedruck von Maxime und Charles-Edouard und dankte ihnen, daß Sie ihn von seinen Illusionen geheilt hatten. –
Drei Tage nach dieser Unterredung ging die Herzogin von Grandlieu zu früher Stunde nach der Rue de Bourbon. Calyste badete gerade, und Sabine saß bei ihm und stickte an einem Wickelband.
„Nun, liebe Kinder, was gibt's Neues?“
„Nur Gutes, liebe Mama“, antwortete Sabine mit einem glückstrahlenden Blick. „Wir spielten die Fabel: ‚Die beiden Tauben‘ – das ist alles.“
Da ergriff Calyste die Hand Sabinens, drückte sie zärtlich und warf ihr einen so beredten Blick zu, daß sie der Herzogin zuflüsterte:
„Mutter, er liebt mich ... für immer!“

BALZAC

Die Menschliche Komödie

Werkausgabe in vierzig Bänden in Übersetzungen von Walter Benjamin, Otto Flake, Emmi Hirschberg, Else von Hollander, Hugo Kaatz, Paul Mayer, Rosa Schapire, Ernst Weiss, Paul Zech und vielen anderen

im Diogenes Verlag

Das Haus zur ballspielenden Katze
Erzählungen. detebe 130/I

Zwei Frauen
Roman. detebe 130/II

Modeste Mignon
Roman. detebe 130/III

Albert Savarus
Erzählungen. detebe 130/IV

Die falsche Geliebte
Erzählungen. detebe 130/V

Die Grenadière
Erzählungen. detebe 130/VI

Honorine
Erzählungen. detebe 130/VII

Beatrix
Roman. detebe 130/VIII

Die Frau von dreißig Jahren
Roman. detebe 130/IX

Vater Goriot
Roman. detebe 130/X

Oberst Chabert
Erzählungen. detebe 130/XI

Der Ehekontrakt
Erzählungen. detebe 130/XII

Ursula Mirouet
Roman. detebe 130/XIII

Eugenie Grandet
Roman. detebe 130/XIV

Pierrette
Erzählungen. detebe 130/XV

Junggesellenwirtschaft
Roman. detebe 130/XVI

Nebenbuhler
Erzählungen. detebe 130/XVII

Verlorene Illusionen
Roman. detebe 130/XVIII

Geschichte der Dreizehn
Erzählungen. detebe 130/XIX

Cäsar Birotteaus Größe und Niedergang
Roman. detebe 130/XX

Das Bankhaus Nucingen
Erzählungen. detebe 130/XXI

Glanz und Elend der Kurtisanen
Roman in zwei Bänden. detebe 130/XXII–XXIII

Die Geheimnisse derFürstin von Cadignan
Erzählungen. detebe 130/XXIV

Tante Lisbeth
Roman. detebe 130/XXV

Vetter Pons
Roman. detebe 130/XXVI

Volksvertreter
Erzählungen. detebe 130/XXVII

Die Kleinbürger
Roman. detebe 130/XXVIII

Eine dunkle Geschichte
Erzählungen. detebe 130/XXIX

Die Königstreuen
Roman. detebe 130/XXX

Die Bauern
Roman. detebe 130/XXXI

Der Landarzt
Roman. detebe 130/XXXII

Der Landpfarrer
Roman. detebe 130/XXXIII

Die Lilie im Tal
Roman. detebe 130/XXXIV

Die tödlichen Wünsche
Roman. detebe 130/XXXV

Buch der Mystik
Erzählungen. detebe 130/XXXVI

Das ungekannte Meisterwerk
Erzählungen. detebe 130/XXXVII

Der Alchimist
Roman. detebe 130/XXXVIII

Der verstoßene Sohn
Erzählungen. detebe 130/XXXIX

Katharina von Medici
Roman. detebe 130/XL

o Lardner, *Geschichten aus dem Jazz-Zeitalter* 78
o D. H. Lawrence, *Pornographie und Obszönität** 11
o D. H. Lawrence, *Der preußische Offizier** 90/I
o D. H. Lawrence, *England, mein England** 90/II
o D. H. Lawrence, *Die Frau, die davonritt** 90/III
o D. H. Lawrence, *Der Mann, der Inseln liebte** 90/IV
o D. H. Lawrence, *Der Fremdenlegionär** 90/V
o D. H. Lawrence, *Der Fuchs* 90/VI
o D. H. Lawrence, *Der Hengst St. Mawr* 90/VII
o D. H. Lawrence, *Liebe im Heu** 90/VIII
o D. H. Lawrence, *John Thomas & Lady Jane* 147
Leblanc, *Arsène Lupin – Der Gentleman-Gauner* 65/I
Leblanc, *Die hohle Nadel* 65/II
o Lessing, *Hunger** 115
Lodemann, *Anita Drögemöller* 121
Loriot, *Kleine Prosa** 13
Loriot, *Tagebuch** 61
Loriot, *Kleiner Ratgeber* 82
Macdonald, *Dornröschen war ein schönes Kind** 99/I
Macdonald, *Unter Wasser stirbt man nicht* 99/II
Macdonald, *Ein Grinsen aus Elfenbein* 99/III
Macdonald, *Die Küste der Barbaren* 99/IV
Macdonald, *Der Fall Galton* 99/V
Macdonald, *Gänsehaut* 99/VI
o H. Mann, *Liebesspiele* 57
o L. Marcuse, *Philosophie des Glücks* 21/I
o L. Marcuse, *Sigmund Freud* 21/II
o L. Marcuse, *Argumente und Rezepte* 21/III
o L. Marcuse, *Richard Wagner* 21/IV
o L. Marcuse, *Ignatius von Loyola* 21/V
o L. Marcuse, *Mein zwanzigstes Jahrhundert* 21/VI
o L. Marcuse, *Nachruf auf Ludwig Marcuse* 21/VII
o L. Marcuse, *Ludwig Börne* 21/VIII
o L. Marcuse, *Heinrich Heine* 21/IX
o Maugham, *Honolulu* 125/I
o Maugham, *Das glückliche Paar* 125/II
o Maugham, *Vor der Party* 125/III
o Maugham, *Die Macht der Umstände* 125/IV
o Maugham, *Lord Mountdrago* 125/V
o Maugham, *Fußspuren im Dschungel* 125/VI
o Maugham, *Ashenden oder Der britische Geheimagent* 125/VII
o Maugham, *Entlegene Welten* 125/VIII
o Maugham, *Winter-Kreuzfahrt* 125/IX
o Maugham, *Fata Morgana* 125/X
Maugham, *Rosie und die Künstler* 35/V
Maugham, *Silbermond und Kupfermünze* 35/VI
Maugham, *Auf Messers Schneide* 35/VII
Maugham, *Theater* 35/VIII
Maugham, *Damals und heute* 35/IX
Maugham, *Der Magier* 35/X
Maugham, *Oben in der Villa* 35/XI
Maugham, *Mrs. Craddock* 35/XII
o Maugham, *Der Menschen Hörigkeit* 35/XIII–XIV
o McCullers, *Wunderkind* 20/I
o McCullers, *Madame Zilensky und der König von Finnland* 20/II
o McCullers, *Die Ballade vom traurigen Café* 20/III

detebe-Kassetten

Titel mit * sind Erstausgaben oder deutsche Erstausgaben.
Titel mit o sind auch als Studienausgaben empfohlen.

Diogenes Kinder Taschenbücher

Alphabetisches Verzeichnis